L'AMOUR
EN FUITE

JUDITH McNAUGHT

L'AMOUR EN FUITE

PRESSES DE LA CITÉ

Titre original :
Perfect

Traduit par Claire Beauvillard

ISBN 2-266-07115-7

Ce roman est dédié, avec beaucoup de tendresse, aux millions de femmes américaines qui seraient incapables de le lire ou de lire tout autre ouvrage, à celles que leur enfance a privées à l'âge adulte du plaisir de lire et de la dignité d'en être capable. Il est aussi dédié aux êtres dévoués qui n'ont ménagé ni leur temps ni leur peine pour se consacrer à la lutte contre l'illettrisme.

REMERCIEMENTS

C'est mon nom qui apparaît en tête de ce roman mais, derrière chaque scène, se cache un groupe de personnes qui m'ont apporté sans compter leur temps et leur talent, leur soutien et leur amitié. Elles ont enrichi, chacune à leur manière, ce livre que vous allez lire, aussi bien que ma propre vie. Je tiens donc à exprimer toute ma gratitude à :

Ron Bellisario et à toute l'équipe de *Code Quantum*.

Gerard Schnitzer qui, fort de ses trente ans d'expérience dans l'industrie du film, a bien voulu nous apporter des lumières de « conseiller technique » sur tout ce qui concernait le processus cinématographique dans ce roman.

Susan Spangler, secrétaire, documentaliste et amie, qui a donné un nouveau sens aux termes *compétence, dévouement et coopération.*

Nancy Williams, directrice d'« Alphabétisation, passez le mot » national contre l'illettrisme, pour son engagement sans faille pour la cause de l'alphabétisation des femmes, pour sa confiance et son optimisme qui m'ont constamment soutenue au cours de la rédaction de cet ouvrage.

Pat et Terry Barcelo, qui en m'ouvrant les portes de leur ranch m'ont offert une retraite propice au travail, et ont su m'entourer d'amour et d'amitié.

Lloyd Stansberry pour son aide renouvelée dans

toutes les subtilités juridiques évoquées au cours de l'intrigue.

William C. McCord, pour tous les services rendus pendant dix ans, qui ont amélioré — et amélioreront toujours — la vie d'un jeune homme.

Debby Brown qui est la gentillesse personnifiée.

Pauline Marr, dont la générosité et l'abnégation ont tant apporté à sa profession... et à ses amis.

Amnon Benjamini à qui je dois de fabuleux bijoux et de précieux conseils.

Enfin et surtout, Linda Marrow, directrice littéraire, conseillère et amie.

PROLOGUE

1976

Margaret Stanhope se tenait devant les portes qui donnaient sur la véranda, ses traits aristocratiques figés en un masque de cire alors qu'elle observait son maître d'hôtel faire circuler un plateau de boissons rafraîchissantes à ses petits-enfants — c'était l'été et ces derniers avaient quitté leurs diverses écoles privées pour venir passer ici les vacances. Au-delà de la véranda, dans la luxuriante vallée en contrebas, on apercevait distinctement la ville de Ridgemont avec ses rues tortueuses, bordées d'arbres, et son parc parfaitement entretenu, son pittoresque quartier commercial et, sur la droite, les collines du Country Club. Le centre de Ridgemont était occupé par un groupe d'immeubles en brique rouge, dont celui des Industries Stanhope, directement ou indirectement à l'origine de la prospérité économique de la plupart des familles de cette ville de Pennsylvanie. Comme presque toutes les communautés réduites, Ridgemont obéissait à une hiérarchie sociale bien établie, et la famille Stanhope était aussi solidement installée au sommet de cette pyramide que leur demeure sur le plus haut promontoire de la région.

Ce jour-là, Margaret Stanhope ne se préoccupait pourtant ni de la vue que l'on contemplait de sa terrasse ni du statut social qu'elle avait acquis en naissant et amélioré par son mariage, mais du coup terrible qu'elle était sur le point de porter à ses trois détestables petits-enfants. Alex, qui à seize ans était le plus jeune, vit qu'elle l'observait et prit à contrecœur un verre de thé glacé sur le plateau d'argent, délaissant le champagne. Sa sœur et lui se ressemblaient comme deux gouttes d'eau, pensa Margaret avec mépris. Ils étaient tous deux gâtés, mous, dépravés et irresponsables. Ils buvaient trop, jetaient l'argent par les fenêtres et flambaient. C'étaient de sales gosses pourris qui ignoraient tout de l'autodiscipline. Mais tout cela allait cesser.

Son regard suivit le maître d'hôtel qui tendait à présent le plateau à Elizabeth. Celle-ci portait une robe bain de soleil moulante au décolleté plongeant. Quand Elizabeth s'aperçut que sa grand-mère la fixait, elle lui jeta un regard hautain et provocateur du haut de ses dix-sept ans et, dans un geste de défi infantile, se servit deux coupes de champagne. Margaret Stanhope l'observa sans rien dire. La jeune fille était le portrait de sa mère, une coureuse imbibée d'alcool et frivole, morte huit ans auparavant quand le fils de Margaret avait perdu le contrôle de sa voiture de sport sur une plaque de verglas, tuant sa femme et lui-même, et laissant quatre jeunes orphelins. D'après le rapport de police, ils étaient tous deux ivres et roulaient à cent soixante kilomètres à l'heure.

Six mois plus tôt, en dépit de son âge avancé et du mauvais temps, son propre mari s'était tué dans l'avion qu'il pilotait, alors qu'il allait soi-disant pêcher à Cozumel. Le mannequin de vingt-cinq ans qui se trouvait également dans l'appareil devait sans doute servir d'appât au bout de son hameçon, songea-t-elle avec une vulgarité qui ne lui ressemblait guère et une indifférence glacée. Tous ces accidents mortels illustraient à la perfection la débauche et de l'insouciance qui caractérisaient l'existence des hommes de la famille depuis des générations. Arrogants, intrépides et beaux, ils avaient tous vécu, jour après jour, comme s'ils étaient indestructibles et n'avaient de comptes à rendre à personne.

Margaret avait dû passé sa vie cramponnée aux derniers vestiges de sa dignité, tandis qu'un mari libertin dilapidait sa fortune pour satisfaire ses vices et apprenait à ses petits-enfants à faire de même. L'an passé, alors qu'elle dormait au premier étage, il avait amené des prostituées dans sa maison, dont il avait partagé les faveurs avec ses petits-fils. Tous sauf Justin. Justin, son bien-aimé...

Doux, intelligent et ingénieux, Justin était le seul à ressembler aux hommes de la famille de Margaret. C'était pourquoi elle l'aimait de tout son être. Mais Justin était mort, alors que son frère Zachary était bien vivant, et que sa vitalité même lui était une offense. Du coin de l'œil, elle le vit gravir d'un pas alerte les marches de pierre qui menaient à la véranda pour répondre à son appel. La bouffée de haine qu'elle éprouva à la vue de ce grand jeune homme de dix-huit ans aux cheveux bruns lui parut quasi insupportable. Elle serra les doigts autour du verre qu'elle tenait et refoula l'envie de le lui jeter à la figure, de le labourer de ses ongles.

Zachary Benedict Stanhope III, qui portait le nom de son grand-père maternel, était le portrait caché dudit aïeul au même âge, mais ce n'était pas pour cela qu'elle le détestait. Elle avait une bien meilleure raison, et Zachary la connaissait parfaitement. Dans quelques minutes, il allait enfin payer pour ce qu'il avait fait, pas assez toutefois. Elle ne pouvait pas lui infliger un châtiment à la mesure de son acte, et elle méprisait presque autant son impuissance que ce garçon.

Elle attendit que le maître d'hôtel lui ait servi une coupe de champagne pour se diriger vers la véranda.

— Tu te demandes sans doute pourquoi j'ai organisé cette réunion de famille aujourd'hui, dit-elle.

Adossé à la balustrade, Zachary la regardait en observant un silence neutre, mais Margaret surprit le regard d'ennui agacé qu'échangèrent Alex et Elizabeth, qui étaient assis sous le parasol. Ils avaient visiblement hâte de quitter la terrasse pour aller rejoindre leurs amis, des adolescents comme eux, avides de sensations fortes, amoraux et faibles, qui faisaient ce que bon leur semblait, puisque la fortune familiale les tirerait à coup sûr de n'importe quel pétrin.

— Je vois bien votre impatience, dit-elle en se tournant vers eux. J'irai donc droit au but. Vous ne vous êtes jamais posé de questions, j'en suis certaine, sur quelque chose d'aussi trivial que votre situation financière. Le fait est que votre grand-père était beaucoup trop occupé par ses « activités sociales » et bien trop convaincu de son immortalité pour vous constituer un pécule convenable après la mort de vos parents. Par conséquent, je suis la seule à contrôler la totalité de ses biens. Au cas où vous vous demanderiez ce que cela signifie, je me ferai un plaisir de vous l'expliquer, poursuivit-elle avec un sourire satisfait. Tant que vous suivrez des études, que vous accumulerez les diplômes et vous comporterez d'une manière que je ne jugerai pas inacceptable, je continuerai à assurer vos frais de scolarité et vous permettrai de conserver vos voitures de sport. Point final.

— Et ma pension et mes frais divers, si j'entre à l'université l'année prochaine ? demanda aussitôt Elizabeth, plus perplexe qu'inquiète.

— Il n'y aura pas de « frais divers ». Tu habiteras ici et tu iras à l'institut universitaire. Si tu fais tes preuves au cours des deux années qui viennent, alors et seulement alors te permettrai-je d'entrer à l'université.

— L'institut universitaire, répéta Elizabeth, furieuse. Ce n'est pas sérieux !

— Tu peux me croire, Elizabeth. Ose seulement me défier et je te renvoie sans un sou. Si j'entends encore parler de tes soirées de débauche, de saoulerie et de drogue, tu n'auras plus l'ombre d'un dollar. Si tu avais le moindre doute, cela vaut aussi pour toi, ajouta-t-elle en jetant un coup d'œil à Alexandre. Tu ne retourneras donc pas à Exeter l'automne prochain, tu finiras tes études secondaires ici.

— Tu ne peux pas nous faire ça ! explosa Alex. Grand-père ne l'aurait jamais permis !

— Tu n'as pas le droit de régenter notre vie ! gémit Elizabeth.

— Si ma proposition ne te plaît pas, déclara Margaret d'une voix de fer, je te suggère de te trouver un travail de serveuse ou un souteneur, puisque ce sont les deux seules carrières qui te conviennent pour le moment.

Elle les regarda blêmir et opina du chef avec une satisfaction manifeste.

— Et Zack ? demanda Alexandre d'une voix maussade. Il a d'excellentes notes à Yale. Tu ne vas pas l'obliger à vivre ici, lui aussi ?

Le moment qu'elle attendait était enfin venu.

— Non, dit-elle. Sors d'ici ! aboya-t-elle en se retournant pour faire face à Zachary. Quitte cette maison et ne reviens jamais ! Je ne veux plus revoir ton visage ni entendre ton nom.

S'il n'avait pas brusquement serré les mâchoires, on aurait pu penser que les paroles de sa grand-mère ne produisaient aucun effet sur lui. Il ne demanda aucune explication, car il n'en avait pas besoin. En fait, il s'y attendait dès l'instant où elle avait lancé cet ultimatum à sa sœur. Sans un mot, il se redressa, tendit la main vers les clés de voiture qu'il avait jetées sur la table, mais la voix cinglante de Margaret arrêta son geste.

— Laisse ça ! Tu n'emporteras que ce que tu as sur le dos.

Il retira sa main et regarda son frère et sa sœur, comme s'il attendait une intervention de leur part. Mais ces derniers étaient trop submergés par leur propre malheur pour dire quoi que soit, ou redoutaient de partager son sort à la moindre rebuffade.

Leur lâcheté et leur absence totale de solidarité déplurent à Margaret qui décida néanmoins d'écraser dans l'œuf toute velléité de rébellion ultérieure.

— Si l'un de vous le contacte ou se laisse contacter, les avertit-elle, tandis que Zachary se dirigeait vers l'escalier de la véranda, si, par exemple, vous assistiez à la même soirée, vous subiriez le même sort. C'est clair ?

A l'égard du petit-fils qui s'éloignait elle avait une tout autre menace à proférer.

— Zachary, si tu as l'intention de faire appel aux largesses d'un de tes amis, n'y songe pas. Les Industries Stanhope sont le premier employeur de Ridgemont, et j'en possède jusqu'à la moindre parcelle. Personne ne t'aidera au risque d'encourir mon courroux et de perdre son emploi.

En l'entendant, il se retourna sur la dernière marche et lui lança un regard si froidement méprisant qu'elle se rendit compte un peu tard que l'idée de compter sur ses amis ne l'avait pas effleuré. Mais ce qui l'intéressa le plus, ce fut l'émotion qu'elle décela dans ses yeux avant qu'il se détourne. Etait-ce de l'angoisse ? Ou de la fureur ? Elle espérait de toute son âme que c'étaient les deux.

Le camion ralentit avant de s'arrêter pesamment devant l'homme qui marchait le long de la grand-route, une veste de sport jetée sur l'épaule, la tête basse, comme s'il luttait contre un vent de tempête.

— Hé ! lança Charlie Murdock. Vous voulez que je vous dépose quelque part ?

Deux yeux couleur ambre, ébahis, se levèrent vers Charlie et, pendant quelques instants, le jeune homme parut complètement désorienté, comme un somnambule, puis il acquiesça d'un brusque hochement de la tête. Quand il monta dans la cabine, Charlie remarqua le coûteux pantalon brun de son passager, ses mocassins cirés, ses chaussettes assorties et son élégante coupe de cheveux, et se dit qu'il avait pris un jeune étudiant qui, pour une raison ou une autre, faisait du stop.

— Vous êtes à quelle université ? demanda Charlie, sûr de son intuition et de ses capacités d'observation.

Le jeune homme déglutit comme s'il avait la gorge serrée, et regarda par la vitre de sa portière.

— Je ne vais pas à l'université, dit-il d'une voix froide et catégorique.

— Votre voiture est tombée en panne ?

— Non.

— Vous avez de la famille dans le coin ?

— Je n'ai pas de famille.

En dépit de la brusquerie de son passager, Charlie, qui avait trois grands enfants à New York, eut le sentiment très net que ce garçon se donnait un mal de chien pour maîtriser son émotion. Il attendit quelques minutes avant de lui demander :

— Vous avez un nom ?

— Zack..., répondit-il. Benedict, ajouta-t-il après un instant d'hésitation.

— Où allez-vous comme ça ?

— Où vous allez.

— Je descends jusqu'à la côte Ouest. Los Angeles.

— Parfait, fit-il d'un ton qui n'incitait pas à la conversation. Ça m'est égal.

Il fallut attendre plusieurs heures avant que le jeune homme se décide à parler.

— Avez-vous besoin d'aide pour décharger votre semi-remorque en arrivant à Los Angeles ?

Charlie lui jeta un regard en biais et reconsidéra aussitôt ses premières conclusions sur Zack Benedict. Il était habillé comme un gosse de riche, il avait la diction d'un gosse de riche, mais ce gosse de riche était visiblement sans le sou, hors de son élément et sa chance avait tourné. Il était bien décidé à ravaler son orgueil et à effectuer un travail manuel ordinaire, ce qui, aux yeux de Charlie, témoignait tout bien pesé d'un certain cran.

— Vous avez l'air de pouvoir soulever de lourdes charges, dit-il en jetant un coup d'œil rapide au long corps musclé de Benedict. Vous avez fait des haltères ou quoi ?

— J'ai boxé à... J'ai boxé.

A l'université, conclut mentalement Charlie et, sans doute parce que Benedict lui rappelait vaguement ses propres fils qui, à son âge, jouaient les durs, ou parce qu'il sentait que Zack Benedict était dans une situation désespérée, il décida de lui donner du travail. Charlie lui tendit la main.

— Je m'appelle Murdock, Charlie Murdock. Je ne peux pas vous payer cher, mais du moins vous aurez l'occasion de voir un vrai studio de cinéma quand nous serons à L.A. Ce camion est rempli d'accessoires qui appartiennent aux studios Empire. J'ai signé un contrat de transport avec eux et c'est là que nous allons.

La sombre indifférence avec laquelle Benedict accueillit cette information ne fit que confirmer Charlie dans la conviction que non seulement son passager était fauché, mais qu'il n'avait pas la moindre idée de la manière dont il pourrait s'en sortir dans un futur proche.

— Si vous me faites du bon boulot, je pourrais glisser un mot à votre sujet au bureau d'embauche des studios, à condition que vous acceptiez de pousser un balai ou de vous servir de votre dos.

Son passager se tourna de nouveau vers la vitre et

parut scruter l'obscurité. Juste au moment où Charlie avait changé d'avis et se disait que Benedict considérait les basses besognes comme indignes de lui, le jeune homme déclara d'une voix éraillée par le soulagement, l'embarras et la gratitude :

— Merci. Ça serait très gentil.

1

1978

— Je suis Mme Borowski du centre de placement familial LaSalle, annonça la femme d'un âge mûr qui foula le tapis d'Orient et se dirigea vers la réceptionniste, un sac de chez Woolworth [1] sur le bras. Et voici Julie Smith, ajouta-t-elle froidement en désignant la petite fille de onze ans qu'elle traînait derrière elle. Elle vient voir le Dr Theresa Wilmer. Je reviendrai la chercher quand j'aurai terminé mes courses.

La réceptionniste sourit à la petite fille.

— Le Dr Wilmer te recevra dans quelques minutes, Julie. En attendant, assieds-toi là et remplis cette fiche comme tu le pourras. J'ai oublié de te la donner la dernière fois.

Honteuse de son jean miteux et de sa veste crasseuse, Julie contempla avec un certain malaise l'élégante salle d'attente où de fragiles figurines de porcelaine ornaient une table basse ancienne et où des bronzes de valeur trônaient sur des consoles de marbre. En se tenant à une distance respectueuse de la table aux bibelots délicats, elle se dirigea vers un fauteuil installé à côté d'un immense aquarium, où des poissons exotiques flânaient entre des dentelles d'algues. Derrière elle, Mme Borowski passa de nouveau la tête dans la pièce pour prévenir la réceptionniste :

1. Supermarché. *(N.d.T.)*

— Julie risque de voler tout ce qui n'est pas fixé. Elle est rapide et roublarde. Alors ayez-la à l'œil !

Agacée autant qu'humiliée, Julie s'affala dans le fauteuil, puis étendit ses jambes devant elle pour manifester un ennui profond, comme si l'affreuse remarque de Mme Borowski ne l'avait pas affectée, mais elle rata son effet : ses joues s'empourprèrent comme deux pivoines et ses jambes ne touchaient même pas le sol.

Au bout de quelque temps, elle se tortilla pour quitter cette position inconfortable et jeta un regard apeuré à la fiche que la réceptionniste lui avait demandé de remplir. Elle tenta de la déchiffrer tout en sachant qu'elle ne comprendrait pas les mots. La langue entre les dents, elle se concentra intensément sur l'imprimé. Le premier mot commençait par un N comme le NON du NON A LA DROGUE que l'on apercevait sur les affiches le long des rues. Elle savait ce que cela voulait dire, parce qu'une de ses amies le lui avait appris. La lettre suivante était un O, comme dans POT, mais ce n'était pas ce mot-là. Elle serra fort son crayon en refoulant l'impression familière de frustration et de désespoir qui l'envahissait chaque fois qu'on lui demandait de lire. Elle avait appris le mot POT au CP, mais il n'était jamais écrit nulle part ! Fixant d'un œil noir le texte de la fiche, elle se demanda pourquoi les instituteurs apprenaient aux enfants des mots stupides comme POT qui n'apparaissaient que dans les livres des petites classes.

Mais ces livres n'étaient pas stupides, songea Julie, pas plus que les professeurs. Les autres enfants de son âge auraient su lire cette fiche à la noix en un clin d'œil. C'était elle qui en était incapable, elle qui était idiote.

En revanche, se dit-elle, elle en savait long sur des choses que les autres enfants ne connaissaient pas, car elle y prêtait une extrême attention. Et l'une des choses qu'elle avait remarquées, c'était que, lorsque l'on vous tendait une fiche, c'était généralement pour y écrire votre nom...

Avec un soin laborieux, elle inscrivit J-u-l-i-e-S-m-i-t-h sur la première moitié de la fiche, puis elle s'arrêta là, puisqu'elle ne pouvait pas remplir les espaces restants. La colère la submergea à nouveau, mais, au lieu de se laisser complexer par ce morceau de papier, elle songea à quelque chose d'agréable, au vent qui vous caresse le visage au printemps. Elle se voyait étendue sous un grand arbre feuillu, contemplant les écureuils qui trottaient sur les branches au-dessus de sa tête, quand la voix douce de la réceptionniste, réveillant son inquiétude et son sentiment de culpabilité, lui fit brutalement relever la tête.

— Ce crayon ne marche pas, Julie ?

Julie enfonça la mine dans son jean et la brisa.

— La mine est cassée.

— En voilà un autre !

— J'ai mal à la main aujourd'hui, mentit-elle en traînant les pieds. Je n'ai pas envie d'écrire. Et puis il faut que j'aille aux toilettes. Où est-ce ?

— A côté des ascenseurs. Le Dr Wilmer va te recevoir très bientôt. Ne traîne pas.

— Non, répondit Julie avec soumission.

Après avoir refermé derrière elle la porte du bureau, elle se retourna pour regarder le mot qui y était inscrit et examina attentivement les premières lettres pour les reconnaître à son retour.

— P, murmura-t-elle pour ne pas les oublier. S, Y.

Satisfaite, elle longea le long couloir moquetté, tourna à gauche au bout, puis à droite près du lavabo, mais quand elle arriva devant les ascenseurs, elle aperçut deux portes où l'on avait encore inscrit des mots. Elle était presque sûre qu'il s'agissait des toilettes, parce que, entre autres connaissances précieusement acquises, elle avait appris que, dans les grands immeubles, la poignée de la porte des toilettes était différente des autres. Mais aucune de ces portes ne portait les mots GARÇONS ou FILLES, qu'elle savait reconnaître, ni les silhouettes raides d'un homme ou d'une femme qui renseignaient les gens comme elle. Avec précaution, Julie appuya la main sur l'une des portes, l'entrouvrit et jeta un coup d'œil furtif. Elle recula vite quand elle aperçut ces étranges cuvettes accrochées au mur. Car il y avait deux choses qu'elle savait et que les autres filles ne savaient sans doute pas. Les hommes avaient de drôles de toilettes et ils perdaient leur calme quand une fille en poussait la porte. Julie ouvrit l'autre porte et entra.

Consciente du temps écoulé, elle quitta les toilettes et revint rapidement sur ses pas jusqu'à ce qu'elle approche de l'endroit où aurait dû se trouver le bureau du Dr Wilmer. Son nom commençait par PSY mais, apercevant les lettres PET sur la porte, elle se dit que sa mémoire lui jouait un tour et la poussa. Une femme aux cheveux gris, qu'elle ne connaissait pas, leva les yeux de sa machine à écrire.

— Oui ?

— Désolée, je me suis trompée de bureau, marmonna Julie en rougissant. Savez-vous où se trouve celui du Dr Wilmer ?

— Le Dr Wilmer ?

— Wilmer, vous savez bien, ça commence par PSY !

— PSY... Vous voulez sans doute parler des Psychologues associés ! C'est la salle 2516, au bout du couloir.

D'ordinaire Julie aurait fait semblant de comprendre et aurait erré de bureau en bureau jusqu'à ce qu'elle trouve le bon, mais elle avait trop peur d'être en retard.

— Pouvez-vous me l'épeler ?

— Pardon ?

— Les chiffres ! fit-elle d'un ton désespéré. Epelez comme ça : trois, six, neuf, quatre, deux.

La femme la regarda comme si elle était complètement idiote. Julie savait que c'était ce qu'elle était, mais elle détestait que les autres s'en aperçoivent.

— Le Dr Wilmer est dans la salle deux, cinq, un, six.

— Deux, cinq, un, six, répéta Julie.

— C'est la quatrième porte sur la gauche, ajouta-t-elle.

— Bien ! hurla Julie sous l'effet de la frustration. Pourquoi ne l'avez-vous pas dit plus tôt ?

La réceptionniste du Dr Wilmer leva les yeux quand elle entra.

— Tu t'es perdue ?

— Moi ? Pas du tout ! mentit Julie en hochant vigoureusement sa tête bouclée avant de regagner son fauteuil.

Ne sachant pas qu'on l'observait derrière une glace

qui semblait tout ce qu'il y a d'ordinaire, elle se tourna vers l'aquarium. Tout d'abord elle remarqua que l'un des superbes poissons était mort et que les deux autres nageaient autour de lui, comme s'ils avaient l'intention de le dévorer. Comme mue par un automatisme, elle frappa la vitre du doigt pour les chasser, mais ils revinrent quelques instants plus tard.

— Il y a un poisson mort, dit-elle à la réceptionniste en s'efforçant d'atténuer son inquiétude. Je pourrais vous l'ôter de là.

— La femme de ménage l'enlèvera ce soir, mais merci de me l'avoir proposé.

Julie refoula une protestation enfiévrée devant ce qu'elle tenait pour une cruauté inutile. Ce n'était pas bien d'abandonner ainsi quelque chose d'aussi beau et d'aussi faible. Elle prit un magazine sur la table basse et fit mine de le regarder mais, du coin de l'œil, elle surveilla les deux prédateurs. Chaque fois qu'ils revenaient donner de petits coups à leur camarade mort, elle jetait un coup d'œil furtif à la réceptionniste pour s'assurer qu'elle ne la regardait pas et tendait la main pour tapoter la paroi de verre.

A quelques mètres de là, dans son bureau, de l'autre côté de la glace sans tain, le Dr Theresa Wilmer observait le manège de Julie qui tentait généreusement de protéger le poisson mort tout en conservant un masque d'indifférence devant la réceptionniste.

— La voilà, Julie-la-terreur, dit-elle avec une ironie désabusée en se tournant vers l'homme qui se trouvait à ses côtés, un autre psychiatre qui consacrait depuis peu quelque temps à son projet. La terrifiante adolescente que les responsables du placement en famille d'accueil ont jugée non seulement « sujette à des troubles d'apprentissage », mais encore intenable, exerçant une mauvaise influence sur ses pairs, bref une fautrice de troubles vouée à la délinquance juvénile ! Saviez-vous, poursuivit-elle avec dans la voix une pointe d'admiration amusée, qu'elle a organisé une grève de la faim à LaSalle ? Elle a persuadé quarante-cinq enfants, plus âgés qu'elle pour la plupart, de l'appuyer, alors qu'elle revendiquait une amélioration de la cantine ?

Le Dr John Frazier observa la petite fille à travers le miroir sans tain.

— Je suppose qu'elle avait un besoin latent de défier l'autorité ?

— Non, répondit sèchement le Dr Wilmer, elle avait un besoin latent de mieux manger. Le régime alimentaire de LaSalle est nutritif certes, mais insipide. J'y ai goûté.

Frazier lança un regard sidéré à son associée.

— Et les vols ? Vous ne pouvez pas évincer ce problème aussi facilement.

Une épaule contre le mur, Terry pencha la tête vers l'enfant dans la salle d'attente.

— Avez-vous déjà entendu parler de Robin des Bois ? fit-elle avec un sourire.

— Evidemment. Pourquoi ?

— Parce que vous avez devant vous une version adolescente et contemporaine de Robin des Bois. Julie pourrait vous chiper votre bourse sans même que vous vous en aperceviez. Elle est très rapide.

— Ce n'est pas vraiment un critère pour l'envoyer chez vos cousins texans qui ne se doutent de rien, puisque, si j'ai bien compris, c'est ce que vous avez l'intention de faire.

Le Dr Wilmer haussa les épaules.

— Julie vole de la nourriture, des vêtements ou des jouets, mais elle ne garde rien. Elle distribue son butin aux plus petits.

— Vous en êtes certaine ?

— Absolument. J'ai vérifié.

John Frazier esquissa un sourire réticent en étudiant la petite fille.

— Elle ressemble plus à Peter Pan qu'à Robin des Bois. Elle ne correspond pas du tout à l'idée que je m'en étais faite d'après son dossier.

— Elle m'a surprise, moi aussi, reconnut le Dr Wilmer. Le directeur du centre de placement LaSalle, où elle réside actuellement, l'a taxée de « problème disciplinaire avec une prédilection pour l'absentéisme, les comportements perturbateurs, le vol et la fréquentation de garçons peu recommandables ».

Se fiant à ces commentaires défavorables, le Dr Wilmer s'était attendue à trouver en Julie Smith une fille dure, belliqueuse, dont les relations masculines indiquaient sans doute un développement physique précoce, voire une activité sexuelle. Elle était restée ébahie quand, deux mois plus tôt, ce petit lutin pas très net était entré dans son bureau d'un pas nonchalant, avec son jean, son sweatshirt déchiré et ses cheveux frisés, bruns, coupés court. Julie Smith n'était pas la femme fatale en herbe à laquelle s'attendait le Dr Wilmer, mais une gamine séduisante au visage mangé par deux immenses yeux aux cils épais, qui avaient le bleu sombre des pensées. Par contraste avec cette frimousse mutine et ses yeux innocemment charmeurs, il y avait une bravade enfantine dans l'attitude qu'elle avait eue dans son bureau, le menton en avant et les mains dans les poches.

Theresa avait été fascinée dès ce premier rendez-vous, mais cette fascination avait commencé bien avant, presque au moment où, chez elle, elle avait ouvert son dossier et lu ses réponses à la batterie de tests, qui faisait partie du processus d'évaluation que Theresa avait récemment mis au point. Quand elle eut terminé, Theresa avait déjà une bonne idée du fonctionnement mental de l'enfant, de l'ampleur de sa souffrance et des détails de sa terrible situation. Abandonnée à la naissance par ses parents et rejetée par deux familles adoptives, Julie en avait été réduite à passer son enfance à la frontière des bas quartiers de Chicago, dans divers foyers d'accueil tous plus surchargés les uns que les autres. Toute sa vie, la seule source de véritable chaleur humaine lui était venue de ses compagnons, des enfants crasseux, débraillés, tout comme elle, qu'elle considérait philosophiquement comme « les siens », des gosses qui lui avaient appris à chaparder dans les magasins et, plus tard, à faire l'école buissonnière. Vive d'esprit et encore plus de doigté, elle avait très rapidement excellé à ces deux « sports » au point que l'on avait beau la changer souvent de foyer, elle parvenait toujours à bénéficier d'une certaine popularité et du respect de ses pairs. Ainsi, quelques mois auparavant, une bande de garçons avait accepté de lui apprendre le moyen de forcer les portières de voitures et de les faire démarrer en établissant un contact entre les fils, ce qui avait valu à tout le groupe, y compris à Julie, pourtant simple observatrice, de se faire arrêter par un flic de Chicago à l'affût.

Ce fut la première arrestation de Julie et, bien qu'elle n'en sût rien, ce fut aussi sa première véritable « chance », puisque tout cela avait attiré sur elle l'attention de Dr Wilmer. Après avoir été arrêtée, quoique un peu injustement, pour tentative de vol, Julie fut dirigée vers le nouveau programme expérimental du Dr Wilmer, qui comprenait une batterie de tests de psychologie et d'intelligence, des entretiens et des évaluations menées par son groupe de psychiatres et de psychologues, tous volontaires. Ce programme était censé empêcher les adolescents dont l'Assistance publique avait la charge de sombrer dans la délinquance ou pire.

Dans le cas de Julie, le Dr Wilmer s'était fermement engagée en ce sens et chacun savait que, lorsqu'elle s'était fixé un objectif, elle l'atteignait. A trente-cinq ans, Terry Wilmer avait un physique agréable et raffiné, un gentil sourire et une volonté de fer. A son impressionnante collection de diplômes médicaux et à son arbre généalogique digne du Bottin mondain venaient s'ajouter de nombreuses qualités : intuition, compassion et dévouement total. Avec l'infatigable ardeur d'une missionnaire entièrement préoccupée du salut des âmes égarées, elle avait renoncé à son cabinet privé et se consacrait à présent aux pauvres victimes adolescentes d'un système public débordé et doté de fonds nettement insuffisants. Pour atteindre son but, le Dr Wilmer exploitait de manière éhontée tous les instruments à sa disposition, n'hésitant pas à faire appel au soutien de ses collègues, comme John Frazier. Dans le cas de Julie, elle avait même enrôlé des cousins éloignés qui, bien que loin d'être riches, avaient de la place dans leur maison et, espérait-elle, dans leur cœur, pour une petite fille très spéciale.

— Je tiens à ce que vous jetiez un coup d'œil, dit Terry, qui tira le rideau devant la paroi de verre au moment précis où Julie se levait en regardant désespérément l'aquarium et plongeait les deux mains dans l'eau.

— Mais qu'est-ce que..., commença John Frazier, puis, dans un silence stupéfait, il observa la petite fille qui s'avançait vers la réceptionniste, le poisson mort dans ses mains dégoulinantes.

Julie avait beau savoir qu'elle n'aurait pas dû mouiller le tapis, elle ne pouvait pas supporter le spectacle de cet animal si beau aux nageoires longues et gracieuses dévoré par ses compagnons. Ne sachant trop si la réceptionniste l'avait vue ou faisait mine de l'ignorer, elle vint se placer derrière elle.

— Excusez-moi, lança-t-elle d'une voix tonitruante en tendant les mains.

La réceptionniste, qui était complètement absorbée par sa frappe, sursauta, pivota et étouffa un cri en voyant le poisson luisant et dégoulinant qu'on lui présentait.

Julie recula prudemment d'un pas, mais tint bon.

— Il est mort, dit-elle hardiment en s'efforçant de ne pas laisser transparaître la pitié qu'elle éprouvait. Les autres vont le manger et je ne veux pas voir ça. C'est dégoûtant ! Si vous me donnez une feuille de papier, je l'envelopperai et vous pourrez le mettre à la corbeille.

Quand elle fut remise de son choc, la réceptionniste réprima un sourire, ouvrit le tiroir de son bureau et en sortit des mouchoirs en papier, qu'elle tendit à l'enfant.

— Est-ce que tu veux l'emporter pour l'enterrer chez toi ?

C'était exactement ce que Julie aurait aimé faire, mais elle crut percevoir un certain amusement dans la voix de la femme. Elle enveloppa donc le poisson dans son linceul de papier et le brandit avec mépris.

— Je ne suis pas bête à ce point, vous savez. Ce n'est qu'un poisson, pas un lapin ou quelque chose comme ça.

De l'autre côté de la glace, Frazier riait doucement en hochant la tête.

— Elle meurt d'envie de faire des funérailles décentes à cet animal, mais elle est trop fière pour l'admettre. Et ses problèmes d'apprentissage ? ajouta-t-il d'un ton plus posé. Si ma mémoire est bonne, elle n'est qu'en CE1.

Le Dr Wilmer eut un sourire significatif et prit sur son bureau le dossier contenant les résultats des tests que Julie venait de passer.

— Regardez ce qu'elle obtient à l'oral, quand on ne lui demande pas de lire ! s'exclama-t-elle en lui tendant le dossier ouvert.

John Frazier obtempéra et rit de bon cœur.

— Cette enfant a un QI plus élevé que le mien.

— Julie est quelqu'un de très particulier, John. J'en avais déjà eu un aperçu en lisant son dossier mais, quand je l'ai vue en tête à tête, j'ai compris que c'était vrai. Elle est bagarreuse, courageuse, sensible et très intelligente. Derrière la bravade, il y a une incroyable gentillesse, un espoir insatiable et un optimisme à la don Quichotte auquel elle s'accroche, bien que la laideur de la réalité le mette à mal. Elle ne peut pas améliorer sa propre situation mais, quel que soit le centre d'accueil dans lequel elle se trouve, elle s'attache inconsciemment à protéger les enfants. Elle vole pour eux, ment pour eux, lance des grèves de la faim, et ils la suivent tous comme Till l'Espiègle. A onze ans, c'est un chef-né, mais elle emploie de telles méthodes que, si on ne l'en détourne pas très vite, elle finira dans un centre de détention pour jeunes délinquants et plus tard en prison. Et il y a pire.

— Que voulez-vous dire ?

— En dépit de tous ses fabuleux talents, cette petite fille n'a à peu près aucune confiance en elle. Comme on ne l'a pas adoptée, elle est persuadée qu'elle ne vaut rien et qu'elle ne peut être aimée. Comme elle ne sait pas lire aussi bien que ses camarades, elle est convaincue qu'elle est complètement stupide et qu'elle n'apprendra jamais rien. Le plus terrible, c'est qu'elle est sur le point de renoncer. C'est une rêveuse, mais le fil qui la relie à ses rêves est près de céder. Je ne permettrai pas que tout le potentiel de Julie, ses espoirs, son optimisme soient gâchés, conclut-elle avec une fougue involontaire.

Le Dr Frazier fronça les sourcils et dit :

— Excusez-moi de mettre ça sur le tapis, Terry, mais n'est-ce pas vous qui faisiez de grandes mises en garde contre la tentation de s'attacher trop à un patient ?

Avec un sourire triste, le Dr Wilmer s'adossa à son bureau, mais elle ne nia pas.

— C'était une règle plus facile à suivre quand tous

mes patients venaient de familles riches et qu'ils se considéraient comme « brimés » si on ne leur offrait pas une voiture de sport de cinquante mille dollars pour leur seize ans. Attendez d'avoir travaillé davantage avec des gosses comme Julie, qui sont passés à travers les mailles de ce système que nous avons mis au point pour leur venir en aide. Vous en perdrez le sommeil, même si vous avez l'habitude de dormir comme une souche.

— Vous avez raison, j'imagine, fit-il en soupirant, tandis qu'il lui rendait le dossier. Au fait, pourquoi n'a-t-elle été adoptée par personne ?

Theresa haussa les épaules.

— C'est dû à un manque de chance aussi bien qu'à une mauvaise organisation. D'après le dossier du service social de l'enfant et de la famille, elle a été abandonnée dans une ruelle alors qu'elle n'avait que quelques heures. Le dossier médical indique qu'elle est née avec dix semaines d'avance et qu'en raison de cela et du mauvais état dans lequel elle était en arrivant à l'hôpital, elle a connu une longue série de complications jusqu'à l'âge de sept ans, période pendant laquelle elle était très fragile et hospitalisée périodiquement.

« Le Service social de la famille lui a trouvé des parents adoptifs quand elle avait deux ans mais, en pleine procédure d'adoption, le couple a décidé de divorcer et l'a donc remise entre les mains de l'Assistance publique. Quelques semaines plus tard, elle a été placée chez un autre couple que l'on avait passé au crible autant qu'il est humainement possible de le faire, mais Julie a eu une pneumonie, et ces gens, qui avaient perdu un enfant de l'âge de Julie, se sont effondrés et ont renoncé à l'adopter. Ensuite on l'a temporairement envoyée dans une famille mais, au bout de quelques semaines, celui qui était chargé de son dossier a été gravement blessé dans un accident et n'est jamais revenu. A partir de là, ce ne fut plus qu'une suite d'erreurs tragiques, comme on dit. Son dossier a été égaré...

— Quoi ? fit John Frazier, incrédule.

— Ne jugez pas trop sévèrement les gens de l'Assistance. Ils sont pour la plupart consciencieux et très dévoués, mais ils sont aussi humains. Etant donné leur surcharge de travail et leur peu de moyens, ils se débrouillent étonnamment bien. Bref, la famille en question, qui avait déjà beaucoup d'enfants à charge, s'est dit que si l'Assistance ne lui trouvait pas de famille adoptive, c'était parce qu'elle n'était pas en bonne santé. Le temps que les services sociaux se rendent compte que le dossier s'était perdu dans leur pagaille, elle avait cinq ans et avait passé l'âge qui séduit le plus les candidats à l'adoption. Elle avait aussi un lourd passé médical et, quand on la retira à sa famille d'accueil pour la mettre dans une autre, elle fit aussitôt des crises d'asthme. Elle a manqué une grande partie du CP et du CE1, mais elle était « tellement gentille » que ses institutrices la faisaient quand même passer en classe supérieure. Ses nouveaux parents adoptifs avaient eux-mêmes trois enfants handicapés. Ils étaient donc tellement occupés qu'ils ne remarquèrent pas que Julie ne suivait pas à l'école, d'autant plus qu'elle ne redoublait pas. En CM1, Julie s'est elle-même rendu compte qu'elle était incapable de faire ce qu'on lui demandait. Alors elle a fait semblant d'être malade pour rester à la maison. Quand les parents s'en sont aperçus, ils l'ont obligée à retourner à l'école. Elle a donc trouvé un autre moyen d'y échapper. Elle a commencé à faire l'école buissonnière et à traîner chaque fois que c'était possible avec les gosses des rues. Je vous l'ai déjà dit, elle est bagarreuse, audacieuse et vive. Ils lui ont appris à chaparder et à se débrouiller pour qu'on ne remarque pas son absence en classe.

« Le reste, vous le connaissez. Elle a fini par se faire prendre pour absentéisme et vol à l'étalage, et on l'a envoyée à LaSalle, comme tous les enfants qui se conduisent mal dans leur foyer d'accueil. Il y a quelques mois, elle s'est fait embarquer, injustement à mon avis, avec un groupe de garçons plus âgés qui lui faisaient une démonstration de leurs talents. Julie n'était qu'un observateur fasciné, conclut-elle avec un rire étranglé. Elle m'a proposé de me montrer comment faire démarrer un moteur en mettant les fils en contact. Vous imaginez ça, cette puce aux immenses yeux innocents sait faire démarrer une voiture sans clé ! Cela dit, elle ne se hasarderait pas à la voler. Elle ne prend que ce que les enfants de LaSalle peuvent utiliser.

Avec un sourire entendu, Frazier se pencha vers la glace.

— Je suppose qu'ils n'ont rien contre un crayon rouge, un stylo bille et une poignée de bonbons.

— Comment ?

— Pendant que vous parliez, votre précieuse patiente a dérobé tout cela dans la salle d'attente.

— Mon Dieu ! s'écria le Dr Wilmer qui ne semblait pas s'en inquiéter vraiment.

— Elle est assez rapide pour faire des tours de passe-passe, s'étonna Frazier sans grand enthousiasme. Je vais la chercher avant qu'elle trouve le moyen d'escamoter cet aquarium. Je parie que les enfants de LaSalle adoreraient les poissons exotiques.

— Les Mathison doivent m'appeler du Texas pour me dire exactement quand ils seront prêts à l'accueillir, fit le Dr Wilmer en regardant sa montre.

Au même moment l'interphone sonna et l'on entendit la voix de la réceptionniste :

— Mme Mathison au téléphone, docteur Wilmer.

— Et voilà ! fit joyeusement Terry.

John Frazier jeta un coup d'œil à sa propre montre.

— Ma première séance avec Cara Peterson est dans quelques minutes.

Il se dirigea vers la porte qui donnait dans son bureau, posa la main sur la poignée et déclara :

— Je viens de me rendre compte que, dans votre programme, la charge de travail est très injustement répartie, plaisanta-t-il. Vous travaillez avec une petite fille qui vole des crayons et des bonbons pour les donner aux pauvres, et vous me refilez Cara Peterson qui veut tuer son beau-père. Vous avez Robin des Bois et moi Lizzie Borden [1] !

— Vous adorez les défis, répliqua Theresa Wilmer en riant. Je vais demander à l'Assistance de transférer Mme Borowski de LaSalle dans une section où elle ne s'occupera que de bébés et de petits enfants. Elle est parfaite pour eux parce qu'ils sont câlins et qu'ils

1. Cette jeune Américaine assassina son père. *(N.d.T.)*

n'enfreignent pas les règlements. Elle ne sait pas y faire avec les adolescents. Elle est incapable de distinguer entre une bénigne rébellion et la délinquance juvénile.

— Vous ne seriez pas par hasard en train de vous venger d'elle parce qu'elle a dit à votre réceptionniste que Julie chiperait tout ce qui lui tomberait sous la main ?

— Non, dit le Dr Wilmer en décrochant le téléphone. Mais c'était un excellent exemple.

Quand elle eut raccroché, le Dr Wilmer se leva et se dirigea vers la porte, impatiente d'apprendre à Mlle Julie Smith la surprise qu'elle lui réservait.

2

— Julie, dit-elle dans l'embrasure de la porte, entre, s'il te plaît. Les tests sont terminés. J'ai tous les résultats là, ajouta-t-elle, tandis que Julie refermait derrière elle.

Au lieu de s'asseoir dans un fauteuil, la jeune patiente prit position devant le bureau de Terry, les pieds légèrement écartés, les mains enfouies dans les poches de son jean. Elle haussa les épaules d'un air dégagé mais ne posa pas de question car, Terry le savait, elle redoutait la réponse.

— Tout ce programme est idiot, dit-elle. Vous ne saurez rien sur moi avec des tests et des entretiens.

— J'ai beaucoup appris sur toi, Julie, depuis les quelques mois que nous nous connaissons. Veux-tu que je te le prouve ?

— Non.

— Je t'en prie, laisse-moi te dire ce que j'en pense.

— Vous allez le faire, que je le veuille ou non, dit-elle avec une moue malicieuse.

— Tu as raison, acquiesça le Dr Wilmer en réprimant un sourire devant tant d'astuce.

Elle n'utilisait pas d'ordinaire les méthodes brutales qu'elle appliquait à Julie. Celle-ci était par nature trop intuitive et trop rompue à l'école de la rue pour se laisser leurrer par les phrases sucrées et les demi-vérités.

— J'ai appris que, malgré toutes les audaces et toute la provocation dont tu fais preuve devant tes compagnons, tu éprouves sans cesse une peur bleue. Tu ne sais ni qui tu es ni ce que tu seras. Tu ne sais ni lire ni écrire et tu es donc convaincue que tu es stupide. Tu sèches les cours parce que tu n'es pas au niveau des enfants de ton âge et que ça te fait terriblement souffrir qu'ils se moquent de toi en classe. Tu as l'impression d'être piégée, impuissante, et tu détestes ça.

« Tu sais que tu n'as pas été adoptée quand tu étais plus jeune et que ta mère t'a abandonnée. Tu as décidé depuis longtemps que, si ni tes parents naturels ni tes familles d'accueil ne t'ont gardée, c'était parce qu'ils avaient compris que tu ne donnerais « rien de bon », que tu n'étais ni assez intelligente ni assez jolie. Tu t'es donc fait couper les cheveux comme un garçon, tu as refusé de porter des vêtements de fille et tu t'es mise à voler, mais tu n'es pas plus heureuse pour autant. Rien ne semble avoir pour toi d'importance, et c'est bien là le problème. Quoi que tu fasses, tout le monde s'en fiche — sauf quand tu as des ennuis —, et tu te détestes parce que tu veux être prise en compte.

Le Dr Wilmer se tut pour la laisser méditer ces derniers propos avant de poursuivre sans ménagement :

— Tu veux compter pour quelqu'un, Julie. Si tu devais n'avoir qu'un souhait, ce serait *celui-là.*

Julie sentit des larmes humiliantes lui piquer les yeux, tandis que l'implacable discours du Dr Wilmer atteignait sa cible, et elle cligna pour les refouler.

Terry Wilmer, qui remarqua ses yeux humides, sut qu'elle avait touché une corde sensible.

— Tu ne veux ni espérer ni rêver, poursuivit-elle d'une voix plus douce, mais tu ne peux pas t'en empêcher, alors tu inventes des histoires fabuleuses que tu racontes aux petits de LaSalle, des histoires d'enfants seuls et laids qui trouvent un beau jour une famille, l'amour et le bonheur.

— Vous vous trompez sur toute la ligne ! protesta vivement Julie en rougissant jusqu'à la racine des cheveux. Vous me prenez pour une poule mouillée pleurnicharde. Je n'ai besoin de personne pour m'aimer et les enfants de LaSalle non plus. Je n'en ai pas besoin et je n'en veux pas ! Je suis heureuse...

— Ce n'est pas vrai. Aujourd'hui nous allons nous

dire toute la vérité, et je n'ai pas tout à fait fini. Voilà la vérité, Julie, déclara-t-elle en soutenant le regard de l'enfant avec une force tranquille. Pendant cette période d'examens, nous avons découvert que tu es une petite fille courageuse, très bien et *très intelligente*.

Elle sourit devant l'expression à la fois dubitative et ébahie de Julie avant d'enchaîner :

— Si tu n'as appris ni à lire ni à écrire, c'est uniquement parce que tu as tellement manqué de cours quand tu étais malade que tu n'as pas pu les rattraper. Ça n'a rien à voir avec tes capacités d'apprentissage, c'est-à-dire avec l'intelligence. Pour rattraper ton retard tu n'as besoin que d'une chose : que l'on te donne un coup de main. A part ça, fit-elle en changeant de sujet, tu as aussi un besoin naturel, parfaitement naturel, d'être aimée pour ce que tu es. Tu es très sensible, et c'est pour cela que l'on te heurte si facilement. C'est aussi pour cela que tu n'aimes pas que l'on fasse de la peine aux autres enfants et que tu t'efforces de leur faire plaisir en leur racontant des histoires et en volant pour eux. Je sais que cette idée te déplaît mais, crois-moi, la sensibilité est l'une de tes grandes qualités. A présent, il ne nous reste plus qu'à te mettre dans un environnement qui t'aidera à devenir la jeune femme que tu seras un jour.

Julie pâlit à l'idée que cet *environnement*, un mot qu'elle ne connaissait pas, devait ressembler à une institution, peut-être même à une prison.

— Je t'ai trouvée des parents adoptifs. James et Mary Mathison. Mme Mathison a été enseignante et elle a très envie de t'aider à rattraper ton retard scolaire. Le révérend Mathison...

Julie bondit de son fauteuil comme si on venait de lui marquer le dos au fer rouge.

— Un prêcheur ! explosa-t-elle en secouant la tête au souvenir des sermons sur l'enfer et la damnation qu'elle n'avait que trop entendus à l'église. Non merci, je préfère aller en taule.

— Tu n'as jamais été en taule et tu ne sais pas ce dont tu parles, fit le Dr Wilmer. Il y a quelques années, James et Mary Mathison se sont installés dans une petite ville du Texas. Ils ont deux fils qui ont cinq et trois ans de plus que toi et, contrairement aux autres foyers d'accueil que tu as connus, tu seras la seule enfant de l'Assistance. Tu feras *vraiment* partie de la famille, Julie. Tu auras même ta propre chambre. J'ai parlé de toi à James et à Mary, et ils ont hâte de t'accueillir chez eux.

— Pour combien de temps ? demanda Julie qui s'efforçait de ne pas s'emballer pour une solution provisoire, de toute façon vouée à l'échec.

— Pour toujours, à condition que tu t'y plaises et que tu acceptes d'obéir à une règle stricte qu'ils s'imposent à eux-mêmes et à leurs enfants : l'honnêteté. Ce qui signifie : plus de vols, plus de mensonges et plus d'école buissonnière. Ils pensent que tu en es capable et ils sont très impatients que tu fasses partie de la famille. Mme Mathison m'a appelée il y a quelques minutes, et elle était sur le point de partir acheter des jeux et des tas de choses pour t'aider à apprendre à lire le plus vite possible. Elle t'attend pour choisir la décoration de ta chambre. Comme ça, elle sera à ton goût.

— Ils ne savent pas que je me suis fait choper, n'est-ce pas ? demanda-t-elle en réprimant une explosion de joie. Je veux dire pour avoir séché les cours ?

— Pour absentéisme et pour tentative de vol de voiture, précisa le Dr Wilmer. Si, ils savent tout.

— Et ils veulent quand même que je vive avec eux ? railla Julie d'un ton coupant. Ils doivent vraiment avoir besoin de l'argent des services sociaux !

— L'argent n'a rien à voir avec leur décision ! rétorqua le Dr Wilmer avec une sévérité que contredisait une esquisse de sourire. Ce sont des gens très particuliers. Ils ne sont pas financièrement riches, mais ils estiment l'être d'autres manières, par d'autres bienfaits, et ils veulent partager ces bienfaits-là avec un enfant qui le mérite.

— Et ils croient que *je* le mérite ? persifla Julie. Personne ne voulait déjà de moi avant que j'aie un casier judiciaire. Pourquoi me voudrait-on aujourd'hui ?

Le Dr Wilmer ignora sa question, se leva et fit le tour de son bureau.

— Julie, dit-elle doucement en attendant que la petite fille relève les yeux, je pense que tu le mérites plus que tous les enfants que j'ai eu le privilège de rencontrer.

Ce compliment magnifique, sans précédent, fut suivi d'un des rares gestes d'affection qu'on lui ait manifesté jusqu'alors. Le Dr Wilmer posa sa main sur la joue de Julie et dit :

— Je ne sais pas comment tu as pu rester aussi douce et charmante, mais crois-moi, tu mérites que je t'aide et que les Mathison t'aiment comme je pense qu'ils le feront.

Julie haussa les épaules en essayant de se blinder contre toute déception éventuelle mais, quand elle se leva, elle ne put dissimuler toute l'espérance qu'elle avait au cœur.

— Ne comptez pas là-dessus, docteur Wilmer.

— Je compte sur toi. Tu es une fille extrêmement intuitive et intelligente, qui saura ce qui est bon.

— Vous êtes vraiment très forte, dit Julie avec un soupir d'espoir et de crainte en l'avenir. Vous réussissez presque à me faire croire à cette histoire.

— Je suis très forte, reconnut le Dr Wilmer. Et c'est très *intelligent* de ta part de l'avoir compris.

En souriant, elle posa la main sur le bras de Julie et lui déclara avec une solennité attendrie :

— Est-ce que tu m'écriras bientôt pour me dire où tu en es ?

— Bien sûr, répondit Julie en haussant à nouveau les épaules.

— Les Mathison se moquent de ce que tu as fait dans le passé. A partir de maintenant, ils font confiance à ton honnêteté. Est-ce que tu es prête, toi aussi, à oublier le passé pour leur permettre de t'aider à devenir l'être merveilleux que tu as en toi ?

Devant cette flatterie on ne peut plus inhabituelle, Julie eut un petit rire gêné et roula des yeux ronds comme des billes.

— Oui. Pour sûr.

— Penses-y, Julie, poursuivit gravement Theresa pour que la petite fille ne minimise pas l'importance de ce nouvel avenir. Mary Mathison a toujours désiré une fille, mais tu es la seule qu'elle ait jamais invitée à venir vivre chez elle. A partir de ce moment, tu repartiras de zéro.

Tu seras aussi immaculée qu'un nouveau-né. Tu comprends ?

Julie ouvrit la bouche pour acquiescer, mais elle avait une drôle de boule dans la gorge et se contenta de hocher la tête.

Theresa Wilmer sonda les immenses yeux bleus de la gamine et sa gorge se noua. Elle glissait les doigts dans ses boucles brunes ébouriffées.

— Peut-être qu'un jour tu te laisseras pousser les cheveux, murmura-t-elle. Ils seront beaux, épais.

Julie retrouva enfin la parole et son front se plissa d'inquiétude.

— La dame, Mme Mathison, elle ne va pas les faire friser, y mettre des rubans ou un truc nunuche de ce genre ?

— A moins que tu ne le souhaites.

L'humeur sentimentale de Theresa s'estompa quand Julie s'en alla. Elle avait laissé la porte du bureau entrouverte et, comme la réceptionniste était en train de déjeuner, elle dut se lever et aller la fermer elle-même. Elle avait déjà une main sur la poignée quand elle aperçut Julie, qui avait fait un crochet par la table basse sans s'y arrêter vraiment avant de faire un nouveau détour pour passer devant le bureau vide de la réceptionniste.

Une grosse poignée de bonbons brillait sur la table basse. Et le crayon rouge et le stylo bille avaient réapparu sur le bureau.

— Tu veux vraiment repartir de zéro, n'est-ce pas, ma douce ? murmura Theresa d'une voix rendue rauque par la joie et la fierté du travail accompli. C'est très bien !

3

Le car scolaire s'arrêta devant la douillette maison victorienne que Julie avait fini par considérer comme la sienne depuis trois mois qu'elle habitait chez les Mathison.

— Tu es arrivée, Julie, dit le chauffeur.

Mais, tandis qu'elle descendait du bus, aucun de ses nouveaux amis ne lui dit au revoir, comme ils le faisaient d'habitude. Leur silence froid et soupçonneux ne faisait qu'accentuer la terreur noire qui lui nouait déjà l'estomac en remontant le trottoir couvert de neige. On avait volé l'argent collecté pour les repas de la semaine sur le bureau du professeur. On avait interrogé tous les enfants. Or Julie se trouvait dans la salle pendant la récréation pour mettre la dernière touche à son devoir de géographie. C'était donc elle la principale suspecte non seulement parce qu'elle avait eu l'occasion de voler cet argent, mais aussi parce qu'elle était la nouvelle, l'étrangère, l'enfant de la grande et vilaine ville et, puisque rien de tel n'était jamais arrivé dans sa classe, tout le monde la considérait déjà comme coupable. Cet après-midi-là, en attendant devant le bureau du principal, elle avait entendu M. Duncan dire à sa secrétaire qu'il allait devoir appeler le révérend et Mme Mathison pour les prévenir de ce vol. De toute évidence, M. Duncan l'avait fait, puisque la voiture du révérend se trouvait dans l'allée et qu'il était rarement à la maison aussi tôt.

Quand elle atteignit le portail au milieu de la palissade

blanche qui faisait le tour du terrain, elle resta plantée là à regarder la maison, les genoux tremblants au point de s'entrechoquer à l'idée d'être bannie de cet endroit. Les Mathison lui avaient donné sa chambre avec un lit à baldaquin et un dessus-de-lit à fleurs, mais tout cela ne lui manquerait pas autant que leur tendresse. Et leurs belles voix. Ils avaient tous des voix si douces, si gentilles, si rieuses. Rien qu'à l'idée de ne plus entendre James Mathison lui dire : « Bonne nuit, Julie. N'oublie pas tes prières, ma chérie », elle avait envie de se jeter par terre et de pleurer comme un bébé. Comment vivre sans plus entendre Carl et Ted, qu'elle considérait déjà comme ses grands frères, l'appeler pour jouer avec eux ou pour l'emmener au cinéma ? Plus jamais elle n'irait à l'église avec sa nouvelle famille et ne s'assiérait avec eux pour écouter le révérend Mathison parler du Seigneur devant une assistance qui observait un silence respectueux. Au début, elle n'aimait pas cela. Les offices lui paraissaient interminables et les bancs étaient durs comme le roc, mais elle avait fini par écouter avec plaisir le révérend. Au bout de quelques semaines, elle s'était même mise à *croire* qu'il existait vraiment un Dieu bon et aimant qui se préoccupait de tous, même des petits enfants de rien du tout comme Julie Smith.

— Je vous en prie ! murmura-t-elle au Dieu du révérend Mathison, tout en sachant que cela ne servait à rien.

Elle aurait dû se douter que c'était trop beau pour durer, pensa-t-elle amèrement, et les larmes qu'elle refoulait lui brouillèrent la vue. Pendant quelques instants, elle se berça de l'espoir qu'on la fouetterait plutôt que de la renvoyer à Chicago, mais elle ne se faisait guère d'illusions. Tout d'abord, ses parents adoptifs ne croyaient pas aux bienfaits du fouet, mais le vol et le mensonge étaient des fautes graves, inacceptables pour le Seigneur comme pour eux-mêmes. Julie avait promis de ne pas recommencer et ils lui avaient fait une confiance totale.

La lanière de son nouveau cartable de nylon glissa de son épaule et ce dernier tomba dans la neige, mais Julie était trop malheureuse pour s'en soucier. En le traînant par l'autre lanière, elle avança vers la maison, engourdie par la peur, et gravit les marches du porche.

Des biscuits avec des pépites de chocolat, les préférés de Julie, refroidissaient sur des plateaux au milieu du plan de travail de la cuisine quand elle referma la porte. Le parfum délicieux des gâteaux tout frais aurait dû la faire saliver. Aujourd'hui cela lui donnait la nausée, car Mary Mathison ne lui en ferait jamais plus. La cuisine était étrangement déserte et un coup d'œil dans le salon lui confirma qu'il était vide, lui aussi, mais elle entendait les voix de ses frères dans leur chambre, au bout du couloir. Les mains tremblantes, Julie accrocha son sac à l'un des crochets qui se trouvaient à côté de la porte de la cuisine, puis elle retira sa veste molletonnée, la suspendit et se dirigea vers la chambre des garçons.

Carl, qui avait seize ans, l'aperçut dans l'embrasure de la porte et lui entoura les épaules de son bras.

— Salut, Julie-Bob, la taquina-t-il. Que penses-tu de notre nouveau poster ?

D'habitude, ce surnom la faisait sourire. A présent elle avait envie de hurler parce qu'elle ne l'entendrait plus. Ted, qui avait deux ans de moins que Carl, lui sourit en lui montrant l'affiche de Zack Benedict, leur dernière idole, un acteur de cinéma.

— Qu'en penses-tu, Julie ? Il n'est pas génial ? Un jour, j'aurai la même moto que lui.

Les yeux embués de larmes, Julie contempla le portrait en pied d'un homme grand, large d'épaules, qui ne souriait pas et qui, les bras croisés sur une poitrine bronzée et couverte de poils bruns, se tenait près d'une moto.

— C'est le plus grand, acquiesça-t-elle, figée. Où sont votre mère et votre père ? demanda-t-elle d'une voix terne.

Bien que ses parents adoptifs l'aient invitée à les appeler « papa » et « maman » et qu'elle l'ait fait avec joie, Julie savait que ce privilège serait bientôt abrogé.

— Il faut que je leur parle.

La voix altérée par les larmes qu'elle retenait, elle n'en était pas moins décidée à subir l'inévitable confrontation le plus tôt possible, incapable de supporter plus longtemps sa peur.

— Ils tiennent une sorte de conseil de guerre dans leur chambre, dit Ted, les yeux rivés sur l'affiche. Carl et moi, on ira voir le dernier film de Zack Benedict demain soir. Nous voulions t'emmener, mais il est interdit aux moins de treize ans à cause de la violence, et maman a dit que c'était impossible.

Il détacha le regard de son idole et contempla le visage ravagé de chagrin de Julie.

— Hé, la môme, ne fais pas cette tête ! On t'emmènera voir le premier film qui...

La porte de l'autre côté du couloir s'ouvrit et les parents adoptifs de Julie sortirent de leur chambre, l'air sombre.

— J'ai cru entendre ta voix, Julie, dit Mary Mathison. Est-ce que tu veux manger quelque chose avant que nous commencions tes devoirs ?

— J'ai l'impression que Julie est trop bouleversée pour se concentrer sur son travail, déclara le révérend devant le visage crispé de la petite fille. Veux-tu parler de ce qui te tracasse maintenant ou après le dîner ?

— Maintenant, murmura-t-elle.

Carl et Ted échangèrent un regard inquiet et perplexe et s'apprêtèrent à quitter la pièce, mais Julie leur fit signe de rester. Mieux valait en terminer avec cette histoire tout de suite et devant tout le monde.

— On a volé de l'argent à l'école aujourd'hui, commença-t-elle d'une voix chevrotante, dès que ses parents furent assis sur le lit de Carl.

— Nous le savons, fit le révérend Mathison d'une voix calme. Ton principal nous a déjà appelés. M. Duncan semble penser, tout comme ton institutrice, que c'est toi la coupable.

En rentrant de l'école, Julie avait pris le parti de ne pas supplier, de ne pas s'humilier, même si ce qu'on lui disait était pénible ou injuste. Malheureusement, elle ne s'était pas doutée de l'incroyable angoisse qu'elle éprouverait à l'idée de perdre sa nouvelle famille. Elle plongea les mains dans les poches de son jean, adoptant inconsciemment une posture de défi, mais à sa consternation, ses épaules se mirent à trembler violemment et elle dut essuyer avec sa manche ces larmes qu'elle détestait tant.

— Est-ce que tu as volé cet argent, Julie ?

— Non !

Le mot avait jailli en un cri angoissé.

— Eh bien, c'est réglé.

M. et Mme Mathison se levèrent ensemble, comme s'ils la prenaient pour une voleuse et une menteuse. Malgré ses bonnes résolutions Julie se mit à implorer :

— Je jure que je n'ai pas volé l'argent de la cantine, gémit-elle en tordant l'ourlet de son gilet. Je vous ai promis que je ne mentirais et que je ne volerais plus. J'ai tenu parole ! Ce n'est pas moi ! Croyez-moi, je vous en supplie...

— Nous te croyons, Julie.

— J'ai changé, vraiment, et...

Elle s'interrompit brusquement et les regarda, ébahie, incrédule.

— Vous... quoi ? murmura-t-elle.

— Julie, déclara son père adoptif en lui posant la main sur la joue, quand tu es venue chez nous, nous t'avons demandé de nous donner ta parole. Tu nous l'as donnée et nous t'avons fait confiance, tu te souviens ?

Julie acquiesça de la tête. Elle s'en souvenait très bien. Puis elle vit le sourire de Mary Mathison et se jeta dans ses bras. L'étreinte lui apporta un parfum d'œillets et la promesse de baisers du soir et de rires partagés.

Julie pleura à chaudes larmes.

— Allons bon, tu vas te rendre malade, dit James Mathison en souriant à sa femme qui avait elle-même les yeux luisants. Maman va s'occuper du dîner. Laissons au bon Dieu le soin de se charger de l'argent volé.

En entendant ces mots, Julie se raidit soudain et sortit en trombe de la pièce en annonçant qu'elle reviendrait mettre la table pour le dîner.

— Elle ne devrait pas sortir maintenant, dit le révérend Mathison avec inquiétude, dans le silence étonné qui suivit son étrange et brusque départ. Elle est encore très perturbée, et il fait un peu sombre. Carl, suis-la et va voir ce qu'elle fait.

— J'y vais aussi, dit Ted en attrapant sa veste dans le placard.

A deux pâtés de maison de là, Julie saisit les poignées

de cuivre gelées et parvint à ouvrir les lourdes portes de l'église dont son père adoptif était le pasteur. Une pâle lumière hivernale filtrait à travers les hautes fenêtres tandis qu'elle remontait l'allée centrale avant de s'arrêter devant l'autel. Ne sachant trop comment procéder en de telles circonstances, elle leva des yeux humides vers la croix de bois.

— Merci mille fois pour avoir incité les Mathison à me croire, dit-elle d'une petite voix timide. Je sais que c'est Vous qui avez permis cela, mais c'est un vrai miracle. Vous ne le regretterez pas, promit-elle. Je serai tellement parfaite que tout le monde sera fier de moi. Oh, et si Vous avez le temps, pourriez-Vous Vous assurer que M. Duncan trouve le vrai coupable ? Sinon, c'est moi qui écoperai de toute façon, et ce n'est pas juste.

Ce soir-là, après le dîner, Julie nettoya de fond en comble sa chambre, qui était déjà propre comme un sou neuf. Quand elle prit son bain, elle se lava deux fois derrière les oreilles. Elle était si décidée à être parfaite que, quand Ted et Carl lui proposèrent une partie de Scrabble avant d'aller se coucher, un jeu qu'ils adaptaient à son niveau pour l'aider à progresser en lecture, elle ne songea pas un instant à regarder les lettres pour choisir celles qui lui convenaient le mieux.

Le lundi de la semaine suivante, Billy Nesbitt, un élève de cinquième, fut pris avec un paquet de six canettes de bière qu'il partageait généreusement avec ses copains sous les gradins du stade à l'heure du déjeuner. Sous le carton d'emballage, on découvrit une enveloppe marron où était inscrit de la main de l'institutrice de Julie : « Argent de la cantine — classe de Mlle Abbott. »

Julie reçut des excuses officielles de l'institutrice devant ses camarades de classe et des regrets plus réticents de l'austère M. Duncan.

Cet après-midi-là, Julie descendit du bus devant l'église et y passa un quart d'heure, puis elle courut à la maison pour annoncer la nouvelle. Elle entra en trombe, le visage rougi par le froid glacial, impatiente de fournir la preuve tangible de son innocence et se précipita dans la cuisine où Mary Mathison préparait le dîner.

— Je peux prouver que je n'ai pas volé l'argent de la cantine ! s'écria-t-elle, haletante, son regard passant de sa mère adoptive à ses frères.

Mary Mathison lui lança un sourire perplexe et continua d'éplucher les carottes sur l'évier. Carl leva à peine les yeux du plan de la maison qu'il dessinait pour le projet qu'il avait entrepris à l'école. Ted lui sourit d'un air absent et poursuivit la lecture d'un magazine avec Zack Benedict en couverture.

— Nous savions que tu n'avais pas pris cet argent, ma chérie, répondit enfin Mary Mathison. Tu nous l'avais dit.

— C'est vrai, lui rappela Ted en tournant la page de son magazine.

— Oui, mais comme ça, vous... vous me croirez vraiment. Enfin je peux le *prouver* ! cria-t-elle en passant d'un visage impassible à l'autre.

Mme Mathison posa ses carottes et se mit à déboutonner la veste de Julie.

— Tu nous l'as déjà prouvé, dit-elle avec un doux sourire, puisque tu nous as donné ta parole, tu te souviens ?

— Oui, mais ma parole, ce n'est pas comme une vraie preuve. Ce n'est pas assez bien.

Mme Mathison la regarda droit dans les yeux.

— Julie, fit-elle avec fermeté, si tu es toujours aussi franche avec les autres que tu l'es avec nous, le monde entier considérera bientôt ta parole comme une preuve.

— Billy Nesbitt a chipé l'argent pour acheter de la bière à ses amis, insista Julie. Comment pouvez-vous être sûrs que je dirai toujours la vérité et que je ne chaparderai plus ?

— Nous le savons parce que nous te connaissons, répondit sa mère adoptive avec solennité. Nous te connaissons, nous avons confiance en toi et nous t'aimons.

— Oui, canaille, intervint Ted avec un grand sourire.

— Tout à fait, fit Carl en levant les yeux de son dessin et en opinant du chef.

A sa grande consternation, Julie sentit des larmes lui piquer les yeux. Elle se détourna aussitôt, mais ce jour marqua irrévocablement un tournant dans son existence.

Les Mathison avait ouvert leur maison et leur cœur à *elle,* et non à un autre petit veinard. Cette famille chaleureuse était la sienne à jamais, ils savaient tout d'elle, et ils l'aimaient *quand même.*

Julie se délectait de ce qu'elle venait de découvrir. Elle s'y épanouit comme une fleur qui ouvre ses pétales au soleil. Elle se jeta dans le travail avec une détermination accrue et s'étonna de la facilité avec laquelle elle apprenait désormais. Quand vint l'été, elle demanda à suivre des cours pendant les vacances pour rattraper son retard.

L'hiver suivant, on demanda à Julie de venir au salon où elle ouvrit ses premiers cadeaux d'anniversaire devant une famille rayonnante. Quand le dernier paquet fut ouvert et le dernier papier ramassé, James, Mary, Ted et Carl Mathison lui firent son plus beau présent.

Il s'agissait d'une grande enveloppe marron, plutôt rébarbative. Elle contenait une longue feuille en haut de laquelle était inscrit en caractères noirs : DEMANDE D'ADOPTION.

Julie les regarda, les yeux noyés de larmes en serrant le papier contre sa poitrine.

— Moi ? souffla-t-elle.

Ted et Carl se méprirent sur la cause de ses pleurs et, pleins d'angoisse, parlèrent en même temps.

— Nous voulons juste que ce soit officiel, Julie, pour que tu puisses t'appeler Mathison comme nous, dit Carl.

— Si tu n'es pas sûre que ce soit une bonne idée, tu n'es pas obligée d'accepter, ajouta Ted.

Il s'arrêta net quand Julie se jeta dans ses bras et faillit le faire tomber à la renverse.

— Si, j'en suis sûre ! hurla-t-elle de joie. Sûre et certaine !

Rien ne pouvait atténuer son bonheur. Ce soir-là, quand ses frères lui proposèrent d'aller au cinéma avec un groupe d'amis pour voir leur héros, Zack Benedict, elle accepta instantanément, bien qu'elle ne comprît pas très bien ce que lui trouvaient ses frères. Elle prit place au troisième rang du cinéma Bijou, un frère de chaque côté, épaule contre épaule, et regarda d'un air absent un film où jouait un grand type aux cheveux bruns, froid, qui n'était bon qu'à chevaucher une moto, à se lancer dans des rixes, et qui avait l'air de s'ennuyer.

— Qu'as-tu pensé du film ? Zack Benedict est super, hein ? lui demanda Ted en sortant du cinéma au milieu d'une foule d'adolescents qui disaient à peu près tous la même chose.

Son parti pris d'honnêteté l'emporta d'un cheveu sur le désir d'être en accord parfait avec ses deux merveilleux frères.

— Il est... enfin... il a l'air un peu *vieux*, dit-elle en cherchant le soutien des trois adolescentes qui les avaient accompagnés au cinéma.

— Vieux ! s'exclama Ted, qui semblait tomber des nues. Il n'a que vingt et un ans, mais il a vraiment vécu ! J'ai lu dans un magazine qu'il est livré à lui-même depuis qu'il a six ans, qu'il a vécu dans l'Ouest, travaillé dans des ranches pour gagner sa vie. Dresser des chevaux, tu vois ? Plus tard il a participé à des rodéos. Il a même appartenu quelque temps à une bande de motards qui sillonnaient le pays. Zack Benedict, dit Ted avec un clin d'œil, est un homme, un vrai.

— Oui, mais il semble... froid, dit Julie. Froid et un peu méchant aussi.

Les filles éclatèrent de rire devant cette critique que la fillette estimait justifiée.

— Julie, fit Laurie Parker en gloussant. Zachary Benedict est absolument superbe et hyper-sexy. Tout le monde est d'accord là-dessus.

Julie, qui savait que Carl avait secrètement le béguin pour Laurie Parker, continua sur sa lancée :

— Ce n'est pas mon avis. Je n'aime pas ses yeux marron. Il a un regard mauvais.

— Ils ne sont pas marron, mais *dorés*. Il a des yeux incroyablement sensuels. Demande à tout le monde !

— Julie n'est pas bon juge en la matière, intervint Carl, qui s'éloigna de son amour secret et s'approcha de Ted pour rentrer à la maison. Elle est trop jeune.

— Je ne suis pas trop jeune pour savoir que Zack Benedict n'est pas aussi beau que vous deux ! décréta Julie en prenant ses frères par le bras.

Devant un tel compliment, Carl décocha un sourire supérieur à Laurie Parker et s'amenda :

— Julie est quand même très *mûre* pour son âge !

Ted était encore absorbé par la vie fabuleuse de son idole.

— Tu t'imagines, dès l'enfance, travailler dans un ranch, monter à cheval, prendre des bêtes au lasso...

4

1988

— Otez-moi ces fichus bœufs de là ! ordonna Zachary Benedict d'un ton sec. Ils puent au point de faire dégueuler un cadavre !

Assis sur un fauteuil de toile noire où était peint en blanc le mot REALISATEUR, il lança un regard mauvais au bétail qui se mouvait dans un enclos provisoire, près d'un ranch moderniste, tout en longueur, puis il continua d'annoter son scénario. Située à une soixantaine de kilomètres de Dallas, cette luxueuse résidence avec son allée bordée d'arbres, ses splendides écuries et ses champs parsemés de puits de pétrole lui avait été louée par un milliardaire texan pour le tournage de *Destinée,* un film qui, selon *Variété,* vaudrait à Zack Benedict l'Oscar du meilleur acteur et du meilleur réalisateur, pour peu qu'il parvienne à terminer ce projet qui semblait avoir la poisse.

La veille encore, Zack pensait que cela ne pouvait pas aller plus mal. Avec à l'origine un budget de quarante-cinq millions de dollars pour quatre mois de tournage, *Destinée* avait pris un mois de retard et, en raison d'un nombre incroyable d'étranges problèmes de production et d'accidents qui avaient entravé son travail depuis le premier jour ou presque, le dépassement de budget atteignait les sept millions.

Après des mois de retards et de désastres, il ne restait plus que deux scènes à tourner, mais l'euphorie que Zack aurait dû éprouver était totalement oblitérée par une fureur qu'il avait la plus grande peine à contenir, tandis qu'il tentait en vain de se concentrer sur les changements de la prochaine scène.

A sa droite, près de la route principale, on déplaçait une caméra pour capter un coucher de soleil aussi rougeoyant que prometteur avec à l'horizon la silhouette des gratte-ciel de Dallas. Derrière les portes ouvertes de l'écurie, Zack apercevait des treuils qui disposaient des bottes de foin et les électriciens qui s'agitaient dans les halos pour ajuster les lumières, tandis que le cadreur leur donnait des ordres. Hors champ, deux cascadeurs déplaçaient des automobiles portant les insignes de la police de la route du Texas en vue d'une scène de poursuite qui devait être filmée le lendemain. Dans le périmètre de la pelouse qui se trouvait sous un bosquet de chênes, des caravanes réservées aux principaux membres de la distribution formaient un grand demi-cercle, les stores baissés, les climatiseurs luttant laborieusement contre l'implacable chaleur de juillet. A côté de ces caravanes, les camions du traiteur distribuaient des boissons rafraîchissantes aux machinistes dégoulinants de sueur et aux acteurs qui crevaient de chaleur.

Les comédiens, comme les membres de l'équipe technique étaient tous des professionnels chevronnés, habitués à attendre des heures pour quelques minutes de tournage. D'ordinaire, l'ambiance était conviviale et, l'avant-dernier jour, il y avait même un peu de laisser-aller. Ceux-là mêmes qui s'étaient regroupés, mal à l'aise, devant les camions du traiteur, auraient dû entourer Zack, plaisanter des épreuves qu'ils avaient endurées ensemble et discuter avec enthousiasme de la soirée de clôture du lendemain.

Après ce qui s'était passé la veille au soir, on ne lui adressait la parole que contraint et forcé et l'on se disait qu'il n'y aurait sûrement pas de fête.

Aujourd'hui, les trente-huit membres de l'équipe de Dallas l'évitaient ostensiblement, et tous redoutaient les heures à venir. Par conséquent, on beuglait avec une impatience tendue les instructions que l'on aurait dû donner sur un ton plus raisonnable. Les ordres que l'on exécutait généralement avec empressement n'étaient plus suivis qu'avec la maladroite imprécision qui apparaît lorsque l'on veut en finir au plus vite.

Zack ressentait presque physiquement les émotions qui émanaient de son entourage : la solidarité de ceux qui l'aimaient bien, l'ironie satisfaite de ceux qui ne l'aimaient pas ou des amis de sa femme, la curiosité avide de ceux qui n'avaient aucun sentiment ni pour l'un ni pour l'autre.

Quand il comprit enfin que personne n'avait entendu son ordre, il chercha l'assistant-réalisateur des yeux et l'aperçut sur la pelouse, les mains sur les hanches et la tête penchée en arrière, qui regardait décoller l'un des hélicoptères qui se rendaient régulièrement au laboratoire de Dallas où l'on développait la pellicule de la journée. Sous l'appareil, un tourbillon de poussière renvoya à Zack une rafale de vent chaud et de gravier à laquelle se mêla une odeur de fumier frais.

— Tommy ! hurla-t-il avec irritation.

Tommy Newton se retourna et accourut en époussetant son short kaki. Trente-cinq ans, de petite taille, des yeux noisette et des lunettes à monture ronde métallique, le premier assistant avait un aspect studieux que démentaient un irrépressible sens de l'humour et une énergie inépuisable. Mais ce jour-là, même Tommy ne pouvait pas avoir le cœur léger.

— Tu m'as appelé ? demanda-t-il en calant sa planchette sous le bras au cas où il lui faudrait prendre des notes.

— Demande à quelqu'un de me mettre ces bœufs ailleurs pour que le vent ne rabatte pas cette odeur ! dit Zack d'un ton abrupt.

— Bien sûr, Zack.

Le doigt sur le bouton du volume de l'émetteur qu'il portait à la taille, Tommy mit en place le micro de son casque et s'adressa à Doug Furlough, le chef des machinistes.

— Doug, dit Tommy dans le micro.

— Oui, Tommy ?

— Demande aux gars du ranch de déplacer les bœufs dans le pré au sud.

— Je croyais que Zack les voulait pour la prochaine prise.

— Il a changé d'avis.

— D'accord, je m'en occupe. Est-ce qu'on peut commencer à démonter le plateau à l'intérieur ou est-ce qu'il veut qu'on le laisse en place ?

Tommy hésita, jeta un coup d'œil à Zack et répéta la question.

— Laissez-le ! répondit sèchement Zack. N'y touchez pas tant que je n'aurai pas vu les rushes. S'il y a un problème, je veux pouvoir refaire une prise le plus rapidement possible.

Après avoir transmis à Doug Furlough la réponse à sa question, Tommy se détourna d'un air hésitant.

— Zack, fit-il sombrement, tu n'es probablement pas d'humeur à entendre ça, mais ce soir, on va... s'affairer ici, et je n'aurai peut-être plus l'occasion de te le dire.

Zack leva les yeux vers lui en faisant un effort pour paraître intéressé.

— Tu mérites deux autres Oscars pour ce film, poursuivit Tommy d'une voix saccadée. Certaines de tes scènes, celles aussi où étaient Rachel et Tony, ont donné la chair de poule à toute l'équipe, et je n'exagère pas.

La simple évocation du nom de sa femme, surtout en corrélation avec celui de Tony Austin, fit bouillir Zack. Il se leva brusquement, le scénario à la main.

— Ton compliment me fait plaisir, mentit-il. Il va falloir attendre encore une bonne heure avant de tourner la scène de nuit. Quand tout sera prêt dans l'écurie, annonce une pause pour le dîner. En attendant, je voudrais quelque chose à boire, et un endroit où je puisse me concentrer. Je serai là-bas, si vous avez besoin de moi, ajouta-t-il en désignant du menton le bosquet de chênes à la limite de la pelouse.

Il se dirigeait vers les camions du traiteur quand la porte de la caravane de Rachel s'ouvrit. Leurs regards se croisèrent, les conversations s'arrêtèrent brutalement, les têtes se détournèrent. Il y avait de l'électricité dans l'air comme après un éclair de chaleur, mais Zack contourna sa femme et poursuivit son chemin. Il s'arrêta devant le camion pour dire deux mots à l'assistant de

Tommy Newton et échanger quelques plaisanteries avec deux des cascadeurs. C'était pour lui une performance digne d'un Oscar, car cela lui demandait un immense effort. En effet, il ne pouvait pas voir Rachel sans se rappeler la nuit dernière, quand il avait regagné à l'improviste leur suite à l'hôtel du Croissant et qu'il l'avait trouvée dans les bras de Tony Austin...

Plus tôt dans la journée, il lui avait dit qu'il tiendrait une réunion avec l'équipe de cadrage et les assistants pour passer en revue quelques détails et qu'il dormirait dans sa caravane sur le plateau. Quand toute l'équipe fut réunie dans sa caravane, Zack s'était rendu compte qu'il avait oublié ses notes à l'hôtel et, au lieu d'y envoyer quelqu'un, il avait décidé de gagner du temps en les invitant tous au Croissant. Les six hommes, d'une humeur d'autant plus légère que la fin du tournage approchait, étaient entrés dans la suite et Zack avait allumé la lumière.

— Zack ! avait crié Rachel en se retirant du corps nu qu'elle chevauchait sur le sofa pour saisir son peignoir, les yeux exorbités.

Tony Austin, l'autre vedette de *Destinée,* s'était réfugié d'un bond derrière le canapé circulaire, tandis que Zack avançait vers lui.

— Ne me frappe pas au visage ! avait-il hurlé au moment où Zack se précipitait vers le dossier. Il me reste encore deux scènes.

Il fallut les cinq autres membres de l'équipe pour le retenir.

— Zack, sois raisonnable ! avait crié le régisseur, qui tentait de le maîtriser.

— Il ne pourra pas terminer ce foutu film si tu le massacres ! avait beuglé Doug Furlough en lui retenant les bras.

Zack s'était dégagé de l'étreinte de ces deux hommes, plus petits que lui, froidement et délibérément, avait cassé deux côtes à Tony avant qu'ils aient pu le retenir. Haletant de rage plus que d'épuisement, Zack les avait regardés aider Austin, nu et boitillant, à sortir de la pièce. Une demi-douzaine de clients de l'hôtel attendaient dans le couloir, attirés sans doute par les hurlements de Rachel. Zack leur claqua la porte au nez.

Il revint vers Rachel, qui s'était drapée dans un peignoir de satin couleur pêche, et fit un effort sur lui-même pour ne pas la frapper violemment elle aussi.

— Hors de ma vue ! ordonna-t-il, tandis qu'elle reculait. Sors d'ici ou je ne réponds plus de rien !

— Tu ne vas quand même pas me menacer, espèce de sale arrogant ! rétorqua-t-elle avec un mépris si triomphant qu'il se figea sur place. Si tu portes la main sur moi, les avocats qui se chargeront de mon divorce n'exigeront pas seulement la moitié de tes biens, mais la totalité ! Tu comprends, Zack ? Je divorce. Mes avocats prépareront les papiers dès demain. Tony et moi, nous allons nous marier !

Quand il comprit que sa femme et son amant s'envoyaient en l'air dans son dos avec l'intention de vivre de l'argent qu'il avait si durement gagné, son sang ne fit qu'un tour. Il la prit par les bras et la plaqua contre la porte du salon.

— Je te tuerai plutôt que de te laisser prendre la moitié de quoi que ce soit ! Maintenant sors !

Elle trébucha, se redressa, la main sur la poignée de la porte, les traits figés en un masque de jubilation haineuse, et lui décocha sa dernière flèche.

— Si tu as l'intention de nous tenir, Tony et moi, à l'écart du plateau, je ne te conseille pas d'essayer. Tu n'es que le réalisateur. Le studio a mis une fortune dans ce film. Ils t'obligeront à le terminer, et ils te colleront un procès aux fesses, si tu fais quoi que ce soit pour le retarder ou pour le saboter. Réfléchis, conclut-elle avec un sourire mauvais en ouvrant grande la porte. De toute façon, tu es perdant. Si tu ne termines pas ton film, tu seras ruiné. Si tu le finis, j'aurai la moitié de tout ce que tu gagneras.

Elle claqua rageusement la porte derrière elle.

Elle avait raison en ce qui concernait le film. Même dans l'état où il se trouvait, Zack s'en rendait compte. Il ne restait que deux scènes à tourner, or Tony et Rachel figuraient dans l'une d'elles. Zack n'avait pas le choix. Il devrait tolérer la présence de sa femme adultère et de son amant pendant qu'il dirigerait la scène. Il s'avança vers le bar, se versa un whisky sec, l'avala d'un trait et s'en versa un autre. Le verre à la main, il s'approcha de la fenêtre et contempla les gratte-ciel scintillants de Dallas, tandis que sa douleur et sa rage commençaient à s'estomper. Dès demain, il appellerait ses propres avocats et leur demanderait d'entamer une procédure de divorce selon ses termes, non ceux de Rachel. Bien qu'il ait amassé une fortune respectable comme acteur, il l'avait fait fructifier grâce à des investissements astucieux. Or ses intérêts étaient soigneusement préservés par une série de fidéicommis et de mesures légales complexes, qui devaient les protéger de la cupidité de Rachel. Ses doigts se desserrèrent autour de son verre. A présent il avait la situation en main. Il s'en sortirait la tête haute et irait de l'avant. Il savait qu'il en était capable et il le ferait. Il le savait car, il y avait longtemps de cela, à l'âge de dix-huit ans, il avait dû affronter une trahison encore plus terrible que celle de Rachel, et il avait pu se rendre compte alors qu'il était capable de se détacher de ceux qui l'avaient trahi et de ne plus jamais regarder en arrière.

Il se détourna de la fenêtre, entra dans la chambre, sortit les valises de Rachel du placard, les bourra de vêtements, puis il décrocha le téléphone qui se trouvait à son chevet.

— Envoyez un porteur à la suite royale, demanda-t-il à la réception.

Quand celui-ci arriva quelques minutes plus tard, Zack jeta à ses pieds les valises, d'où dépassaient quelques pans de vêtements.

— Apportez ça dans la suite de M. Austin.

Si Rachel était revenue à ce moment-là et l'avait supplié de la reprendre, si elle avait pu lui prouver qu'on l'avait droguée pour lui faire perdre la tête et qu'elle ne savait ni ce qu'elle faisait ni ce qu'elle disait, il eût été trop tard, même s'il l'avait crue.

Parce qu'elle était déjà morte à ses yeux.

Aussi morte que la grand-mère qu'il avait jadis aimée, et que sa sœur et son frère. Il lui avait dû prendre sur lui pour les rayer de son cœur et de son esprit, mais il y était parvenu.

5

Zack chassa les souvenirs cuisants de la nuit précédente de son esprit et s'assit sous un arbre afin de pouvoir surveiller ce qui se passait sans être lui-même observé. Il vit Rachel pénétrer dans la roulotte de Tony Austin. Le journal télévisé du matin avait fait la part belle à la scène de la veille et à la lutte qui s'était ensuivie, grâce aux détails qui leur avaient sans doute été fournis vraisemblablement par les clients de l'hôtel qui y avaient assisté. A présent, la presse avait encerclé sur le lieu du tournage, et le service de sécurité, qui interdisait aux journalistes de franchir le portail près de la grand-route en leur promettant des déclarations ultérieures, avait fort à faire. Rachel et Tony s'étaient déjà exprimés, mais Zack n'avait pas l'intention de leur dire le moindre mot. D'avoir la presse à sa porte le laissait aussi froidement indifférent que la nouvelle qu'il avait apprise le matin même. Les avocats de Rachel avaient entamé la procédure de divorce. La seule chose qui le mettait à cran, c'était d'avoir encore à diriger une scène entre Tony et Rachel avant de boucler, une scène torride, violemment sensuelle, et il ne savait pas comment il allait supporter cela, surtout devant toute l'équipe.

Une fois qu'il aurait franchi ce dernier obstacle, il lui serait facile de rayer Rachel de son existence. En effet, les sentiments qu'il éprouvait pour elle lors de leur mariage, trois ans plus tôt, s'étaient bien vite dissipés. Leur union s'était limitée à des rapports sociaux et à une activité sexuelle de pure convenance. Sans Rachel, sa vie ne serait ni plus vide ni plus superficielle qu'elle ne l'avait été ces dix dernières années.

Zack fronça les sourcils : un insecte minuscule grimpait péniblement le long d'un brin d'herbe près de sa hanche, et il se demanda pourquoi sa propre existence lui semblait aussi frustrante et dénuée de sens. Il avait toujours eu ce sentiment, se souvint-il...

Quand il était arrivé à Los Angeles dans le camion de Charlie Murdock, il avait fallu survivre, et le travail qu'il avait trouvé dans les entrepôts des studios Empire grâce à Charlie représentait en soi un immense triomphe. Un mois plus tard, un réalisateur qui tournait un film à petit budget sur un gang de voyous qui semait la terreur dans un lycée de banlieue eut besoin de quelques figurants pour une scène de foule. Il recruta Zack. Pour le rôle, Zack n'avait qu'à s'appuyer contre un mur de brique et prendre un air dur et distant. L'argent gagné ce jour-là fut pour lui une aubaine. Quelques jours plus tard, le réalisateur avait envoyé quelqu'un le chercher.

— Zack, mon garçon, tu possèdes une chose que nous appelons la présence. Tu plais à la caméra. Sur la pellicule, tu apparais comme un James Dean moderne et mal luné. Seulement tu es plus grand que lui et plus beau. Tu as volé cette scène dans laquelle tu devais te contenter de figurer. Si tu es capable de jouer la comédie, je te prends dans le western que nous allons bientôt commencer. Oh... tu auras besoin d'une autorisation du syndicat.

Ce ne fut pas la perspective de jouer dans un film qui enthousiasma Zack, mais le cachet qu'on lui proposa. Il obtint donc une autorisation du SAG [1] et apprit à jouer.

En fait, il ne lui fut pas si difficile que cela de faire l'acteur. D'une part, il avait « joué la comédie » pendant des années avant de quitter la maison de sa grand-mère, se comportant comme si certaines choses n'avaient pas d'importance, en dépit des évidences. D'autre part, il s'était fixé un objectif unique : prouver à sa grand-mère et aux gens de Ridgemont qu'il était capable de s'en sortir seul et de réussir au plus haut niveau. Pour attein-

1. Screen Actors Guild, syndicat des acteurs de cinéma. *(N.d.T.)*

dre ce but, il était prêt à faire presque n'importe quoi, quels que fussent les efforts à fournir.

Ridgemont était une petite ville, et Zack ne doutait pas un instant que les circonstances de son départ honteux avaient été rapidement connues de tous. Quand ses deux premiers films sortirent, il éplucha le courrier de ses admirateurs en espérant qu'une vieille relation l'aurait reconnu. Mais si tel était le cas, elle ne s'était pas donné la peine d'écrire.

Peu après, il envisagea de retourner à Ridgemont pour racheter les Industries Stanhope et en prendre la direction, mais quand il eut vingt-cinq ans et qu'il eut amassé l'argent nécessaire, il avait assez mûri pour se rendre compte que cela ne changerait rien de s'offrir la ville entière. Il avait déjà obtenu un Oscar, passé son diplôme de l'USC, été salué comme un prodige, et qualifié de « légende en marche ». Il collectionnait les premiers rôles, avait un compte en banque bien rempli et un avenir plus que prometteur.

Il avait prouvé au monde que Zachary Benedict était capable de s'en sortir et de faire fortune. Il n'y avait plus rien qui vaille la peine de se battre, plus rien à prouver, et il en éprouvait une étrange et déprimante impression de vacuité.

Frustré de ses ambitions initiales, Zack chercha des satisfactions ailleurs. Il se fit construire des hôtels particuliers, acheta des yachts et conduisit des voitures de course. Il fréquenta de superbes créatures dans les réceptions mondaines avant de les attirer dans son lit. Leur corps et souvent leur compagnie lui plaisaient, mais il ne les prit jamais au sérieux, ce que d'ailleurs elles n'attendaient pas de lui. Zack était devenu un trophée sexuel, convoité pour le seul prestige que conférait le fait de coucher avec lui et, dans le cas des actrices, recherché pour son influence et ses relations. Comme toutes les grandes vedettes et tous les symboles sexuels avant lui, il était aussi victime de son propre succès. Il ne pouvait plus ni sortir d'un ascenseur ni dîner au restaurant sans être abordé par ses adorateurs. Des femmes lui glissaient des clés de chambres d'hôtel et soudoyaient les employés pour qu'ils les laissent pénétrer dans sa suite. Les épouses des producteurs l'invitaient chez elles pour le week-end et désertaient le lit conjugal pour se glisser dans le sien.

Bien qu'il profitât le plus souvent du festin d'aventures et de mondanités que l'on dressait devant lui, il y avait une part de lui-même — sa conscience ou un fond de morale conventionnelle — qui se révoltait devant la débauche et la superficialité de ces mœurs, devant les drogués, les flagorneurs et les nombrilistes, tout ce qui faisait de Hollywood un égout humain, un égout aseptisé afin de protéger la susceptibilité du public.

Il se réveilla un beau matin, incapable d'en supporter davantage. Il en avait assez des conquêtes féminines futiles, assez des réceptions bruyantes, marre des actrices névrosées et des starlettes ambitieuses. Il était complètement dégoûté de la vie qu'il menait.

Il chercha donc un autre moyen de remplir le vide de ses jours, un nouveau défi, une raison d'être. Le métier de comédien ne le captivant plus, il se tourna vers la mise en scène. S'il échouait dans ce domaine, ce serait sans doute un bide retentissant, mais le fait même de mettre sa réputation en jeu le stimulait. Réaliser un film, idée qu'il caressait plus ou moins consciemment depuis un certain temps, lui apparut comme le nouvel objectif qu'il allait poursuivre avec sa ténacité habituelle. Irwin Levine, le président d'Empire, tenta de l'en dissuader, argumenta, le raisonna, et finit par capituler, comme l'avait pensé Zack.

Le film que lui confia Levine était un thriller à petit budget, *Cauchemar,* qui comprenait deux rôles principaux, un enfant de neuf ans et une femme. Pour le rôle de la petite fille, Empire lui imposa Emily McDaniels, une ancienne enfant-star avec des fossettes à la Shirley Temple, qui avait treize ans mais en paraissait neuf et qui était encore sous contrat. La carrière d'Emily était déjà sur le déclin, tout comme celle d'une blonde fracassante dénommée Rachel Evans qui devait incarner l'autre personnage. Dans ses films précédents, Rachel Evans, n'avait eu droit qu'à des seconds rôles, dans lesquels elle n'avait guère fait montre de talent d'actrice.

Le studio lui avait manifestement refilé ces deux

comédiennes pour lui donner une leçon, lui faire comprendre qu'il était fait pour jouer, pas pour mettre en scène. Le film n'était même pas censé couvrir ses frais de production, ce qui mettrait un terme au désir de leur célébrissime vedette de gaspiller ses talents pourtant fort rémunérateurs derrière les caméras. C'était du moins ce qu'espérait la direction du studio.

Zack le savait, mais cela ne l'avait pas arrêté. Avant de s'occuper de la production, il passa des semaines à visionner les films de Rachel et d'Emily dans sa salle de projection personnelle. Il constata qu'à certains moments, assez rares cependant, Rachel Evans faisait preuve d'un vrai talent. De temps à autre, le « charme enfantin » d'Emily, qui s'était estompé avec l'adolescence, laissait entrevoir une authentique aisance qui passait merveilleusement à l'écran.

A force de persuasion, Zack obtint l'impossible de ses deux actrices durant les huit semaines de tournage. Sa propre volonté de réussir les contamina toutes deux, sa faculté de saisir l'instant propice et son sens de la lumière se révélèrent fort utiles, mais ce fut surtout son intuition qui lui permit de tirer le meilleur parti d'Emily et de Rachel.

La manière qu'il avait de la harceler et les innombrables prises qu'il lui infligeait pour chaque scène faisaient enrager Rachel mais, quand il lui montra les rushes de la première semaine, elle les regarda de ses grands yeux verts, éberluée.

— Merci, Zack, dit-elle doucement. Pour la première fois de ma vie, on a vraiment l'impression que je suis bonne.

— Il semble bien que moi aussi, je sois bon, la taquina-t-il, mais il était visiblement soulagé.

— Tu en doutais ? s'étonna Rachel. Et moi qui croyais que tu étais sûr de ton fait !

— Je ne dors pas tranquille depuis que nous avons commencé le tournage, lui avoua Zack.

C'était la première fois depuis des années qu'il osait reconnaître devant quelqu'un qu'il éprouvait de l'appréhension dans ce métier, mais c'était une journée particulière. Il venait d'avoir la preuve qu'il possédait des dons de réalisateur. Et ce nouveau talent allait considérablement illuminer l'avenir d'une enfant séduisante, nommée Emily McDaniels, le jour où les critiques auraient vu sa splendide prestation dans *Cauchemar*. Zack aimait tellement Emily que de travailler avec elle lui avait donné envie d'avoir un enfant. Voilà ce qui lui manquait dans l'existence : une femme et des enfants avec qui partager ses succès, avec qui rire et pour qui se battre.

Il avait célébré cet événement en tête à tête avec Rachel. Le sentiment de franchise partagée qui les animait lorsqu'ils s'étaient mutuellement avoué leurs doutes avait créé une intimité détendue qui, pour Zack, était aussi nouvelle que thérapeutique. Dans son salon de Pacific Palisades, devant la baie vitrée qui dominait la mer d'une hauteur de deux étages, ils bavardèrent des heures durant, sans parler « boutique », et Zack, qui désespérait de trouver une actrice susceptible de s'intéresser à autre chose, accueillit cette nouveauté avec joie. Ils se retrouvèrent dans son lit et s'offrirent une nuit d'amour torride et mouvementée. La passion de Rachel semblait véritable. Il ne s'agissait pas pour elle de le récompenser. Et cela lui plut. Tout l'enchantait en fait, les rushes, la sensualité de Rachel, son intelligence et son esprit.

Allongée à ses côtés, elle se dressa sur ses coudes.

— Zack, qu'attends-tu de la vie ? Vraiment ?

— La petite maison dans la prairie.

— Quoi ? Tu veux faire une suite de *La Petite Maison dans la prairie* ?

— Non, je veux vivre ça. Cela dit, la maison peut très bien ne pas être dans la prairie. J'ai pensé à un ranch quelque part dans la montagne.

— Un ranch ! s'écria-t-elle en éclatant de rire. Tu détestes les chevaux, tu abhorres le bétail, c'est connu. Tommy Newton me l'a dit, ajouta-t-elle en faisant référence au jeune assistant dans *Cauchemar*. Il était machiniste sur le premier western que tu as tourné quand tu n'étais encore qu'un gosse, celui où Michelle Pfeiffer jouait ta petite amie.

Elle lui effleura la lèvre d'un doigt en souriant.

— D'ailleurs, qu'est-ce que tu as contre les chevaux et les bœufs ?

— Ils se fichent complètement des instructions que je donne, répondit-il en écartant son doigt d'une pichenette, et ils partent toujours dans la mauvaise direction. C'est ce qui s'est passé dans ce premier film... Les bœufs se sont retournés et nous ont foncé dessus.

— Michelle prétend que, ce jour-là, tu lui as sauvé la vie. Tu l'as prise dans tes bras pour la mettre à l'abri.

— Il le fallait bien. Je courais comme un dératé vers les rochers, et ils étaient juste derrière moi. Michelle s'est trouvée sur mon chemin. Je l'ai soulevée pour qu'elle ne me barre pas le passage.

— Ne sois pas si modeste. Elle m'a dit qu'elle avait pris ses jambes à son cou et qu'elle hurlait à l'aide.

— Moi aussi, la taquina-t-il. Nous étions tous les deux très jeunes, ajouta-t-il, pensif. J'ai l'impression que c'était il y a des siècles.

Elle se mit sur le côté et s'étira en faisant glisser un doigt tentateur depuis l'épaule jusqu'au nombril de Zack.

— D'où viens-tu ? Et je t'en prie, ne me raconte pas les salades qu'on répand au studio comme quoi tu as grandi tout seul, que tu as fait du rodéo et traîné avec des bandes de motards.

La bonne humeur de Zack n'allait quand même pas jusqu'à le pousser à parler de son passé. Il ne l'avait jamais fait et ne le ferait jamais. Quand il avait dix-huit ans et que les publicitaires du studio avaient voulu le connaître, il leur avait froidement répondu de lui en inventer un, ce qu'ils avaient fait. Son vrai passé était mort, et il n'avait nullement l'intention d'en discuter.

— Je ne viens de nulle part en particulier, fit-il d'un ton évasif.

— Mais tu n'es pas un petit vagabond incapable de te tenir à table, ça je le sais, insista-t-elle. D'après Tommy Newton, même à dix-huit ans, tu avais déjà beaucoup de classe, une espèce de « bonne éducation ». C'est tout ce qu'il sait de toi et pourtant vous avez fait plusieurs films ensemble. Aucune des femmes avec lesquelles tu as travaillé n'en sait davantage. Glenn Close, Goldie Hawn,

Lauren Hutton et Meryl Streep disent toutes que tu es très agréable dans le boulot, mais que tu gardes ta vie privée pour toi. Je le leur ai demandé.

Zack ne fit rien pour dissimuler son mécontentement.

— Si tu crois que ta curiosité me flatte, tu te trompes.

— Je ne peux pas m'en empêcher, fit-elle en riant avant de l'embrasser sur la joue. Toutes les femmes rêvent de t'avoir pour amant, monsieur Benedict, et tu es aussi le grand mystère de Hollywood. Tout le monde sait bien que celles qui m'ont précédée dans ce lit n'ont jamais pu tirer de toi quoi que ce soit de personnel. Puisque j'y suis et que nous avons parlé de tas de choses *personnelles*, j'imagine que c'était un moment de faiblesse... à moins que tu ne me préfères aux autres. De toute façon, il faut que je découvre quelque chose que les autres n'ont pas trouvé. Mon orgueil de femme est en jeu, tu comprends ?

Son franc-parler et sa désinvolture firent passer Zack de l'agacement à un amusement exaspéré.

— Si tu veux que je continue à te préférer, dit-il, mi-figue mi-raisin, cesse de fouiner partout et parlons de choses plus agréables.

— Agréables...

Elle se lova contre sa poitrine et lui sourit d'un air mutin en glissant les doigts dans sa toison. Se fiant à ce qu'exprimait tout son corps, Zack s'attendait à une proposition suggestive, mais ses propos provoquèrent chez lui un ricanement surpris :

— Voyons... Tu détestes les chevaux, mais tu aimes les motos et les voitures rapides. Pourquoi ?

— Parce que, la taquina-t-il, elles ne se mettent pas en troupeau quand on les gare et qu'elles n'essaient pas de vous écraser dès qu'on a le dos tourné. Elles vont où on les mène.

— Zack, murmura-t-elle en approchant sa bouche de la sienne, il n'y a pas que les motos qui vont où on les mène. Moi aussi.

Zack comprit parfaitement l'allusion et la laissa faire.

Le lendemain matin, elle lui prépara le petit déjeuner.

— J'aimerais faire un autre film, un grand, pour montrer au monde entier que je suis une bonne actrice, dit-elle en enfournant des *muffins* anglais.

Rassasié et détendu, Zack la regarda évoluer dans la cuisine, avec son pantalon à pli et sa chemise nouée sur le ventre. Sans ses tenues affriolantes et son maquillage, elle était beaucoup plus séduisante et infiniment plus jolie à ses yeux. Comme il le savait déjà, elle était aussi intelligente, sensuelle et spirituelle.

— Et après ? demanda-t-il.

— Après, j'aimerais arrêter. J'ai trente ans et, comme toi, j'ai envie d'une vraie vie, qui ait un sens, de me préoccuper d'autre chose que de ma silhouette et de mes rides éventuelles. La vie, ce n'est pas seulement ce pays enchanté, brillant et superficiel, que nous habitons et dont nous renvoyons l'image au reste du monde.

Une telle déclaration venant d'une actrice, ce fut comme une bouffée d'air frais. Et, puisqu'elle avait l'intention d'arrêter de travailler, il avait apparemment rencontré une femme qui s'intéressait à lui, et non à ce qu'il pourrait faire pour sa carrière. Il songeait à tout cela, quand Rachel se pencha vers lui.

— Mes rêves sont-ils à la hauteur des tiens ? demanda-t-elle doucement.

Elle était en train de lui faire une proposition, cartes sur table, avec un courage tranquille. Zack l'observa en silence pendant quelque temps et ne fit rien pour dissimuler l'importance qu'il attachait à la question qu'il allait lui poser.

— Y a-t-il des enfants dans tes rêves, Rachel ?

— Tes enfants ? demanda-t-elle sans hésitation.

— Mes enfants.

— On commence tout de suite ?

Pris au dépourvu, Zack éclata de rire mais, quand elle se laissa tomber sur ses genoux, son rire s'évanouit pour laisser place à la tendresse et à un espoir vibrant, des émotions qu'il croyait mortes depuis l'âge de dix-huit ans. Ses mains se glissèrent sous sa chemise, et l'émotion se mua en passion.

Ils se marièrent quelques mois plus tard dans le ravissant belvédère de la propriété de Zack à Carmel, sous le regard d'un millier d'invités, dont quelques gouverneurs et sénateurs. Etaient aussi présents, bien qu'ils n'y aient pas été conviés, des dizaines d'hélicoptères bourrés de reporters qui les survolaient et dont les hélices engendraient des tornades, retroussant les robes longues des femmes et balayant les postiches. Le témoin de Zack était son voisin, l'industriel Matthew Farrell, qui trouva un remède à cette invasion.

— On devrait supprimer la liberté de la presse ! s'écria-t-il en jetant un regard noir aux hélicoptères qui tournoyaient au-dessus de leur tête.

Zack sourit. C'était le jour de son mariage et il était d'une humeur étonnamment conviviale, d'un optimisme tranquille. Il imaginait déjà des soirées douillettes avec des enfants sur les genoux et une vie de famille comme il n'en avait jamais eu. Rachel avait souhaité un grand mariage et il avait voulu le lui offrir, bien qu'il eût préféré prendre l'avion pour Tahoe avec quelques amis choisis.

— Je pourrais toujours envoyer quelqu'un chercher des fusils à la maison, plaisanta-t-il.

— Bonne idée. Le belvédère nous servira de bunker et nous descendrons ces salopards !

Les deux hommes éclatèrent de rire. Ils avaient fait connaissance trois ans auparavant, quand une bande d'admirateurs de Zack, qui avait franchi la clôture de sécurité entourant sa demeure, fit sauter en s'enfuyant les systèmes de sécurité de leurs deux propriétés. Ce soir-là, Zack et Matt avaient découvert qu'ils avaient plusieurs choses en commun, notamment un goût pour l'excellent whisky, une tendance à parler franchement et brutalement, une aversion pour la prétention et une même philosophie en matière d'investissements. Ils n'étaient donc pas seulement amis, mais aussi associés dans certaines affaires.

Quand *Cauchemar* sortit sur les écrans, le film n'obtint pas d'Oscar ni même de nomination, mais il fut bénéficiaire, eut d'excellentes critiques et relança complètement les carrières menacées d'Emily et de Rachel. Emily et son père lui en eurent une reconnaissance sans bornes. En revanche, Rachel se rendit brusquement compte qu'elle n'était disposée ni à renoncer à sa carrière ni à porter l'enfant dont Zack avait tant envie. Cette carrière qu'elle prétendait rejeter était même devenue une obsession qui la consumait. Pour rien au monde elle n'aurait manqué une réception « importante » ou une occasion, si petite soit-elle, de se faire de la publicité. Le personnel de Zack, sa secrétaire et son agent, ne savait plus où donner de la tête pour satisfaire ses exigences mondaines et dissimuler les honteux stratagèmes dont elle usait pour se faire remarquer. Elle cherchait si désespérément la célébrité et les acclamations qu'elle méprisait les actrices plus connues qu'elle et elle avait si peu confiance en ses propres capacités qu'elle redoutait de tourner dans un film que Zack ne dirigerait pas.

L'optimisme qu'avait éprouvé ce dernier le jour de ses noces s'effondra bientôt sous le poids de la réalité. Il s'était laissé embobiner par une femme intelligente, ambitieuse et convaincue qu'il était le seul à détenir la clé de son succès et de sa fortune. Zack le savait, mais il s'en prenait plus à lui-même qu'à Rachel. Il comprenait sa motivation, même s'il n'appréciait guère ses méthodes, parce qu'il avait lui aussi ressenti le besoin de faire ses preuves. On l'avait poussé au mariage en abusant d'une naïveté aussi incroyable que soudaine, lui faisant miroiter une vie douillette, auprès d'une épouse dévouée et de joyeux enfants aux joues roses, qui réclameraient des histoires avant de dormir. Il était pourtant bien placé pour savoir qu'une telle famille n'est qu'un mythe perpétué par les poètes et les producteurs de cinéma. Devant cette évidence, son existence lui apparut avec la monotonie d'un plateau.

A Hollywood, le remède prescrit à tous ceux qui étaient affligés du même ennui se réduisait à une cure de cocaïne, diverses drogues, légales ou non, ou deux bouteilles d'alcool par jour. Mais Zack avait, tout comme sa grand-mère, le plus grand mépris pour ces béquilles psychologiques. Il résolut donc la question de la seule manière qu'il connaissait : tous les matins, il s'immergeait dans le travail et ne le quittait que pour s'écrouler sur son lit le soir. Plutôt que de divorcer de Rachel, il se persuada que, bien qu'il ne fût pas idyllique, son ménage était bien meilleur que celui de ses grands-parents et guère pire que bien d'autres. Il demanda donc à Rachel de choisir : elle pouvait soit divorcer soit tempérer ses ambitions. En échange, il satisferait son vœu et réaliserait un autre film. Avec sagesse et gratitude, Rachel accepta sa seconde proposition, et Zack eut un emploi du temps encore plus délirant afin de tenir sa part du marché. Après le succès de *Cauchemar*, Empire lui donna carte blanche pour jouer ou réaliser le film de son choix. Zack fut alors séduit par le scénario de *Malheur au vaincu*, un thriller dont les principaux rôles seraient tenus par Rachel et lui-même. Empire accepta de le financer. En recourant habilement et alternativement à la patience, la cajolerie, la critique acerbe et la colère froide, il manipula Rachel et le reste de la distribution jusqu'à ce qu'il obtienne ce qu'il désirait, puis il disposa l'éclairage et trouva les angles de caméra adéquats.

Le résultat fut spectaculaire. Rachel fut distinguée pour son rôle dans *Malheur au vaincu*, Zack reçut l'Oscar du meilleur acteur et du meilleur réalisateur. Cette dernière récompense confirma ce qu'avaient déjà remarqué les grands pontes de Hollywood : Zack était un metteur en scène de génie. Il savait distiller l'épouvante dans les scènes de suspense au point de donner la chair de poule au public, déclenchait des fous rires à partir d'une simple réplique moyennement drôle et embrasait littéralement l'écran avec des scènes d'amour. De plus, il ne dépassait jamais le budget qu'on lui avait alloué.

Ses deux Oscars lui procurèrent une immense satisfaction, mais pas une félicité profonde. Zack ne s'en soucia pas. Il n'espérait ni ne cherchait plus le bonheur et il faisait tout son possible pour que cela ne lui manque pas. Dans sa quête d'un défi permanent, il réalisa deux autres films en deux ans, un policier érotique avec Glenn Close et un film d'aventures dans lequel il fit équipe avec Kim Basinger.

A peine sorti de ces deux projets, il cherchait à en tourner un troisième quand il rentra à Carmel pour s'associer à une affaire que Matt Farrell était en train de mettre sur pied. Tard dans la soirée, il chercha de la lecture et tomba sur un roman laissé là par un hôte inconnu. Quand il le termina à l'aube, il savait déjà que *Destinée* serait son prochain film.

Le lendemain, il entra dans le bureau du président des studios Empire et lui tendit le livre.

— Voilà mon prochain film, Irwin.

Irwin Levine lut le baratin de la jaquette, s'adossa à son grand fauteuil de daim et soupira.

— Ça m'a l'air bien dramatique, Zack. J'aimerais que tu fasses quelque chose de plus léger pour changer.

Il fit brusquement pivoter son fauteuil, prit un scénario sur la table de verre qui se trouvait derrière son bureau et le tendit à Zack avec un sourire engageant.

— On m'a donné ça en main propre. Il y a déjà preneur mais, si tu acceptes, nous pourrons essayer de négocier. C'est une histoire d'amour. Un truc bien ficelé. Drôle. Ça fait des décennies qu'on n'a pas fait un film comme ça, et je crois que le public en a très envie. Tu es parfait pour le rôle principal et tu feras ça les doigts dans le nez. C'est tellement facile ! Ce sera rapide et bon marché, mais j'ai l'intuition que ce film va faire un malheur.

Le scénario que Zack accepta de lire le soir même, un récit fumeux et banal où l'amour vrai changeait la vie d'un magnat cynique qui coulait ensuite et à jamais des jours heureux avec une femme ravissante, lui déplut d'une part parce que le rôle ne lui demanderait aucun effort, d'autre part parce qu'il lui rappelait les fantasmes stupides sur l'amour et le mariage qu'il avait nourris dans son adolescence et qui avaient motivé ses actes d'adulte. Le lendemain matin, il jeta le scénario de *Pretty Woman* sur le bureau de Levine en déclarant d'un ton dédaigneux :

— Je ne suis ni un assez bon acteur ni un assez bon réalisateur pour rendre cette ânerie crédible !

— Tu es devenu cynique, répondit Levine en hochant la tête, l'air chagrin. Je te connais depuis que tu es gosse et je t'aime comme mon propre fils. Je suis déçu de te voir comme ça. Très déçu.

Pour toute réponse à ce qu'il considérait comme un

sentimentalisme à la con, il haussa les sourcils et ne répondit rien. Levine l'aimait comme son compte en banque, et il était déçu que Zack refuse de faire *Pretty Woman.* Levine n'insista pas cependant. La dernière fois qu'il avait tenté de le faire, Zack était allé tourner un film pour Paramount et un pour Universal.

— Tu n'as jamais été du genre ingénu, dit-il. Tu étais dur et réaliste, mais tu n'étais quand même pas un sceptique. Depuis que tu as épousé Rachel, tu as changé.

Il vit l'agacement qui se peignait sur la face de Zack.

— Bon, assez de sentimentalité comme ça ! Parlons affaires. Quand veux-tu commencer le tournage de *Destinée* et à qui songes-tu pour les rôles principaux ?

— Je jouerai le mari et, si elle est disponible, j'aimerais Diana Copeland pour la femme. Rachel fera une excellente maîtresse. Emily McDaniels pour la fille.

Levine haussa les sourcils à son tour.

— Rachel va nous faire une crise de rage si elle n'a que le second rôle.

— Je m'en charge, fit Zack.

Rachel et Levine se détestaient, bien qu'aucun des deux n'en eût jamais donné la raison. Zack les soupçonnait d'avoir eu, quelques années auparavant, une liaison qui s'était mal terminée.

— Si tu n'es pas encore décidé pour le rôle du paumé, poursuivit Levine après un instant d'hésitation, j'ai un service à te demander. Est-ce que tu veux bien prendre Tony Austin ?

— Pas question, fit Zack d'un ton catégorique.

L'attachement d'Austin à la gnole et à la drogue était aussi légendaire que ses autres vices et on ne pouvait pas compter sur lui. Après sa dernière overdose, au début du tournage d'un film d'Empire, il avait atterri dans un centre de désintoxication où il avait passé six mois. Un autre acteur avait dû le remplacer.

— Tony veut travailler et faire ses preuves, enchaîna patiemment Levine. Ses médecins m'ont assuré qu'il a décroché et que c'est un homme nouveau. Cette fois, je suis enclin à le croire.

— Qu'y a-t-il de différent ? demanda Zack en haussant les épaules.

— Eh bien, quand on l'a transporté d'urgence à l'hôpital, on l'a cru mort. Ils ont réussi à le ranimer, mais cette expérience lui a fichu une frousse de tous les diables et il s'est enfin décidé à devenir adulte et à se mettre au boulot. Je voudrais lui donner une chance, un nouveau départ, dit Levine d'un ton sentencieux. Nous ne pouvons pas agir autrement, Zack. Nous sommes tous sur la même planète. Nous devons aider Tony à bosser parce qu'il est fauché et que...

— Et qu'il te doit plein de fric pour ce film qu'il n'a jamais terminé, dit Zack sans s'embarrasser de fioritures.

— Eh bien, oui, il nous doit des sommes considérables, reconnut Levine à contrecœur. Cela dit, il est venu nous voir et nous a demandé du boulot pour éponger sa dette et se prouver à lui-même qu'il en est capable. Puisque tu parais insensible à tout argument affectif, il y a des raisons pratiques de faire appel à lui. En dépit de la contre-publicité qu'il a pu avoir, le public l'adore toujours. C'est le beau voyou, fourvoyé, l'homme que toutes les femmes voudraient consoler.

Zack hésita. Si Austin avait vraiment décroché, il était parfait pour le rôle. A trente-trois ans, sa jeunesse et sa beauté blonde, altérée par les excès, n'avaient fait qu'accroître sa séduction auprès des femmes de douze à quatre-vingt-dix ans. Son nom sur une affiche était la garantie d'un succès fabuleux. Et comme Zack avait l'intention de toucher un pourcentage non négligeable des bénéfices de *Destinée,* cela influa grandement sur sa décision. A cela s'ajoutait le fait que, même ivre, Austin était meilleur que la plupart de ses confrères. Enfin, il rendrait ainsi service au studio et pourrait obtenir des concessions en retour. C'est pour cette raison qu'il dissimula son enthousiasme et se contenta de dire :

— Je lui ferai passer une audition pour le rôle, mais je n'ai pas du tout envie de jouer les baby-sitters d'un camé, désintoxiqué ou non. Dan Moyes vous appellera dans la matinée, ajouta-t-il en parlant de son agent, et vous pourrez mettre au point ensemble les détails de mon contrat.

— Ce film va coûter les yeux de la tête avec tous ces

extérieurs, lui rappela Irwin qui redoutait déjà le prix qu'allait exiger Zack pour sa double prestation d'acteur et de réalisateur, sans compter les petits services qu'il allait sans doute leur demander en contrepartie de l'engagement d'Austin.

Levine se garda bien de lui montrer sa satisfaction, se leva et serra la main de Zack.

— Si j'accepte ce marché, c'est uniquement parce que tu as très envie de le faire. Pour ma part, je vais prier le ciel que ce film nous rapporte ce qu'il aura coûté.

Zack réprima un sourire entendu.

Diana Copeland refusa le rôle de la femme de Zack parce qu'elle avait un autre engagement. Zack le confia donc à Rachel. Quelques semaines plus tard, Diana n'avait plus les mêmes projets, mais à ce moment-là Zack avait l'obligation morale et légale de garder Rachel. A sa grande surprise, Diana lui demanda de reprendre le rôle libéré par Rachel. Emily McDaniels accepta avec joie de jouer l'adolescente et Tony Austin le paumé. Les petits rôles furent distribués sans difficulté, et l'équipe préférée de Zack, triée sur le volet, fut à nouveau réunie.

Un mois après le début du tournage, la rumeur courait que, malgré les incidents et les retards, les rushes étaient fantastiques. A Hollywood, le téléphone arabe lui prédisait plusieurs nominations aux Oscars.

6

Un bruissement dans l'herbe arracha Zack à sa rêverie. Par-dessus son épaule, il aperçut Tommy Newton qui venait vers lui dans le crépuscule.

— L'équipe est en train de dîner et tout est prêt dans l'écurie, dit-il.

Zack roula sur le côté et se redressa.

— Parfait. Je vais aller jeter un œil.

Il l'avait déjà fait un peu plus tôt, mais il ne voulait rien laisser au hasard. Et puis cela lui donnait un prétexte pour ne pas encore se mêler aux autres.

— Nous ne répéterons pas ce soir, ajouta-t-il. Nous ferons tout de suite la première prise.

— Je leur transmettrai le message, acquiesça Tommy.

Une fois dans l'écurie, Zack examina le décor de la dernière grande scène. Progressivement, l'intrigue avait pris forme devant les caméras, avec plus d'éclat et de suspense qu'il ne l'avait imaginé. C'était l'histoire d'une femme tiraillée entre son amour pour sa fille et le magnat qu'elle avait épousé, et sa passion pour un beau garçon à la dérive dont le désir était devenu dangereusement obsédant. Zack avait joué le rôle du mari apparemment négligent, un homme dont l'empire financier était en train de s'effondrer et qui préférait traiter avec des trafiquants de drogue plutôt que de voir sa femme et lui-même privés de leur train de vie habituel. Emily McDaniels était la jeune fille qui ne s'intéressait pas au luxe que lui procuraient ses parents et ne cherchait qu'à capter davantage leur attention. L'intrigue était forte, mais c'était surtout la profondeur et la richesse des personnages, l'analyse de la nature humaine, de ses besoins, de ses forces et de ses faiblesses, qui en faisaient tout l'intérêt. Il n'y avait pas de « méchants » dans *Destinée.* Chaque personnage était traité de telle façon que le film aurait un impact émotionnel considérable sur le public des salles de cinéma.

On avait tourné dans le désordre mais, pour des raisons logistiques, les deux scènes qu'il lui restait à filmer étaient réellement les deux dernières du film. Dans celle qui allait suivre, Rachel rencontrait son amant dans l'écurie, où avaient eu lieu plusieurs de leurs rendez-vous. Contrainte de le revoir une dernière fois — il l'avait menacée de révéler leur liaison à son mari et à sa fille —, Rachel arrivait munie d'un revolver avec lequel elle comptait lui faire peur et le forcer à s'en aller. Quand il tentait de la prendre de force, elle le menaçait de son arme et, dans la lutte qui s'ensuivait, ils étaient tous deux blessés. Cette scène devait être d'une grande violence sensuelle et c'était au réalisateur de rendre cette tension.

Il parcourut lentement l'allée qui divisait l'écurie faiblement éclairée dans le sens de la longueur. Tout était exactement comme il le désirait. Les chevaux relevèrent la tête sur son passage. Sur le mur d'en face, il y avait des brides et des cravaches pendues à des crochets, des selles posées sur des râteliers de bois. Tout l'attirail pour panser les chevaux et nettoyer les selles était bien en place, sur une table le long du mur situé de l'autre côté de la sellerie.

Cette table occupait le centre de la scène, entourée de quelques bottes de foin dans lesquels les protagonistes mèneraient leur dernier combat. Les bottes étaient bien disposées, et le revolver attendait posé sur la table, caché entre les bouteilles de liniment et les brosses. Dans les chevrons, une seconde caméra était déjà tournée vers la porte à double battant pour filmer Emily qui devait entrer à cheval dans l'écurie après avoir entendu le coup de feu et tous les projecteurs étaient en position pour obtenir le plus d'effet possible.

D'un coup de genou, Zack déplaça la table de

quelques centimètres vers la gauche, puis poussa quelques bouteilles autour de la crosse de l'arme pour qu'elle apparaisse dans le champ de la caméra, mais il fit tout cela plus par nervosité que par nécessité. Sam Hudgins, le directeur de la photographie, et Linda Tompkins, le régisseur de plateau, avaient déjà merveilleusement œuvré à traduire concrètement les idées de Zack. Ils avaient veillé à chaque détail pour obtenir avec précision l'effet qu'il avait imaginé. Soudain impatient de commencer le tournage et d'en finir avec cette épreuve, Zack se retourna et se dirigea vers la porte. Ses pas résonnèrent sur les dalles luisantes.

D'immenses spots illuminaient la cour où les membres de l'équipe se servaient au buffet et dînaient autour de tables de pique-nique ou bien assis dans l'herbe. Tommy aperçut Zack dès qu'il entra dans la zone éclairée.

— Ecoutez-moi tous ! Dans dix minutes on commence ! s'écria-t-il quand Zack eut hoché la tête.

Il y eut un brusque regain d'agitation, les uns se levèrent et se dirigèrent vers l'écurie, les autres se précipitèrent vers le buffet pour prendre un dernier verre. Pour éliminer les dépenses superflues d'un budget gonflé, Zack n'avait conservé ici que le noyau dur de son équipe, renvoyant les autres sur la côte Ouest. Livré à lui-même, Tommy Newton s'occupait de tout sans perdre pour autant de son efficacité.

Zack l'observa, tandis qu'il envoyait son unique assistant chercher Austin et Rachel. Les deux acteurs sortirent de la caravane, suivis de leurs coiffeurs et de leurs maquilleurs. Austin avait l'air mal à l'aise et un peu patraque. Zack espérait que ses côtes lui faisaient souffrir le martyre. Rachel, quant à elle, passa devant tous la tête haute, telle une reine qui n'a de comptes à rendre à personne. Emily McDaniels faisait les cent pas devant son père, en récitant ses répliques. Avec ses fossettes, elle avait beau avoir seize ans, elle en paraissait à peine onze. Elle leva les yeux quand Rachel passa devant elle, une expression de dégoût se figea sur son visage, puis elle tourna brutalement les yeux vers son père et se remit à débiter son texte. Comme Emily aimait bien Rachel au début, Zack attribua son changement d'attitude à sa loyauté à son égard, ce qui le toucha. Il était en train de se prendre un sandwich au roast-beef quand la douce voix de Diana Copeland le fit sursauter.

— Zack ?

Il fit volte-face, les sourcils froncés par la surprise.

— Qu'est-ce que tu fais là ? Je croyais que tu étais partie ce matin pour Los Angeles.

En short blanc et en boléro rouge, ses cheveux auburn tressés en une natte, elle était belle et semblait un peu gênée.

— J'en avais l'intention, mais quand j'ai appris ce qui s'était passé à l'hôtel hier soir, j'ai décidé de rester dans les parages pour être disponible.

— Pourquoi ? lui demanda Zack d'un ton abrupt.

— Pour deux raisons, répondit Diana, qui tentait désespérément de le convaincre de sa sincérité. T'apporter mon soutien moral si tu en as besoin...

— Je n'en ai pas besoin, fit poliment Zack. Et l'autre raison ?

Diana regarda Zack, ses traits fièrement ciselés, ses étonnants yeux d'ambre qui jetaient un regard froid sous d'épais cils noirs, et comprit qu'il avait pris son intérêt pour de la pitié !

— Ecoute, explosa-t-elle sans se laisser décontenancer par son regard fixe et son silence prolongé, je ne sais pas comment te dire ça... mais je trouve que Rachel est une imbécile. Et si je peux me rendre utile en quoi que ce soit, permets-moi de le faire. Zack, je suis prête à travailler avec toi quand tu voudras, où tu voudras, quel que soit le rôle. Je tenais à ce que tu le saches.

Quand elle vit son expression indéchiffrable se muer en un sombre amusement, elle comprit un peu tard qu'il imaginait de l'ambition derrière son témoignage de sympathie.

— Merci, Diana, dit-il avec une courtoisie et une gravité telles qu'elle se sentit encore plus stupide. Que ton agent m'appelle dans quelques mois, quand je ferai la distribution d'un autre film.

Elle le regarda s'éloigner à grandes enjambées, avec ce polo bleu marine qui accentuait la largeur de ses épaules et ce pantalon kaki qui moulait ses hanches étroites... un corps souple et puissant, tout en nerfs tendus et en muscles bombés, mais avec la grâce du lion, les yeux du lion... et l'orgueil distant du lion. La seule dissonance dans cette ressemblance, songea Diana, c'étaient ses beaux cheveux épais, si foncés qu'ils en étaient presque noirs. Rouge de confusion, abattue, elle s'adossa contre un arbre et regarda Tommy qui s'était tenu aux côtés de Zack pendant son discours.

— J'ai tout gâché, n'est-ce pas, Tommy ?

— A mon avis, tu n'as jamais été aussi mauvaise.

— Il est persuadé que ce que je veux en réalité, c'est décrocher un rôle dans l'un de ses films.

— Et ce n'est pas ça ?

Diana lui décocha un regard profondément méprisant, mais Tommy observait Tony Austin et Rachel.

— Comment cette salope peut-elle préférer Tony Austin à Zack ? fit-elle au bout de quelque temps. Comment est-ce possible ?

— Elle aime peut-être qu'on ait besoin d'elle, répliqua Tommy. Zack n'a besoin de personne, vraiment. Tony a besoin de tout le monde.

— Il utilise tout le monde, rectifia Diana avec mépris. Cet Adonis blond est un véritable vampire. Il dévore les gens, il les vide de leur substance et il les rejette quand ils ne lui servent plus à rien.

— Tu es bien placée pour le savoir, dit-il en glissant un bras autour de son épaule et en la serrant légèrement contre lui pour la réconforter.

— Il m'envoyait à la rencontre de son dealer. Une fois, je me suis fait choper parce que j'en avais sur moi et, quand je l'ai appelé de prison pour qu'il me tire de là, il était tellement furibard que je me sois fait pincer qu'il m'a raccroché au nez. J'avais tellement peur que j'ai appelé le studio. Ce sont eux qui m'ont fait sortir et qui ont étouffé l'affaire. Ensuite ils m'ont demandé de leur rembourser tous les frais judiciaires.

— Il avait sûrement des qualités qui compensaient ses défauts, sinon tu ne serais pas tombée amoureuse de lui.

— J'avais vingt ans et j'étais bouche bée devant les stars. Et toi, qu'est-ce que tu as comme excuse ?

— Le démon de midi ? fit-il en essayant vainement de faire un peu d'humour.

— Quel dommage que l'hôpital l'ait ranimé après sa dernière overdose.

On venait d'allumer la lumière dans l'écurie, et Tommy fit un signe de tête dans cette direction.

— Viens avec moi ! Le spectacle commence.

Diana lui glissa un bras autour de la taille et ils se dirigèrent ensemble vers l'écurie.

— Tu sais ce qu'on dit ? lança-t-elle. Quand on tourne en rond, on revient toujours au même endroit.

— Oui, mais en général, on met trop longtemps.

Dans sa caravane, Zack s'aspergea rapidement le visage et la poitrine d'eau froide, enfila une chemise propre et s'en alla. Il s'arrêta en apercevant le père d'Emily qui faisait les cent pas devant sa porte.

— Emily est à l'écurie ?

— Non, pas encore, Zack. La chaleur la rend malade depuis quelques jours, se lamenta George McDaniels. Elle n'aurait pas dû s'exposer si longtemps au soleil. Est-ce qu'elle pourrait rester dans votre caravane climatisée jusqu'au moment où vous aurez vraiment besoin d'elle ? Vous allez sûrement faire plusieurs prises avec Rachel et Austin avant l'entrée en scène d'Emily.

En d'autres circonstances, si McDaniels avait demandé à un réalisateur d'attendre une actrice qui souhaitait prendre ses aises, il se serait fait vertement rembarrer, mais Zack avait toutes les indulgences pour Emily, comme presque tout le monde.

— C'est hors de question, dit-il donc d'une voix posée, et vous le savez, George. Emily fait partie de la troupe. Elle supportera la chaleur en attendant son tour.

— Mais... Bon, je vais la chercher.

En général, Zack n'avait que mépris pour les parents d'enfants acteurs, mais le père d'Emily n'était pas comme les autres. Sa femme l'avait abandonné alors qu'Emily était encore bébé. Par un heureux hasard, la fillette attira l'attention d'un producteur qui l'aperçut alors qu'elle jouait avec son père dans un parc. Quand il lui proposa un rôle, McDaniels quitta son emploi pour la chaperonner et se mit à travailler la nuit. Il se disait qu'elle risquait moins d'être « corrompue » s'il la laissait le soir en compagnie d'une baby-sitter que s'il payait quelqu'un pour la surveiller sur le plateau. Cela n'aurait pas suffi à lui attirer la sympathie de Zack, mais on savait aussi qu'il avait placé tout l'argent de sa fille sur un compte auquel elle aurait accès plus tard. La seule chose qui comptait pour lui, c'étaient les intérêts d'Emily, et sa vigilance s'était révélée payante. Emily était une enfant étonnamment gentille pour une star hollywoodienne. Elle ne s'adonnait ni à la drogue ni à la boisson, elle ne couchait pas à droite et à gauche, elle était bien élevée, et tout cela était dû au dévouement sans bornes de son père.

Emily arriva en courant derrière lui, alors qu'il atteignait les écuries.

— Monte sur ton cheval, ma jolie, lui cria-t-il pardessus son épaule, et finissons-en !

Elle passa devant lui au pas de course, avec le jodhpurs et la veste de cavalière qui constituaient son costume.

— Si tu es prêt, je le suis aussi, Zack, lança-t-elle, angoissée à l'idée de l'épreuve qu'il allait traverser, puis elle disparut à l'angle du bâtiment où deux machinistes l'attendaient avec son cheval.

Zack savait qu'il avait peu de chance de capter parfaitement la scène à la première prise, que l'on ait répétée ou non, mais après les événements de la veille, il souhaitait réduire le plus possible le nombre des essais. De plus, l'atmosphère tendue qui régnait entre sa femme, son amant et lui-même ne ferait qu'empirer au fil des répétitions de cette scène explosive.

Une ombre sortit des buissons situés près de la porte et la voix conciliante et soigneusement modulée d'Austin cloua Zack sur place.

— Ecoute, Zack, cette scène va être dure à tourner sans qu'il y ait de rancune entre nous, dit-il en avançant dans la lumière. Toi et moi, nous avons roulé notre bosse, nous sommes des adultes civilisés. Comportons-nous comme tels.

Il lui tendit une main, que Zack contempla avec dédain avant de lever les yeux vers lui.

— Va te faire foutre !

7

Quand Zack passa devant l'assistance pour traverser le couloir qui menait au plateau encore obscur, une tension épaisse planait comme un linceul au-dessus de l'écurie. Sam Hudgins était déjà à la caméra au sol et Zack s'arrêta près des deux moniteurs reliés à l'objectif, ce qui lui permit de voir exactement ce que prenait celle-ci. Il fit signe à Tommy que tout était en ordre et les choses prirent alors une tournure plus familière :

— Lumière ! cria le premier assistant.

On entendit le son métallique des interrupteurs et les spots géants s'allumèrent, inondant le lieu d'une chaude lumière blanche. Les mains dans les poches, Zack observa les images des deux moniteurs. Personne ne parlait, personne ne toussait, personne ne bougeait. Mais il n'était que vaguement conscient de ce calme inhabituel. Depuis des années qu'il compensait tous ses manques en se noyant dans le travail, c'était devenu presque mécanique. Pour l'instant seule comptait la scène qu'ils allaient tourner. C'était son bébé, sa maîtresse, son avenir et il scrutait les moniteurs, examinait chaque détail, en imaginait l'effet sur un écran de neuf mètres de large.

Dans les chevrons au-dessus, un machino et un électricien attendaient les instructions pour déplacer une lampe ou changer l'angle d'un déflecteur si nécessaire. Le chef-électricien, qui se tenait derrière la caméra de Sam, attendait aussi les ordres, et deux autres techniciens, placés à côté d'une grue, levaient les yeux vers le second cadreur, qui était assis à six mètres au-dessus du sol pour filmer la scène sous cet angle. Des grouillots s'apprêtaient à déplacer n'importe quel objet au premier signe de Zack. Le preneur de son avait ses écouteurs autour du cou, prêt à les mettre, et la scripte tenait le scénario d'une main et un chronomètre de l'autre. A ses côtés, un assistant de production écrivait sur les claps que l'on utiliserait pour marquer la scène quand Zack ordonnerait de mettre les caméras en marche. Tony et Rachel patientaient dans un coin.

Satisfait, Zack hocha la tête et se tourna vers Sam.

— Qu'est-ce que tu en dis ?

Comme il l'avait déjà fait à plusieurs reprises pendant la journée, le directeur de la photographie colla sa pupille à la caméra et jeta un dernier coup d'œil.

— Cette table m'ennuie un peu, Zack, fit-il d'un ton hésitant, sans détacher l'œil de la caméra. Rapprochons-la des bottes de foin.

A ces mots, deux machinos se précipitèrent, saisirent la table et la déplacèrent centimètre par centimètre en regardant Sam qui les dirigeait de sa main levée.

— Juste là, c'est bon !

Impatient de se mettre à l'ouvrage, Zack leva les yeux vers le cadreur au-dessus de la perche.

— Les ? A quoi ça ressemble de là-haut ?

— Bien, Zack.

Zack jeta un dernier regard circulaire et fit signe à Tommy qui, comme d'habitude, demanda le silence, bien que l'on n'entendît pas une mouche voler.

— Silence, s'il vous plaît ! Chacun à sa place ! Ce n'est pas une répétition. Nous allons faire la première prise.

Tony et Rachel se dirigèrent vers leurs marques respectives et, tandis qu'une maquilleuse remettait un peu de poudre sur la tempe humide de Tony et qu'une habilleuse tirait sur le corsage de Rachel, Zack récapitula la scène d'un ton saccadé, comme à son habitude.

— Bon, dit-il d'une voix vive, professionnelle et pleine d'autorité, vous connaissez l'histoire et vous connaissez la fin. Nous pourrons peut-être nous contenter d'une seule prise. Sinon nous prendrons celle-ci comme essai.

Son regard glissa en biais vers Rachel, qu'il appela par le nom de son personnage, comme toujours :

— Johanna, tu entres dans l'écurie en sachant que Rick y est tapi. Tu sais ce qu'il attend de toi. Tu as peur de lui et de toi-même. Quand il tentera de te séduire, tu faibliras, juste quelques instants torrides. (Zack n'avait nulle envie de décrire dans le détail la passion qu'il attendait d'elle et de son amant.) Pigé ? Tout ce qu'il y a de plus torride.

— Pigé, dit-elle et seule une lueur dans ses yeux verts trahit son malaise à l'idée de faire cela devant tous ces gens.

Zack se tourna vers Tony, qui avait rejoint sa place, à l'intérieur d'un box vide.

— Tu as attendu Johanna plus d'une heure, lui rappela-t-il d'un ton pincé. Tu crains qu'elle ne vienne pas et tu t'en veux de la désirer. Elle t'obsède. Tu te demandes si tu ne vas pas monter jusqu'à la maison et dire à sa fille, à la bonne, à qui voudra l'entendre, qu'elle a couché avec toi. Tu te sens humilié parce qu'elle t'évite et que vous êtes obligés de vous retrouver dans les écuries, alors que son mari dort dans son lit. Quand elle entre et qu'elle passe devant la porte de ce box sans te voir, toute cette rage et toute cette angoisse qui montent en toi depuis des mois explosent. Tu l'attrapes, mais dès que tu la touches, tu as de nouveau envie d'elle et tu es bien décidé à la forcer à te désirer. Tu l'obliges à t'embrasser et tu sens sa première réaction. Mais quand son comportement change et qu'elle se débat, tu es allé trop loin pour croire qu'elle ne veut plus. Jusqu'à ce qu'elle saisisse ce revolver et le pointe sur toi. Alors tu es furieux. Tu ne te maîtrises plus. Tu essaies de la désarmer et quand elle tire, tu es trop enragé pour te rendre compte que c'était un accident. Ton obsédante passion se transforme momentanément en fureur et tu luttes avec elle pour t'emparer du revolver. Un deuxième coup part, et Rachel s'écroule sur le sol. Tu lâches l'arme — tu es comme fou de regret et de peur quand tu la vois grièvement blessée —, tu entends Emily, tu hésites et tu te tailles. Tu crois que tu vas pouvoir nous faire ça ?

ajouta-t-il d'un ton acerbe, incapable de dissimuler complètement sa haine.

— Ouais, fit Austin, sarcastique. Je pense que j'y arriverai.

— Alors vas-y et cette écœurante pantalonnade sera enfin terminée, ne put s'empêcher d'aboyer Zack. Tu n'as jamais eu l'intention de te servir de ce revolver contre lui, ajouta-t-il à l'intention de Rachel, et quand le coup part, je veux te voir horrifiée, au point que tu ne réagiras pas assez vite quand il sera pointé sur toi.

Sans attendre de réponse, Zack se tourna vers Emily et sa voix se radoucit un peu.

— Emily, tu entends les coups de feu et tu arrives à cheval. Ta mère est blessée mais consciente, et tu comprends qu'elle n'est pas mortellement atteinte. Tu paniques. Son amant est en train de courir vers son camion. Tu décroches le téléphone du bureau du palefrenier et tu appelles une ambulance, puis ton père. D'accord ?

— Et Tony ? Je veux dire... Rick. Je ne le poursuis pas un peu ou je ne ramasse pas le revolver comme si j'avais l'intention de lui courir après ?

Il aurait dû régler tout cela lors des répétitions. Il avait eu tort de penser qu'il pourrait tourner directement, d'autant plus que, depuis la veille, il avait le sentiment que Rachel ne devrait pas tirer le premier coup de feu, bien qu'il en fût ainsi dans le scénario. Après un bref instant d'hésitation, il hocha la tête en direction d'Emily.

— La première fois, nous jouerons la scène comme elle est écrite. Ensuite nous improviserons si besoin est. Des questions ? fit-il d'un ton redevenu brusque en jetant un regard circulaire sur les acteurs et sur l'équipe technique.

Il leur accorda une fraction de seconde pour lui répondre avant de faire signe à Tommy.

— Allons-y !

— Eteignez la climatisation ! lança Tommy et les appareils se turent.

Le preneur de son mit ses écouteurs, les deux cadreurs se penchèrent en avant et Zack s'installa entre la caméra et les moniteurs, à un endroit où il pouvait surveiller à la fois les écrans et la scène qui se déroulait devant lui.

— Moteur !

Il attendit qu'on lui confirme que le son et les caméras avaient atteint la bonne vitesse.

— Moteur ! cria le cadreur de la grue au bout de quelque temps.

— Moteur ! répondit Sam Hudgins en écho.

— Vitesse ! fit le preneur de son.

— Clap ! ordonna Zack et l'assistant de production se planta devant la caméra de Sam avec le clap noir et blanc qui portait le numéro de la scène et le nombre de prises.

— Scène cent vingt-six ! annonça-t-il. Première.

Il le fit claquer pour que les monteurs puissent plus tard synchroniser le son et l'action, puis il s'écarta au plus vite.

— Action ! cria Zack.

A ce moment précis, Rachel pénétra dans l'écurie par le côté et regarda autour d'elle d'un air inquiet, avec sur le visage le masque même de la terreur, de l'exaltation et de l'appréhension.

— Rick ? appela-t-elle d'une voix tremblante, comme le voulait le scénario et, quand la main de son amant jaillit du box vide, elle étouffa un cri avec beaucoup de conviction.

A côté de la caméra, les bras croisés sur la poitrine, Zack observait tout cela d'un œil impersonnel, mais quand Austin embrassa Rachel, la caressa et la culbuta sur les bottes de foin, les choses se passèrent moins bien. Manifestement gêné, Austin se montra maladroit.

— COUPEZ ! hurla Zack, furieux de constater qu'au train où allaient les choses, il allait devoir regarder Austin peloter et embrasser sa femme de manière répétée.

S'avançant dans le halo lumineux, il fusilla l'acteur d'un regard aussi glacial que méprisant.

— Dans ma chambre d'hôtel, Austin, tu ne l'embrassais pas comme un enfant de chœur. Reprenons cette scène-là plutôt que la piètre prestation d'amateur à laquelle nous venons d'assister.

Le visage d'Austin, dont on avait comparé le charisme juvénile à celui de Robert Redford, s'empourpra.

— Mon Dieu, Zack, tu ne peux pas te comporter en adulte...

Sans tenir compte de sa remarque, Zack s'en prit alors à Rachel qui le fusillait du regard.

— Et toi, tu es censée être en chaleur, lui dit-il avec une grossièreté sans précédent. Alors ne rêves pas que tu te fais les ongles pendant qu'il te brutalise.

Les deux prises suivantes furent excellentes, et toute l'équipe le savait, mais Zack les interrompit avant que Rachel ait saisi le revolver, et les fit recommencer. Il s'était soudain mis à éprouver une satisfaction perverse à les forcer à reproduire en public les gestes de l'adultère qui l'avait ridiculisé tout aussi publiquement, mais surtout il sentait qu'il y avait encore quelque chose qui clochait.

— COUPEZ ! cria-t-il, interrompant la quatrième prise.

Furieux et prêt à se battre, Austin se leva de la botte de foin, un bras enserrant Rachel.

— Ecoute-moi, espèce de sadique, il n'y avait rien à redire aux deux dernières prises ! Elles étaient parfaites !

— La ferme ! aboya Zack. Nous allons essayer autre chose. En dépit de ce qu'a pu penser l'auteur en écrivant cette scène, quand Johanna tire sur son amant, même accidentellement, nous n'avons plus aucune compassion à son égard. Elle obsède ce type, sexuellement et affectivement, et elle s'en sert pour satisfaire ses propres désirs, mais jamais elle n'a eu l'intention de quitter son mari pour lui. Il faut qu'elle soit blessée avant lui, sinon il serait la seule victime de ce film. Or le propos, c'est qu'ils sont *tous* des victimes.

Zack perçut un murmure de surprise et d'approbation derrière la caméra, près de l'entrée de l'écurie, mais il n'avait pas besoin de cela pour conforter sa position. Il savait qu'il avait raison. Il le savait grâce à cet instinct viscéral qui lui avait valu d'être nommé aux Oscars pour un film qui paraissait des plus banals, jusqu'à ce qu'il le mette en scène.

— Encore une fois, et ce sera bon, dit-il sèchement en se tournant vers Rachel et Tony qui semblaient impressionnés malgré eux. Tout ce que vous avez à faire, c'est d'inverser l'issue du premier combat de sorte que Johanna soit blessée la première.

— Et après ? demanda Tony. Qu'est-ce que je fais quand je me rends compte que je lui ai tiré dessus ?

Zack réfléchit, puis déclara d'un ton catégorique :

— Laisse-lui prendre le revolver. Tu n'avais pas l'intention de la blesser, mais elle ne le sait pas. Tu recules... A présent, c'est elle qui a l'arme et qui la pointe sur toi en pleurant, autant sur toi que sur elle-même. Tu recules. Rachel, fit-il, complètement absorbé, je veux te voir sangloter. Ensuite ferme les yeux et appuie sur la détente.

Zack se remit en position.

— Clap !

L'assistant se planta devant la caméra.

— Scène cent vingt-six, cinquième !

— Action !

Ce serait la dernière prise, Zack le sentit en regardant Austin saisir Rachel et la culbuter sur les bottes de foin tout en la dévorant des mains et de la bouche. Il n'y avait plus de dialogue, mais un bruit de fond que l'on postsynchroniserait. Quand Rachel chercha le revolver à tâtons et le fit glisser entre eux, Zack l'incita à se battre avec plus de conviction.

— Lutte ! aboya-t-il. Fais comme si c'était moi !

La méthode porta ses fruits. Elle se tordit et martela les épaules de Tony avec frénésie, puis elle posa la main sur le revolver. Plus tard, on rajouterait un bruit de coup de feu. Zack regarda Tony lui arracher l'arme et attendit le bon moment pour crier : « Tire ! » afin que Tony appuie sur la détente, tire à blanc, et que Rachel tombe en arrière et perce la poche de faux sang dissimulé près de son épaule. Le moment était venu.

— *Tire !* cria-t-il et le corps de Rachel fut pris d'un violent soubresaut, tandis que le coup de feu éclatait comme un pétard dans la grande écurie caverneuse et résonnait comme un écho sur le toit métallique.

Tous se figèrent, soudain paralysés par la force inattendue d'un son qui aurait dû se réduire au *plop* d'une balle à blanc. Rachel glissa lentement des bras de Tony et s'effondra sur le sol, mais il n'y avait pas de faux sang coulant sur son bras d'une fausse blessure à l'épaule.

— Qu'est-ce..., fit Zack, qui se précipita vers elle.

Tony était penché sur elle, mais Zack l'écarta.

— Rachel ? dit-il en la retournant.

Elle avait un trou à la poitrine, par lequel s'écoulait un mince filet de sang. La première pensée cohérente de Zack, tandis qu'il hurlait pour que l'on aille chercher l'ambulance et les médecins tout en tâtant son pouls inexistant, fut que la blessure ne devait pas être mortelle. Rachel saignait à peine, la balle était passée plus près de la clavicule que du cœur, et les secours n'étaient qu'à quelques mètres de là, tout près du plateau, comme l'exigeait la loi. Il régnait un véritable tohu-bohu. Des femmes hurlaient, des hommes criaient, et toute l'équipe s'était précipitée, se regroupant en une foule étouffante.

— Reculez, bon Dieu ! beugla-t-il et, comme il ne sentait pas son pouls, il commença à pratiquer un massage cardiaque.

Une heure durant, Zack resta sur le seuil de l'écurie, à quelques mètres du reste de la troupe, à attendre un mot de la horde de médecins et de flics qui s'affairaient à l'intérieur, autour de Rachel. Des voitures de patrouille et des ambulances étaient garées sur la pelouse et sur l'allée d'accès, et leurs sinistres gyrophares rouge et bleu tournoyaient frénétiquement dans la nuit calme et humide.

Rachel était morte. Il le sentait, il le savait. Il avait déjà vu la mort, il s'en souvenait. Malgré cela, il avait peine à y croire.

Les policiers avaient déjà interrogé Tony et les cadreurs. A présent, ils commençaient à poser des questions à tous ceux qui se trouvaient sur les lieux. Mais ils ne demandaient pas à Zack ce qu'il avait vu. Il se dit, pour autant qu'il fût capable d'une réflexion rationnelle, que c'était très étrange.

Au-dessus de lui, une lumière vive balaya la zone et il entendit la plainte monocorde des pales d'un hélicoptère. Il aperçut une croix rouge sur le flanc de l'appareil et éprouva un immense soulagement. On allait visiblement transporter Rachel à l'hôpital le plus proche, ce qui signifiait certainement que les toubibs avaient réussi à stabiliser son état. Au moment même où cette pensée rassurante lui venait à l'esprit, ce qu'il vit lui glaça le sang. Les flics qui avaient dressé un cordon de sécurité tout autour de la zone dès leur arrivée venaient de laisser passer une berline noire. A la lumière de l'hélicoptère qui descendait vers le sol, il distingua sur la porte du conducteur l'emblème du coroner du comté.

Les autres le virent aussi. Emily se mit à sangloter dans les bras de son père, et Zack entendit Austin qui jurait sauvagement, puis les chuchotements rassurants de Tommy. Diana fixait la voiture du légiste, les traits figés, le teint pâle ; les autres se regardaient d'un air ébahi.

Mais personne ne le regardait ni ne cherchait à s'approcher de lui. Dans un état second, Zack trouvait cela bizarre, même s'il pensait que c'était mieux ainsi.

8

Le lendemain, les comédiens et l'équipe technique furent consignés dans leurs chambres d'hôtel en attendant d'être interrogés. Zack était alors dans un état de stupeur agitée. La police refusait de lui donner la moindre information et les médias vomissaient un flot constant de nouvelles dans tout le pays. D'après l'émission de NBC qu'il avait regardée à midi, l'arme qui avait tué Rachel avait été chargée d'une balle à tête creuse, conçue pour éclater lors de l'impact et détruire une vaste zone au lieu de la traverser, ce qui expliquait l'instantanéité du décès. Au journal du soir de CBS, un expert en balistique, planté devant un chevalet sur lequel on apercevait un schéma du corps de Rachel, expliqua avec sa baguette à l'Amérique entière où se trouvait l'impact de la balle et quels dégâts celle-ci avait causés. Zack appuya sur le bouton de la télécommande avant d'aller vomir dans les toilettes. Rachel était morte mais, bien que leur mariage eût été un fiasco et qu'elle ait eu l'intention de divorcer pour épouser Tony, il ne parvenait à surmonter ni la réalité de sa mort ni les circonstances épouvantables qui l'avaient entourée. Sur ABC, aux infos de dix heures, ce fut une bombe qu'on lui lança au visage. Selon le rapport d'autopsie, qui venait d'être rendu public, Rachel Evans Benedict était enceinte de six semaines.

Zack s'effondra sur le sofa et ferma les yeux en ravalant la bile amère qui lui montait à la gorge. Il avait l'impression de se trouver dans l'œil d'un cyclone en folie. Rachel était enceinte. Mais pas de lui. Il n'avait pas couché avec elle depuis des mois.

Pas rasé, incapable d'avaler quoi que ce soit, il arpentait sa suite en se demandant régulièrement si les autres avaient été également consignés et, dans ce cas, pourquoi personne n'était venu dans sa chambre pour bavarder, pour lui témoigner un peu de sympathie ou simplement passer le temps. Le standard de l'hôtel était assiégé par les gens de Hollywood, qui tentaient de le joindre, plus avides pour la plupart de remuer la boue que de lui présenter des condoléances. Il refusa donc de répondre au téléphone, sauf à Matt Farrell, et se demanda le reste du temps qui pouvait bien haïr Rachel au point de souhaiter sa mort. A mesure que les heures passaient, il soupçonnait l'un après l'autre tous ceux qui étaient présents sur le plateau, pour des raisons plus ou moins absurdes, puis il rejetait tel suspect pour s'en prendre à tel autre, n'ayant que de piètres motifs d'accusation.

En son for intérieur, il savait bien que la police pensait qu'il avait d'excellentes raisons de la tuer. Cette idée lui semblait pourtant si ridicule qu'il demeurait fermement convaincu qu'elle s'en rendrait compte.

Deux jours après la mort de Rachel, on frappa à la porte de sa suite et Zack ouvrit aux deux inspecteurs qui l'avaient interrogé la veille.

— Monsieur Benedict..., commença l'un, mais la patience de Zack était à bout.

— Pourquoi est-ce que vous perdez votre temps avec moi, espèce de salauds ? explosa-t-il. J'exige que vous me disiez où vous en êtes dans votre enquête !

Il était tellement furieux qu'il fut pris au dépourvu quand le policier qui avait pénétré dans sa suite et s'était placé derrière lui le poussa contre le mur, lui saisit les poignets et l'obligea brutalement à lever les mains derrière son dos. Zack sentit le contact froid des menottes.

— Zachary Benedict, dit l'autre, je vous arrête pour le meurtre de Rachel Evans. Vous avez le droit de vous taire et de prendre un avocat. Si vous n'avez pas les moyens de payer un avocat...

9

— Mesdames et messieurs les jurés, vous avez entendu ces témoignages bouleversants et vous avez eu la preuve irréfutable...

Alton Peterson, l'avocat général, se tenait parfaitement droit. Son regard perçant balayait lentement les visages des douze jurés du comté de Dallas qui étaient sur le point de décider de l'issue d'un procès qui avait passionné les foules à coups de révélations scandaleuses, d'histoires d'adultère et de meurtre parmi les grandes vedettes de Hollywood.

A l'extérieur de la salle d'audience, le hall était bourré de journalistes venus du monde entier, qui attendaient les derniers développements croustillants du procès de Zachary Benedict. Les médias, qui naguère l'encensaient, faisaient à présent leurs choux gras de sa chute et donnaient hypothèses et allégations juteuses en pâture à des Américains fascinés qui en avalaient les morceaux avec leur dîner et leur journal du soir.

— On vous a donné la *preuve*, rappela Peterson avec une insistance renouvelée, tout en poursuivant sa dernière récapitulation. Vous avez entendu le témoignage de dizaines de témoins, dont certains étaient les amis de Zachary Benedict. Vous savez que, le soir qui précéda le meurtre de Rachel Evans, Zachary Benedict l'avait trouvée nue dans les bras d'Anthony Austin. Vous savez aussi que Zachary Benedict était fou de rage, qu'il s'est jeté sur Austin et que l'on a dû les séparer. Vous avez pris connaissance des témoignages des clients de l'hôtel qui se trouvaient dans le couloir devant la porte de Benedict et qui ont entendu la violente dispute qui s'est ensuivie. Vous savez donc que Rachel Evans lui a dit qu'elle avait l'intention de divorcer, d'épouser Anthony Austin et d'obtenir la moitié de tout ce que possédait Zachary Benedict. Ces mêmes témoins ont rapporté que ce dernier a menacé sa femme, je cite : *« Je te tuerai plutôt que de vous donner quoi que ce soit, à toi et à Austin ! »* Il avait dit ces derniers mots d'une voix forte après avoir jeté un coup d'œil à ses notes pour faire de l'effet, car personne dans la salle n'avait oublié cette menace.

Il empoigna la barre qui entourait le banc des jurés et scruta chacun de leurs visages captivés.

— Et il l'a tuée, mesdames et messieurs. Il l'a tuée de sang-froid, elle et l'innocent enfant à naître qu'elle portait ! Vous le savez et je le sais. Mais c'est la manière dont il a commis ce crime qui le rend encore plus odieux, plus épouvantable, car cela nous montre à quel monstre froid nous avons affaire.

Il se retourna et se mit à arpenter le prétoire en récapitulant les circonstances du crime pour en arriver à sa conclusion :

— Zachary Benedict n'a pas tué dans un accès de rage non prémédité comme la plupart des assassins. Pas du tout, pas lui. Il a attendu vingt-quatre heures pour que son précieux film soit d'abord achevé, puis il a choisi une méthode si bizarre, si froidement calculée, que cela me donne des haut-le-cœur. Il a placé une balle à tête creuse dans un revolver et, à la dernière minute de ce film, il a modifié le scénario pour que l'on tire sur sa femme, et non sur Anthony Austin, au cours de cette fausse bagarre !

Alton s'interrompit et saisit de nouveau la barre.

— Il ne s'agit pas d'une hypothèse. Vous avez entendu les témoignages. L'après-midi du crime, tandis que le reste de l'équipe du tournage faisait une pause, Zachary Benedict est entré seul dans l'écurie, apparemment pour modifier deux ou trois choses sur le plateau. Plusieurs personnes l'ont vu — il le reconnaît lui-même — et pourtant, de retour sur le plateau, aucun membre de l'équipe n'a remarqué le moindre changement. Que faisait-il ? Vous le savez parfaitement ! Il changeait les inoffensives balles à blanc, qu'il avait mises lui-même d'après les dires d'un témoin, contre les balles à tête creuse, mortelles cette fois. Je vous rappelle que l'on a trouvé les empreintes de Zachary Benedict sur l'arme. Les siennes et seulement les siennes, laissées sans doute par erreur, après qu'il eut essuyé le revolver. Et une fois ces préparatifs terminés, a-t-il achevé lui-même son horrible forfait comme un meurtrier ordinaire ? Non, pas lui ! Zachary Benedict se tenait derrière un cadreur, il regardait sa femme et son amant s'embrasser et se caresser. Il leur a fait maintes fois reproduire ces gestes ! Il les arrêtait chaque fois que sa femme allait saisir le revolver. Ensuite, quand il se fut assez « amusé », assez vengé de cette manière malsaine, quand il ne put plus prolonger ce moment qu'exigeait le scénario, cet instant où sa femme était censée prendre l'arme et tirer sur Tony Austin, Zachary Benedict *a modifié le scénario* !

Peterson fit volte-face et pointa le doigt sur Zack.

— Zachary Benedict, déclara-t-il, la voix frémissante de haine, est un homme si corrompu par la richesse et la célébrité qu'il se croit au-dessus des lois qui s'appliquent à vous et à moi. Il est persuadé que vous lui permettrez de s'en tirer ! Regardez-le, mesdames et messieurs les jurés...

Ne pouvant résister à l'appel de la voix de baryton de Peterson, tous les visages de la salle se tournèrent à l'unisson vers Zack, qui se trouvait sur le banc des accusés. A côté de lui, le principal avocat de la défense marmonna sans remuer les lèvres :

— Bon Dieu, Zack, lève les yeux vers le jury.

Zack leva la tête comme mû par un automatisme, en se disant que, quoi qu'il fasse, cela n'influerait en rien sur l'esprit collectif des jurés. Si Rachel avait voulu le piéger pour lui faire endosser son meurtre, elle ne s'y serait pas mieux prise. Les preuves s'acharnaient contre lui.

— Regardez-le ! ordonna Alton Peterson avec véhémence, et vous verrez ce qu'il est, un homme coupable d'homicide avec préméditation ! Voilà le verdict, le *seul* verdict que vous puissiez prononcer pour que justice soit faite !

Le lendemain matin, le jury se retira pour débattre. Zack, qui avait acheté sa liberté moyennant une caution d'un million de dollars, retourna dans sa suite à l'hôtel du Croissant où il hésita entre deux solutions : s'enfuir en Amérique du Sud ou essayer de tuer Tony Austin. Tony était à ses yeux le suspect le plus logique. Pourtant ni les avocats de Zack ni les détectives privés qu'ils avaient mis sur le coup n'avaient trouvé la moindre preuve contre lui, si ce n'était qu'il se droguait toujours, une habitude fort coûteuse qu'il aurait été plus à même de satisfaire si Rachel avait pu l'épouser après son divorce. De plus, si Zack n'avait pas décidé de modifier le scénario à la dernière minute, Austin aurait été tué à la place de Rachel. Zack tenta de se rappeler s'il avait dit à Tony que la fin ne lui plaisait pas et qu'il avait l'intention de la changer. Il pensait parfois à haute voix, tentant d'ordonner les événements qui se bousculaient dans sa tête, mais non, il ne s'en souvenait pas. Il avait annoté son exemplaire du scénario qu'il avait laissé traîner mais, selon leurs dires, les témoins n'étaient pas au courant de ce changement.

Comme un tigre en cage, il arpentait la pièce en maudissant le destin, Rachel et lui-même. Il se répétait sans cesse la plaidoirie de son propre avocat en s'efforçant de croire qu'Arthur Handler aurait dissuadé les jurés de le condamner. Le seul véritable argument de la défense, le seul crédible, était le suivant : Zack aurait été complètement idiot de commettre un crime si évident et si bizarre, alors que tous les indices le désigneraient comme coupable. Quand, au cours du procès, on révéla que Zack possédait une importante collection d'armes et connaissait parfaitement les différents types de revolvers et de balles, Handler avait fait remarquer que, puisque c'était exact, Zack aurait pu changer de balles sans laisser maladroitement ses empreintes sur l'objet.

Il caressait l'idée de s'enfuir en Amérique du Sud et de disparaître, mais c'était une mauvaise idée et il le savait. S'il prenait la fuite, le jury serait convaincu de sa culpabilité, même s'il avait eu l'intention de l'acquitter. En second lieu, il avait une tête si connue, surtout avec la couverture de presse du procès, qu'il serait repéré sur-le-champ, où qu'il aille. La seule chose positive, c'était que Tony Austin ne ferait plus de films, maintenant que ses vices et ses perversions, révélés au cours des audiences, avaient fait les gros titres des journaux.

Quand, le lendemain matin, on frappa à sa porte, la frustration de l'attente avait noué tous les muscles de son corps. Il ouvrit brusquement et fronça les sourcils en apercevant le seul ami à qui il avait toujours implicitement fait confiance. Zack n'avait pas voulu de Matt Farrell à son procès, d'une part parce qu'il se sentait humilié, d'autre part parce qu'il ne voulait pas que la souillure qui l'avait sali déteigne sur le célèbre industriel. Comme Matt était encore en Europe la veille pour négocier le rachat d'une société, Zack n'avait pas eu trop de peine à avoir l'air optimiste chaque fois que son ami lui téléphonait. Mais quand Zack vit son air sinistre, il comprit qu'il savait la vérité et que c'était pour cela qu'il avait pris l'avion pour Dallas.

— Ne fais pas cette tête d'enterrement, dit Matt d'un ton pince-sans-rire en pénétrant dans sa suite.

— Je t'avais dit que tu n'avais aucune raison de venir ici, répliqua Zack en refermant la porte. Le jury doit être sorti à présent. Tout ira bien.

— Dans ce cas, rétorqua Matt, qui ne se laissa pas décourager par cet accueil sans enthousiasme, nous pouvons très bien jouer au poker pour passer le temps. O'Hara est allé garer la voiture et va nous réserver des chambres, ajouta-t-il en parlant de son chauffeur qui lui tenait également lieu de garde du corps.

Il se débarrassa de son manteau d'un coup d'épaule, examina les traits hagards de Zack et décrocha le téléphone.

— Tu as une sale tête, dit-il avant de demander qu'on leur serve dans la chambre de Zack un énorme petit déjeuner pour trois.

— C'est sûrement mon jour de chance, déclara Joe O'Hara quand, six heures plus tard, il ramassa ses gains au centre de la table.

Immense, avec des traits burinés de champion de boxe et un physique de lutteur, il dissimulait le souci qu'il se faisait pour l'avenir de Zack sous un optimisme exubérant. Cela ne trompait personne, mais qui rendait l'atmosphère tendue qui régnait dans la pièce plus supportable.

— Tu me feras penser à réduire ton salaire, dit Matt avec une ironie désabusée en contemplant la pile de billets qui s'accumulaient devant son chauffeur. Je n'ai pas à te payer pour t'asseoir à une table où on joue aussi gros.

— Vous dites toujours ça quand je vous bats aux cartes, Zack et vous, répondit joyeusement O'Hara en battant le jeu. Ça me rappelle le bon vieux temps où on jouait ensemble à Carmel. Sauf que c'était toujours le soir.

Et que la vie de Zack n'était pas en jeu...

Tous y pensaient sans le dire, quand le silence pesant fut brisé par la sonnerie aiguë du téléphone.

Zack décrocha, écouta et se leva.

— Le jury a rendu son verdict. Il faut que j'y aille.

— Je t'accompagne, dit Matt.

— Je vais chercher la voiture, fit O'Hara en prenant les clés dans la poche de sa veste.

— Ce n'est pas nécessaire, déclara Zack en luttant contre la panique. Mes avocats passent me prendre.

Il attendit qu'O'Hara lui eût serré la main avant de disparaître, puis il regarda Matt et se dirigea vers le bureau.

— J'ai un service à te demander.

Il sortit un document officiel, qu'il tendit à son ami.

— J'ai préparé ça au cas où ça se passerait mal. C'est un pouvoir qui te donne le droit d'agir à ma place pour tout ce qui concerne mes finances et mes gains.

Matt Farrel baissa les yeux et pâlit en comprenant qu'à l'évidence Zack pensait qu'il avait au moins cinquante pour cent de chances d'être condamné.

— Ce n'est qu'une formalité, un plan d'urgence. Je

suis certain que tu n'auras jamais à t'en servir, mentit Zack.

— Moi aussi, répondit Matt avec la même insincérité.

Les deux hommes se regardèrent. Ils avaient presque la même taille, la même corpulence, le même teint, la même fierté et la même fausse confiance. Quand Zack prit son manteau, Matt s'éclaircit la voix avant de lui dire à contrecœur :

— Si... Si je devais utiliser ceci, que veux-tu que je fasse ?

Zack noua sa cravate en se regardant dans la glace.

— Essaie simplement de ne pas me ruiner, répondit-il, mi-figue mi-raisin, en haussant les épaules.

Une heure plus tard, dans la salle d'audience, debout près de ses avocats, Zack regarda l'huissier tendre au juge le verdict du jury. Comme si les mots lui parvenaient de l'autre extrémité d'un tunnel, il entendit le juge déclarer :

— Coupable d'homicide volontaire...

Puis, alors qu'il faisait une brève tentative pour évaluer sa peine, Zack entendit un verdict encore plus terrifiant que le premier :

— L'accusé purgera une peine de quarante-cinq ans de prison à Amarillo, au Texas... La sentence ne sera pas suspendue s'il y a appel, puisque la peine excède quinze ans... L'accusé sera mis en détention provisoire...

Zack ne broncha pas. Il se refusa à donner le moindre signe de ce qu'il ressentait, mais il hurlait intérieurement.

Il demeura raide, même quand on lui saisit les poignets, qu'on les ramena brutalement derrière son dos pour lui attacher les menottes.

10

— Attention, mademoiselle Mathison ! hurla d'une voix suraiguë un petit garçon en fauteuil roulant, mais trop tard.

Julie remontait du centre du terrain de basket en dribblant. En riant elle tournoya pour tirer et se prit la cheville dans le repose-pieds d'un fauteuil. Elle fit un bond en arrière et atterrit violemment sur les fesses.

— Mademoiselle Mathison ! Mademoiselle Mathison !

Le gymnase résonna des cris inquiets des enfants handicapés du cours de gymnastique que donnait Julie après les heures de classe, quand elle avait terminé son travail de professeur. Les enfants se regroupaient autour d'elle avec leurs fauteuils roulants, leurs béquilles et leurs appareils orthopédiques.

— Ça va, mademoiselle Mathison ? demandèrent-ils en chœur. Vous vous êtes fait mal ?

— Evidemment, les taquina-t-elle en se dressant sur ses coudes, puis elle balaya d'un geste les cheveux qui lui tombaient sur les yeux. Ma fierté en a pris un sacré coup.

Willie Jenkins, petit macho de neuf ans qui tenait le rôle d'observateur et de juge de touche, plongea les mains dans ses poches et la contempla avec un sourire perplexe.

— Comment votre fierté a-t-elle pu en prendre un coup puisque vous êtes tombée sur le derrière ? fit-il remarquer de sa voix grave.

— C'est une question de perspective, Willie ! dit Julie en riant.

Elle était en train de se redresser quand une paire de grosses chaussures et un pantalon brun entrèrent dans son champ de vision.

— Mademoiselle Mathison ! aboya le principal en contemplant d'un air féroce et bougon les traces sur la surface luisante de son gymnase. Vous appelez ça du basket ? A quoi jouez-vous ?

Bien que Julie enseignât à présent dans une classe de CE2 à l'école primaire de Keaton, ses relations avec M. Duncan ne s'étaient pas beaucoup améliorées depuis le jour où, quinze ans auparavant, il l'avait accusée d'avoir dérobé l'argent de la cantine. Certes il ne mettait plus son intégrité en doute, mais sa fâcheuse tendance à contourner en permanence les règles de l'établissement en faveur de ses élèves était pour lui comme une épine dans le pied. De plus, elle le mettait à l'agonie avec ses innovations et, quand il lui opposait son veto, elle ameutait toute la ville pour obtenir le soutien moral et, si nécessaire, financier de ses concitoyens. Conséquence de l'une de ses idées, l'école primaire de Keaton possédait un programme d'éducation intellectuelle et physique spécialement conçu pour les enfants handicapés, qu'elle avait lancé et qu'elle modifiait sans cesse avec ce que M. Duncan considérait comme un mépris frivole et caractérisé des procédures établies. A peine Mlle Mathison avait-elle mis en œuvre ce programme qu'elle avait pris une autre direction sans qu'il ait moyen de l'arrêter. Elle faisait campagne pour éradiquer l'illettrisme parmi les femmes de Keaton et des environs. Quand elle avait appris que l'épouse du gardien ne savait pas lire, cela avait suffi à la lancer sur cette voie. Julie Mathison l'avait invitée chez elle et avait commencé à lui donner des cours, mais la femme du gardien connaissait une autre femme qui ne savait pas lire, et cette dernière connaissait quelqu'un qui connaissait quelqu'un qui connaissait quelqu'un... En peu de temps elles furent sept à apprendre à lire, et Mlle Mathison avait supplié M. Duncan de lui prêter une classe deux fois par semaine pour ses élèves.

Quand M. Duncan avait fort raisonnablement protesté en invoquant les frais qu'occasionnerait l'ouverture d'une classe le soir, elle lui avait gentiment répondu qu'elle allait s'adresser au principal du lycée. Pour ne pas passer pour un ogre sans cœur, M. Duncan céda devant ses yeux bleus et son grand sourire. Peu après qu'il eut capitulé sur cette question, l'irritante militante eut besoin de matériel spécial pour accélérer l'apprentissage de « ses » adultes. Or, il l'apprit à ses dépens, quand Julie Mathison avait une idée en tête, elle n'avait de cesse de l'avoir mise à exécution. Convaincue qu'elle avait raison et qu'un principe capital était en jeu, Julie Mathison faisait montre d'une ténacité à toute épreuve, doublée d'un optimisme énergique et illimité, qui lui semblait aussi remarquable qu'agaçant.

Elle avait fait tout ce qui était en son pouvoir pour ses enfants handicapés, mais ce programme d'alphabétisation lui tenait particulièrement à cœur. Rien de ce qu'il pourrait dire ou faire ne l'en détournerait. Elle était résolue à obtenir le matériel dont elle avait besoin et il était persuadé qu'elle avait l'intention de mettre à profit ces deux jours de congé qu'elle avait demandés pour se rendre à Amarillo afin de trouver l'argent nécessaire. Il savait de source sûre qu'elle avait persuadé le riche grand-père de l'un des élèves, qui habitait justement Amarillo, de la financer. A présent, elle avait sans doute l'intention de soutirer de l'argent à ce pauvre homme qui ne se doutait de rien pour son programme d'alphabétisation des femmes.

Son penchant caractérisé pour les collectes, voilà ce qui lui répugnait le plus, ce qu'il trouvait le plus gênant. Cela manquait vraiment de dignité d'aller « mendier » ainsi des fonds en faisant appel à la générosité des citoyens aisés ou de leurs parents. Depuis quatre ans qu'elle enseignait à l'école primaire de Keaton, Julie Mathison était devenue sa plaie, son ampoule au talon. Il était donc parfaitement insensible au spectacle charmant que lui présentait la jeune fille qui se relevait et faisait de grands signes de la main en direction du vestiaire en donnant d'une voix forte des instructions pour le match de la semaine prochaine. Le visage nu, sans maquillage, ses longs cheveux bruns relevés en une queue de cheval, elle avait l'éclat de la santé et la vitalité de la jeunesse, de sorte que M. Duncan avait cru à tort, lorsqu'il l'avait engagée, qu'elle était douce, jolie et pas compliquée. Elle mesurait un mètre soixante-dix, avait une solide constitution et de longues jambes, un nez élégant, des pommettes classiques et une bouche charnue. Sous des sourcils noirs et bien dessinés, ses grands yeux d'un indigo lumineux, bordés d'épais cils recourbés, semblaient à la fois doux et innocents. Il avait appris à ses dépens que le seul trait de ce visage délicat qui laissait deviner la femme qu'elle était réellement, c'était ce menton têtu avec cette minuscule fossette si peu féminine.

Il attendait pour l'instant que sa turbulente institutrice en ait fini avec son « équipe », qu'elle ait tiré sur son survêtement et passé ses doigts dans ses cheveux, pour daigner lui expliquer la raison de cette visite inhabituelle au gymnase.

— Votre frère Ted a appelé. J'étais le seul à répondre au téléphone au premier étage. Il m'a dit de vous prévenir que votre mère souhaite que vous rentriez dîner à huit heures et qu'il vous prêtera la voiture de Carl pour votre voyage. Il... m'a dit que vous vous rendiez à Amarillo. Vous ne m'en avez pas informé quand vous m'avez demandé un congé pour raison personnelle.

— Amarillo, c'est ça, fit Julie avec un sourire candide qui se voulait dissuasif, mais qui ne fit que le mettre sur ses gardes.

— Vous avez des amis là-bas ? demanda-t-il, tandis que ses sourcils se rejoignaient brusquement au-dessus de son nez.

Julie se rendait à Amarillo pour rencontrer un parent de l'un de ses élèves handicapés, dans l'espoir d'obtenir un soutien financier pour son programme d'alphabétisation... et elle avait le sentiment désagréable que M. Duncan l'avait deviné.

— Je ne manquerai que deux jours, fit-elle pour éluder la question. Et j'ai déjà trouvé une remplaçante pour s'occuper de mes classes.

— Amarillo est à plusieurs centaines de kilomètres d'ici. Vous devez avoir des choses importantes à y faire.

Au lieu de répondre à cette question à peine voilée sur le but de son voyage, Julie remonta la manche de son sweatshirt, regarda sa montre et s'écria d'un ton pressé :

— Mon Dieu ! Il est quatre heures et demie. Je ferais mieux de me dépêcher si je veux rentrer à la maison, prendre une douche et être de retour à temps pour mon cours de six heures.

Quand Julie émergea du bâtiment scolaire, Willie Jenkins attendait près de sa voiture, son petit visage tout froncé.

— Je vous ai entendue parler d'Amarillo avec M. Duncan, lança-t-il d'une voix incroyablement rocailleuse, celle d'un adulte atteint de laryngite. Et je me demandais, mademoiselle Mathison... Est-ce que je vais chanter ou non dans la fête folklorique de l'hiver ?

Julie réprima un sourire. Comme ses frères aînés, Willie Jenkins excellait dans tous les sports. C'était toujours lui que l'on choisissait en premier pour former une équipe. Il était l'enfant le plus populaire des petites classes, et il était donc ulcéré d'être en revanche le *dernier*, dès qu'il s'agissait de musique. On ne lui attribuait jamais de rôle chantant car, quand il ouvrait la bouche, il émettait des sons qui provoquaient dans l'assistance des rires incontrôlables.

— Ce n'est pas moi qui décide, Willie, dit Julie en jetant sa serviette sur le fauteuil du passager de sa vieille Ford. Cette année, je ne m'occupe pas de la fête folklorique.

Il lui adressa alors le sourire malicieux et pensif de l'homme qui sait instinctivement quand une femme a toutes les indulgences pour lui, ce qui était le cas de Julie. Elle aimait son cran, son dynamisme et surtout sa gentillesse innée à l'égard d'un de ses camarades handicapés, un dénommé Johnny Everett.

— Eh bien, croassa-t-il, si vous en étiez responsable, est-ce que vous me laisseriez chanter ?

— Willie, dit Julie, qui sourit en tournant la clé de contact, le jour où on me demandera de choisir qui doit chanter, tu chanteras.

— Promis ?

Julie acquiesça.

— Viens donc à l'église un de ces jours et je te le prouverai. Je te mettrai dans le chœur des enfants.

— Mes parents n'aiment pas trop les sermons.

— Alors ça, c'est un vrai dilemme, déclara Julie par sa fenêtre ouverte en reculant lentement pour sortir du parking des professeurs.

— C'est quoi un dilemme ?

— Regarde dans le dictionnaire, fit-elle en se penchant pour lui frotter la tête.

Pour rentrer chez elle, elle passa par le centre de Keaton, un quartier plein de commerces et de bureaux qui entouraient l'imposant tribunal du comté. Quand, enfant, elle était arrivée à Keaton, la vieille cité texane lui avait paru très étrange sans boulevards ni gratte-ciel, mais elle avait vite appris à aimer ses rues tranquilles et son atmosphère accueillante. Keaton n'avait pas beaucoup changé en quinze ans. Pittoresque et désuète, elle était restée fidèle à elle-même avec le pavillon blanc de son parc municipal et ses rues pavées de brique et bordées de boutiques et de maisons proprettes. Bien que la population soit passée de trois à cinq mille habitants, la ville n'en avait pas pour autant changé de mode de vie pour complaire aux nouveaux arrivants. C'étaient eux qui s'étaient acclimatés. On allait généralement à l'office le dimanche, les hommes se rassemblaient toujours au club de l'Elan le premier vendredi du mois et l'on célébrait la fête nationale chaque été selon la tradition. Sur la pelouse de la place, la fanfare municipale jouait sous le kiosque drapé de blanc, de bleu et de rouge pour l'occasion. Jadis les habitants se rendaient à ces festivités à cheval ou en cabriolet. A présent ils venaient en break ou en mini, mais les rires et la musique retentissaient comme autrefois. Les enfants jouaient à chat entre les vieux chênes ou se promenaient, main dans la main en dégustant une glace, tandis que leurs grands-parents restaient assis sur les bancs à se remémorer le passé. C'était une ville où l'on tenait beaucoup aux vieilles amitiés, aux vieilles traditions, aux vieux souvenirs. C'était aussi une ville où l'on savait tout de tout le monde.

Julie faisait partie de tout cela. Elle aimait ce sentiment de sécurité, d'appartenance, que cela lui donnait et, depuis qu'elle avait onze ans, elle avait scrupuleusement évité de faire quoi que ce fût pour s'attirer la critique des colporteurs de ragots. Adolescente, elle ne fréquentait que les quelques garçons qui avaient reçu l'approbation tant de ses parents que de la ville tout entière et ne participait qu'aux activités organisées sous le patronage de l'école ou aux chastes fêtes paroissiales. Jamais elle n'était en retard, jamais elle n'enfreignait les règles de la circulation ni aucune loi importante. Elle avait habité chez ses parents pendant ses études universitaires.

Quant à la petite maison qu'elle avait louée l'an dernier au nord de la ville, elle était impeccablement tenue. Elle avait pour politique de ne jamais y inviter d'hommes autres que ceux de la famille après la tombée du soir. D'autres jeunes femmes, ayant grandi comme elle dans les années quatre-vingt, se seraient irritées de telles restrictions, mais pas Julie. Elle avait trouvé un vrai foyer, une famille aimante qui la respectait et lui faisait confiance et elle s'était juré d'en être toujours digne. Et elle avait si bien réussi qu'adulte, Julie Mathison était devenue le modèle de la ville de Keaton. Non seulement elle était institutrice, s'occupait bénévolement des handicapés et de l'alphabétisation, mais elle tenait aussi le patronage, faisait partie de la chorale, confectionnait des gâteaux pour les kermesses paroissiales et tricotait des plaids afin de collecter des fonds pour la nouvelle caserne de pompiers.

C'était donc avec résolution qu'elle avait éliminé toute trace de la petite gamine des rues, impulsive et insouciante, qu'elle avait été. Mais ses sacrifices avaient été si bien récompensés qu'elle avait toujours eu l'impression que c'était elle qui avait de la chance. Elle aimait travailler avec les enfants et se passionnaient pour l'enseignement des adultes. Elle s'était façonné une vie parfaite. Mais quelquefois, seule le soir, elle ne pouvait chasser le sentiment que tout n'était pas si parfait. Il y avait quelque chose de faux ou de déplacé, comme un manque. Elle s'était créé un rôle et ne savait plus trop que faire.

Un an auparavant, quand Greg Howley, le nouvel assistant du pasteur, était venu aider le père de Julie, elle comprit ce qu'elle aurait dû savoir depuis longtemps : elle avait besoin d'un mari et d'une famille à aimer. C'était aussi l'avis de Greg. Ils avaient parlé mariage, mais Julie avait préféré attendre pour être sûre d'elle. Maintenant Greg, qui avait sa propre congrégation en Floride, attendait toujours qu'elle se décide. Les commères de la ville, aux yeux desquelles le jeune et bel assistant du pasteur faisait un mari idéal pour Julie, avaient été déçues quand Greg était reparti le mois dernier, juste après Noël, sans lui avoir glissé de bague de fiançailles au doigt. Il plaisait aussi à Julie, objectivement. Sauf parfois, le soir, alors que ces doutes vagues, inexplicables, surgissaient...

11

La hanche appuyée contre son bureau, Julie sourit aux sept femmes, âgées de vingt à soixante ans, qui apprenaient à lire. Leur détermination, leur courage et leur gravité avaient déjà gagné son cœur, mais elle les connaissait à peine. Il lui restait moins de vingt minutes avant l'heure du dîner et elle terminait toujours son cours à regret.

— Ça suffira pour ce soir, dit-elle en consultant sa montre à contrecœur. Avez-vous des questions pour notre rendez-vous de la semaine prochaine ?

Trois visages graves se levèrent vers elle. Rosalie Silmet, une jeune mère de vingt-cinq ans, leva la main.

— Nous... Nous toutes... voudrions vous dire à quel point c'est important pour nous, fit-elle timidement. J'ai été choisie pour vous l'annoncer parce que, jusque-là, c'est moi qui lis le mieux. Vous avez cru en nous et nous voulions que vous sachiez que cela nous a changé la vie. Certaines d'entre nous, poursuivit-elle d'une voix hésitante en regardant Pauline Perkins, qui s'était jointe aux autres à la demande de Rosalie, ne pensent pas que vous y arriverez, mais nous voulons quand même vous donner une chance.

— Pauline, dit doucement Julie en se tournant vers une femme brune d'une quarantaine d'années, assez solennelle, pourquoi pensez-vous que vous ne pourrez pas apprendre à lire ?

L'interpellée se leva comme si elle s'adressait à quelqu'un d'éminent.

— D'après mon mari, déclara-t-elle avec une dignité douloureuse, si je n'étais pas bête, j'aurais appris à lire quand j'étais petite. Mes enfants disent la même chose. Que je perds mon temps. Je ne suis venue ici que parce que Rosalie m'a dit qu'elle apprenait très vite alors qu'elle pensait pas y arriver. Ne pensait pas. Je vais essayer pendant quelques semaines.

Les autres acquiescèrent avec réticence et Julie ferma les yeux un instant avant de leur avouer ce qu'elle avait enfoui en elle depuis si longtemps et pour toujours.

— Je *sais* que vous en êtes capables. Je sais que cela n'a rien à voir avec la bêtise. Je peux le prouver.

— Comment ? demanda Pauline tout à trac.

Julie respira profondément et dit avec une ironie désabusée :

— Quand je suis arrivée à Keaton, j'étais en CM1 et je ne lisais pas aussi bien que Rosalie au bout de quelques semaines. Je sais ce que c'est de se croire trop stupide pour apprendre. Je sais ce que c'est de tâtonner dans un couloir parce qu'on est incapable de trouver la porte des toilettes. Je sais comment on se débrouille pour le dissimuler aux autres pour qu'ils ne se moquent pas de vous. Je ne me moque pas de vous. Je ne me moquerai jamais de vous. Parce que je sais autre chose... Je sais le courage qu'il faut à chacune d'entre vous pour venir ici deux fois par semaine.

Les sept femmes la contemplèrent bouche bée.

— C'est vrai ? demanda Pauline. Vous ne saviez pas lire ?

— C'est la vérité, répondit calmement Julie en soutenant son regard. C'est pour cela que je fais ce cours. C'est pour cela que je suis résolue à obtenir tous les nouveaux instruments destinés aux adultes qui veulent apprendre maintenant. Faites-moi confiance, ajouta-t-elle en se raidissant. Je trouverai le moyen de me les procurer. C'est pour cela que demain matin je vais à Amarillo. Tout ce que je vous demande, c'est d'avoir confiance en moi. Et en vous.

— J'ai confiance en vous, plaisanta Peggy Listrom,

qui se leva et rassembla son cahier et ses crayons. Mais je ne suis pas très sûre de moi.

— Je n'en crois pas mes oreilles, la taquina Julie. Ne vous ai-je pas entendue vous vanter, au début du cours, d'avoir déchiffré les noms des rues sur les plaques cette semaine ?

Quand Peggy sourit et prit l'enfant qui sommeillait sur une chaise à côté d'elle, Julie retrouva son sérieux et se dit qu'à ce stade elles avaient besoin d'être confortées dans leur décision.

— Avant de vous en aller, peut-être devriez-vous vous rappeler pourquoi vous aviez envie d'apprendre à lire ? Rosalie, qu'en est-il pour vous ?

— C'est simple. Je veux aller à la ville où il y a plein d'emplois et ne plus être assistée, mais je ne peux pas décrocher un boulot parce que je suis incapable de remplir une fiche. Même si je trouvais le moyen de m'en sortir, je ne pourrais toujours pas trouver un travail convenable sans savoir lire.

Deux autres femmes acquiescèrent et Julie se tourna vers Pauline.

— Pauline, pourquoi voulez-vous apprendre à lire ?

— J'aimerais bien montrer à mon mari qu'il se trompe, répondit-elle avec un sourire penaud. Rien qu'une fois, je voudrais lui tenir tête et lui prouver que je ne suis pas idiote. Et puis... fit-elle d'une toute petite voix.

— Et puis ? insista doucement Julie.

— Et puis, conclut-elle avec un soupir charmeur, je pourrais aider mes enfants à faire leurs devoirs.

Julie regarda Debby Sue Cassidy, une femme de trente ans aux cheveux bruns et raides, aux yeux sombres et brillants, très calme, que des parents itinérants avaient empêchée d'aller régulièrement à l'école et qui avait définitivement renoncé au niveau du CM2. Son intelligence exceptionnelle avait particulièrement frappé Julie, et le peu qu'elle disait en classe avait révélé une certaine créativité et une élocution soignée. Elle travaillait comme domestique, mais elle avait le comportement studieux d'une libraire.

— Il n'y a qu'une chose que j'aimerais faire quand je saurai lire, reconnut-elle en hésitant.

— Qu'est-ce que c'est ? s'enquit Julie en lui rendant son sourire.

— Ne riez pas, mais je voudrais écrire un livre.

— Ça ne me fait pas rire, dit Julie.

— Je crois qu'un jour, j'en serai capable. J'ai de bonnes idées et je sais raconter les histoires. Simplement je ne peux pas les écrire. Je... j'écoute des livres enregistrés sur cassettes, ceux que l'on fait pour les aveugles, bien que je ne le sois pas. Même si parfois j'ai l'impression de l'être. C'est comme si j'étais dans un tunnel obscur, qu'il n'y avait pas d'issue. Maintenant peut-être y en a-t-il une... si je parviens vraiment à lire.

Ces confessions amenèrent d'autres confessions, et Julie commença à voir plus clairement l'existence à laquelle ces femmes étaient condamnées. Elles n'avaient aucune estime d'elles-mêmes. Elles se faisaient manifestement rabrouer par les hommes avec lesquels elles vivaient ou qu'elles avaient épousés. Elles étaient persuadées qu'elles ne valaient pas mieux que ça. Quand elle referma derrière elle la porte de la classe, elle avait dix minutes de retard pour le dîner, mais elle était plus décidée que jamais à trouver l'argent dont elle avait besoin pour s'acheter les accessoires qui les aideraient à progresser plus vite.

12

La voiture de patrouille de Ted était garée devant la maison des parents de Julie quand celle-ci arriva, et Carl remontait l'allée en bavardant avec lui. La Blazer bleue de Carl qu'il tenait à lui prêter pour se rendre à Amarillo et qui était plus sûre que la sienne se trouvait dans l'allée. Julie se gara à côté d'elle. Les deux hommes se retournèrent et l'attendirent. Malgré les années, elle éprouvait toujours un étonnement mêlé de fierté devant leur taille, leur beauté, mais aussi la chaleur et l'amour qu'ils lui manifestaient encore.

— Bonsoir, p'tite sœur ! dit Ted en la serrant dans ses bras.

— Bonsoir, répondit-elle. Comment va le droit ?

Ted était l'adjoint du shérif de Keaton, mais il venait tout juste d'obtenir sa licence en droit et attendait les résultats de l'examen qui devait lui permettre de s'inscrire au barreau.

— Au mieux, plaisanta-t-il. Cet après-midi, j'ai dressé une contravention à Mme Herkowitz pour avoir traversé en dehors des clous.

Il avait beau vouloir faire de l'humour, sa voix était teintée de cynisme depuis trois ans, depuis l'échec de son bref mariage avec la fille du citoyen le plus riche de Keaton. Cette expérience l'avait blessé et durci. Toute la famille le savait et accusait mal ce changement.

En revanche, Carl, qui était marié depuis six mois, était tout sourire.

— Sara ne peut pas venir dîner ce soir. Elle n'est pas encore remise de son rhume, leur expliqua-t-il.

Le porche était allumé et Mary Mathison apparut sous la lampe, dans l'embrasure de la porte, un tablier autour de la taille. Ses cheveux noirs grisonnaient un peu et son pas s'était ralenti depuis qu'elle avait fait une crise cardiaque, mais elle était toujours aussi jolie, aussi dynamique, aussi chaleureuse.

— Les enfants ! appela-t-elle. Dépêchez-vous ! Le dîner est en train de refroidir.

Le révérend Mathison se tenait derrière elle, grand et droit, mais il portait à présent des lunettes et ses cheveux étaient presque gris.

— On se dépêche ! répéta-t-il en serrant Julie contre lui avant de donner une tape sur l'épaule de ses fils qui se débarrassaient de leur veste.

La seule chose qui avait changé dans la famille Mathison, c'était que Mary préférait servir dans la salle à manger et faire une fête de ces repas, maintenant que ses trois enfants avaient grandi et que chacun avait sa propre maison. Les dîners eux-mêmes n'avaient guère changé. C'était toujours un moment de joie et de partage, où l'on évoquait les problèmes et où l'on proposait des solutions. La conversation allait bon train tandis qu'on se passait les plats de roast-beef, de purée de pommes de terre et de légumes frais.

— Comment avance le chantier de la maison Addleson ? demanda le père de Julie à Carl, dès qu'il eut terminé le bénédicité.

— Pas fort. En fait, ça me rend fou. Le plombier a fait monter l'eau chaude dans les robinets d'eau froide, l'électricien a relié la lampe du porche à l'interrupteur qui se trouve au-dessus du broyeur, si bien que quand on le met en marche, c'est la lumière du porche qui s'allume.

D'ordinaire, Julie compatissait volontiers aux diverses péripéties de l'entreprise de bâtiment de son frère, mais ce soir-là, les problèmes de Carl lui parurent plus amusants que dramatiques.

— Et où a-t-il mis l'interrupteur du broyeur ? le taquina-t-elle.

— Herman l'a relié au ventilateur du four. Il devait être encore dans un de ses mauvais jours. Franchement, je crois qu'il est tellement content d'avoir du travail qu'il fait tout en dépit du bon sens pour que ça dure plus longtemps.

— Dans ce cas, tu ferais bien de vérifier qu'il n'a pas connecté le fil du sèche-linge avec autre chose. Ce serait quand même dommage que le jour où le maire emménagera, il mette son sèche-linge en route et fasse exploser son four à micro-ondes encastré.

— Il n'y a pas de quoi rire, Julie. L'avocat du maire a insisté pour ajouter une clause pénale au contrat de construction. Si cette maison n'est pas terminée en avril, ça me coûtera cent cinquante dollars par jour, à moins d'une intervention divine.

Julie s'efforça de rester de marbre, mais une lueur moqueuse passa dans ses yeux tandis qu'elle imaginait le maire, M. Addleson, appuyant sur l'interrupteur de son porche et déclenchant le grondement de son broyeur. Edward Addleson ne se contentait pas de la mairie, il possédait aussi la banque, la concession Ford et la quincaillerie, ainsi que la totalité des terres à l'ouest de Keaton. Tout le monde à Keaton connaissait Herman Henkleman, électricien de métier, célibataire par choix et excentrique par héritage génétique. Comme son père, Herman vivait seul dans une petite cabane aux confins de la ville, travaillait quand bon lui semblait, chantait quand il avait bu et, quand il était sobre, exposait ses vues sur l'histoire avec un vocabulaire et une science qui auraient fait honneur à un professeur d'université.

— A mon avis, tu n'as pas à redouter que le maire invoque cette clause pénale, fit Julie, amusée. Herman a tout de l'intervention divine. Il est comme les cyclones et les tremblements de terre, imprévisible et incontrôlable. Tout le monde sait ça.

Carl éclata de rire :

— Tu as raison. Si le maire me fait un procès, le jury rendra un verdict en ma faveur. Je ne sais pas ce qui lui a pris. Quand Herman est dans un bon jour, c'est le meilleur électricien que j'aie jamais vu. Je voulais lui laisser une chance de se faire un peu d'argent pour retomber sur ses pieds, et je me figurais que tout irait bien.

— M. Addleson ne va pas t'attaquer en justice pour quelques jours de retard, intervint le révérend Mathison qui esquissa un sourire appréciateur en se servant du rôti de bœuf. C'est un homme juste. Il sait que tu es le meilleur entrepreneur de la région et que ta prestation a un excellent rapport qualité-prix.

— Tu as raison, reconnut Carl. Parlons de quelque chose de plus agréable. Julie, tu es très évasive depuis quelques semaines. Alors dis-nous tout : vas-tu, oui ou non, épouser Greg ?

— Oh ! s'écria-t-elle. Eh bien, je... nous...

Toute la famille lui jeta un regard amusé tandis qu'elle rangeait soigneusement ses couverts en argent de chaque côté de son assiette avant de tourner le bol de purée pour que le motif soit bien au centre.

Ted éclata de rire et elle se surprit à rougir. Depuis son enfance, chaque fois qu'elle hésitait ou qu'elle était inquiète, elle éprouvait un besoin irrépressible de remettre les choses en ordre, qu'il s'agisse de sa penderie, des placards de la cuisine ou des couverts de table. Elle leur adressa un sourire gêné.

— Je crois que oui. Un jour ou l'autre.

Elle le pensait encore quand ils quittèrent tous trois la maison et que Herman Henkleman s'avança vers eux, le chapeau à la main, l'air penaud et contrit. A soixante-dix ans, il était grand et mince, et, quand il redressait les épaules, ce qui était le cas, cela lui donnait une dignité qui touchait Julie au cœur.

— Bonsoir, tout le monde, dit-il au petit groupe assemblé sur le porche. Carl, je sais bien que j'ai été renvoyé du chantier Addleson, mais j'avais gardé l'espoir de reprendre le boulot que j'avais fait de travers. C'est tout ce que je demande. Je ne veux pas être payé ni quoi que ce soit, mais je t'ai déçu et j'aimerais réparer du mieux que je le pourrai.

— Herman, je suis navré, mais je ne peux pas...

Le vieil homme leva la main, une main longue, étonnamment aristocratique.

— Carl, il n'y a que moi qui puisse trouver ce qui

cloche. Ça fait une semaine que j'ai des remords, mais je ne voulais rien te dire, parce que je craignais que tu me prennes pour un vieux malade et que tu me retires ce travail. Je ne suis pas gravement malade, ce n'était que la grippe. A présent, ton nouvel électricien croit sans doute avoir découvert tout ce que j'ai mal fait, mais s'il se produit quelque chose quand tu auras bâti ton mur de pierres sèches, tu seras obligé de tout abattre une semaine après l'emménagement d'Addleson. Tu sais bien que changer d'électricien au beau milieu d'un chantier, c'est prendre de gros risques.

Carl hésita. Julie et Ted eurent la délicatesse de les laisser en tête à tête et se dirigèrent vers la Blazer de Carl.

— Il y a un fichu vent du nord, dit Ted en frissonnant dans sa veste légère. S'il se met à neiger là-haut, tu seras contente d'avoir quatre roues motrices. C'est dommage que Carl ait besoin du téléphone dans son break. Je serais plus rassuré s'il l'avait laissé dans la Blazer.

— Tout ira bien, promit joyeusement Julie en déposant un baiser sur sa joue.

En s'en allant, elle le regarda dans le rétroviseur. Il était là sur le trottoir, les mains dans les poches, grand, mince, blond et séduisant, l'air triste. C'était une expression qu'elle lui avait souvent vue depuis son divorce avec Katherine Cahill. Katherine avait été sa meilleure amie et l'était encore, bien qu'elle soit partie pour Dallas. Ni Katherine ni Ted ne lui disaient du mal l'un de l'autre, et Julie ne comprenait pas pourquoi deux êtres qu'elle aimait tant ne pouvaient s'aimer. Elle chassa cette pensée déprimante et songea à son voyage à Amarillo. Elle espérait qu'il ne neigerait pas.

— Hé, Zack ! murmura-t-on d'une voix presque inaudible. Qu'est-ce que tu feras s'il se met à neiger après-demain, comme le prévoit la météo ?

Dominic Sandini se pencha depuis la couchette supérieure qu'il occupait et regarda l'homme allongé sur le lit du dessous qui fixait le plafond.

— Zack, tu m'entends ? insista-t-il en haussant très légèrement le ton.

Zack ne pensa plus à son évasion imminente ni aux risques qu'elle comportait et tourna la tête vers le type nerveux, la trentaine, le teint olivâtre, qui partageait sa cellule au pénitentier national d'Amarillo et qui était au courant de son projet pour la bonne raison qu'il y participait. L'oncle de Dominic était même la pièce majeure du dispositif. Selon les renseignements glanés à la bibliothèque de la prison, c'était un bookmaker en retraite, qui était censé avoir des liens avec la Mafia de Las Vegas. Zack avait payé une fortune à Enrico Sandini pour qu'il lui prépare le terrain, dès qu'il serait sorti. Dominic l'avait assuré que son oncle était quelqu'un d'« honorable », et il lui avait fait confiance, mais il n'avait encore aucun moyen de savoir si l'argent qu'il avait demandé à Matt Farrell de transférer sur le compte en Suisse de Sandini serait utilisé à bon escient.

— Je me débrouillerai, fit-il laconiquement.

— Quand tu te seras « débrouillé », n'oublie pas que tu me dois dix dollars. Nous avons parié sur le match des Bears [1] et tu as perdu. Tu te souviens ?

— Je te paierai quand je serai sorti de là. Un de ces jours, ajouta Zack au cas où des oreilles auraient traîné dans le coin.

Avec un sourire de conspirateur, Sandini s'adossa au mur, glissa le pouce sous le rabat de l'enveloppe qu'il avait reçue plus tôt dans la journée, croisa les chevilles et se mit à lire.

Dix fichus dollars... songea sombrement Zack en se rappelant le temps où il distribuait des pourboires de cette somme aux coursiers et aux porteurs avec la même désinvolture que si c'était de l'argent de Monopoly. Dans ce trou infernal où il avait passé ces cinq dernières années, on se tuait pour dix dollars. Avec dix dollars on pouvait acheter tout ce qu'il y avait à vendre ici, une poignée de cigarettes de marijuana, de tranquillisants ou d'euphorisants, et des magazines traitant toutes les sortes de perversions. Ce n'étaient que quelques-uns des petits « luxes » que l'on pouvait s'offrir dans cet endroit. Il ne pensait que rarement à son mode de vie passé. Cette

1. Équipe de football de Chicago. *(N.d.T.)*

cellule de trois mètres sur quatre avec un lavabo, des toilettes et deux lits, n'en devenait que plus intolérable, mais à présent qu'il était résolu à s'évader ou à mourir, il avait envie de se rappeler. Le souvenir renforcerait sa résolution, quels qu'en soient le prix et les risques. Il voulait se rappeler la rage qu'il avait ressentie le premier jour, quand la porte de la cellule s'était refermée dans un bruit mat et, le lendemain, quand une bande de brutes l'avait encerclé dans la cour.

— Allons, la stââr de cinémââ, montre-nous un peu comment tu as remporté tous ces combats à l'écran, raillèrent-ils.

Ce fut alors une fureur aveugle, irrationnelle, qui le fit s'attaquer au plus fort du groupe, de la fureur et un vague désir d'en finir avec la vie ici et maintenant, le plus vite possible, mais pas avant d'en avoir fait baver à son tortionnaire. Et il lui en fit baver ce jour-là. Il était en forme, et les gestes qu'il avait appris pour ces combats où il jouait les « durs » lui servirent. Quand le combat s'arrêta, Zack avait trois côtes brisées et un rein esquinté, mais il avait amoché largement deux de ses adversaires.

Ce triomphe lui valut une semaine de cachot, mais plus personne ne lui chercha noise. Le bruit courait qu'il était fou, et même le pire des gardes-chiourme l'évitait. Après tout, c'était un meurtrier, pas un petit délinquant ordinaire. Cela lui avait aussi valu un certain respect. Il avait mis trois ans pour comprendre que cela facilitait les choses d'être un sujet modèle, autrement dit de bien se comporter et de jouer le jeu comme un bon petit soldat. C'était ce qu'il avait fait. Il avait même fini par apprécier certains détenus, mais jamais il n'avait connu la paix. La paix ne pouvait venir que de l'acceptation de son destin, et pas une seule fois durant sa longue incarcération, il n'avait pu suivre le conseil que l'on donnait aux détenus. Il ne parvenait pas à accepter son emprisonnement ni à se contenter de purger sa peine. Il avait donc appris à faire semblant de « s'adapter », mais la réalité était tout autre. Chaque matin, quand il ouvrait les yeux, son combat intérieur recommençait et il ne décolérait plus jusqu'à ce qu'il s'endorme à nouveau. Il devait sortir de là avant de perdre la raison. Son plan était bien au point : tous les mercredis, le directeur Hadley, qui dirigeait cette prison comme son stalag personnel, assistait à une réunion municipale à Amarillo. Zack lui servait de chauffeur et Sandini de larbin. On était mercredi, et tout ce dont Zack avait besoin pour réussir son évasion l'attendait à Amarillo mais, à la dernière minute, Hadley, qui devait prendre la parole au cours de la réunion, avait annoncé à Zack que celle-ci avait été reportée au vendredi. Zack avait serré les mâchoires. Sans ce retard, il serait déjà libre. Ou mort. A présent, il devait attendre le surlendemain et ne savait pas s'il allait supporter cette incertitude.

Les paupières closes, il passa son plan en revue. Il y avait bien sûr de nombreux écueils, mais Dominic Sandini était digne de confiance. Il était donc aidé de l'intérieur. A l'extérieur, c'était Enrico Sandini qui était censé se charger de tout, de l'argent, des moyens de transport, de sa nouvelle identité. Ensuite ce serait à Zack de jouer. Ce qui le tracassait le plus, c'étaient les détails qu'il ne pouvait pas prévoir, comme le temps ou l'emplacement des barrages routiers. Il avait beau avoir minutieusement préparé son coup, il pouvait se produire des milliers de choses, dont l'effet de domino ferait tout échouer. Le risque était énorme, mais cela ne comptait pas. Pas vraiment. Il n'avait que deux possibilités : soit rester dans ce cul-de-basse-fosse et perdre ce qui lui restait de raison, soit s'évader au risque de se faire descendre. Toutefois, il lui semblait infiniment préférable d'être tué que de moisir ici.

Même s'il parvenait à s'enfuir, il savait qu'on serait toujours à ses trousses. Le reste de sa vie, de sa très brève existence sans doute, jamais il ne pourrait se détendre ni cesser de regarder par-dessus son épaule, en quelque endroit de la planète qu'il se réfugie. Cela en valait la peine. N'importe quoi en valait la peine.

— Bordel !

Le cri de l'exubérant Sandini fit sursauter Zack et le détourna de ses préoccupations.

— Gina se marie !

Il agita la lettre qu'il était en train de lire et quand,

détournant à peine la tête, Zack lui jeta un regard neutre, il s'écria :

— Zack, tu as entendu ce que je viens de dire ? Ma sœur Gina se marie dans deux semaines ! Elle épouse Guido Dorelli.

— C'est un bon choix, fit sèchement Zack, puisque c'est lui qui lui a fait un gosse.

— Oui, mais maman ne voulait pas qu'elle l'épouse, je te l'ai dit.

— Parce que c'est un usurier, enchaîna Zack après un instant de réflexion qui lui permit de retrouver ce qu'il savait de Guido.

— Mais non, bon sang ! Enfin il faut bien gagner sa croûte, maman peut comprendre ça. Guido se contente de prêter de l'argent à des gens dans le besoin, c'est tout.

— Et quand ils ne peuvent pas le rembourser, il leur casse la jambe.

Zack contempla la mine effondrée de Sandini et regretta ses sarcasmes. Bien qu'il ait volé vingt-six voitures et qu'il ait été arrêté seize fois avant l'âge de vingt-huit ans, ce petit Italien tout maigre avait quelque chose d'enfantin et d'attachant. Comme Zack, c'était un bon sujet, mais dans quatre semaines il aurait purgé sa peine. Sandini était hâbleur, bagarreur et extrêmement loyal envers Zack, dont il adorait les films. Il était issu d'une famille nombreuse et haute en couleur qui lui rendait régulièrement visite dans la cour de la prison. Quand ils avaient appris que Zack était son compagnon de cellule, ils en étaient restés bouche bée, et quand ils surent qu'il ne recevait jamais la moindre visite, ils oublièrent ce qu'il était et l'adoptèrent comme s'il s'agissait d'un proche parent. Zack, qui souhaitait qu'on le laisse tranquille, le leur avait fait comprendre en se montrant rarement et en ignorant leurs avances quand il ne pouvait pas les éviter. Tous ses efforts furent vains. Plus il leur battait froid, plus ils s'acharnaient à l'entourer de leur affection et de leurs rires. Avant qu'il ait eu le temps de dire ouf, la ronde Mama Sandini, les sœurs et les cousines de Dominic le serraient dans leurs bras et l'embrassaient comme du bon pain. On lui collait sur les genoux des bambins aux cheveux bruns avec des sucettes, des doigts poisseux et des sourires à vous fendre le cœur, pendant que leurs noiraudes de mères papotaient en se racontant les affaires de la tribu et que Zack essayait désespérément de retenir leurs noms tout en surveillant du coin de l'œil la sucette qui finissait toujours par se coller dans ses cheveux. Sur un banc de la cour bondée de la prison, il avait assisté aux premiers pas d'un bébé joufflu qui lui tendait les bras, à lui, et non à l'un des Sandini.

Ils l'entouraient de leur chaleur et, après leur départ, ils lui envoyaient deux fois par mois des gâteaux et du salami odorant enveloppé dans un papier brun taché de graisse, avec une régularité d'horloge, exactement comme à Dominic. Même si cela lui donnait des indigestions, Zack mangeait toujours un peu de salami et tous les cookies. Et quand une des cousines de Dominic se mit à lui écrire en lui demandant des autographes, il lui répondit consciencieusement. La Mama lui envoya une carte pour son anniversaire en le réprimandant parce qu'il devenait trop maigre. Et dans les rares occasions où Zack était d'humeur à rire, Sandini en était invariablement la cause. Bizarrement, il était plus proche de Sandini et de sa famille qu'il ne l'avait jamais été de la sienne.

— Maintenant que j'y pense, déclara-t-il avec solennité pour effacer la remarque qu'il venait de faire sur son futur beau-frère, les banques ne valent pas mieux. Elles jettent des veuves et des orphelins à la rue quand ils ne peuvent plus payer.

— Exactement ! s'écria Sandini en opinant du chef.

Il avait retrouvé sa bonne humeur.

Quand il comprit que cela le soulageait de ne plus se soucier des conséquences de son évasion, Zack s'intéressa à ce que lui annonçait Sandini.

— Si ta mère ne trouve rien à redire à la profession de Guido ni à son casier judiciaire, pourquoi ne veut-elle pas que Gina l'épouse ?

— Je te l'ai dit, fit gravement Sandini. Il a déjà été marié, à l'église, et il est divorcé. Donc il est excommunié.

— C'est vrai, j'avais oublié, répondit Zack avec un visage de marbre.

Sandini se plongea à nouveau dans sa lettre.

— Gina t'envoie toute son affection. Mama aussi. Elle dit que tu ne lui écris pas assez souvent et que tu ne manges pas assez.

Zack regarda la montre en plastique qu'on lui permettait de porter et se dressa.

— Bouge ton cul, Sandini ! C'est l'heure de l'appel.

13

Les voisines de Julie, les jumelles Eldridge, étaient assises sur la balancelle du porche, l'un de leurs postes d'observation préférés, d'où elles pouvaient surveiller les activités de leurs voisins d'Elm Street jusqu'à la quatrième intersection. En ce moment, les deux vieilles filles regardaient Julie qui jetait son sac de voyage sur le siège arrière de la Blazer.

— Bonjour, Julie ! lança Flossie Eldridge, et Julie se retourna brusquement, surprise de trouver ces dames aux cheveux blancs déjà debout à six heures du matin.

— Bonjour, mademoiselle Flossie, fit-elle doucement avant d'aller les saluer. Bonjour, mademoiselle Ada.

Bien qu'elles aient plus de soixante-dix ans, elles se ressemblaient encore énormément, une ressemblance accrue par le fait que, depuis toujours, elles portaient des robes identiques. Cependant, les similitudes s'arrêtaient là, car Flossie Eldridge était ronde, douce, docile et enjouée, alors que sa sœur était mince, acariâtre, dominatrice et curieuse. D'après la rumeur, quand Flossie était jeune, elle avait été amoureuse de Herman Henkleman, mais Ada avait fait capoter leur projet de mariage en persuadant sa sœur que Herman, qui avait quelques années de moins qu'elle, ne s'intéressait qu'à sa part de leur modeste héritage, qu'il claquerait tout en alcool et ferait d'elle la risée de la ville.

— Quelle belle matinée ! ajouta Mlle Flossie en resserrant son châle pour se protéger de l'air mordant de ce mois de janvier. Le temps doux que nous avons parfois rend l'hiver plus court et plus agréable, n'est-ce pas, Julie ?

Avant que Julie ait pu lui répondre, Ada Eldridge attaqua d'emblée le cœur du sujet qui l'intéressait :

— Vous vous en allez encore, Julie ? Cela ne fait que quelques semaines que vous êtes revenue.

— Je ne serai partie que deux jours.

— Encore un voyage d'affaires ou est-ce pour l'agrément, cette fois ? demanda Ada avec insistance.

— Un voyage d'affaires, en quelque sorte.

Ada haussa les sourcils, comme pour en savoir davantage sans poser de question.

— Je vais à Amarillo, poursuivit Julie pour ne pas être impolie. Je voudrais obtenir une donation pour mon projet scolaire.

Ada opina du chef d'un air songeur.

— On m'a dit que votre frère avait du mal à terminer la maison du maire. Il a fait une erreur en engageant Herman Henkleman. Cet homme est un bon à rien.

— Carl est le meilleur entrepreneur de la région, dit Julie à Ada en réprimant son envie de jeter un coup d'œil à Flossie pour voir sa réaction. C'est pourquoi l'architecte du maire l'a choisi. Dans cette maison, il faut tout faire sur mesure. Il faut du temps et de la patience.

Ada était sur le point de poser une nouvelle question, mais Julie la devança.

— Je dois y aller, dit-elle en regardant sa montre. Amarillo n'est pas tout près. Au revoir.

— Faites bien attention, lui conseilla Mlle Flossie. Il paraît qu'un front froid nous arrivera d'Amarillo demain ou après-demain. Il y a toujours beaucoup de neige dans le Nord. Il vaudrait mieux que vous ne soyez pas bloquée par le blizzard.

Julie sourit tendrement à la plus ronde des jumelles.

— Ne vous inquiétez pas. J'ai la voiture de Carl. Et puis, d'après les prévisions météorologiques, il n'y a qu'une chance sur cinq que nous ayons de la neige là-haut.

Les deux vieilles dames regardèrent la Blazer reculer

dans l'allée, puis Mlle Flossie poussa un petit soupir rêveur.

— Julie mène une vie tellement aventureuse ! L'été dernier, elle est allée en France, à Paris, avec tous ces professeurs, et l'année d'avant, elle avait visité le Grand Canyon. Elle voyage tout le temps.

— Les vagabonds aussi, fit Ada d'un ton acerbe. Si tu veux mon avis, elle ferait mieux de rester à la maison et d'épouser ce jeune pasteur qui a le béguin pour elle pendant qu'il est encore temps.

Flossie, qui ne voulait pas se lancer dans une vaine discussion avec cette sœur si résolue, fit comme d'habitude : elle changea de sujet.

— Le révérend et Mme Mathison doivent être très fiers de tous leurs enfants.

— Ils ne le seraient pas s'ils apprenaient que Ted passe la moitié de la nuit avec cette fille qu'il fréquente à présent. Il y a deux jours, Irma Brauder n'a pas entendu sa voiture avant quatre heures du matin !

Flossie prit alors un air rêveur.

— Mais enfin, Ada, ils ont peut-être des tas de choses à se raconter. Je parie qu'ils sont déjà amoureux !

— Ils sont en chaleur ! rétorqua Ada. Et toi, tu n'es qu'une idiote de romantique, comme ta maman. Papa l'a toujours dit.

— C'était aussi ta maman, Ada, lui fit prudemment remarquer Flossie.

— Moi, je ressemble à papa, pas à elle.

— Quand elle est morte, nous étions bébés. Alors tu ne peux pas en être sûre.

— Si, parce que papa l'a toujours affirmé. Il disait que tu étais une imbécile, comme elle, et que j'étais forte, comme lui. C'est exactement pour cela qu'il m'a confié la gestion de ses biens, pour que je puisse veiller à nos intérêts.

Flossie se mordit la lèvre et changea de nouveau de sujet.

— La maison du maire sera une véritable attraction. J'ai entendu dire qu'il y aurait même un ascenseur.

Ada posa le pied contre la balustrade du porche et,

de fureur, donna un grand coup qui mit la balancelle en mouvement dans un craquement.

— Avec Herman Henkleman sur le coup, le maire aura de la veine si son ascenseur n'est pas branché sur ses toilettes ! lança-t-elle avec un mépris cinglant. Cet homme est irrécupérable, tout comme son père et le père de son père. Je te l'avais bien dit.

Flossie baissa les yeux sur ses petites mains potelées, qu'elle tenait croisées sur ses genoux. Elle ne dit rien.

14

Zack regardait son reflet sans le voir dans le petit miroir qui se trouvait au-dessus du lavabo des douches et essayait de se persuader qu'Hadley ne changerait pas une nouvelle fois son fusil d'épaule. Sandini réprima une excitation manifeste avant de jeter un regard prudent derrière lui, dans le couloir. Ne décelant aucune oreille indiscrète, il se rapprocha et murmura d'un air ravi :

— Hadley a fait savoir qu'il a l'intention de partir à trois heures pour Amarillo ! C'est le grand jour !

Zack bouillait d'impatience depuis si longtemps qu'il avait peine à croire qu'il allait enfin toucher la rançon de ses efforts. Les deux longues années pendant lesquelles il avait fait mine d'accepter le système allaient enfin porter leurs fruits. Dans quelques heures, si ce retard n'avait pas ruiné ses arrangements de manière irréparable, il serait sur la route dans une voiture de location avec une nouvelle identité, un itinéraire minutieusement tracé, et des réservations d'avion qui égareraient les policiers lancés à sa recherche.

— Bon sang ! dit Sandini, qui se tenait près du lavabo. J'aimerais bien t'accompagner. Comme ça je pourrais aller au mariage de Gina !

Zack se pencha et s'aspergea le visage. Il sentait que Sandini avait du mal à maîtriser son excitation, ce qui lui fit une peur bleue.

— Ce n'est même pas la peine d'y penser ! Tu sors

d'ici dans quatre semaines, ajouta-t-il en prenant une serviette sur le porte-serviettes.

— Oui, répondit-il, tu as raison. Tiens, prends ça, fit-il en lui tendant quelque chose.

— Qu'est-ce que c'est ? demanda Zack en s'essuyant. Il reposa la serviette et regarda le bout de papier qui se trouvait dans la main de Sandini.

— C'est l'adresse et le numéro de téléphone de maman. Si ça ne se passe pas comme prévu, tu te précipites chez elle, et elle te mènera à mon oncle. Il a des relations partout. Je sais que tu as des doutes sur son compte, mais dans quelques heures, tu verras que tout t'attend à Amarillo, comme tu le souhaites. C'est un type formidable.

D'un air absent Zack déroula les manches de sa chemise de coton blanc en s'efforçant de ne penser à rien d'autre qu'au moment présent, mais ses mains tremblaient légèrement. Il s'efforça de se calmer et de suivre la conversation.

— Il y a une chose que je voulais te demander depuis longtemps, Dom, fit Zack avec circonspection. Si c'est quelqu'un d'aussi formidable et qu'il a autant de relations, pourquoi ne les a-t-il pas fait jouer pour t'empêcher d'en baver ici ?

— Oh, ça ! J'ai commis une erreur, et oncle Enrico pensait que j'avais besoin d'une leçon.

— Pourquoi ?

— Parce que l'une des voitures que j'ai volées lui appartenait.

— Alors tu as de la veine d'être encore en vie.

— C'est exactement ce qu'il a dit.

Zack était si tendu que son rire s'étrangla dans sa gorge.

— Il assistera au mariage de Gina. Je suis vraiment furieux de rater ça. C'est une bonne chose qu'Hadley aime que l'on te reconnaisse quand nous sommes au volant, fit-il pour changer de sujet. Si tu avais dû avoir les cheveux aussi courts que les autres, tu te ferais beaucoup plus remarquer, une fois dehors. Cette longueur en plus va...

Les deux hommes sursautèrent, quand un autre prévôt de quartier entra dans les douches et d'un coup de pouce désigna la porte.

— Grouille-toi, Sandini, fit-il sèchement. Toi aussi, Benedict. Le directeur veut sa voiture dans cinq minutes.

15

— Bonjour, Benedict, dit Hadley quand Zack frappa à la porte de la résidence du directeur, près du portail de la prison. Toujours aussi désagréable et aussi morose, à ce que je vois ! Avant d'y aller, faites faire le tour de la cour à Hitler, ajouta-t-il en tendant à Zack une laisse attachée à un gros doberman.

— Je ne suis pas votre majordome, bon sang ! fit sèchement Zack et un large sourire satisfait se dessina lentement sur le visage lisse d'Hadley.

— Vous en avez assez de jouir de ma magnificence et de la liberté du statut de prévôt de quartier ? Ça vous démange de passer un petit moment dans la salle de conférence, Benedict ?

Zack haussa les épaules et prit la laisse en se maudissant mentalement d'avoir laissé paraître sa haine un jour où il avait tant à perdre.

— Pas particulièrement.

Hadley avait beau ne mesurer qu'un mètre soixante-cinq, il avait néanmoins un ego hypertrophié, et sa courtoisie qui dissimulait un sadisme de psychopathe, sadisme connu de tous sauf, apparemment, du Conseil national des prisons qui ignorait ou se fichait du fort taux de mortalité attribué à des « rixes entre détenus » ou à des « tentatives d'évasion » dans son établissement. La « salle de conférence » était le surnom de la pièce insonorisée, attenante au bureau d'Hadley. Les détenus qui lui déplaisaient et que l'on amenait là se débattaient et transpiraient de terreur. Quand ils en sortaient, on les envoyait au cachot, à l'infirmerie ou à la morgue. Il éprouvait une jouissance malsaine à les faire se tordre de douleur et ramper devant lui. En réalité, ce n'était pas sa bonne conduite qui avait valu à Zack son titre de prévôt de quartier, c'était la vanité d'Hadley. Avec Zachary Benedict à sa botte, le petit directeur prenait vraiment son pied. Ironie du sort, songeait Zack, puisque c'était en fin de compte cette même vanité qui allait lui fournir le moyen de s'évader.

Il venait de tourner à l'angle de la maison, quand Hadley l'appela :

— Benedict, n'oubliez pas de nettoyer derrière Hitler !

Zack revint sur ses pas en tirant brutalement le chien qui grondait et prit la minuscule pelle qu'Hadley rangeait devant sa porte. Il boutonna sa veste et leva les yeux. Il faisait froid et le ciel était de plomb. Il allait neiger.

16

Assis sur le siège arrière de la voiture, Wayne Hadley rangea ses notes dans sa serviette, défit sa cravate, étendit ses jambes et poussa un soupir satisfait en regardant les deux détenus modèles installés à l'avant. Sandini était un petit escroc, un rital maigrichon, un minus. S'il était devenu prévôt de quartier, c'était uniquement parce que l'un de ses oncles malhonnêtes avait de l'influence sur un haut personnage de l'administration. Sandini ne lui procurait aucun amusement, aucune distraction, aucun prestige. Ça n'avait aucun intérêt de le tourmenter. Mais Benedict, c'était une autre histoire. Benedict, la star de cinéma, le sex-symbole, le riche magnat qui avait l'habitude des avions privés et des limousines avec chauffeur. Benedict qui avait été une grande pointure internationale lui obéissait maintenant au doigt et à l'œil. Il y avait une justice en ce monde, songeait Hadley. Une vraie justice. Et surtout, même si Benedict essayait de le cacher, Hadley arrivait parfois à percer son cuir épais et à le faire crever d'envie, mais ce n'était pas facile. Même quand il lui permettait de regarder les derniers films en cassette vidéo et la cérémonie de remise des Oscars à la télévision, Hadley n'était pas certain de toucher un point sensible. Désireux de faire mouche une fois de plus, Hadley chercha un sujet et son choix se porta par hasard sur le sexe.

— Je parie que les femmes vous suppliaient de coucher avec elles quand vous étiez riche et célèbre, n'est-ce pas, Benedict ? demanda-t-il d'un ton jovial, tandis que la voiture s'arrêtait à un feu non loin de leur destination. Est-ce qu'il vous arrive de penser aux femmes, à leur présence, à leur odeur, à leur goût ? Vous n'aimiez sans doute pas le sexe tant que ça. Si vous aviez été bon au lit, la belle salope blonde que vous aviez épousée ne se serait pas envoyée en l'air avec cet Austin, hein ?

Dans le rétroviseur, il constata avec satisfaction que Benedict serrait légèrement les mâchoires et il crut à tort que c'était cette conversation qui l'énervait, et non le nom d'Austin.

— Si jamais on vous met en liberté conditionnelle — et, si j'étais vous, je ne compterais pas trop sur ma recommandation —, vous devrez vous contenter de putains. Les femmes sont toutes des putes, mais même les putes ont des scrupules. Elles n'aiment pas les anciens détenus. Vous ne le saviez pas ?

Malgré son désir de conserver en permanence une façade d'urbanité face à la racaille dont il avait la garde, Hadley avait toujours du mal à contenir sa colère, qui était sur le point d'exploser.

— Réponds à mes questions, salopard, ou tu passeras le mois prochain au trou. Je parie que, dans le bon vieux temps, tu avais ton chauffeur, ajouta-t-il presque gentiment quand il se rendit compte qu'il avait perdu son calme. Et maintenant, regarde-toi ! C'est toi qui es mon chauffeur. Il y a un bon Dieu !

L'immeuble de verre apparut. Hadley se redressa et rajusta sa cravate.

— Est-ce que tu t'es jamais demandé ce qui était advenu de tout ton argent, de ce qu'il en restait une fois tes avocats payés, évidemment ?

Pour toute réponse, Benedict écrasa le frein et arrêta la voiture devant l'immeuble dans un crissement à leur faire grincer les dents. En jurant dans sa barbe, Hadley ramassa les papiers qui avaient glissé sur le sol et attendit en vain que Zack sorte.

— Espèce d'insolent ! Je ne sais pas ce qui te prend aujourd'hui, mais je vais m'occuper de toi dès qu'on sera rentrés. Allez, sors de là et ouvre-moi la porte !

Zack sortit sans se soucier du vent cinglant qui, soufflant sur sa mince chemise blanche, lui découvrit brutalement l'épaule, mais inquiet de voir la neige tomber pour de bon. Dans cinq minutes, il serait en fuite. Avec un air railleur, il ouvrit brusquement la porte arrière et fit un geste ample du bras.

— Est-ce que vous pouvez sortir tout seul ou faut-il que je vous porte ?

— C'est la dernière fois que vous me charriez, le prévint Hadley en prenant sa mallette sur le siège. Vous aurez besoin d'une bonne leçon au retour.

En maîtrisant sa colère, Hadley jeta un coup d'œil à Sandini qui regardait dans le vague en s'efforçant de paraître sourd et docile.

— Vous avez votre liste de courses, Sandini. Allez les faire et revenez ici. Vous, ordonna-t-il à Zack, grouillez-vous d'aller me chercher du fromage et des fruits frais à l'épicerie d'en face. Ensuite vous resterez dans la voiture. J'aurai fini dans une heure et demie. Gardez-moi la bagnole et le moteur chauds !

Sans attendre de réponse, Hadley s'élança sur le trottoir. Derrière lui, les deux hommes contemplaient son dos en attendant qu'il pénètre dans le bâtiment.

— Quel fumier ! fit Sandini à voix basse, puis il se tourna vers Zack. Ça y est. Bonne chance !

Il leva les yeux vers les nuages sombres, annonciateurs de neige.

— Il y a un beau blizzard à l'horizon.

— Tu sais ce que tu dois faire, répondit aussitôt Zack en écartant la question météorologique. Ne dévie pas de notre plan et surtout, pour l'amour du ciel, raconte ce que nous avions prévu. Si tu fais exactement ce que je t'ai dit, tu passeras pour un héros, pas pour un complice.

Quelque chose dans le sourire nonchalant de Sandini et dans son attitude nerveuse et inquiète alarma Zack. Clairement et succinctement, il répéta les détails du plan qu'auparavant ils n'avaient pu que se chuchoter.

— Dom, suis les consignes. Laisse la liste d'Hadley sur le plancher de la voiture. Fais tes courses pendant une heure, puis va dire à la vendeuse du magasin que tu as oublié la liste dans la voiture et que tu n'es pas sûr d'avoir tout. Dis-lui que tu dois aller la chercher et reviens ici. La voiture sera fermée à clé.

Zack prit la liste des mains de Sandini, la jeta à côté du siège du passager et verrouilla la portière. Avec un calme simulé, il saisit le bras de Sandini et le poussa fermement vers le coin de la rue.

Des camionnettes les dépassèrent à toute allure tandis qu'ils attendaient que le feu passe au rouge, puis ils traversèrent la chaussée sans se presser, comme deux Texans moyens discutant à bâtons rompus de l'état de l'économie ou du prochain match de football, si ce n'est qu'ils portaient un pantalon et une veste blancs avec les lettres TDC [1] inscrites en noir sur le dos.

— Quand tu arriveras à la voiture, poursuivit Zack en approchant du bord du trottoir, et que tu t'apercevras que la portière est fermée à clé, retourne à l'épicerie, regarde un peu autour de toi et demande aux vendeurs s'ils n'auraient pas vu quelqu'un qui me ressemble. Quand ils te diront que non, rends-toi à la pharmacie et à la librairie et demande la même chose. Quand ils te répondront que non, dirige-toi tout droit vers l'immeuble et ouvre la porte en demandant où se tient la réunion du directeur. Raconte à tout le monde qu'un détenu a dû s'évader et que tu dois l'en informer. Tous les vendeurs des différents magasins confirmeront tes dires et, comme tu avertiras le directeur de mon absence une demi-heure avant qu'il sorte et le découvre lui-même, il sera convaincu que tu es innocent comme l'agneau qui vient de naître. Il te laissera probablement sortir plus tôt pour assister au mariage de Gina.

Sandini sourit et leva les pouces d'un air enjoué pour bien lui montrer qu'il avait compris, au lieu de lui serrer la main plus gravement.

— Ne t'en fais pas pour moi. Vas-y !

Zack acquiesça, se retourna et fit de nouveau volte-face.

— Sandini ? fit-il solennellement.

— Oui, Zack ?

— Tu vas me manquer.

1. Texas Detention Center. *(N.d.T.)*.

— Je sais.

— Transmets toute mon affection à la Mama. Et dis à tes sœurs qu'elles resteront mes vedettes préférées, ajouta-t-il avant de s'éloigner à grands pas.

L'épicerie était située au coin d'une rue et possédait une entrée latérale qui faisait face au bâtiment dans lequel se trouvait Hadley et une autre dans un rue adjacente. Zack, s'efforçant de respecter son plan à la lettre, passa par l'entrée principale. Au cas où Hadley le surveillerait, ce qu'il faisait parfois, il resta juste derrière les portes sans se faire remarquer et compta jusqu'à trente.

Cinq minutes plus tard, il était à quelques pâtés de maisons de là, sa veste de détenu calée sous le bras, et se dirigeait d'un pas vif vers sa première destination, les toilettes des hommes de la station-service du 66, Court Street. Le cœur battant, tenaillé par la peur et l'incertitude, il traversa Court Street au feu et se faufila vite entre un taxi et un semi-remorque qui avait ralenti pour tourner à droite, puis il aperçut ce qu'il cherchait, un coupé noir banal, garé à quelques mètres, immatriculé dans l'Illinois. La voiture était encore là, bien qu'il ait deux jours de retard.

La tête courbée et les mains dans les poches, il se remit à marcher normalement. La neige commença à tomber pour de bon quand il passa devant la Corvette rouge qui se trouvait devant la pompe pour gagner les toilettes des hommes. La porte était verrouillée. Réprimant son envie de donner un coup d'épaule pour l'enfoncer, il prit la poignée et la secoua.

— Calme-toi, mon pote ! lui cria de l'intérieur une voix d'homme en colère. J'en ai pour une minute.

L'occupant des toilettes émergea enfin quelques minutes plus tard, jeta un regard circulaire sur l'espace vide qu'il avait devant lui et se dirigea vers la Corvette rouge. Derrière lui, Zack contourna la benne qui le dissimulait, entra dans les toilettes et verrouilla soigneusement la porte en fixant son attention sur la poubelle débordante qu'il aperçut à l'intérieur. Si on l'avait vidée depuis deux jours, c'était vraiment que la chance l'avait lâché.

Il la retourna. Quelques serviettes de papier et des

canettes de bière s'en échappèrent. Il secoua de nouveau et fit pleuvoir un déluge de détritus puis, en dernier, deux sacs en nylon s'écrasèrent sur le linoléum crasseux avec un bruit mat rassurant. Il ouvrit le premier d'une main tout en déboutonnant sa chemise de prisonnier de l'autre. Il y trouva un jean à sa taille, un pull noir banal, une veste de jean ordinaire, des bottes à sa pointure et une paire de lunettes de soleil d'aviateur. L'autre sac contenait une carte du Colorado où son itinéraire avait été surligné en rouge, une liste d'instructions tapée à la machine pour lui permettre d'arriver à bon port, dans une maison isolée au fin fond des montagnes, deux enveloppes épaisses en papier kraft, un pistolet automatique de calibre 45, une boîte de munitions, un couteau à cran d'arrêt et un trousseau de clés de voiture qui allaient lui permettre de faire démarrer le coupé noir qui l'attendait en face. Le couteau à cran d'arrêt le surprit. De toute évidence, Sandini était persuadé qu'un détenu en cavale bien habillé ne pouvait pas s'en passer.

Tout en comptant mentalement les précieuses secondes qui s'écoulaient, Zack se changea puis fourra ses vieux vêtements dans l'un des sacs, qu'il remit dans la poubelle avec les détritus qui jonchaient le sol. Il était capital de ne laisser aucune trace de son évasion. Ensuite il ouvrit les deux enveloppes. La première contenait vingt-cinq mille dollars en billets de vingt non marqués et un passeport au nom d'Alan Aldrich, la seconde une liasse de billets d'avion prépayés, certains au nom d'Alan Aldrich, d'autres libellés à différents patronymes qu'il pourrait utiliser si les autorités découvraient sa fausse identité. Se pointer dans un aéroport, c'était prendre un risque que Zack devait éviter tant que les choses ne se seraient pas apaisées. Pour l'instant, il plaçait tous ses espoirs dans le plan qu'il avait conçu et mené le mieux possible depuis sa cellule, en ayant recours à la coûteuse compétence des contacts de Sandini. Ces derniers étaient censés avoir embauché un homme qui attendait un coup de fil de Zack dans un hôtel de Detroit et qui lui ressemblait assez pour que l'on puisse les confondre. Dès qu'il serait prévenu, il louerait une voiture au nom de

Benedict Jones et traverserait la frontière canadienne à Windsor, un peu plus tard dans la soirée.

Si la police mordait à l'hameçon, la gigantesque chasse à l'homme qu'elle déclencherait s'orienterait vers le Canada, et Zack pourrait ainsi prendre le chemin du Mexique, puis de l'Amérique du Sud, quand les recherches auraient perdu de leur intensité.

En son for intérieur, Zack doutait sérieusement de l'efficacité à long terme de cette diversion et de la possibilité pour lui de rejoindre sa première destination sans se faire descendre. Mais tout cela n'avait plus grande importance. Tout ce qui comptait à présent, c'était qu'il était provisoirement libre et qu'il allait très bientôt se mettre en route vers la frontière du Texas et de l'Oklahoma, à cent cinquante kilomètres au nord. S'il arrivait jusque-là sans être appréhendé, il parviendrait peut-être à traverser l'étroite pointe de l'Oklahoma, large d'une cinquantaine de kilomètres seulement jusqu'à la frontière du Colorado. Au Colorado, quelque part dans la montagne, se trouvait son premier point de chute, une maison en pleine forêt, qui lui servirait de « planque » autant qu'il le souhaiterait, lui avait-on assuré.

Entre-temps, il ne lui restait donc qu'à franchir la frontière de deux États, se réfugier dans la maison sans se faire repérer et, une fois là, attendre patiemment que le branle-bas déclenché par son évasion s'estompe pour passer à la seconde phase de son plan.

Il saisit le pistolet, le chargea, vérifia la sécurité et glissa l'arme dans la poche de sa veste avec une poignée de billets de vingt dollars, puis il prit le sac, les clés de voiture et ouvrit la porte. Il allait réussir. C'était parti.

Il fit le tour du bâtiment, s'avança sur la chaussée en direction de sa voiture et s'arrêta net. Il n'en crut pas ses yeux. La dépanneuse devant laquelle il était passé en traversant la rue pour gagner la station-service, quelques minutes plus tôt, s'éloignait. Accroché au treuil se profilait un coupé noir immatriculé dans l'Illinois.

Pendant quelques secondes, Zack resta planté là, paralysé, à le regarder osciller dans la circulation. Dans son dos, il entendit l'un des employés du garage crier à l'autre :

— Je te l'avais bien dit que c'était une voiture abandonnée. Ça fait trois jours qu'elle est garée là.

Leurs voix tirèrent brusquement Zack de sa paralysie temporaire. Soit il regagnait les toilettes, enfilait ses vêtements de détenu et laissait tout derrière lui en attendant une prochaine fois, soit il improvisait tout de suite. En fait il n'avait pas le choix. Il ne retournerait pas en prison. Il préférait mourir. Fort de cette décision, il fit la seule chose qui lui vint à l'esprit. Il se précipita au coin de la rue, à la recherche du seul autre moyen de quitter la ville. Un bus descendait l'artère. Après avoir attrapé un vieux journal dans une poubelle, il lui fit signe et monta dedans. Le journal brandi comme s'il était absorbé dans la lecture d'un article, il avança dans l'allée centrale, dépassa une horde d'étudiants qui parlaient de leur prochain match de football et gagna l'arrière du véhicule. Pendant vingt minutes interminables, le bus se traîna entre les voitures, crachant gaz d'échappement et passagers à presque tous les coins de rue, puis il tourna à droite et s'engagea sur la route qui menait à la sortie de la ville. Quand la rampe d'accès à l'autoroute apparut à l'horizon, les passagers, qui se réduisaient à présent à une demi-douzaine d'étudiants bruyants, se levèrent comme un seul homme en apercevant ce qui ressemblait à un bar à bière.

Zack n'avait pas le choix. Il descendit avec eux par les portes du fond et se dirigea vers le carrefour, situé à un kilomètre et demi, où se coupaient la passerelle de l'autoroute, la bretelle d'accès et la route nationale. Il ne lui restait plus qu'à faire du stop. Dès qu'Hadley s'apercevrait qu'il s'était enfui, tous les flics dans un rayon de quatre-vingts kilomètres se lanceraient à sa poursuite et repéreraient tous les auto-stoppeurs. Ça lui laissait au plus une demi-heure.

La neige lui collait aux cheveux et tourbillonnait autour de ses pieds. Il courba la tête pour se protéger du vent. Plusieurs camions passèrent devant lui, leur conducteur ignorant son pouce levé, et Zack réprima la prémonition terrifiante du sort qui l'attendait. La route était encombrée, mais chacun se hâtait manifestement de rejoindre sa destination avant que la tempête ne se déchaîne. Personne ne s'arrêtait. Un peu plus loin, on apercevait un vieux café qui servait aussi de poste à essence et deux voitures garées dans le grand parking, une Blazer bleue et un break marron. Il gravit l'allée et jeta un coup d'œil aux clients par la grande baie vitrée. Il y avait là une femme seule, ainsi qu'une mère et ses deux enfants. Il jura dans sa barbe. Les deux véhicules appartenaient à des femmes, qui n'allaient sûrement pas prendre un auto-stoppeur. Sans ralentir le pas, Zack poursuivit son chemin jusqu'à l'extrémité du bâtiment, où étaient garées les voitures, en se demandant si les clés avaient été oubliées sur le démarreur. Même si c'était le cas, il savait que c'était de la folie d'en voler une, puisqu'il devrait passer devant la vitre du café pour sortir du parking. La propriétaire appellerait aussitôt les flics et leur donnerait la description du véhicule et de sa personne avant même qu'il soit sorti de ce fichu parking. Et puis, de là-haut, on pouvait voir quelle direction il prendrait sur l'autoroute. Peut-être pouvait-il tenter de soudoyer l'une des femmes du café pour qu'elle lui fasse faire un bout de chemin.

Si l'argent ne suffisait pas à la convaincre, il avait un pistolet. Merde ! Il devait quand même y avoir un meilleur moyen de se tirer de ce guêpier.

Devant lui, en contrebas, les camions fonçaient sur l'autoroute en provoquant des mini-blizzards sous leurs roues. Il regarda sa montre. Cela faisait près d'une heure qu'Hadley était parti à sa réunion. Il renonça à faire du stop sur l'autoroute. Du haut de la passerelle, on le verrait à plus d'un kilomètre. Si Sandini avait suivi ses instructions, Hadley alerterait les flics du coin d'ici environ cinq minutes. La voiture du shérif apparut soudain sur la passerelle, comme si cette pensée l'avait fait venir, ralentit puis s'engagea dans le parking du café à une trentaine de mètres de Zack et se dirigea vers lui.

Instinctivement, Zack s'accroupit, fit semblant d'inspecter le pneu de la Blazer, puis il eut une inspiration... trop tard peut-être, mais peut-être pas. Il sortit le couteau à cran d'arrêt de son paquetage, l'enfonça sur la face latérale du pneu en se baissant vivement sur le côté pour ne pas recevoir le jet d'air en plein visage. Du coin de l'œil, il observa la voiture de police qui s'arrêtait doucement derrière lui. Au lieu de lui demander ce qu'il faisait à traîner autour de ce café avec son sac, le shérif abaissa sa vitre et tira de la situation la conclusion la plus évidente.

— Vous m'avez l'air d'avoir crevé...

— Eh oui ! acquiesça Zack en donnant un coup sur le pneu et en prenant soin de ne pas regarder par-dessus son épaule. Ma femme m'avait pourtant averti qu'il y avait une fuite...

Ses paroles furent ensuite noyées dans les braillements frénétiques de la radio et, sans un mot, le flic fit crisser ses roues en faisant demi-tour, accéléra et quitta le parking avec sa sirène hurlante. Quelques instants plus tard, Zack entendit d'autres sirènes qui venaient de tous les horizons, puis il vit les voitures de patrouille foncer sur la passerelle avec leurs gyrophares.

Les autorités avaient appris qu'un détenu s'était échappé. La chasse venait de commencer.

A l'intérieur du relais, Julie termina son café et sortit un peu d'argent de son porte-monnaie pour payer l'addition. Sa visite chez M. Vernon lui avait rapporté plus qu'elle ne l'escomptait, notamment une invitation à venir passer quelque temps avec sa femme et lui-même, invitation qu'elle n'avait pas pu refuser. Elle avait cinq heures de route devant elle, davantage sans doute avec toute cette neige, mais elle avait aussi un gros chèque en poche et assez d'exaltation pour supporter tous ces kilomètres. Elle regarda sa montre, prit le thermos qu'elle avait apporté pour le remplir de café, sourit aux enfants qui mangeaient avec leur mère à la table voisine et se dirigea vers la caisse pour régler sa note.

Quand elle sortit du bâtiment, elle s'arrêta brutalement devant une voiture de police qui fit frénétiquement demi-tour devant elle, brancha sa sirène et sortit du parking sur les chapeaux de roue pour gagner la route principale, chassant de l'arrière sur la fine couche de neige. Comme elle était distraite par ce spectacle, elle ne remarqua l'homme aux cheveux bruns qui était accroupi devant la roue de sa voiture, du côté conducteur, que lorsqu'elle manqua trébucher sur lui. Il se redressa brusquement, la toisant de son mètre quatre-vingt-dix. Elle sursauta, recula prudemment, la voix tremblante d'inquiétude et de méfiance.

— Que faites-vous là ? demanda-t-elle en fronçant les sourcils devant sa propre image reflétée dans les verres argentés de ses lunettes d'aviateur.

Zack esquissa un semblant de sourire. Son cerveau fonctionnait à nouveau et il sut exactement ce qu'il allait faire pour qu'elle lui propose de l'emmener. L'imagination et la capacité d'improviser avaient toujours été ses deux plus gros atouts de réalisateur.

— J'ai l'intention de vous changer votre roue si vous avez un cric, dit-il en désignant du menton le pneu plat.

— Excusez ma grossièreté, fit Julie d'une voix navrée, mais vous m'avez fait sursauter. Je regardais cette voiture de police partir à toute allure.

— C'était Joe Loomis, le policier du coin, improvisa Zack sans sourciller, comme s'il s'agissait d'un de ses amis. On l'a encore appelé et il a dû filer. Sinon il m'aurait donné un coup de main pour changer votre roue.

Ses craintes apaisées, Julie lui sourit.

— C'est très gentil de votre part, dit-elle en ouvrant le hayon de la Blazer pour chercher un cric. C'est la voiture de mon frère. Le cric est quelque part par là, mais je ne sais pas très bien où.

— Là, fit Zack qui le sortit. Ça ne prendra que quelques minutes, ajouta-t-il.

Il était pressé, mais il ne luttait plus contre la panique. Cette femme était déjà persuadée qu'il était l'ami du shérif. Elle penserait donc qu'on pouvait lui faire confiance et, une fois qu'il lui aurait changé son pneu, elle accepterait sûrement de le déposer quelque part. Quand ils seraient sur la route, la police ne ferait pas attention à eux puisqu'elle recherchait un homme voyageant seul.

— Où allez-vous ? s'enquit-il en posant le cric.

— A l'est, en direction de Dallas puis vers le sud, répondit Julie tout en admirant sa dextérité.

Il avait une voix d'une rare beauté, incroyablement grave et posée, une mâchoire forte, carrée. Ses cheveux bruns et très épais étaient mal coupés, et elle se demanda vaguement à quoi il ressemblerait sans l'écran de ces lunettes réfléchissantes. Très beau, conclut-elle, mais ce n'était pas sa belle allure qui retenait ainsi son regard. C'était autre chose, une impression irréelle qu'elle avait du mal à définir. Julie la chassa de son esprit et, le thermos dans les bras, elle engagea poliment la conversation.

— Vous travaillez par ici ?

— Plus maintenant. J'étais censé commencer un nouveau boulot demain, mais il faut que j'y sois à sept heures du matin. Sinon ils le donneront à un autre.

Quand il eut suffisamment actionné le cric, il déboulonna les boulons, puis désigna d'un coup de menton le sac qui avait glissé sous la voiture et que Julie n'avait pas vu.

— Un de mes amis devait passer me prendre ici il y a deux heures et me faire faire une partie du chemin, ajouta-t-il, mais je suppose qu'il lui est arrivé quelque chose et qu'il ne viendra pas.

— Ça fait deux heures que vous attendez ici ? s'exclama Julie. Vous devez être gelé !

Il ne détourna pas la tête, apparemment très concentré sur sa tâche, et Julie réprima une étrange envie de se baisser à son tour pour l'observer de plus près, plus longtemps.

— Voulez-vous une tasse de café ?

— Volontiers.

Au lieu de puiser dans son thermos, Julie se tourna vers le café.

— Je vais vous en chercher. Comment le prenez-vous ?

— Noir, répondit Zack en s'efforçant de contrôler sa déception.

Elle allait au sud-est d'Amarillo, alors qu'il se rendait à six cents kilomètres au nord-ouest. Il jeta un coup d'œil à sa montre et accéléra le mouvement. Il s'était écoulé près d'une heure et demie depuis qu'il était descendu de la voiture du directeur de la prison, et le risque de se faire capturer augmentait à chaque instant, tant qu'il restait dans les environs d'Amarillo. Quelle que soit la destination de cette femme, il devait la suivre. La seule chose qui comptait à présent, c'était de mettre un certain nombre de kilomètres entre Amarillo et lui. Il pourrait l'accompagner pendant une heure, puis, plus tard, revenir sur ses pas par une autre route.

La serveuse dut préparer un autre pot de café et, lorsque Julie regagna la voiture, une tasse en carton fumante à la main, son sauveur avait presque fini de changer sa roue. Il y avait déjà cinq centimètres de neige sur le sol et le vent cinglant devenait de plus en plus violent, fouettant les pans de son manteau ouvert et lui tirant des larmes. Elle le vit frotter ses mains nues et songea au travail qui l'attendait le lendemain... s'il arrivait à destination. Elle savait que les emplois se faisaient rares au Texas, surtout dans les métiers manuels, et comme il n'avait pas de voiture, il devait avoir de sérieux problèmes d'argent. Il portait un jean neuf, nota-t-elle en remarquant pour la première fois le pli vertical révélateur quand il se redressa. Il l'avait probablement acheté pour faire bonne impression sur son futur employeur, se dit-elle, soudain submergée par un flot de compassion.

Elle n'avait encore jamais pris d'auto-stoppeur. C'était beaucoup trop risqué, mais elle décida de le faire cette fois-ci, non seulement parce qu'il lui avait changé sa roue et qu'il lui semblait sympathique, mais aussi à cause d'un simple jean, un jean tout neuf. Un jean neuf, raide, impeccable, acheté par un chômeur qui plaçait manifestement tous ses espoirs en un avenir meilleur qui resterait lettre morte si personne ne le rapprochait de sa destination.

— J'ai l'impression que vous avez fini, dit Julie en se rapprochant.

Elle lui tendit la tasse de café, qu'il prit dans ses mains rougies par le froid. Devant la réserve apparente de l'homme, elle hésita à lui proposer de l'argent.

— J'aimerais vous donner quelque chose..., commença-t-elle.

Il refusa d'un mouvement de tête catégorique.

— Dans ce cas, fit-elle alors, puis-je vous déposer quelque part ? Je vais prendre l'autoroute vers l'est.

— Je vous en serais reconnaissant, répondit Zack, qui accepta sa proposition avec un sourire bref et qui se pencha aussitôt pour ramasser son paquetage en nylon sous la Blazer. Je vais aussi vers l'est.

Quand ils montèrent dans la voiture, il lui dit qu'il s'appelait Alan Aldrich. Julie se présenta à son tour et, pour lui faire bien comprendre qu'elle l'emmènerait où il voudrait mais rien de plus, elle prit soin de l'appeler M. Aldrich quand elle lui adressa de nouveau la parole. Il comprit très bien le message et l'appela Mlle Mathison.

Ensuite Julie se détendit complètement. Cette relation très formelle était fort rassurante, tout comme le fait qu'il l'ait immédiatement acceptée. Mais quand, plus tard, il demeura silencieux et distant, elle regretta d'avoir insisté pour établir entre eux une telle distance. Elle se savait incapable de dissimuler ce qu'elle pensait. Il s'était donc sans doute rendu compte qu'elle le remettait à sa place, insulte d'autant plus inutile qu'il avait fait preuve de galanterie et de gentillesse en lui changeant son pneu.

17

Cela faisait déjà dix bonnes minutes qu'ils étaient partis quand Zack sentit enfin fondre le poids qui lui écrasait la poitrine. Il poussa un long et profond soupir, le premier de soulagement depuis des heures. Non, des mois. Des années. Depuis que le sentiment de la futilité des choses et de sa propre impuissance qui l'avait si longtemps assailli avait disparu, il avait presque le cœur léger. Une voiture rouge les dépassa en vrombissant, coupa leur file pour quitter l'autoroute, perdit le contrôle et fit un tête-à-queue, mais elle manqua la Blazer de quelques centimètres, car la jeune femme à ses côtés maniait ce véhicule à quatre roues motrices avec une adresse surprenante. Malheureusement, elle conduisait aussi beaucoup trop vite, avec ce mépris du danger qu'il n'avait rencontré que chez les Texans.

Il songeait justement que mieux vaudrait qu'elle lui laisse le volant quand elle lui dit d'un ton amusé :

— Détendez-vous maintenant. J'ai ralenti. Je n'avais pas l'intention de vous effrayer.

— Je n'avais pas peur, fit-il avec une brusquerie involontaire.

Elle le regarda en biais et esquissa un sourire entendu.

— Vous vous accrochez des deux mains au tableau de bord. C'est généralement très révélateur.

Deux choses frappèrent Zack aussitôt : d'une part, cela faisait si longtemps qu'il était en prison que ce marivaudage entre adultes du sexe opposé lui était devenu étranger au point de lui sembler intrigant ; d'autre part, Julie Mathison avait un sourire ravissant, qui rendait son joli visage fascinant. Comme il lui semblait infiniment préférable de se concentrer là-dessus plutôt que de s'inquiéter de choses auxquelles il ne pouvait rien, Zack s'intéressa à elle. Elle n'était pas maquillée à l'exception d'un peu de rouge à lèvres et il y avait en elle une fraîcheur, une simplicité dans sa manière de coiffer ses cheveux bruns, épais et brillants, qui lui donnaient l'air d'une adolescente ou d'une jeune fille de vingt ans. En revanche, elle paraissait trop sûre d'elle pour cet âge.

— Quel âge avez-vous ? demanda-t-il tout à trac, puis il se mordit les lèvres d'avoir manqué de tact à ce point, de s'être montré si brusque.

S'il n'était pas capturé et renvoyé derrière les barreaux, il allait devoir réapprendre des choses qu'il considérait jadis comme naturelles, la courtoisie la plus élémentaire, les règles de la conversation avec les femmes.

Au lieu de s'irriter de sa question, elle lui lança un autre sourire électrisant et lui répliqua d'une voix empreinte d'amusement :

— J'ai vingt-six ans.

— Mon Dieu ! s'entendit-il clamer, puis il ferma les yeux de dégoût et d'incrédulité devant sa propre gaucherie. Je veux dire, vous ne les faites pas.

Elle dut sentir sa gêne, car elle se mit à rire doucement.

— C'est sans doute parce que je ne les ai que depuis une semaine, dit-elle.

Se méfiant de sa spontanéité, il observa les essuie-glaces qui dessinaient une demi-lune bien régulière sur le pare-brise tout en préparant sa question suivante afin de faire oublier sa récente goujaterie.

— Que faites-vous ? demanda-t-il pour ne prendre aucun risque.

— Je suis institutrice.

— Vous n'en avez pas l'air.

Inexplicablement, ses yeux se mirent à pétiller et il la vit réprimer un sourire.

— Est-ce que j'ai dit quelque chose de drôle ? fit-il

un peu sèchement, déconcerté par ses réactions imprévisibles.

Julie hocha la tête.

— Pas du tout. C'est ce que me disent souvent les gens plus âgés.

Zack ne savait pas très bien si elle le trouvait réellement « plus âgé » ou s'il s'agissait d'une pique suite à ses réflexions indélicates. Il y réfléchissait quand elle lui demanda comment il gagnait sa vie. Il fit la seule réponse qui semblait convenir à ce qu'il lui avait déjà dit de lui.

— Je suis dans le bâtiment.

— Vraiment ? Mon frère aussi est dans le bâtiment... entrepreneur général. Dans quelle branche êtes-vous ?

Zack, qui savait à peine par quel bout tenir un marteau pour enfoncer un clou, regretta de ne pas avoir choisi un métier moins précis ou de ne pas s'être tout simplement tu.

— Les murs, répondit-il vaguement. Je construis des murs.

Elle quitta la route des yeux, ce qui l'alarma, et lui jeta un regard intense, ce qui l'alarma davantage.

— Des murs ? répéta-t-elle, apparemment perplexe. Est-ce que vous avez une spécialité ?

— Oui, les murs, fit Zack laconiquement, furieux de s'être lancé dans une telle conversation. C'est ça ma spécialité. Je fais des murs.

Julie crut qu'elle l'avait mal compris la première fois.

— Des murs de pierres sèches ! s'exclama-t-elle d'un air piteux. Bien sûr. Vous êtes tailleur de pierre ?

— Exactement.

— Dans ce cas, cela m'étonne que vous ayez du mal à trouver du travail. Les bons tailleurs sont généralement très recherchés.

— Je ne suis pas bon, répondit Zack d'un ton catégorique, en lui faisant comprendre qu'il n'avait pas l'intention de poursuivre cette conversation.

Julie étouffa un rire surpris et fixa son attention sur la route. C'était vraiment un homme étrange. Elle ne savait pas trop s'il lui plaisait. Et elle n'arrivait pas à se défaire de l'impression désagréable qu'il lui rappelait quelqu'un. Elle aurait aimé qu'il ôte ses lunettes de soleil pour voir son visage. La ville s'estompait dans le rétroviseur et le ciel devenait du gris lourd et menaçant d'un crépuscule précoce. Le silence régnait dans la voiture. Une neige grasse se plaquait sur son pare-brise, qui commençait à mordre sur les essuie-glaces. Au bout d'une demi-heure de route, Zack jeta un coup d'œil au rétroviseur latéral et son sang ne fit qu'un tour. A moins d'un kilomètre derrière eux, il aperçut une voiture de police qui se rapprochait à vive allure, son gyrophare bleu et rouge tournoyant furieusement.

Une seconde plus tard, la sirène se mit à hurler.

La femme à ses côtés l'entendit elle aussi. Elle regarda dans le rétroviseur et leva le pied de la pédale. La voiture ralentit et longea l'accotement. Zack plongea la main dans la poche de sa veste et saisit la crosse de l'automatique, bien qu'il n'eût, à ce moment-là, aucune idée précise de ce qu'il ferait si le flic leur demandait de s'arrêter. La voiture de police était si proche qu'il vit qu'il n'y avait pas un, mais deux policiers à l'avant. Ils dépassèrent la Blazer... et poursuivirent leur chemin.

— Il doit y avoir un accident là-haut, dit-elle, tandis qu'ils gravissaient la côte avant d'être bloqués par ce qui ressemblait fort à un embouteillage long de huit kilomètres.

Quelques instants plus tard, deux ambulances arrivèrent en hurlant.

Les effets de la poussée d'adrénaline qui venait de secouer Zack s'estompèrent un peu, le laissant sans ressort. Il avait l'impression d'avoir excédé sa capacité de réaction à toute émotion violente pour avoir tenté, depuis deux jours, de mener à bien un plan d'évasion dont l'extrême simplicité aurait dû lui garantir le succès. Et le lui eût assuré si Hadley n'avait pas reporté son voyage à Amarillo. Tous ses déboires en découlaient. Il n'était plus tout à fait certain que son contact attendait toujours son coup de fil à l'hôtel de Detroit, avant de louer la voiture qu'il devait conduire à Windsor. Et tant qu'il ne s'était pas éloigné davantage d'Amarillo, Zack n'osait pas s'arrêter pour téléphoner. De plus, même si le Colorado n'était qu'à deux cents kilomètres d'Amarillo, qu'il n'y ait qu'un petit bout de l'Oklahoma à traverser, il lui fallait prendre la direction du nord-ouest. Or il se dirigeait actuellement vers le sud-est. Sa carte du Colorado contenait peut-être aussi une partie de l'Oklahoma et du Texas.

— Je vais jeter un coup d'œil sur la carte, dit-il en se retournant sur son siège.

— Où allez-vous ? lui demanda-t-elle.

— Ellerton, répondit-il avec un faible sourire en cherchant son paquetage derrière le siège. J'ai passé l'entretien à Amarillo, mais je ne me suis jamais rendu sur place, ajouta-t-il pour qu'elle ne lui pose pas de questions.

— Je n'ai jamais entendu parler d'Ellerton.

Quelques minutes plus tard, quand il replia soigneusement sa carte, Julie lui demanda :

— Vous avez trouvé Ellerton ?

— Non. Moi j'ai des instructions détaillées, je trouverai bien, ajouta-t-il en lui montrant un bref instant la feuille tapée à la machine avant de la remettre aussitôt dans son paquetage pour la dissuader de le questionner.

Elle hocha la tête, mais son regard se porta sur la bretelle de sortie que l'on apercevait devant eux.

— Je vais sortir de l'autoroute ici et prendre une route secondaire pour contourner l'accident.

— Bonne idée.

La bretelle aboutissait à une route de campagne qui longeait l'autoroute avant de partir vers la droite.

— Ce n'était peut-être pas une si bonne idée que ça, fit-elle alors que l'étroite voie goudronnée et sinueuse s'éloignait de plus en plus de l'axe principal.

Zack ne répondit pas immédiatement. Au croisement, juste devant eux, se trouvait une station-service déserte et à l'extrémité du parking vide, près de la route, il avisa une cabine téléphonique.

— Si ça ne vous ennuie pas de vous arrêter, j'aimerais bien téléphoner. J'en ai pour deux minutes.

— Cela ne m'ennuie pas du tout.

Julie se gara sous un lampadère, près de la cabine, et le regarda s'éloigner dans le faisceau lumineux des phares. Le crépuscule était tombé plus tôt que d'habitude, et la tempête les avait apparemment devancés. La neige tombait à gros flocons avec une force surprenante, même pour cette région du Texas sujette aux bourrasques. Elle voulut changer son encombrant manteau contre un cardigan, plus confortable pour conduire, alluma la radio en espérant tomber sur un bulletin météo, puis sortit de la voiture et alla ouvrir le hayon.

Elle entendit le présentateur prôner l'achat d'une voiture neuve chez Wilson Ford : *« Bob Wilson vous donnera satisfaction à n'importe quel prix, n'importe où, n'importe quand... »*, clamait-il avec entousiasme.

Tout en guettant le bulletin attendu, elle retira son manteau, prit son gilet de mohair beige dans sa valise et jeta un coup d'œil à la carte qui dépassait du sac. Comme elle n'en avait pas elle-même et qu'elle ne savait pas si la route qu'ils avaient empruntée croiserait de nouveau l'autoroute ou s'en éloignerait trop, elle décida de la consulter. Elle leva les yeux vers la cabine téléphonique avec l'intention de tendre la carte pour lui demander la permission de la prendre, mais il lui tournait le dos et semblait en pleine conversation. N'imaginant pas un instant qu'il puisse y faire objection, Julie replia la feuille contenant les instructions et déplia la carte. Elle l'étala sur la plage arrière, en la tenant par les deux extrémités, tandis que le vent menaçait de la lui arracher des mains. Il lui fallut un certain temps pour se rendre compte que c'était une carte non du Texas, mais du Colorado. Perplexe, elle lut les instructions qui y étaient jointes : « A quarante et un kilomètres exactement de la ville de Stanton, était-il écrit, vous rencontrerez un croisement non signalé. Ensuite cherchez un petit chemin de terre sur la droite, qui disparaît sous les arbres à environ quinze mètres de la route principale. La maison est au bout de ce chemin, à environ huit kilomètres de l'embranchement. Elle n'est visible ni de la route ni de la montagne. »

Julie en resta bouche bée. Il n'allait pas chercher du travail dans une ville inconnue du Texas, mais une maison dans le Colorado ?

« Nous allons faire le point sur la tempête de neige qui se dirige vers nous, annonça le présentateur qui en avait

terminé avec la publicité, *mais auparavant les services du shérif ont un communiqué à nous transmettre...* »

Julie l'entendit à peine. Elle contemplait ce grand type au téléphone. Elle éprouva de nouveau ce malaise étrange, sournois... ce sentiment de vague familiarité. Il lui tournait toujours le dos, mais il avait retiré ses lunettes qu'il tenait à la main. Comme s'il avait senti peser son regard, il tourna la tête vers elle. Ses yeux fixèrent la carte grande ouverte, alors que Julie apercevait pour la première fois son visage, en pleine lumière.

« *A quatre heures environ cet après-midi*, poursuivit la voix à la radio, *les autorités de la prison ont découvert que Zachary Benedict, détenu condamné pour meurtre, s'est évadé alors qu'il se trouvait à Amarillo...* »

Momentanément paralysée, Julie contempla son visage rude et buriné.

Et elle le reconnut.

— Non ! cria-t-elle, tandis qu'il lâchait le combiné et courait vers elle.

Elle fit le tour de la voiture en un éclair, ouvrit brutalement la portière et plongea sur le siège avant pour boucler la porte du passager un quart de seconde après qu'il eut entrouvert la sienne et lui eut saisi le poignet. Avec l'énergie de la terreur, elle parvint à se dégager et se jeta à l'extérieur. Sa hanche heurta le sol, elle se redressa, vacillante, et se mit à courir, les pieds glissant sur la neige, hurlant pour appeler au secours et sachant qu'il n'y avait personne pour l'entendre. Il la rattrapa en moins de cinq mètres et la traîna jusqu'à la Blazer. Il la plaqua contre la carrosserie.

— Tenez-vous tranquille et bouclez-la !

— Prenez la voiture ! cria Julie. Et laissez-moi ici !

Sans tenir compte de sa proposition, il regarda, pardessus son épaule, la carte du Colorado qu'une rafale de vent avait collée à une poubelle, à cinq cents mètres de l'endroit où elle l'avait laissée tomber. Comme dans un film au ralenti, il sortit un objet noir et brillant de sa poche et le pointa sur elle, tout en reculant pour récupérer sa carte. Une arme.

Tout son corps se mit à trembler de manière incontrôlable, tandis qu'elle écoutait avec une incrédulité proche de l'hystérie le commentateur confirmer les faits à la fin du bulletin d'information : « *On pense que Benedict est armé et qu'il est dangereux. Si vous l'apercevez, prévenez aussitôt la police d'Amarillo. N'essayez pas de l'approcher. Un autre évadé, Dominique Sandini, a été appréhendé et placé en garde à vue.* »

Ses genoux s'entrechoquaient tandis qu'il avançait vers elle, le pistolet dans une main et la carte flottant dans l'autre. On apercevait des phares au sommet d'une colline, à un kilomètre et demi de là. Il remit l'arme dans sa poche pour plus de discrétion, mais garda la main dessus.

— Montez dans la voiture ! lui ordonna-t-il.

Par-dessus son épaule gauche, Julie jeta un coup d'œil à la camionnette qui approchait en calculant frénétiquement les chances qu'elle avait d'attirer l'attention du conducteur avant que Zachary Benedict ne l'ait descendue.

— Ne tentez rien, la prévint-il d'une voix blanche.

Le cœur battant, elle regarda la camionnette tourner à gauche au croisement. Pas ici, pas encore. Son instinct lui disait que cette route déserte était trop isolée pour tenter quoi que ce fût sans se faire tuer.

— Avancez!

Il lui prit le bras et la conduisit vers la portière ouverte du côté conducteur. Dans l'obscurité tombante d'une nuit d'hiver neigeuse, Julie Mathison marchait d'un pas mal assuré près d'un homme condamné pour meurtre qui la menaçait de son arme. Elle eut la sensation paniquante qu'ils vivaient tous deux une scène de l'un de ses films, celle où l'on tue l'otage.

18

Ses mains tremblaient tellement qu'elle dut chercher à tâtons les clés de contact et, quand elle voulut démarrer, elle faillit noyer le moteur, car ses jambes tressautaient de frayeur. Assis à côté d'elle, Zack l'observait froidement.

— Roulez ! ordonna-t-il d'un ton brusque quand le moteur démarra enfin.

Julie parvint à faire demi-tour et à gagner l'extrémité du parking, mais elle s'arrêta devant la route principale, paralysée au point de ne pas trouver les mots pour lui poser la question qui allait de soi.

— J'ai dit : roulez !

— Dans quelle *direction* ? demanda-t-elle, s'en voulant de son ton timide et suppliant et détestant l'animal qui, à ses côtés, avait déclenché en elle une terreur aussi incontrôlable.

— On revient en arrière.

— En arrière ?

— Parfaitement.

Sur l'autoroute enneigée, les files ininterrompues de véhicules avançaient à une allure d'escargot. Dans la voiture régnaient une tension et un silence étouffants. Julie, qui s'efforçait de calmer ses nerfs tout en cherchant une occasion de s'échapper, tendit une main tremblante pour changer de station de radio. Elle s'attendait à ce qu'il le lui interdise. Comme il ne dit rien, elle tourna le bouton et entendit un disk-jockey qui annonçait d'une voix excitée la prochaine chanson *country*. Et la voiture retentit des accents joyeux de « All My Ex's Live in Texas ».

Tout en écoutant George Strait, Julie jeta un regard circulaire sur les occupants des autres véhicules, qui rentraient chez eux après une longue journée. L'homme qui se trouvait dans l'Explorer à côté d'elle écoutait la même radio, ses doigts tapaient en rythme sur le volant. Il la regarda, vit qu'elle le regardait et opina poliment du chef, puis tourna de nouveau les yeux devant lui. Il n'avait rien remarqué d'anormal, elle en était certaine. Tout lui avait paru parfaitement normal et, s'il avait été assis à sa place dans la Blazer, tout lui aurait aussi semblé parfaitement normal. George Strait chantait, comme d'habitude, la voie express était bondée d'automobilistes qui avaient hâte de regagner leur foyer, la neige était belle. Tout était normal.

Sauf une chose.

Un assassin évadé était assis à ses côtés et pointait son arme sur elle. Ce fut justement le contraste entre la douillette normalité des apparences et la folie de la réalité qui la fit brusquement passer à l'action. On commençait à avancer et le désespoir fit jaillir une inspiration. Ils avaient déjà croisé plusieurs voitures immobilisées sur le bas-côté. Si elle pouvait simuler un dérapage sur la droite et tourner le volant à gauche au moment où ils basculeraient dans le fossé, sa porte serait encore utilisable alors que celle de son passager serait bloquée. Cela marcherait avec sa propre voiture, mais elle ne savait pas comment réagiraient les quatre roues motrices de la Blazer.

Zack vit son regard se diriger à plusieurs reprises vers le bas-côté. Il sentit la panique qui prenait peu à peu possession d'elle et comprit que la peur allait l'inciter à tenter quelque chose de fou.

— Détendez-vous ! lui ordonna-t-il.

Julie atteignit subitement les limites de sa frayeur, qui vira brutalement à la fureur.

— Détendez-vous ! explosa-t-elle d'une voix tremblotante, puis elle se tourna vers lui et lui jeta un regard noir. Au nom du ciel, comment voulez-vous que je me détende alors que vous pointez une arme sur moi ? Dites-moi !

Elle ne manquait pas de logique, songea Zack et, avant qu'elle puisse faire quoi que ce fût qui risquerait d'entraîner sa capture, il se dit que, dans leur intérêt à tous deux, il devait l'apaiser.

— Gardez votre calme, c'est tout, lui demanda-t-il.

La circulation devint plus fluide. Julie envisagea de heurter les voitures alentour pour causer un accident en chaîne. Un tel événement amènerait la police sur place. Ce serait parfait.

Mais les automobilistes innocents pris dans la collision, tout comme elle-même, risquaient de se faire descendre par Zachary Benedict.

Ce serait épouvantable.

Elle se demandait si le chargeur contenait ses neuf balles et s'il massacrerait vraiment des gens sans défense quand il lui dit d'une voix calme, condescendante, de celle que prennent les adultes pour tempérer les enfants déchaînés :

— Il ne vous arrivera rien, Julie. Si vous faites ce que l'on vous dit, tout ira bien. Il faut que je rejoigne la frontière de l'Etat, et vous avez une voiture. C'est aussi simple que ça. A moins que cette voiture n'ait une telle importance pour vous que vous teniez à risquer votre vie pour m'en chasser, vous n'avez qu'à m'y conduire sans attirer l'attention de quiconque. Si un flic nous repère, il y aura une fusillade, et vous vous trouverez en plein milieu. Alors soyez gentille et détendez-vous.

— Si vous voulez que je me calme, rétorqua-t-elle, agacée autant par son ton paternaliste que par sa nervosité, alors donnez-moi ce pistolet et vous allez voir ce que c'est que d'être détendu !

Elle le vit froncer les sourcils, mais comme il ne prenait pas de mesures de rétorsion, elle crut presque qu'il n'avait effectivement pas l'intention de lui faire du mal, tant qu'elle ne mettait pas son évasion en péril. Ce qui eut l'effet pervers de tempérer ses craintes et de déchaîner sa colère à l'idée des tourments qu'il lui avait fait subir.

— Et puis, poursuivit-elle d'un ton courroucé, ne me

parlez pas comme à un enfant et ne m'appelez pas Julie ! J'étais Mlle Mathison quand je vous prenais pour un homme correct et sympathique qui avait besoin d'un emploi et qui s'était acheté ce fichu jean pour faire impression sur son employeur. Sans ce damné jean, je ne me serais jamais mise dans un tel pétrin...

Horrifiée, Julie sentit des larmes couler sur ses joues et lui décocha un regard qu'elle espérait méprisant avant de fixer obstinément le pare-brise.

Zack haussa les sourcils et la contempla impassiblement mais, en son for intérieur, il fut impressionné malgré lui par cette démonstration de courage. Il tourna la tête vers le bouchon qui se débloquait devant eux et vers cette neige épaisse qu'il avait maudite quelques heures auparavant, mais qui avait détourné l'attention de la police. Celle-ci devait se préoccuper des automobilistes bloqués çà et là avant de se lancer à sa recherche. Enfin il songea qu'il avait eu de la chance de se retrouver non pas dans la petite voiture de location que l'on avait embarquée sous ses yeux, mais dans ce véhicule à quatre roues motrices qui pourrait aisément rouler sur la neige sans s'enliser sur les routes moins fréquentées qu'il avait l'intention d'emprunter pour gagner les monts du Colorado. Tous les retards et les complications qui l'avaient mis en rage depuis deux jours s'étaient mués en aubaines. Il allait rejoindre le Colorado, grâce à Julie Mathison. *Mademoiselle* Mathison, rectifia-t-il de lui-même en souriant intérieurement, tandis qu'il se détendait sur son siège. Ce bref instant d'amusement s'évanouit aussi vite qu'il était venu, car ce qu'il avait entendu dans le dernier bulletin d'information lui revint soudain à l'esprit : on avait parlé de Dominique Sandini comme d'un « autre détenu évadé », qui « avait été appréhendé et placé en garde à vue ». Si Sandini s'en était tenu au plan, Hadley aurait vanté devant la presse la loyauté de l'un de ses détenus modèles, au lieu de parler d'un prisonnier appréhendé.

Zack se dit que l'information avait dû être brouillée, ce qui expliquait l'erreur commise au sujet de Sandini et se força à reporter son attention sur la jeune institutrice en colère qui se tenait à ses côtés. Bien qu'il eût désespérément besoin d'elle et de sa voiture, elle lui compliquait l'existence. Elle savait probablement qu'il se dirigeait vers le Colorado. Elle avait peut-être vu la carte plus en détail et lu les instructions qui lui permettraient de renseigner la police sur la localisation de sa planque. S'il l'abandonnait à la frontière du Texas et de l'Oklahoma ou un peu plus au nord, à la frontière de l'Oklahoma et du Colorado, elle pourrait révéler aux autorités le lieu de sa destination et le type de véhicule dans lequel il circulait. A présent, son visage devait être diffusé sur toutes les chaînes de télévision du pays. Il ne pouvait donc espérer ni louer ni acheter une autre voiture sans être reconnu. De plus, il voulait que la police pense qu'il avait pris l'avion pour Detroit et franchi la frontière canadienne.

Julie Mathison était à la fois un cadeau du ciel et un handicap désastreux. Au lieu de maudire le destin du fardeau qu'elle était pour lui et du danger qu'elle représentait pour sa liberté, il préféra attendre que les choses se dénouent d'elles-mêmes. En prenant le thermos de café derrière lui, il pensa à sa dernière remarque et trouva ce qui lui parut un bon moyen de relancer la conversation.

— Mon jean ne vous plaît pas ? fit-il d'un ton volontairement désinvolte, courtois.

Elle le regarda d'un air ahuri.

— Quoi ?

— Vous avez dit que si vous m'aviez pris, c'était uniquement à cause de « mon fichu jean », expliqua-t-il en remplissant de café le couvercle du thermos. Qu'est-ce qu'il a, mon jean ?

Julie réprima le rire d'hystérie et de colère conjuguées qui lui montait à la gorge. Elle s'inquiétait pour sa vie et lui se préoccupait de mode !

— Que vouliez-vous dire ? répéta-t-il avec insistance.

Elle était sur le point de lui répondre vertement quand deux choses la frappèrent simultanément. D'une part, c'était de la folie que de s'opposer délibérément à un homme armé ; d'autre part, si elle parvenait à lui faire baisser sa garde en bavardant gentiment, ses chances de s'échapper ou de s'en sortir vivante seraient beaucoup plus grandes. Elle poussa donc un long soupir et, s'efforçant de conserver un ton poli et neutre, elle lui dit sans détacher les yeux de la route :

— J'ai remarqué que vous portiez un jean neuf.

— En quoi cela vous a-t-il décidée à me prendre en stop ?

— Comme vous n'aviez pas de voiture et que vous m'aviez fait comprendre que vous n'aviez pas non plus de travail, fit-elle d'une voix pleine d'amertume au souvenir de sa propre naïveté, je me suis imaginé que vous aviez des ennuis d'argent. Et puis vous avez dit que vous espériez décrocher un emploi et j'ai remarqué le pli de votre jean...

Sa voix s'affaiblit à mesure qu'elle se rendait compte avec dégoût que celui qu'elle avait presque pris pour un démuni était en fait une vedette de cinéma multimillionnaire.

— Poursuivez, l'encouragea-t-il d'une voix teintée de perplexité.

— Et j'en ai tiré la conclusion la plus évidente, bon sang ! Je me suis dit que vous aviez acheté un jean neuf pour faire bonne impression sur votre employeur, j'imaginais à quel point c'était important pour vous quand vous étiez en train de l'acheter dans la boutique, tout l'espoir que vous y aviez mis, et je... je ne pouvais pas supporter l'idée que tout s'effondrerait si je ne vous proposais pas de vous emmener. Aussi, bien que je n'aie jamais pris d'auto-stoppeur de ma vie, je n'ai pas voulu que vous manquiez cette occasion.

Zack n'était pas seulement sidéré, il était touché malgré lui. Une telle gentillesse, une gentillesse qui exigeait aussi que l'ont prît un risque personnel, que l'on fît un sacrifice, il n'en avait jamais rencontré pendant toutes ces années passées en prison. Et même avant, songea-t-il.

— Vous avez imaginé tout ça à cause d'un pli de blue-jean ? demanda-t-il en chassant cette pensée perturbante. Vous avez une sacrée imagination, ajouta-t-il avec un hochement de tête sardonique.

— Manifestement, je ne suis pas très psychologue, dit-elle amèrement.

Du coin de l'œil, elle vit son bras gauche se tendre vers elle et sursauta. Elle étouffa un cri quand elle comprit qu'il lui tendait simplement une tasse de café.

— J'ai pensé que ça vous aiderait, dit-il d'un ton calme, comme s'il s'excusait de lui avoir causé une nouvelle frayeur.

— Je ne risque pas de m'endormir au volant, grâce à vous.

— Buvez quand même, ordonna-t-il, déterminé à apaiser sa terreur, même s'il savait que sa seule présence en était la cause. Tout... ajouta-t-il, hésitant, ne trouvant pas ses mots, tout vous semblera plus normal.

Julie se tourna vers lui et le regarda d'un air ébahi avec une expression qui lui fit clairement comprendre que le « souci » qu'il manifestait lui paraissait non seulement scandaleux, mais fou. Elle était sur le point de le lui dire quand elle se rappela qu'il avait une arme en poche. Elle prit donc son café, se détourna et l'avala, les yeux rivés sur la route.

Zack observa le tremblement révélateur de la tasse qu'elle portait à ses lèvres et il éprouva un besoin ridicule de lui présenter des excuses pour la terreur qu'il lui causait. Elle avait un profil charmant, songea-t-il en examinant son visage à la lumière du tableau de bord, un petit nez, un menton obstiné et des pommettes hautes. Elle avait aussi des yeux magnifiques qui lançaient des éclairs quelques minutes plus tôt. Des yeux étonnants. Il se sentait grandement coupable de s'être servi de cette fille innocente qui voulait jouer les bons Samaritains. Pour faire taire sa conscience, il résolut de lui faciliter la tâche, ce qui l'incita à poursuivre la conversation.

Il avait remarqué qu'elle ne portait pas d'alliance. Elle n'était donc pas mariée. Il tenta de se rappeler ce que disaient les gens — du moins les gens civilisés, ceux de l'extérieur — pour parler de tout et de rien.

— Vous aimez enseigner ? demanda-t-il enfin.

Elle posa de nouveau sur lui son regard magnifique, chargé d'une hostilité réprimée.

— Vous croyez vraiment que je vais parler de la pluie et du beau temps avec vous ? fit-elle, incrédule.

— Oui ! répliqua-t-il sèchement, la mauvaise volonté

qu'elle mettait à lui permettre de s'amender ayant déclenché en lui une colère irrationnelle. Tout à fait. Alors allez-y !

— J'adore enseigner, rétorqua Julie d'une voix mal assurée, furieuse de se laisser intimider aussi facilement. Jusqu'où avez-vous l'intention de m'emmener ? demanda-t-elle en passant devant un panneau indiquant que la frontière de l'Oklahoma se trouvait à trente kilomètres.

— Jusqu'en Oklahoma, répondit Zack, à moitié sincère.

19

— Nous sommes en Oklahoma, fit observer Julie dès qu'ils furent passés devant le panneau frontalier.

— Je vois, répondit-il en lui lançant un regard mi-amusé mi-sombre.

— Eh bien ! Où voulez-vous descendre ?

— Continuez à rouler !

— Continuer à rouler ? hurla-t-elle nerveusement. Ecoutez, espèce de misérable, je ne vais certainement pas vous conduire jusqu'au Colorado !

Elle venait de lui dire ce qu'il voulait savoir. Elle connaissait sa destination.

— Je ne le ferai pas ! menaça Julie, qui n'avait pas conscience qu'elle venait de sceller son destin. C'est impossible.

— Si, mademoiselle Mathison, vous le pouvez, dit-il en soupirant intérieurement à l'idée du combat qu'elle allait mener.

Le calme imperturbable de Zack fut la goutte d'eau qui fit déborder le vase.

— Allez au diable ! hurla-t-elle en tournant violemment le volant à droite avant qu'il ait pu l'en empêcher, puis elle écrasa le frein et s'arrêta brutalement dans une embardée qui jeta la voiture sur le bas-côté. Prenez la voiture ! le supplia-t-elle. Et laissez-moi ici. Je ne dirai à personne que je vous ai vu ni où vous allez. Je vous jure que je ne le dirai pas.

Zack maîtrisa sa colère et tenta de l'apaiser.

— Au cinéma, on fait ce genre de promesse, fit-il d'un ton qui se voulait léger en jetant par-dessus son épaule un coup d'œil aux véhicules qui passaient. Je me suis toujours dit que c'était stupide.

— Nous ne sommes pas au cinéma !

— Mais convenez que c'est une promesse absurde, insista-t-il avec un petit sourire. Vous le savez. Reconnaissez-le, Julie.

Choquée qu'il la *taquine* comme s'ils étaient amis, Julie, furieuse, le fixa en silence. Elle savait que c'était en effet une promesse ridicule, mais refusait de l'admettre.

— Vous ne pensez quand même pas que je vais croire, poursuivit-il d'une voix plus douce, que vous allez me laisser filer, alors que je vous ai prise en otage et que je vous ai volé votre voiture, ni que vous me serez tellement reconnaissante de ces deux forfaits que vous tiendrez une promesse faite sous la contrainte la plus extrême. Cela ne vous semble pas un peu dingue ?

— Vous pensez que je vais discuter psychologie avec vous quand ma vie est en jeu ? explosa-t-elle.

— Je comprends que vous ayez peur, mais votre vie n'est pas en danger, à moins que vous ne l'y mettiez.

Etait-ce l'épuisement ou le timbre de sa voix, mais devant la gravité de son expression, Julie se laissa aller à le croire.

— Je ne veux pas vous faire de mal, enchaîna-t-il, et il ne vous arrivera rien tant que vous n'essaierez pas d'attirer l'attention et d'alerter la police...

— Auquel cas, l'interrompit sèchement Julie, émergeant de son état de transe, vous me ferez sauter la cervelle. C'est très réconfortant, monsieur Benedict, merci.

Zack maîtrisa son agacement et lui expliqua :

— Si les flics me rattrapent, ils devront me tuer, parce que je n'ai pas l'intention de me rendre. Etant donné la mentalité de la plupart de ces gens-là en matière de légitime défense, il y a de grandes chances que vous soyez blessée ou tuée dans la bagarre. Je ne le veux pas. Vous comprenez ça ?

Julie, qui s'en voulait de s'être laissé subjuguer par les

mots lénifiants d'un meurtrier cruel, détourna brusquement les yeux et fixa le pare-brise.

— Vous croyez vraiment que vous allez me convaincre que vous êtes en fait un preux chevalier, et non un monstre dépravé ?

— Evidemment pas, répliqua-t-il avec irritation.

Comme elle refusait de poser à nouveau son regard sur lui, Zack esquissa un geste d'impatience et lui déclara d'un ton abrupt :

— Arrêtez de bouder et reprenez la route. Il faut que je trouve un téléphone à l'une des sorties.

En sentant son ton se durcir, Julie se rendit compte qu'elle avait été idiote de le contrarier. Elle aurait mieux fait de lui faire croire qu'elle était résignée à l'accompagner. Les flocons dansaient devant ses phares, son esprit s'apaisa et elle réfléchit aux différents moyens de se tirer de ce pétrin, puisqu'il était à présent hautement probable qu'il la contraindrait à traverser l'Oklahoma et le Colorado. Trouver le moyen de déjouer son plan et de s'échapper n'était plus seulement une nécessité, mais un véritable défi. Pour ce faire, il lui faudrait être objective et empêcher toute ombre de frayeur ou de fureur de lui obscurcir l'esprit. Elle devait en être capable, se répétait-elle. Après tout, elle n'était pas une fleur de serre, dorlotée, naïve, protégée. Elle avait passé les onze premières années de son existence dans les rues de Chicago et elle s'était très bien débrouillée ! En se mordant la lèvre inférieure, elle résolut de considérer cette épreuve comme l'intrigue de l'un de ces romans policiers qu'elle affectionnait tant. Elle s'était souvent dit que les héroïnes de ces livres se comportaient avec une sublime stupidité et elle en avait fait autant en s'opposant à son ravisseur. Une héroïne intelligente ferait exactement le contraire. Elle serait retorse et trouverait un moyen de pousser Benedict à relâcher sa vigilance. Alors ses chances de s'évader — et de le renvoyer dans la prison qu'il n'aurait jamais dû quitter — s'accroîtraient nettement. Pour réaliser cet objectif, il fallait faire comme si ce cauchemar était une aventure, faire semblant d'épouser le parti de son ravisseur, ce qui exigerait d'elle une sacrée performance, mais elle avait la volonté de tenter le coup.

En dépit de ses doutes quant à ses chances de succès, Julie se sentit soudain envahie d'un calme et d'une détermination qui bannirent toute peur et lui éclaircirent les idées. Elle attendit quelques instants avant de prendre la parole, pour que sa capitulation ne lui semble ni trop soudaine ni suspecte, puis elle inspira profondément et déclara avec une sorte d'ironie désabusée et un petit sourire en coin :

— Monsieur Benedict, je suis enchantée que vous n'ayez pas l'intention de me faire du mal. Je ne voulais pas me montrer sarcastique. J'avais peur, c'était tout.

— Et vous n'avez plus peur ? s'enquit-il d'une voix teintée de scepticisme.

— Si, se hâta-t-elle de le rassurer, mais pas autant. Voilà !

— Puis-je vous demander ce qui a déclenché ce changement soudain ? A quoi pensiez-vous quand vous vous taisiez ?

— A un livre, dit-elle pour ne prendre aucun risque. Un roman policier.

— Un que vous avez lu ? Ou un que vous envisagez d'écrire ?

Elle ouvrit la bouche, mais aucun son n'en sortit, et elle comprit qu'il venait par inadvertance de lui donner le moyen idéal de le vaincre.

— J'ai toujours voulu écrire un roman policier, improvisa-t-elle aussitôt, et je me suis dit que ce serait, eh bien, une documentation de première main.

— Je vois.

Elle lui décocha à nouveau un regard et fut saisie par la chaleur de son sourire.

Le diable charmerait un serpent, songea-t-elle, en se rappelant ce même sourire du temps où il illuminait les écrans de cinéma et donnait des vapeurs au public féminin.

— Vous êtes une jeune femme étonnamment courageuse, Julie.

Elle ravala la colère avec laquelle elle allait lui demander de l'appeler « mademoiselle Mathison ».

— En fait, je suis la plus grande lâche de la terre, monsieur...

— Je m'appelle Zack, l'interrompit-il et, à l'impassibilité de sa voix, elle sentit que sa méfiance s'était réveillée.

— Zack, vous avez raison, lui concéda-t-elle hâtivement. Appelons-nous par nos prénoms puisque, apparemment, nous allons rester ensemble pendant... ?

— Un moment, répondit-il, et Julie fit un effort herculéen pour dissimuler sa frustration devant cette imprécision.

— Un moment, acquiesça-t-elle en prenant soin de conserver un ton neutre. Eh bien, ce sera sans doute assez long pour que vous m'aidiez dans mes recherches préliminaires, fit-elle sans trop savoir ce qu'elle allait lui demander. Par exemple, accepteriez-vous de me donner des détails sur la vie en prison ? Cela m'aiderait pour mon histoire.

— Vraiment ?

Les nuances changeantes et subtiles de sa voix lui faisaient une peur bleue. Jamais elle n'avait rencontré d'homme ou de femme qui transmette autant de choses à travers d'imperceptibles altérations, jamais de sa vie elle n'avait entendu une telle voix. Il possédait un timbre de baryton qui pouvait passer instantanément et inopinément de l'amusement poli à la menace glaciale. Pour répondre à sa question, Julie hocha vigoureusement la tête en s'efforçant de nuancer son scepticisme par un regain de conviction.

— Absolument, dit-elle.

Elle eut brusquement le sentiment que, s'il pensait qu'elle était de son côté, il baisserait plus aisément la garde.

— J'ai entendu dire qu'on envoyait beaucoup d'innocents en prison. Etiez-vous innocent ?

— Tous les détenus se prétendent innocents.

— Oui, mais vous ? insista-t-elle en priant le ciel qu'il réponde par l'affirmative pour qu'elle puisse faire semblant de le croire.

— Le jury m'a déclaré coupable.

— On a déjà vu des jurys se tromper.

— Douze citoyens honnêtes en ont décidé ainsi, répondit-il d'une voix soudain lourde de ressentiment.

— Je suis certaine qu'ils se sont efforcés d'être objectifs.

— Tu parles ! s'écria-t-il avec une telle rage que les mains de Julie se resserrèrent autour du volant sous l'effet d'une nouvelle frayeur. Ils m'ont condamné parce que j'étais riche et célèbre ! J'ai observé leurs visages pendant le procès, et plus l'avocat général délirait sur mon existence de privilégié et sur l'amoralité de Hollywood, plus le jury voulait ma tête ! Tous ces braves gens moralisateurs et emplis de la crainte de Dieu savaient que l'on pouvait « raisonnablement douter » que j'aie commis ce crime et c'est pour cela qu'ils ne m'ont pas condamné à la peine de mort. Ils avaient trop regardé Perry Mason... Ils se figuraient que si je ne l'avais pas commis, je parviendrais à retrouver qui l'avait fait.

Julie avait les paumes moites. Maintenant, plus que jamais, elle comprit à quel point il était capital de lui faire croire qu'elle compatissait.

— Mais vous n'étiez pas coupable, n'est-ce pas ? Simplement, vous n'avez pas pu leur montrer qui avait tué votre femme, c'est ça ?

— Et qu'est-ce que ça change ? fit-il d'un ton sec.

— Pour moi, ça change quelque chose.

Il l'observa un instant dans un silence glacial, et sa voix se radoucit à nouveau, brutalement.

— Si cela vous importe vraiment, eh bien non, je ne l'ai pas tuée.

Il mentait, bien entendu. Nécessairement.

— Je vous crois. Et si vous êtes innocent, ajouta-t-elle en s'efforçant de le rassurer davantage, vous avez tout à fait le droit de vous évader.

Il lui répondit par un long silence malaisé durant lequel elle sentit son regard perçant examiner chacun de ses traits.

— La pancarte indique qu'il y a un téléphone plus loin, dit-il d'un ton abrupt. Rangez-vous dès que vous le verrez.

— D'accord.

Le téléphone se trouvait au bord de la route et Julie

s'engagea dans l'allée latérale. Elle observa le rétroviseur extérieur dans l'espoir d'apercevoir un chauffeur de camion ou un conducteur quelconque à qui elle pourrait faire signe de s'arrêter, mais il y avait peu de circulation sur la route enneigée. Elle se tourna brusquement vers lui quand il retira les clés de contact.

— J'espère, dit-il d'un ton sardonique, que vous n'allez pas penser que je doute de votre foi en mon innocence et de votre désir de me voir m'évader. Si je prends les clés, c'est simplement parce que je suis quelqu'un de très prudent.

A son étonnement, Julie réussit à hocher la tête et à déclarer d'un ton convaincant :

— Je ne vous en veux pas.

Avec un petit sourire, il sortit de la voiture, mais il garda la main dans sa poche pour lui rappeler la présence menaçante du pistolet et laissa la porte du passager ouverte pour la surveiller tout en donnant son coup de fil.

— Cela vous ennuirait-il que je cherche du papier et un stylo dans mon sac pour prendre des notes pendant que vous téléphonez ? lui demanda-t-elle avec toute la douceur dont elle était capable, alors qu'il marchait dans la neige. Jeter quelques émotions sur le papier, des choses que je pourrais utiliser dans mon livre, vous comprenez ?

Avant qu'il ait eu le temps de lui dire non, ce dont il avait apparemment l'intention, elle prit son sac sur la banquette arrière tout en soulignant les raisons pour lesquelles il devait la laisser faire.

— Cela m'apaise toujours d'écrire, dit-elle, et vous pouvez fouiller mon sac, si vous le souhaitez. Vous verrez que je n'ai pas d'autre trousseau de clés et pas d'arme.

Pour prouver ses dires, elle l'ouvrit tout grand et le lui tendit. Il lui jeta un regard impatient et inquiet, comme s'il ne croyait absolument pas à son histoire de roman et qu'il la laissait dire pour s'assurer de sa docilité.

— Allez-y ! dit-il en lui rendant son sac.

Quand il se détourna, elle prit un petit carnet et son stylo. En le surveillant du coin de l'œil, elle le vit décrocher le combiné et mettre des pièces dans l'appareil. Elle écrivit alors son message sur trois bouts de papier : APPELEZ LA POLICE. J'AI ETE KIDNAPPEE. Elle s'aperçut qu'il la regardait et attendit qu'il se soit retourné pour s'entretenir avec son correspondant, puis elle déchira les trois premières bandes, qu'elle plia en deux et glissa dans la poche extérieure de son sac, où elle pouvait facilement les atteindre. Elle rouvrit son carnet et le contempla en cherchant frénétiquement un moyen de faire passer ces messages à des gens susceptibles de lui venir en aide. Quand une idée plausible lui traversa l'esprit, elle s'assura qu'il ne l'observait pas, prit l'une des bandes dans son sac et la plia dans un billet de dix dollars qu'elle avait sorti de son portefeuille.

Le seul fait de savoir qu'elle reprenait un peu les rênes de la situation fit que le peu de panique qui lui restait s'évanouit en grande partie. Ce calme tout nouveau, elle le devait à autre chose qu'au plan qu'elle avait en tête. Elle avait en fait le sentiment instinctif et néanmoins inébranlable que Zachary Benedict ne lui avait pas menti sur un point : il ne voulait pas lui faire de mal. Il n'allait donc pas l'abattre de sang-froid. Si elle tentait de s'enfuir, il la pourchasserait, elle en était certaine, mais il ne tirerait pas, à moins qu'elle ne fasse signe à une voiture de s'arrêter. Puisqu'il n'y avait aucun véhicule à l'horizon, Julie ne vit pas l'utilité d'ouvrir sa porte et de tenter l'aventure, pas quand il pouvait la rattraper si facilement. Il serait en permanence sur ses gardes. Ce serait tout ce qu'elle y gagnerait. Mieux valait donner l'impression de coopérer et l'amener par la douceur à se détendre le plus possible. Zachary Benedict sortait peut-être de prison, mais elle n'était pas la trouillarde crédule et facile à intimider pour laquelle elle s'était fait passer jusqu'à présent. Autrefois, elle avait vécu d'expédients, se souvint-elle pour se forger une carapace. Alors qu'il était l'idole des jeunes, la vedette choyée, elle mentait, elle volait et elle se débrouillait dans les rues ! Si elle y pensait, elle tiendrait bon, elle en était sûre et certaine. Enfin, presque sûre et certaine. Tant qu'elle resterait lucide dans ce duel où chacun cherchait à jouer au plus fin, elle avait de bonnes chances de l'emporter. Elle se mit à noter dans son carnet des commentaires faussement sucrés sur son ravisseur, au cas où il lui demanderait de lire ses écrits. Quand elle eut terminé, elle relut cette prose absurde : « *Zachary Benedict a fui la prison où l'avait injustement enfermé un jury partial. C'est un homme qui semble intelligent, gentil, chaleureux... une victime des circonstances. Je le crois.* »

C'était vraiment le texte littéraire le plus mauvais que l'on ait jamais pondu, songea-t-elle en grimaçant intérieurement. Elle était tellement absorbée qu'elle sursauta à peine quand elle se rendit compte qu'il avait raccroché et qu'il montait dans la voiture.

— Avez-vous réussi à joindre votre correspondant ? demanda-t-elle poliment, après avoir vite refermé le carnet qu'elle remit dans son sac.

Il plissa les yeux devant son sourire et elle eut le sentiment désagréable qu'elle en faisait un peu trop dans la camaraderie.

— Non. Il est toujours là-bas, mais il n'est pas dans son bureau. J'essaierai de nouveau d'ici une demi-heure.

Julie assimilait ce détail inutile quand il saisit son sac et en sortit son carnet.

— Simple précaution, persifla-t-il en l'ouvrant. Vous comprenez, j'en suis certain.

— Je comprends, déclara-t-elle, tiraillée entre une hilarité nerveuse et le chagrin, tandis qu'il lisait sa prose d'un air ébahi. Eh bien ? fit-elle en écarquillant des yeux emplis d'une innocence feinte. Qu'en pensez-vous ?

Il referma le carnet et le remit dans son sac.

— Je pense que, si vous croyez vraiment tout cela, vous êtes beaucoup trop naïve pour qu'on vous lâche dans le monde.

— Je suis très naïve, lui assura-t-elle en mettant le contact avant de reprendre la route principale.

S'il la croyait stupide et naïve, c'était absolument parfait.

20

Dans la demi-heure qui suivit, ils roulèrent en silence, un silence rompu de temps à autre par des propos décousus sur le mauvais temps et la dégradation des conditions de conduite. Toutefois Julie surveillait le bord de la route, guettant un panneau qui lui permettrait de mettre son plan en œuvre. N'importe quel panneau publicitaire pour un quelconque fast-food à la sortie suivante lui conviendrait. Quand enfin elle en aperçut un, son cœur battit à tout rompre.

— Vous n'avez sans doute pas envie de vous arrêter dans un restaurant, mais je meurs de faim, dit-elle d'un ton aimable. D'après ce panneau, il y a un *McDonald's* un peu plus loin. Nous pourrions y acheter de quoi manger.

Il jeta un coup d'œil à la pendule et hocha la tête.

— Il faut que je mange quelque chose toutes les deux heures parce que je fais... (Elle hésita un quart de seconde, cherchant le terme adéquat.) De l'hypoglycémie ! Je suis désolée, mais si je ne prends rien, je suis malade, je m'évanouis et...

— Bien, nous allons nous arrêter ici.

Julie faillit pousser un cri de triomphe en s'engageant sur la bretelle au bout de laquelle apparaissaient déjà les arches dorées du *McDonald's.* Le restaurant, qui était agrémenté d'une aire de jeux pour les enfants, se trouvait entre deux parkings en plein air.

— Il était temps, dit-elle, parce que je suis prise de

vertiges qui m'auraient empêchée de conduire plus longtemps.

Sans prêter attention à son expression sceptique, Julie mit le clignotant et s'engagea sur le parking. Malgré la tempête de neige, il y avait quelques véhicules, pas autant qu'elle l'eût souhaité, mais elle aperçut plusieurs familles attablées. Elle suivit les indications de la pancarte et contourna le bâtiment avant de s'arrêter devant le haut-parleur.

— Que désirez-vous ? demanda-t-elle.

Avant son emprisonnement, Zack ne se serait pas arrêté dans un tel lieu, même s'il avait dû jeûner toute la journée. Mais il se rendit compte qu'il salivait à l'idée de manger un simple hamburger et des frites. C'était la liberté, songea-t-il après avoir répondu à Julie. La liberté rendait l'air plus frais et la nourriture plus alléchante. Elle vous rendait aussi plus nerveux, plus méfiant, car il y avait dans le sourire si lumineux de sa captive quelque chose d'extrêmement suspect. Elle semblait si fraîche, si ingénue, avec ses grands yeux bleus et son sourire si doux, mais elle était passée beaucoup trop vite de la captive terrifiée à l'otage furibonde puis à l'alliée compréhensive.

Julie répéta la commande dans le micro, deux cheeseburgers, deux frites, deux Cocas.

— Ça fera cinq dollars et neuf cents, dit une voix dans le haut-parleur. Avancez jusqu'à la première fenêtre, s'il vous plaît.

Tandis qu'elle obéissait, elle le vit prendre de l'argent dans sa poche, mais elle hocha vigoureusement la tête, prête à saisir son sac.

— C'est moi qui paie, dit-elle en s'efforçant de le regarder droit dans les yeux. J'y tiens.

Après un instant d'hésitation, il ressortit la main de sa poche, mais il fronça ses sourcils sombres, l'air déconcerté.

— C'est très chic de votre part.

— Je suis comme ça. Très sympa. C'est ce que tout le monde dit, babilla-t-elle comme une idiote tout en prenant le billet de dix dollars qui contenait son petit mot.

Incapable de soutenir plus longtemps son regard troublant, elle détourna les yeux et reporta son attention sur la jeune caissière qui la regardait avec une impatience lasse. D'après son badge, la fille s'appelait Tiffany.

— Ça fait cinq dollars et neuf cents, dit Tiffany.

Julie tendit son billet de dix dollars et lui lança un regard suppliant. Sa vie était entre les mains de cette adolescente à queue de cheval. Comme dans un film au ralenti, Julie la vit déplier le billet... le petit mot descendit lentement à terre... Tiffany se pencha et le ramassa en faisant éclater la bulle de son chewing-gum... Elle se redressa... Elle regarda Julie...

— C'est à vous ? demanda-t-elle, puis elle le tendit devant elle en scrutant l'intérieur de la voiture, sans le lire.

— Je ne sais pas, fit Julie en poussant la jeune fille à le lire. Peut-être. Qu'y a-t-il d'écrit..., commença-t-elle, mais elle étouffa un cri quand Zachary Benedict lui saisit le bras en lui enfonçant le canon de son pistolet dans les côtes.

— Ce n'est rien, Tiffany, dit-il doucement en se penchant dans le dos de Julie pour tendre le bras. C'est moi qui ai écrit ça. Pour faire une blague.

La caissière y jeta un coup d'œil, mais il était impossible de dire si elle l'avait vraiment lu avant de tendre la main vers la voiture.

— Voilà, monsieur, dit-elle se penchant devant Julie pour lui rendre le bout de papier.

Julie grinça des dents quand Zachary Benedict lui lança un sourire faussement reconnaissant, qui fit rougir Tiffany de plaisir, tandis qu'elle comptait la monnaie.

— Voilà votre commande ! fit-elle.

Julie, comme mue par un automatisme, attrapa les sacs en papier et les Cocas. Son visage apeuré suppliait la fille d'appeler la police, le directeur, quelqu'un ! Elle passa les sacs à Benedict sans oser soutenir son regard, les mains saisies d'un tel tremblement qu'elle faillit laisser tomber les canettes. En s'éloignant du guichet, elle s'attendait à des représailles mais pas à l'explosion de rage brute qui s'ensuivit :

— Stupide petite salope, vous voulez absolument

vous faire tuer ? Garez-vous dans le parking, là où elle peut nous voir. Elle nous regarde.

Julie lui obéit machinalement, la poitrine soulevée par une respiration saccadée.

— Mangez ! ordonna-t-il en lui lançant son cheeseburger à la figure. Et souriez à chaque bouchée, sinon...

Julie obtempéra de nouveau. Elle mâcha sans savourer, en s'appliquant de tout son être à calmer ses nerfs à vif, pour retrouver la capacité de réfléchir. Dans la voiture, la tension était devenue extrême, tangible. Elle parla simplement pour rompre le silence.

— Puis-je avoir mon Coca ? bredouilla-t-elle en tendant la main vers le sac des boissons qui se trouvait par terre, aux pieds de Zack.

Sa main se resserra sur son poignet comme un étau au risque de briser ses os fragiles.

— Vous me faites mal ! cria Julie, prise de panique.

Il resserra douloureusement son étreinte avant de la relâcher. Elle s'enfonça dans son siège, pencha la tête en arrière et ferma les yeux en déglutissant et en frottant son bras endolori. Jusque-là, il n'avait jamais même tenté de lui faire mal, et elle s'était bercée de l'illusion qu'il n'était pas un tueur dépravé comme les autres, mais un homme qui, pour se venger d'une femme infidèle, par jalousie, avait commis un acte fou. Pourquoi, se demandait-elle avec désespoir, s'était-elle figurée qu'il ne tuerait pas de la même façon une femme qu'il avait enlevée ou une adolescente qui pourrait donner l'alarme et le faire capturer ? C'étaient ses souvenirs qui l'avaient trompée, tous ces articles de magazine à sa gloire, toutes ces heures passées dans les cinémas avec ses frères et, plus tard, ces soirées où elle sortait, où elle l'admirait, où elle fantasmait sur lui. A onze ans, elle ne comprenait pas ce que ses frères et tous leurs amis lui trouvaient de si particulier mais, quelques années plus tard, elle le comprit parfaitement. Une beauté sauvage, inaccessible, une séduction, un cynisme, un humour et de la dureté. Et comme Julie avait obtenu une bourse pour faire un stage d'été en Europe, elle s'y trouvait lors de son fameux procès. Elle ne savait donc rien de tous les détails sordides, rien de concret qui eût pu contrebalancer ces images charmantes qui lui avaient paru si réelles au cinéma. La honteuse vérité, c'était que, lorsqu'il lui avait dit qu'il était innocent, elle avait cru cela possible parce que cela expliquait son évasion. Pour une raison incompréhensible, une part d'elle-même s'accrochait encore à cette possibilité, sans doute parce que cela l'aidait à maîtriser sa peur, sans atténuer pour autant son désespoir de ne pouvoir lui échapper. Même s'il était innocent du crime pour lequel on l'avait jeté en prison, cela ne signifiait pas qu'il ne tuerait pas pour qu'on ne l'y renvoie pas. S'il était innocent... Et cela, c'était hautement improbable.

Quand le sac bruissa à ses pieds, tout son corps tressauta, en alerte.

— Voilà ! lança-t-il d'un ton abrupt en lui tendant un Coca.

Sans le regarder, Julie le saisit. Elle avait raté sa première tentative d'évasion. A présent il savait qu'elle était assez désespérée pour recommencer. Il attendrait. Surveillerait. Quand elle essaierait à nouveau, tout devrait être parfait. Elle sentait instinctivement qu'il n'y aurait pas de troisième chance. Du moins n'avait-elle plus à jouer cette écœurante comédie destinée à lui faire croire qu'elle était son alliée.

— Allons-y ! s'écria-t-il sèchement.

Sans un mot, Julie mit le contact et sortit du parking.

Un quart d'heure après, il lui ordonna de se garer devant une cabine et donna un autre coup de fil. Il n'avait pas ouvert la bouche, sauf pour lui demander de se ranger, et Julie le soupçonnait fort de s'être rendu compte que ce silence mettait ses nerfs à bien plus rude épreuve que tout ce qu'il aurait pu faire pour l'intimider. Cette fois, il ne détacha pas son regard de Julie. Quand il regagna la voiture, elle observa son visage impassible. Elle ne pouvait plus endurer ce silence. Avec un air hautain, elle désigna la cabine téléphonique du menton.

— Mauvaises nouvelles, j'espère ? fit-elle.

Zack lui répondit par un grand sourire. Derrière ce joli visage se cachaient un courage obstiné et un esprit acide qui le prenaient sans cesse au dépourvu. Plutôt que de lui annoncer que les nouvelles étaient bonnes, il haussa les épaules. Le silence la rongeait, il l'avait remarqué.

— Roulez ! dit-il en inclinant son siège pour étendre ses jambes, tout en contemplant ses doigts gracieux sur le volant.

Dans quelques petites heures, un homme qui ressemblait à Zack comme un frère se rendrait de Detroit au tunnel de Windsor pour passer au Canada. A la frontière, il se ferait abondamment remarquer par sa nervosité, de sorte que les douaniers se souviendraient de lui. Alors que Zack courrait encore pendant un jour ou deux, ces douaniers alerteraient les autorités, les informant que leur fugitif était probablement passé à l'étranger. En moins d'une semaine, les recherches se concentreraient sur le Canada, ce qui donnerait à Zack toute liberté pour mettre à exécution la suite de son plan. Pour l'instant, il n'avait rien d'autre à faire qu'à prendre du bon temps en profitant de sa liberté. Cette plaisante perspective lui aurait plutôt fait aimer son prochain, sans l'encombrante présence de son otage. Elle était la seule ombre au tableau. Une grande ombre puisqu'elle n'était, semblait-il, pas aussi soumise qu'il l'avait cru. Elle roulait inutilement lentement en lui jetant des regards furibonds.

— Qu'est-ce qui ne va pas ? finit-il par dire.

— Il faut que j'aille aux toilettes.

— Plus tard !

— Mais...

A son regard Julie comprit qu'il était inutile de discuter.

Une heure plus tard, ils traversèrent la frontière de l'État du Colorado. Il lui adressa enfin la parole :

— Il y a un arrêt pour les camions un peu plus loin. Prenez la sortie et, si c'est possible, nous nous y arrêterons.

L'endroit se révéla trop passant pour lui convenir et il fallut attendre une demi-heure avant de trouver une station-service qui soit relativement déserte et dont la disposition lui plaise, avec un préposé installé sur le terre-plein central entre les pompes afin qu'il puisse payer son essence sans pénétrer dans le bâtiment et avec des toilettes à l'extérieur.

— Allons-y, dit-il. Lentement, ajouta-t-il quand elle se dirigea vers la porte des toilettes.

Il lui saisit le coude, comme pour l'aider à avancer dans la neige. Leurs pieds faisaient craquer la couche poudreuse en cadence. Quand ils atteignirent les toilettes, il lui ouvrit la porte sans lui lâcher le bras.

— Vous avez l'intention de m'accompagner ? explosa-t-elle, aussi furieuse qu'ahurie.

Sans tenir compte de sa remarque, il jeta un regard circulaire dans la petite pièce carrelée, pour repérer les fenêtres, songea-t-elle, et comme il n'en trouva pas, il desserra son étreinte.

— Faites vite. Et, Julie, pas de bêtises !

— Quel genre ? demanda-t-elle. Vous voulez que je me pende avec le papier hygiénique ? Fichez le camp, bon sang !

Se dégageant brutalement, elle y entra d'un pas décidé mais, quand elle referma la porte, elle songea brusquement qu'elle n'avait qu'à la verrouiller et rester à l'intérieur. Avec un cri de triomphe muet, elle tourna le verrou du bout des doigts et claqua la porte en donnant un coup d'épaule. La porte vint s'appliquer dans le chambranle avec un bruit métallique réconfortant, mais le verrou ne se bloqua pas. Elle eut alors le sentiment désagréable qu'il avait gardé la main sur la poignée de l'autre côté pour l'empêcher de fermer.

Alors il tourna la poignée, entraînant la main de Julie.

— Vous avez une minute et demie avant que j'ouvre cette porte, Julie, déclara-t-il d'un ton mi-amusé mi-résigné, qui lui indiqua qu'elle ne s'était pas trompée.

Parfait. C'était aussi un pervers, se dit-elle tout en se dépêchant. Elle se lavait les mains à l'eau glacée du lavabo, quand il ouvrit.

— Le temps est écoulé, fit-il.

Il ne monta pas dans la Blazer, mais resta en arrière, la main dans la poche, sur le pistolet.

— Prenez de l'essence, ordonna-t-il en longeant l'aile de la voiture sans la quitter des yeux. Payez ! dit-il quand elle eut terminé, sans jamais se tourner vers l'homme de la cabine.

Julie allait refuser de débourser une fois de plus quand elle se rendit compte qu'il avait deux billets de vingt dollars dans sa main tendue. Devant le demi-sourire qu'il esquissa alors, son ressentiment fut multiplié par dix.

— J'ai l'impression que ça commence à vous amuser ! tonna-t-elle avec amertume en lui arrachant l'argent des mains.

Zack contempla ses épaules rigides et songea qu'il serait plus sage et plus salutaire de neutraliser un peu de son hostilité, comme il en avait d'abord eu l'intention. S'il parvenait à la mettre d'une humeur agréable, ce serait encore mieux.

— Vous avez absolument raison, dit-il avec un petit rire grave. Je crois que je commence à m'amuser.

— Salaud ! rétorqua-t-elle.

L'aube teintait le ciel gris de rose quand Julie se demanda s'il ne s'était pas endormi. Il l'avait contrainte à n'emprunter que des routes secondaires, évitant les autoroutes. L'épaisseur de neige rendant la conduite hasardeuse, elle n'avait fait que du quarante-cinq kilomètres de moyenne sur les longues distances. Trois fois, elle avait été bloquée des heures à cause d'un accident sur la voie principale et toujours il l'avait obligée à poursuivre son chemin. Toute la nuit, les bulletins d'information n'avaient parlé que de son évasion, mais plus ils s'enfonçaient à l'intérieur du Colorado, moins on se préoccupait de sa disparition, sans doute parce qu'on ne s'attendait pas à le voir partir vers le nord, loin des aéroports, des trains et des bus. Le panneau devant lequel elle venait de passer indiquait une aire de repos et de pique-nique à huit kilomètres, et Julie espérait y trouver, comme dans le précédent, quelques camions arrêtés et des chauffeurs endormis dans leur cabine. La seule idée qui lui était venue durant ce trajet interminable et épuisant l'obligerait à prendre la voiture en la laissant derrière lui. Cela lui parut aussi réalisable qu'autre chose en la circonstance. Elle entrerait dans l'aire de repos et, quand elle arriverait au niveau des camions garés là, elle écraserait le frein et bondirait hors de la voiture en criant à l'aide d'une voix assez forte pour réveiller leurs occupants. Alors, si son rêve devenait réalité, quelques routiers costauds, de préférence des géants armés de revolvers et de coups de poing américains, se réveilleraient d'un bond et jailliraient de leur camion pour voler à son secours. Ils plaqueraient Zachary Benedict au sol, Julie leur donnant un coup de main, puis le désarmeraient avant d'appeler la police sur leur CB.

Cela, c'était le scénario idéal, songeait Julie, mais si un seul chauffeur se réveillait et sortait pour chercher l'origine de ses cris, cela suffirait sans doute à la débarrasser de Zachary Benedict. Car, dès qu'elle aurait donné l'alarme et attiré l'attention sur eux, il ne lui resterait plus qu'à s'en aller avec la Blazer.

Julie en était tellement convaincue qu'elle en aurait mis sa main au feu.

Elle lui jeta à nouveau un regard inquisiteur pour s'assurer qu'il dormait. Il avait les bras croisés sur la poitrine, ses longues jambes tendues devant lui, la tête appuyée contre la vitre, une respiration régulière et détendue.

Il dormait.

Ravie, Julie leva lentement, imperceptiblement, le pied de l'accélérateur, les yeux rivés sur le compteur qui passa de soixante-dix kilomètres à l'heure à soixante-cinq, puis doucement à soixante. Pour pénétrer dans l'aire de repos sans un ralentissement brusque qui alerterait son passager, elle ne devait pas rouler à plus de quarante-cinq au moment de sortir. Elle resta une minute à soixante, leva de nouveau le pied, la jambe tremblotante à force de précaution pour rendre chaque ralentissement indétectable. La vitesse tomba à quarante-cinq, et Julie mit la radio un peu plus fort pour compenser le calme qui s'installait peu à peu dans la voiture.

L'aire de repos était encore à un bon kilomètre, cachée derrière une haie de pins, quand Julie descendit à quarante kilomètres à l'heure et tourna le volant centimètre par centimètre pour amorcer la bifurcation. Après une prière un peu décousue pour trouver là les camions tant espérés, elle retint son souffle en contournant les arbres et expira en silence de gratitude et de soulagement. Il y avait trois camions garés devant le petit bâtiment abritant les toilettes et, bien que rien ne bougeât dans le petit matin, elle crut entendre le ronflement d'un moteur Diesel. Son cœur battit à tout rompre, mais elle ne céda pas à la tentation d'agir sur-le-champ. Pour mettre toutes les chances de son côté, elle devait être près des camions, afin de pouvoir atteindre une portière avant que Benedict ne la rattrape.

A une vingtaine de mètres du premier camion, elle entendit un moteur. C'était une certitude à présent. Son pied se dirigea subrepticement vers le frein, toute son attention tournée vers la cabine. Elle poussa un hurlement quand Zachary Benedict se redressa soudainement.

— Où diable..., fit-il, mais Julie ne lui laissa pas le temps de terminer sa phrase.

En écrasant le frein, elle saisit la poignée de la porte qu'elle ouvrit d'un coup, se jeta de la voiture en marche et atterrit sur le côté dans les sillons tracés dans la neige. Etourdie par la douleur et la peur, elle vit passer le pneu arrière de la Blazer, qui faillit lui écraser la main, avant que la voiture ne s'arrête en zigzaguant.

— AU SECOURS ! hurla-t-elle en se mettant péniblement à genoux.

Quand elle voulut se redresser, ses pieds glissèrent.

— AU SECOURS !

Elle était debout et courait vers la cabine du camion le plus proche quand Zachary Benedict sortit en trombe de la Blazer qu'il contourna au pas de course, la poursuivit et lui bloqua le passage. Julie s'écarta pour l'éviter.

— JE VOUS EN PRIE ! QUE QUELQU'UN VIENNE ! hurlait-elle en coupant à travers la neige pour gagner les toilettes et verrouiller la porte.

A sa gauche elle vit s'ouvrir une portière. Le conducteur descendit, les sourcils froncés d'avoir été dérangé par un tel vacarme. Tout près d'elle elle entendit le pas lourd de Benedict dans la neige.

— AIDEZ-MOI ! cria-t-elle en direction du chauffeur avant de jeter un coup d'œil par-dessus son épaule, juste à temps pour constater que Zachary Benedict était en train de faire une boule de neige.

Celle-ci l'atteignit à l'épaule et elle se remit à hurler en courant.

— ARRETEZ-LE ! C'est...

Mais ses mots furent étouffés par le cri joyeux de Zachary Benedict :

— TAIS-TOI, Julie ! s'écria-t-il en se jetant sur elle pour la faire trébucher. TU VAS REVEILLER TOUT LE MONDE !

En essayant de reprendre haleine pour crier, Julie tomba et se retrouva sous le corps de Zack, dans la neige, le souffle coupé, ses yeux bleus terrifiés à quelques centimètres de son regard furieux, de ses dents serrées en un sourire forcé, destiné à tromper le chauffeur du camion. Haletante, Julie tourna la tête pour pousser un nouveau hurlement, mais il lui lança une poignée de neige sur le visage. Aveuglée, elle sentit qu'il lui saisissait les poignets et les tirait violemment au-dessus de sa tête :

— Je le tue s'il approche, murmura-t-il avec sauvagerie en resserrant son étreinte. Bon sang, c'est ça que vous voulez ? Faut-il que l'on meure pour vous ?

Incapable de prononcer un mot, Julie gémit et fit non de la tête, les paupières closes, ne pouvant supporter la vue de son ravisseur ni l'idée qu'elle était passée à quelques mètres de la liberté. Et tout cela pour rien, pour finir sur le dos, dans la neige, écrasée sous le poids de son corps, la hanche douloureuse après sa chute. Elle l'entendit inspirer brusquement.

— Il vient par ici, fit-il d'un ton pressant et furibond. Embrassez-moi et ayez l'air d'y croire, sinon c'est un homme mort !

Avant qu'elle ait eu le temps de réagir, sa bouche se plaqua sur la sienne. Julie ouvrit grands les yeux, les braqua sur le chauffeur de camion, qui avançait prudemment vers eux et fronçait les sourcils en essayant de voir leur visage.

— Prenez-moi dans vos bras, nom de Dieu !

Sa bouche la tenait prisonnière, son arme lui rentrait dans le ventre, mais elle avait les poignets libres. Elle pouvait lutter et le routier, avec sa face joviale sous la casquette noire portant son nom : PETE, verrait certainement qu'il y avait quelque chose d'anormal et viendrait à son secours.

Et se ferait tuer.

Benedict lui avait ordonné de l'enlacer, « d'avoir l'air d'y croire ». Comme un pantin, Julie souleva ses poignets de plomb et les laissa tomber mollement sur ses épaules, mais elle était incapable d'en faire davantage.

Zack sentait ses lèvres raides sous les siennes. Il sentait son corps sous son poids, rigide comme la pierre, et il se dit qu'elle reprenait des forces pour l'instant qui suivrait, où, avec l'aide de trois camionneurs, elle mettrait un terme à sa brève liberté et à sa vie. Du coin de l'œil, Julie vit l'homme ralentir le pas, avec une expression de plus en plus méfiante, sceptique.

Dans un dernier effort désespéré pour repousser l'inéluctable, Zack posa la bouche contre son oreille et murmura un mot qu'il n'avait pas prononcé depuis des années :

— *S'il vous plaît ! S'il vous plaît,* Julie !

Le monde était soudain devenu fou. Julie entendit la supplication de son ravisseur, comme arrachée à sa poitrine, avant qu'il ne s'empare à nouveau de ses lèvres.

— Je n'ai jamais tué personne, je le jure, fit-il dans un murmure tourmenté.

Cette supplique, tout le désespoir contenu dans sa voix, trouvèrent un écho dans son baiser et accomplirent ce que n'avaient pu faire les menaces et la colère. Julie hésita, vacilla. Elle crut à la vérité de ce qu'il y avait dans cette voix.

Etourdie par les messages confus qui se bousculaient dans sa tête, elle sacrifia son avenir immédiat à la sécurité du chauffeur de camion. Animée par la volonté de sauver la vie de cet homme et par une pulsion beaucoup moins sensée et totalement inexplicable, elle refoula des larmes futiles, enlaça, hésitante, les épaules de Zachary Benedict et céda à son baiser. A ce moment précis, il sentit qu'elle avait capitulé. Il fut parcouru d'un frisson et ses lèvres se firent plus douces. Julie, qui n'avait pas entendu les pas s'arrêter dans la neige, le laissa lui entrouvrir la bouche et, de leur propre volonté, ses doigts se courbèrent autour de son cou, glissant dans les cheveux épais de sa nuque. Elle sentit son souffle rapide quand elle lui rendit timidement son baiser. Alors tout changea brusquement. Il l'embrassait vraiment à présent, ses mains se glissèrent sur ses épaules, s'enfoncèrent dans ses cheveux mouillés pour rapprocher son visage de sa bouche avide.

— Madame, vous avez besoin d'aide, oui ou non ? cria-t-on au-dessus d'elle avec un accent texan ébahi.

Julie l'entendit, tenta de hocher la tête, mais la bouche qui était férocement plaquée sur la sienne la privait de la parole. Au fond d'elle, elle savait que ce n'était qu'une comédie dans l'intérêt du chauffeur. Elle le savait, tout comme elle savait qu'elle n'avait pas le choix, qu'elle devait jouer cette comédie. Mais si c'était vrai, alors pourquoi ne pouvait-elle ni hocher la tête ni ouvrir les yeux ?

— Je suppose que non, fit le Texan avec un rire lascif. Et vous, monsieur ? Vous avez besoin d'aide ? Je pourrais vous relayer un moment...

La tête de Zack se souleva juste assez pour que ses lèvres se détachent de celles de Julie.

— Trouvez-vous une autre femme, plaisanta-t-il d'une voix rauque et douce. Celle-ci est à moi.

Il prononça ces derniers mots contre sa bouche, juste avant de l'embrasser à nouveau, de glisser une langue hésitante entre ses lèvres, de les presser de s'ouvrir, ses hanches dures contre les siennes. Dans un gémissement muet, abandonné, Julie se laissa donner le baiser le plus ardent, le plus sensuel, qu'elle eût jamais connu.

A une cinquantaine de mètres, la porte d'un camion s'ouvrit.

— Hé, Pete, qu'est-ce qui se passe là-bas dans la neige ? demanda une autre voix d'homme.

— A ton avis, mon vieux, à quoi ça ressemble ? Un couple d'adultes qui jouent comme des gosses, qui s'envoient des boules de neige et qui se pelotent.

— J'ai l'impression qu'ils vont *faire* un gosse s'ils ne mettent pas la pédale douce.

Etait-ce cette deuxième voix, comprit-elle que son

ravisseur commençait à être physiquement très excité, à moins que ce ne fût le claquement d'une portière suivi d'un bruit de moteur qui démarrait, alors que le semi-remorque quittait l'aire de repos, mais le fait est que Julie revint brutalement à la réalité. Quelle qu'en fût la cause, elle posa ses mains sur ses épaules et le repoussa, mais il lui fallut fournir un effort peu naturel pour un geste aussi faible. Paniquée par cette inexplicable léthargie, elle poussa plus fort.

— Arrêtez ! supplia-t-elle doucement. Arrêtez ! Il est parti !

Stupéfait d'entendre des pleurs dans sa voix, Zack leva la tête et contempla sa peau fraîche, sa bouche si tendre, avec une avidité qu'il avait du mal à maîtriser. Il regarda lentement autour de lui et se redressa à contrecœur. Il n'avait pas très bien compris pourquoi elle avait décidé de ne pas alerter le routier mais, quelles que soient ses raisons, ce n'était pas avec une tentative de viol qu'il lui manifesterait sa gratitude. En silence il lui tendit la main, réprimant un sourire alors que celle qui fondait dans ses bras quelques instants plus tôt, à nouveau sur la défensive, ignorait son geste et se redressait toute seule.

— Je suis trempée et couverte de neige, se plaignit-elle en évitant soigneusement son regard et en se tapotant les cheveux.

Machinalement, Zack se mit à l'épousseter, mais elle s'écarta d'un bond pour éviter tout contact et frotta ses bras et son jean.

— N'allez pas croire que vous avez le droit de me toucher après ce qui s'est passé ! le prévint-elle, mais Zack admirait les conséquences de leur baiser.

Ses yeux immenses, bordés de cils noirs, brillaient, sa peau de porcelaine était toute rose à la hauteur des pommettes. Troublée et un peu excitée comme elle l'était alors, Julie était absolument magnifique. Elle était aussi courageuse et bonne, puisque ni les menaces ni la cruauté ne l'avaient fait plier, mais qu'elle avait été sensible au désespoir de sa supplique.

— Si je me suis laissé embrasser, c'est uniquement parce que je me suis rendu compte que vous aviez raison. Il est inutile que quiconque soit tué simplement parce que j'ai peur. Maintenant, allons-y et oublions cette épreuve.

Zack soupira.

— Si j'en crois votre ton acide, mademoiselle Mathison, nous sommes de nouveau adversaires ?

— Evidemment, répondit-elle. Je vous conduirai où vous voulez sans vous jouer de tours, mais qu'une chose soit claire : dès que je vous y aurai amené, je pourrai partir, d'accord ?

— D'accord, mentit Zack.

— Alors allons-nous-en !

Zack la suivit en ôtant la neige des manches de sa veste et regarda ses cheveux qui volaient au vent et le gracieux balancement de ses hanches fines, tandis qu'elle se dirigeait vers la voiture. Si l'on en croyait ses paroles et la rigidité de ses épaules, elle était on ne peut plus déterminée à éviter toute autre confrontation romantique.

Zack, lui, s'était fixé un objectif diamétralement opposé. Il avait goûté ses lèvres et savait qu'elle ne lui était pas insensible. Ses sens affamés désiraient festoyer jusqu'au bout.

Une part de lui-même le mettait en garde contre la folie de toute aventure sexuelle avec sa captive. Cela compliquerait les choses et il n'avait certes pas besoin de complications.

Mais une autre part de lui, qui écoutait la clameur de son corps en éveil, lui soufflait, avec force, avec à propos, que ce n'était pas si bête. Après tout, une prisonnière comblée en devenait presque une complice. Et c'était une compagnie beaucoup plus charmante.

Zack décida donc de tenter de la séduire, non parce qu'elle possédait des qualités attachantes qui l'intriguaient et lui plaisaient, ni parce qu'elle l'attirait ni parce qu'il éprouvait pour elle une sorte de tendresse naissante.

Non, il allait séduire Julie Mathison, se dit-il, parce que c'était pratique. Et, bien entendu, extrêmement agréable.

Avec une galanterie dont il n'avait jamais fait preuve avant leur baiser et que Julie trouva absolument ridicule, et même alarmante étant donné l'évolution de la situation, il l'escorta jusqu'au siège du conducteur, mais il n'eut pas à lui ouvrir la portière. Elle était restée ouverte depuis sa tentative d'évasion avortée. Il la referma et fit le tour du véhicule. Quand il se glissa à côté d'elle, il remarqua qu'elle serrait les dents et étouffait un cri.

— Qu'est-ce qui ne va pas ?

— Je me suis fait mal à la hanche et à la jambe en sautant de la voiture et quand vous m'avez fait trébucher, répondit-elle amèrement, car elle s'en voulait d'avoir pris du plaisir à son baiser. Vous êtes inquiet ? Vous avez des remords ?

— Oui, dit-il calmement.

Elle détacha les yeux de son sourire car elle ne voulait pas se laisser prendre au charme de ce mensonge invraisemblable. Il avait été condamné pour meurtre, et elle ne devait jamais, au grand jamais, l'oublier.

— J'ai faim ! annonça-t-elle.

C'était la première chose qui lui était venue à l'esprit. Elle sut qu'elle avait eu tort de la dire quand le regard de Zack s'arrêta sur ses lèvres.

— Moi aussi.

Elle mit le contact d'un air buté.

Il lui répondit par un petit rire.

21

— Où diable peut-elle bien être ?

Carl Mathison faisait les cent pas dans la petite pièce qu'occupait son frère dans le bureau du shérif de Keaton. Puis il s'arrêta et jeta un regard noir à l'insigne d'argent épinglé sur la chemise grise de l'uniforme de Ted.

— Tu es policier et elle a disparu, alors fais quelque chose, bon sang !

— Elle n'aura pas officiellement disparu tant qu'il ne se sera pas écoulé vingt-quatre heures, répliqua Ted, mais son regard bleu était troublé. Jusque-là, je ne peux pas agir par les voies officielles, ajouta-t-il, tu le sais bien.

— Et toi, tu sais, le contredit Carl, furibond, que cela ne ressemble pas du tout à Julie de changer d'idée aussi brusquement. Tu sais à quel point elle est méthodique. Et si elle avait dû prendre d'autres dispositions, elle aurait téléphoné à l'un de nous. De plus, elle savait que j'avais besoin de ma voiture ce matin.

— Tu as raison.

Ted se dirigea vers la fenêtre. La main sur la crosse du semi-automatique 9 millimètres qu'il portait sur le côté, il fixa d'un air absent les voitures garées sur la place, tandis que leurs propriétaires faisaient les magasins du coin ou cherchaient les bonnes affaires dans ce qui était devenu le paradis des amateurs d'antiquités.

— Zachary Benedict s'est évadé hier d'Amarillo, dit-il d'une voix hésitante, comme s'il redoutait de trahir sa pensée. Comme il avait le statut de prévôt de quartier et qu'en tant que tel il venait de conduire le directeur de la prison en ville, il en a profité pour s'échapper.

— J'ai entendu ça aux informations. Et alors ?

— La dernière fois que l'on a aperçu Benedict, ou du moins un homme correspondant à son signalement, c'était dans un restaurant près de l'autoroute.

Très lentement, très soigneusement, Carl posa le presse-papiers qu'il roulait entre ses mains et fixa son frère cadet du regard.

— Où veux-tu en venir ?

— On a repéré Benedict près d'un véhicule qui ressemble à ta Blazer. La caissière du restaurant croit l'avoir vu monter dans la voiture avec une femme qui s'était arrêtée là pour prendre un sandwich et un café.

Ted détacha les yeux de la fenêtre et, avec réticence, les posa sur son frère.

— J'ai eu une conversation avec la caissière, officieusement bien entendu, il y a cinq minutes. La description qu'elle m'a donnée de la femme qui est partie avec Benedict est trait pour trait celle de Julie.

— Oh, mon Dieu !

L'employée installée devant le bureau, une femme d'âge moyen avec des cheveux gris, filandreux, et une face de bulldog, écoutait la conversation des Mathison tout en remplissant un mandat d'arrêt et en guettant un adjoint du shérif qui devait arriver dans une voiture pie. Quand elle leva le nez, ce fut pour voir une BMW décapotable rouge vif, qui venait de se ranger en face, près de la voiture de police de Ted. Lorsqu'une belle blonde en sortit, les yeux de Rita ne furent plus que deux fentes, et elle fit pivoter son fauteuil vers les frères Mathison.

— Un malheur n'arrive jamais seul, prévint-elle et, quand les deux hommes la regardèrent, elle lança le menton en direction de la fenêtre. Regardez qui est de retour ! Mademoiselle la riche salope en personne !

En dépit de tous ses efforts pour ne rien éprouver et ne rien laisser paraître à la vue de son ex-femme, Ted se crispa.

— On doit s'ennuyer en Europe à cette saison, dit-il

en balayant d'un œil insolent les courbes parfaites de son corps et ses longues jambes gracieuses.

La blonde entra chez la couturière qui se trouvait de l'autre côté de la place.

— J'ai entendu dire, ajouta Rita, que Flossie et Ada Eldridge allaient lui faire sa robe de mariée. La soie, la dentelle et la quincaillerie viennent tout droit de Paris, par avion, mais son Altesse considère qu'il n'y a rien de plus fin que le travail des jumelles.

Comprenant un peu tard que Ted Mathison n'avait peut-être pas envie de connaître tous les détails extravagants du mariage de son ex-femme, la fidèle Rita retourna à la paperasserie qui se trouvait sur son bureau.

— Je suis vraiment bête, excusez-moi.

— Ne vous excusez pas. Je me fiche pas mal de ce qu'elle fait, dit Ted, qui le pensait vraiment.

Cela ne l'intéressait ni ne le surprenait nullement que Katherine Cahill envisage de se remarier, cette fois à une personnalité de Dallas, un homme de cinquante ans nommé Spencer Hayward. Il avait lu quelques articles à son sujet, y compris la mirobolante description des avions particuliers d'Hayward, de sa demeure de vingt-deux pièces et de sa prétendue amitié avec le Président, mais rien de tout cela ne suscitait jalousie ou envie chez Ted.

— Il faut en parler à papa et à maman, dit-il en enfilant sa veste, puis il ouvrit la porte à Carl, qui le précéda.

— Ils savent que Julie n'est pas rentrée hier soir et ils se font un sang d'encre. Ils se rappellent peut-être un détail que j'ignore.

Il venait de traverser la rue, quand la boutique des sœurs Eldridge s'ouvrit brusquement. Katherine en sortit. Elle s'arrêta net en apercevant son ex-mari, mais Ted se contenta de hocher la tête avec cette espèce de courtoisie distante que l'on manifeste à une étrangère qui n'a, de toute façon, pas la moindre importance. Puis il ouvrit la portière de sa voiture de patrouille. Katherine avait apparemment une autre conception, plus correcte, plus policée, du comportement que l'on doit adopter quand on se croise pour la première fois en public après un divorce. Refusant de se laisser traiter ainsi, elle s'avança vers lui et l'appela de sa voix affectée, le forçant à s'arrêter.

— Ted ? dit-elle.

Puis elle s'interrompit pour adresser un petit sourire d'une courtoisie irréprochable à Carl, qui avait déjà un pied dans la voiture, et se tourna vers son ex-mari.

— Tu allais vraiment t'en aller comme ça sans même me dire bonjour ? lui demanda-t-elle.

— C'est exactement ce que j'avais l'intention de faire, rétorqua-t-il avec un visage de marbre, bien qu'il ait décelé dans sa voix une douceur et une tristesse nouvelles.

Dans un ensemble de laine cerise qui moulait sa taille fine, ses longs cheveux blonds flottant sur ses épaules, elle s'avança vers lui, la main tendue.

— Tu as l'air... bien, conclut-elle un peu maladroitement, tandis que Ted ignorait son geste.

Devant ce refus, elle jeta un regard suppliant à Carl.

— Tu as l'air en forme, toi aussi, Carl. J'ai entendu dire que tu avais épousé Sara Wakefield ?

Dans la boutique derrière elle, l'œil d'Ada Eldridge apparut dans une fente entre les volets et, dans le salon de coiffure voisin, deux des commères de la ville se tenaient à la fenêtre, des bigoudis sur la tête, les reluquant sans vergogne.

— Tu as donc oublié ce que tu as appris dans le guide des bonnes manières ? demanda-t-il d'un ton sarcastique. Tu es en train de faire une scène.

Katherine jeta un coup d'œil à la vitrine du salon de coiffure, mais elle poursuivit en rougissant de l'humiliation que lui causait son attitude méprisante :

— Julie m'a écrit que tu avais terminé tes études de droit.

Il lui tourna le dos et ouvrit sa portière.

Elle redressa le menton.

— Je vais épouser... Spencer Hayward. Mlle Flossie et Mlle Ada me font ma robe.

— Toute affaire est bonne à prendre, même venant de toi, répliqua Ted en montant dans la voiture.

Elle posa la main sur la portière pour l'empêcher de la fermer.

— Tu as changé, dit-elle.
— Pas toi.
— Si.
— Katherine, fit-il d'un ton catégorique, je me fiche que tu aies changé ou non.

Il lui claqua la porte à la figure, démarra et s'éloigna en regardant dans le rétroviseur ses épaules qui se raidissaient avec cette dignité hautaine qu'héritent les privilégiés à la naissance. Puis elle se détourna et lança un regard mauvais aux deux commères derrière la vitre du salon de coiffure. S'il ne l'avait pas méprisée autant, Ted aurait admiré son cran, mais il n'éprouvait ni admiration ni jalousie à l'égard de son remariage. Tout ce qu'il ressentait, c'était une sorte de vague pitié pour l'homme qui allait épouser une femme qui n'était qu'un ornement, belle, creuse et délicate. Katherine Cahill Mathison était gâtée, immature, égoïste et vaine, Ted l'avait appris à ses dépens.

Le père de Katherine possédait des puits de pétrole, un ranch et du bétail, mais il préférait passer le plus clair de son temps à Keaton, où il était né et où il jouissait d'un statut incontesté. Bien que Katherine y eût grandi, on l'avait envoyée, dès l'âge de douze ans, dans des pensionnats chic. Quand Ted et Katherine avaient vraiment fait connaissance, elle avait dix-neuf ans et revenait d'une somptueuse université de l'Est pour passer l'été. Ses parents, qui étaient partis deux mois en Europe, avaient exigé qu'elle reste à Keaton comme punition pour son absentéisme en fac. Par l'une de ces crises puériles auxquelles Ted serait plus tard accoutumé, elle s'était vengée en invitant une vingtaine de camarades d'université à passer un mois et à faire la fête dans la maison familiale. Ce fut durant l'une de ces soirées que l'on tira des coups de feu et que quelqu'un appela la police.

Ted était donc venu accompagné d'un autre shérif local pour rétablir l'ordre, et c'était Katherine en personne qui lui avait ouvert la porte, les yeux écarquillés de frayeur, le corps à peine vêtu d'un bikini string qui laissait à découvert chaque centimètre de son jeune corps bronzé aux formes ravissantes.

— C'est moi qui vous ai appelé, avait-elle dit précipitamment en désignant, au fond de la maison, des portes-fenêtres qui donnaient sur une piscine et des terrasses dominant la ville de Keaton. Mes amis sont dehors, mais notre petite fête est en train de dégénérer. Ils ne veulent pas ranger les armes de mon père. J'ai peur qu'il y ait des blessés !

Ted l'avait suivie à l'intérieur, sur les tapis persans, entre les magnifiques meubles français anciens, tout en s'efforçant de détacher son regard lubrique de son derrière arrondi. A l'extérieur, les deux policiers avaient trouvé une vingtaine de jeunes gens, certains nus, tous ivres ou abrutis par la marijuana, batifolant dans la piscine et jouant au ball-trap sur la terrasse la plus reculée. Il fut donc aisé de calmer les esprits. Quand l'un des baigneurs hurla : « Mon Dieu, les flics sont là ! », les festivités s'interrompirent brutalement. Les nageurs émergèrent de l'eau et les tireurs posèrent leurs fusils, à une exception près, un garçon de vingt-trois ans, complètement camé, qui voulut jouer les Rambos contre Ted. Quand il tourna son fusil vers lui, Katherine cria et l'autre policier dégaina son revolver de service.

— Je ne veux pas d'ennuis ici, dit-il au jeune homme. Mon camarade et moi, nous sommes venus pour nous amuser, improvisa-t-il aussitôt. C'est Katherine qui nous a invités.

Puis il lança un sourire charmeur à celle-ci.

— Dites-le-lui donc, Kathy.

Le diminutif dont il avait eu l'idée sur le moment sauva peut-être une vie, car il étonna suffisamment le garçon pour qu'il baisse son arme, à moins qu'il ne l'ait convaincu que Ted était effectivement un ami de la famille. Katherine, à qui l'on n'avait jamais donné le moindre surnom, très coopérative, s'était précipitée vers Ted, avait plaqué son corps contre son flanc et lui avait enlacé le dos.

— Bien sûr, Brandon ! s'était-elle écriée, ne se trahissant que par un léger tremblement dans la voix, les yeux rivés sur le fusil chargé qu'il tenait encore.

Pour jouer le jeu, Ted l'avait enlacée à son tour, la main sur sa taille de guêpe, en se penchant pour lui dire deux mots à l'oreille. Que ce fût par accident ou à dessein, Katherine ne comprit pas la consigne. Elle se dressa sur la pointe des pieds et l'embrassa sur la bouche. Sous l'effet de la surprise les lèvres de Ted s'entrouvrirent et il resserra machinalement son étreinte. Elle lui tomba littéralement dans les bras en l'embrassant à pleine bouche. Tout aussi machinalement il réagit à cette ardeur inattendue, et son corps se durcit de désir. Sa langue se glissa entre ses lèvres avides et il lui rendit son baiser sous les vivats d'une bande de gosses de riches ivres d'alcool et de drogue, tandis qu'un dénommé Brandon pointait une arme sur lui.

— C'est bon, c'est bon, il fait partie de la bande, cria ce dernier. Alors retournons au ball-trap.

Ted lâcha Katherine et se rapprocha du jeune homme à pas lents, détendu, comme en flânant, le sourire aux lèvres.

— Comment tu t'appelles déjà ? demanda Brandon.

— Sergent Mathison ! fit sèchement Ted qui, d'un coup, lui fit lâcher son fusil et le fit tournoyer sur lui-même en l'envoyant contre la clôture avant de lui passer les menottes. Et vous ?

— Brandon Barrister III, lui répondit l'autre d'un ton offusqué. Je suis le fils du sénateur Barrister. Je vous propose un marché, Mathison. Si vous me retirez ces menottes et que vous fichez le camp, je ne dirai rien à mon père de la manière dont vous nous avez traités ce soir. Nous oublierons ce petit malentendu.

— Pas du tout, c'est moi qui vais vous proposer un marché, le contredit Ted, qui le fit à nouveau pivoter vers la maison. Vous me dites où vous planquez la drogue, et je vous autorise à passer une gentille petite soirée dans notre prison, sans vous coller les dizaines de chefs d'inculpation que j'ai en tête et qui, tous, plongeraient votre sénateur de père dans un certain embarras.

— Brandon, supplia l'une des filles, alors que ce dernier regimbait, c'est une proposition honnête. Fais ce qu'il te dit.

— C'est valable pour vous tous, fit Ted, quelque peu radouci par leur réaction. Rentrez dans la maison, rassemblez toute l'herbe et autres substances que vous avez ici et apportez-les dans la salle de séjour.

Puis il se tourna vers Katherine, qui l'observait avec un étrange petit sourire, pensive.

— Vous aussi, mademoiselle Cahill.

Alors son sourire s'illumina.

— Je préférais Kathy, dit-elle d'une voix presque timide.

Elle était si exquise ainsi, les cheveux argentés par le clair de lune, avec son bikini fripon et son sourire de madone que Ted dut se rappeler qu'elle était trop jeune pour lui, trop riche et trop gâtée. Il lui fut encore plus difficile de ne pas l'oublier dans les jours qui suivirent, car Katherine Cahill avait hérité la détermination de ses ancêtres, lesquels avaient parcouru la moitié d'un continent pour jeter leur dévolu sur les champs pétroliers du Texas. Où que Ted allât, si froidement qu'il la traitât, elle se trouvait sans cesse sur son chemin. Elle le suivait pas à pas quand il quittait son travail pour rentrer chez lui le soir, lui posait des questions sur son métier de policier, l'invitait à dîner, se rendait dans le bureau du shérif pour lui demander conseil avant d'acheter une nouvelle voiture. Quand il allait déjeuner, elle s'installait en face de lui, faisant mine de se trouver là par hasard. Au bout de trois semaines de manège, elle fit une dernière tentative désespérée. Un soir, à dix heures, après s'être assurée qu'un certain Ted était de garde, elle téléphona au poste de police pour signaler un faux cambriolage.

Quand il arriva pour examiner la maison, elle l'attendait sur le seuil, dans un peignoir de soie noire moulant, un plateau de canapés dans une main et le verre qu'elle lui avait préparé dans l'autre. Quand il comprit que cette histoire de cambriolage n'était rien d'autre qu'un stratagème enfantin pour le faire venir, cela ne fit qu'accroître son agacement. Comme il ne pouvait pas se permettre de profiter de ce qu'elle lui offrait, même s'il en avait très envie, il se mit en colère.

— Mais enfin, qu'est-ce que vous attendez de moi, Katherine ?

— Je veux que vous veniez et que vous dégustiez le petit dîner que je vous ai préparé.

Elle fit un pas de côté et lui désigna la table de la salle

à manger, où le cristal et l'argenterie scintillaient à la lumière des chandelles.

A son grand effarement, Ted envisagea de rester. Il avait envie de prendre place à cette table, de contempler son visage à la lueur des bougies tout en savourant le vin de la carafe d'argent. Il avait envie de manger lentement, de goûter chaque bouchée tout en sachant qu'elle serait le dessert. Il la désirait tellement qu'il avait le plus grand mal à ne pas l'attirer dans ses bras. Mais il lui parla le plus durement possible en s'attaquant instinctivement au point le plus sensible, sa jeunesse.

— Cessez de vous conduire comme une sale gosse trop gâtée ! dit-il sans prêter attention au déchirement qu'il éprouva quand elle recula, comme s'il l'avait giflée. Je ne sais ni ce que vous voulez de moi ni où vous voulez en venir, mais vous gaspillez votre temps et le mien.

Elle paraissait troublée, mais elle le regardait droit dans les yeux et il admira son courage devant un refus aussi implacable.

— Je suis tombée amoureuse de vous le soir où vous êtes venu interrompre notre soirée, lui avoua-t-elle.

— Ne dites pas de conneries ! On ne tombe pas amoureux en cinq minutes.

Sa grossièreté lui fit esquisser un vague sourire, mais elle insista :

— Quand vous m'avez embrassée, ce soir-là, je ne vous étais pas indifférente non plus... Il y avait quelque chose de fort et de tout à fait particulier et...

— Je n'ai ressenti qu'un désir tout ce qu'il y a de plus commun, fit Ted d'un ton sec. Alors oubliez vos fantasmes puérils et cessez de me harceler ! Faut-il que je vous mette les points sur les i ?

Elle abandonna la partie d'un bref signe de tête.

— Non, murmura-t-elle, tremblante, vous avez été très clair.

Ted leva brusquement le menton pour acquiescer et se tourna à demi, mais elle le retint.

— Si vous voulez vraiment que je vous oublie, que je nous oublie, alors adieu.

— Adieu, fit-il laconiquement.

— Embrassez-moi et je vous croirai. Je vous mets le marché en main.

— Pour l'amour du ciel ! explosa-t-il, mais il accepta son « marché ».

Il serait plus juste de dire qu'il céda à son propre désir. Il la prit dans ses bras, l'embrassa avec une rudesse délibérée, écrasant ses tendres lèvres sous les siennes, puis il la repoussa. Mais au fond de lui, il regrettait amèrement son geste.

Elle posa ses doigts sur ses lèvres meurtries, les yeux accusateurs et emplis de tristesse.

— Menteur, dit-elle.

Et elle ferma la porte.

Au cours des deux semaines qui suivirent, Ted se surprit à la guetter partout, qu'il soit en congé, de garde, ou qu'il s'occupe de la paperasse au bureau et, quand il ne l'apercevait pas, elle ou sa Corvette blanche, il fut... déçu. Vide. Il se dit qu'elle avait dû quitter Keaton, qu'elle s'en était allée là où les jeunes filles riches s'en vont quand elles s'ennuient l'été. Ce n'est qu'une semaine après, quand on repéra un cambrioleur à trois kilomètres de chez elle qu'il se rendit compte à quel point elle l'obsédait. En se disant que c'était par devoir qu'il grimpait en voiture la route sinueuse qui menait au sommet de la colline et qu'aucun cambrioleur sain d'esprit ne prendrait à pied, Ted se rendit chez elle, pour s'assurer qu'elle était en sécurité. On apercevait une fenêtre allumée à l'arrière de la maison. Il sortit de la voiture... lentement, à contrecœur, comme si ses jambes avaient compris ce que sa tête refusait d'admettre... que sa présence ici pourrait avoir des conséquences durables et sans doute désastreuses.

Il leva la main pour appuyer sur la sonnette, puis la laissa retomber. C'était de la folie, songea-t-il, puis il tourna les talons. Mais il fit de nouveau volte-face quand la porte d'entrée s'ouvrit et qu'elle apparut. Même en débardeur rose, tout simple, et en short blanc, Katherine Cahill était si belle qu'elle lui fit perdre la tête. Elle était différente, ce soir-là, encore que... Elle était plus posée, avec dans la voix plus de franchise que de séduction.

— Que désirez-vous, sergent Mathison ?

Devant ce calme, cette maturité, Ted se sentit tout bête.

— Il y a eu un cambriolage, déclara-t-il, dissimulant la vraie raison de sa visite, tout près d'ici. Je suis passé voir...

Elle allait lui fermer la porte au nez quand, à son grand effarement, il s'entendit crier son nom. Cela avait jailli, sans qu'il puisse le retenir.

— Katherine ! Ne faites pas ça !

La porte s'ouvrit et elle attendit, un petit sourire aux lèvres, la tête inclinée.

— Que voulez-vous ? répéta-t-elle, le regard inquisiteur.

— Seigneur ! Je n'en sais rien...

— Mais si ! Et puis, ajouta-t-elle d'un ton taquin, à mon avis, le fils du révérend Mathison en personne ne devrait ni mentir sur ses sentiments, ni employer des mots comme « conneries », ni invoquer le nom de Dieu en vain.

— C'est donc ça qui vous intéresse ? rétorqua Ted, complètement décontenancé.

Comme un noyé, il s'accrochait à la dernière bouée qui pourrait le sauver de la suite inexorable des événements.

— Coucher avec le fils d'un pasteur, ce serait vraiment le pied ? Ça vous intéresse de voir comment nous faisons l'amour ?

— Qui parle de sexe, sergent ?

— Ah, j'ai pigé ! s'exclama-t-il avec dédain, en saisissant cette nouvelle perche. Vous fantasmez sur les flics, n'est-ce pas ? Vous me prenez pour Bruce Willis et vous vous dites qu'en faisant l'amour avec...

— C'est encore vous qui parlez de sexe. Vous ne pensez donc qu'à ça ?

Perplexe et furieux contre lui-même, il plongea ses mains dans ses poches et lui jeta un regard noir.

— Si ce n'est pas ça que vous avez en tête, alors qu'est-ce que c'est, bon sang ?

Elle s'avança sur le porche, plus énergique et plus mondaine que jamais, mais il lui saisit les bras et l'attira avidement contre lui.

— C'est le mariage que j'avais en tête, dit-elle doucement. Et ne jurez pas !

— Le mariage ! explosa Ted.

— Vous avez l'air choqué, mon chéri.

— Vous êtes folle.

— De vous, reconnut-elle.

Sur la pointe des pieds, elle glissa les mains le long de son torse, autour de son cou, et le corps de Ted prit feu comme allumé par une torche.

— Je vous donne une chance de réparer le mal que vous m'avez fait la dernière fois que vous m'avez embrassée. Ça ne m'a pas plu du tout.

Désemparé, Ted courba la tête, posa ses lèvres sur les siennes. Quand elle gémit, il perdit toute maîtrise de lui-même. Il prit sa bouche, la caressa, plaqua ses hanches contre les siennes, l'embrassant d'abord avec douceur, puis avec plus d'ardeur. C'était une sensation divine, elle était divine. Ses seins se gonflèrent pour emplir ses mains. Son corps était si parfaitement fait pour celui de Ted que l'on eût pu croire qu'ils avaient été sculptés l'un pour l'autre. Quelque temps après, il parvint enfin à relever la tête mais ne put détacher ses mains de sa taille.

— Nous sommes fous, dit-il d'une voix rauque de désir.

— L'un de l'autre, acquiesça-t-elle. Je trouve que septembre est un joli mois pour se marier, pas toi ?

— Non.

Elle rejeta la tête en arrière et le regarda.

— Je préfère août, s'entendit-il dire.

— Nous pourrions nous marier le jour de mes vingt ans, mais il fait chaud en août.

— Pas aussi chaud qu'en ce moment, fit-il d'un ton suggestif.

Elle arbora un air sévère.

— Je suis extrêmement choquée d'entendre des propos pareils dans la bouche d'un fils de pasteur, le gronda-t-elle en souriant.

— Je suis un homme comme les autres, Katherine, lui dit-il, mais il ne tenait pas à ce qu'elle le croie.

Pas vraiment. Il voulait qu'elle croie à toutes ces choses extraordinaires qu'elle éveillait en lui, à sa douceur, à sa force, à sa sagesse. Il préférait néanmoins se donner le temps de la découvrir.

— Septembre, ça me va très bien.

— Pas à moi, rétorqua-t-elle en le dévisageant malicieusement. Ton père est pasteur, cela signifie certainement que tu voudras attendre que nous soyons mariés.

— Pour quoi faire ? demanda-t-il d'un air qui se voulait innocent et confus.

— L'amour.

— Ce n'est pas moi qui suis pasteur, c'est mon père.

— Alors fais-moi l'amour.

— Pas si vite !

Soudain Ted se retrouvait dans une situation étrange. On lui demandait de prendre décision, alors qu'une heure plus tôt, il n'avait pas du tout l'intention de se marier.

— Je ne veux pas un sou de ton père. Si nous nous marions, tu seras femme de flic, jusqu'à ce que j'aie obtenu ma licence en droit.

— D'accord.

— Tes parents ne vont pas du tout apprécier ce mariage.

— Papa s'adaptera.

Ted allait vite se rendre compte qu'elle avait raison. Katherine avait le chic pour embobiner les gens. Tout le monde, y compris ses parents, cédait presque machinalement à ses petits caprices. Tout le monde, sauf Ted. Au bout de six mois de mariage, il ne s'était toujours pas habitué au fait de vivre dans une maison où le ménage n'était jamais fait et de se nourrir de boîtes de conserve. Et, surtout, il ne s'habituait ni à ses bouderies ni à ses exigences excentriques.

Elle n'avait jamais réellement souhaité être une épouse pour Ted, et elle souhaitait encore moins être mère. Elle avait été furieuse de se retrouver enceinte au bout de deux ans de mariage et ravie de faire une fausse-couche. Ce fut la goutte d'eau qui fit déborder le vase. Ted lui accorda alors le divorce dont elle le menaçait chaque fois qu'il refusait de céder à ses fantaisies.

La voix de Carl interrompit sa rêverie et Ted leva les yeux vers son frère aîné.

— Ce n'est pas la peine de parler de ce Benedict à papa et à maman. Si Julie est en danger, tâchons de le leur cacher le plus longtemps possible.

— Je suis d'accord.

22

— Nous sommes perdus, j'en suis sûre ! Mais bon sang, où allons-nous ? Que peut-il y avoir là-haut à part un campement de bûcherons abandonné ? demanda Julie d'une voix tremblante de nervosité, tandis qu'elle regardait à travers la neige qui tombait à gros flocons sur son pare-brise.

Ils avaient quitté la route principale et s'étaient engagés sur une voie abrupte qui s'enfonçait dans la montagne en une suite interminable de virages en épingle à cheveux. Au moment où elle se disait que cela ne pouvait pas être pire, ils avaient pris un chemin sinueux et si étroit que les branches des gros pins noirs frôlaient les ailes de la voiture.

— Je sais que vous êtes fatiguée, lui dit son passager. Si j'avais pensé que vous n'essaieriez pas de sauter en marche, j'aurais pris le volant et je vous aurais laissée vous reposer.

Depuis le baiser qu'il lui avait donné, douze heures auparavant, il la traitait avec une courtoisie chaleureuse qui lui semblait beaucoup plus alarmante que sa fureur passée, d'autant qu'elle ne pouvait s'empêcher de penser qu'il avait modifié son plan et ses intentions à son égard. Aux efforts qu'il déployait pour rendre la conversation agréable, elle ne répondait que par des remarques sèches et cinglantes. Elle avait l'impression de se comporter comme une mégère. Ce dont elle le rendait entièrement responsable.

Sans tenir compte de ce qu'il venait de dire, elle haussa les épaules d'un air glacial.

— D'après la carte et les instructions, nous sommes sur le bon chemin, mais nulle part on ne mentionne une route qui monte directement au sommet ! C'est une voiture, pas un avion ni un chasse-neige.

Il lui tendit un jus de fruits qu'il avait acheté dans la boutique de la station-service où il avait pris de l'essence et où il l'avait une fois de plus accompagnée aux toilettes. Comme avant, il l'avait empêchée de verrouiller la porte, puis il avait inspecté la pièce pour voir si elle n'y avait pas déposé de note.

En d'autres circonstances, Julie aurait été transportée à la vue des pics enneigés et des pins, mais le simple fait de maintenir la voiture dans la bonne direction requérait toute son attention. Ils devaient approcher de leur destination, puisqu'ils avaient quitté la dernière route décente vingt minutes plus tôt. A présent ils s'enfonçaient dans un blizzard épais, sur une voie à peine plus large que leur voiture, sinueuse et pentue.

— J'espère que celui qui vous a donné cette carte et ces instructions, savait ce qu'il faisait, dit-elle.

— Tiens donc ? la taquina-t-il. Je croyais que vous espériez que nous étions perdus.

Elle ne releva pas l'amusement bon enfant qu'elle décela dans sa voix.

— J'aimerais bien que vous vous soyez perdu, mais je n'ai aucune envie de me retrouver dans le même pétrin ! Cela fait plus de vingt-quatre heures que je conduis par un temps exécrable, sur des routes pourries, et je suis exténuée...

Elle s'interrompit net en apercevant un étroit pont de bois. Deux jours plus tôt, le temps était encore chaud pour la saison dans le Colorado et la neige, en fondant, avait fait gonfler les petits ruisseaux comme celui-ci, les transformant en torrents en crue.

— Ce pont ne paraît pas sûr. L'eau est trop haute...

— Nous n'avons pas le choix.

Elle perçut une certaine inquiétude dans sa voix et la frayeur lui fit poser le pied sur la pédale du frein.

— Je ne traverserai pas ce fichu pont.

Zack était allé trop loin pour revenir en arrière. D'ailleurs il était impossible de faire demi-tour. Et même de reculer sur cette pente zigzagante. La route avait été dégagée récemment, sans doute dans la matinée, comme si Matt Farrell avait appris l'évasion de Zack, compris pourquoi il lui avait demandé de téléphoner à un tiers plusieurs semaines auparavant en lui indiquant l'itinéraire pour se rendre à la maison. Ce pont n'avait quand même pas l'air très rassurant. Les eaux enflées de la rivière charriaient de grosses branches d'arbre et la rapidité du flot devait exercer une pression trop forte sur la structure.

— Sortez ! fit-il au bout d'un moment.

— Sortir ? Dans une heure, je serai morte de froid. C'était ça votre plan ? Vous vouliez que je vous conduise jusqu'ici avant de me laisser mourir dans la neige ?

Ses remarques acides n'avaient pas réussi à entamer la bonne humeur de Zachary Benedict, mais son agitation soudaine en vint à bout.

— Sortez de cette voiture ! ordonna-t-il d'une voix coupante, la mâchoire serrée. Je vais traverser le pont. S'il tient bon, vous le traverserez et vous monterez de l'autre côté.

Julie ne se fit pas prier. Serrant son pull autour d'elle, elle ouvrit la porte, mais son soulagement à l'idée d'être saine et sauve se mua en un sentiment absurde, au regard des circonstances. Quand elle le vit se mettre au volant, elle se sentit coupable d'être descendue, honteuse de sa propre lâcheté et inquiète pour la vie de Zack. Il tendit la main vers l'arrière et lui passa son manteau et deux des couvertures de Carl par la portière.

— Si le pont s'écroule, dit-il, enveloppez-vous bien dedans et trouvez un gué. Au sommet de la colline il y a une maison avec un téléphone et des tonnes de provisions. Vous pourrez appeler à l'aide et patienter jusqu'à l'arrivée des secours.

Il avait dit : « Si le pont s'écroule... », sans l'ombre d'une émotion dans sa voix ni sur son visage, et Julie frissonna quand elle comprit que Zachary Benedict risquait ainsi sa vie sans s'en inquiéter le moins du monde, en apparence du moins. Si le pont ne tenait pas, il plongerait avec la voiture dans le torrent glacé. Elle saisit la poignée de la portière pour l'empêcher de la fermer.

— Si ça ne tient pas, fit-elle, je vous lancerai une corde, une branche, ou quelque chose pour que vous puissiez regagner la rive.

Il referma la porte. Julie serra le manteau et les couvertures en frissonnant. Les pneus patinèrent sur la neige puis l'automobile avança lentement. Elle retint son souffle et marmonna des prières incohérentes tout en approchant du pont d'un pas titubant. Alors elle baissa les yeux vers les eaux tumultueuses, essaya d'en jauger la profondeur. Des rondins passaient à toute allure en tourbillonnant. Elle ramassa une branche morte d'environ deux mètres cinquante, qu'elle plongea dans la rivière. Comme elle ne touchait pas le fond, sa peur se mua en panique.

— Attendez ! cria-t-elle pour se faire entendre malgré les hurlements du vent. Nous pouvons laisser la voiture ici et marcher tous les deux !

S'il l'avait entendue, il n'y prêta guère attention. Le moteur ronfla plus fort, les pneus dérapèrent et la voiture avança en cahotant jusqu'à ce qu'elle atteigne une vitesse suffisante pour traverser le pont enneigé. Soudain Julie entendit gronder les planches de bois.

— N'y allez pas ! hurla-t-elle. Le pont ne tiendra pas ! Sortez ! Sortez de cette voiture...

Il était trop tard. La Blazer roula doucement sur les planches craquantes, repoussant la neige avec son pare-chocs, tandis que les quatre roues motrices produisaient leur effort.

Les couvertures serrées contre la poitrine, prise dans les bourrasques de neige, Julie restait plantée là, paralysée par son impuissance et contrainte d'assister à un spectacle qu'elle n'avait pu éviter.

Elle retint son souffle tant que la voiture et son conducteur inconscient ne furent pas en sécurité de l'autre côté. Puis elle fut submergée par une rage terrible contre celui qui lui avait infligé cette peur panique. Elle traversa le pont au pas de charge, ouvrit la porte du passager et monta.

— Nous avons réussi, dit-il.

Julie lui lança un regard assassin.

— Réussi quoi ?

Il ne lui répondit qu'une fois qu'ils eurent dépassé le dernier virage avant le sommet de la montagne. Là, au milieu d'une clairière isolée dans une forêt de pins, se trouvait une maison splendide, en cèdre et en pierre du pays, avec des balcons de bois et d'immenses baies vitrées.

— A arriver jusque-là, fit-il.

— Qui a bien pu construire ça ici ? Un ermite ?

— Quelqu'un qui avait manifestement besoin d'intimité et de solitude.

— Est-ce que cela appartient à l'un de vos parents ? demanda-t-elle, méfiante.

— Non.

— Le propriétaire sait-il que vous allez vous servir de sa maison comme d'une planque pendant que la police vous recherche ?

— Vous posez trop de questions, répliqua-t-il en arrêtant la voiture devant la maison, puis il sortit. Mais la réponse est non.

Il fit le tour du véhicule et lui ouvrit la portière.

— Allons-y !

— Allons-y ? éclata Julie en collant le dos à son siège. Vous aviez dit que vous me laisseriez partir quand je vous aurais conduit ici.

— J'ai menti.

— Espèce de salaud, moi, je vous ai cru ! cria-t-elle, mais elle mentait elle aussi.

Toute la journée, elle s'était efforcée de ne pas penser à ce que lui soufflait son bon sens : il la garderait avec lui pour l'empêcher d'indiquer aux autorités l'endroit où il se trouvait.

— Julie, dit-il, à bout, ne me compliquez pas la tâche plus que nécessaire. Vous serez coincée ici pendant quelques jours, et ce n'est pas un endroit désagréable.

Il retira les clés de contact et se dirigea d'un bon pas vers la maison. L'espace d'une seconde, elle fut trop contrariée et trop malheureuse pour bouger, puis elle refoula les larmes vaines qui lui piquaient les yeux et sortit de la voiture. Dans les rafales de vent glacées, elle lui emboîta le pas en posant soigneusement le pied dans les traces qu'il avait laissées dans les congères qui entouraient la maison. Les bras serrés autour de la poitrine, elle le regarda tourner la poignée. C'était fermé à clé. Il insista. La porte était bien bouclée. Il lâcha la poignée et resta planté là, les mains sur les hanches, puis il regarda autour de lui, perdu dans ses pensées. Julie se mit à claquer des dents.

— Et mmmaintenant ? bégaya-t-elle. Ccccomment avvvvez-vous l'intention ddd'entrer ?

Il lui jeta un regard ironique.

— A votre avis ?

Sans attendre de réponse, il tourna les talons et se dirigea vers la plate-forme de bois qui faisait le tour de la maison. Julie trottait obstinément derrière lui, furieuse et grelottante.

— Vous allez briser un carreau, n'est-ce pas ? demanda-t-elle d'un ton révulsé, puis elle leva les yeux vers les grandes baies vitrées qui avançaient à la pointe du toit à dix mètres au-dessus du sol. Si vous cassez l'une de celles-là, elle tombera et vous coupera en morceaux, ajouta-t-elle.

— Ne soyez pas si optimiste ! s'écria-t-il en dirigeant son regard vers les gros tas de neige qui s'étaient accumulés.

Puis il se mit à creuser et déterra un grand pot de fleurs, qu'il saisit et emporta vers la porte du fond.

— Qu'est-ce que vous faites ?

— Devinez !

— Comment voulez-vous que je le sache ? fit-elle sèchement. C'est vous, le criminel, pas moi.

— Exact, mais j'ai été condamné pour meurtre, pas pour vol avec effraction.

Elle le regarda avec effarement tenter de creuser la terre gelée du pot d'argile, puis le lancer contre le mur pour le briser avant de le jeter dans la neige devant la porte. Sans un mot, il s'accroupit et martela la terre de son poing nu, tandis que Julie l'observait, ébahie.

— Vous nous faites une crise de nerfs ? demanda-t-elle.

— Non, mademoiselle Mathison, répondit-il avec une

immense patience, puis il arracha un morceau de terre qu'il brossa avec le doigt. Je cherche une clé.

— Quand on peut se payer une telle maison et se faire construire une route pour y accéder, on n'est pas assez naïf pour cacher la clé dans un pot de fleurs ! Vous perdez votre temps.

— Vous êtes toujours aussi mégère ? demanda-t-il en hochant sa tête brune pour marquer son irritation.

— Mégère ! s'écria Julie d'une voix étranglée par l'indignation. Vous m'avez volé ma voiture, prise en otage, menacée, et maintenant vous avez le... culot de critiquer mes manières ?

Sa tirade fut interrompue au moment où il brandit un objet argenté recouvert d'une croûte de terre dans lequel Julie reconnut une clé, qu'il inséra dans la serrure. D'un geste excessivement ample, il ouvrit la porte et lui fit signe d'entrer.

— Nous sommes déjà tombés d'accord sur le fait que j'ai violé toutes les règles de l'étiquette avec vous. A présent, je vous propose d'entrer et de jeter un coup d'œil, pendant que je vais chercher vos affaires dans la voiture. Pourquoi ne vous détendez-vous pas ? ajouta-t-il. Reposez-vous, admirez la vue, faites comme si vous étiez en vacances !

Julie le regarda, bouche bée.

— Je ne suis pas en vacances, grogna-t-elle. Je suis un otage et ne comptez pas sur moi pour l'oublier !

Pour toute réponse, il lui jeta un regard d'une infinie patience, comme si elle se montrait particulièrement difficile. Elle détourna aussitôt les yeux et entra dans la maison. L'endroit était à la fois rustique et étonnamment luxueux, s'agençait autour d'une pièce centrale en forme d'hexagone, avec trois portes donnant sur d'immenses chambres. Sous un plafond aux poutres apparentes, soutenues par de gigantesques solives de cèdre grossièrement taillées, un escalier en colimaçon menait à une mezzanine tapissée de belles bibliothèques. Quatre des six murs étaient entièrement en verre, offrant sur les montagnes alentour une vue qui devait être magnifique par temps clair. Le cinquième mur, en pierre du pays, était occupé par une énorme cheminée. En face de la cheminée, on avait placé un long canapé en forme de L, recouvert d'un cuir fauve clair ; deux fauteuils bien rembourrés et une ottomane à rayures vert et argent, assortie aux trois coussins du sofa trônaient devant les fenêtres. Un épais tapis du même ton que les coussins recouvrait en partie le parquet ciré devant l'âtre et un bureau s'encastrait dans l'angle formé par les deux parois de verre. En d'autres circonstances, Julie eût été éblouie et intriguée par cet endroit, le plus original et le plus beau qu'elle eût jamais vu, mais elle était trop bouleversée et avait trop faim pour y prêter plus qu'une attention distraite.

Elle se dirigea vers le coin cuisine, séparé de la salle de séjour par un bar et six grands tabourets de cuir. Son estomac se mit à gargouiller devant les placards de chêne et le réfrigérateur encastré, habillé du même bois, mais l'épuisement était en passe de l'emporter chez elle sur la faim. Telle une voleuse, elle ouvrit un placard qui contenait des assiettes et des verres, puis un autre où elle trouva par chance un vaste assortiment de boîtes de conserve. Ayant décidé de se faire un sandwich et de se coucher, elle tendait une main timide vers une boîte de thon albacore, quand Zack ouvrit la porte du fond.

— Oserais-je espérer que vous avez des talents de femme d'intérieur ? hasarda-t-il en secouant la neige de ses bottes.

— Vous voulez savoir si je sais cuisiner ?

— Oui.

— Pas pour vous.

Julie reposa la boîte de thon et referma la porte au moment même où son estomac protestait avec virulence.

— Dieu que vous êtes entêtée !

En se frottant les mains pour les réchauffer, il se dirigea vers le thermostat accroché au mur et augmenta le chauffage, puis il ouvrit la porte du congélateur. Julie jeta un coup d'œil par-dessus son épaule et aperçut des dizaines de steaks épais et de côtelettes de porc, d'énormes rôtis, quelques paquets bien emballés, des boîtes et des boîtes de légumes, crus et cuits. Il y avait là un approvisionnement digne d'un fin gourmet. Quand il prit un steak d'une épaisseur de quatre centimètres, elle en eut l'eau à la bouche, mais la fatigue fut plus forte. Soulagée d'avoir délaissé la voiture pour une maison bien chaude et d'être arrivée à bon port après ce trajet aussi interminable qu'éprouvant, elle se sentit soudain toute molle. Elle avait beaucoup plus envie d'une douche et d'une longue sieste que d'un repas.

— Il faut que je dorme, dit-elle, alors qu'elle n'avait plus la force de manifester ni décontraction ni autorité. S'il vous plaît, où est-ce ?

Devant son teint blafard et ses yeux lourds, il n'éprouva même pas le besoin de discuter.

— La chambre est par là, dit-il, puis il tourna les talons et se dirigea vers un couloir qui partait de la salle de séjour.

Quand il alluma la lumière, Julie se retrouva dans une chambre immense avec une cheminée et une salle de bains adjacente, tout en marbre noir, dont les murs étaient couverts de miroirs. Elle repéra le téléphone sur la table de chevet du grand lit, en même temps que lui.

— Il y a une salle de bains, lui dit-il inutilement, puis il débrancha le téléphone d'un coup sec et le cala sous son bras.

— Mais pas de téléphone, je vois, dit-elle avec une résignation amère en retournant dans la salle de séjour pour y prendre sa valise.

Dès qu'elle eut le dos tourné, il vérifia les portes de la chambre et de la salle de bains, puis il lui saisit le bras, alors qu'elle se penchait pour soulever sa valise.

— Ecoutez, fit-il, autant établir les règles tout de suite. La situation se présente ainsi : il n'y a aucune autre maison sur cette montagne. J'ai les clés de la voiture, et vous ne pouvez donc vous enfuir qu'à pied. Vous serez morte de froid avant d'avoir rejoint la route principale. Ces deux portes sont munies de verrous ridicules que l'on peut ouvrir à l'aide d'une épingle à cheveux. Je ne vous conseille donc pas d'essayer de vous barricader ici, ce serait perdre votre temps et vous enfermer bien inutilement. Jusque-là, vous me suivez ?

Julie tenta en vain de dégager son bras.

— Je ne suis pas la dernière des crétines.

— Bien. Alors vous avez sans doute déjà compris que vous pouvez aller partout dans la maison... ?

— Aller partout dans la maison ? Comme un caniche bien dressé ?

— Pas exactement, répondit-il en esquissant un sourire et en laissant traîner un regard admiratif sur ses cheveux bruns, épais et ondulés, et sur sa fine silhouette. Plutôt comme un setter irlandais espiègle, rectifia-t-il.

Julie ouvrit la bouche pour le remettre à sa place, mais elle ne put s'empêcher de bâiller.

23

L'odeur alléchante d'un steak grésillant sur un gril la tira de son profond sommeil. Vaguement consciente que l'immense lit sur lequel elle dormait était trop grand pour être le sien, elle roula sur le dos, totalement désorientée. En clignant des yeux dans l'obscurité de cette pièce qu'elle ne connaissait pas, elle chercha la pâle source de lumière qui filtrait à travers la fente des tentures murales. Le clair de lune. Pendant quelques instants merveilleux, elle s'imagina dans un hôtel de luxe quelque part, en vacances.

Elle jeta un coup d'œil à la pendule digitale sur la table de chevet. Où qu'elle se trouvât, il était huit heures vingt du soir, heure locale. Et il faisait frais, une fraîcheur qui lui rappela qu'elle n'était ni en Californie ni en Floride. Puis elle songea soudain que, dans les chambres d'hôtel, il n'y avait pas d'odeurs de cuisine. Elle était donc dans une maison, pas dans un hôtel, et elle entendait marcher dans la pièce d'à côté.

Un pas lourd, masculin...

La réalité lui revint alors avec la force d'un coup de poing à l'estomac. Mue par une poussée d'adrénaline, elle s'assit dans son lit, rejeta les couvertures et se leva. Elle fit quelques pas vers la fenêtre, un projet d'évasion s'étant mis en branle dans son esprit avant que la logique ne le rattrape. Ses jambes nues avaient la chair de poule et elle baissa les yeux en tremblant vers sa tenue... un T-shirt d'homme qu'elle avait pris dans le tiroir d'une commode après sa douche. Alors elle se souvint de l'avertissement de son ravisseur : *J'ai les clés de la voiture et il n'y a aucune autre maison sur cette montagne... Vous allez mourir de froid si vous tentez de vous enfuir à pied... On peut facilement ouvrir les verrous... Vous pouvez aller partout dans la maison.*

« Détends-toi », se dit Julie, mais elle était reposée, alerte, et mille projets d'évasion se bousculaient dans sa tête. Pourtant aucun ne lui sembla le moins du monde réalisable. De plus elle avait une faim de loup. Manger d'abord, songea-t-elle, puis elle chercherait un moyen de sortir d'ici.

Elle sortit le jean qu'elle avait porté à Amarillo de sa valise. Elle avait savonné son slip et son soutien-gorge après sa douche, mais ils étaient encore trempés. Elle enfila son pantalon et contempla les gros pulls d'homme soigneusement pliés sur les étagères, impatiente de trouver quelque chose de propre. Elle choisit un pull marin couleur crème et le plaqua contre elle. Il lui arrivait aux genoux. Elle haussa les épaules et se dit qu'elle se moquait de son apparence. L'épaisseur de la laine tricotée dissimulerait l'absence de soutien-gorge. Elle l'enfila. Elle s'était lavé les cheveux et les avait séchés avant de se mettre au lit. Il ne lui restait donc plus qu'à les brosser. Elle se pencha machinalement, brossa les longues boucles qui lui tombaient sur les épaules et fut réconfortée de reproduire ce geste si familier. Quand elle eut terminé, elle se redressa, donna encore deux ou trois coups de brosse, dégagea son front et laissa retomber sa chevelure en vagues naturelles. Puis elle prit son sac pour se mettre du rouge à lèvres, mais elle se ravisa. Se faire belle pour un fugitif, c'était non seulement inutile, mais aussi une grave erreur, surtout après ce baiser dans la neige, à l'aube.

Ce baiser...

Elle avait l'impression qu'il y avait des semaines, et non des heures, qu'il l'avait embrassée, et maintenant qu'elle était fraîche et dispose, Julie était raisonnablement convaincue qu'il ne s'intéressait à elle que parce qu'elle assurait sa sécurité. Il n'y avait aucune attirance sexuelle.

Absolument aucune.

Non, mon Dieu, pas d'attirance sexuelle.

Elle jeta un coup d'œil aux glaces de la salle de bains et se rassura. Elle avait toujours été beaucoup trop occupée pour se soucier de son aspect. Chaque fois qu'elle avait pris le temps de s'examiner, elle s'était trouvé un drôle de visage, certains traits trop accusés, comme les yeux et les pommettes, mais aussi cette absurde fossette au menton qui était apparue à l'âge de treize ans. Cependant, elle n'était pas mécontente de son physique. En jean et en pull trop grand, les cheveux sur les épaules et sans maquillage, elle ne séduirait aucun homme, et certainement pas quelqu'un qui avait couché avec des femmes superbes, célèbres, fabuleuses. Décidément, il ne s'intéresserait pas à elle pour cela, se dit-elle avec une assurance totale.

En inspirant longuement, régulièrement, elle tendit la main vers la poignée de la porte et la tourna en s'apprêtant à contrecœur à affronter son ravisseur... et peut-être un repas délicieux. La porte de la chambre n'était pas verrouillée. Elle se souvenait distinctement de l'avoir bouclée avant de se coucher.

Elle pénétra sans faire de bruit dans la pièce principale. Durant un quart de seconde, la beauté et le charme de la scène qu'elle avait devant elle la désorientèrent. Un feu crépitait dans la cheminée, les lampes fixées aux poutres diffusaient une lumière tamisée, il y avait un chandelier sur la table basse, dont la flamme faisait scintiller les verres de cristal disposés à côté des sets de table en tissu. Etaient-ce ces verres de vin, ou bien les chandelles qui donnèrent à Julie l'impression qu'on cherchait à lui jouer le grand jeu ? A moins que ce ne soient les lumières tamisées ou la musique douce de la chaîne stéréo ? Elle se dirigea vers Zachary Benedict, qui se trouvait dans la cuisine et qui, le dos tourné, prenait quelque chose sur le gril.

— Nous avons des invités ? fit-elle d'un ton qui se voulait vif, sec.

Il se retourna. Un sourire nonchalant, inexplicable, illumina son visage, tandis qu'il l'examinait des pieds à la tête. Julie eut l'impression incroyable, renversante, que ce qu'il voyait lui plaisait, une impression renforcée par la manière dont il leva son verre vers elle, comme pour porter un toast.

— Vous êtes adorable dans ce pull trop grand, dit-il.

Comprenant un peu tard qu'au bout de cinq ans de prison n'importe quelle femme lui plairait sans doute, Julie recula prudemment.

— S'il y a une chose que je ne souhaite pas, c'est bien vous plaire. En fait, j'aimerais mieux porter mes propres vêtements, même s'ils ne sont pas très propres, répliqua-t-elle en tournant les talons.

— Julie ! cria-t-il d'un ton qui ne reflétait plus la moindre bonne volonté.

Elle fit volte-face, sidérée et alarmée par ses brusques et dangereux revirements. Elle recula d'un pas, tandis qu'il avançait vers elle, un verre de vin dans chaque main.

— Buvez quelque chose ! lui ordonna-t-il en lui tendant un verre à pied. Buvez, bon sang ! Ça vous aidera à vous détendre.

— Pourquoi voulez-vous que je me détende ? fit-elle avec obstination.

Malgré son menton levé en signe de défi et son ton rebelle, il y avait dans sa voix un léger tremblement et, quand Zack le perçut, son agacement s'évanouit. Elle avait montré tant de courage, tant de résistance ces dernières vingt-quatre heures. Elle avait lutté contre lui avec une telle ténacité qu'il avait fini par croire qu'elle avait surmonté sa peur. Mais là, devant son visage dressé, il vit que l'épreuve qu'il lui avait fait subir avait laissé de légers cernes bleus sous ses beaux yeux et que sa peau si lisse était bien pâle. Elle était formidable, se dit-il, avec sa gentillesse et ce cran de tous les diables. S'il ne l'avait pas appréciée à ce point, peut-être se serait-il moqué qu'elle le regarde comme un animal dangereux. Réprimant l'envie de poser une main sur sa joue pour la rassurer, ce qui la paniquerait certainement, ou de lui présenter des excuses pour l'avoir enlevée, ce qu'elle considérerait comme totalement hypocrite, il fit ce qu'il s'était pourtant promis de ne jamais recommencer. Il tenta de la convaincre de son innocence.

— Il y a un instant, je vous ai demandé de vous détendre et...

— Vous m'avez ordonné de me détendre, vous ne me l'avez pas demandé, le coupa-t-elle.

La réprimande lui fit esquisser un sourire involontaire.

— Maintenant je vous le demande.

Totalement décontenancée par ce qui ressemblait à de la douceur, Julie avala une gorgée de vin pour gagner du temps et pour apaiser ses sens troublés. Il se tenait à un mètre à peine d'elle, la dominant de ses larges épaules qui lui barraient la vue. Elle se rendit compte qu'il s'était douché, rasé, changé pendant qu'elle dormait... et là, avec ce pantalon sombre et ce pull noir, Zachary Benedict était beaucoup plus beau qu'à l'écran. Il leva la main et s'appuya contre le mur derrière elle et, quand il parla, il avait dans la voix cette même douceur étrange, irrésistible.

— En chemin, vous m'avez demandé si j'étais innocent du crime pour lequel on m'a envoyé en prison et je vous ai répondu tantôt avec désinvolture, tantôt en bougonnant. Maintenant je vais vous dire la vérité tout simplement...

Julie détacha ses yeux de lui et fixa le vin rouge dans son verre. Faible et lasse comme elle l'était, elle redoutait de croire le mensonge qu'il allait lui raconter, elle le pressentait.

— Regardez-moi, Julie.

Avec une crainte mêlée d'impuissance, elle leva les yeux vers son regard d'ambre, si franc.

— Je n'ai ni tué ni voulu tuer ma femme ni quiconque. On m'a emprisonné pour un crime que je n'ai pas commis. J'aimerais qu'au moins vous croyiez qu'il y a une *chance* que je dise la vérité.

Elle le fixa avec indifférence, mais dans sa tête défila soudain la scène du pont branlant. Au lieu de la contraindre à le traverser derrière le volant, il l'avait laissée descendre de la voiture et lui avait donné des couvertures au cas où le pont s'effondrerait, au cas où la Blazer s'enfoncerait dans la rivière profonde et glacée et où il se noierait. Elle se rappela son désespoir quand il l'avait embrassée dans la neige en la suppliant de jouer le jeu pour que le chauffeur du camion ne soit pas blessé. Il avait une arme dans la poche, mais il ne s'en était pas servi. Et puis elle se souvint de ce baiser... de ce baiser pressant, rude, qui s'était soudain adouci pour se faire plus insistant, plus sensuel aussi. Depuis l'aube, elle s'était efforcée de chasser ce souvenir, mais il revenait, vibrant, vivant et dangereusement excitant. A tout cela vint s'ajouter le timbre de sa voix grave :

— C'est ma première soirée normale depuis plus de cinq ans. Si les autorités me suivent à la trace, ce sera ma dernière. Si vous vouliez bien coopérer, j'aimerais en profiter.

Julie fut brusquement décidée à coopérer. D'une part, en dépit du somme qu'elle avait fait, elle était mentalement épuisée et ne se sentait pas de taille à lui résister. D'autre part, elle mourait de faim et en avait plus qu'assez d'avoir peur. Le souvenir de ce baiser n'avait rien à voir avec sa capitulation. Absolument rien ! se dit-elle. Elle n'était pas non plus persuadée qu'il disait la *vérité* !

— Je suis innocent de ce crime, répéta-t-il avec force, sans la quitter du regard.

Ces mots la firent tressauter, mais elle résista encore pour que de stupides émotions ne l'emportent pas sur son intellect.

— Si vous ne pouvez pas le croire, dit-il avec un profond soupir, pouvez-vous au moins faire semblant et vous montrer coopérative ce soir ?

— Quel genre de « coopération » avez-vous en tête ? demanda-t-elle prudemment en refoulant une envie d'acquiescer.

— La conversation, dit-il. Une conversation insouciante avec une femme intelligente est un plaisir que j'ai oublié. Tout comme un bon repas, un feu de cheminée, le clair de lune à travers la fenêtre, la bonne musique, les portes à la place des barreaux et la compagnie d'une jolie femme, ajouta-t-il d'une voix enjôleuse. Si vous acceptez une trêve, je ferai la cuisine.

Julie hésita. Il avait parlé d'elle comme d'une jolie femme, puis elle se dit que ce n'était rien d'autre qu'une flatterie vide de sens. On lui proposait une soirée détendue et paisible, or ses nerfs à vif réclamaient un peu de paix. Quel mal y avait-il à ce qu'il demandait ? Surtout s'il était vraiment innocent.

— Vous ferez toute la cuisine ? marchanda-t-elle.

Il acquiesça, tandis qu'un sourire illuminait lentement son visage buriné. Il comprit qu'elle était sur le point d'accepter, et l'éclat de ce sourire prit de court Julie.

— D'accord, fit-elle en souriant à son tour, malgré son désir de garder une certaine distance, mais seulement si vous faites aussi la vaisselle.

Cela le fit rire.

— Vous êtes dure en affaires, mais j'accepte. Asseyez-vous pendant que je termine le dîner.

Julie obtempéra et prit place sur l'un des tabourets, devant le comptoir qui séparait la cuisine de la salle de séjour.

— Parlez-moi de vous, dit-il en sortant une pomme de terre du four.

Elle avala une gorgée de vin pour se donner du courage.

— Que voulez-vous savoir ?

— En général, pour commencer, répondit-il d'un air détaché. Vous n'êtes pas mariée, m'avez-vous dit ? Etes-vous divorcée ?

— Je n'ai jamais été mariée, fit-elle en hochant la tête.

— Fiancée ?

— Greg et moi, nous en parlons.

— Parler de quoi, grands dieux ?

Julie faillit s'étouffer.

— Je ne pense pas que cette question appartienne à la catégorie des renseignements « généraux », déclara-t-elle en réprimant un rire gêné.

— Sans doute pas, admit-il avec un grand sourire. Alors qu'est-ce qui vous empêche de vous fiancer ?

Sous son regard amusé, Julie eut la désagréable impression qu'elle rougissait, mais elle n'en répondit pas moins avec un calme admirable.

— Nous voulons être certains que nous sommes parfaitement compatibles... que nos objectifs et nos philosophies s'accordent.

— J'ai l'impression que vous êtes dans une impasse. Vous vivez avec ce Greg ?

— Absolument pas, répliqua Julie d'une voix guindée, et il haussa les sourcils comme s'il la trouvait plaisante et démodée.

— Vous partagez votre chambre avec une amie ?

— Je vis seule.

— Pas de mari et pas de colocataire, dit-il en remplissant son verre de vin. Alors personne ne vous attend en ce moment, personne ne se demande où vous êtes ?

— Des tas de gens se le demandent, à mon avis.

— Qui, par exemple ?

— D'abord mes parents. En ce moment ils doivent téléphoner un peu partout pour avoir de mes nouvelles. Le premier prévenu, ce sera Ted, mon frère. Mais Carl me cherchera aussi. C'est sa voiture que je conduis et, croyez-moi, mes frères ont dû organiser une battue.

— C'est Ted qui est dans le bâtiment ?

— Non, répondit Julie avec une satisfaction amusée. C'est lui qui est shérif de Keaton.

Sa réaction fut particulièrement vive.

— Il est shérif !

Comme pour digérer cette information désagréable, il avala une grande gorgée de vin.

— Et je suppose que votre père est juge ? ajouta-t-il avec une ironie mordante.

— Non, il est pasteur.

— Mon Dieu !

— Exactement. Dieu ! C'est son employeur.

— Parmi toutes les femmes du Texas, fit-il en hochant la tête d'un air sombre, il fallait que je tombe sur la sœur d'un shérif et la fille d'un pasteur. Quand ils connaîtront votre identité, les médias en feront leurs choux gras.

Le bref sentiment de pouvoir qu'éprouva Julie en le voyant si inquiet était plus enivrant que le vin.

— De fidèles policiers vous pourchasseront partout avec leurs chiens et leurs fusils, et les pieux Américains prieront pour qu'ils vous trouvent le plus vite possible.

Il se tourna légèrement de côté et vida la bouteille dans son verre, puis il but cul sec.

— Parfait !

Julie se sentait tellement bien dans cette ambiance conviviale qu'elle regretta de l'avoir altérée et chercha à la rétablir.

— Qu'est-ce qu'on a pour dîner ? dit-elle enfin.

Cette question le tira de sa rêverie et il se tourna vers le four.

— Quelque chose de simple, fit-il. Je ne suis pas très doué pour la cuisine.

La masse du corps de Zack l'empêchait d'observer les préparatifs, et Julie contempla donc paresseusement le pull tendu sur ses épaules larges. Il était étonnamment musclé. On eût dit qu'il s'était entraîné au gymnase de la prison. Elle avait lu quelque part que l'on envoyait souvent des innocents derrière les barreaux, et elle s'accrocha soudain à l'espoir rassurant que Zachary Benedict en faisait peut-être partie.

— Asseyez-vous sur le canapé, dit-il sans se retourner. J'apporte le repas.

Julie descendit du tabouret en se disant que ce deuxième verre de vin lui avait vraiment fait de l'effet, l'avait même un peu trop détendue. Elle se dirigea vers le canapé, tandis que Zack, les assiettes à la main, la suivait, et elle prit place devant l'un des sets de table qu'il avait disposés sur la table basse devant le feu. Il posa deux assiettes, dont l'une contenait un steak saignant et une pomme de terre en robe des champs.

Devant elle il plaça une assiette dans laquelle il avait retourné une boîte de thon. C'était tout. Pas de légumes, pas de garniture, rien.

Après avoir si longtemps salivé à l'idée d'un bon steak grésillant, saignant, épais, Julie réagit avec une vive spontanéité devant cette galette de thon froid, sec et peu appétissant. Elle leva vers lui un regard furibond et ouvrit la bouche d'un air outragé.

— Ce n'était pas ce que vous vouliez ? demanda-t-il innocemment. Auriez-vous préféré un bon steak comme celui que j'ai laissé dans la cuisine ?

Cette farce de gamin, ce sourire engageant et ces yeux rieurs provoquèrent alors une réaction inattendue, incontrôlable et on ne peut plus bizarre chez Julie, étant donné les circonstances. Elle commença par sourire. Puis elle éclata de rire. Ses épaules en tremblaient encore quand il revint avec un autre steak.

— Vous préférez ça ?

— Bien, dit-elle en s'efforçant de prendre un air sévère, alors que ses yeux scintillaient encore de joie. Je vous pardonne de m'avoir enlevée et terrorisée, mais me donner du thon alors que vous avez un steak, c'est vraiment un tour pendable !

Julie aurait été ravie de manger en silence mais, en coupant sa viande, il remarqua l'ecchymose à son poignet et lui demanda comment elle s'était fait cela.

— C'est une blessure de football, expliqua-t-elle.

— Une quoi ?

— Je jouais au football la semaine dernière, et je me suis fait tacler.

— Par un grand arrière ?

— Non, par un petit garçon et un gros fauteuil roulant !

— Comment ?

Il avait manifestement envie de bavarder, et Julie lui fit un résumé du match tout en grignotant.

— C'était ma faute. J'adore le basket, mais je n'ai jamais compris le football. C'est un jeu qui n'a pas de sens.

— Pourquoi dites-vous ça ?

Elle agita dédaigneusement sa fourchette.

— Prenons les joueurs pour commencer. On a un arrière, un demi et un quart-arrière, mais pas de trois-quarts. Il y a un ailier et pas d'ailes.

Il éclata de rire tandis qu'elle concluait :

— Décidément, ce n'est pas fait pour moi, mais ça n'a aucune importance, puisque mes gamins adorent ça. L'un d'eux va même probablement participer aux jeux handisport.

Zack remarqua que sa voix se faisait plus douce et que ses yeux brillaient quand elle parlait de « ses gamins », et il lui sourit en s'émerveillant de sa compassion et de son charme. Comme il ne voulait pas qu'elle se taise, il lança un autre sujet.

— Que faisiez-vous à Amarillo le jour où nous nous sommes rencontrés ?

— J'étais allée rendre visite au grand-père de l'un de mes élèves handicapés. Il est assez riche, et j'espérais le convaincre de me faire un don pour le projet d'alphabétisation des adultes que j'ai lancé dans mon école.

— Et vous avez réussi ?

— Oui, le chèque est dans mon sac.

— Pourquoi êtes-vous devenue institutrice ? fit-il pour relancer la conversation.

Il avait choisi un sujet qui lui tenait à cœur, comprit-il quand elle lui adressa un sourire craquant avant d'en parler avec une ardeur réconfortante.

— J'adore les enfants, et l'enseignement est une vieille profession très respectable.

— Respectable ? répéta-t-il, ébahi par le charme un peu vieillot de sa définition. Je ne pensais pas que, de nos jours, quiconque se préoccupait encore d'être respectable. Pourquoi est-ce si important pour vous ?

Julie esquiva ce commentaire un peu trop perspicace d'un haussement d'épaules.

— Je suis fille de pasteur, et Keaton est une petite ville.

— Je vois, dit-il, mais il ne voyait pas vraiment. Il y a d'autres professions tout aussi respectables.

— Oui, mais je n'y rencontrerais pas des gens comme Johnny Everett et Debby Sue Cassidy.

Son visage s'illumina à l'évocation du nom de Johnny, et Zack s'intéressa ausitôt à cet homme qui semblait avoir plus d'importance pour elle que son quasi-fiancé.

— Qui est Johnny Everett ?

— C'est l'un de mes élèves... l'un de mes préférés en fait. Il est paralysé de la taille jusqu'aux pieds. Quand j'ai commencé à enseigner à Keaton, il ne décrochait pas un mot et posait de tels problèmes de discipline que M. Duncan voulait l'expédier dans un établissement spécialisé pour handicapés mentaux. Sa mère m'a juré qu'il savait parler, mais personne ne l'avait jamais entendu et, comme elle ne le laissait pas sortir pour jouer avec les autres gosses, nul ne savait si elle n'essayait pas de faire croire que son fils était... plus normal. En classe, Johnny perturbait les cours en laissant tomber des livres par terre, en bloquant le passage quand on sortait en récréation, de petites choses, mais il le faisait sans arrêt et c'est pour cela que M. Duncan avait décidé de l'envoyer dans une institution spécialisée.

— Qui est M. Duncan ?

Elle fronça son petit nez avec un tel dégoût que Zack en sourit.

— C'est notre principal.

— Vous ne l'aimez pas beaucoup, à ce que je vois ?

— Ce n'est pas un mauvais homme, mais il est trop rigide. Il aurait été parfait au siècle dernier, du temps où l'on donnait des coups de badine de noyer aux élèves qui parlaient fort en classe.

— Et il faisait une peur bleue à Johnny ?

Elle hocha la tête avec un rire joyeux.

— En fait, c'est tout le contraire. Par hasard, je me suis aperçue que Johnny détestait qu'on le prenne avec des gants. Il *voulait* qu'on le mate.

— Comment vous en êtes-vous rendu compte ?

— Un soir, après la classe, j'étais dans le bureau de M. Duncan, qui m'engueulait, comme d'habitude.

— Vous avez des ennuis avec le principal ?

— Constamment, lui confirma-t-elle. De toute façon, ce jour-là, Johnny attendait que sa mère vienne le chercher et il nous a entendus. Quand je suis sortie de chez le principal, il était là, il me souriait de son fauteuil roulant, comme si j'étais une espèce de héros. « On va vous mettre une retenue, mademoiselle Mathison ? » m'a-t-il demandé.

« J'étais tellement sidérée de l'entendre parler que j'ai failli lâcher la pile de livres que je portais. Mais quand je lui ai assuré qu'on ne me collerait pas, il a paru déçu. Il m'a dit qu'à son avis, on ne collait jamais les filles, seulement les garçons. Les garçons normaux. C'est alors que j'ai compris !

Comme Zack semblait perplexe, elle se hâta de lui donner de plus amples explications :

— Vous voyez, sa mère l'avait tellement protégé qu'il rêvait d'aller à l'école comme un enfant ordinaire. Or ni ses camarades ni les professeurs ne le traitaient comme cela.

— Qu'avez-vous fait ?

Elle s'adossa au canapé et replia une jambe sous elle.

— J'ai fait la seule chose décemment possible : je l'ai surveillé le lendemain et, quand il a jeté un crayon sur sa voisine de devant, je me suis ruée sur lui comme s'il avait commis un crime. Je lui ai dit qu'il mériterait d'être collé pendant des semaines et qu'à partir de maintenant il serait traité comme tout le monde. Et je lui ai donné non pas un, mais deux jours de retenue !

La tête contre le dossier, elle lui adressa un sourire en coin.

— Et puis je me suis promenée dans l'école pour m'assurer que je ne m'étais pas trompée. Il avait l'air content dans la salle des retenues, en compagnie de tous les autres petits agitateurs, mais je n'étais pas encore sûre de mon fait. Ce soir-là, sa mère m'a téléphoné et m'a passé un savon, prétendant que je l'avais rendu malade, que j'étais méchante et sans cœur. Elle était hystérique. Le lendemain, il n'est pas venu à l'école.

Comme elle se taisait, Zack l'incita doucement à poursuivre.

— Qu'est-ce que vous avez fait ?

— Après la classe, je suis allée chez lui pour le voir et pour m'entretenir avec sa mère. Et puis, mue par une intuition, j'ai emmené avec moi Willie Jenkins, un autre élève. Willie est un véritable petit macho, le rigolo de la classe, le héros des CE2. Il est bon dans toutes les disciplines, du football au base-ball en passant par les jurons, en tout à une exception près, précisa-t-elle avec un petit sourire, le chant. Quand il parle, il a une voix de crapaud et, quand il chante, il coasse si fort qu'il déchaîne les rires. J'ai donc pris Willie et, quand je suis arrivée chez Johnny, il était dans le jardin sur son fauteuil roulant. Willie avait emporté son ballon — je pense qu'il dort avec — et il est resté dehors. Quand je suis entrée, Willie essayait d'envoyer le ballon à Johnny qui ne se donnait même pas la peine d'essayer de le rattraper. Il regardait sa mère sans bouger. J'ai passé une demi-heure à bavarder avec Mme Everett. Je lui ai dit qu'en toute honnêteté, je pensais que Johnny n'aurait aucune chance de trouver le bonheur tant que nous le considérerions comme trop fragile pour faire autre chose que rester cloué sur son fauteuil. J'en avais terminé sans pourtant l'avoir convaincue quand, tout à coup, on entendit des cris et un grand fracas. Nous nous sommes toutes deux précipitées dans le jardin. Willie était par terre, poursuivit Julie, les yeux brillants, parmi des poubelles renversées, à serrer son ballon en souriant jusqu'aux oreilles. D'après Willie, Johnny n'avait pas réussi à attraper le ballon, mais il avait une droite aussi puissante que celle de John Elway [1] ! Johnny rayonnait et Willie lui a dit qu'il le prenait dans son équipe, mais qu'il faudrait s'entraîner un peu, pour qu'il apprenne à attraper aussi bien qu'il passait.

— Et ils s'entraînent ? lui demanda-t-il quand elle se tut.

Elle acquiesça, tandis que ses traits expressifs reflétaient sa jubilation.

— Ils jouent au football tous les jours, avec le reste de l'équipe. Puis ils se rendent chez Johnny, et *Johnny* aide *Willie* à faire ses devoirs. On s'est rendu compte que, bien qu'il ne participe pas au travail scolaire, Johnny absorbait tout comme une éponge. Il est très intelligent et maintenant qu'il a une raison de se battre, il fait tout ce qu'il peut. Je n'ai jamais vu un tel courage... une telle détermination.

Quelque peu gênée de son enthousiasme, Julie se réfugia à nouveau dans le silence et fixa son assiette.

1. Boxeur américain. *(N.d.T.)*.

24

Quand il eut fini de manger, Zack s'adossa au canapé et contempla les flammes qui sautaient et dansaient dans l'âtre, pour permettre à sa compagne de terminer son repas sans être interrompue. Il tenta de se concentrer sur la prochaine étape de son voyage, mais, rassasié et détendu comme il l'était, il se sentait plus enclin à réfléchir au coup du destin qui avait amené Julie Mathison à être assise en face de lui. Pendant les longues semaines où il avait peaufiné son plan d'évasion dans les moindres détails, pendant les nuits interminables où il était resté étendu dans sa cellule à rêver à sa première nuit dans cette maison, il n'avait jamais imaginé qu'il n'y serait pas seul. Pour des tas de raisons, il eût été bien préférable qu'il le fût, mais à présent qu'elle était là, il ne pouvait quand même pas la boucler dans une chambre, lui apporter ses repas et faire comme si elle n'existait pas. Après cette heure passée en sa compagnie, il fut pourtant douloureusement tenté d'agir ainsi, car elle était en train de lui faire prendre conscience de tout ce qui lui avait manqué dans la vie et de tout ce qui allait éternellement lui manquer. A la fin de la semaine, il serait de nouveau en cavale, et là où il allait, il n'y aurait ni chalet somptueux, ni feu de cheminée douillet, ni conversations poignantes sur les petits garçons handicapés avec une charmante institutrice qui avait des yeux d'ange et un sourire à faire fondre les pierres. Il avait vu les meilleures actrices du monde, sur scène ou à la ville, au lit ou hors du lit, jouer avec une extrême conviction la tendresse passionnée, mais jusqu'à ce soir, il n'avait jamais vu pareille fraîcheur.

A dix-huit ans, dans la cabine d'un semi-remorque qui s'en allait vers Los Angeles, alors qu'il refoulait des larmes qu'il se refusait à verser, il s'était juré de ne plus regarder en arrière, de ne jamais se demander ce qu'aurait été sa vie « si les choses avaient été différentes ». Pourtant, à trente-cinq ans, alors qu'il était irrémédiablement endurci par ce qu'il avait fait, été et vu, il contempla Julie Mathison et céda à la tentation. En approchant son verre de cognac de ses lèvres, il regarda une bûche tomber du foyer dans une gerbe d'étincelles et se demanda ce qui se serait passé s'il avait rencontré quelqu'un comme elle dans sa jeunesse. Aurait-elle su le sauver de lui-même, lui apprendre à pardonner, lui adoucir le cœur, remplir les espaces vides de son existence ? Aurait-elle su lui donner des objectifs plus élevés et plus satisfaisants que cette quête de la fortune, du pouvoir et de la reconnaissance qui avait façonné sa vie ? Avec quelqu'un comme Julie dans son lit, aurait-il connu quelque chose de plus beau, de plus profond, de plus durable qu'un plaisir passager ?

Il se rendit compte un peu tard de l'invraisemblance de sa rêverie et s'étonna de sa propre folie. Où diable aurait-il rencontré quelqu'un comme Julie Mathison ? Jusqu'à l'âge de dix-huit ans, il avait été entouré de domestiques et de parents, dont la présence même lui rappelait quotidiennement sa supériorité sociale. A cette époque-là, la fille d'un pasteur de province comme Julie n'aurait jamais fait partie de son milieu.

Non, il ne l'aurait pas rencontrée alors, pas plus qu'il ne l'aurait aperçue à Hollywood. Et si, par quelque fantaisie du destin, il l'avait croisée là-bas ? Les sourcils froncés, Zack s'interrogeait. Si elle n'avait pas été souillée par cet océan de dépravation mondaine, de complaisance débridée et d'ambition furieuse qu'était Hollywood, l'aurait-il seulement remarquée ou aurait-elle été éclipsée à ses yeux par des femmes plus éclatantes, plus voyantes, plus mondaines ? Si elle était entrée dans son bureau de Beverly Drive et qu'elle lui avait demandé de passer une audition, aurait-il remarqué ce joli visage si fin, ces yeux magnifiques, cette silhouette souple ? Ou l'aurait-il dédaignée parce qu'elle n'avait pas une beauté spectaculaire et qu'elle n'était pas bâtie comme un sablier ? Si elle avait bavardé une heure avec lui comme ce soir, aurait-il vraiment su apprécier son humour, son intelligence, sa candeur sans affectation ? Ou bien l'aurait-il éjectée parce qu'elle ne parlait pas « métier », qu'elle ne lui avait pas fait comprendre qu'elle était prête à coucher avec lui, ses deux principales sources d'intérêt à ce moment-là ?

Zack fit rouler son verre entre ses mains tout en cherchant à répondre à ces questions de pure rhétorique, s'efforçant d'être honnête avec lui-même, fût-ce avec brutalité. Au bout de quelques instants, il se dit qu'il aurait remarqué les traits délicats de Julie Mathison, son teint éblouissant et ses yeux étonnants. Après tout, n'était-il pas expert en matière de beauté, classique ou non ? Il ne l'aurait donc pas laissée passer sans la voir. Et oui, il aurait apprécié sa candeur et sa franchise. Il aurait été ému par sa compassion et sa douceur, comme il l'avait été ce soir. Cela dit, il ne lui aurait pas fait passer d'audition.

Il ne lui aurait pas non plus conseillé de se mettre entre les mains d'un bon photographe qui, Zack en était absolument certain à présent, aurait saisi cette fraîcheur de jeune fille pour la plaquer sur une couverture de magazine qui lui aurait rapporté un million de dollars, bien qu'elle ait largement dépassé l'âge de débuter une carrière de mannequin.

Zack croyait sincèrement qu'il l'aurait incitée à quitter son bureau pour rentrer chez elle et épouser son quasi-fiancé, avoir des enfants et une vie qui ait un sens. Car même dans les moments les plus blasés de son existence, Zack n'aurait jamais souhaité que Hollywood ou lui-même usent, abusent ou corrompent quelqu'un d'aussi pur que Julie Mathison.

Et si, en dépit de ses conseils, elle avait tenu à rester à Hollywood, l'aurait-il attirée dans son lit, plus tard, quand elle l'aurait désiré ?

Non.

L'aurait-il souhaité ?

Non !

Aurait-il voulu la garder auprès de lui, l'inviter à déjeuner peut-être, ou à dîner, ou l'emmener dans des soirées ?

Mon Dieu, non !

Pourquoi pas ?

Zack le savait très bien, mais il lui jeta quand même un coup d'œil pour confirmer son intuition. Elle était assise sur le canapé, les pieds repliés sous elle. Le feu donnait des reflets luisants à ses cheveux, tandis qu'elle contemplait le beau tableau paysager accroché au-dessus de la cheminée. Elle avait un profil aussi serein et innocent que celui d'un enfant de chœur à la messe de Noël. Et c'était pour cela qu'il ne lui aurait jamais tourné autour avant d'aller en prison et qu'il n'en avait pas non plus l'intention maintenant.

Bien qu'il n'ait en fait que neuf ans de plus qu'elle, il avait des siècles d'expérience derrière lui, d'une expérience qu'elle n'aurait dans l'ensemble ni admirée ni même approuvée. Et cela était déjà vrai avant qu'il soit emprisonné. Face à sa jeunesse et à sa soif d'idéal, Zack se sentait terriblement vieux et blasé.

Comme il la trouvait incroyablement excitante et désirable, même noyée dans cet immense pull informe, comme il bandait en ce moment même, il ne s'en sentait que plus vieux, lubrique, dégoûtant.

Mais elle l'avait aussi fait rire ce soir, et il aimait cela, songea-t-il en avalant une gorgée de cognac. Penché, les coudes sur les genoux, il souriait d'un air absent au verre vide qu'il roulait toujours dans ses mains. Il se demanda même s'il pourrait entendre un autre récit de match de football sans se souvenir de son indignation amusée à l'idée d'avoir un arrière, un demi, un quart-arrière et pas de « trois-quarts » arrière. Il n'entendrait plus jamais parler d'ailier sans sourire, puisque Julie Mathison pensait avec le plus grand sérieux que le simple bon sens exigeait qu'il y eût aussi des ailes.

Il se rendit soudain compte qu'elle ne lui avait pas posé une seule question sur l'époque où il faisait du cinéma. Il n'avait pourtant jamais rencontré de femme ou d'homme qui ne lui eût affirmé avec exubérance, sinon avec sincérité, qu'il était son acteur préféré avant de le harceler de questions sur sa vie personnelle et sur les vedettes qu'il ou elle admirait tout particulièrement. En prison, même les plus rudes, les plus sanguinaires, étaient étrangement éblouis par son passé et n'arrêtaient pas de lui parler de leurs films préférés. En général, cette curiosité servile l'agaçait et lui répugnait. Or cela l'ennuyait que Julie Mathison n'ait apparemment jamais entendu parler de lui. Il n'y avait peut-être pas de cinéma dans l'obscure petite ville où elle vivait. Elle n'avait peut-être jamais vu un film de sa vie, dans son bled.

Peut-être... Mon Dieu, peut-être... n'allait-elle voir que des films irréprochables, pour tout public ! Alors que les siens étaient souvent interdits au moins de douze ou de seize ans à cause de leur violence, de leur caractère blasphématoire ou érotique, ou les trois à la fois. Avec agacement Zack constata qu'il en avait un peu honte, ce qui faisait une autre bonne raison pour ne pas tourner autour d'une femme comme elle.

Il était si perdu dans ses pensées qu'il sursauta quand elle lui dit avec un sourire hésitant :

— Vous n'avez pas l'air de beaucoup vous amuser, ce soir...

— Je pensais regarder les informations, répondit-il vaguement.

Julie, que ce silence pensif avait mise mal à l'aise, sauta sur l'occasion pour faire autre chose que de se demander s'il était vraiment innocent... et s'il allait de nouveau tenter de l'embrasser avant la fin de la soirée.

— C'est une bonne idée ! s'exclama-t-elle, puis elle se leva et prit son assiette sur la table. Cherchez donc la bonne chaîne pendant que je fais la vaisselle.

— Et vous allez m'accuser de m'être défilé ! Pas question ! J'y vais !

Julie le regarda débarrasser la table et se diriger vers la cuisine.

Depuis une heure, quand elle ne répondait pas à ses questions, ses propres doutes continuaient de la tarauder. Elle se souvenait de la colère avec laquelle il avait évoqué le jury qui l'avait envoyé en prison. Elle se rappelait son désespoir quand il l'avait suppliée de l'embrasser dans la neige pour tromper le chauffeur de camion. *« Je vous en prie ! Je n'ai jamais tué personne, je le jure ! »*

C'est à ce moment-là qu'il avait semé un doute dangereux dans son esprit. Dix-sept heures plus tard, la semence prenait racine au fond d'elle, nourrie par l'horreur que lui inspirait le fait qu'un innocent puisse passer cinq longues années dans un pénitencier. A cela venaient s'ajouter d'autres choses qu'elle ne maîtrisait pas plus et qui l'attiraient irrémédiablement vers lui, des choses comme le souvenir de son baiser fougueux, le frisson qui lui avait parcouru tout le corps quand elle lui avait enfin cédé, la maîtrise de soi dont il avait fait preuve justement à cet instant-là. En fait, depuis qu'ils étaient ensemble, il l'avait traitée la plupart du temps avec réserve et même avec courtoisie.

Pour la énième fois, elle songea qu'un vrai meurtrier ne se serait certainement pas donné la peine de l'embrasser avec douceur ni de faire preuve d'humour et de gentillesse.

La raison lui soufflait qu'elle était stupide de donner tort à des jurés, mais ce soir, chaque fois qu'elle le regardait, son instinct lui criait qu'il était innocent. Et s'il l'était, elle ne pouvait supporter l'idée de ce qu'il avait vécu.

Il revint dans la salle de séjour, alluma la télévision, s'assit en face d'elle et étendit ses longues jambes en croisant les chevilles.

— Après les informations, nous regarderons ce qui vous plaira, dit-il, déjà absorbé par l'écran géant.

— Bien, fit Julie qui l'observa furtivement de l'autre côté de la table basse.

Sur son beau visage était gravé un orgueil indomptable, à la pointe de son menton une détermination certaine, une arrogance dans la mâchoire, une intelligence, une force et une dureté dans chacun de ses traits. Il y avait longtemps de cela, elle avait lu des dizaines d'articles sur lui, rédigés aussi bien par des journalistes dithyrambiques que par des critiques de cinéma réputés. Ils tentaient souvent de le comparer aux autres grandes stars qui l'avaient précédé. Julie se souvenait notamment d'avoir vu à la télévision un de ces critiques en faire une sorte de patchwork humain. Selon lui, Zachary Benedict avait le magnétisme animal de Sean Connery jeune, le talent de Paul Newman, le charisme de Kevin Costner, le machisme brut de Clint Eastwood jeune, la sophistication lisse de Warren Beatty, la faculté d'adaptation de Michael Douglas et la séduction farouche d'Harrison Ford.

Après avoir passé près de deux jours avec lui, dans une extrême intimité, Julie se dit qu'aucun des articles qu'elle avait lus n'était parvenu à le cerner, tout comme aucune caméra ne lui avait rendu justice, et elle comprenait vaguement pourquoi. Dans la vie réelle, il possédait une force distante, un charisme profond, qui n'avaient rien à voir ni avec sa taille, ni avec sa carrure, ni avec son fameux sourire railleur. Il y avait autre chose... un sentiment qu'éprouvait Julie chaque fois qu'elle le regardait, l'impression que Zachary Benedict avait déjà fait et vu tout ce qu'il y avait à faire et à voir et que toutes ces expériences, il les dissimulait derrière une muraille infranchissable d'urbanité, de charme nonchalant et des yeux d'or au regard perçant. Inaccessible aux femmes.

Et c'était là que résidait sa véritable séduction, comprit-elle, dans son air de défi. Malgré tout ce qu'il lui avait fait subir depuis deux jours, Zachary Benedict lui donnait envie, à elle comme sans doute à toutes les femmes qui l'avaient connu ou qui avaient vu ses films, de franchir cette barrière. De découvrir ce qui se cachait dessous, de le soulager, de retrouver le petit garçon qu'il avait été, de faire hurler de rire l'homme qu'il était devenu et de l'attendrir par son amour.

Julie s'admonesta sévèrement. Rien de tout cela ne comptait ! La seule chose qui importait, c'était sa culpabilité ou son innocence. Elle lui jeta un coup d'œil à la dérobée, et son cœur chavira.

Il était innocent. Elle le savait. Elle le sentait. Et rien que de penser que cet homme beau et intelligent avait passé cinq ans en cage lui serrait la gorge. La vision d'une cellule lui traversa l'esprit comme un éclair... le bruit mat des portes que l'on referme, les cris des gardiens, des hommes travaillant à la blanchisserie, arpentant les cours de prison, privés de liberté et d'intimité. De dignité.

La voix du présentateur la tira brusquement de sa distraction.

« *Nous diffuserons des informations locales et nationales, notamment sur la tempête de neige qui se dirige sur nous ce soir, puis nous passerons l'antenne à Tom Brokaw qui nous donnera des nouvelles des autres régions.* »

Julie se leva, trop nerveuse pour rester assise à ne rien faire.

— Je vais chercher un verre d'eau, dit-elle, mais la voix de Tom Brokaw l'immobilisa.

« *Bonsoir, mesdames et messieurs. Il y a deux jours, Zachary Benedict qui fut jadis considéré comme l'un des acteurs les plus grands et comme l'un des réalisateurs les plus doués de Hollywood, s'est évadé du pénitencier national d'Amarillo, où il purgeait une peine de quarante-cinq de prison pour le meurtre machiavélique de sa femme, l'actrice Rachel Evans, en 1988.* »

Julie se retourna juste à temps pour voir une photo de Zack en uniforme de détenu, avec un numéro en travers de la poitrine, emplir l'écran. Elle avança, comme hypnotisée par la laideur de ce qu'elle voyait, de ce qu'elle entendait, de ce qu'elle ressentait, tandis que Brokaw poursuivait :

« *On pense que Benedict se déplace en compagnie de cette femme...* »

Julie poussa un cri étouffé devant une photo d'elle, prise l'année dernière avec sa classe de CE2. Elle portait une robe-chemisier avec un petit nœud sage sous le col.

« *D'après les autorités du Texas, la dernière fois que l'on a aperçu cette femme, Julie Mathison, vingt-six ans, c'était à Amarillo où l'on a vu un homme correspondant au signalement de Benedict monter avec elle dans une Blazer Chevrolet bleue. Les autorités ont d'abord cru que Mlle Mathison avait été prise en otage, contre sa volonté...* »

— D'abord ? explosa Julie en regardant Zack qui se levait lentement. Qu'est-ce que ça veut dire ?

Elle obtint une réponse aussi immédiate que terrifiante.

« La théorie de la prise d'otage fut discréditée cet après-midi quand Peter Golash, un chauffeur de camion, indiqua qu'il avait aperçu un couple correspondant au signalement de Benedict et de Mlle Mathison dans une aire de repos du Colorado, ce matin... »

Le visage jovial de Pete Golash apparut à l'écran ; c'était une cassette vidéo et ce qu'il disait emplit Julie de rage et de honte.

« Ils se battaient à coups de boules de neige comme deux enfants. Puis la femme, Julie Mathison, je suis sûr, bon Dieu, je veux dire bon sang, que c'était elle... De toute façon, elle a trébuché, et Benedict est tombé sur elle et ils flirtaient. Ils s'embrassaient. Si c'était un otage, elle n'en avait vraiment pas l'air. »

— Mon Dieu ! s'écria Julie qui serra les bras sur son estomac en avalant la bile qui lui montait à la gorge.

En quelques instants, l'affreuse réalité avait contaminé l'atmosphère faussement douillette du chalet et elle s'en prit à celui qui l'avait conduite jusque-là, ne voyant plus en lui que ce qu'il était à la télévision, que ce qu'il était réellement : un détenu en uniforme avec un numéro en travers de la poitrine. Avant qu'elle ait retrouvé ses esprits, une autre scène envahit l'écran.

« Notre reporter Phil Morrow se trouve à Keaton, au Texas, annonça Brokaw, *où habite Julie Mathison et où elle est institutrice dans une classe de CE2 de l'école primaire locale. Il a réussi à obtenir une brève interview de ses parents, le révérend et Mme James Mathison... »*

Un cri d'indignation jaillit de ses lèvres, quand Julie se vit face au visage digne et solennel de son père, qu'elle entendit sa voix catégorique et confiante, essayant de convaincre le monde entier de son innocence.

« Si Julie est avec Benedict, c'est contre sa volonté. Ce chauffeur de camion qui affirme le contraire n'a pas bien vu ce qui se passait ou se trompe sur la signification de ce qu'il a vu, conclut-il en jetant un regard sévère et désapprobateur aux journalistes qui continuaient à hurler leurs questions. *C'est tout ce que j'ai à déclarer. »*

Submergée par la honte, Julie détacha brusquement les yeux de l'écran et fixa Zachary Benedict à travers ses larmes. Il vint aussitôt vers elle.

— Salaud ! fit-elle en suffoquant.

Elle reculait à mesure qu'il approchait.

— Julie, dit Zack en la prenant par les épaules pour tenter de la consoler.

— Ne me touchez pas ! cria-t-elle en tentant d'écarter ses mains, en se tordant, en repoussant sa poitrine, tandis que jaillissait un torrent de larmes. Mon père est pasteur ! C'est un homme respecté et vous avez fait de sa fille une traînée ! Je suis institutrice ! hurla-t-elle hystériquement. J'enseigne devant des petits enfants ! Croyez-vous qu'ils me laisseront faire, maintenant que j'ai scandalisé le pays tout entier en me roulant dans la neige avec un assassin en cavale ?

Quand il comprit qu'elle avait sans doute raison, Zack en fut déchiré comme par un coup de rasoir, mais il resserra son étreinte.

— Julie...

— J'ai passé les quinze dernières années de ma vie, à m'efforcer d'être parfaite. J'étais si parfaite ! gémit-elle, et Zack ressentit sa douleur sans bien en comprendre la cause. Et tout cela... tout cela pour rien !

Physiquement épuisée, elle cessa de lutter, et sa tête tomba en avant, tandis que ses épaules étaient encore secouées de sanglots.

— Je me suis donné tellement de mal, suffoquait-elle. J'étais devenue institutrice pour qu'ils soient fiers de moi. Je... Je vais à l'église et je fais le catéchisme. Après ça, ils ne me permettront plus d'enseigner.

Tout à coup Zack ne put plus supporter le poids de son chagrin ni sa propre culpabilité.

— Arrêtez, je vous en prie, murmura-t-il péniblement, puis il l'enlaça, prit sa tête dans sa main et pressa son visage contre sa poitrine. Je comprends et je suis navré. Quand tout sera terminé, je ferai éclater la vérité.

— Vous comprenez ? répéta-t-elle avec une amertume méprisante en levant vers lui un visage accusateur et strié de larmes. Comment quelqu'un comme *vous* peut-il comprendre ce que je ressens !

Quelqu'un comme lui. Une bête comme lui.

— Oh si, je comprends ! s'écria-t-il en l'éloignant à bout de bras, puis en la secouant jusqu'à ce qu'elle le regarde dans les yeux. Je comprends parfaitement ce que c'est que d'être méprisé pour une chose que l'on n'a pas faite !

Quand elle vit sa fureur et sa souffrance, elle ne protesta pas contre la brutalité avec laquelle il la tenait. Ses doigts s'enfonçaient dans ses bras et sa voix vibrait d'une vive émotion.

— Je n'ai tué personne ! Vous m'entendez ? Mentez-moi et dites-moi que vous me croyez ! Dites-le, c'est tout ! Je veux vous l'entendre dire !

Venant de faire à une toute petite échelle l'expérience de qu'il avait enduré s'il était vraiment innocent, Julie se crispa à l'idée de ce qu'il devait éprouver en ce moment. S'il était vraiment innocent... Elle déglutit en observant son beau visage hagard et dit ce qu'elle pensait à voix haute :

— Je vous crois ! murmura-t-elle, et des larmes ourlèrent ses cils avant de couler sur ses joues. Vraiment.

Zack comprit qu'elle était sincère et, dans ses yeux bleus, il vit naître une vraie compassion. Tout au fond de lui, le mur de glace qu'il avait élevé autour de son cœur commença à se craqueler. Il leva la main, la posa sur sa joue et essuya ses pleurs avec son pouce.

— Ne pleurez pas pour moi, murmura-t-il d'une voix rauque.

— *Je vous crois !* répéta-t-elle, et sa tendre férocité eut raison de ce qui lui restait de réserve.

La gorge de Zack se noua étrangement et, pendant quelque temps, il demeura paralysé par ce qu'il voyait, entendait, ressentait. Les larmes coulaient sur les joues de Julie, perlaient sous ses cils et inondaient la main de Zack. Ses yeux étaient comme deux pensées bleues, et elle se mordait la lèvre inférieure pour tenter de maîtriser ses tremblements.

— Je vous en prie, ne pleurez pas, murmura-t-il encore, puis il posa sa bouche sur ses lèvres pour les empêcher de trembler.

Au premier contact, elle se raidit brusquement, retint son souffle, et Zack ne sut pas si c'était la peur ou la surprise qui l'immobilisait ainsi. Son seul désir était de la tenir contre lui, de goûter les sentiments délicieux qui montaient en lui, les premiers sentiments tendres qu'il éprouvait depuis des années, de les partager avec elle.

Il s'adjura d'aller lentement, de se contenter de ce qu'elle lui accorderait, il fit glisser ses lèvres sur les siennes de gauche à droite, et sentit le sel de ses larmes. Il se dit qu'il ne fallait pas la forcer, sans pouvoir s'en empêcher.

— Embrassez-moi, la supplia-t-il, et la tendresse désespérée qu'il entendit dans sa propre voix lui était aussi étrangère que les sentiments qui se bousculaient en lui. Embrassez-moi, répéta-t-il en glissant sa langue sur les contours de ses lèvres.

Quand elle lui obéit enfin, qu'elle entrouvrit les lèvres et les pressa contre les siennes, Zack en gémit presque de plaisir. Un désir, puissant et primitif, coulait dans ses veines, et il agit par instinct. Il serra plus fort, se pressa contre ses hanches et pénétra dans la douceur parfumée de sa bouche. Il la plaqua contre le mur, l'embrassa avec toute la force et la persuasion dont il était capable, sa bouche sur celle de Julie, la fouillant de sa langue, les mains glissant le long de son dos, puis sous son pull. Sous ses mains caressantes, il sentit sa peau douce et nue comme un satin liquide, sa taille fine, puis il frôla son ventre et chercha ses seins. Elle se colla contre lui et gémit quand il les toucha, ce qui faillit le perdre. Tout son corps palpitait pendant qu'il explorait chaque centimètre de peau, sans jamais détacher ses lèvres.

Julie avait l'impression d'être emprisonnée dans un cocon de sensualité, dangereux, terrifiant, où elle ne maîtrisait rien. Surtout pas elle-même. Sous ses longs doigts, ses seins commençaient à la faire souffrir. Contre son gré, son corps chauffé à blanc se moulait aux contours fermes de celui de Zack et ses lèvres ouvertes se faisaient accueillantes.

Zack sentit les doigts de Julie se glisser sur sa nuque, et sa bouche frotta contre sa joue avant de se poser contre son oreille.

— Dieu que vous êtes douce ! murmura-t-il en jouant avec ses mamelons qui se resserrèrent comme des boutons de fleur, voulant l'enivrer de plaisir. Petite, souffla-t-il d'une voix enrouée, vous êtes si belle...

Ce fut peut-être le nom tendre qu'il lui avait donnée et dont elle l'avait entendu se servir dans ses films, elle en était certaine, ou cette façon ridicule de lui dire qu'elle était belle qui rompit le charme, et Julie s'aperçut peu à peu qu'elle l'avait vu jouer ce genre de scène des dizaines de fois avec des dizaines d'actrices superbes. Mais cette fois, c'était sa chair que ses mains expertes exploraient.

— Arrêtez ! fit-elle durement en se dégageant, puis elle le repoussa et tira sur son pull.

Zack ne bougea pas, respira profondément, les bras ballants, complètement décontenancé. Elle avait le visage rouge de désir, les yeux luisants, mais elle semblait déterminée à le repousser.

— Qu'est-ce qui ne va pas, petite..., dit-il doucement, comme s'il s'adressait à un poulain ombrageux.

— Arrêtez ça tout de suite ! explosa-t-elle. Je ne suis pas votre « petite ». C'est une autre femme qui a joué une autre scène de ce genre avec vous. Je ne veux pas que vous m'appeliez comme ça. Je ne veux pas non plus vous entendre dire que je suis belle.

Zack secoua la tête pour s'éclaircir les idées. Il se rendit compte un peu tard qu'elle haletait, qu'elle le regardait comme si elle s'attendait à demi à ce qu'il lui saute dessus, lui arrache ses vêtements et la viole.

— Vous avez peur de moi, Julie ? demanda-t-il très calmement, très prudemment.

— Bien sûr que non, répondit-elle laconiquement, mais à peine eut-elle prononcé ces mots qu'elle sut que c'était un mensonge.

Quand il l'avait embrassée, elle avait compris instinctivement que c'était pour lui comme une sorte de purification et elle voulait lui offrir cela. Mais à présent que son propre cœur sentait comme un besoin de lui donner bien davantage, elle était terrifiée. Parce que c'était exactement ce qu'elle voulait. Elle avait envie de ses mains sur sa peau nue, de son corps sur le sien.

Durant son long silence, la colère l'avait emporté en Zack sur la passion. Sa voix n'était plus tendre ni gentille, mais froide, dure, cassée.

— Si vous n'avez pas peur, alors qu'est-ce qui vous

tracasse ? Ou bien est-ce que vous voulez bien donner un peu de compassion à un évadé, mais pas plus que ça ? C'est ça ?

Julie faillit trépigner de frustration de le voir d'une logique si étroite et d'avoir eu elle-même la bêtise d'être allée si loin.

— Ce n'est pas de la répulsion, si c'est ce que vous entendiez par là.

— Alors qu'est-ce que c'est, ou ne devrais-je pas le demander ?

— Vous ne devriez pas avoir besoin de le demander ! s'écria-t-elle en balayant les cheveux qui lui tombaient sur le front, puis elle chercha furieusement quelque chose à faire, un moyen de rétablir l'ordre dans un monde qui était soudain devenu incontrôlable.

— Je ne suis pas un animal, commença-t-elle.

Elle avisa un tableau légèrement incliné sur le mur et se retourna pour le redresser.

— Et vous croyez que j'en suis un ? Un animal ? C'est ça ?

Piégée tant par ses questions que par sa proximité, elle regarda par-dessus son épaule et repéra un coussin sur le sol.

— Vous êtes un homme qui n'a pas vu de femmes depuis cinq longues années, dit-elle platement en se dirigeant vers le coussin.

— C'est vrai. Et alors ?

Elle posa le coussin à la verticale contre le bras du canapé et retrouva un peu la maîtrise d'elle-même, à présent qu'il y avait une distance entre eux.

— Donc, poursuivit-elle en s'efforçant de lui adresser un petit sourire impersonnel depuis l'autre côté du sofa, je peux comprendre que, pour vous, n'importe quelle femme soit comme...

Ses sourcils sombres se froncèrent sur ses yeux menaçants et elle ne termina pas sa phrase, mal à l'aise, mais elle se pencha pour remettre de l'ordre dans les coussins.

— Pour vous, reprit-elle avec obstination, après un emprisonnement aussi long, n'importe quelle femme est comme... un festin pour quelqu'un qui meurt de faim. N'importe quelle femme..., insista-t-elle. Enfin, je voulais bien vous laisser m'embrasser si cela pouvait vous faire du bien.

A l'idée qu'elle le considère comme un animal à qui l'on jette quelques miettes de sentiment humain, comme un mendiant affamé de sexe à qui on accorde à contrecœur un petit baiser, Zack se sentit furieux et humilié.

— Comme c'est noble de votre part, mademoiselle Mathison, railla-t-il sans remarquer la pâleur soudaine de ses joues. Vous avez par deux fois sacrifié votre précieuse personne pour moi, poursuivit-il avec une brutalité délibérée. Mais contrairement à ce que vous croyez, même un animal comme moi est capable de retenue et de discrimination. Bref, Julie, vous vous considérez peut-être comme un festin, mais je peux parfaitement vous résister, si affamé que je sois.

Cette colère explosive était d'autant plus effrayante qu'incompréhensible pour Julie, dans l'état d'agitation dans lequel elle se trouvait. Elle recula, croisa les bras comme pour repousser la souffrance qu'il lui infligeait délibérément.

Zack le lut dans ses yeux expressifs et, content de lui avoir fait le plus de mal possible, il tourna les talons et se dirigea vers le meuble placé derrière le poste de télévision, où il se mit à fouiller dans les divers titres de cassettes vidéo alignées sur les étagères.

Il l'avait jetée comme un chiffon sale, renvoyée sans autre forme de procès, mais son orgueil meurtri se rebellait à l'idée de ramper dans sa chambre comme un animal blessé. Se refusant catégoriquement à verser la moindre larme et à manifester le moindre trouble, elle s'avança vers la table et se mit à empiler les magazines qui s'y trouvaient.

— Allez vous coucher ! lui ordonna-t-il d'un ton sec. Vous êtes quoi ? Une maniaque du rangement ?

Elle se redressa d'un bond. Les magazines lui glissèrent des mains, elle lui jeta un regard noir, mais elle lui obéit.

Du coin de l'œil, Zack observa son menton levé d'un air dédaigneux et la grâce de sa démarche fière puis il se détourna et chassa froidement Julie Mathison de son esprit. Il s'efforça de se rappeler le bulletin de Tom

Brokaw. Il aurait juré que, tandis qu'il s'efforçait de la consoler, Brokaw avait parlé de Dominic Sandini. Assis sur le sofa, il contempla le poste d'un air inquiet. Dans deux heures, il y aurait un dernier journal ou du moins une récapitulation des nouvelles avant la fin des programmes. Zack posa les pieds sur la table basse, s'adossa au canapé et se disposa à attendre. Il songea alors au visage de Sandini, à ses airs de casse-cou, et esquissa un sourire en rappelant le petit Italien, maigre et plein d'entrain. Tout au long de ces années, il n'y avait que deux hommes qu'il en était arrivé à considérer comme de vrais amis : l'un était Matt Farrell, l'autre Dominic Sandini. Le sourire de Zack s'élargit quand il pensa à l'absence totale de ressemblance entre eux. Matt Farrell était un magnat de carrure internationale. Leur amitié avait été forgée par leurs nombreux intérêts communs et par un profond respect mutuel.

Dominic Sandini était un petit voleur qui n'avait rien de commun avec Zack, et celui-ci n'avait rien fait pour gagner son respect ou sa loyauté. Pourtant Sandini lui avait accordé les deux, en toute liberté et sans réserve. Il avait brisé l'isolement de Zack par ses plaisanteries stupides et les histoires drôles de sa grande famille, si peu conventionnelle. Puis, sans que Zack en prenne conscience, il l'avait attiré intentionnellement dans cette famille. Les siens s'étaient comportés comme si la cour d'un pénitencier était un endroit parfaitement normal pour y tenir une réunion familiale. Ils avaient jeté leurs bébés dans ses bras de novice et lui avaient manifesté le même mélange bruyant et troublant de chaleur, d'affection et de sévérité familiale qu'à Dom. En se remémorant tout cela, Zack comprit à quel point leurs lettres et leurs gâteaux, et même le salami aillé de Mama Sandini, avaient compté pour lui. La tête contre le cuir du canapé, il ferma les yeux. Son humeur s'était considérablement égayée à ce souvenir. Il trouverait le moyen d'envoyer un cadeau de mariage à Gina, se dit-il. Et il enverrait aussi un cadeau à Dom. Quelque chose de spécial. Mais que pourrait-il bien lui acheter dont il aurait besoin et qui lui plairait ? Ce qui lui vint le plus logiquement à l'esprit fit rire Zack de sa propre absurdité : un point de vente de voitures d'occasion !

Juste avant minuit, comme il l'avait espéré, on repassa le journal de Brokaw et la brève vidéo que Zack avait déjà vue. On y apercevait Dom, les mains derrière la tête, que l'on fouillait, à qui l'on mettait les menottes et que l'on poussait à l'arrière de la voiture du shérif d'Amarillo une heure après l'évasion de Zack, mais ce fut le commentaire qui l'inquiéta le plus : *« L'autre évadé, Dominic Sandini, âgé de trente ans, a été repris et placé en garde à vue après une courte bagarre avec les autorités. Il a été transféré pour interrogatoire au pénitencier national d'Amarillo, où il partageait la cellule de Benedict, qui court toujours. Le directeur de la prison, Wayne Hadley, considère Sandini comme un criminel extrêmement dangereux. »* Zack se pencha et fixa l'écran, soulagé de constater que Dom ne semblait pas avoir été malmené par les flics d'Amarillo. Pourtant ce que l'on venait de raconter n'avait aucun sens. Les médias et Hardley auraient dû traiter Dom en héros, comme un détenu modèle qui avait sonné l'alarme pour signaler l'évasion de son compagnon de cellule. La veille, quand le présentateur avait décrit Dom comme un « second évadé », Zack s'était dit qu'ils n'avaient tout simplement pas eu le temps d'interroger Hadley pour connaître le déroulement des faits. A présent ils en avaient eu tout le loisir, et ils s'étaient entretenus avec le directeur. Et Hadley qui déclarait Sandini dangereux. Pourquoi diable avait-il fait cela, se demandait Zack, alors qu'il aurait dû se réjouir publiquement de ce que l'un au moins de ses détenus se soit comporté comme un citoyen honnête ?

La raison qui lui vint immédiatement à l'esprit lui parut impensable, insoutenable : Hadley n'avait pas cru au récit de Dom. Non, ce n'était pas possible, puisqu'il s'était assuré que Dom avait un alibi en béton. Ce qui ne lui laissait qu'une seule autre possibilité : Hadley avait cru à l'alibi de Dom, mais il était trop furieux que Zack se soit fait la paire pour ne pas faire porter le chapeau à Dom. Zack n'avait pas prévu cela. Il s'était figuré que son extrême vanité pousserait Hadley à chanter les louanges de Dom, d'autant que l'incident avait monopolisé l'attention des médias. Jamais il n'aurait imaginé que sa méchanceté l'emporterait sur son égocentrisme ni même sur le bon sens, mais si tel était le cas, les méthodes qu'il utiliserait pour se venger de lui seraient d'une brutalité à faire froid dans le dos. A la prison couraient des histoires sordides de passages à tabac, parfois mortels, dans l'abominable salle de conférences d'Hadley, sous le regard de quelques-uns de ses gardiens préférés. « Blessures résultant de coups reçus lors d'une tentative d'évasion. » Tel était généralement le motif invoqué par Hadley, lorsque les corps martyrisés arrivaient plus tard à l'infirmerie ou à la morgue.

L'inquiétude de Zack se transforma en panique à la fin du bulletin d'informations.

« Dernier développement dans l'affaire de l'évasion Benedict-Sandini, ajouta le présentateur local. *Selon une déclaration émanant du bureau du directeur de la prison d'Etat d'Amarillo, Dominic Sandini a tenté une seconde fois de s'évader alors qu'on l'interrogeait sur sa complicité dans l'évasion de Benedict. Il a attaqué trois gardiens avant d'être repris et maîtrisé. On l'a emmené à l'infirmerie de la prison où il est dans un état critique. Nous n'avons pour l'instant aucun autre détail quant à la nature et à l'ampleur de ses blessures. »*

Zack frissonna de tout son corps d'étonnement et de rage. Pris de haut-le-cœur, il rejeta la tête en arrière et lutta contre une forte envie de vomir. Il fixa le plafond en déglutissant comme un forcené, tandis qu'il songeait au visage optimiste et souriant de Dominic et à ses plaisanteries stupides.

Le journaliste poursuivit son bulletin, mais il n'y prêtait pas vraiment attention.

« La rumeur selon laquelle un soulèvement des détenus du pénitencier d'Amarillo a eu lieu a été confirmée, et Ann Richards, gouverneur du Texas, envisage d'y envoyer les troupes de la garde nationale, si nécessaire. Les détenus, tirant apparemment avantage de la couverture médiatique de l'évasion de Zachary Benedict et de Dominic Sandini, protestent contre ce qu'ils appellent la cruauté injustifié de certains cadres et des gardiens, contre la sur-

population des locaux et la mauvaise qualité de la nourriture. »

Longtemps après la fin des émissions, Zack fut incapable de se lever. La volonté de s'évader et de survivre qui l'avait empêché de sombrer dans la folie ces cinq dernières années était lentement en train de le quitter. C'était comme si la mort était à son chevet, comme si elle le traquait éternellement, et il fut soudain las de chercher à lui échapper. D'abord ses parents étaient morts, puis son frère, son grand-père, sa femme enfin. Si Sandini mourait, il ne pourrait s'en prendre qu'à lui-même. Zack avait l'impression d'être poursuivi par une sorte de malédiction macabre qui condamnait tous ceux qu'il aimait à une fin prématurée. A travers son désarroi, il comprit que ces pensées-là étaient dangereuses, malsaines, folles. Mais le fil qui l'attachait encore à la raison devenait très, très ténu.

25

Le petit paquet de vêtements qu'elle venait de sortir du sèche-linge à la main, Julie traversa la salle de séjour à pas furtifs, pieds nus et cheveux mouillés, avant de revenir dans la chambre où elle avait passé une nuit presque blanche. Il était onze heures du matin et, à en juger par les bruits qu'elle entendait, Zack devait être sous la douche.

En proie à un mal de tête lancinant qui la faisait grimacer, elle se sécha les cheveux, les brossa et enfila le jean et le pull qu'elle portait trois jours plus tôt, sur la route d'Amarillo. Elle avait l'impression que plusieurs semaines s'étaient écoulées depuis ce jour où tout était encore normal. Plus rien ne l'était à présent, notamment son opinion d'elle-même. Elle avait été prise en otage par un détenu qui s'était évadé. Toute femme ordinaire, honnête et décente, aurait détesté son ravisseur et méprisé tout ce qu'il représentait. Toute jeune femme de vingt-six ans, respectable, ayant une certaine moralité, se serait battue à la moindre occasion contre Zachary Benedict tout en s'efforçant de contrecarrer ses projets, d'échapper à ses griffes et de le faire capturer et renvoyer en prison, où il aurait dû se trouver ! Voilà ce qu'aurait été le comportement d'une femme pieuse et bien sous tous rapports.

Or ce n'était pas ce qu'avait fait Julie Mathison, et elle en éprouvait du dégoût. Elle avait laissé son ravisseur l'embrasser et la caresser. Pire, elle y avait pris du plaisir.

La veille, elle s'était bercée de l'illusion qu'elle avait simplement voulu réconforter un homme malheureux, qu'elle était gentille comme on le lui avait appris, mais à la lumière du jour, elle savait que tout cela n'était que mensonge. Si Zachary Benedict avait été vieux et moche, elle ne se serait pas jetée dans ses bras et n'aurait pas tenté de lui faire oublier son infortune par un *baiser.* Elle n'aurait pas non plus tenu si fort à croire en son innocence. La vérité, c'était qu'elle avait cru aux ridicules protestations d'innocence de Zachary Benedict parce qu'elle avait envie d'y croire et qu'elle l'avait consolé parce qu'il l'attirait. Au lieu de s'enfuir la veille sur cette aire de repos, elle s'était roulée dans la neige et l'avait embrassé, en refusant d'admettre que le routier dénommé Pete aurait fort bien pu sortir indemne de la bagarre qui s'en serait peut-être ensuivie.

A Keaton, elle avait scrupuleusement esquivé les avances d'hommes bien en se félicitant hypocritement de la haute moralité que lui avaient inculquée ses parents adoptifs. Et voilà qu'elle se retrouvait devant une vérité aussi criante que douloureuse : aucun de ces hommes si bien ne l'avait attirée sexuellement, et maintenant elle savait pourquoi. Seuls des gens de sa sorte étaient susceptibles de la séduire, des rebuts de la société comme Zachary Benedict. La décence et la respectabilité ne lui faisaient aucun effet. Contrairement à la violence, au danger et à la passion illicite.

Extérieurement, Julie Mathison avait tout de la citoyenne droite et vertueuse, mais au fond de son cœur, elle était encore Julie Smith, la gosse des rues, née de parents inconnus. Telle était l'écœurante réalité. Naguère la morale de la société n'avait aucun sens pour elle. Visiblement elle n'en avait toujours pas. Mme Borowski, la directrice de l'institution de placement LaSalle, ne s'était pas trompée. Julie donna un violent coup de brosse, tandis que dans sa tête elle entendait sa voix aigre et apercevait son visage distordu par le mépris.

— Chassez le naturel, il revient au galop. C'est valable pour toi, Julie Smith. Tu arriveras peut-être à berner cette psychiatre qui se donne de grands airs, mais pas moi. Tu es une mauvaise graine, tout comme dans ce film que nous avons vu à la télévision... Tu ne feras jamais rien de bon, tu verras... On ne peut pas faire un sac de soie avec l'oreille d'une truie et c'est ce que tu es, une oreille de truie. Qui se ressemble s'assemble, et c'est pour cela que tu traînes toujours avec les petits voyous. Ils sont exactement comme toi, mauvais... MAUVAIS !

Julie plissa les paupières pour chasser ce souvenir pénible et penser à l'homme si bon qui l'avait adoptée.

— Tu es une bonne petite fille, Julie, lui murmurait-il, comme il le faisait souvent quand elle était venue vivre chez eux. Une très gentille et tendre petite fille. Tu grandiras et tu deviendras une épouse très bien. Un jour, tu choisiras un homme bon et pieux et tu feras une épouse et une mère merveilleuse, tout comme tu es une fille charmante aujourd'hui.

Ravagée par le souvenir de la foi qu'il avait mise en elle à tort, elle appuya ses mains sur la commode et baissa la tête.

— Tu avais tort, murmura-t-elle d'une voix entrecoupée.

Elle venait de comprendre l'affreuse vérité : elle n'était pas attirée par les hommes bons et pieux, ni même beaux comme Greg Howley, mais par des hommes comme Zachary Benedict, lequel l'avait fascinée depuis l'instant où elle l'avait aperçu sur ce parking. La veille, elle avait eu envie de coucher avec lui et il s'en était rendu compte. Qui se ressemble s'assemble. Il avait reconnu en elle quelqu'un de son espèce. C'était pour cela qu'il s'était mis en colère, qu'elle l'avait dégoûté, quand elle l'avait empêché de lui faire l'amour. Ce qu'il méprisait, c'était sa lâcheté. Elle avait eu envie de coucher avec lui dès qu'il l'avait embrassée, caressée.

Chassez le naturel, il revient au galop. Mme Borowski avait raison.

Mais le révérend Mathison avait lutté contre cela, se souvint brusquement Julie. Quand elle lui répétait ce dicton, il la secouait un peu en lui disant :

— Les animaux ne changent pas, les gens si, Julie ! C'est pour cela que le Seigneur nous a donné un esprit et une volonté. Si tu veux être une bonne petite, tu n'as qu'à en *être* une. Il suffit d'en prendre la résolution et de s'y tenir !

Décide-toi, Julie...

Lentement, elle releva la tête et contempla son reflet dans le miroir tandis qu'une force nouvelle prenait possession d'elle. Elle n'avait rien fait d'impardonnable. Pas encore.

Et avant de trahir inexorablement ce qu'elle était ainsi que l'éducation qu'elle avait reçue, elle allait se tirer des griffes de Zachary Benedict, bon Dieu ! Bon sang ! rectifia-t-elle d'un air morose. Aujourd'hui. Il fallait fuir le jour même, avant que sa maigre volonté et sa moralité si fragile ne s'effondrent devant la séduction de cet homme. Si elle restait, elle deviendrait de fait sa complice, et il n'y aurait plus alors de rédemption sociale ou morale possible. Avec une ardeur quasi hystérique, Julie jura de lui échapper.

Elle se dirigea vers la fenêtre de sa chambre, tira les rideaux et jeta un coup d'œil au ciel gris et menaçant de la matinée. Au-dessus d'elle de gros nuages porteurs de neige s'accumulaient. Le vent hurlait dans les pins et faisait trembler les vitres. Elle refit mentalement la route qui les avait conduits jusqu'ici et, quand les premiers flocons apparurent, elle grimaça. Ces deux derniers jours, elle avait vu assez de neige pour une vie entière ! A une vingtaine de mètres, au-delà de la plate-forme de bois qui entourait la maison, on avait cloué un gros thermomètre rond sur un arbre, à la lisière des bois. Il indiquait une température de quatre degrés, sans compter le vent glacé. On devait approcher de zéro.

Elle leva la tête et tressaillit en entendant la radio. L'homme qui avait fait son malheur était habillé et, dans la salle de séjour, il attendait les nouvelles.

Pendant une minute, elle envisagea de se barricader dans cette chambre bien chaude jusqu'à ce qu'il s'en aille, mais c'était à la fois impossible et peu pratique. Il fallait quand même manger, et même si elle condamnait sa porte, elle ne pouvait rien faire pour la fenêtre. En outre, plus elle resterait longtemps avec lui, moins elle aurait de chances de convaincre les autorités et les habitants de Keaton qu'elle n'était ni la complice consentante ni la compagne de lit de cet homme condamné pour meurtre.

Avec un soupir nerveux, Julie affronta la dure réalité. La seule route vers la liberté, et la respectabilité, se trouvait à l'extérieur, de l'autre côté d'une montagne enneigée et inconnue, avec la Blazer, pour peu qu'elle trouve le moyen de la faire démarrer sans clé, ou à pied. Si elle devait s'en aller à pied, ce qui était le plus probable, il lui fallait d'abord se préoccuper de se protéger du froid.

Se détournant de la fenêtre, Julie se dirigea vers le grand vestiaire pour y « emprunter » des vêtements plus chauds. Elle poussa un petit cri de joie. Tout au fond se trouvait ce qui ressemblait à des combinaisons de ski pour adultes. Elles étaient toutes deux bleu marine avec des bandes rouges et blanches, mais l'une était beaucoup plus petite. Quand elle la plaça devant elle, elle vit aussitôt qu'elle était à sa taille. En la jetant sur son bras elle retourna dans la chambre et se mit à fouiller les tiroirs de la commode. Puis elle réprima un autre cri de joie quand elle en tira une combinaison à manches et jambes longues en Thermolactyl.

Elle eut le plus grand mal à remonter la fermeture Eclair de son jean sur les dessous volumineux qu'elle avait enfilés et, quand elle y fut enfin parvenue, celui-ci la serrait tant qu'elle ne pouvait plus plier les genoux. Mais Julie n'y prêta guère attention. Elle chercha plutôt le moyen d'amener Zachary Benedict à baisser sa garde suffisamment longtemps pour qu'elle puisse s'échapper et, si elle devait le faire à pied, pour qu'il ne se lance pas à sa poursuite avant qu'elle ait pris une avance confortable. C'est pour cette raison qu'elle n'avait pas mis la combinaison de ski. A présent, il lui semblait préférable de lui faire croire qu'elle sortait simplement quelques minutes pour prendre l'air.

Arborant un air impersonnel, Julie tira sur son pull et sur sa veste en espérant qu'il ne remarquerait pas que ses jambes avaient l'allure et la mobilité de deux saucisses raides, puis elle ouvrit la porte et pénétra dans la salle de séjour.

Son regard se porta machinalement sur le sofa au coin du feu, où elle s'attendait à le trouver. Il était à l'autre bout de la pièce et regardait la neige tomber. Il lui tournait le dos, les mains profondément enfouis dans les poches de son pantalon. Retardant le moment où elle devrait lui faire face pour la première fois depuis la veille, elle le regarda lever la main. Comme il se frottait la nuque d'un air absent, sa mémoire lui joua le tour de lui rappeler la caresse experte de ses longs doigts sur ses seins et l'exquise sensation qu'elle avait alors éprouvée. Il fallait quand même reconnaître qu'il avait fait preuve d'une certaine réserve, d'une certaine décence, la veille au soir. Il était aussi excité qu'elle. Au souvenir de son sexe raidi, son visage s'échauffa.

Elle l'avait excité puis, sans crier gare, elle l'avait insulté et mis en colère. Pourtant il n'avait même pas tenté de la violer...

Il tourna légèrement la tête et elle aperçut la sombre fierté de ce profil taillé à coups de serpe et cette bouche mobile qui l'avait embrassée avec tant d'ardeur. Un homme capable d'une telle tendresse et d'une telle retenue dans le feu de la passion, alors qu'il n'avait pas approché une femme depuis cinq ans, ne pouvait certainement pas être un meurtrier...

Julie s'admonesta avec vigueur ! Voilà qu'elle se laissait de nouveau aller à plaindre bêtement ce criminel, à l'idéaliser, simplement parce qu'il était grand, beau, incroyablement séduisant et qu'elle n'était qu'une pauvre idiote sans caractère, désespérément attirée par lui.

— Excusez-moi, dit-elle d'une voix assez forte pour couvrir le bruit de la radio.

Il fit volte-face et fixa sa tenue.

— Où avez-vous l'intention d'aller comme ça ?

— Vous m'avez dit que je pouvais aller partout dans et autour de la maison, répliqua-t-elle du même ton pincé. Je deviens folle coincée ici. Je voulais juste prendre l'air.

— Il gèle dehors.

Comme elle comprit qu'il était sur le point de refuser de la laisser sortir, elle changea son fusil d'épaule et adopta une démarche calme et logique.

— Comme vous l'avez si bien souligné, je mourrais de froid si je tentais de m'évader à pied. J'ai simplement besoin d'un peu d'exercice et d'air frais. Tout ce que je veux, c'est explorer un peu le terrain et..., hésita-t-elle, puis, mue par une soudaine inspiration, elle enchaîna avec un enthousiasme enfantin : faire un bonhomme de neige ! Je vous en prie, ne dites pas non ! l'amadoua-t-elle. Je n'ai jamais vu autant de neige depuis je suis venue au Texas quand j'étais petite fille.

Il ne se laissa ni impressionner ni amadouer.

— Comme vous voudrez, mais restez dans mon champ de vision.

— Oui, geôlier ! rétorqua Julie, que son autoritarisme insupportait. Pourrais-je disparaître de temps à autre pour ramasser les branches et les brindilles dont j'aurais besoin ?

Pour toute réponse, il plissa le front et la fixa dans un silence glacé.

Julie prit ce silence pour un consentement, tout en sachant parfaitement qu'il n'en était rien. Elle avait décidé de lui échapper et, pour atteindre cet objectif urgent, elle était prête à presque toutes les bassesses pour l'apaiser.

— J'ai toujours mis des carottes pour faire le nez. Je vais voir dans le réfrigérateur si nous en avons, ajouta-t-elle avec un petit sourire pour mieux cacher son jeu.

Le réfrigérateur se trouvait près d'un tiroir qui contenait des clés aux formes bizarres ouvrant des serrures inconnues. De la main gauche Julie ouvrit le frigo et de la droite elle tira discrètement le tiroir et chercha à tâtons les plates clés métalliques qu'elle avait aperçues.

— Pas de carotte ! lança-t-elle par-dessus son épaule avec un sourire artificiel avant de jeter un coup d'œil furtif dans le tiroir.

Elle vit une clé et la prit, mais elle était sûre qu'il y en avait d'autres. Elle en repéra alors trois qui pointaient sous les spatules et les cuillères. Les yeux rivés sur le contenu du réfrigérateur, elle réussit à en saisir une, mais ses longs doigts fébriles n'avaient pas l'adresse suffisante pour prendre les deux autres à l'aveuglette. Elle était sur le point de mettre la main dessus quand elle l'entendit bouger. Lorsqu'elle releva les yeux, il avançait vers elle d'un pas énergique. Elle retira sa main du tiroir et le referma aussitôt, les deux clés serrées dans sa paume.

— Qu'est-ce que vous voulez ? demanda-t-elle d'une voix vacillante d'émotion.

— Manger quelque chose, pourquoi ?

— Je me demandais, c'est tout.

Elle passa devant lui quand il contourna le comptoir.

— Servez-vous !

Il la suivit du regard, tandis qu'elle avançait vers le vestibule.

— Qu'est-ce que vous avez aux jambes ?

— Rien, fit-elle, la bouche sèche. J'ai trouvé un caleçon long dans un tiroir et je l'ai mis sous mon jean pour ne pas avoir froid dehors.

— Restez près de la maison, la prévint-il. Que je n'aie pas besoin d'aller vous chercher !

— Oui, mentit-elle en ouvrant la porte du placard du vestibule où elle avait aperçu des bonnets de ski et des gants appartenant au propriétaire de la maison. A votre avis, que dois-je emporter pour les yeux et pour le nez ? demanda-t-elle en le submergeant de petits détails pour l'amener à baisser sa garde, de guerre lasse.

— Je n'en sais rien et, pour être parfaitement honnête, je m'en fiche.

Affectant un enthousiasme naturel, elle enfila les après-ski.

— Dans certaines cultures, déclara-t-elle en adoptant inconsciemment le ton avec lequel elle s'adressait à sa classe de CE2, les bonshommes de neige sont de véritables œuvres d'art. Vous saviez ça ?

— Non.

— Il ne faut pas négliger les préparatifs, ajouta-t-elle ingénument.

Il la dévisagea avec une expression de muette interrogation, puis il lui tourna grossièrement le dos et regagna la cuisine.

Julie n'avait nulle envie de poursuivre la conversation, mais elle venait de trouver un prétexte pour disparaître plus souvent.

— Dans ces cultures où les figurines de neige et de glace sont tenues pour une forme d'art très prisée, enchaîna-t-elle, inventant au fur et à mesure, un bonhomme de neige est beaucoup plus que trois grosses boules entassées. On construit toute une scène autour de lui avec des branches, des baies et des pierres, dit-elle en enfilant des gants fourrés qu'elle venait de trouver au fond du placard. Intéressant, non ? fit-elle en lui lançant un grand sourire par-dessus son épaule.

Il prit un couteau dans un tiroir et ouvrit un placard.

— Fascinant, railla-t-il.

— Vous ne semblez pas vraiment fasciné, se lamenta Julie qui voulait qu'il lui demande lui-même de s'en aller et de le laisser tranquille, ce qu'elle avait bien l'intention de faire. Le moins que l'on puisse faire, c'est d'y consacrer toute son attention. Le jeu en vaut la chandelle. Pensez à la joie et à la satisfaction que l'on éprouve quand la scène est...

Il claqua si fort la porte du placard que Julie se retourna brusquement et fixa le couteau qu'il tenait à la main.

— Julie, dit-il, fermez-la !

Ce brusque changement d'humeur aurait suffi à lui rappeler que ce Zachary Benedict était un ennemi dangereusement imprévisible et, avec cette lame luisante et ses yeux menaçants, il semblait vraiment capable de tuer de sang-froid.

Zack la vit pâlir, contempler le couteau, et il lut dans ses pensées. La colère qui montait en lui explosa.

— C'est vrai, persifla-t-il, j'ai été condamné pour meurtre.

— Mais vous m'avez dit que vous ne l'aviez pas commis, lui rappela-t-elle en s'efforçant en vain de paraître calme et convaincue.

— J'ai dit ça, railla-t-il, mais vous savez très bien qu'il n'en est rien, n'est-ce pas, Julie ?

Elle avala nerveusement sa salive et recula dans le couloir.

— Je peux sortir ?

Sans attendre de réponse, elle saisit la poignée à tâtons et la tourna.

Derrière elle, Zack était extrêmement calme. Il s'efforçait de se maîtriser et de chasser de son esprit l'horreur qu'il avait lue sur son visage. Il se dit que ce qu'elle pensait n'avait aucune importance, qu'elle était adorable quand elle parlait de son bonhomme de neige, qu'elle était douce, bonne et innocente, et que, comparé à elle, il était sale et inhumain.

Quelques minutes plus tard, la radio annonça la nouvelle et son moral s'améliora considérablement. Selon le présentateur, Sandini n'allait pas mieux, mais il n'allait pas plus mal non plus. Il se maintenait. Zack changea de poste et finit par en trouver un qui ne diffusait que des informations et pas de musique. Il pénétrait dans la salle de séjour quand le commentateur annonça qu'un homme en qui les autorités canadiennes avaient reconnu Zachary Benedict avait franchi la frontière à Windsor deux jours plus tôt à bord d'une berline noire de location.

26

— Merde, dit doucement Julie en se glissant hors de la Blazer, qui était toujours garée derrière la maison, loin des baies vitrées.

Depuis quinze ans qu'elle avait pris sa première et unique leçon de vol de voiture, les systèmes électriques avaient manifestement évolué, à moins qu'elle n'ait été une élève peu attentive. En tout cas, elle ne savait absolument pas dans la poignée de fils qu'elle avait sortis du tableau de bord lesquels pourraient lui être d'une quelconque utilité.

Elle se pencha pour ramasser une brassée de branches de pin, puis dans la neige et le vent, elle courut vers la maison. Pendant le quart d'heure où elle avait été dehors, il était resté à la fenêtre à la contempler, telle une statue de pierre. La recherche d'« accessoires » lui permettait de disparaître quelques minutes sans éveiller ses soupçons, comme elle l'avait espéré, mais elle craignait de s'absenter trop longuement. Jusque-là elle avait fait trois excursions d'une durée croissante, revenant chaque fois avec des branches de pin après avoir tenté de faire démarrer la Blazer en mettant le contact avec les fils. S'il la pensait assez idiote pour perdre son temps à faire un bonhomme de neige dans ce froid glacial, il se fatiguerait vite de jouer les sentinelles. Elle y comptait.

Julie tira son bonnet de laine sur ses oreilles gelées et fit rouler la boule qui servirait de base au corps du bonhomme tout en passant en revue les différentes possibilités d'évasion qui s'offraient à elle. Par un temps pareil, il serait suicidaire de s'en aller à pied. Même si elle ne se perdait pas en descendant de la montagne, elle risquait de mourir de froid avant d'atteindre la route principale. Si par chance, elle y parvenait, elle périrait avant de voir venir un automobiliste. Sur la route qui les avait menés ici, ils n'avaient pas croisé une seule voiture les deux dernières heures. La probabilité de dénicher l'endroit où il avait caché les clés de la Blazer lui semblait également faible.

Il doit bien y avoir un moyen de sortir d'ici ! dit-elle à voix haute en poussant sa boule de neige vers les branches de pin.

Derrière la maison il y avait un garage cadenassé qui, d'après Zachary Benedict, servait de remise et ne pouvait donc pas abriter la Blazer. Peut-être mentait-il. Peut-être n'en savait-il rien. L'une des clés qu'il gardait dans sa poche ressemblait à celle d'un cadenas, et le seul qu'elle ait vu était celui de la porte du garage. L'éventualité que le propriétaire y ait laissé une voiture ne lui remonta pas vraiment le moral. Pour peu qu'elle en trouve les clés et qu'elle parvienne à démarrer, la Blazer bloquait la porte du garage.

Il ne lui restait donc plus qu'une possibilité : même sans avoir vu l'intérieur de ce garage, elle avait une petite idée de ce qu'elle allait y trouver : des skis.

Il y avait des chaussures de ski dans le placard de sa chambre, mais pas de skis dans la maison, ce qui signifiait qu'ils étaient sans doute là.

Elle n'avait jamais skié de sa vie.

Elle s'apprêtait à tenter le coup. A la télévision ou au cinéma, cela n'avait pas l'air si difficile que cela. Et pourquoi le serait-ce ? Les enfants skiaient bien. Elle en serait certainement capable, elle aussi.

Tout comme Zachary Benedict, se rappela-t-elle avec une pointe de peur brute. Elle l'avait vu skier dans l'un de ses films, une histoire policière qui se déroulait en Suisse. Il semblait skier comme il respirait, mais c'était probablement un cascadeur qui faisait le plus dur.

Elle continuait de pousser en grognant une boule de

neige qui devenait de plus en plus grosse. Dix minutes plus tard, elle la mit en place, ce qui ne fut pas une mince affaire, puisqu'elle pouvait à peine fléchir les genoux dans son jean trop serré. Ayant achevé le premier tiers du bonhomme de neige, elle éparpilla vite les branches de pin en un demi-cercle, comme si elle obéissait à un plan, puis elle fit mine de contempler son œuvre. Du coin de l'œil, elle observa les fenêtres et vit qu'il était toujours là.

Il était temps, se dit-elle en tremblant nerveusement, de tenter une incursion dans ce garage.

Les mains gantées engourdies par le froid et l'appréhension, Julie glissa en vain une première clé dans le lourd cadenas. En retenant son souffle elle y glissa la seconde clé et la serrure s'ouvrit dans sa main. Elle jeta un coup d'œil en direction de la porte à l'arrière de la maison pour s'assurer qu'il n'avait pas brusquement décidé de sortir, puis elle enjamba le tas de neige qui lui barrait le passage et pénétra dans le garage en refermant la porte derrière elle.

A l'intérieur il faisait noir comme dans un four, mais après avoir trébuché sur une pelle et heurté un objet inconnu avec d'énormes pneus, elle trouva un interrupteur sur lequel elle appuya. Une rangée de gros spots déversèrent leur lumière. Provisoirement aveuglée, Julie cligna des yeux puis jeta un regard circulaire dans ce lieu encombré, le cœur battant de curiosité. Des skis. Il y avait plusieurs paires de skis et de bâtons rangés dans des casiers sur le mur d'en face. A sa gauche se trouvait un gigantesque tracteur équipé d'un énorme engin pour chasser la neige. Julie s'imagina assise dans la cabine, se frayant un chemin sur les routes dangereuses et sinueuses qui descendaient de la montagne, mais elle écarta cette éventualité. Même si elle était assez téméraire pour tenter de dégager la Blazer et pour descendre en tracteur, le moteur ferait assez de bruit pour alerter Zack. De plus, l'engin roulerait si lentement qu'il pourrait l'extirper de là sans même se donner la peine de courir.

L'autre moitié du garage était remplie d'équipements

de tracteur, de pneus neige, de boîtes et d'objets recouverts d'une grande bâche noire.

Des skis. Elle allait devoir descendre la montagne à skis. Si elle ne mourait pas de froid, elle se casserait sans doute le cou. Et ce qui était tout aussi déprimant, il lui faudrait attendre le lendemain ou le surlendemain pour tenter sa chance, car le vent se levait et la neige tombait abondamment. Plus par curiosité que par espoir, Julie souleva un coin de la bâche et y jeta un coup d'œil, puis elle l'écarta dans un cri de joie incrédule.

Sous la bâche se trouvaient deux autoneiges luisantes, bleu marine, avec des casques perchés sur le siège.

Les doigts tremblants, elle glissa l'autre clé dans le démarreur de celle qui était le plus proche d'elle. Elle y entra sans résistance et tourna. Ça marchait ! Exultante, elle sortit du garage en courant et referma soigneusement la porte derrière elle. Le temps qui lui avait semblé si menaçant quelques minutes auparavant n'était plus à présent qu'un inconvénient mineur. Dans une demi-heure ou moins, dès qu'elle aurait enfilé cette combinaison qui l'attendait dans le placard et qu'elle se serait esquivée, elle se lancerait sur le chemin de la liberté. Elle n'avait jamais conduit d'autoneige, mais elle ne doutait pas un instant qu'elle saurait s'en tirer, et beaucoup mieux qu'avec ces skis et ces bâtons. Bien décidée à mettre en œuvre ce plan qui avait si bien marché jusque-là, Julie prit le temps de ramasser quelques branches, puis elle fonça vers l'endroit où se tenait le bonhomme et les y déposa. Zachary Benedict était toujours à la fenêtre. Julie se força à regarder autour d'elle, comme si elle cherchait d'autres accessoires, tout en songeant aux derniers détails de son évasion imminente. Il ne lui restait en fait qu'à se changer, à enfiler des gants secs et à prendre la clé de l'autre autoneige pour qu'il ne puisse pas la poursuivre quand il aurait découvert sa disparition.

Elle était prête à partir. Ni la neige ni le vent ni un criminel évadé et armé ne pourraient l'en empêcher. C'était déjà fait, pour ainsi dire.

De la maison Zack la vit enfoncer son bonnet sur sa tête et partir à la recherche de ce dont elle avait besoin pour cette espèce de scène peu identifiable. Sa colère était tombée. Il avait été grandement soulagé par les nouvelles concernant l'état de Sandini et, dans une moindre mesure, par l'amusement involontaire qu'il éprouvait à regarder Julie se débattre avec cette énorme boule de neige qu'elle poussait inlassablement devant elle, alors qu'elle pouvait à peine fléchir les genoux. Il esquissa un demi-sourire quand elle trouva enfin une solution. Lorsque la boule fut assez grosse, elle cessa de pousser avec les bras, se retourna, s'y adossa et poussa sur ses jambes. Zack avait été tenté de sortir pour l'aider, mais cela l'aurait aussi privé du plaisir de la contempler depuis son poste d'observation. Jamais il n'aurait imaginé que l'on pouvait prendre autant de plaisir à regarder une femme faire un bonhomme de neige. D'autre part, il n'en avait jamais connu qui s'adonnait à une occupation aussi saine et innocente.

Cette fille était une énigme totale, songeait-il en attendant qu'elle réapparaisse. Intelligente et ingénue, compatissante et fougueuse, passionnée et espiègle, elle était pleine de contradictions, toutes extrêmement séduisantes. Mais ce qui l'intriguait le plus en Julie Mathison, c'était cette nature saine et sans affectation. Au début, il était à demi convaincu de la réalité de l'aura d'innocence qu'il lui prêtait, mais hier soir, il s'était rendu compte qu'elle savait à peine embrasser ! Il se demanda quel genre de mauviettes pouvait bien habiter Keaton, Texas. Et quel crétin sans égard que ce quasi-fiancé qui ne l'avait même pas initiée à ces préliminaires ! Elle avait sursauté comme un lapin surpris quand Zack lui avait pris les seins. S'il n'avait pas eu conscience que c'était impossible de nos jours, il aurait presque pensé qu'elle était encore vierge.

Quand il vit où ses pensées le menaient, il jura en silence, puis se retourna brusquement quand Julie rentra par la porte du fond.

— Je... J'ai besoin de vêtements pour habiller mon bonhomme, dit-elle avec un sourire radieux.

— Pourquoi n'attendez-vous pas demain pour le terminer ? fit-il, et son sourire s'évanouit.

— Mais... mais je m'amuse ! protesta-t-elle d'un ton

désespéré. Quel plaisir cela peut-il bien vous faire de m'empêcher de m'occuper !

— Je ne suis pas un ogre ! rétorqua sèchement Zack, peiné par la crainte et la méfiance qu'il lisait dans son regard.

— Alors laissez-moi terminer mon... mon projet !

— Entendu, dit-il avec un soupir agacé. Parfait.

Son sourire réapparut, qui lui illumina le visage.

— Merci.

Zack fondit sous ce sourire rayonnant.

— De rien, répondit-il, exaspéré par la tendresse qu'il perçut dans sa propre voix.

A la radio, dans la cuisine, un journaliste annonça un nouveau développement dans l'affaire Benedict-Sandini, dont on parlerait après la prochaine pause publicitaire. En s'efforçant de lui dissimuler sa réaction par un bref hochement de tête, il la regarda se précipiter dans la chambre, puis il entra dans la cuisine et haussa le son.

Il se versait une tasse de café quand le présentateur reprit :

« Il y a dix minutes, une source anonyme a téléphoné à NBC News de l'infirmerie du pénitencier national d'Amarillo pour nous informer que Dominic Carlo Sandini, qui avait tenté de s'évader il y a deux jours en compagnie de son codétenu Zachary Benedict, est mort ce matin à onze heures quinze, alors qu'on le transportait en ambulance à l'hôpital Saint Mark. Sandini, neveu d'Enrico Sandini, personnalité réputée du milieu, est mort des blessures dont il a été victime lorsqu'il a attaqué deux gardiens lors de sa seconde tentative d'évasion... »

Julie sortait de la chambre, sa tenue de ski derrière le dos, quand elle entendit le hurlement de rage de son ravisseur et le bris de verre quand il lança violemment sa tasse de café sur le carrelage de la cuisine.

Elle se tenait en plein dans son champ de vision, paralysée par la terreur, tandis que Zachary Benedict jetait tout ce qu'il pouvait ramasser contre les murs ou sur le sol en beuglant des obscénités et des menaces d'une rare violence. Le grille-pain s'écrasa, suivi du moulin à café, de la cafetière, puis il balaya de son bras les assiettes, les tasses et les pots de verre qui se trouvaient sur le comptoir. Il jurait encore quand tous les plans de travail furent vides puis, aussi vite qu'elle avait surgi, cette rage aveugle s'apaisa brutalement. Comme épuisé, il appuya ses mains à plat sur le comptoir. Sa tête tomba en avant et il ferma les yeux.

Julie, qui sortit brusquement de son état d'hypnose, renonça sagement à retirer la clé de l'autoneige du tiroir et s'engagea dans le vestibule, le dos pressé contre le mur. Quand elle ouvrit la porte, le silence inquiétant qui régnait dans la cuisine fut rompu par un gémissement angoissé :

— Dom... Je suis désolé, Dom. Je suis désolé !

27

La scène effarante à laquelle elle venait d'assister repassait sans cesse dans sa tête, tandis que Julie courait vers le garage dans la neige tourbillonnante. Elle chancelait quand elle en franchit le seuil. Avec des doigts rendus malhabiles par la hâte, elle enfila la combinaison, les gants et le casque, puis elle traîna l'autoneige vers la porte, craignant de mettre le moteur en marche et de faire du bruit. Une fois dehors, elle passa une jambe sur le siège, fixa maladroitement la bride du casque et mit le contact. Le moteur se mit à ronfler plus doucement qu'elle ne le pensait et, quelques instants plus tard, elle s'envola vers la forêt à l'extrémité du terrain, en luttant pour conserver son équilibre et en priant le ciel que l'on n'entende pas son engin depuis la maison.

Tremblant de joie et de peur à la fois, Julie navigua entre les arbres et, tout en se débattant pour garder la maîtrise de son véhicule, écarta les branches de pin et contourna les grosses pierres enfouies sous la neige. Quand elle serait hors de portée et certaine qu'il ne la suivait pas, elle prendrait la direction de la route sinueuse qui descendait jusqu'à l'autoroute, mais pour l'instant, elle était heureuse de devoir rester dans les bois. Au-delà de l'abri qu'ils lui offraient, le vent s'était mis à hurler et la tempête de neige s'était muée en un véritable blizzard.

Cinq minutes passèrent, puis dix. L'impression d'avoir réussi à retrouver la liberté lui donnait du courage, mais sa joie fut subitement altérée par le souvenir de la douleur qu'elle avait vue en cet homme qu'elle venait de laisser derrière elle. Elle songea alors qu'il était incongru, et même presque invraisemblable que quelqu'un capable de tuer de sang-froid éprouve une telle angoisse devant la mort de son compagnon de cellule.

Elle jeta un coup d'œil par-dessus son épaule pour s'assurer qu'on ne la suivait pas, puis elle poussa un cri en manquant heurter un arbre. Elle fit un écart brutal pour l'éviter et faillit tomber à la renverse.

Zack se redressa et contempla d'un air abattu les objets brisés et les éclats de verre sur le sol de la cuisine.

— Merde, dit-il mollement avant de se saisir de la carafe de cognac.

Il versa le liquide brûlant dans un verre qu'il vida d'un trait pour atténuer sa douleur. Il entendait encore la voix enjouée de Dominic lui lisant la dernière lettre de sa mère, *« Hé, Zack, Gina se marie ! Ça me fait vraiment mal de rater ça ».* Il se rappelait d'autres détails, le savoir et les conseils pas très catholiques de Sandini par exemple. *« Si tu veux un faux passeport, Zack, ne va pas voir le dénommé Rubin Schwartz, que personne ne connaît. Viens me trouver et je te mettrai en contact avec Wally la fouine. C'est le meilleur illustrateur du pays. Il faut que tu me laisses t'aider, Zack... »*

Zack avait accepté son aide et Dom en était mort.

« Hé, Zack, tu veux encore du salami de Mama ? J'ai plein de pastilles digestives. »

Debout devant la fenêtre, il buvait son cognac en fixant le bonhomme de neige de Julie sans le voir. Zack sentait presque la chaude présence de Dom à ses côtés. Il prenait tant de plaisirs à des idioties. Il serait sans doute sorti pour faire ce bonhomme de neige avec Julie...

Il se figea, le verre suspendu devant ses lèvres, fouillant le terrain du regard. Julie !

— Julie ! cria-t-il en se précipitant vers la porte du fond qu'il ouvrit brutalement.

Une bourrasque neigeuse lui fouetta le visage et il dut plaquer l'épaule contre la porte pour la maintenir ouverte malgré le vent.

— Julie, rentrez avant de vous geler le...

Le vent lui renvoya sa propre voix à la figure, mais Zack n'y prêta pas attention. Son regard venait de se porter sur les profondes empreintes de pas que la neige recouvrait déjà et il se rua vers le garage à l'arrière de la maison.

— Julie ! tonna-t-il en poussant violemment la porte du garage. Qu'est-ce que vous fichez là... ?

Zack s'arrêta net, incrédule devant le spectacle qu'il avait sous les yeux, tandis que son regard allait de l'autoneige à l'embrasure de la porte. Là, des traces d'autoneige menaient tout droit dans la forêt.

Quelques minutes plus tôt, il aurait juré qu'il avait atteint, en apprenant la mort de Dom, le comble de la colère et de la désolation, mais l'explosion de fureur et d'appréhension qu'il éprouva alors éclipsa ses sentiments.

Le froid. Quand elle eut quitté l'abri de la forêt et lancé l'autoneige sur la pente raide et bordée d'arbres qu'ils avaient empruntée avec la Blazer, Julie fut transie jusqu'aux os, le froid devenant presque insupportable. Des gouttelettes de glace lui pendaient au coin de l'œil, la neige lui fouettait le visage, l'aveuglait. Elle avait les lèvres, les jambes et le bras raides. L'autoneige glissa sur une ornière et fit une embardée mais, quand elle voulut ralentir, ses membres étaient si engourdis qu'il lui fallut attendre de précieuses secondes avant que son corps obéisse aux ordres frénétiques de son cerveau.

La seule chose que le froid n'avait pas engourdie, c'était la peur, la peur que Zack ne la rattrape et ne l'empêche de s'échapper, à laquelle venait s'ajouter une autre peur, nouvelle, celle de mourir ici, perdue dans le blizzard, enterrée sous la neige, s'il ne le faisait pas. Elle vit apparaître l'image d'une battue au printemps, où l'on localiserait ses restes parfaitement conservés sous un tas de neige fondante, le corps et la tête recouverts de l'élégante combinaison et du casque, tous deux assortis, ce qui n'était nullement un hasard, à l'autoneige. Une fin « parfaite », songea-t-elle sombrement, pour une petite fille des taudis de Chicago qui voulait tant être parfaite.

Tout en bas, à travers les branches d'arbres qui glissaient à ses côtés, elle aperçut la route nationale qui serpentait autour de la montagne, mais il y avait un à-pic pour y parvenir, une pente quasi verticale que les arbres et les énormes blocs de pierre saillants et recouverts de neige rendaient encore plus dangereux. Si elle prenait ce chemin-là, elle gagnerait peut-être quelques secondes, mais elle n'atteindrait jamais l'autoroute entière. De plus, avant même d'envisager de descendre le flanc de la montagne, il fallait traverser le pont au-dessus du torrent en crue. Elle essaya de se souvenir de l'endroit où il se trouvait. Il aurait dû être juste après le prochain tournant, mais il était difficile de juger quoi que ce fût, puisque la route se réduisait à un étroit sentier filant entre des congères.

Mieux vaudrait sans doute descendre de l'autoneige et se réchauffer en courant sur place. Mais elle craignait de perdre du temps. Si la neige avait déjà comblé les traces qui menaient du garage à la forêt quand il s'apercevrait de sa disparition, il se dirait nécessairement qu'elle avait pris la route et il la rattraperait beaucoup plus tôt et beaucoup plus facilement qu'en suivant ses traces à travers bois. Julie n'avait jamais regardé en arrière car elle redoutait de détacher les yeux de la route et de perdre le contrôle de ce véhicule qu'elle connaissait mal, mais à présent qu'elle se rendait compte que tout dépendait de la vitesse avec laquelle la neige recouvrait ses traces, elle n'y tenait plus. Elle jeta un regard furtif par-dessus son épaule et étouffa un cri. Au-dessus d'elle, loin derrière, une autoneige sortit en trombe de la forêt, puis tourna en direction de la route, le conducteur penché en avant, spectre de la fatalité, menaçant, zigzaguant entre les arbres et les rochers avec une facilité déconcertante.

La terreur et la rage l'emportèrent sur tout le reste, y compris sur le froid, et l'adrénaline s'engouffra dans ses veines. En priant le ciel qu'il ne l'ait pas repérée à travers les arbres denses qui bordaient la route, elle chercha un endroit pour sortir du chemin et se cacher. Il la dépasserait. Au-dessus d'elle, au-delà de la prochaine montée, elle aperçut un plateau étroit. La route était bordée de rochers pour que les voitures ne tombent pas dans le précipice. Il lui faudrait donc naviguer entre les pierres et ralentir sa descente avant d'arriver au bord du plateau, puis trouver une cachette entre les arbres dont la cime dépassait le côté gauche de la route. Elle dirigea son véhicule vers un endroit situé entre deux rochers qui lui arrivaient à l'épaule, puis serra le frein pour se lancer dans le vide.

Le plateau était beaucoup plus étroit qu'il ne lui avait semblé et, durant quelques secondes terrifiantes, elle resta en l'air, fonçant vers les cimes d'un épais bosquet de pins, puis l'autoneige piqua du nez, comme une fusée folle, vers quelques arbres au-delà desquels se trouvait une rivière. Julie hurla quand les longues branches d'un pin arrêtèrent sa course. L'autoneige plongea vers la berge, fit un tonneau, glissa sur la glace qui s'était formée sur la rive avant de s'arrêter sur le flanc, la barre de direction pendant au-dessus du flot déchaîné, les skis plantés dans les branches d'un tremble à demi submergé.

Etourdie et soulagée, Julie resta allongée au pied du sapin qui avait freiné sa chute et vit l'autre bolide franchir le bord de la berge. A sa poursuite... Forçant son corps à réagir, elle se redressa en vacillant et se rua sous un arbre. Les skis de l'autoneige fendirent l'air devant sa cachette. Julie se recroquevilla sous les branches, mais elle n'avait aucun souci à se faire. Zack n'avait pas jeté un regard dans sa direction. Il avait repéré l'autoneige renversée sur la glace que le courant commençait à entraîner, et ce spectacle avait capté toute son attention.

Julie, qui ne comprenait pas bien ce qui se passait, le regarda sauter de son véhicule en pleine course et foncer vers la rivière.

— JULIE ! hurla-t-il plusieurs fois dans le vent et, sous son regard incrédule, il avança sur la fine couche de glace.

De toute évidence, il était persuadé qu'elle était tombée. Il aurait dû être satisfait. Il s'agissait maintenant pour Julie de récupérer son autoneige. Elle devait l'atteindre avant lui et, à moins qu'il ne parvienne à extirper la sienne, elle pouvait encore s'échapper. Les yeux rivés sur son dos, elle sortit en rampant de dessous l'arbre, se leva et se glissa furtivement de tronc en tronc, d'abri en abri.

— JULIE, REPONDEZ-MOI, POUR L'AMOUR DU CIEL ! cria-t-il en retirant sa veste.

La glace commençait à craquer autour de lui et l'arrière de l'autoneige de Julie pointa en l'air, tandis que l'engin s'enfonçait dans la rivière, où il disparut. Au lieu de reculer vers un lieu plus sûr, il attrapa les branches du tremble et, au grand étonnement de la jeune femme, plongea dans l'eau glacée.

Ses épaules disparurent, puis sa tête, et Julie se précipita sous l'arbre suivant. Il remonta à la surface pour respirer, cria son nom à nouveau, puis s'enfonça sous l'eau, tandis que Julie courait vers le dernier arbre. A moins de trois mètres de son autoneige, Julie s'arrêta net, les yeux fixés sur la rivière où il avait disparu. Sa raison lui criait que Zachary Benedict était un détenu évadé qui, en plus des crimes qu'il avait commis, l'avait prise en otage ; elle devait partir maintenant qu'elle en avait l'occasion. Mais sa conscience lui disait que, si elle le quittait à présent et qu'elle lui enlevait son seul moyen de locomotion, il mourrait de froid pour avoir tenté de la sauver.

Sa tête et ses épaules réapparurent brusquement à la surface, et un sanglot de soulagement lui monta à la gorge quand elle le vit se hisser sur la berge verglacée. Vaguement impressionnée par sa volonté et sa force physique, Julie le regarda se diriger d'un pas chancelant vers la veste qu'il avait jetée. Au lieu de l'enfiler, il s'écroula près d'un rocher enneigé au bord de la rivière.

La guerre interne que se livraient la raison et le cœur de Julie se mua en tumulte. Il ne s'était pas noyé. Il était en sécurité pour l'instant. Si elle devait le quitter, c'était maintenant, avant qu'il ne lève les yeux et l'aperçoive.

Paralysée par l'indécision, elle le vit prendre sa veste. Le soulagement imbécile qu'elle avait éprouvé en pensant qu'il allait la mettre se transforma en horreur quand il fit exactement le contraire. Il la jeta, leva les mains et se mit à déboutonner lentement sa chemise, puis il posa la tête sur la grosse pierre et ferma les paupières. La neige tourbillonnait autour de lui, s'accrochait à ses cheyeux mouillés, à son visage, à son corps, tandis qu'elle comprenait qu'il n'essayait même pas de rentrer à la maison ! Il pensait manifestement qu'elle s'était noyée en essayant de lui échapper et, comme châtiment, il s'était lui-même condamné à mort.

« Dites-moi que vous croyez en mon innocence », lui avait-il ordonné la veille au soir et à ce moment-là, Julie sut que l'homme qui voulait mourir parce qu'il avait causé sa propre « mort » était sans l'ombre d'un doute... innocent.

Julie descendit la pente en silence. Quand elle fut assez près de lui pour voir son visage, le remords et la tendresse la mirent presque à genoux. La tête rejetée en arrière et les paupières closes, ce beau visage était le masque même du désespoir et du regret.

Malgré le froid, elle ramassa sa veste et la lui tendit.

— Vous avez gagné. Rentrons à la maison maintenant, murmura-t-elle péniblement, en avalant la boule que la contrition avait fait naître dans sa gorge.

Comme il ne répondait pas, Julie tomba à genoux et essaya de glisser son bras inerte dans une manche.

— Zack, réveillez-vous ! cria-t-elle.

Les épaules tremblantes à force de refouler ses sanglots, elle l'attira dans ses bras, posa sa tête contre sa poitrine en essayant de lui insuffler un peu de sa chaleur et le berça.

— Je vous en prie, bredouilla-t-elle, au bord de l'hystérie. Levez-vous ! Je ne peux pas vous soulever. Il faut que vous m'aidiez. Zack, s'il vous plaît. Vous vouliez que quelqu'un croie à votre innocence, vous vous souvenez ? Je ne vous ai pas vraiment cru alors, mais maintenant si. Je vous le jure. Je *sais* que vous n'avez tué personne. Je crois tout ce que vous m'avez dit. Levez-vous ! S'il vous plaît, relevez-vous !

Son poids lui semblait de plus en plus lourd, comme s'il perdait totalement conscience, et Julie fut prise de panique.

— Zack, ne vous endormez pas ! dit-elle presque dans un cri.

Elle lui prit le poignet et commença à glisser son bras

flasque dans la veste tout en lui chuchotant n'importe quoi pour le ramener à lui.

— Nous allons rentrer à la maison. Nous coucherons ensemble. J'en avais envie hier soir, mais j'avais peur. Aidez-moi à vous ramener, Zack, le supplia-t-elle en passant l'autre bras dans l'autre manche avant de remonter péniblement la fermeture Eclair. Nous ferons l'amour devant le feu. Vous serez content, n'est-ce pas ?

Quand elle lui eut mis la veste, elle se redressa, lui saisit les poignets et tira de toutes ses forces, mais elle perdit l'équilibre et glissa sur le sol, à côté de lui. Elle se releva en chancelant et courut vers l'autoneige qu'elle ramena près de lui. Elle se pencha, le secoua et, comme elle ne parvenait toujours pas à le réveiller, elle ferma les yeux pour reprendre courage et le gifla puissamment. Ses yeux s'ouvrirent et se refermèrent. Sans se préoccuper du cri de douleur que lui arrachèrent ses doigts gelés, elle lui saisit les poignets et tira, tout en cherchant d'autres arguments.

— Je ne retrouverai pas le chemin de la maison sans vous, mentit-elle. Si vous ne m'aidez pas à rentrer, je vais mourir ici avec vous. C'est ça que vous voulez ? Zack, je vous en prie, aidez-moi, cria-t-elle. Ne me laissez pas mourir !

Une seconde plus tard, elle se rendit compte qu'il n'était plus un poids mort, qu'il réagissait à ses paroles et qu'il puisait dans ses faibles forces pour se redresser.

— C'est bien ! fit Julie, haletante. Levez-vous ! Aidez-moi à rentrer bien au chaud.

Il effectuait des mouvements terriblement mous et, quand il ouvrit les yeux, il regardait dans le vague, mais instinctivement il essayait de l'aider. Au bout de maintes tentatives, Julie parvint à le remettre sur pied, plaça son bras autour de ses épaules et le traîna jusqu'à l'autoneige, où il s'effondra sur la barre de direction.

— Aidez-moi à rester d'aplomb, dit-elle en se glissant derrière lui pour le caler.

Elle leva les yeux vers le chemin qu'il avait pris pour descendre jusque-là, comprit qu'il lui serait impossible de le remonter et décida de suivre la courbe de la rivière en espérant trouver le moyen de regagner le pont et la route. Julie se baissa au-dessus de lui pour le protéger du vent et se lança sur l'étendue neigeuse.

— Zack, lui chuchota-t-elle à l'oreille tant pour qu'il reste conscient que pour refouler sa peur, vous frissonnez encore un peu. C'est bien. Ça veut dire que la température de votre corps n'a pas dangereusement baissé. Je l'ai lu quelque part.

Ils longèrent le méandre et Julie se dirigea vers le seul chemin qu'ils pourraient gravir.

28

Il s'évanouit deux fois dans l'entrée avant que Julie ne le transporte dans sa chambre, où elle savait que les attendait dans la cheminée du bois qui ne demandait qu'à être allumé. Hors d'haleine, elle se dirigea en vacillant vers le lit et laissa Zack y tomber. Ses vêtements étaient raides et recouverts d'une pellicule de glace quand elle tenta de le déshabiller. Ce fut quand elle retira son pantalon qu'il ouvrit la bouche pour la première fois depuis qu'elle avait couru à son secours.

— Douche, marmonna-t-il faiblement. Douche chaude.

— Non, répliqua-t-elle d'un ton qui se voulait sérieux et impersonnel tout en lui ôtant ses sous-vêtements gelés. Pas encore. Quand on souffre d'hypothermie, il faut se réchauffer lentement, pas avec une source de chaleur directe. J'ai appris cela au cours de secourisme de la fac. Et si je vous déshabille, n'y faites pas attention. Je suis institutrice et, pour moi, vous êtes un petit garçon comme les autres, mentit-elle. Une institutrice, c'est comme une infirmière, vous savez. Ne vous rendormez pas ! Ecoutez-moi !

Elle fit glisser son slip le long de ses jambes musclées, baissa les yeux pour voir ce qu'elle faisait et sentit ses joues s'empourprer. Le superbe corps d'homme étalé devant elle ressemblait à celui qu'elle avait vu sur la page centrale de *Playgirl* à la fac. Mais celui-ci était bien réel, bleui par le froid et parcouru de frissons.

Elle l'enveloppa dans des couvertures, les frotta sur sa peau, puis elle en sortit quatre autres du placard, qu'elle étendit sur lui. Satisfaite de ce qu'elle venait de faire, elle se précipita vers la cheminée d'angle et alluma le feu. Julie attendit qu'il y ait de hautes flammes dans l'âtre pour se déshabiller à son tour. Craignant de le laisser seul, elle resta au pied du lit et observa sa respiration lente et courte tout en retirant sa combinaison.

— Zack, vous m'entendez ? demanda-t-elle.

Comme il ne répondait pas, Julie lui tint un discours sans queue ni tête pour l'inciter à reprendre du poil de la bête et pour ranimer en elle un espoir défaillant.

— Vous êtes très fort, Zack. Je l'ai remarqué quand vous changiez ma roue et quand vous êtes sorti de cette rivière en rampant. Vous êtes aussi courageux. Il y a un petit garçon dans ma classe, qui s'appelle Johnny Everett et qui voudrait plus que tout au monde être fort. Comme il est handicapé, il est coincé dans un fauteuil roulant, et ça me fend le cœur, mais *jamais* il n'abandonne la partie. Je vous en ai parlé hier soir, vous vous souvenez ? Il est très courageux, tout comme vous, ajouta-t-elle sans avoir conscience de la tendresse qui transparaissait dans sa voix. Mes frères avaient des photos de vous dans leur chambre. Je vous en ai parlé ? Il y a tant de choses que j'aimerais vous dire, Zack, fit-elle d'une voix entrecoupée. Et je le ferai si seulement vous restez en vie. Je vous dirai tout ce que vous voudrez savoir.

La panique l'envahit. Peut-être devrait-elle en faire davantage pour le réchauffer et pour le maintenir en éveil. Et s'il mourait à cause de son ignorance ? Elle prit un épais peignoir de bain dans le placard, l'enfila, puis elle s'assit sur le lit et appuya l'extrémité de ses doigts à la base de son cou, les yeux rivés sur la pendule de la commode. Son pouls était dangereusement bas.

— Pour hier soir, dit-elle, la voix et les mains tremblantes, tout en arrangeant les couvertures sur ses larges épaules, je voudrais que vous sachiez que ça m'a plu quand vous m'avez embrassée. Je n'avais pas envie que vous vous arrêtiez là et c'est bien ce qui m'effrayait. Ça n'avait rien à voir avec le fait que vous ayez été en prison, c'était parce que je... parce que je perdais les pédales, et cela ne m'était jamais arrivé.

Elle savait qu'il ne l'entendait sans doute pas, et elle se tut quand un nouveau spasme lui parcourut brutalement le corps.

— C'est bien de frissonner, répéta-t-elle en cherchant frénétiquement ce qu'elle pourrait faire.

Elle se rappela soudain les saint-bernard et leur petit tonneau autour du cou pour les promeneurs bloqués par les avalanches et bondit. Elle revint quelques minutes plus tard à son chevet avec un verre de cognac, encore frémissante de ce qu'elle venait d'entendre à la radio de la cuisine.

— Zack, dit-elle avec empressement, puis elle s'assit à côté de lui et glissa le bras sous sa tête pour approcher ses lèvres du verre, buvez-en un peu et essayez de comprendre ce que je vais vous dire. Je viens d'entendre que votre ami, Dominic Sandini, est à l'hôpital d'Amarillo. Il va mieux. Vous comprenez ? Il *n'est pas* mort. Il a repris conscience. On pense que le détenu de l'infirmerie de la prison qui a donné cette fausse information s'est trompé ou qu'il essayait de transformer le mouvement de protestation des prisonniers en une véritable émeute, et c'est exactement ce qui s'est produit... Zack ?

En quelques minutes Julie n'avait réussi à lui faire ingurgiter qu'une cuillerée de cognac. Elle renonça. Elle savait où se trouvait le téléphone qu'il avait caché et pouvait donc appeler un médecin, mais celui-ci le reconnaîtrait et appellerait immédiatement la police. On viendrait le chercher ici pour le renvoyer en prison, et il avait dit qu'il préférait mourir plutôt que d'y retourner.

L'incertitude et l'épuisement firent perler des larmes au coin des yeux de Julie à mesure que les minutes passaient. Elle resta assise, les mains croisées sur les genoux, se demandant que faire jusqu'à ce qu'une prière sorte faiblement de ses lèvres.

— Aidez-moi, murmura-t-elle. Je ne sais pas quoi faire. Je ne sais pas pourquoi Vous nous avez réunis tous les deux. Je ne comprends ni pourquoi Vous avez mis en moi ces sentiments pour lui ni pourquoi Vous voulez que je reste avec lui, mais je crois que c'est Votre volonté.

Je le sais parce que... parce que je n'avais plus senti ainsi Votre main sur mon épaule depuis que j'étais petite fille et que Vous m'avez envoyée les Mathison.

Julie inspira longuement, par à-coups, et essuya une larme, mais en prononçant ces derniers mots, elle se sentait déjà plus forte.

— Je vous en prie, prenez-nous sous Votre garde.

Puis elle leva les yeux vers Zack et contempla son corps frissonner et s'enfoncer plus profondément sous les couvertures. Quand elle comprit qu'il était profondément endormi, et non évanoui comme elle le redoutait, elle se pencha vers lui et l'embrassa sur le front.

— Continue à frissonner, lui murmura-t-elle tendrement. C'est excellent.

Julie, qui ne vit pas que deux yeux d'ambre venaient de s'entrouvrir avant de se refermer, alla prendre une douche chaude dans la salle de bains.

29

En s'enveloppant de nouveau dans le peignoir de bain, elle songea qu'elle pourrait au moins trouver le téléphone pour appeler ses parents et les rassurer sur son sort. Elle s'arrêta près du lit et posa la main sur le front de Zack en observant sa respiration. Sa température semblait proche de la normale, et il respirait plus profondément à présent, du rythme régulier d'un sommeil réparateur. Elle avait les jambes flageolantes de soulagement quand elle se retourna pour raviver le feu qu'elle avait allumé. Elle le laissa dormir et se mit en quête du téléphone, après avoir refermé la porte derrière elle. Il était logique de chercher d'abord dans la chambre qu'il occupait. Elle ouvrit donc la porte et s'arrêta net, sidérée par le luxe incroyable qui s'étalait sous ses yeux. Pour elle, une chambre avec une cheminée, des portes à miroir et une salle de bains carrelée et spacieuse était déjà le comble du luxe, mais celle-ci était quatre fois plus grande et dix fois plus somptueuse. Le mur de gauche était tapissé de glaces qui réfléchissaient un lit immense, avec de grandes lucarnes au-dessus et une superbe cheminée de marbre blanc en face. Agrémenté de fenêtres en longueur, le mur du fond s'évasait en un demi-cercle, dessinant une vaste alcôve où trônait un jacuzzi de marbre blanc. Deux canapés arrondis, tapissés d'un tissu à rayures ivoire, mauves et vert océan, se trouvaient de chaque côté de la cheminée. Sur l'estrade du jacuzzi, il y avait deux chaises bien rembourrées et une ottomane recouverte d'un tissu molletonné du même coloris, assorti au dessus-de-lit.

Julie avança lentement, enfonçant les pieds dans l'épaisse laine de la moquette vert pâle. A sa gauche elle aperçut les poignées de cuivre de deux panneaux couverts d'une glace, qu'elle ouvrit avec précaution, puis elle poussa un cri surpris devant la vaste salle de bains à dalles de marbre, au plafond transparent donnant sur le ciel, divisée en son centre par deux longs éléments de marbre contenant un lavabo double, surmonté d'un miroir. Chaque partie de la salle de bains était équipée d'une immense douche de verre et d'une baignoire de marbre à robinetterie d'or.

Si le reste de la maison pouvait convenir à un homme comme à une femme, il y avait là une touche féminine qui donnait à cette suite un air d'opulence accueillante. Julie avait lu dans un magazine de décoration qu'un homme marié qui ne doute pas de sa virilité trouve rarement à redire au désir de sa femme quand celle-ci souhaite une chambre féminine, qu'il apprécie plutôt le plaisir défendu que l'on prend à pénétrer dans un domaine jadis « interdit ». Jusqu'à présent, cela lui avait paru étrange, mais tandis qu'elle prêtait attention aux petits détails conçus pour le confort masculin, le lit grand et confortable, les chaises rembourrées près du jacuzzi, elle se dit que cette théorie n'était pas sans mérite.

Elle se dirigea vers la porte du vestiaire qui donnait sur la partie droite de la salle de bains et y entra pour chercher le téléphone. Après avoir inspecté à fond mais en vain les deux placards et tous les tiroirs de la chambre, Julie céda à la tentation et emprunta un kimono de soie rouge, brodé de fils d'or, dans le placard de la femme. Elle choisit ce kimono parce qu'elle était certaine qu'il lui irait, mais aussi parce qu'elle avait très envie d'être jolie si Zack se réveillait avant le lendemain matin. En serrant la ceinture autour de sa taille, elle se demanda où diable il avait bien pu cacher ce téléphone et se souvint du petit placard de l'entrée, celui qui était cadenassé. Elle y alla tout droit, tourna la poignée et, quand elle eut constaté qu'il était verrouillé, elle retourna dans sa chambre sur la pointe des pieds. Elle trouva la clé dans la poche de son pantalon détrempé.

Ce placard contenait une énorme réserve de vins et d'alcools, et quatre téléphones qu'elle dénicha par terre, derrière une caisse de dom-pérignon.

En réprimant une pointe de nervosité inopinée, Julie emporta un appareil dans la salle de séjour, le brancha et s'assit sur le canapé en repliant ses jambes sous elle, le téléphone sur les genoux. Elle avait déjà composé la moitié du numéro quand elle se dit qu'elle était sans doute en train de commettre une grave erreur. Elle raccrocha. L'enlèvement étant un délit passible d'un tribunal fédéral et Zack étant un assassin évadé, le FBI devait sans doute attendre qu'elle téléphone chez ses parents pour localiser l'appel. C'était du moins ce que l'on voyait au cinéma. Elle avait déjà décidé de rester avec Zack et de laisser Dieu prendre les choses en main, mais elle devait absolument prévenir sa famille et la rassurer. En effleurant du doigt le contour du faisan doré flamboyant brodé sur le bas de son kimono, elle se demanda comment parvenir à ses fins. Comme elle n'osait pas appeler les membres de sa famille, il fallait d'abord contacter quelqu'un d'autre, quelqu'un à qui elle pouvait faire confiance, quelqu'un qui ne serait pas troublé par le message qu'elle allait lui demander de transmettre.

Julie écarta d'emblée les autres institutrices. C'étaient des femmes formidables, mais plus timides qu'audacieuses, et dépourvues du panache nécessaire à la tâche qu'elle leur confierait. Son visage s'illumina soudain et elle alla chercher le petit carnet d'adresses qu'elle gardait dans son sac. En l'ouvrant à la lettre C, elle reposa l'appareil sur ses genoux et vérifia le numéro personnel de Katherine Cahill, avant que celle-ci ne devienne Mme Ted Mathison. Quelque temps auparavant, Katherine lui avait envoyé un mot pour lui demander de la rencontrer quand elle se rendrait à Keaton. Avec un petit rire satisfait, Julie songea que Ted serait furieux qu'elle ait aiguillé Katherine vers la famille Mathison, où il ne pourrait plus l'éviter... Et Katherine l'en remercierait.

— Katherine ? fit Julie quand la jeune femme décrocha dans sa maison de famille. C'est Julie. Ne dis pas un mot si tu n'es pas seule.

— Julie ! Mon Dieu ! Si, je suis seule. Mes... Mes parents sont aux Bahamas. Où es-tu ? Est-ce que ça va ?

— Je vais bien. Je te jure que je suis parfaitement en sécurité.

Elle s'interrompit pour se calmer avant de poursuivre :

— Est-ce que tu sais s'il y a des gens, la police ou des agents du FBI, chez mes parents ?

— Ils sont chez tes parents et ils posent des questions dans toute la ville.

— Ecoute, je vais te demander de me rendre un immense service. Tu ne violeras pas la loi, mais tu ne parleras pas de cet appel.

— Julie, je ferais *n'importe quoi* pour toi, répondit Katherine dans un murmure, au bord des larmes.

— J'aimerais que tu ailles dire tout de suite à mes parents et à mes frères que je te rappellerai dans une heure pour leur parler. Katherine, surtout ne fais rien pour alerter le FBI. Sois naturelle, arrange-toi pour leur parler en privé et transmets-leur mon message. Tu ne vas pas te laisser intimider par les agents du FBI, n'est-ce pas ?

Katherine émit un petit rire triste.

— Comme le disait si bien Ted, j'étais une petite princesse gâtée à qui son papa avait fait croire qu'elle pouvait faire ce que bon lui semblait. A présent, pas question qu'une ancienne princesse comme moi se laisse démonter par quelques modestes agents du FBI, ajouta-t-elle avec humour. S'ils essaient, plaisanta-t-elle, je demanderai à papa d'appeler le sénateur Wilkins.

— D'accord, répondit Julie en souriant de la témérité qu'elle décela dans la voix de Katherine. Encore une chose : fais-leur bien comprendre que je suis parfaitement en sécurité pour l'instant, mais que si quiconque localise cet appel, je courrai un grand danger. Je... Je ne peux pas t'expliquer exactement ce que j'entends par là... Je n'en ai pas le temps et même si je l'avais...

— Tu n'as pas à m'expliquer quoi que ce soit. A ta voix, je sais que tout va bien, et c'est la seule chose qui compte pour moi. Quant à l'endroit où tu es... et à la personne avec qui... Je sais que, quoi que tu fasses, tu fais ce que tu crois bien. Tu es l'être le meilleur que j'aie connu, Julie. Il faut que j'y aille. Rappelle dans une heure.

Julie alluma le feu dans la cheminée de la salle de séjour, puis fit les cent pas devant l'âtre, regardant sa montre, attendant impatiemment que l'heure passe. Le calme de Katherine, le fait qu'elle ait tout accepté sans poser de questions ne l'avait pas préparée à ce qui allait se produire lors de son second coup de téléphone. Son père, si stoïque d'ordinaire, décrocha le téléphone dès la première sonnerie.

— Allô ? Qui est à l'appareil ?

— C'est Julie, papa, dit-elle en serrant fort le combiné. Je vais bien...

— Dieu merci ! s'exclama-t-il d'une voix enrouée par l'émotion. Mary, c'est Julie et elle va bien, cria-t-il ensuite. Ted, Carl, Julie est au bout du fil et elle va bien. Julie, nous avons procédé comme tu nous l'as dit, nous n'avons rien dit au FBI.

A mille kilomètres de là, Julie entendit que l'on décrochait d'autres postes et il s'ensuivit une cacophonie de voix soulagées, paniquées, au-dessus desquelles s'élevait celle de Ted, apaisante et pleine d'autorité.

— Calmez-vous tous ! ordonna-t-il. Julie, tu es seule ? Tu peux parler tranquillement ? Tu sais, ajouta-t-il avant qu'elle ait eu le temps de lui répondre, cet élève qui a une grosse voix, Joe Bob Artis, il se fait un sang d'encre à ton sujet.

Pendant un quart de seconde, Julie resta perplexe devant une telle entrée en matière, d'autant qu'il venait de lancer un nom dont elle n'avait jamais entendu parler, puis elle réprima un rire nerveux quand elle comprit qu'il s'était volontairement trompé de nom.

— Tu veux parler de *Willie* ? rectifia-t-elle. Et je suis seule, du moins pour le moment.

— Dieu merci ! Où es-tu ?

Julie ouvrit la bouche, mais aucun son n'en sortit. Pour la première fois depuis qu'elle était arrivée chez les Mathison, elle allait leur mentir et, bien qu'elle eût une bonne raison pour cela, elle le redoutait autant qu'elle en avait honte.

— Je ne sais pas exactement, fit-elle évasivement avec une maladresse telle qu'ils ne pouvaient pas ne pas la remarquer. Il... Il fait très froid ici.

— Dans quel Etat te trouves-tu ? Tu es au Canada ?

— Je... Je ne peux pas le dire.

— Benedict est là, n'est-ce pas ? cria Ted, et la colère qu'il tentait de refouler explosa dans sa voix. C'est pour cela que tu ne peux pas dire où tu es. Passe-moi immédiatement ce salopard, Julie !

— Je ne peux pas ! Ecoutez-moi tous, je ne peux pas prolonger cette conversation, mais je veux que vous me croyiez si je vous dis que je n'ai en aucune façon été maltraitée. Ted, dit-elle en s'adressant à la seule personne qui connaisse le droit, il n'a tué personne. Je le sais. Le jury s'est trompé et tu ne peux pas, nous ne pouvons pas lui en vouloir d'avoir tenté de s'évader.

— S'est trompé ! explosa Ted. Julie, tu ne vas quand même pas tomber amoureuse de ce fumier ! Il a été condamné pour meurtre et il t'a enlevée !

— Non ! Il n'avait pas l'intention de m'enlever. Tout ce qu'il voulait, c'était une voiture pour sortir d'Amarillo. Il a changé la roue de la Blazer. Alors naturellement je lui ai proposé de l'emmener. Il m'aurait laissée partir, mais il ne l'a pas pu parce que j'avais vu sa carte...

— Quelle carte, Julie ? Une carte de quoi ? D'où ?

— Il faut que je raccroche.

— Julie ! l'interrompit la voix du révérend Mathison, quand reviens-tu ?

— Dès qu'il me le permettra, non, dès que je le pourrai. Il faut que je raccroche. Promettez-moi de ne parler à personne de cet appel !

— Nous te le promettons et nous t'aimons, Julie, répondit le révérend Mathison avec une confiance touchante, inconditionnelle. Toute la ville prie pour que tu sois saine et sauve.

— Papa, fit-elle, ne pouvant s'en empêcher, peux-tu leur demander de prier pour qu'il soit lui aussi sain et sauf ?

— Tu as perdu la boule ? éclata Ted. Ce type est un condamné...

Julie n'entendit pas la fin de sa phrase. Elle reposa le récepteur en refoulant des larmes de chagrin. En leur demandant de prier pour son ravisseur, elle avait sans le vouloir incité sa famille à la considérer soit comme la dupe de Benedict, soit comme sa complice. C'était dans un cas comme dans l'autre trahir tout ce qu'ils défendaient, tout ce en quoi ils croyaient et tout ce qu'ils avaient cru d'elle. En chassant l'abattement qui la gagnait, Julie se rappela que Zachary Benedict était innocent et que c'était pour l'instant la chose la plus importante. Aider un innocent à sortir de prison n'était ni immoral ni illégal, et ce n'était pas trahir la confiance de sa famille.

Elle se leva, remit quelques bûches dans la cheminée, rangea le téléphone dans le placard, puis elle se dirigea vers la cuisine où elle passa une heure à nettoyer avant de préparer un ragoût. Elle était en train de couper des pommes de terre quand elle se rendit compte que, s'il apprenait qu'elle avait téléphoné, elle aurait le plus grand mal à le convaincre que l'on pouvait se fier à sa famille et à son ex-belle-sœur. Comme il avait bien assez de sujets d'inquiétude, elle décida de ne rien lui dire.

Quand elle eut terminé, elle retourna dans la pièce principale et s'assit sur le canapé. La radio marchait toujours dans la cuisine de sorte qu'elle pourrait entendre les nouvelles concernant Zack.

Quelle ironie ! se dit-elle avec un sourire désabusé en s'étirant sur le canapé, les yeux tournés vers le plafond. Toutes ces années où elle n'avait jamais dévié du droit chemin, telle Mary Poppins, avaient abouti à cela.

Au lycée, elle avait eu beaucoup d'amis, mais elle ne leur avait jamais permis d'aller plus loin, et ils semblaient s'en contenter. Ils l'emmenaient au stade, lui proposaient de la raccompagner chez elle après l'école et l'acceptaient dans leur joyeuse bande. En dernière année, Rob Kiefer, le « beau mec » incontesté du lycée, l'avait plongée dans un abîme de regret et de frustration en lui demandant de l'accompagner au bal de fin d'année. Julie avait secrètement le béguin pour lui depuis des années, mais elle avait refusé cette invitation pourtant convoitée, car on disait que Rob Kiefer déshabillait les filles plus vite que Mary Kostler les mannequins de sa boutique de mode.

Julie ne pensait pas qu'il tenterait quoi que ce soit avec elle, puisqu'ils étaient amis. Elle était aussi la fille du révérend Mathison, ce qui lui valait une certaine immunité face aux avances indésirables, mais elle ne pouvait pas aller au bal avec Rob. Bien qu'elle en mourût d'envie et que Rob lui eût promis solennellement qu'il se tiendrait bien, elle savait que toute l'école, toute la ville même s'imagineraient que la fille du révérend Mathison avait ajouté son nom à la longue liste des conquêtes féminines de Rob. Julie était donc allée au bal avec le gentil Bill Swensen, dont le père était le chef du petit orchestre du lycée, et Rob avait été le cavalier de Denise Potter, l'une des plus jolies filles de Keaton. Ce soir-là, elle avait vu avec un noble désespoir Rob, sacré roi de la fête, se pencher pour embrasser sa reine, Denise Potter.

Denise tomba enceinte cette nuit-là. Quand ils se marièrent trois mois plus tard, ils louèrent un studio miteux au lieu d'entrer à l'université comme ils en avaient l'intention, et toute la ville de Keaton savait pourquoi. Certains plaignaient Denise, mais la plupart se comportaient comme si elle l'avait cherché, puisqu'elle s'était approchée de Rob Kiefer.

Irrationnellement, Julie se sentait responsable de ce cauchemar. Cette expérience l'affermit dans sa résolution d'éviter les ennuis et le scandale à tout prix. A l'université, elle refusa avec constance de sortir avec Steve Baxter, bien que celui-ci ne lui déplût pas, car le beau footballeur était un coureur de jupons notoire, qui avait la réputation de marquer autant de points en chambre que sur le terrain. Steve, pour des raisons qu'elle ne comprenait pas, la poursuivit pendant deux ans de ses ardeurs, arrivant seul dans les réunions mondaines s'il apprenait qu'elle y assistait, restant à ses côtés, et faisant de son mieux, avec autant de charme que de sincérité, pour la persuader qu'il l'aimait beaucoup. Ils rirent ensemble, parlèrent des heures durant, mais seulement au milieu d'autres groupes, car Julie refusait catégoriquement de sortir avec lui.

Tandis qu'elle comparait la sagesse de son passé au chaos de son présent et à l'incertitude de son avenir, elle ne savait s'il fallait en rire ou en pleurer. Pendant toutes ces années, jamais elle n'avait dépassé les limites permises, car elle ne voulait pas que sa famille ni les habitants de Keaton pensent du mal d'elle. A présent qu'elle avait quitter le « droit chemin », elle n'allait pourtant pas faire une de ces petites entorses aux règles morales et sociales qui ferait jaser Keaton. Non, pas elle, songea Julie avec une ironie désabusée. Elle allait non seulement violer des préceptes moraux, mais sans doute aussi les lois des Etats-Unis d'Amérique et, pendant ce temps, les médias répandraient toutes sortes de ragots dans le monde entier. Ce qu'ils étaient d'ailleurs déjà en train de faire !

L'humour avec lequel elle considérait les choses se dissipa et elle contempla sombrement ses mains. Depuis le moment où elle était entrée dans la famille Mathison, elle avait choisi de faire certains « sacrifices », y compris de devenir institutrice au lieu d'embrasser une carrière plus lucrative. Et pourtant chacun de ses sacrifices lui avait valu un telle récompense qu'elle avait toujours eu l'impression de recevoir plus qu'elle ne donnait.

Maintenant, elle avait distinctement le sentiment que le destin allait lui demander des comptes. Zachary Benedict était aussi innocent de ce meurtre qu'elle-même, et elle ne pouvait s'empêcher de penser que l'on attendait quelque chose d'elle.

Roulant sur le côté, elle cala son bras sous les coussins et regarda les flammes danser derrière la grille. Tant que l'on n'aurait pas retrouvé le véritable meurtrier, personne au monde, pas même ses parents, ne lui pardonnerait ce qu'elle allait faire. Bien sûr, quand sa famille comprendrait que Zack était innocent, elle approuverait sans réserve ce qu'elle aurait fait et ce qu'il lui resterait encore à faire. Sans doute pas tout, songea Julie. Ils n'approuveraient pas qu'elle soit si vite tombée amoureuse de lui, pour peu que ce qu'elle éprouve pour lui soit véritablement de l'amour, et ils approuveraient encore moins qu'elle couche avec lui. Avec un mélange de résignation tranquille et d'impatience inquiète, Julie comprit que cet amour échappait à son contrôle. Il était plus que prévisible qu'elle coucherait avec lui, à moins qu'il n'ait complètement changé d'avis depuis la veille. Elle espérait néanmoins qu'il lui accorderait quelques jours pour mieux le connaître.

A part ça, il ne lui restait plus qu'à se garder des peines de cœur inutiles et à ne rien dire ni faire qui la rendît plus vulnérable qu'elle ne l'était déjà. Elle n'était pas totalement idiote, après tout. Longtemps avant qu'il n'aille en prison, Zachary Benedict avait vécu dans un monde privilégié et luxueux, peuplé de créatures sophistiquées dépourvues de sens moral. Elle avait lu assez d'articles sur lui pour savoir que l'homme avec lequel elle partageait cette retraite isolée avait jadis possédé des demeures fabuleuses et des villas où il donnait des soirées somptueuses auxquelles assistaient non seulement de célèbres vedettes de cinéma, mais encore des magnats des affaires internationales, les têtes couronnées d'Europe et même le Président des Etats-Unis.

Il n'était *pas* le rassurant et aimable pasteur adjoint d'une petite paroisse.

A côté de lui, Julie savait qu'elle était aussi naïve et simple que l'agneau qui vient de naître.

30

Il était plus de dix heures du soir quand elle se réveilla en sursaut, perplexe, un coussin serré contre la poitrine. Un léger mouvement à sa gauche attira son attention, et Julie tourna aussitôt la tête.

— Une infirmière qui abandonne son patient et s'endort alors qu'elle est de garde ne touche pas un plein salaire, lui dit au même instant une voix amusée.

Le « patient » de Julie avait l'épaule négligemment appuyée au manteau de la cheminée, les bras croisés sur la poitrine, et la regardait avec un sourire nonchalant. Les cheveux encore humides et une chemise crème entrouverte et glissée dans un pantalon fauve, il était superbe, complètement guéri... et s'amusait manifestement beaucoup.

Julie s'assit brusquement en s'efforçant de ne pas prêter attention à son cœur qui battait plus fort à la vue de ce sourire intime, séduisant.

— Votre ami... Dominic Sandini... n'est pas mort, annonça-t-elle. On pense qu'il va s'en tirer.

— Je suis au courant.

— Ah bon ?

Il avait pu l'entendre à la radio, pendant qu'il s'habillait. Sinon... S'il se souvenait de ce qu'elle lui avait dit, il pouvait fort bien se rappeler tout ce qu'elle avait raconté dans ces instants où elle l'avait cru sourd à ses paroles. Elle attendit, espérant qu'il parlerait de la radio, mais il continua de la regarder avec ce sourire qui lui étirait les lèvres, et Julie sentit tout son corps envahi d'une chaleur embarrassante.

— Comment vous sentez-vous ? demanda-t-elle en se levant à la hâte.

— Mieux maintenant. Quand je me suis réveillé, j'avais l'impression d'être une pomme de terre cuite dans sa peau.

— Quoi ? Oh, vous voulez dire qu'il faisait trop chaud dans la chambre ?

Il acquiesça.

— Je rêvais que j'étais mort et que j'étais en enfer. Quand j'ai ouvert les yeux, j'ai vu des flammes bondissant autour de moi.

— Je suis navrée, dit Julie qui le dévisageait en cherchant les traces qu'aurait pu lui laisser le froid.

— Ne vous en faites pas. J'ai vite compris que je ne pouvais pas être en enfer.

Sa bonne humeur était si contagieuse et si désarmante qu'elle porta la main à son front pour prendre sa température sans penser à ce qu'elle faisait.

— Comment saviez-vous que vous n'étiez pas en enfer ?

— Parce que, dit-il tranquillement, un ange veillait de temps en temps sur moi.

— Vous aviez manifestement des hallucinations, plaisanta-t-elle.

— Ah ?

Cette fois, il avait dans la voix des accents rauques qui ne trompaient pas. Elle retira sa main, mais elle ne put tout à fait détacher son regard de lui.

— Tout à fait.

Du coin de l'œil, Julie remarqua sur le manteau de la cheminée un canard en porcelaine, tourné dans le mauvais sens. Elle le remit en place, tout comme les deux canetons qui se trouvaient à côté de lui.

— Julie, dit-il d'une voix grave, veloutée, qui altérait son rythme cardiaque, regardez-moi. Merci de m'avoir sauvé la vie, poursuivit-il quand elle se fut tournée vers lui.

Ensorcelée par le ton de sa voix et l'expression de son

regard, elle dut s'éclaircir la gorge pour ne pas bredouiller.

— Merci d'avoir sauvé la mienne.

Une lueur apparut dans les profondeurs de ses yeux, brûlante et attirante, et bien qu'il n'ait pas tenté de la toucher, le cœur de Julie battit à tout rompre.

— Est-ce que vous avez faim ? demanda-t-elle pour revenir à des choses plus terre à terre et plus sûres.

— Pourquoi n'êtes-vous pas partie ? insista-t-il.

Elle comprit qu'il ne changerait pas de sujet tant qu'il n'aurait pas obtenu de réponse, et elle se laissa tomber sur le canapé, incapable de soutenir son regard.

— Je ne pouvais pas vous laisser mourir là-bas alors que vous aviez risqué votre vie en pensant que je m'étais noyée.

— Alors pourquoi n'êtes-vous pas partie après m'avoir ramené ici et mis au lit ?

Julie avait l'impression d'avancer en terrain miné. Même si elle avait le courage de le regarder et de lui avouer ce qu'elle éprouvait, elle n'était pas sûre que cette déclaration ne lui ait pas sauter à la figure comme une bombe.

— Tout d'abord, honnêtement, je n'y ai pas pensé et puis, ajouta-t-elle, saisie d'une inspiration soudaine, je ne savais pas où étaient les clés de la voiture !

— Dans la poche de mon pantalon, de celui que vous m'avez retiré.

— En fait, je... Je n'ai pas songé à chercher les clés de la voiture. Je crois tout simplement que j'étais trop inquiète pour avoir les idées claires.

— Vous ne trouvez pas ça un peu bizarre, étant donné les circonstances qui vous ont amenée ici ?

Julie se pencha et prit le magazine qui se trouvait sur la table, qu'elle ouvrit et posa sur deux autres revues, puis elle déplaça le vase de deux centimètres sur la gauche pour le placer exactement au centre.

— Tout m'a semblé plutôt bizarre depuis trois jours, avança-t-elle prudemment. Je n'arrive pas à imaginer ce que serait un comportement normal dans de telles circonstances.

Elle se releva et arrangea les coussins qu'elle avait

déplacés pendant sa sieste. Elle allait en ramasser un sur le tapis quand il lui dit d'une voix rieuse :

— C'est une manie chez vous de tout remettre en place quand vous êtes mal à l'aise ?

— Pas du tout. Je suis quelqu'un de très ordonné.

Elle se redressa et le regarda tandis que sa mine sérieuse commençait à s'effriter. Son front plissé lui donnait un air de défi moqueur et ses yeux luisaient sous l'effet d'une fascination amusée.

— D'accord, dit-elle avec un pauvre petit rire, je l'admets. C'est une manie. Un jour où j'avais peur de rater un examen au lycée, ajouta-t-elle en replaçant le coussin, j'ai entièrement rangé le grenier, puis j'ai classé par ordre alphabétique les disques de mes frères et les recettes de cuisine de ma mère.

— Ai-je fait quoi que ce soit qui vous rende nerveuse ? demanda-t-il d'un ton perplexe et solennel.

Julie le regarda en riant, ahurie, puis elle déclara avec une gravité peu crédible :

— Depuis trois jours, vous avez fait des choses qui m'ont rendue *extrêmement* nerveuse !

En dépit de son ton réprobateur, la manière dont elle le regardait emplit Zack d'une tendresse poignante. Il n'y avait plus aucune de trace de peur, de soupçon, de répulsion ni de haine sur ce joli visage expressif, et cela faisait une éternité qu'on ne l'avait pas regardé comme cela. Ses propres avocats ne l'avaient pas vraiment cru innocent. Julie si. Il suffisait de la regarder pour en être convaincu, mais le souvenir de ce qu'elle lui avait dit au bord de la rivière, de la cassure de sa voix était mille fois plus convaincant. *« Vous vouliez que quelqu'un croie en votre innocence, vous vous souvenez ? Je ne vous ai pas vraiment cru alors, mais maintenant si. Je le jure ! Je sais que vous n'avez tué personne. »*

Elle aurait pu le laisser mourir près de la rivière, ou le ramener ici, puis prendre la voiture et appeler la police à la première cabine. Mais elle ne l'avait pas fait. Parce qu'elle le croyait vraiment innocent. Zack aurait voulu la prendre dans ses bras et lui dire à quel point c'était important pour lui. Il aurait voulu se réchauffer à la chaleur de son sourire et entendre à nouveau son rire contagieux. Et surtout il avait envie de sentir sa bouche contre la sienne, de l'embrasser et de la caresser jusqu'à ce qu'ils perdent tous deux toute maîtrise d'eux-mêmes, puis la remercier avec son corps de sa confiance. Parce que c'était la seule chose qu'il pouvait lui donner.

Elle sentait que leurs relations avaient changé et, pour une raison incompréhensible, cela la rendait plus nerveuse que lorsqu'il la menaçait de son arme. Il le savait aussi sûrement qu'il savait qu'ils allaient faire l'amour ce soir et qu'elle le désirait autant que lui.

Julie attendit qu'il dise quelque chose ou qu'il rie de sa dernière blague, mais comme il n'en faisait rien, elle recula et désigna la cuisine.

— Vous avez faim ? demanda-t-elle une deuxième fois.

Il hocha lentement la tête et la main de Julie s'immobilisa devant l'intime désir qu'elle crut déceler dans sa voix.

— Je suis affamé.

Julie essaya de se convaincre qu'il n'avait pas *délibérément* choisi ce mot-là parce qu'il avait été prononcé lors de leur querelle, alors qu'il tentait de la séduire.

— Que désirez-vous ? demanda-t-elle de l'air le plus innocent possible.

— Que me proposez-vous ? rétorqua-t-il, en jouant cette sorte de partie d'échecs verbale avec une aisance telle que Julie se demanda si ce n'était pas son imagination fiévreuse qui inventait tous ces doubles sens.

— Je vous propose de manger, évidemment.

— Evidemment, acquiesça-t-il avec solennité, mais ses yeux scintillaient gaiement.

— Un ragoût, pour être plus précise.

— Il est très important d'être précis.

Julie décida d'amorcer une retraite stratégique.

Elle recula vers le comptoir qui séparait la cuisine de la salle de séjour.

— Je vais sortir les couverts et servir là-dessus.

— Si on dînait plutôt devant la cheminée, dit-il d'une voix caressante. C'est plus douillet.

Plus douillet... Julie avait la bouche sèche. Elle s'activa avec une efficacité évidente, mais ses mains tremblaient tant qu'elle eut le plus grand mal à verser à la louche l'épais ragoût dans des bols. Du coin de l'œil, elle le vit s'avancer vers la chaîne stéréo, fouiller dans les piles de CD, en placer un sur le plateau. Un instant plus tard, la voix rythmée de Barbra Streisand emplit la pièce. Parmi tous les CD du placard, du jazz à Elton John, il avait choisi Barbra Streisand.

Plus douillet.

Le mot lui tournait dans la tête. Julie prit deux serviettes, les mit sur un plateau puis, tournant le dos à la pièce, elle posa ses paumes sur le comptoir et inspira longuement, régulièrement. Plus douillet. Pour lui, elle savait parfaitement que cela signifiait « plus intime », « romantique ». Elle le savait, tout comme elle savait que la situation entre eux avait irréversiblement évolué à partir du moment où elle avait décidé de rester avec lui au lieu de l'abandonner au bord de la rivière ou de le ramener ici et d'appeler la police. Il ne l'ignorait pas non plus. Elle ne pouvait nier l'évidence : il y avait une douceur nouvelle dans son regard, une tendresse souriante dans sa voix, qui la mettaient dans tous ses états. Julie se redressa et hocha la tête en songeant à la bêtise et la futilité des illusions dont elle avait voulu se bercer. Il ne restait plus rien de sa belle maîtrise d'elle-même, plus d'arguments convaincants, plus un seul endroit où elle pourrait fuir la vérité.

La vérité, c'était qu'elle avait envie de lui. Et lui d'elle. Ils en étaient tous deux conscients.

Elle posa l'argenterie sur le plateau, lui jeta encore un regard en biais par-dessus son épaule et détourna les yeux à la hâte. Assis sur le canapé, les bras étendus sur le dossier, un pied négligemment posé sur le genou opposé, il la contemplait, détendu, indulgent, séduisant. Il n'allait pas la presser, il n'était pas inquiet le moins du monde. Il avait fait l'amour des milliers de fois avec des centaines de femmes, toutes beaucoup plus jolies et incontestablement plus expérimentées qu'elle-même.

Julie réprima une envie maladive de ranger les tiroirs de cuisine.

Zack la regarda approcher, se pencher, poser le plateau sur la table avec des gestes gracieux et incertains.

Le feu faisait luire les lourds cheveux châtains qui lui tombaient sur les épaules, et donnait de l'éclat à sa peau douce, tandis qu'elle disposait les sets de table et les bols. Ses longs cils noirs formaient une ombre en éventail sur ses joues lisses. Le souvenir poignant de ses mains lui soulevant la tête près de la rivière lui revint en mémoire. A ce moment-là, il était comme le spectateur d'un rêve dont il ne faisait pas partie, mais plus tard, quand il se fut glissé, vacillant, dans le lit, ses souvenirs s'étaient faits plus précis. Il se rappelait ses mains qui arrangeaient les couvertures, l'inquiétude frénétique qu'elle avait dans la voix... En la regardant à présent, il s'émerveillait de cette étrange innocence qui l'habitait. Il réprima un sourire perplexe quand il s'aperçut que, pour une raison ou pour une autre, Julie évitait son regard. Depuis trois jours, elle lui résistait, le défiait. Aujourd'hui, elle avait déjoué sa surveillance et lui avait sauvé la vie. Et pourtant, malgré son cran, son intrépidité, elle était étonnamment timide depuis que les hostilités avaient cessé.

— Je vais chercher du vin, dit-il, et avant qu'elle ait eu le temps de décliner son offre, il était déjà revenu avec une bouteille et deux verres à pied.

— Je ne l'ai pas empoisonné, déclara-t-il quand il la vit tendre machinalement la main vers son verre, puis la retirer brutalement.

— Ce n'est pas à cela que je pensais, fit-elle avec un rire gêné.

Elle leva son verre et but, et Zack remarqua que sa main tremblait. Elle avait peur de coucher avec lui, se dit-il. Elle savait qu'il n'avait pas eu de femme depuis cinq ans. Elle craignait probablement qu'il lui saute dessus dès la fin du repas ou qu'il ne sache pas se contrôler et lui fasse l'amour en deux minutes. Zack ne comprenait pas pourquoi elle s'inquiétait de tout cela. Si quelqu'un devait se soucier de sa capacité à prolonger agréablement les choses, à se comporter dignement après cinq ans d'abstinence, c'était bien lui.

Et il s'en souciait.

Il entreprit de la rassurer en lui parlant gentiment de tout et de rien. Il passa mentalement en revue les sujets d'un intérêt immédiat pour lui, renonça à regret à lui parler de son joli corps, de ses yeux superbes et, encore plus à regret, à lui rappeler qu'elle lui avait murmuré à l'oreille au bord de la rivière qu'elle avait envie de coucher avec lui. Il repensa à tout ce qu'elle lui avait dit dans la chambre cet après-midi, alors qu'il ne pouvait s'arracher à l'engourdissement qui l'empêchait de lui répondre. Il aurait aimé qu'elle lui parle de ses élèves. Il adorait ses histoires. Il allait le lui demander quand il constata qu'elle l'observait d'une étrange manière.

— Qu'est-ce qu'il y a ? s'enquit-il.

— Je me demandais, dit-elle, l'autre jour... au restaurant... Est-ce que j'avais vraiment un pneu à plat ?

Zack réprima un sourire coupable.

— Vous l'avez vu de vos propres yeux.

— J'aurais roulé sur un clou ou sur autre chose et je ne me serais pas aperçue que mon pneu était crevé ?

— Je ne dirais pas que ça s'est passé exactement comme cela.

Il était certain qu'elle le soupçonnait, mais son visage était si merveilleusement neutre qu'il ne savait pas si elle jouait au chat et à la souris.

— Comment diriez-vous que cela s'est produit ?

— Je dirais que la face latérale de votre pneu est entrée en contact avec un objet pointu, aiguisé.

Quand elle eut terminé son assiette, elle se laissa aller en arrière et le fixa d'un regard qui aurait instantanément tiré une confession honteuse et des excuses de tout garçon de huit ans un peu récalcitrant. Il l'imagina sur le seuil de sa classe regardant un mauvais sujet avec la même expression.

— Un objet pointu ? fit-elle d'un air interrogateur en haussant les sourcils. Un couteau, par exemple ?

— Un couteau, par exemple, confirma Zack qui essayait désespérément de garder son sérieux.

— Votre couteau ?

— Le mien. Je suis désolé, mademoiselle Mathison, scanda-t-il d'un ton enfantin, avec un sourire impénitent.

Elle lui répondit du tac au tac.

— J'espère que vous me réparerez ce pneu, Zack.

La seule chose qui le retint d'éclater de rire fut le choc de l'entendre enfin dire son nom.

— Oui, m'dame, répondit-il.

C'était incroyable, songea-t-il. Sa vie n'était plus qu'un immense chaos et il n'avait envie que d'une chose : éclater de rire et l'attirer dans ses bras.

— Je n'aurai pas à rédiger une rédaction de trois pages ni à expliquer pourquoi je n'aurais pas dû le faire, n'est-ce pas ? demanda-t-il en observant ses grands yeux indigo qui scintillaient, tandis qu'elle fixait le bol qu'il venait de mettre sur le côté.

— Non, dit-elle, mais vous êtes de corvée de vaisselle ce soir.

— Oh zut ! répliqua-t-il en se levant pour ramasser son bol. Vous êtes méchante, mademoiselle Mathison !

A quoi elle répondit avec fermeté :

— Pas de jérémiades !

Zack n'en pouvait plus. Il éclata de rire, détourna la tête et la surprit en déposant un baiser furtif sur son front.

— Merci, murmura-t-il en réprimant un rire devant son air décontenancé.

— De quoi ?

— De m'avoir fait rire, dit-il avec une gravité retrouvée, soutenant son regard. D'être restée ici et de ne pas m'avoir donné. D'avoir été courageuse, drôle et si charmante dans ce kimono rouge. Et de m'avoir préparé un merveilleux repas.

Il lui donna une pichenette sous le menton pour détendre l'atmosphère, mais ce qu'il lut dans ses yeux, ce n'était pas de la gêne.

— Je vais vous aider, déclara-t-elle en se levant.

Zack posa la main sur son épaule.

— Ne bougez pas et profitez du feu et de ce qui vous reste de vin.

Trop tendue pour rester en place, impatiente de voir ce qui viendrait ensuite, de savoir *quand* cela viendrait, Julie se dirigea vers la fenêtre. L'épaule contre la vitre, elle contempla l'impressionnant panorama des montagnes enneigées au clair de lune. Dans la cuisine, Zack réglait le rhéostat accroché au mur, baissait l'intensité des lampes fixées sur les poutres. Une douce lumière tamisée se répandit dans la pièce.

— Comme ça, vous verrez mieux dehors, lui expliqua-t-il quand elle lui jeta un regard interrogateur.

Cette lumière tamisée et le rougeoiement du feu pour éclairer la pièce, c'était aussi beaucoup plus douillet, songea-t-elle. Très douillet et très romantique, surtout avec cette musique.

31

Quand il s'approcha d'elle, Zack vit ses épaules se raidir imperceptiblement et fut troublé par cette réaction imprévisible Au lieu de la prendre dans ses bras et de l'embrasser, ce qu'il aurait fait s'il avait eu affaire à la première venue, il se montra plus subtil pour l'amener où il le désirait. Plongeant les mains dans ses poches, il croisa son regard sur la vitre, pencha la tête en direction de la chaîne stéréo et lui demanda d'un ton taquin :

— Voulez-vous m'accorder la prochaine danse, mademoiselle Mathison ?

Elle se retourna, avec un sourire aussi enchanteur que surpris, et Zack fut d'autant plus heureux qu'elle semblait contente. Il plongea ses mains encore plus profondément dans ses poches pour ne pas la toucher.

— La dernière fois que j'ai invité une institutrice, ajouta-t-il avec un sourire ironique, je portais une tenue plus appropriée, chemise blanche, cravate marron et mon costume bleu marine préféré. Elle a quand même refusé.

— Vraiment ? Pourquoi ?

— Elle me trouvait sans doute trop petit pour elle.

Julie sourit car il faisait bien un mètre quatre-vingt-cinq. Soit il plaisantait, soit cette femme était une géante.

— Vous étiez vraiment plus petit qu'elle ?

— Environ cinquante-cinq centimètres, acquiesça-t-il. Je ne considérais pourtant pas cela comme un obstacle sérieux. J'étais fou d'elle.

Elle comprit soudain et son sourire s'évanouit.

— Quel âge aviez-vous ?

— Sept ans.

Elle le regarda comme si elle devinait à quel point cet affront l'avait blessé, et maintenant qu'il y songeait c'était vrai.

— Jamais je ne vous aurais éconduit, Zack.

Sa voix entrecoupée et son regard d'une infinie douceur faillirent le perdre. Magnétisé par les sentiments qui grandissaient en lui, il sortit les mains de ses poches et lui tendit sa paume gauche en silence, en la regardant les yeux dans les yeux. Elle glissa sa main dans la sienne, et il enlaça sa taille fine en l'attirant contre lui, tandis que la voix magnifique de Barbra Streisand attaquait avec aisance les premières mesures de « People ».

Il tressaillit quand il sentit le contact de ses jambes et de ses cuisses contre les siennes, tandis qu'elle suivait ses pas avec une grâce fluide et, quand elle posa sa joue contre sa poitrine, son cœur se mit à battre beaucoup trop vite. Il ne l'avait même pas encore embrassée et le désir vibrait déjà dans tous ses nerfs. Pour ne pas y penser, il chercha un sujet de conversation qui servirait son but ultime sans le stimuler davantage. Se souvenant qu'ils avaient aimé à plaisanter du pneu qu'il avait lacéré, il se dit que cela ne pouvait pas leur faire de mal de rire d'événements qui, sur le moment, n'avaient rien de drôle. Croisant leurs doigts, il ramena sa main contre sa poitrine.

— A propos, mademoiselle Mathison, dit-il d'un ton léger, le nez dans ses cheveux, si on parlait un peu de cette fuite en autoneige qui n'était pas prévue au programme...

Elle saisit aussitôt toute l'ironie de ses propos, rejeta la tête en arrière et affecta une expression d'une innocence si ébahie, si excessive, que Zack dut faire un effort pour ne pas en rire.

— Oui ? dit-elle.

— Où diable êtes-vous allée quand vous avez fendu l'air au-dessus du précipice comme une fusée, avant de disparaître ?

— J'ai atterri dans les branches d'un grand pin, fit-elle, les épaules secouées de rire.

— Belle organisation, plaisanta-t-il. Vous êtes restée bien au sec et vous m'avez fait jouer les saumons fous dans cette rivière glaciale.

— Ce n'était pas drôle. Je n'ai jamais vu quelqu'un d'aussi courageux que vous.

Ce n'étaient pas ses paroles qui le faisaient fondre, mais cette manière qu'elle avait de le regarder, cette admiration dans ses yeux, cet émerveillement dans sa voix. Après l'humiliation de son procès et la déshumanisation de la prison, il était presque enivrant que l'on vous considère comme un homme, non comme un animal. Mais qu'elle le tienne pour quelqu'un de courageux, de bien, c'était pour lui le plus précieux des cadeaux. Il avait envie de se perdre dans sa douceur, de s'enfouir en elle. Il voulait être le meilleur amant qu'elle ait jamais eu et rendre cette nuit aussi mémorable pour elle qu'elle le serait pour lui.

Julie vit son regard se poser sur ses lèvres et, avec une impatience qui était devenue étourdissante depuis quelque temps, elle attendit qu'il l'embrasse. Quand elle vit qu'il ne le ferait pas, elle dissimula sa déception derrière le plus lumineux des sourires et prit le parti de la drôlerie.

— Si vous venez à Keaton et que vous rencontrez Tim Martin, ne lui dites pas que j'ai dansé avec vous ce soir.

— Pourquoi ?

Malgré toute l'absurdité d'un tel sentiment, Zack sentit un pincement de jalousie.

— Martin est votre petit ami ?

Elle ricana de sa mine renfrognée.

— Non, c'est l'un de mes élèves. Il est un peu jaloux...

— Sorcière ! la réprimanda-t-il en la serrant plus fort contre lui, tandis que John Denver attaquait « Annie's Song » sur la chaîne stéréo. Je sais exactement ce que ce pauvre gosse ressent.

— Vous ne pensez quand même pas que je vais croire que vous étiez jaloux il y a une seconde, fit-elle en roulant les yeux.

Zack fixa ses lèvres avec avidité.

— Il y a cinq minutes, murmura-t-il, j'aurais prétendu que j'étais incapable d'une émotion aussi basse.

— C'est ça, c'est ça, persifla-t-elle avant d'ajouter avec une sévérité rieuse : vous en faites un peu trop, monsieur la vedette de cinéma.

Ce propos le glaça. S'il avait pu choisir, entre une Julie l'imaginant en détenu évadé ou une Julie l'imaginant en star de cinéma, il aurait opté sans hésitation pour la première solution. Du moins celle-ci était-elle réelle, non illusoire, ni écœurante, ni bidon. Pendant plus de dix ans, il avait vécu avec l'image d'un trophée sexuel. Comme les joueurs de football et les champions de hockey, il avait laissé toutes ces groupies qui voulaient coucher avec Zachary Benedict envahir sa vie privée. En fait, ce soir, c'était la première fois qu'il était absolument certain qu'une femme le voulait simplement pour lui-même, et il était furieux de s'être trompé.

— Pourquoi me regardez-vous comme ça ? demanda-t-elle prudemment.

— Et si *vous* me disiez pourquoi vous avez employé l'expression « vedette de cinéma » à ce moment précis ? rétorqua-t-il.

— Ma réponse ne va pas vous plaire.

— Allez-y toujours, fit-il d'un ton coupant qui fit plisser les yeux de Julie.

— Entendu. J'ai dit cela parce que je déteste le manque de sincérité.

Zack fronça brutalement les sourcils.

— Est-ce que vous pourriez être un peu plus précise ?

— Certainement, répondit Julie, qui répondait à ses sarcasmes par une franchise inattendue. J'ai dit ça parce que vous faisiez mine d'être jaloux, et puis vous vous êtes encore enfoncé en faisant comme si vous n'aviez jamais éprouvé rien de tel. J'ai pensé que non seulement c'était un peu bébête, mais que ce n'était pas non plus sincère, parce que je sais, et vous aussi, que je suis sans doute la femme la moins séduisante que vous vous soyez donné la peine de courtiser dans votre vie d'adulte ! De plus, comme je ne vous traite plus comme un assassin en cavale, j'aimerais bien que vous ne me traitiez pas comme... comme une espèce d'admiratrice écervelée que vous pouvez faire tomber raide à vos pieds avec quelques flatteries vides de sens.

Julie, qui prit conscience avec retard de son air sombre, baissa brusquement les yeux vers son épaule, gênée et honteuse de s'être laissée aller à un tel éclat. Elle s'apprêta à affronter une avalanche de reproches.

— Je suppose que je n'aurais pas dû préciser à ce point-là, fit-elle d'une petite voix contrite. Je suis navrée. A votre tour.

— De quoi faire ? répliqua-t-il.

— De me dire que je suis grossière et odieuse, j'imagine.

— C'est vrai.

Il cessa de danser, et Julie inspira profondément pour prendre des forces avant de lever les yeux vers son visage impassible.

— Vous êtes fâché, n'est-ce pas ?

— Je n'en suis pas sûr.

— Qu'est-ce que vous voulez dire ?

— En ce qui vous concerne, je ne suis plus certain de rien depuis midi et, par moments, cette incertitude empire.

Il semblait si bizarre... si désemparé... que Julie esquissa un demi-sourire. Elle doutait grandement qu'aucune femme, si belle soit-elle, l'ait mis dans un tel état. Elle ne savait pas comment cela s'était produit, mais elle en était plutôt fière.

— Ce n'est pas pour me déplaire, poursuivit-elle.

— Moi, si, malheureusement.

— Oh !

— En fait, je crois que nous ferions bien d'éclaircir un peu ce qui se passe et ce que nous voulons qu'il se passe entre nous.

Au fond de lui, Zack savait que c'était complètement irrationnel, mais ces cinq ans d'emprisonnement auxquels s'ajoutaient les événements éprouvants physiquement et psychologiquement de la journée et les montagnes russes sur lesquelles elle le trimballait depuis vingt-quatre heures avaient causé des ravages dans son psychisme, dans ses émotions et dans son jugement.

— Vous êtes d'accord ?

— Je... je suppose que oui.

— Vous voulez commencer ou c'est moi ?

Elle déglutit, partagée entre la frayeur et l'amusement.

— Allez-y d'abord.

— La moitié du temps, j'ai le sentiment étrange que vous n'êtes pas réelle... que vous êtes trop naïve pour une fille de vingt-six ans... que vous êtes une gamine de treize ans qui joue à la femme.

Il n'avait rien dit de pire, et le soulagement lui arracha un sourire.

— Et l'autre moitié du temps ?

— Vous me donnez l'impression que c'est *moi* qui ai treize ans.

A la petite étincelle qui naquit dans son regard il comprit que cela lui plaisait, et Zack eut brusquement l'envie perverse de faire voler en éclats les illusions qu'elle avait sans doute encore sur lui, lui personnellement, et sur ses intentions.

— Pensez ce que vous voulez de ce qui s'est passé à la rivière, mais je ne suis pas un chevalier à l'armure scintillante. Je ne suis pas non plus une vedette de cinéma et je suis très loin d'être un adolescent naïf et idéaliste ! Le peu d'innocence et d'idéalisme que j'avais en naissant, je l'ai perdu bien avant ma virginité. Je ne suis plus un enfant et vous non plus. Nous sommes des adultes. Nous savons tous les deux ce qui se passe entre nous en ce moment et nous savons très bien où cela mène.

Dans les yeux de Julie, l'éclat rieur fit place à quelque chose qui n'était ni tout à fait de la peur ni tout à fait de la colère.

— Vous voulez que je vous mette les points sur les i, pour que vous ne vous mépreniez pas sur mes intentions ? insista-t-il en regardant ses joues lisses s'empourprer. Mes motifs ne sont pas nobles. Ils sont adultes et naturels. Nous n'avons pas treize ans, ce n'est pas un bal de fin d'année et je ne suis pas en train de me demander si je vais vous embrasser avant de vous dire bonsoir. Il est évident que je vais vous embrasser avant de vous dire bonsoir. La vérité, c'est que je vous désire et je suis persuadé que vous me désirez tout autant. Avant la fin de la soirée, j'ai l'intention de m'en assurer et ensuite de vous déshabiller et de vous faire l'amour le mieux et le plus longtemps possible. Pour l'instant, j'ai envie de danser avec vous pour sentir votre corps contre le mien. Pendant que nous dansions, je pensais à tout ce que j'allais vous faire, ou faire avec vous, au lit. Ai-je été assez clair ? Si rien de tout cela ne vous convient, alors dites-moi ce que vous voulez, et nous le ferons. Eh bien ? fit-il sèchement comme elle restait muette, la tête basse. Qu'est-ce que vous voulez ?

Julie se mordit la lèvre et leva vers lui des yeux luisants de rire et de désir.

— Ça vous dirait de m'aider à ranger le placard de l'entrée ?

— Vous n'avez rien d'*autre* à me proposer ? demanda-t-il avec une irritation telle qu'il ne vit pas qu'elle plaisantait.

— En fait, dit-elle en fronçant les sourcils et en fixant le V que formait sa chemise ouverte, c'est tout ce que j'avais à vous proposer d'autre.

— Mais enfin qu'est-ce que vous voulez ? Et ne me dites pas que c'est l'inquiétude qui vous donne envie de ranger les placards, parce que même armé je ne réussirais pas à vous inquiéter.

Julie ajouta l'irascibilité et l'entêtement aux qualités qu'elle aimait en lui et décida, haletante, de mettre un terme à ce jeu.

— Vous avez raison, dit-elle doucement sans oser soutenir son regard. Après ce qui s'est passé aujourd'hui, je ne m'inquiéterais pas si vous me menaciez d'une arme, parce que je sais que pour rien au monde vous ne me feriez du mal. En fait, vous ne m'inquiétez que lorsque vous vous comportez comme vous l'avez fait depuis que je me suis réveillée et que je vous ai aperçu devant la cheminée.

— C'est-à-dire ? fit-il d'un ton coupant.

— Je me demande si vous allez enfin m'embrasser comme l'autre soir... Un instant il semble que vous en ayez très envie, et l'instant d'après...

Zack prit son visage entre ses mains, le tourna vers

lui, captura ses paroles dans sa bouche et l'embrassa en glissant les doigts dans ses cheveux. Et quand elle lui prouva sa sincérité, qu'elle remonta les mains le long de sa poitrine avant de se pendre à son cou pour le serrer contre elle et lui rendre son baiser, il sentit monter en lui le désir et une joie étonnée presque intolérable.

Pour atténuer sa rudesse antérieure, il lui effleura la joue et la tempe de sa bouche, puis il chercha à nouveau celle de Julie, dont il dessina le contour. Avec sa langue il parcourut la ligne tremblante de ses lèvres, qu'il entrouvrit avec insistance avant d'y pénétrer, tel un homme affamé qui tente d'apaiser sa faim tout en montrant à sa compagne comment la raviver. Et la femme dans ses bras était une élève douée et consentante. Plaquée contre lui, elle écrasa sa bouche sur la sienne, prit sa langue et lui donna la sienne, obéissant à la moindre impulsion.

Après de longues minutes, Zack se força enfin à relever la tête, et il plongea dans son regard, retenant inconsciemment la manière dont elle lui apparut alors, rose, fraîche et séduisante. En essayant de sourire, il glissa la main derrière sa nuque et caressa sa lèvre inférieure de son pouce, mais les lacs indigo de ses yeux l'attirèrent inexorablement dans leurs profondeurs. Son pouce s'immobilisa, il pressa ses lèvres qui s'ouvrirent et il prit sa bouche avec ardeur. Julie qui tremblait dans ses bras, se hissa sur la pointe des pieds, tandis que la moindre pression sur son membre raidi lui faisait battre le cœur à tout rompre et que ses doigts s'enfonçaient avec vigueur dans son dos. Il plaqua son corps souple contre le sien, pendant que ses mains lui effleuraient les seins, puis le dos, avant de lui caresser les fesses en la serrant de plus en plus fort contre son corps tendu. Il perdait toute maîtrise et le savait.

Zack se dit qu'il fallait aller plus doucement, ne pas la jeter sur le sol et se comporter comme un détenu refoulé, mais être l'amant patient qu'il lui avait promis de lui offrir. Ce fut le souvenir lointain mais tenace de cette promesse qui l'incita à prolonger ce prélude, à prendre garde à son corps excité, sentant que le point culminant arriverait beaucoup trop vite pour elle.

Il détacha les mains de ses seins et les posa sur la courbe de sa taille. Mais il était beaucoup plus difficile de réfréner les mouvements de sa langue, alors qu'elle s'accrochait à lui et qu'elle lui enfonçait ses ongles dans le dos. Quand s'éloigna enfin d'un centimètre, Zack ne sut pas si ce fut elle ou lui qui gémit, mais elle appuya faiblement son front contre sa poitrine. Les yeux clos, le cœur battant, il inspira fort. C'était inutile... Il fallait qu'il la possède, tout entière, maintenant. Haletant, il mit une main sous son menton et leva brusquement son visage vers lui. Elle avait les paupières closes et elle levait instinctivement les lèvres vers lui.

Zack se laissa aller. Sa bouche prit la sienne avec un désespoir furieux, lui ouvrit les lèvres de force, tandis que ses mains dénouaient la ceinture de soie de son peignoir, l'écartaient en faisant glisser sur les bras de Julie l'étoffe qui tomba devant la cheminée, pour qu'il puisse contempler sa peau, la toucher avec délice.

Dans ses bras, Julie sentit qu'il l'entraînait vers le sol, mais le plaisir insouciant qu'elle éprouvait ne la quitta qu'au moment où sa bouche et ses mains se détachèrent d'elle. Elle ouvrit les yeux et le vit déboutonner sa chemise à la hâte, retirer son pantalon, le lancer sur le côté, mais ce ne fut que lorsqu'il leva les yeux vers elle qu'elle éprouva les premiers élancements de la panique. A la lumière du feu, il avait dans le regard une lueur ardente tandis qu'il parcourait son corps avec intensité. La passion donnait à ses traits un air dur et, quand elle leva un bras pour se couvrir la poitrine, il cria d'une voix rude :

— Non !

Elle se mit à frissonner nerveusement devant cette voix étrangère, ce visage étranger et, lorsqu'il écarta sa main et la recouvrit de son corps, elle comprit instinctivement que les préliminaires avaient brutalement pris fin et qu'à moins qu'elle ne le retienne il allait venir en elle dans un instant.

— Zack, murmura-t-elle en s'efforçant d'attirer son attention sans tout gâcher, attendez !

Il ne l'entendit pas, mais la peur qui transparaissait dans sa voix jeta une note légèrement discordante. Elle repoussait ses épaules et se tordait contre sa cuisse d'une manière terriblement provocante.

— Zack !

Il savait qu'il allait trop vite, qu'il la privait du plaisir du prélude, et pensait qu'elle protestait contre cela.

— Il faut que je vous dise quelque chose !

Dans un effort surhumain, il roula sur le côté, mais quand il pencha la tête vers sa poitrine pour la contraindre, elle prit son visage dans ses mains pour l'interrompre et le forcer à le relever.

— *Je vous en prie !* dit Julie en plongeant dans son regard ardent.

Elle effleura son menton en douceur et, quand il posa la joue contre la paume de sa main et l'embrassa, elle sentit son cœur se gonfler de soulagement et de tendresse.

— Il faut d'abord que nous parlions.

— Parle donc, dit-il d'un ton bourru en la serrant contre lui, puis il lui embrassa le coin des lèvres et glissa les doigts sur son sein. J'écouterai, mentit-il en caressant son ventre plat avant de descendre dans les boucles de son pubis.

Elle tressaillit sous lui, saisit sa main, et le sujet de conversation qu'elle lança lui parut le plus stupidement inopportun qu'une femme ait jamais abordé à ce moment-là.

— Quel âge avais-tu la première fois que tu as fait l'amour ?

Il ferma les yeux et se retint de manifester une impatience compréhensible.

— Douze ans.

— Tu veux savoir quel âge j'avais ?

— Non, dit-il laconiquement, puis il se hissa pour poser ses lèvres sur son sein puisque, pour une raison connue d'elle seule, elle refusait qu'il la touche en un endroit plus intime.

Tout son corps était tendu de désir et il faisait l'impossible pour la caresser là où, dans son souvenir, les femmes éprouvaient le plaisir le plus rapide et le plus grand.

— J'avais vingt-six ans, lança-t-elle d'une voix paniquée quand sa bouche se referma sur son mamelon.

Le sang lui battait aux oreilles. Il entendit ces mots mais ne comprit pas ce qu'ils signifiaient. Elle était si agréable, si douce à caresser. Ses seins n'étaient ni gros ni lourds, mais jolis, délicieusement féminins, tout comme elle, et si seulement elle était aussi réceptive que lorsqu'ils étaient encore debout, il la ferait jouir maintenant, avant de la pénétrer, et ensuite il lui ferait l'amour convenablement. Il avait cinq ans de désir refoulé à donner. Il pourrait lui faire l'amour toute la nuit sans s'arrêter si seulement elle le laissait faire, si elle cessait de serrer les jambes et de parler de l'âge qu'elle avait la... première fois... qu'elle avait... fait l'amour.

Julie vit qu'il avait compris quand il s'écarta et que son corps fut saisi d'un calme tel qu'elle eut l'impression qu'il avait cessé de respirer.

— C'est la première fois, dit-elle en tremblant.

Il laissa tomber la tête sur sa poitrine, ferma les yeux et jura.

— Bon Dieu !

A ces mots jaillis dans un murmure, Julie fut convaincue que cette révélation ne lui faisait aucun plaisir, conviction qui fut renforcée quand il leva la tête et la dévisagea, scrutant chacun de ses traits comme s'il espérait y déceler la preuve de son mensonge. Il était fâché ou dégoûté, songea Julie, le cœur gros. Elle n'avait pas voulu l'arrêter, mais seulement le retenir un peu pour qu'il ne la manie pas comme... comme un corps qui a l'habitude d'être manié.

Zack n'était pas dégoûté, il était abasourdi. Il était désorienté. Dans son cadre de référence personnel, jamais il n'avait entendu parler d'une vierge de vingt-six ans, encore moins si celle-ci était belle, spirituelle, intelligente et désirable.

Mais quand il contempla son joli visage plein d'appréhension, il comprit soudain tout ce qui, depuis deux jours, le plongeait dans la perplexité. Il se rappela sa réaction indignée devant le journal télévisé de la veille : *« Mon père est pasteur ! C'est un homme respecté. J'ai passé les quinze dernières années de mon existence à essayer d'être parfaite. »* Il se souvint de ce qu'elle lui avait répondu quand il lui avait demandé si elle était fiancée : *« Nous en parlons. »* De toute évidence, ils avaient beaucoup parlé sans faire l'amour. Et la veille, Zack l'avait lui-même comparée à un enfant de chœur.

A présent il comprenait le passé, et le présent le rendait plus perplexe que jamais. Apparemment, elle avait gardé sa virginité pour son ami, qui l'aimait évidemment et qui voulait lui offrir la respectabilité et un avenir. Et pourtant, ce soir, elle acceptait de la donner à un fugitif incapable d'aimer quiconque et qui n'avait absolument rien à lui offrir. Sa conscience choisit cet instant pour réaffirmer son existence pour la première fois depuis des années et vint lui rappeler que le quasi-fiancé de Julie ne l'avait pas forcée à perdre sa virginité. Si Zack avait le moindre scrupule, la moindre décence, il ne mettrait pas les mains sur elle. Il l'avait déjà enlevée, brutalisée verbalement et soumise à la vindicte populaire. Il serait d'autant plus inexcusable de lui voler sa virginité.

Mais la faible protestation de sa conscience ne suffit pas à l'en empêcher. Il la désirait. Il devait la posséder. Le destin l'avait privé de sa dignité, de sa liberté et de son avenir, mais il lui avait donné Julie pendant ces quelques jours qui seraient vraisemblablement les derniers. Ni sa conscience ni rien d'autre n'allaient l'en priver. Sans voir le temps passer, il la fixait et sa voix tremblante interrompit le cours de ses pensées avec des mots qui n'étaient que le témoignage poignant de son inexpérience des hommes.

— Je ne pensais pas que cela vous mettrait en colère, dit-elle, se méprenant sur les raisons de son silence.

— C'est à moi que j'en veux, pas à toi, fit-il en soupirant.

— Pourquoi ? demanda-t-elle en le dévisageant.

— Parce que, dit-il d'un ton brusque, ça ne va pas m'arrêter. Parce que ça m'est complètement égal que tu ne l'aies jamais fait, pas même avec quelqu'un qui t'aimait ou qui serait resté avec toi si tu étais enceinte. Rien ne compte plus maintenant..., murmura-t-il en approchant sa bouche de la sienne, que cela...

Mais son inexpérience importait. Elle importait assez pour que Zack s'efforce de se maîtriser et de tout recommencer avec elle.

— Viens ici, murmura-t-il en la prenant dans ses bras.

Respirant profondément, il attendit que son pouls redevienne normal et glissa la main le long de la ligne pure de son dos en une caresse apaisante. Ce serait bon pour elle, décida-t-il, même s'il devait souffrir de son désir inassouvi. Il fallait la stimuler sans s'exciter lui-même davantage.

Julie reposait dans ses bras, ahurie par ce brusque changement d'humeur et terrifiée à l'idée de lui avoir coupé toute envie de faire l'amour, même s'il prétendait le contraire. Ne pouvant plus le supporter, les yeux rivés sur sa gorge, elle lui dit en tremblant :

— Je n'avais pas l'intention de faire une telle histoire parce que c'était la première fois. J'essayais juste de te retenir un peu, pas de t'arrêter.

Zack savait comme il avait dû lui être difficile de dire une chose pareille et il fut à nouveau envahi de tendresse pour elle.

— Ne gâche pas tout pour toi comme pour moi en en minimisant l'importance, fit-il avec calme et gravité en lui prenant le menton. La vérité, c'est que je n'ai jamais eu la responsabilité, ni le privilège, d'être le premier amant d'une femme. Pour moi aussi, c'est la première fois.

Il écarta les cheveux ébouriffés qui lui tombaient sur la joue, y glissa lentement les doigts et les regarda retomber sur son épaule gauche.

— Tu dois avoir fait tourner les garçons de Keaton en bourrique pendant toutes ces années, rêva-t-il à voix haute.

— Qu'est-ce que tu veux dire ?

Son regard se détacha de ses cheveux et il lui adressa un sourire désabusé.

— Je fantasme à l'idée de glisser les doigts dans ta chevelure depuis hier, et cela ne fait que deux jours que je l'ai sous les yeux.

A ces mots, une chaleur diffuse gagna tout le corps de Julie, et Zack sentit instantanément son expression changer et ses muscles se détendre. Se rappelant un peu tard que les mots étaient parfois aussi excitants que la plus experte des caresses, il comprit que c'était le meilleur moyen d'en arriver à ses fins sans parvenir jusqu'aux dangereux extrêmes où vous conduisaient les attouchements et les baisers.

— Tu sais à quoi je pensais hier soir pendant le dîner ? lui avoua-t-il doucement, sincèrement aussi.

Elle hocha la tête.

— Je me demandais quel goût aurait ta bouche sur la mienne, et si ta peau était vraiment aussi douce qu'elle le paraissait.

Julie se laissa envoûter par une délicieuse sensualité, tandis que ses doigts lui effleuraient la joue.

— Ta peau est encore plus douce qu'elle n'en a l'air, poursuivit-il, puis il observa son pouce glisser sur ses lèvres. Et ta bouche... Tu as un goût de miel.

Sa main descendit inexorablement le long de sa gorge, sur son épaule, puis caressa lentement son sein, et elle laissa errer son regard sur la toison brune et bouclée de son torse.

— Ne détourne pas les yeux, murmura-t-il, et elle se força à soutenir son regard. Tu as de beaux seins.

Cela, songea Julie, c'était si éloigné de la vérité qu'elle douta de tout ce qu'il venait de lui dire. Il vit son air sceptique et un sombre sourire lui fendit la face.

— Si ce n'était pas vrai, fit-il en caressant la pointe de son sein, alors dis-moi pourquoi j'ai tellement envie de les toucher, de les contempler et d'y poser la bouche.

Son mamelon se raidit en un petit bouton, et Zack sentit le désir l'envahir à nouveau.

— Tu sais que c'est vrai, Julie. Tu lis sur mon visage à quel point je te désire.

Elle le lisait, là, dans son regard lourd et ardent.

Il mourait d'envie de l'embrasser. Zack inspira longuement, calmement, et courba la tête pour se maîtriser, tandis qu'il effleurait ses lèvres de sa langue.

— Tu es si douce, murmura-t-il, si douce.

Julie perdit le contrôle d'elle-même avant lui. Dans un gémissement muet, elle glissa la main autour de sa nuque et l'embrassa avec toute la passion qui montait en elle, se plaquant contre son corps tendu, émerveillée des frissons qui le parcouraient tandis que sa bouche s'entrouvrait en un baiser rude et tendre. Avec un instinct qu'elle ne se connaissait pas, elle sentit qu'il luttait désespérément pour que ce baiser ne devienne pas trop sensuel, et la tendresse qu'elle y décela lui sembla presque intolérable. Elle frotta ses lèvres entrouvertes contre les siennes, le cajola pour qu'il s'abandonne davantage et, comme il ne le faisait pas, elle l'embrassa comme il l'avait fait un peu plus tôt. Elle posa sa langue sur sa bouche et le sentit haleter. Encouragée par sa réaction, elle lécha ses lèvres brièvement, sensuellement, légèrement...

Et elle obtint ce qu'elle voulait.

Zack ne se maîtrisa plus. Dans un gémissement grave il l'embrassa avec une ardeur brute, avec une urgence qui lui donna à la fois un sentiment de puissance et d'impuissance. Ses mains et sa bouche réclamaient le corps de Julie, caressaient ses seins, sa taille et son dos et, quand ses lèvres se posèrent à nouveau sur les siennes, il passa les doigts dans ses cheveux épais en la retenant prisonnière avec son consentement. Quand leurs bouches se séparèrent enfin, tout le corps de Julie était enflammé de désir.

— Ouvre les yeux, petite, murmura-t-il.

Julie obéit et fixa ce torse d'homme musclé et couvert de poils bruns. Ce spectacle suffit à la faire vibrer. Hésitante, elle leva les yeux et vit ce qui avait changé en lui. Dans sa gorge un muscle palpitait spasmodiquement, son visage était dur et sombre, et ses yeux brûlants. Elle contempla ses lèvres sensuelles qui formaient deux mots et entendit sa voix rauque les prononcer :

— Caresse-moi.

C'était une invitation, un ordre, une supplique.

Julie répondit également aux trois. Elle posa la main sur sa joue. Sans la quitter des yeux, il plaqua son visage contre sa paume, qu'il effleura de ses lèvres en un mouvement de va-et-vient.

— Caresse-moi.

Le cœur battant à tout rompre, elle descendit le long de sa joue, sur les saillies de son cou, sur son épaule, puis sur les muscles rigides de son torse. Sa peau était comme un satin sur du granit et quand elle se pencha pour lui baiser la poitrine, ses muscles se contractèrent par réflexe. Enivrée de ce nouveau pouvoir, elle lui embrassa les mamelons et fit longuement glisser sa bouche jusqu'à sa taille. Un son, mi-rire, mi-grognement, lui échappa, et il la fit rouler brusquement sur le dos, lui plaqua les mains derrière la tête et la couvrit à demi de son corps. Sa langue se mêla à la sienne et se retira, laissant présager ce qu'il avait l'intention de faire de son corps. Le feu qui embrasait Julie explosa en une gerbe de flammes. Elle dégagea ses poignets, l'enserra dans ses bras et lui rendit ses baisers enivrants en lui caressant les épaules et le dos, en gémissant de bonheur quand sa bouche se posait sur ses seins. Elle était si éperdue du désir qu'il faisait si bien monter en elle qu'elle remarqua à peine qu'il avait glissé la main entre ses cuisses et que ses doigts commençaient de l'explorer intimement.

Les paupières serrées, elle chassa les vagues de gêne qui l'assaillaient et céda au plaisir exquis que lui donnaient ses doigts experts.

Refoulant le désir qui le tenaillait, Zack observait les réactions de son beau visage tandis que son corps se soumettait à ces caresses inconnues. Chaque son, chaque mouvement de tête, chaque frémissement à son contact l'emplissait d'une poignante tendresse. Chaque seconde se cristallisait dans son esprit, brillante comme un diamant. Sous ses doigts elle s'ouvrait, humide et chaude, et il mourait d'envie de s'enfouir en elle. Mais il rejeta la tête en arrière avant de la courber à nouveau pour l'embrasser longuement. Elle lui enlaça les épaules et frissonna, et ce geste convulsif lui rappela ce qu'elle lui avait dit.

— C'est bon de frissonner, murmura-t-il en poursuivant son exploration.

Ses mains, qui s'enhardissaient, se mouvaient sur le corps de Zack, qui retint son souffle quand elle effleura son membre rigide avant de le prendre dans sa main. Au moment où ses doigts se resserrèrent, elle ouvrit grands les yeux sous le choc et le fixa. S'il n'avait pas été dans un tel état de tension, Zack aurait ri de son expression.

Mais il n'était d'humeur ni à rire ni à être flatté de l'impression qu'il venait de lui faire. Dans la lueur du feu, elle le regardait comme si elle attendait quelque chose, une décision de sa part, un geste, et pendant ce temps ses doigts le rendaient fou au point d'exploser dans sa main. Son autre main se posa sur sa joue, apaisante, et les mots qu'elle lui murmura le firent fondre.

— Ça valait la peine d'attendre vingt-six ans, monsieur Benedict.

La respiration de Zack devint anarchique. Les paumes plaquées contre ses joues chaudes, il se pencha pour l'embrasser, mais cette fois le mot qu'il murmura était teinté d'une sorte de révérence rauque.

— Bon Dieu...

Les tempes battantes Zack se coucha sur elle, se glissa entre ses jambes et la pénétra lentement en soufflant sous l'exquise sensation qu'il éprouva quand son corps s'élargit pour lui, que sa douce chaleur l'enveloppa. Devant le fragile hymen, il souleva les hanches minces de Julie, retint son souffle et avança. Son corps se raidit sous l'effet d'une brève douleur mais avant même qu'il ait eu le temps de réagir, elle s'ouvrait de nouveau comme une fleur... l'accueillant, l'abritant. Pour maîtriser l'orgasme qui montait, Zack se mouvait lentement en elle mais, quand elle se mit à accompagner ses mouvements, sa retenue s'évanouit avec le désir de prolonger l'acte. Saisissant sa bouche en un baiser ravageur, il plongea en elle, l'amenant de plus en plus vite à la jouissance, savourant son cri étouffé, tandis qu'elle plantait ses ongles dans son dos et frissonnait convulsivement sous lui. Il leva ses hanches plus haut, s'enfonça plus profondément. Il se répandit en elle avec une puissance qui lui arracha un grognement sourd, mais il continua à bouger en elle, comme si elle pouvait le vider de toute l'amertume du passé et de la désolation de son avenir. Il jouit alors une seconde fois dans un tressaillement qui fit hurler toutes ses terminaisons nerveuses, lui parcourut le corps tout entier et le laissa sans forces. Epuisé.

Il s'effondra et roula sur le côté sans se détacher d'elle. Zack la prit alors dans ses bras, lui caressa la colonne vertébrale en s'efforçant de ne penser à rien, en s'accrochant à l'euphorie qui se dissipait, tandis qu'il luttait pour éloigner la réalité, mais au bout de quelques minutes, ce fut inutile. A présent qu'il avait épuisé son ardeur, il n'y avait plus aucune barrière entre son cerveau et sa conscience. Comme il fixait le feu, il revit tous ses actes des trois derniers jours, et leurs motivations, à la lumière éblouissante de la vérité. Et la vérité, c'était qu'il avait pris une femme innocente en otage en la menaçant de son arme, qu'il lui avait fait croire qu'il la laisserait partir si elle l'emmenait dans le Colorado, qu'il l'avait menacée de lui faire subir des violences physiques si elle cherchait à s'enfuir et, quand elle l'avait défié quand même, il l'avait forcée à l'embrasser devant un témoin, de sorte que la presse nationale la tenait pour sa complice. La vérité, c'était qu'il avait songé à coucher avec elle le jour même où il l'avait enlevée et qu'il avait usé à cette fin de tous les stratagèmes, de l'intimidation à la gentillesse en passant par le flirt. L'écœurante vérité, c'était qu'il avait fini par atteindre son but odieux : il avait séduit la fille d'un pasteur, un être innocent, courageux et charmant, qui avait répondu à ses cruautés et à ses injustices en lui sauvant la vie. *Séduit*, c'était un terme bien trop poli pour qualifier ce qu'il venait de faire, se dit Zack avec dégoût en contemplant le tapis. Il l'avait prise là, sur le sol, pas même dans un lit ! Sa conscience le tenailla à nouveau à l'idée qu'il avait été trop brutal, qu'il l'avait forcée à subir deux orgasmes, qu'il s'était profondément introduit en elle au lieu de faire preuve d'un peu de retenue. Le fait qu'elle n'ait pas crié, qu'elle ne se soit pas débattue et qu'elle n'ait pas donné le moindre signe de souffrance ou d'humiliation n'atténuait en rien sa culpabilité. Elle ne savait pas qu'elle avait le droit d'exiger plus qu'elle n'avait reçu, mais lui le savait. Il s'était montré aussi lubrique qu'un adolescent. Adulte, il avait eu plus d'aventures qu'il ne pouvait en compter. Il était le seul et unique responsable de la pagaille qu'il avait semée dans la vie de Julie et, maintenant, de sa première rencontre avec le sexe. Et c'était encore très optimiste, si l'on songeait qu'elle pouvait être enceinte ! Pas besoin d'être grand clerc pour comprendre que la fille d'un pasteur n'envisagerait sans doute pas de se faire avorter, de sorte qu'elle devrait porter le poids de l'opprobre publique pour avoir eu un enfant naturel, à moins qu'elle n'aille dans une autre ville pour y accoucher ou qu'elle n'en impose la paternité à son quasi-fiancé.

Zack pensait qu'on le descendrait dans les quelques jours, les quelques heures qui viendraient, après qu'il aurait quitté cet abri. A présent, il regrettait d'être monté dans cette voiture avec elle. Avant d'aller en prison, jamais il n'avait mêlé un être innocent à ses problèmes, pas plus qu'il n'en avait menacé d'une arme ou qu'il ne lui avait fait d'enfant. En prison, il était manifestement devenu un asocial sans conscience, ni scrupules ni moralité.

Une balle dans la peau, se disait-il, c'était encore trop bon pour le monstre qu'il était devenu.

Il était tellement absorbé par ses pensées qu'il lui fallut tout ce temps pour que son cerveau s'aperçoive enfin que la femme qu'il tenait dans ses bras était en train de pleurer et que l'humidité sur sa poitrine n'était pas sa sueur, mais ses larmes. Muet de remords, Zack desserra son étreinte, mais elle garda la main sur son épaule qu'elle serrait comme si sa vie en dépendait et pressait son visage mouillé contre son torse.

Dressé sur un coude, il tenta désespérément de l'apaiser en dégageant les mèches brillantes de sa joue humide tout en avalant sa salive pour dissoudre la boule qu'il avait dans la gorge.

— Julie, murmura-t-il d'un ton brusque, si je pouvais défaire tout ce que je t'ai fait, je le ferais. Jusqu'à ce soir, j'avais agi au moins par une nécessité désespérée... Mais ça...

Il s'interrompit pour déglutir à nouveau et repoussa maladroitement une boucle sur sa tempe. Comme son visage était toujours enfoui dans sa poitrine, il ne pouvait juger de sa réaction, sinon par le fait qu'elle semblait s'être apaisée dès qu'il lui avait parlé.

— Ce que je viens de faire, poursuivit-il, c'est inexcusable. C'est explicable, mais pas excusable. Tu n'es pas assez naïve pour ne pas comprendre que, pour un homme, c'est long cinq ans sans...

Zack se tut brutalement, comprenant qu'il était en

train d'ajouter l'insulte à la blessure en faisant comme si, dans son état de manque, n'importe quelle femme aurait fait l'affaire.

— Ce n'est pas pour cela que je l'ai fait ce soir. En partie seulement. C'est surtout parce que je te désire depuis...

Le dégoût lui monta à la gorge comme de la bile et il fut incapable de poursuivre.

Après un long moment de silence, la femme qu'il tenait dans ses bras parla enfin.

— Continue, dit-elle doucement.

Il baissa la tête pour mieux distinguer ses traits dans l'ombre, fronçant les sourcils d'un air perplexe.

— Continuer ? répéta-t-il.

Elle hocha la tête, et son doux visage se frotta contre sa peau.

— Oui. Tu en arrivais juste au plus intéressant.

— Au plus intéressant ? reprit-il d'une voix blanche.

Elle leva des yeux encore humides vers lui, et sur son visage s'était dessiné un sourire engageant qui fit battre le cœur de Zack.

— Tu as très mal commencé, murmura-t-elle, en disant que tu étais désolé. Et puis tu t'es enferré en ajoutant que j'étais naïve et en me donnant l'impression qu'après cinq ans d'abstinence, tu aurais pu te jeter sur n'importe qui...

Il la regarda, ébahi, mais ce fut comme un baume sur son corps douloureux. Il savait qu'il s'en tirait à bon compte, mais il saisit ce sursis avec la gratitude désespérée d'un homme qui se noie et qui attrape une bouée de sauvetage.

— J'ai dit ça ?

— A peu près.

Il ne put résister à son sourire contagieux.

— Quel manque de tact !

— Enorme, acquiesça-t-elle avec une indignation feinte.

Un minute auparavant, elle l'avait plongé dans le désespoir le plus noir, cinq minutes auparavant, elle l'envoyait au septième ciel, et maintenant elle lui donnait envie de rire. Tout au fond de lui, Zack était conscient qu'aucune femme n'avait jamais produit un tel effet sur lui, mais il ne voulait pas y chercher d'explication. Pour l'instant, il se contentait de profiter du présent sans se préoccuper du maigre avenir qu'il avait devant lui.

— Etant donné les circonstances, murmura-t-il en lui effleurant la joue de son poing serré, qu'aurais-je dû faire et dire ?

— Eh bien, comme tu le sais, je n'ai pas une grande expérience de ces moments-là...

— Aucune en fait, lui rappela-t-il, et cela lui fit soudain un plaisir immense.

— Mais j'ai lu des centaines de scènes d'amour dans les romans.

— Nous ne sommes pas dans un roman.

— C'est vrai, mais il y a quelques similitudes.

— Par exemple ? la taquina-t-il, distrait par la joie véritable qui émanait d'elle.

A son grand étonnement, elle redevint sérieuse, mais il y avait de l'émerveillement dans ses yeux quand elle noya son regard dans le sien.

— D'abord, murmura-t-elle, la femme éprouve souvent ce que j'ai ressenti quand tu étais en moi.

— Et qu'as-tu ressenti ? ne put-il s'empêcher de lui demander.

— Je me sentais désirée, dit-elle d'une voix entrecoupée. Je sentais que tu avais besoin, désespérément besoin de moi. Que j'étais importante. J'étais comblée.

Le cœur de Zack se serra sous l'effet d'une émotion si intense qu'il en eut mal.

— Alors pourquoi pleurais-tu ?

— Parce que, murmura-t-elle, la beauté me fait parfois cet effet-là.

Zack la regarda droit dans les yeux et dans leur éclat il vit cette beauté douce et cette énergie insatiable qui pourraient presque donner à un homme l'envie de pleurer.

— Est-ce qu'on t'a déjà dit, fit-il à voix basse, que tu as le sourire de la madone de Michel-Ange ?

Julie allait protester, mais il anticipa sa réaction par un baiser aussi vif que passionné.

— Tu ne crois pas, répondit-elle un peu tard, haletante, en roulant sur le dos, que cette remarque est un peu sacrilège, si l'on considère ce que nous étions en train de faire il y a quelques minutes ?

Il réprima un rire contre sa gorge.

— Non, mais ça l'est probablement si l'on considère ce que nous sommes sur le point de faire.

Elle baissa brusquement la tête.

— C'est-à-dire ?

Les épaules secouées d'un rire joyeux, il laissa lentement glisser sa bouche sur elle.

— Je vais te montrer.

Julie retint son souffle et cambra les hanches sous les assauts sensuels de ses mains caressantes.

Dans l'esprit de Zack, le rire fit place à quelque chose de beaucoup plus profond.

32

Adossée à une montagne de coussins de plumes dans l'immense lit du maître de maison, Julie contemplait les assiettes posées sur la table basse devant la cheminée à l'autre bout de la pièce. Ils avaient pris un petit déjeuner tardif, et Zack lui avait de nouveau fait l'amour. Il l'avait empêchée de dormir presque toute la nuit, la prenant et la reprenant avec une urgence mêlée de tendresse, que Julie trouvait aussi sauvagement excitante que délicieusement éprouvante. A la fin de leurs ébats, il l'attirait dans ses bras et la serrait tout contre lui en sommeillant. Il était plus de midi, et elle était assise à ses côtés, lovée contre lui, le bras de Zack autour de ses épaules, sa main la caressant paresseusement. Malheureusement, à la lumière du jour, il lui était beaucoup plus difficile de s'accrocher à l'illusion qu'elle était en sécurité, dans la chaleur de ce lit et de cette maison, auprès d'un homme ordinaire qui se trouvait être son amant dévoué. En plein jour, elle prenait hélas conscience que l'homme qui lui faisait l'amour avec une tendresse si violente, qui gémissait dans ses bras et la faisait crier, qui lui donnait le sentiment d'être la seule femme qu'il ait aimée ainsi, avait fait la même chose avec d'innombrables vedettes de cinéma et à de séduisantes mondaines. C'était son univers, un monde luxueux et frénétique, peuplé de gens talentueux, riches, beaux et influents.

Telle avait été sa vie et, bien qu'il eût tout perdu, elle ne doutait pas un instant qu'il prouverait son innocence, puisqu'il était libre de rechercher le véritable meurtrier, si possible avec son aide maladroite mais spontanée. Une fois qu'il l'aurait fait, il serait libre de retourner à son ancienne existence, de reprendre sa brillante carrière à Hollywood. Alors il n'aurait plus besoin d'elle. A ce moment-là elle en serait réduite au rôle de « vieille amie » et elle en souffrirait énormément.

Il n'allait pas tomber amoureux d'elle ni lui déclarer un amour éternel. Il avait simplement besoin d'elle maintenant et, pour une raison ou pour une autre, Dieu l'avait mise sur son chemin. Tout ce qu'elle pouvait faire, c'était vivre chaque instant comme il venait, le savourer et le garder dans sa mémoire pour les années à venir. Cela signifiait qu'il ne faudrait jamais lui demander plus qu'il ne pouvait donner, jamais le charger du fardeau de ses propres sentiments et se protéger le plus possible. Cela signifiait qu'il fallait trouver le moyen de rester légers et frivoles. Elle aurait aimé être sophistiquée, avoir l'expérience des hommes. Cela l'aurait tant aidée à accomplir tout cela et bien d'autres choses encore.

— A quoi penses-tu ? demanda Zack.

Elle tourna la tête et vit qu'il l'observait avec inquiétude.

— A rien de grave, esquiva-t-elle avec un beau sourire artificiel. A la vie en général.

— Dis-moi.

Julie, qui cherchait à éviter son regard inquisiteur et cette discussion, se dégagea et ramena ses genoux contre sa poitrine en les enveloppant de ses bras.

— Ça ne vaut pas la peine d'en parler.

— Pourquoi ne me laisses-tu pas en décider ?

Elle lui décocha un regard sombre.

— Tu as toujours été aussi tenace ?

— C'est l'une de mes qualités les plus pénibles, répondit-il doucement et sans repentir. A quoi pensais-tu... exactement ?

Elle roula les yeux en riant d'exaspération mais, comme il continuait de l'observer en silence, elle céda et lui avoua la vérité, en partie.

— Je songeais à l'étrangeté de la vie, dit-elle en plantant le menton sur ses genoux pour éviter son regard.

Tout vous semble complètement prévisible et puis il suffit d'une minute, le temps qu'il faut pour décider de quitter l'autoroute pour aller boire un café, pour que tout bascule.

Zack posa la tête contre les oreillers, ferma les yeux et déglutit, soulagé. Elle aurait dû lui reprocher de lui avoir gâché la vie. C'eût été plus logique et plus véridique.

Du coin de l'œil, Julie examina son visage grave, et cela lui fendit l'âme. C'était de rire, de légèreté et de sensualité qu'il avait besoin, pas de philosophie ni de casse-tête psychologique. Elle résolut de ne plus se laisser piéger dans ce genre de discussion.

Il poussa un profond soupir et, sans ouvrir les yeux, lui demanda d'un ton neutre :

— Veux-tu rester ici avec moi, Julie ?

— Tu me laisses le choix ? le taquina-t-elle pour rester sur le ton du badinage.

Dès qu'elle eut prononcé ces mots, elle vit sa mâchoire se contracter imperceptiblement et elle eut le sentiment étrange qu'une fois de plus, elle ne lui avait pas donné la réponse qu'il attendait.

— Non, dit-il après une longue pause. Je crains bien que non.

— Tu crois que je préviendrai les autorités si tu me laisses partir ? C'est ça ?

— Non. Si tu me donnes ta parole, je te ferai confiance.

— Alors pourquoi ?

— Parce que je ne crois pas que tu résisterais aux interrogatoires incessants qu'on te ferait subir. Même si tu leur disais que je t'ai bandé les yeux jusqu'à ce que nous arrivions ici, ils continueraient de te harceler pour t'« aider » à te rappeler un détail révélateur et, tôt ou tard, tu te trahirais sans le vouloir et sans même t'en rendre compte.

Cette fois, Julie fit un effort pour trouver le juste équilibre entre la sincérité et l'humour.

— Entendu. Alors j'imagine que je vais devoir rester dans ce petit cottage morne et passer quelques jours avec cet homme changeant, tyrannique, exaspérant et doté d'un insatiable appétit sexuel. Quand j'en repartirai, je ne pourrai sans doute plus marcher ni tenir debout.

Les paupières toujours closes, il esquissa un demi-sourire.

— Je ne suis pas changeant.

— Exaspérant, tyrannique et insatiable néanmoins, rétorqua-t-elle en ricanant, car elle se sentait mieux, plus maîtresse de la situation et d'elle-même. J'ai une idée, si on allait dehors ?

Les fossettes qu'il avait à la commissure des lèvres se creusèrent en un sourire langoureux et suffisant.

— Pas question ! Tu te gèlerais le cul.

— J'ai l'intention de m'habiller d'abord, lui répliqua Julie d'un ton guilleret, sidérée de la facilité avec laquelle elle venait de répondre à ses propos grossiers. Le grand air et l'activité physique, ajouta-t-elle aussitôt, tandis qu'il se tordait de rire devant son évidente déconfiture, guérissent presque tout.

— Sauf les engelures.

Elle lui lança un oreiller en riant car elle l'avait surpris les yeux fermés, et dégagea les jambes et les bras des draps.

— Faut-il toujours que tu aies le dernier mot ?

— Apparemment.

— Eh bien, tu devras faire les questions et les réponses, parce que moi, je sors, lui dit-elle en enfilant son peignoir. Malgré les délices sybaritiques inhérentes à ta compagnie, j'ai besoin d'air et de soleil. Si j'étais à la maison, je serais dans la cour avec ma classe pour la récréation de midi.

— Les délices sybaritiques, répéta-t-il, amusé. Quelle jolie tournure ! Ça me plaît beaucoup.

— J'imagine, répliqua-t-elle en se dirigeant vers la salle de bains de sa chambre pour se doucher et s'habiller.

— Prends ma salle de bains, dit-il dans son dos. C'est beaucoup plus agréable.

33

Julie se séchait les cheveux sous les lampes de cuivre étincelantes, tandis que Zack se rasait de l'autre côté du miroir. Au lieu de se servir de sa petite salle de bains, comme elle l'avait imaginé, il l'avait rejointe dans celle-ci. Le simple fait de partager cette pièce, même si elle avait la taille d'une salle de bal et permettait de conserver sa tranquillité pour peu que l'on restât d'un côté de la glace, créait une étrange intimité. Restaient les bruits, le son du robinet de douche qu'il tourna quand elle était sous la sienne, celui de l'eau qui coulait dans le lavabo pendant qu'il se rasait. Quand elle fut entrée dans la douche, elle posa une des grandes serviettes moelleuses sur la porte de verre transparente pour qu'il ne la voie pas s'il passait devant elle, précaution qui se révéla sage.

Drapée dans un autre serviette verte, elle retournait dans sa chambre pour mettre un jean quand Zack l'appela :

— Prends quelque chose dans ce placard-là !

Elle sursauta car ils ne s'étaient pas adressé la parole depuis leur toilette en commun, fit volte-face et l'aperçut près du lavabo, une serviette comme la sienne nouée autour de ses hanches minces, la moitié du visage couverte de crème à raser.

— Non, répondit-elle. Je l'ai fait hier soir et ce n'était pas bien.

Fascinée malgré elle, elle le vit rejeter la tête en arrière et faire glisser le rasoir le long de son cou et de sa mâchoire.

— De toute façon, dit-il, je savais que tu discuterais.

Julie lui lança un sourire hautain.

— C'est agréable d'avoir le dernier mot, pour une fois.

Elle pénétra dans la chambre et se dirigea vers le fauteuil où elle avait posé ses affaires de la veille. Il n'y avait plus rien. Pendant un quart de seconde, elle contempla d'un air ahuri le tissu imprimé comme si ses vêtements allaient se matérialiser, puis elle se ressaisit, tourna les talons et revint d'un pas décidé dans la salle de bains, un éclat militant dans le regard.

— Je ne porterai pas ce qu'il y a dans ce placard !

Il lui décocha un coup d'œil amusé puis continua de se raser.

— L'idée de te voir te promener toute la journée absolument nue n'est pas sans titiller un mâle insatiable comme moi.

— Jeune homme, vous poussez un peu loin le bouchon, fit-elle de sa voix d'institutrice, froide, menaçante. Zack, je fais des efforts surhumains pour ne pas me mettre en colère...

Comme il la trouvait adorable, il s'efforça de ne pas rire mais se refusa à répondre.

— Zack ! cria-t-elle d'un ton plus autoritaire en avançant vers lui. Je veux que tu ailles sur-le-champ chercher mes vêtements là où tu les as cachés.

Les épaules secouées par l'hilarité, Zack se pencha et s'aspergea le visage, puis il enroula une serviette autour de son cou.

— Et si je n'obéis pas, mademoiselle Mathison ? demanda-t-il, caché sous le tissu-éponge. Vous allez me coller ?

Julie avait suffisamment affronté les révoltes adolescentes pour ne pas commettre l'erreur de montrer sa frustration et perdre ainsi du terrain.

— Cette question n'est pas *négociable,* déclara-t-elle avec une solennité appuyée.

Il jeta sa serviette et se retourna, un sourire radieux illuminant sa face burinée.

— A propos, pourquoi n'as-tu pas l'accent traînant du Texas ?

Julie l'entendit à peine. Elle fixait, paralysée, l'image bien vivante du beau mâle charismatique qu'elle avait contemplé sur des écrans petits ou géants pendant des années. Jusqu'à ce moment, Zachary Benedict, l'homme, n'avait jamais tout à fait ressemblé à Zachary Benedict, la star. Il lui avait donc été aisé d'ignorer ce qu'il avait été. Ses cinq ans de prison lui avaient durci les traits, avaient creusé des sillons autour de la bouche et des yeux, l'avaient vieilli, rendu plus rude, mais tout cela s'était métamorphosé en une nuit. Maintenant qu'il était bien reposé, fraîchement rasé, la ressemblance était si frappante qu'elle recula sous l'effet de la nervosité et de la surprise, comme devant un étranger.

— Pourquoi me regardes-tu comme si j'avais des touffes de poil qui sortent des oreilles ?

La voix lui était familière. Elle la connaissait bien. C'était rassurant. Julie se secoua mentalement pour mettre un terme à ses fantasmes ridicules et reprit la conversation en cours. Plus déterminée que jamais à avoir le dessus, elle croisa les bras et déclara d'un air têtu :

— Je veux mes habits.

Il posa une fesse sur le bord d'un meuble de marbre et, mimant sa posture, il croisa les bras avec un grand sourire, qui n'avait rien d'hostile.

— Pas question, ma douce. Ouvre le placard.

Ces marques d'affection venant d'une personne qui était passée du statut de détenu à celui de vedette de cinéma lui parurent désinvoltes et sans signification aucune. Elle était si vexée et si décontenancée qu'elle se mit à taper du pied.

— Merde, je veux mes...

— Je t'en prie, l'interrompit-il calmement, mets ce que tu trouveras dans le placard. J'ai jeté tes vêtements au feu, ajouta-t-il pour couper court à toute discussion.

Julie comprit qu'il l'avait manipulée, et son manque de tact la blessa et la mit en rage.

— Ils étaient peut-être bons à jeter pour une ancienne star de cinéma, rétorqua-t-elle, mais je les ai achetés et je les aimais !

Elle tourna les talons et se dirigea vers le placard, sans se rendre compte que sa repartie avait touché sa cible avec plus de précision qu'elle ne l'escomptait. Elle entra au pas de charge dans le vestiaire, ignorant les robes et les jupes qui pendaient à des cintres sur six mètres de long et fonça vers le fond où elle empoigna le premier pantalon et le premier pull venus. Après les avoir mis devant elle pour voir s'ils étaient à sa taille, elle les enfila sans cérémonie. Elle avait pris un pantalon de cachemire d'un vert émeraude pâle et un col roulé assorti avec de délicates violettes et des feuilles tissées dans les manches. Elle tira le pull sur le pantalon, saisit une ceinture de cuir verte en sortant du vestiaire, s'arrêta pour la mettre, se retourna et faillit heurter le torse de Zack.

Il se tenait dans l'embrasure de la porte, bloquant la sortie.

— Excuse-moi, dit-elle en essayant de le contourner sans lui faire la courtoisie de lever les yeux vers lui.

— C'est ma faute si tu as dû porter les mêmes vêtements ces trois derniers jours, fit-il d'une voix aussi implacable que sa posture. Je voulais juste que tu mettes autre chose pour ne pas me sentir coupable chaque fois que je pose les yeux sur ton jean. Est-ce que tu veux bien me regarder et me laisser t'expliquer ? poursuivit-il sans ajouter qu'il avait aussi très envie de lui voir porter quelque chose de joli, de raffiné, qui soit digne de son visage et de sa silhouette.

Julie possédait bien assez de courage et d'obstination pour résister à la puissance de sa persuasion, mais elle n'était pas fâchée au point de ne pas comprendre sa logique. Et puis il eût été bien bête de gâcher le peu de temps qu'ils avaient par une vaine discussion.

— Je déteste qu'on m'ignore et qu'on fixe le sol comme ça, poursuivit-il. C'est comme si ma voix sortait d'un cafard sur le plancher et que tu te demandais où il était pour l'écraser.

Julie avait l'intention de lever les yeux vers lui quand bon lui semblerait, mais elle ne résista pas à son humour. Elle s'effondra dans la penderie derrière elle en se tordant de rire.

— Tu es incorrigible, lança-t-elle, le regard rayonnant de joie.

— Et toi, tu es fabuleuse.

Le cœur de Julie cessa un instant de battre devant la solennité de son expression, mais il était comédien, il venait de le lui rappeler avec force, et elle n'en aurait que plus mal plus tard si elle commençait à prendre ce qui n'était que de banales plaisanteries pour l'aveu d'une affection profonde.

Comme elle ne répondait pas, Zack lui sourit et retourna dans la salle de bains.

— Mettons une veste et sortons si tu en as vraiment envie, dit-il.

Elle le regarda d'un air ébahi, le suivit et lui tendit les bras en baissant les yeux sur sa tenue pour qu'il la contemple.

— Habillée comme ça ? fit-elle. Tu es fou ? Ce pantalon de cachemire doit avoir coûté... au moins deux cents dollars !

Zack, qui se rappela le montant de certaines factures de Rachel, en évalua le prix à au moins six cents dollars, mais il n'en dit rien. En fait, il avait tellement hâte de sortir dehors avec elle qu'il posa les mains sur ses épaules, les secoua un peu et lui en dit beaucoup plus qu'il n'en avait l'intention.

— Julie, ces vêtements appartiennent à une femme qui en possède des magasins entiers. Elle se fiche complètement que tu en portes quelques-uns...

Il n'eut pas besoin de terminer sa phrase pour comprendre à quel point il avait été stupide de se dévoiler autant. Julie écarquilla les yeux sous le choc. Il la vit réfléchir.

— Tu veux dire que tu connais ceux qui possèdent cette maison ? demanda-t-elle. Ils te permettent de l'utiliser ? Est-ce qu'ils ne courent pas un grand risque à cacher sciemment un évadé... ?

— Arrête ! lui ordonna-t-il plus rudement qu'il ne l'aurait souhaité. Je n'ai rien voulu dire de tel.

— Mais j'essaie seulement de comprendre...

— Merde, je ne *veux* pas que tu comprennes. Je vais t'expliquer cela le plus clairement et le plus succinctement possible, ajouta-t-il aussitôt, plus patiemment, en se passant la main dans les cheveux, pour ne pas lui faire porter le poids de la colère qu'il éprouvait contre lui-même. Ensuite l'affaire sera close.

Elle lui jeta un regard qui disait assez combien son attitude était aussi déraisonnable que désobligeante, mais elle resta muette. Plongeant les mains dans ses poches, elle s'adossa au mur de la salle de bains, croisa les jambes et l'observa avec une fixité troublante.

— Quand tu rentreras chez toi, commença Zack, la police te posera des questions sur tout ce que j'aurai dit et fait quand nous étions ensemble, pour déterminer quelle aide j'ai pu recevoir pour m'évader et où je compte me rendre ensuite. Ils te cuisineront jusqu'à ce que tu sois épuisée et que tu n'aies plus les idées claires. Ils le feront dans l'espoir que tu te souviennes d'un détail important, même si tu ne t'en es pas rendu compte sur le moment. Tant que tu pourras leur dire la vérité, toute la vérité... ce que je te conseillerai quand tu t'en iras d'ici, tu n'auras aucun souci à te faire. Mais si tu essaies de me protéger en leur dissimulant quelque chose ou si tu mens, tu te contrediras, ils s'en apercevront et ils te démoliront. Ils considéreront que tu étais ma complice depuis le début, et ils te traiteront comme telle.

« Je vais te demander de faire un petit mensonge tout simple qui nous aidera tous les deux sans te piéger pendant les interrogatoires. A part cela, je ne veux pas que tu mentes ni que tu caches quoi que ce soit à la police. Dis-leur tout. Pour l'instant, tu ne sais rien qui puisse me nuire, à moi et à ceux qui ont des liens avec moi. Et je veux que les choses en restent là, conclut-il avec insistance, pour toi comme pour moi. Est-ce clair ? Tu comprends pourquoi je ne veux plus que tu me poses de questions ?

— De quel mensonge s'agit-il ?

— Tu vas dire à la police que tu ne sais pas exactement où se trouve cette maison. Raconte-leur que je t'ai bandé les yeux après ta tentative d'évasion manquée sur cette aire de repos et que je t'ai fait allonger sur la banquette arrière le reste du voyage, pour que tu ne puisses plus t'échapper. C'est plausible, logique, et ça, ils le goberont. Ça t'aidera aussi à neutraliser le témoignage de ce fichu camionneur. C'est l'unique raison qu'ait la police de te soupçonner de m'avoir aidé à m'évader. Je donnerais tout ce que j'ai pour que tu ne sois pas obligée de mentir pour moi, mais je crois que c'est le meilleur moyen.

— Et si je refuse ?

Ses traits se durcirent instantanément, se fermèrent. Il devint distant.

— C'est à toi de choisir, dit-il avec une courtoisie qui lui fit froid dans le dos. Si tu choisis d'informer la police de la localisation de cette maison, j'aimerais aussi que tu n'oublies pas de leur dire que je n'avais pas la clé et que j'avais l'intention d'y entrer par effraction si je ne la trouvais pas. Si tu n'insistes pas sur ce point, alors les propriétaires, qui n'ont pas plus collaboré que toi à mon plan d'évasion, feront l'objet des mêmes soupçons injustes que toi.

Il n'essayait absolument pas de se protéger, comprit-elle. Il tentait désespérément de protéger ceux qui possédaient cette maison. Ce qui signifiait qu'il les connaissait. Ils étaient, ou avaient été, amis...

— Cela t'ennuierait-il de me dire ce que tu as l'intention de faire ? demanda-t-il de ce ton froidement détaché qu'elle détestait. Ou bien préfères-tu y réfléchir ?

A onze ans, Julie avait fait le vœu de ne plus jamais mentir, et elle y avait été fidèle pendant quinze ans. Elle regarda l'homme qu'elle aimait et lui dit doucement :

— J'ai l'intention de leur dire que l'on m'a bandé les yeux. Comment as-tu pu penser qu'il pourrait en être autrement ?

Quand elle vit la tension quitter son visage, le soulagement l'envahit, mais au lieu de lui dire un mot gentil il lui lança un regard cinglant.

— Tu as le privilège, Julie, d'être la seule femme vivante qui m'ait *jamais* balancé comme un yoyo au bout de ses doigts.

— Je suis... navrée, mentit-elle maladroitement.

— Tu parles ! répliqua-t-il, mais il n'y avait plus rien d'acerbe dans sa voix, seulement une pointe d'amusement. Tu fais tout ton possible pour ne pas rire. Dieu ait pitié de celui qui t'épousera parce que le pauvre diable va vieillir avant l'âge !

Il était si manifestement convaincu qu'elle finirait avec quelqu'un d'autre que lui, quelqu'un qu'il plaignait par-dessus le marché, et s'en moquait si visiblement que la joie de Julie s'évanouit brusquement et qu'elle revint sur terre.

— Avec le dernier point tu as marqué, tu as remporté le jeu, le set et le match. Je te concède cette victoire verbale et toutes les autres, lança-t-elle d'un ton enjoué dans un jargon de tennis, en se jurant de garder le cœur léger à partir de cet instant et de ne plus chercher dans ses paroles et dans ses actes autre chose que ce qu'ils étaient.

Malgré son attitude désinvolte, Zack eut le sentiment désagréable qu'il l'avait blessée. Un peu plus tard, il quitta la chambre pour la rejoindre alors qu'elle enfilait la combinaison d'autoneige qu'elle avait mise la veille.

— J'avais oublié cet ensemble, lui expliqua-t-elle. Ça protégera ma tenue. J'ai sorti l'autre de mon placard pour toi, ajouta-t-elle en désignant la grande combinaison qui pendait à la porte.

— Ecoute, lui dit-il avec sincérité, je ne veux ni me quereller ni rivaliser avec toi, surtout pas. Et je ne veux absolument pas discuter de mes projets d'avenir ni de mes soucis présents. Je fais tout ce que je peux pour ne pas m'en inquiéter moi-même et me contenter de me réjouir de ce cadeau-surprise qu'est ta présence ici. Essaie de comprendre que les prochains jours que je vais passer avec toi ici seront les derniers jours normaux de ma vie. Non que j'aie la moindre idée de ce que signifie « normal », ajouta-t-il d'un ton abrupt, mais j'aimerais quand même vivre ces instants idylliques pour m'en souvenir ensuite. Je ne veux pas les gâcher en pensant à l'avenir. Tu comprends ce que je veux dire ?

Julie dissimula toute la compassion et le chagrin que faisaient surgir ses mots derrière un sourire chaleureux.

— Puis-je savoir combien de temps nous resterons ici ensemble ?

— Je n'ai rien décidé. Pas plus d'une semaine.

Elle résolut de faire exactement ce qu'il lui demandait, mais elle lui posa quand même la question qui la troublait depuis qu'elle avait quitté la chambre.

— Avant de renoncer à toute discussion sur la police et tout ça, il y a une chose que je voudrais que tu m'expliques... que tu clarifies.

Zack la vit rougir jusqu'aux oreilles, et elle courba aussitôt la tête en s'appliquant à rentrer ses cheveux épais dans un bonnet de laine bleu.

— Tu as dit que tu voulais que je raconte tout à la police. Tu ne t'attends quand même pas à ce que je leur dise que nous... tu... je...

— Tu as énuméré tous les pronoms, la taquina-t-il en sachant parfaitement où elle voulait en venir. Pourrais-tu me donner un verbe pour les accompagner ?

Elle enfila ses gants, planta les mains sur ses hanches et lui jeta un regard comiquement désapprobateur.

— Vous avez la langue beaucoup trop bien pendue, monsieur Benedict.

— Il faut bien que je suive la cadence.

Elle hocha la tête avec une mine dégoûtée et se tourna vers la porte du fond, tout au bout du petit couloir. Regrettant d'avoir choisi ce moment-là pour la taquiner, Zack la rattrapa comme elle franchissait le seuil. Le ciel était d'un bleu vif aveuglant, il faisait froid mais ce n'était pas un froid mordant, et le monde extérieur ressemblait à une féerie arctique avec ses hautes congères et les profonds cratères creusés par le vent.

— Ce n'est pas de l'indifférence, lui expliqua-t-il en refermant la porte, puis il enfila ses gants et avança prudemment. Elle se retourna et attendit qu'il ait fait quelques pas vers elle, mais il oublia toutes ses belles explications devant son beau visage ensoleillé. Avec ses cheveux sévèrement tirés sous ce bonnet, sans maquillage à l'exception d'un peu de rouge à lèvres, elle avait une peau de porcelaine limpide et d'immenses yeux, brillants comme des saphirs, bordés de cils bruns et de gracieux sourcils.

— Evidemment, je ne voulais pas dire que tu devais leur avouer que nous avions été intimes. C'est notre affaire et celle de personne d'autre. En revanche, comme j'ai été condamné pour meurtre, ils présumeront certainement que je n'aurai pas hésité à te forcer à faire l'amour avec moi. Etant donné la mentalité triviale de la plupart des flics, si tu le nies, ils te cuisineront à mort pour te faire avouer que tu avais peut-être envie que je te saute, et que je l'ai fait.

— Ne dis pas ça comme ça ! s'exclama-t-elle, telle une vierge offensée et prude.

Ce qu'elle était, songea Zack en souriant intérieurement.

— Je me mets à leur place, poursuivit-il. Ils aborderont le sujet sous dix angles différents, apparemment sans lien. Par exemple, ils te demanderont de décrire la maison qui me servait de planque comme si c'était pour la localiser, l'identifier et y chercher des indices. Ils te parleront des chambres et de leur décoration. Qui sait comment ils s'y prendront ? Mais dès que tu leur révéleras trop de détails ou que tu montreras trop tes sentiments pour quelque chose qui me concerne personnellement, ils supposeront le pire et et ils t'attaqueront bille en tête. Quand je t'ai amenée ici, jamais je n'aurais imaginé qu'ils auraient autant de bonnes raisons de te considérer comme mon alliée. Et ce ne serait pas arrivé si ce fichu routier n'avait pas...

Il s'interrompit et hocha la tête.

— Quand tu as failli t'échapper sur cette aire de repos, je n'ai pensé qu'à t'en empêcher. Je ne me figurais pas qu'il nous avait vus d'assez près pour nous reconnaître. De toute façon, le mal est fait et il ne sert à rien de ressasser ce à quoi on ne peut rien changer. Quand les flics te questionneront sur cet épisode, dis-leur exactement ce qui s'est passé. Ils te trouveront héroïque. Et tu l'étais. Ecoute-moi bien, ajouta-t-il en posant les mains sur ses bras pour souligner l'importance de ses paroles, et ensuite nous n'en parlerons plus jamais. Si l'on t'interroge sur nos rapports et que tu laisses échapper une remarque trahissant notre intimité, promets-moi une chose.

— Quoi ? fit Julie, qui souhaitait désespérément mettre un terme à cette discussion avant que l'atmosphère ne fût définitivement assombrie.

— Promets-moi de leur dire que je t'ai violée.

Elle le regarda, bouche bée.

— J'ai déjà été condamné pour meurtre, insista-t-il, et, crois-moi, ma réputation ne sera pas plus entachée si l'on y ajoute une inculpation pour viol. Mais cela peut sauver la tienne, et c'est la seule chose qui compte. Tu comprends, n'est-ce pas ?

Il observa le drôle de regard qu'elle lui lançait.

— Bien, Zack, répondit-elle d'une voix très, très douce, trop suave pour être naturelle. Je comprends. Je comprends que tu as... *perdu... la... tête* !

Elle le poussa violemment aux épaules et il alla s'écrouler dans une haute congère.

— Pourquoi diable as-tu fait ça ? demanda-t-il en se débattant pour sortir du trou profond qu'il avait creusé dans la neige.

— Ça, lui dit-elle avec un sourire angélique, les mains sur les hanches, c'est pour avoir osé suggérer que je pourrais même *envisager* de dire à quiconque que tu m'as violée !

34

Zack se releva et s'appliqua à faire tomber la neige de ses cheveux, de sa veste et de ses jambes. Il éprouva une exaltation soudaine à se retrouver dehors, sous un beau ciel bleu, au milieu d'un paysage hivernal féerique avec ses pins enneigés et en compagnie d'une jeune femme qui avait brusquement retrouvé sa joie de vivre.

— C'était complètement puéril, la réprimanda-t-il en s'avançant.

Elle le regarda en reculant lentement.

— Ne fais pas ça, dit-elle en réprimant un rire, je te préviens...

Zack avança brusquement, elle se plia en deux, passa une jambe derrière son genou, donna une légère pression, et il partit en arrière. Il atterrit sur le dos avec un bruit mat, à ses pieds, tandis que le rire de Julie résonnait comme le tintement d'une cloche à travers les pins.

— Ça, lui déclara Julie, qui s'amusait énormément, c'est pour me venger partiellement de la neige que tu m'as jetée à la figure sur cette aire de repos.

Elle attendait qu'il se relève, mais il resta au sol, étrangement pensif, les yeux levés vers le ciel bleu au-dessus de leur tête.

— Tu... tu ne te relèves pas ? gloussa-t-elle.

Il se tourna vers elle.

— Pour quoi faire ?

— Je ne t'ai pas fait mal ?

— Ma fierté est en lambeaux, Julie.

Le souvenir de ces films où il jouait les durs lui revint soudain en mémoire, et elle comprit ce qui l'embarrassait. C'était évidemment une doublure qui se battait à sa place, se dit-elle, honteuse d'une vengeance aussi mesquine.

— C'était stupide de ma part. S'il te plaît, lève-toi.

Le soleil lui fit cligner les yeux et il demanda :

— Tu vas de nouveau m'envoyer au tapis ?

— Non, je te le promets. Tu as tout à fait raison, j'ai été puérile.

Elle lui tendit la main et contracta ses muscles au cas improbable où il lui jouerait un mauvais tour, mais il accepta son aide avec gratitude.

— Je suis trop vieux pour ce genre de chose, se lamenta-t-il en se frottant le genou.

— Regarde ça ! s'exclama Julie, désireuse de lui faire oublier sa gêne, en désignant le bonhomme de neige qu'elle avait commencé la veille. Le vent a creusé un cratère là-bas, et la couche de neige n'est pas aussi profonde. Si tu m'aidais à en refaire un ?

— Entendu, dit-il et, à son étonnement émerveillé, il lui prit la main et la garda.

Ils avaient l'air de deux amoureux marchant dans la neige, main dans la main.

— Qu'est-ce que tu m'as fait là-bas ? lui demanda-t-il avec admiration. Etait-ce une prise de karaté ou de judo ? Je confonds toujours les deux.

— De judo, dit-elle, mal à l'aise.

— Pourquoi diable ne m'as-tu pas balancé comme ça sur l'aire de repos au lieu de partir en courant ?

Elle lui jeta un regard embarrassé.

— Mon frère Ted donne des cours d'autodéfense, mais j'ai toujours trouvé que c'était idiot dans une ville comme Keaton et j'ai refusé d'y aller. Il m'a enseigné cette prise-là à la maison, il y a bien longtemps. Quand tu me poursuivais ce jour-là, j'ai paniqué et j'ai pris mes jambes à mon cou. Je ne me suis même pas rappelé que je savais faire ça. Aujourd'hui, j'avais préparé mon coup, et c'est pour cela que j'ai réussi si faci...

Elle ne termina pas sa phrase, histoire de ménager son amour-propre, même si c'était un peu tard.

Quand ils atteignirent le bonhomme de neige, il lui lâcha la main et la regarda avec un sourire admiratif.

— Tu connais d'autres prises comme celle-là ?

Julie en connaissait quelques-unes.

— En fait, non.

— Alors permets-moi de t'en montrer une autre, dit-il très doucement.

Son geste fut si rapide que Julie poussa un cri surpris en décollant du sol, propulsée dans un tas de neige avec une puissance parfaitement maîtrisée pour qu'elle se retrouve assise, les jambes tendues, sans le moindre mal. Elle le regarda ahurie en riant malgré elle de son vol plané, puis elle se redressa.

— Tu es vraiment horrible, le gronda-t-elle.

Elle lui tourna le dos une seconde, puis se retourna et lui décocha un sourire innocent en avançant vers lui.

— Ça te suffit ? répliqua-t-il, les bras ballants.

— Oui, tu as gagné. J'abandonne.

Cette fois, cependant, Zack aperçut l'étincelle dans ses yeux ensorceleurs.

— Menteuse, fit-il en riant, quand elle l'encercla lentement en cherchant l'endroit où se placer.

Il tourna avec elle, tous deux riaient à présent, mais Zack était bien décidé à ne pas lui donner de prise quand elle attaquerait et Julie avait bien l'intention de l'y contraindre.

— Fin du temps réglementaire, déclara-t-elle, puis elle s'immobilisa et tripota sa fermeture Eclair qu'elle avait descendue une minute plus tôt. Pas étonnant que je me gèle ! Cette fermeture n'arrête pas de descendre.

— Montre, répondit Zack. Laisse-moi voir.

Il retira son gant droit. Au moment où ses doigts se posaient sur la languette, Julie se retourna violemment, lança son épaule contre la poitrine de Zack de toutes ses forces et se jeta sur lui comme un demi de mêlée. Il fit un écart, et l'épaule de Julie fendit l'air avec une telle puissance qu'elle plongea devant lui, la tête la première. Entraînée par son propre élan, elle s'enfonça jusqu'aux épaules dans la congère qui se trouvait derrière lui.

Tout en riant, elle sortit à reculons de la congère, se retourna et s'adossa au talus.

— Je n'avais encore jamais vu personne se servir de sa tête comme d'une perceuse à neige, déclara-t-il d'une voix moqueuse. Démonstration intéressante. Tu crois que tu pourrais vendre le brevet à un fabricant ?

Cela suffit. En hurlant de rire, Julie se laissa glisser et s'effondra à ses pieds. Puis elle reprit haleine et leva les yeux vers lui. Il la surplombait, les mains sur les hanches, incarnation parfaite du mâle supérieur.

— Quand tu seras prête à te mettre sérieusement au bonhomme de neige, fit-il avec dédain, en s'éloignant, le menton relevé, tu...

Julie lança un pied. Il trébucha et tomba comme un arbre abattu. Elle se laissa rouler à ses côtés, se redressa en chancelant et recula pour qu'il ne puisse pas l'attraper.

— Plus dure sera la chute, lui rappela-t-elle en ricanant, puis elle recula encore quand il se releva.

Il souriait, mais il avait dans les yeux une lueur dangereuse quand il avança lentement vers elle.

— Et maintenant..., dit-il doucement. Maintenant...

— Non, ne fais rien que tu puisses regretter, fit-elle en riant malgré elle et en tendant les bras pour le repousser. Non, Zack, ne fais pas ça !

Il se jeta sur elle, la fit tomber en la prenant à bras-le-corps, la poussa sous lui dans la neige et la fit rouler sur le dos en lui enfourchant la taille. Puis il lui immobilisa d'une main les poignets au-dessus de la tête.

— Sale gosse, dit-il d'un ton enjoué, tandis que Julie, prise d'un fou rire, se tordait et tentait de reprendre haleine. Tu abandonnes ?

— Oui, oui, oui ! fit-elle d'une voix entrecoupée.

— Dis : pouce !

— Pouce ! ricana-t-elle. Pouce !

— Maintenant ferme les yeux et donne-moi un baiser.

Les épaules tremblantes, elle ferma les yeux et avança délibérément les lèvres comme font les enfants. Une neige froide et humide lui éclaboussa le visage. Il lui en lança sur les joues, tandis qu'elle crachotait en riant, puis il se leva.

— Maintenant, annonça-t-il avec un sourire de sultan satisfait en lui tendant la main pour l'aider à se relever, tu es *sûre* que ça te suffit ?

— Ça me suffit, répondit Julie qui remarqua enfin qu'il semblait détendu, heureux comme un gamin après avoir ainsi batifolé.

Toute trace de tension avait disparu de son beau visage, et elle éprouvait une tendresse mêlée de perplexité à l'idée que quelque chose d'aussi banal qu'une bataille de boules de neige puisse lui faire autant de plaisir. Bien sûr, il ne neigeait pas à Los Angeles. C'était peut-être nouveau pour lui. Et puis elle comprit une chose : il avait tout à fait raison de vouloir profiter de l'instant présent et se fabriquer des souvenirs pour l'avenir. Il en avait visiblement besoin.

Zack avança dans l'épaisse couche en s'appuyant à son bras. Il ne pensait plus qu'à ce qu'ils allaient faire.

— Je suppose que nous pouvons nous y mettre sérieusement, lança-t-il, planté devant le tas informe qu'était devenu le bonhomme de la veille, maintenant que tu as compris qu'il était complètement fou de provoquer quelqu'un de plus gros, de plus fort et de plus sage que toi. Puisque j'ai fini par me faire respecter, j'ai quelques idées concernant ce proj...

Une énorme boule de neige lui frappa irrespectueusement la nuque.

Sur un sommet isolé du Colorado, les rires résonnèrent par un long après-midi d'hiver, des rires qui firent sursauter les écureuils qui observaient du haut de leurs arbres deux êtres qui troublaient la paix alentour, gambadant comme des enfants, se poursuivant autour des pins, se lançant des boules de neige, avant de construire un bonhomme qui, une fois terminé, ne ressemblait à aucun des bonshommes répertoriés dans les annales de l'histoire.

35

Ils étaient assis sur le canapé, les jambes étendues, les pieds appuyés sur la table basse, un plaid couleur crème sur eux. Julie regardait à travers la baie vitrée à l'autre extrémité de la pièce. Elle était délicieusement épuisée après cette journée en plein air et ce repas copieux. Zack lui avait fait l'amour sur le canapé. Même maintenant, alors que tout cela était déjà loin et que Zack était perdu dans ses pensées, le regard rivé sur la cheminée, il avait gardé son bras autour d'elle et la serrait contre lui, comme s'il aimait l'avoir près de lui, la toucher. Cela lui plaisait à elle aussi, mais en ce moment elle pensait au « bonhomme » qui se trouvait de l'autre côté de la vitre. Comme les lampes tamisées de la pièce ne diffusaient qu'une lumière douce et que le feu n'était plus qu'un amas de braises orange, elle n'en distinguait que la vague silhouette. Zack était incroyablement imaginatif, songeait-elle avec un sourire, ce qui n'était guère surprenant, étant donné la carrière cinématographique qu'il avait faite. Mais quand même, un bonhomme de neige devrait ressembler à un bonhomme de neige, pas à un dinosaure mutant.

— A quoi penses-tu ? lui demanda-t-il.

Elle releva le menton pour mieux lui faire face.

— A ton bonhomme de neige. On ne t'a jamais dit qu'un bonhomme de neige est censé être joyeux ?

— Ça, c'est un *monstre* de neige, rectifia-t-il avec une fierté enfantine en regardant par la fenêtre.

— On le croirait sorti de l'imagination de Stephen King. A propos, quelle enfance dépravée as-tu eue ? le taquina-t-elle.

— Dépravée, lui confirma Zack, qui resserra son étreinte.

Il ne se lassait pas d'elle, ni au lit ni ailleurs, et c'était pour lui une expérience sans précédent. Elle emplissait le creux de son bras, comme s'il avait été fait pour elle. Au lit, elle était à la fois ange et courtisane, elle le rendait fou d'un cri, d'un regard, d'une caresse. Ailleurs, elle était drôle, fascinante, têtue, spirituelle et intelligente. Elle savait le faire enrager d'un mot et le désarmer d'un sourire. Elle était complexe sans artifices, et si pleine de vie et d'amour qu'elle l'hypnotisait parfois, notamment quand elle parlait de ses élèves. Il l'avait enlevée et, en échange, elle lui avait sauvé la vie. Il passait pour un assassin malin et endurci, et elle avait pourtant eu le courage de s'enfuir sous son nez. Puis elle avait rebroussé chemin et elle lui avait offert sa virginité avec une douceur poignante qui lui faisait mal chaque fois qu'il y pensait. Il se sentait humble devant son courage, sa douceur et sa générosité.

Il avait neuf ans de plus qu'elle, il était mille fois plus dur et, pourtant, il y avait en elle quelque chose qui le rendait plus doux. Avant qu'il aille en prison, les femmes l'accusaient de tout, d'être distant, inaccessible, froid ou cruel. Plusieurs d'entre elles lui avaient dit qu'il avait tout d'une machine et l'une avait même fait une description complète de cette analogie : il s'enflammait pour le sexe, mais se désintéressait de tout le reste, sauf de son travail. Lors de l'une de leurs fréquentes disputes, Rachel lui avait déclaré qu'il pourrait charmer les serpents, qu'il était aussi froid qu'eux.

Mais dans sa vie d'adulte, il n'avait pas connu de femme, pas même Rachel, qui ne s'intéresse pas d'abord à sa propre carrière et à ce qu'il pourrait faire pour elle. Si l'on ajoutait à cela tous les faux-jetons et les sycophantes dont il avait enduré la compagnie depuis qu'il était arrivé à Hollywood, il n'était guère surprenant qu'il fût devenu cynique, impitoyable, blasé. Non, songea Zack, ce n'était pas vrai. La vérité, c'était qu'il était déjà, avant de venir à Los Angeles, assez dur et froid pour tourner le dos à son ancienne existence, à sa famille et même à son propre nom alors qu'il n'était âgé que de dix-huit ans. Assez pour les chasser de son esprit et ne jamais regarder en arrière ni en parler à personne, ni au service de publicité du studio qui se plaignait de devoir lui « inventer » un passé lors de son premier film, ni à ses maîtresses, ni même à sa femme. Son nom, sa famille et son passé étaient une réalité morte, qu'il avait enterrée irrévocablement dix-sept ans auparavant.

— Zack ?

Le simple fait de l'entendre prononcer son nom produisit sur lui un effet magique. Son nom même en paraissait différent.

— Hum ?

— Tu te rends compte que je ne sais pas grand-chose de toi, bien que nous... heu, nous ayons été...

Julie s'interrompit, ne sachant si elle pouvait se permettre d'employer le mot « amants ».

Zack vit son embarras et sourit, car il pensait qu'elle cherchait un terme châtié, correct — donc impropre — pour décrire la passion débridée qu'ils éprouvaient l'un pour l'autre.

— Qu'est-ce que tu préfères, un mot ou une expression ? fit-il en souriant dans sa chevelure.

— Ne sois pas si suffisant. Il se trouve que je suis diplômée pour enseigner l'éducation sexuelle aux élèves des collèges.

— Alors quel est le problème ? ricana-t-il.

— Le terme clinique de « rapports sexuels » ne me semble pas convenir pour décrire quelque chose d'aussi... d'aussi doux. Et d'aussi profond. Et d'aussi fort.

Zack ferma les yeux en se demandant pourquoi elle lui faisait un effet pareil.

— Et le terme « amants » convient-il ? parvint-il à dire d'une voix à peu près normale.

— Amants, acquiesça-t-elle en opinant du chef. Ce que j'essayais d'expliquer, c'est que, bien que nous ayons été amants, je ne connais rien de toi.

— Que voudrais-tu savoir ?

— Eh bien, pour commencer, est-ce que Zachary

Benedict, c'est ton vrai nom ou en as-tu changé quand tu as fait du cinéma ?

— Zachary, c'est mon prénom. Benedict était mon second prénom, pas mon nom, jusqu'à ce que je le fasse modifier légalement à l'âge de dix-huit ans.

— Vraiment ?

Elle tourna la tête et sa joue vint frotter sur son bras. Même les yeux clos, il sentait qu'elle le regardait, il voyait son sourire curieux et attendait l'inévitable question.

— Quel était ton nom avant que tu le changes en Benedict ?

— Stanhope.

— Quel joli nom ! Pourquoi l'as-tu changé ?

Julie vit sa mâchoire se contracter et fut sidérée par la dureté de son regard.

— C'est une longue histoire, fit-il laconiquement.

— Oh ! s'exclama-t-elle en songeant que ce devait être une histoire assez pénible pour qu'on la laisse de côté pour l'instant. J'en sais déjà long sur ta jeunesse. Mes frères aînés étaient des fans enragés de tes films.

Elle avait dit la première chose qui lui était passée par la tête pour changer de sujet.

— Ah oui ? la taquina-t-il.

Julie acquiesça, heureuse et soulagée que sa tactique ait si bien marché.

— Je sais donc déjà que tu as grandi tout seul, que tu as fait des tournées de rodéo et de lancers de lasso, que tu as vécu dans des ranches et dressé des chevaux... J'ai dit quelque chose de drôle ?

— Au risque de te faire perdre toutes tes illusions, princesse, répondit Zack avec un petit rire, toutes ces histoires sont le pur produit de l'imagination fertile du service de publicité du studio. La vérité, c'est que je préférerais passer deux heures dans un car de tourisme que sur le dos d'un cheval. Et s'il y a une chose au monde que je déteste plus que les chevaux, ce sont les vaches. Les bœufs, je veux dire.

— Les vaches ! bredouilla-t-elle, et son rire contagieux résonna comme une musique, illuminant le cœur de Zack, tandis qu'elle remontait ses genoux contre sa poitrine et que, les enlaçant, elle l'observait fascinée.

— Et toi ? plaisanta-t-il en prenant son verre de cognac pour l'empêcher de lui poser une autre question tout aussi inévitable. Mathison, est-ce le nom avec lequel tu es née ou en as-tu changé ?

— Je suis née sans nom.

Zack faillit s'étouffer.

— Pardon ?

— On m'a trouvée dans une boîte en carton dans une ruelle, au-dessus d'une poubelle, enveloppée dans une serviette. Le gardien d'immeuble qui m'a dénichée m'a ramenée chez sa femme jusqu'à ce que je sois assez réchauffée puis conduite à l'hôpital. Il s'est dit que c'était bien que je porte le nom de sa femme, qui s'était occupée de moi ce jour-là, et il m'a appelée Julie.

— Mon Dieu !

— J'ai eu de la chance. Ç'aurait pu être bien pire !

Zack était tellement atterré qu'il ne vit pas la lueur rieuse qui étincela dans ses yeux.

— Comment ?

— Elle aurait pu s'appeler Mathilda, ou Gertrude, ou Wilhimena. Je faisais des cauchemars dans lesquels je me prénommais Wilhimena.

Alors il sentit de nouveau ce pincement au cœur, cette curieuse douleur à la poitrine qui surgissait quand elle souriait comme ça.

— Tu as été adoptée par les Mathison, n'est-ce pas ?

Comme elle hochait la tête, il en conclut :

— Et ils ont eu un joli bébé à aimer.

— Pas tout à fait.

— Quoi ?

— Ce que les Mathison ont eu, c'est une petite fille de onze ans qui avait déjà fait ses premiers pas de délinquante dans les rues de Chicago, aidée en cela par des petits garçons un peu plus vieux qu'elle qui lui apprirent certains... heu... tours. En fait, ajouta-t-elle gaiement, j'aurais sans doute fait une brillante carrière.

Elle leva une main et agita les doigts sous son nez.

— J'ai des doigts très rapides. Des doigts de faucheuse.

— Tu as volé ?

— Oui, et je me suis fait coffrer à onze ans.

— Pour vol ? fit Zack, incrédule.

— Certainement pas, répliqua-t-elle, comme piquée au vif. J'étais beaucoup trop vive pour me faire pincer. Je me suis fait épingler dans un coup monté.

Zack la regarda, ahuri. Pourtant, l'imagination bien aiguisée qui avait fait de lui un réalisateur de talent s'était déjà mise en route. Il imaginait ce qu'elle avait été, enfant : petite et mince, mal nourrie... un minois de gamine rehaussé par ces yeux de faon... un menton volontaire... des cheveux bruns, courts, hirsutes par manque d'attention... bagarreuse.

Prête à se battre et à accepter un monde dur et cruel...

Prête à accepter un ancien détenu...

Prête à rester avec lui au mépris de tout ce qu'elle était devenue, parce qu'elle croyait en lui à présent...

Partagé entre l'amusement, la tendresse et l'ébahissement, il lui lança un regard d'excuse.

— Je me suis laissé emporter par mon imagination.

— Je l'aurais parié, dit-elle avec un étrange sourire entendu.

— Qu'as-tu fait pour te faire coffrer ?

Elle lui jeta un long regard amusé.

— Des garçons plus âgés étaient gentiment en train de me faire la démonstration d'une technique qui m'aurait été fort utile avec toi. Mais quand j'ai essayé hier sur la Blazer, je ne me souvenais plus de l'emplacement exact.

— Pardon ? fit Zack d'une voix blanche.

— J'ai essayé de faire démarrer la Blazer avec les fils.

L'éclat de rire de Zack fusa sans prévenir. Il l'enlaça, la serra contre lui et enfouit son visage dans ses cheveux.

— Ce n'est pas possible ! murmura-t-il. Il n'y avait vraiment que moi pour enlever une fille de pasteur qui sait aussi faire démarrer une voiture avec les fils.

— Je suis sûre que j'aurais réussi hier si je n'avais pas dû m'arrêter toutes les deux minutes pour me montrer devant ta fenêtre, lui avoua-t-elle. J'aurais mieux fait de te faire les poches ! Je me serais tirée en une seconde, si j'avais su que les clés y étaient. Bon, à ton tour, dit-elle quand il cessa de rire. Où as-tu vraiment grandi puisque ce n'était pas dans un ranch ?

Zack releva lentement la tête de ses cheveux parfumés et lui prit le menton.

— A Ridgemont, en Pennsylvanie. Les Stanhope possédaient là une grande usine qui a été l'épine dorsale de l'économie de la ville et des communes environnantes pendant près d'un siècle.

Elle hocha la tête, dégoûtée.

— Tu étais riche ! Toutes ces histoires de petit garçon abandonné, sans famille, gagnant son pain dans les rodéos, c'est très malhonnête. Et mes frères qui croyaient à tout ça !

— Je suis navré d'avoir induit tes frères en erreur, dit-il en riant de sa mine indignée. En vérité, je n'ai rien su de ce que le service de publicité avait inventé à mon sujet jusqu'à ce que je le lise moi-même dans les magazines, et il était alors trop tard pour faire un scandale. Même si, à cette époque, cela ne m'aurait fait aucun mal ! De toute façon, j'ai quitté Ridgemont avant d'avoir dix-neuf ans, et après je me suis débrouillé tout seul.

Julie avait envie de lui demander pourquoi il était parti de chez lui, mais elle se limita à des questions d'ordre plus général.

— Est-ce que tu as des frères et des sœurs ?

— J'avais deux frères et une sœur.

— « J'avais »... Qu'est-ce que tu entends par là ?

— Beaucoup de choses, je suppose, fit-il en soupirant.

— Si, pour une raison ou pour une autre, tu ne veux pas en parler, intervint-elle, sensible à son changement d'humeur, tu n'y es pas obligé.

Zack savait qu'il allait tout lui raconter, mais il n'avait nulle envie d'analyser les myriades de sentiments qui le poussaient à le faire. Jamais il n'avait éprouvé le besoin ou le désir de répondre aux mêmes questions que lui avait posées Rachel. Jamais il n'avait confié à quiconque quoi que ce fût qui pût le faire souffrir. Sans doute parce que Julie lui avait déjà tant donné, il sentit qu'il le lui devait. Il resserra son étreinte, elle se rapprocha de lui, le visage à moitié enfoui contre sa poitrine.

— Je n'en ai jamais parlé à personne et pourtant Dieu

sait qu'on me l'a demandé des milliers de fois. Ce n'est pas une histoire si longue ni si passionnante que ça, mais si j'ai l'air bizarre, c'est parce que c'est très désagréable pour moi et parce que ça me fait un peu drôle d'en parler pour la première fois depuis dix-sept ans.

A la fois sidérée et flattée d'être son unique confidente, Julie se tut.

— Mes parents sont morts dans un accident de voiture quand j'avais dix ans, commença-t-il, et mes deux frères, ma sœur et moi avons été élevés par nos grands-parents, quand on ne nous envoyait pas en pension, évidemment. Nous avions tous un an d'écart. Justin était l'aîné, ensuite moi, puis Elizabeth et enfin Alex. Justin était...

Zack s'interrompit pour chercher le mot juste, mais ne le trouva pas.

— C'était un grand marin et, contrairement à la plupart des aînés, il acceptait que je l'accompagne partout où il allait. Il était... gentil. Doux. Il s'est suicidé quand j'avais dix-huit ans.

Julie ne put réprimer un cri horrifié.

— Mon Dieu, pourquoi ?

Sous sa joue, la poitrine de Zack se souleva tandis qu'il inspirait avant d'expirer lentement.

— Il était homosexuel. Personne ne le savait. Sauf moi. Il me l'a appris une heure avant de se faire sauter la cervelle.

— Il n'aurait pas pu en parler à quelqu'un... trouver du soutien au sein de la famille ? demanda-t-elle quand il se tut.

Zack émit un petit rire sombre.

— Ma grand-mère, une Harrison, était issue d'une longue lignée de gens très coincés, qui imposaient, à eux-mêmes comme aux autres, des valeurs d'une extrême exigence. Ils auraient considéré Justin comme un pervers, un monstre, et lui auraient publiquement tourné le dos s'il ne s'était pas immédiatement amendé. D'autre part, les Stanhope avaient toujours été à l'opposé : irresponsables, charmants, hédonistes et faibles. Mais leur principale caractéristique, c'était que les hommes de la famille étaient tous des coureurs de jupons. Tous. Leur lubricité est légendaire dans ce coin de Pennsylvanie, et c'était une particularité dont ils étaient tous très fiers. Y compris et tout particulièrement mon grand-père. Je suis certain qu'en cela les Kennedy n'ont rien à envier aux Stanhope. Pour te donner un exemple inoffensif, quand mes frères et moi avons eu douze ans, mon grand-père nous a offert une putain comme cadeau d'anniversaire. Il organisait une petite fête à la maison, où l'on amenait celle qu'il avait choisie et qui montait à l'étage avec le petit garçon dont c'était l'anniversaire.

— Qu'en pensait ta grand-mère ? demanda Julie avec dégoût. Où était-elle ?

— Ma grand-mère était quelque part dans la maison, mais elle savait qu'elle n'y pouvait rien changer. Alors elle relevait la tête avec le plus de dignité possible et feignait de ne rien savoir. Elle traitait les liaisons de mon grand-père de la même façon.

Zack se tut et Julie crut qu'il n'en dirait pas plus.

— Mon grand-père est mort un an après Justin, poursuivit-il, et il s'est arrangé pour laisser à sa femme un héritage humiliant : il était aux commandes de son propre avion et volait vers le Mexique. Quand il s'est écrasé, il y avait à bord un superbe et jeune mannequin. Les Harrison possèdent le journal de Ridgemont, et ma grand-mère a pu obtenir qu'on n'en parle pas, mais ce fut une vaine précaution parce que les radios se sont emparées de l'événement qui a fait la une de tous les journaux de la région, sans parler des bulletins d'informations radiophoniques et télévisés.

— Pourquoi ton grand-père n'a-t-il pas simplement divorcé, puisqu'il ne l'aimait pas ?

— Je lui ai posé la même question durant l'été qui a précédé mon entrée à Yale. Nous fêtions ma future carrière universitaire en nous saoulant tous les deux dans son bureau. Au lieu de me conseiller de me mêler de mes affaires, il avait tout juste assez bu pour me dire la vérité et pas assez pour ne plus avoir toute sa lucidité.

Il tendit la main vers son cognac et le vida d'un trait, comme pour y noyer le goût de ses mots, puis il fixa le verre d'un regard absent.

— Que t'a-t-il dit ? demanda-t-elle.

Il lui jeta un coup d'œil, comme s'il avait presque oublié qu'elle était là.

— Que ma grand-mère était la seule femme au monde qu'il ait jamais aimée. Tout le monde était persuadé qu'il l'avait épousée pour unir la fortune des Harrison à ce qui restait de la sienne, d'autant plus que ma grand-mère était loin d'être belle, mais il m'a affirmé que ce n'était pas vrai, et je l'ai cru. En fait, en vieillissant, elle est devenue ce que l'on appelle parfois une belle femme... très aristocratique.

Il s'interrompit à nouveau et Julie lui dit d'un air révulsé :

— Pourquoi l'as-tu cru ? Enfin, s'il l'aimait, il me semble qu'il n'aurait pas dû la tromper comme ça !

Un sourire sardonique lui étira les lèvres.

— Tu ne connaissais pas ma grand-mère. Personne ne correspondait à son idéal très élevé, mon casse-cou de grand-père moins que quiconque, et il le savait. Il m'a dit qu'il avait renoncé peu après leur mariage. Le seul d'entre nous qui plaisait vraiment à ma grand-mère, c'était Justin. Elle l'adorait. Tu vois, lui expliqua-t-il d'un ton proche de l'amusement, Justin était le seul homme de la famille qui tenait des Harrison. Il était blond comme elle, de taille moyenne. En fait, il ressemblait de manière frappante à son père à elle. Nous autres, y compris mon père, avions la taille et les traits des Stanhope, moi en particulier. Il se trouve que j'étais le sosie de mon grand-père, ce qui, tu l'imagines, n'incitait pas le moins du monde ma grand-mère à me porter dans son cœur.

C'était le préjugé le plus stupide que Julie eût jamais entendu, mais elle garda ce sentiment pour elle.

— Si ta grand-mère aimait tant Justin, dit-elle, je suis certaine qu'elle l'aurait soutenu s'il lui avait avoué qu'il était homosexuel.

— Jamais de la vie ! Elle méprisait la faiblesse, toutes les faiblesses. Cela l'aurait révoltée et brisée. Si l'on prend tout cela en compte, ajouta-t-il avec un regard en biais, elle ne s'est pas mariée dans une famille qui lui convenait. Les Stanhope étaient pétris de toutes sortes de travers, je te l'ai déjà dit. Ils buvaient trop, conduisaient trop vite, jetaient l'argent par les fenêtres et puis épousaient des femmes qui en avaient assez pour ranimer leur fortune défaillante. Leur seule et unique vocation était de s'amuser. Ils ne se souciaient jamais du lendemain et se fichaient de tout le monde sauf d'eux-mêmes, même mes parents qui se sont tués en rentrant d'une beuverie, à plus de cent cinquante à l'heure sur une route enneigée. Ils avaient quatre enfants qui avaient besoin d'eux, mais ça ne les a pas incités à ralentir.

— Alex et Elizabeth sont-ils comme tes parents ?

— Alex et Elizabeth ont toutes les faiblesses et les excès habituels des Stanhope, répondit-il d'un ton neutre, avec réalisme. A seize ans, il se saoulaient et se droguaient déjà énormément. Elizabeth s'était déjà fait avorter. Alex avait été arrêté deux fois — et bien entendu relâché avec un casier vierge — pour des affaires de drogue et de jeu. Pour être honnête, il n'y avait personne pour les prendre en main. Ma grand-mère l'aurait fait, mais mon grand-père ne voulait pas en entendre parler. Nous étions après tout coulés dans son moule. Même si elle avait essayé, cela n'aurait rien donné de bon, car nous n'étions que quelques mois à la maison, pendant l'été. Mon grand-père avait insisté pour que nous passions le reste de l'année dans des écoles privées très sélects, où tout le monde se fichait pas mal de ce que l'on faisait tant que l'on n'était pas pris la main dans le sac et que l'on ne causait aucun trouble.

— Alors ta grand-mère n'approuvait pas la conduite de ton frère et de ta sœur, n'est-ce pas ?

— Exactement. Ils ne l'aimaient pas non plus, crois-moi. Pourtant elle pensait qu'ils avaient un certain potentiel pour peu qu'on les ait pris à temps.

Julie buvait chacune de ses paroles. Plus encore, elle s'attachait à chaque nuance de ton et d'expression. Bien qu'il s'attribuât invariablement les « faiblesses » des Stanhope, elle décela le dédain qui filtrait dans sa voix quand il les évoquait. Elle était aussi en train de tirer des conclusions fort intéressantes de ce qu'il taisait.

— Et toi ? demanda-t-elle avec prudence. Que pensais-tu d'elle ?

Il fronça les sourcils.

— Qu'est-ce qui te fait croire que je la jugeais différemment d'Alex et d'Elizabeth ?

Elle répondit sans détour.

— Je le sens.

Il acquiesça en silence, reconnaissant sa perspicacité.

— En fait, je l'admirais. Elle nous imposait des valeurs impossibles à atteindre, mais du moins avait-elle des valeurs. Elle donnait envie de s'améliorer. Non que l'on puisse la satisfaire. Il n'y avait que Justin qui y parvenait.

— Tu m'as dit ce qu'elle pensait de tes frères et de ta sœur. Et de toi ?

— Pour elle, j'étais le portrait craché de mon grand-père.

— Physiquement, rectifia Julie.

— Quelle est la différence ? fit-il laconiquement.

Julie eut le sentiment qu'elle pénétrait en territoire interdit, mais elle franchit quand même le pas.

— Tu dois bien connaître la différence, même si elle ne la voyait pas, dit-elle avec une fermeté tranquille. Tu ressemblais peut-être à ton grand-père, mais tu n'étais pas du tout comme lui. Tu étais comme elle. Justin lui ressemblait physiquement, mais il n'était pas comme elle. Toi, si.

— Tu as des opinions bien affirmées pour une enfant de vingt-six ans, dit-il sèchement comme sa mine renfrognée et révoltée ne suffisait pas à lui faire rétracter son jugement.

— Jolie tactique, répliqua-t-elle sur un ton identique, apparemment impressionnée. Comme on ne peut pas me leurrer, on me tourne en ridicule !

— Touché ! murmura-t-il doucement en se penchant pour l'embrasser.

— Et, poursuivit-elle en détournant la tête pour qu'il ne trouve que sa joue, comme on n'arrive pas à me ridiculiser, on me distrait.

Il lui prit le menton entre le pouce et l'index en riant d'un rire franc, profond.

— Tu sais, dit-il en esquissant lentement un sourire, tu pourrais devenir vraiment casse-pieds.

— Je t'en prie, pas de flatterie à présent ! s'écria-t-elle en fuyant son baiser. Tu sais bien que je fonds littéralement quand tu me dis des choses douces. Que s'est-il passé pour que tu quittes la maison ?

Il posa sa bouche sur ses lèvres.

— Une casse-pieds de tout premier ordre.

Julie s'avoua vaincue. En glissant les mains sur ses épaules, elle céda à son baiser de tout son cœur et de toute son âme, en songeant que, quoi qu'elle lui donnât, il lui donnait encore beaucoup plus.

Quand il la lâcha enfin, elle s'attendait à ce qu'il lui propose d'aller se coucher.

— Puisqu'on ne peut rien te cacher, dit-il, je suppose que je te dois une réponse. Ensuite, j'aimerais que cette discussion sur mon passé soit close définitivement, si toutefois ta curiosité est satisfaite.

Julie n'en apprendrait jamais assez sur lui pour être satisfaite, mais elle comprenait ce qu'il éprouvait. Quand elle hocha la tête, il poursuivit ses explications :

— Mon grand-père est mort au cours de ma première année universitaire en laissant à ma grand-mère la gestion totale de ses biens. Pendant les vacances d'été, elle a convoqué Alex, qui avait alors seize ans, Elizabeth qui en avait dix-sept et moi-même à la maison et nous a réunis sur la terrasse. Pour décrire simplement les choses, elle a informé Alex et Elizabeth qu'elle les retirait de leurs écoles privées pour les envoyer au lycée du coin en ne leur allouant qu'une pension restreinte pour leurs dépenses personnelles. S'ils violaient une seule des règles qu'elle avait établies en matière de drogue, d'alcool, de liaisons, et cætera, elle les jetterait dehors et leur couperait les vivres. Pour bien comprendre l'impact de ce discours, il faut que tu saches qu'ils avaient l'habitude de disposer d'autant d'argent qu'ils le désiraient. Nous avions tous des voitures de sport, nous achetions les vêtements qui nous plaisaient et tout à l'avenant, fit-il en hochant la tête. Je n'oublierai jamais la tête d'Alex et d'Elizabeth ce jour-là.

— Ils ont accepté sa loi ?

— Evidemment. Quel choix avaient-ils ? Ils aimaient

avoir de l'argent et le dépenser, mais ils ne savaient rien faire pour en gagner et en étaient conscients.

— Mais tu n'as pas voulu accepter sa proposition et tu es parti, devina Julie avec un sourire.

Son visage se mua en ce masque terne, inexpressif, qui la mettait si mal à l'aise.

— Ce n'est pas ce qu'elle m'a proposé. Elle m'a ordonné de quitter la maison et de ne jamais revenir, ajouta-t-il après une pause. Elle a prévenu mon frère et ma sœur que, s'ils tentaient d'entrer en contact avec moi ou s'ils me permettaient de les contacter, elle les expulserait eux aussi. A partir de ce moment-là, j'ai été renié. Alors j'ai rendu mes clés de voiture, à sa demande, et j'ai descendu l'allée qui menait à la route. J'avais environ cinquante dollars sur mon compte-chèques du Connecticut et les vêtements que je portais ce jour-là. Quelques heures plus tard, un camion chargé d'accessoires pour les studios Empire m'a pris en auto-stop et je me suis retrouvé à Los Angeles. Le chauffeur était un type sympathique qui a parlé de moi au studio. On m'a proposé un travail de manutentionnaire à la réserve, où je suis resté jusqu'à ce qu'un idiot de réalisateur se rende compte un peu tard qu'il avait besoin de figurants pour une scène. J'ai fait mes débuts au cinéma ce jour-là, je suis retourné à l'université à l'USC, j'ai obtenu mon diplôme et j'ai continué à faire des films. Fin de l'histoire.

— Mais pourquoi ta grand-mère t'a-t-elle fait ça à toi, et pas à ton frère ou à ta sœur ? demanda Julie.

— Elle pensait avoir ses raisons, dit-il en haussant les épaules. Je lui rappelais mon grand-père, je te l'ai déjà dit, et tout ce qu'il lui avait fait.

— Et tu n'as plus jamais entendu parler ni de ton frère ni de ta sœur ? Vous n'avez jamais essayé de reprendre contact les uns les autres ?

Elle eut le sentiment que, de tout ce qu'il venait de lui raconter, c'était ce point-là le plus pénible.

— Je leur ai envoyé à chacun une lettre avec mon adresse lors de la sortie de mon premier film. Je pensais qu'ils...

Seraient fiers, songea Julie devant son silence. *Et contents pour toi. Qu'ils te répondraient.*

Elle comprit à son air froid et triste qu'il ne s'était rien produit de tel, mais il fallait qu'elle s'en assure. Elle le comprenait de mieux en mieux à chaque instant.

— T'ont-ils répondu ?

— Non. Et je n'ai plus jamais essayé d'entrer en contact avec eux.

— Et si ta grand-mère avait intercepté leur courrier ? S'ils n'avaient jamais reçu ta lettre ?

— Ils l'ont reçue. A cette époque-là, ils partageaient le même appartement et ils étaient inscrits dans une université locale.

— Mais Zack, ils étaient si jeunes et, tu l'as dit toi-même, ils étaient faibles. Tu étais beaucoup plus âgé et plus mûr qu'eux. Tu n'aurais pas pu attendre qu'ils grandissent un peu pour leur donner une seconde chance ?

Cette suggestion dépassait les limites de ce qu'il était à même de tolérer.

— A personne, dit-il d'un ton catégorique et glacial, je ne donne une seconde chance, Julie. Jamais.

— Mais...

— Pour moi, ils sont morts.

— C'est ridicule ! Tu es aussi perdant qu'eux. Tu ne peux pas passer toute ta vie à couper les ponts au lieu de les réparer. C'est très destructeur et, dans ce cas précis, très injuste.

— C'est aussi la fin de cette discussion !

Il y avait quelque chose de menaçant dans sa voix, mais Julie refusa de céder.

— A mon avis, tu ressembles beaucoup plus à ta grand-mère que tu ne le crois.

— Vous y allez un peu fort, mademoiselle.

Son ton cinglant la fit frémir. Sans un mot, elle se leva, ramassa les verres vides et les emporta dans la cuisine, alarmée par cette nouvelle facette de sa personnalité, par cette intransigeance implacable avec laquelle il rejetait les êtres de sa vie sans un regard en arrière. Ce n'était pas tant ce qu'il avait dit que la manière dont il l'avait dit et son expression ! Quand il l'avait prise en otage, toutes ses paroles et tous ses actes étaient motivés par la nécessité et le désespoir, non par une dureté injustifiée, et elle l'avait compris. Jusqu'à cet instant où elle avait perçu en lui une menace, elle n'avait pas saisi comment on avait pu le juger sans pitié au point d'être capable de commettre un meurtre, mais si d'autres l'avaient vu dans un tel état, à présent elle comprenait fort bien. Plus clairement que jamais, Julie se rendit compte que, en dépit de leur intimité, ils étaient encore étrangers l'un à l'autre. Elle alla dans sa chambre se chercher une tenue pour la nuit et se changea dans sa salle de bains. Elle était tellement absorbée qu'au lieu d'aller dans sa chambre à lui, elle s'assit sur son lit, perdue dans ses pensées.

Quelques minutes plus tard, elle sursauta et tourna la tête, affolée.

— C'est une décision très malavisée de ta part, Julie, lui dit-il d'un ton menaçant. Je te suggère de la reconsidérer.

Il se tenait dans l'embrasure de la porte, l'épaule contre le cadre, les bras croisés sur la poitrine, impassible. Julie ignorait totalement à quelle décision il faisait allusion et, bien qu'il lui parût encore distant, il n'avait plus rien du spectre sinistre qu'elle avait quitté dans la salle de séjour peu éclairée. Elle se demanda si ce qui l'avait tant alarmée n'était pas simplement le fruit de son imagination et de l'éclairage.

Elle se leva et avança lentement vers lui, incertaine, observant son visage.

— Est-ce ta manière de présenter des excuses ?

— Je ne pensais pas devoir le faire.

Cette arrogance était si typique qu'elle faillit éclater de rire.

— La *grossièreté*, ça te dit quelque chose ?

— Ai-je été grossier ? Je n'en avais pas l'intention. Je t'ai prévenue que cette discussion serait très désagréable pour moi, mais tu as insisté.

Il avait sincèrement l'impression d'être calomnié, mais elle persévéra dans cette voie.

— Je vois, dit-elle en se plantant devant lui. Alors c'est entièrement ma faute ?

— Sûrement. Je ne sais même pas de quoi tu parles.

— Ah ? Tu ne t'es absolument pas rendu compte que tu t'étais adressé à moi sur un ton... (Elle chercha le mot juste mais ne le trouva pas tout à fait.) Froid, impitoyable et inutilement dur.

Il haussa les épaules avec une indifférence que Julie jugea partiellement feinte.

— Tu n'es pas la première femme qui m'accuse de tout cela et de bien plus encore. Je m'en remets à ton jugement. Je suis froid, impitoyable et...

— Dur, compléta Julie en baissant la tête pour ne pas rire de ce débat ridicule.

Zack avait risqué sa vie pour la sauver et il avait voulu mourir, croyant avoir échoué. Il n'était ni froid ni impitoyable. Ces autres femmes avaient tort. Son rire s'évanouit brusquement et elle fut prise d'un remords douloureux à l'idée de ce qu'elle lui avait dit, de ce qu'ils s'étaient dit.

Zack ne savait pas si elle avait l'intention de dormir seule en représailles d'un crime imaginaire, ce qui l'avait d'abord mis en colère, ou si elle était innocente de cet écœurant procédé féminin.

— Dur, acquiesça-t-il d'un ton bourru en souhaitant qu'elle relève la tête pour pouvoir contempler son visage.

— Zack, dit-elle. La prochaine fois qu'une femme te dira toutes ces choses, conseille-lui de regarder de plus près.

Alors elle leva les yeux vers lui et ajouta d'une voix douce :

— Ce qu'elle verra alors, c'est une grande noblesse et une douceur extraordinaire.

Zack décroisa lentement les bras, complètement abasourdi, le cœur retourné comme chaque fois qu'elle le regardait ainsi.

— Je ne veux pas dire que tu n'es pas aussi autocrate, dictatorial et arrogant, comprenons-nous..., enchaîna-t-elle avec un rire étouffé.

— Mais tu m'aimes quand même, la taquina-t-il en passant son poing fermé sur sa joue, désarmé et absurdement soulagé. Malgré tout.

— Tu peux ajouter « vain » à ma liste, railla-t-elle, et il la serra dans ses bras.

— Julie, murmura-t-il en se baissant pour l'embrasser, tais-toi !

— Péremptoire en plus ! s'écria-t-elle, collée à ses lèvres.

Et Zack éclata de rire. Elle était la seule qui l'eût jamais fait rire au moment où il l'embrassait.

— Fais-moi penser à ne plus jamais m'approcher d'une femme qui ait un vocabulaire comme le tien ! déclara-t-il en lui taquinant le lobe de l'oreille.

Il dessina la courbe de son oreille avec sa langue. Elle frissonna et, le tenant contre elle, elle compléta, haletante, la liste de ses traits de caractère :

— Et incroyablement sensuel... et très, très séduisant...

— D'autre part, s'amenda-t-il en lui effleurant la nuque, rien ne vaut une femme intelligente et perspicace.

36

Un bol de pop-corn à la main, Julie se dirigea vers la salle de séjour où elle était en train de regarder une cassette vidéo. Ils avaient passé la matinée et l'après-midi à parler de tout sauf de la seule chose qui l'intéressait vraiment : son plan pour retrouver l'assassin de sa femme et se disculper. La première fois qu'elle avait mis ce sujet sur le tapis, il lui avait répété ce qu'il lui avait dit la veille, qu'il ne voulait pas gâcher le présent en s'inquiétant de l'avenir. Et quand elle lui avait expliqué qu'elle souhaitait l'y aider dans la mesure de ses moyens, il l'avait taquinée, la comparant à une Alice en mal d'enquêtes. Elle n'insista pas, la discussion fut close, et elle accepta de regarder l'une des cassettes que renfermait le grand placard. Zack avait insisté pour qu'elle choisisse le film, et Julie éprouva pour la première fois un malaise en apercevant ses propres œuvres sur les étagères. Elle n'aurait pas supporté de le voir faire l'amour avec d'autres femmes dans l'une de ces scènes torrides qui lui avaient valu une réputation méritée et porta donc son choix sur un film qu'il n'avait pas vu et qui lui plairait.

Il semblait parfaitement satisfait de son choix avant le début du film mais, comme elle devait le découvrir, ce passe-temps apparemment simple était tout autre chose pour l'ancien acteur-réalisateur qu'était Zachary Benedict. Au grand désappointement de Julie, Zack considérait le cinéma comme une forme d'art que l'on devait minutieusement examiner, analyser, disséquer et évaluer. Il s'était montré si critique qu'elle avait fini par aller faire sauter du pop-corn, prétexte pour échapper à ses commentaires désobligeants.

Elle jeta un coup d'œil à l'écran géant du poste de télévision en posant le bol sur la table et poussa un gros soupir quand elle vit que le film était proche de sa conclusion dramatique. De toute évidence, Zack ne la trouvait pas très dramatique, car il leva les yeux au beau milieu de la scène et lui dit avec un sourire :

— J'adore le pop-corn. Tu as mis du sel dessus ?

— Oui, dit Julie.

— Du beurre aussi, j'espère ?

Un simple coup d'œil à sa joie de gamin, et Julie oublia comme il l'avait exaspérée.

— Ça baigne dans le beurre, plaisanta-t-elle. Je reviens avec des serviettes éponge et de quoi boire.

Zack l'accompagna du regard, tandis qu'elle retournait dans la cuisine, admirant la grâce naturelle de sa démarche et son élégance subtile et vive. Cet après-midi, il avait insisté pour qu'elle prenne une autre tenue dans le placard, un simple chemisier de soie blanche avec de grandes manches bouffantes, un pantalon de crêpe de laine noir et une large ceinture plissée. Quand il avait aperçu tout cela sur le lit, il avait d'abord regretté qu'elle n'eût pas choisi quelque chose de plus original. Mais quand il l'avait vue ainsi, avec une fine ceinture dorée autour de sa taille de guêpe, un bracelet d'or qu'elle avait emprunté au poignet et le col de son chemisier relevé, il avait instantanément changé d'avis. Avec l'abondante et brillante crinière qui lui tombait en vagues et en boucles sur les épaules, Julie avait une sorte de chic décontracté qui lui seyait bien. Il était en train de se demander quelle robe du soir mettrait le plus en valeur sa sophistication naturelle quand il prit conscience qu'il n'aurait jamais l'occasion de l'emmener dans les endroits où l'on exige ce genre de tenue. Le temps où il assistait aux projections privées de Hollywood, aux bals de bienfaisance, aux premières de Broadway et aux dîners de la soirée des Oscars était loin derrière lui, et il avait du mal à imaginer comment il avait pu oublier cela. Il ne pourrait pas emmener Julie dans toutes ces soirées. Il ne pourrait l'emmener nulle part, jamais.

Cette pensée lui parut si étonnamment déprimante qu'il dut faire un effort pour qu'elle ne gâche pas une journée qui promettait d'être mémorable. A force de volonté, il parvint à ne penser qu'à la soirée qui l'attendait, et il lui sourit quand elle vint s'asseoir auprès de lui.

— Tu n'as pas envie de choisir un autre film ?

Endurer à nouveau ses critiques était bien la dernière chose que Julie désirât. Puisqu'il en avait manifestement envie, elle voulait bien être présente, pas responsable.

— Je t'en *supplie*, ne me fais pas un coup pareil, lui dit-elle avec un air exagérément horrifié. Demande-moi de repasser tes chaussettes ou d'amidonner tes mouchoirs, mais pas de te choisir un autre film.

— Pourquoi ? fit-il, la mine aussi innocente qu'ahurie.

— Pourquoi ! s'écria Julie en riant. Parce que tu es pire que le pire des critiques ! Tu as descendu celui-là en flammes !

— J'ai juste relevé quelques défauts. Je ne l'ai pas descendu en flammes.

— Si ! Tu as tellement ri pendant la scène de la mort du héros que je n'entendais même pas ce qu'ils racontaient.

— Mais c'était drôle, répondit-il d'un ton condescendant. C'était si mal écrit et si mal joué qu'ils étaient tous hilarants. Tu sais quoi, déclara-t-il en lui tendant la main. Nous allons collaborer. Nous choisirons le suivant ensemble.

Julie se leva avec mauvaise grâce et se dirigea vers le placard encastré qui contenait plus de cent films, depuis les vieux classiques jusqu'aux plus récents.

— As-tu une préférence quelconque ? demanda-t-il.

Julie parcourut les titres, les yeux rivés avec gêne sur ceux de Zack. Elle savait que par politesse, faute de mieux, elle aurait dû lui proposer de regarder un des siens, mais elle en était incapable, et encore moins sur un écran d'un mètre cinquante de long, où elle aurait pu contempler le moindre détail de sa scène d'amour.

— Je... je n'arrive pas à me décider, fit-elle au bout d'une longue attente. Tu en sors plusieurs et j'en prendrai un parmi ceux-là.

— D'accord. Donne-moi une idée des acteurs que tu aimes.

— Dans la vieille génération, dit-elle, Paul Newman, Robert Redford et Steve McQueen.

Zack garda les yeux fixés sur le placard, surpris que la simple courtoisie ne l'ait pas incitée à citer son nom. Surpris et un peu blessé. Bien que, à bien y réfléchir, ses films ne se classent pas vraiment dans la catégorie des « anciens ».

— Ce sont pour la plupart des films de ces dix dernières années, dit-il en ignorant totalement la présence d'œuvres où apparaissaient ces trois acteurs. Et les nouveaux ?

Il attendit qu'elle mentionne son nom.

— Hum... Kevin Costner, Michael Douglas, Tom Cruise, Richard Gere, Harrison Ford, Patrick Swayze, Mel Gibson, énuméra Julie en cherchant tous les noms possibles, et Sylvester Stallone !

— Swayze, Gibson, Stallone et McQueen..., fit Zack avec dédain, piqué au vif au-delà de toute raison, parce qu'elle ne l'avait pas cité parmi ses acteurs préférés. Depuis quand es-tu particulièrement obsédée par les hommes petits ?

— Petits ? demanda Julie en lui jetant un regard surpris. Sont-ils petits ?

— Oui, ma petite, rétorqua Zack injustement et hors de propos.

— Steve McQueen n'était pas grand ? insista-t-elle, enchantée qu'il connaisse si bien le milieu de l'intérieur. Je n'aurais jamais imaginé... Je le trouvais terriblement macho quand j'étais petite.

— Il était macho dans la vie réelle, répliqua brusquement Zack en se tournant à nouveau vers le placard, feignant de s'absorber dans son contenu. Malheureusement, il ne savait pas jouer.

Julie, qui s'inquiétait toujours que Zack ne lui eût pas encore donné le moindre signe de sa détermination à retrouver le véritable meurtrier de sa femme pour reprendre son ancienne existence, songea soudain que le simple fait de lui en rappeler gentiment les avantages pourrait affermir sa résolution.

— Je parie que tu connaissais Robert Redford, n'est-ce pas ?

— Oui.

— Comment était-il ?

— Petit.

— Ce n'est pas vrai !

— Je n'ai pas dit qu'il était nain, mais il n'était pas particulièrement grand.

— Je parie que tout plein d'acteurs célèbres étaient tes amis intimes... des gens comme Paul Newman, Kevin Costner, Harrison Ford et Michael Douglas ? insista-t-elle en dépit de son attitude plutôt dissuasive.

Pas de réponse.

— Alors ?

— Alors quoi ?

— Etaient-ils des amis intimes ?

— Nous n'avons pas fait l'amour ensemble, si c'est ce que tu veux dire par là.

Julie réprima un rire.

— Je n'en crois pas mes oreilles ! Tu sais très bien que ce n'est pas du tout ce que je veux dire !

Zack sortit des films avec Costner, Swayze, Ford et Douglas.

— Voilà, choisis !

— Celui du dessus, *Dirty Dancing,* dit Julie avec enthousiasme, bien que cela lui déplût de perdre son temps devant un écran.

— J'ai du mal à croire que tu veuilles vraiment voir ça, dit-il d'un ton hautain en glissant le film de Patrick Swayze dans le magnétoscope.

— C'est toi qui l'as sorti.

— Tu voulais le voir, rétorqua-t-il en essayant vainement de paraître indifférent.

Pendant douze ans, les femmes l'avaient agacé ou révolté en se pendant à ses basques, dégoulinant d'admiration, lui affirmant qu'il était leur acteur préféré. Elles le pourchassaient dans les cocktails, interrompaient ses repas au restaurant, l'arrêtaient dans la rue, suivaient sa voiture et glissaient des clés d'hôtel dans sa poche. Or, pour la première fois de sa vie, il avait vraiment envie qu'une femme admire son œuvre et elle semblait lui préférer n'importe quel comédien au monde. Il appuya sur le bouton de la télécommande et en silence regarda défiler le générique.

— Tu veux du pop-corn ?

— Non, merci.

Julie l'observa en catimini en essayant de deviner ce qui n'allait pas. Se languissait-il de son ancienne existence ? Dans ce cas, ce n'était pas si mal. Même si elle n'avait pas voulu le rendre malheureux, elle ne parvenait pas à chasser un certain malaise. Il devait bien avoir envie de prouver qu'il n'avait pas tué sa femme, même s'il ne voulait pas lui parler à elle de son plan. Le film commença pour de bon. Zack allongea ses jambes devant lui, croisa les chevilles, les bras. Il avait l'air de s'attendre au pire.

— Nous ne sommes pas obligés de regarder ça, dit-elle.

— Je ne le manquerais pour rien au monde.

Quelques minutes plus tard, il poussa un grognement de dégoût.

Julie s'immobilisa, la main dans le bol de pop-corn.

— Il y a quelque chose qui ne va pas ?

— Oui, l'*éclairage* !

— Quel éclairage ?

— Regarde cette ombre sur le visage de Swayze.

Elle leva les yeux vers la télévision.

— C'est censé être sombre, puisqu'il fait nuit.

Il la toisa de son mépris de connaisseur et ne dit mot. *Dirty Dancing* avait toujours été l'un des films favoris de Julie. Elle aimait la musique, les ballets et la rafraîchissante simplicité de l'histoire d'amour. Elle commençait tout juste à s'amuser quand Zack déclara d'une voix traînante :

— A mon avis, on a enduit les cheveux de Swayze de graisse à essieux.

— Zack, fit-elle d'un ton menaçant, si tu commences à démolir ce film, j'éteins.

— Je ne piperai plus mot. Je contemple en silence.

— Bien.

— Et regarde-moi ce montage nul, cette mise en scène nulle et ce dialogue nullissime !

— Ça suffit !

— Ne bouge pas, dit-il quand elle fut sur le point de se lever.

S'en voulant de se comporter comme un adolescent jaloux, de dénigrer des acteurs qui avaient été ses amis et de critiquer un film qui était très bien dans son genre, il posa une main sur son bras et lui promit :

— Je n'ouvrirai plus la bouche que pour faire des louanges.

Pour tenir sa promesse, Zack ne prononça plus un mot jusqu'au moment où Swayze dansa avec sa partenaire.

— Au moins *elle* sait danser, déclara-t-il. Parfaite pour le rôle.

Sur l'écran évoluait une belle et talentueuse blonde avec une silhouette de rêve. Julie se serait coupé un bras pour lui ressembler, et elle ressentit une absurde pointe de jalousie d'autant plus difficile à cacher qu'elle devait affronter l'extrême mauvaise humeur de Zack. De plus, il était particulièrement injuste de ne rien dire du talent de danseur de Patrick Swayze. Elle était sur le point de lui faire remarquer que toutes les *femmes* de ces films lui plaisaient, quand elle comprit qu'il éprouvait sans doute la même chose quand elle s'extasiait sur ses rivaux.

— Tu es *jaloux* de lui ? lança-t-elle en regardant son profil de statue d'un air ébahi.

Il la contempla avec le plus profond dédain.

— Comment pourrais-je être jaloux de Patrick Swayze ?

Il aimait manifestement regarder les belles femmes, songea-t-elle, et cela la blessa même si elle ne s'y sentait pas autorisée. Il détestait ce film et cela se voyait. Avec une expression d'une extrême politesse, elle tendit la main vers la pile de cassettes vidéo et lui dit calmement :

— Si on regardait plutôt *Danse avec les loups* ? Kevin Costner est fabuleux, et c'est une histoire qui doit plaire à un homme.

— Je l'ai vu en prison.

Il les avait presque tous vus là-bas, il le lui avait dit, et elle ne comprenait pas où il voulait en venir.

— Et ça t'a plu ?

— Ça traîne au milieu.

— Vraiment ? rétorqua-t-elle, comprenant qu'aucun de ces films, les siens exceptés, ne recueilleraient son approbation et qu'il lui faudrait en passer par là ou endurer sa mauvaise humeur. Est-ce que tu as aimé la fin ?

— Kevin a changé celle du livre. Il n'aurait pas dû.

Sans un mot, Zack se leva et se rendit dans la cuisine pour faire du café et tenter de se maîtriser. Il était tellement furieux de s'être montré injuste et irrationnel qu'il mesura mal la quantité de café moulu nécessaire et dut tout recommencer. Patrick Swayze avait fait du bon boulot. Non seulement Kevin était un ami, mais *Danse avec les loups* lui avait valu des lauriers qu'il méritait amplement, et Zack en avait été très heureux.

Il était si perdu dans ses pensées qu'il ne vit que Julie avait mis une autre cassette qu'au beau milieu de la pièce, ses deux tasses de café à la main. Il vacilla et fixa l'écran, sous le choc, puis éprouva un certain malaise. Non seulement elle avait mis l'un des films de Zack, mais elle avait avancé la bande jusqu'à une scène d'amour, qu'elle regardait sans le son. De toutes les scènes d'amour qu'il avait jouées, celle d'*Etrangers intimes,* sorti sept ans plus tôt, était la plus éhontément érotique. Il resta planté là à se regarder au lit avec Glenn Close, spectacle irréel, dans un film qu'il n'avait pas revu depuis sa sortie. Et pour la première fois de sa vie, Zack fut gêné par sa prestation de comédien. Non pas par ce qu'il avait fait, se dit-il, mais parce que Julie le regardait avec un visage de marbre, ce qui ne lui échappa pas. Bien qu'elle ait prétendu ne pas bien connaître ses films, elle les connaissait assez pour savoir exactement où se trouvaient certaines scènes, et cela ne lui échappa pas non plus. Tout bien pesé, devant la froideur qu'elle afficha, il eut nettement le sentiment que mieux valait revenir à la situation précédente où il n'avait que sa propre jalousie à assumer. Il posa les tasses de café sur la table et se redressa sans savoir au juste pourquoi elle était si fâchée.

— Où veux-tu en venir, Julie ?

— Qu'est-ce tu entends par là ? demanda-t-elle avec une fausse innocence en montant le volume de la télécommande, le regard rivé sur l'écran.

— Pourquoi regardes-tu ça ?

— Quoi ? fit-elle avec une indifférence que démentait son estomac noué à la vue des mains de Zack sur le corps de Glenn Close, de sa bouche qui l'embrassait avec ardeur comme elle l'avait embrassée elle, de son torse bronzé contre le blanc rigide du drap qui lui couvrait à peine la hanche.

— Tu sais très bien ce que je veux dire. Tu commences par te comporter comme si tu n'avais rien vu de moi, comme si tu t'en fichais et, quant tu te décides à en regarder un, tu vas directement à une scène comme celle-ci.

— J'ai vu tous tes films, déclara-t-elle en fixant la télévision, sans tourner les yeux vers lui quand il s'assit près d'elle. Je les ai presque tous en cassettes, y compris celui-ci que j'ai vu au moins une demi-douzaine de fois.

Elle hocha le menton en direction de l'écran.

— Comment est l'éclairage ici ?

Zack détacha le regard de ses traits rigides et jeta un coup d'œil à l'écran.

— Pas mal.

— Et le jeu des acteurs ?

— Pas mal.

— Oui, mais tu crois que tu as bien joué ce baiser ? Tu n'aurais pas pu le faire plus profond ou plus violent ? Sans doute pas, répondit-elle elle-même avec amertume. Tu avais déjà la langue dans sa bouche.

Elle s'était très bien fait comprendre et maintenant qu'il savait ce qui la rongeait, il regretta de l'avoir poussée à agir ainsi. Jamais il n'aurait imaginé que cela la bouleverserait de le voir faire quoi que ce soit dans ce qui n'était pour lui qu'un film, une performance d'acteur en présence de dizaines de personnes sur le plateau.

— Et comment te *sentais-tu* quand elle t'embrassait comme ça ?

— Chaud, dit-il et comme il la vit se crisper, il se hâta

de préciser : les spots étaient brûlants, trop forts, je le savais et cela m'inquiétait.

— Oh, mais je suis certaine que tu ne pensais pas aux spots à ce moment-là, fit-elle, comme hypnotisée par l'image. Pas avec les mains sur ses seins.

— Si ma mémoire est bonne, j'avais envie d'étrangler le réalisateur qui nous avait contraints à refaire la prise.

— Je me demande ce que pensait Glenn Close, poursuivit-elle, ignorant la vérité qu'il lui exposait, d'un ton sarcastique qui dissimulait mal sa blessure.

— Elle avait aussi envie de tuer le réalisateur, pour la même raison.

— Vraiment ? persifla-t-elle. Et, à ton avis, à quoi pense-t-elle quand tu roules sur elle comme ça ?

Zack saisit le menton de Julie et la força doucement à le regarder.

— Je *sais* ce qu'elle pensait. Elle priait pour que je retire mon coude de son ventre avant qu'elle ait de nouveau le fou rire et qu'il faille refaire la prise.

Face à son calme, à sa sincérité et à son attitude sans prétention, Julie se sentit bête, primaire.

— Je me suis comportée comme une idiote, excuse-moi, dit-elle avec un soupir excessif. Si j'ai fait semblant de ne pas m'intéresser à tes films, c'était que je redoutais de voir ce genre de scène avec toi. Je sais que c'est stupide, mais cela me rend...

Elle s'interrompit, se refusant à prononcer le mot « jalouse », car elle savait qu'elle n'en avait pas le droit.

— Jalouse ? hasarda-t-il, et ce mot lui parut encore plus abominable dit à voix haute.

— La jalousie est une émotion destructrice et immature, déclara-t-elle pour noyer le poisson.

— Qui vous fait perdre la raison et vous rend impossible à vivre, approuva-t-il.

Julie rendit grâces en silence de n'avoir pas utilisé ce terme et acquiesça.

— Oui, bon, te voir dans des scènes comme celle-ci me donne simplement envie... de regarder autre chose.

— Bien, un film de qui ? Donne-moi le nom de n'importe quel acteur... du moment que ce n'est ni Swayze, ni Costner, ni Cruise, ni Redford, ni Newman, ni McQueen, ni Ford, ni Douglas, ni Gere, ajouta-t-il d'un ton catégorique avant qu'elle ait eu le temps de dire ouf.

Julie le regarda, sidérée.

— Qui reste-t-il ?

Il glissa un bras autour de ses épaules, la serra contre lui et murmura à travers ses cheveux :

— Mickey Mouse.

Julie ne savait trop si elle devait rire ou lui demander des explications.

— Mickey Mouse ! Mais pourquoi ?

— Parce que, répondit-il à voix basse en faisant glisser ses lèvres vers sa tempe, je crois que je pourrais t'entendre t'extasier sur Mickey Mouse sans perdre à nouveau la tête et sans redevenir « impossible ».

Julie s'efforça de cacher l'immense plaisir qu'il venait de lui faire en avouant cela et leva son visage vers lui.

— Il y a toujours Sean Connery, le taquina-t-elle. Il était merveilleux dans *A la poursuite d'Octobre rouge.*

Zack haussa les sourcils avec un air de défi.

— Il reste aussi six autres de mes films dans ce placard.

Maintenant qu'elle avait plaisanté de la jalousie de Zack sans pour autant reconnaître la sienne, Julie regrettait aussitôt sa lâcheté. Elle s'en voulut aussi d'avoir minimisé l'importance d'un tel instant. Alors elle le regarda droit dans les yeux et lui dit d'une voix tremblante :

— J'ai *détesté* te voir faire l'amour à Glenn Close.

Pour la récompenser de son courage, il lui caressa le menton de ses longs doigts et lui donna un de ces baisers rudes et tendres qui lui coupaient le souffle.

37

Julie contempla le soleil couchant par la fenêtre de la cuisine, reposa son économe et alla allumer la télévision dans la salle de séjour. Une antenne satellite installée quelque part sur la montagne leur permettait de capter CNN et elle n'avait pas écouté les nouvelles depuis le matin.

Zack avait passé la journée à dégager la voie jusqu'au pont, à l'aide de l'énorme tracteur du garage, qui, grâce à un ventilateur incorporé, vomissait la neige en un arc de cercle de vingt et un mètres de diamètre. A présent il était sous la douche. Le matin, quand il lui avait dit ce qu'il avait l'intention de faire, elle était persuadée qu'il voulait s'en aller le jour même ou le lendemain, et elle avait été prise d'une panique suffocante.

— Quand il sera temps de partir, je te préviendrai la veille, lui dit-il, comme s'il avait lu dans ses pensées.

Et quand elle avait tenté de lui arracher une date précise, il lui avait vaguement répondu qu'il n'avait pas pris de décision arrêtée, ce qui donna à Julie l'impression qu'il attendait un événement... ou que quelqu'un le contacte.

Il avait raison, bien entendu. Moins elle en savait, mieux cela valait pour tous les deux. Il avait également raison d'insister pour qu'ils profitent de chaque instant partagé sans penser au lendemain. Il avait entièrement raison, mais il lui était impossible de ne pas s'inquiéter du sort de Zack. Elle ne voyait pas comment il pouvait espérer découvrir qui avait tué sa femme. Son visage était si célèbre qu'on le reconnaîtrait partout où il irait. Certes il avait quand même été acteur, il saurait se maquiller et se déguiser, mais elle n'en était pas moins terrifiée à l'idée des dangers qu'il courait.

Elle écouta avec distraction le psychologue invité par CNN, tout en regagnant la cuisine. Elle y était presque quand elle se rendit compte que l'on parlait d'elle, et elle fit volte-face. Les yeux écarquillés, elle s'avança vers le poste et fixa le sous-titre indiquant qu'il s'agissait de William Everhardt, docteur en psychologie. Avec une assurance totale, le Dr Everhardt exposait ce qu'était en train de vivre Julie Mathison :

« *De nombreuses recherches ont été effectuées sur des otages comme Mlle Mathison* », disait-il. « *Je me suis moi-même coauteur d'un livre sur ce sujet, et je peux affirmer avec certitude que cette jeune fille éprouve une série d'émotions extrêmement stressantes, mais très prévisibles.* »

Julie inclina la tête sur le côté, fascinée que cet expert qu'elle ne connaissait ni d'Eve ni d'Adam lui apprenne ce qui se passait dans sa tête.

« *Le premier et le deuxième jour, la peur est le sentiment dominant, une peur très paralysante, ajouterai-je. L'otage se sent impuissant, trop terrorisé pour penser ou agir, mais il s'accroche à l'espoir qu'on va le secourir. Plus tard, en général le troisième jour, apparaît la colère. Colère contre l'injustice qui lui est faite et contre ce rôle de victime qu'on le force à jouer.* »

Par dérision, Julie compta les jours sur ses doigts et compara sa réalité avec le « savoir du spécialiste ». Le premier jour, elle était passée de la peur à la fureur en quelques heures, et elle avait tenté de glisser un mot à l'employée du fast-food. Le deuxième jour, elle avait cherché à lui échapper sur l'aire de repos et avait failli réussir. Le troisième jour, elle avait réussi à s'enfuir. Elle avait eu peur, elle avait été très inquiète, mais certainement pas paralysée. Hochant la tête de dégoût, elle s'intéressa à la suite du discours du Dr Everhardt :

« *A présent, Mlle Mathison a atteint le stade que je nommerais le syndrome de dépendance-gratitude. Elle considère son ravisseur comme son protecteur, presque comme un allié, parce qu'il ne l'a pas encore tuée. Heu... Nous supposons que Benedict n'a aucune raison de le faire. De toute façon, elle en veut aux autorités de ne pas avoir été capables de se porter à son secours. Elle commence à les prendre pour des bons à rien, alors que son ravisseur, qui est à l'évidence plus malin, devient l'objet d'une réticente admiration. A cette admiration vient s'ajouter un profond sentiment de gratitude parce qu'il ne lui a fait aucun mal. Benedict est un homme intelligent au charme quelque peu discutable, d'après ce que j'ai compris, ce qui signifie qu'elle est complètement à sa merci, à la fois physiquement et psychologiquement.* »

Julie contempla d'un air ahuri la face barbue, partagée entre l'incrédulité et l'hilarité devant les généralités pompeuses qu'elle débitait sur elle.

— Tu as de la chance de ne pas passer chez Larry King [1] ! lui dit-elle tout haut, les mains sur les hanches. Tu ne t'en tirerais pas aussi facilement avec tes généralisations hâtives !

Le seul point sur lequel Everhardt ne s'était pas trompé jusque-là, c'était que Zack était intelligent et charmant. Elle se demandait pourquoi Everhardt n'avait même pas considéré le fait que, puisqu'elle n'avait pas été prise en otage par des terroristes fous dans un pays étranger, elle ne passerait vraisemblablement pas par cette « gamme d'émotions prévisibles ».

« *Elle devra suivre une thérapie intensive pour surmonter pleinement cette épreuve, et il lui faudra un temps considérable, mais le pronostic n'est pas défavorable, si elle accepte d'être aidée.* »

Julie avait du mal à croire qu'on puisse faire preuve d'un tel culot. Il était en train d'annoncer au monde entier qu'elle allait devenir folle ! Il faudrait demander à Ted de l'attaquer en justice !

« *Bien entendu,* lança doucereusement l'animateur, *cela suppose que Julie Mathison ait été réellement prise en otage, qu'elle n'ait pas été la complice de Benedict, comme le pensent certains.*

1. Célèbre présentateur d'une émission de débat sur CNN. *(N.d.T.).*

— *Si je me fonde sur ce que j'ai appris de la jeune femme,* fit le Dr Everhardt d'un air pensif, tout en se caressant la barbe, *je ne souscris pas à cette théorie. »*

— Merci, fit Julie à haute voix. Cela te sauvera de mon mégaprocès.

Elle était tellement absorbée qu'elle n'entendit le bruit pourtant caractéristique d'hélicoptère que quand celui-ci se trouva juste au-dessus de sa tête. Et même quand elle l'entendit, cela lui parut si déplacé dans ce paysage montagneux, si calme, qu'elle regarda par la fenêtre, surprise plutôt qu'effrayée. Soudain elle comprit.

— Zack ! hurla-t-elle en se détournant et en se mettant à courir. Il y a un hélicoptère dehors ! Il vole bas...

Elle faillit le faucher quand il sortit de la chambre.

— Il nous survole !

Elle s'arrêta net en apercevant l'arme dans sa main.

— Sors d'ici et va dans les bois ! lui ordonna-t-il en la poussant dans le couloir, en direction de la porte du fond, puis il prit une veste dans le placard en passant devant elle et la lui lança.

— Ne t'approche pas de cette maison tant que je ne te le dirai pas ou tant qu'ils ne m'en feront pas sortir !

Il glissa une balle dans le magasin du pistolet et la suivit dans l'entrée, en levant son arme, avec l'habileté de quelqu'un qui sait s'en servir et s'y apprête. Quand elle ouvrit, il l'écarta du passage, avança seul, leva les yeux, écouta, puis la tira en avant.

— Cours !

— Pour l'amour du ciel ! cria Julie en s'arrêtant juste devant la porte. Tu n'as quand même pas l'intention de descendre ce truc ! Il doit y avoir...

— Tire-toi !

Julie lui obéit, le cœur battant, et fit le tour de la maison en courant, trébucha dans la neige épaisse, s'arrêta sous les arbres et, à travers bois, contourna la maison jusqu'à ce qu'elle aperçoive Zack derrière les baies vitrées. L'hélicoptère avait décrit un cercle et revenait. Un instant, elle crut que Zack pointait son arme pour tirer à travers la vitre. Puis elle vit qu'il observait au moyen de jumelles l'appareil qui les survola et disparut lentement. Les jambes flageolantes, elle se laissa glisser à terre de soulagement, avec dans la tête la vision de Zack la poussant dans ce couloir, le pistolet à la main. On aurait dit une scène tout droit sortie d'un film violent, mais c'était la réalité. Elle eut un haut-le-cœur, prit appui contre un arbre, avala sa salive en essayant de contenir son déjeuner et sa frayeur.

— Ça va, dit Zack en s'approchant d'elle, mais elle remarqua que le canon du pistolet sortait de sa ceinture. Ce n'étaient que des pilotes un peu éméchés qui volaient trop bas.

Elle leva les yeux vers lui, incapable de bouger.

— Donne-moi la main, fit-il calmement.

Julie hocha la tête en s'efforçant de chasser par ce geste la peur qui la paralysait.

— Ça va. Je n'ai pas besoin d'aide. Je vais bien.

— Tu ne vas pas bien, dit-il et il se pencha pour la saisir par les bras et la relever.

— Tu es sur le point de t'évanouir.

L'écœurement et l'étourdissement s'estompèrent et elle esquissa un sourire tremblant pour l'empêcher de la secouer.

— Mon frère est flic, ne l'oublie pas. J'ai déjà vu des armes. Simplement... je ne m'y attendais pas.

Quand ils rentrèrent dans la maison, elle était tellement soulagée que cet hélicoptère se soit finalement révélé inoffensif qu'elle en avait presque le vertige.

— Ted faisait le guet dans notre cour quand il suivait la formation de l'école de police, fit-elle pour risquer une plaisanterie, tandis qu'elle suspendait sa veste. Il était très drôle à voir. Comment peut-on s'entraîner à un truc pareil ?

— Bois ça, lui dit-il en lui mettant un verre de cognac dans la main. Tout, lui ordonna-t-il, comme, après en avoir avalé une gorgée, elle lui rendait le verre.

Elle prit une autre gorgée et le reposa sur le comptoir.

— Je n'en veux plus.

— Bien, fit Zack d'un ton abrupt. Maintenant va prendre un bon bain chaud.

— Mais...

— Allez, ne discute pas. La prochaine fois, je...

Il allait lui donner des instructions pour la prochaine

fois où il se produirait quelque chose de semblable, mais il savait qu'il n'y aurait pas de prochaine fois. C'était une fausse alerte, mais cela l'avait contraint à prendre conscience qu'il mettait la vie de Julie en péril et qu'il la terrorisait. Mon Dieu, cette terreur ! Jamais il n'avait vu une expression comme la sienne lorsqu'il l'avait trouvée blottie dans la neige.

Il faisait nuit quand Julie entra dans la salle de séjour après avoir pris un bain et enfilé un pull et un pantalon. Zack se tenait devant la cheminée et fixait le feu, la mâchoire rigide comme du granit.

A le voir aussi, elle s'était dit qu'il était tenaillé par la culpabilité, mais maintenant que c'était fini, cette expérience avait produit sur elle un tout autre effet. Elle était furieuse qu'on le contraigne à vivre ainsi et bien décidée à découvrir ce qu'il avait l'intention de faire pour y mettre un terme. Quelles que soient ses intentions, elle était fermement résolue à le convaincre d'accepter son aide, si faible soit-elle.

Au lieu d'aborder le sujet sur-le-champ, elle attendrait la fin du dîner. Etant donné l'incroyable capacité de Zack à faire abstraction de ses soucis, elle se dit qu'une heure ou deux lui suffiraient à surmonter son humeur apparemment très sombre.

— Est-ce que tu vas faire griller des steaks dans ce grill de haut luxe ou veux-tu que je cuisine ? demanda-t-elle d'un ton léger en s'avançant vers lui.

Il se retourna et l'observa d'un air préoccupé et froid.

— Pardon, que disais-tu ?

— Je te parlais de la corvée de cuisine. Tu es en train de violer la charte des droits des otages, le taquina-t-elle.

Zack tentait désespérément de se persuader qu'elle serait en sécurité si elle restait ici... d'oublier son expression, quand elle était au pied de cet arbre, tremblant de tout son corps, serrant sa veste contre sa poitrine... de se convaincre que ce n'était qu'un incident qui ne se reproduirait pas...

Elle lui adressa un sourire désarmant.

— Je vous parle de la corvée de cuisine, monsieur Benedict ! Selon la convention de Genève, un prisonnier ne doit pas être soumis à des traitements injustes ou cruels, or faire faire la cuisine deux jours de suite, c'est exactement ça. Tu n'es pas d'accord ?

Zack esquissa un sourire peu convaincant et acquiesça. Il n'avait envie que d'une chose pour l'instant : l'emmener jusqu'à son lit et se perdre en elle, oublier en une heure de bonheur ce qui s'était passé et ce qui allait nécessairement se passer, beaucoup plus tôt qu'il ne l'avait prévu.

38

L'espoir que nourrissait Julie de le voir sortir de son humeur noire se révéla, cette fois, quelque peu optimiste. Il fut courtois pendant le dîner, mais demeura préoccupé. Après avoir desservi, elle eut recours à un procédé sournois mais efficace pour le dérider. Elle le fit boire. Elle avait des questions à lui poser et pensait avoir plus de chances d'obtenir des réponses directes et complètes s'il se détendait et baissait sa garde.

Elle se pencha, prit la bouteille et remplit son verre pour la quatrième fois, puis elle le lui tendit en se félicitant de sa subtilité.

Le regard de Zack passa de son verre au visage de Julie.

— J'espère que tu n'essaies pas de m'enivrer, déclara-t-il d'un ton sec, parce que si c'est le cas, tu n'y arriveras pas avec du vin.

— Faut-il que j'aille chercher le whisky ? demanda-t-elle en réprimant un rire nerveux.

Zack s'immobilisa avant d'avoir porté le verre à ses lèvres, comprenant un peu tard qu'elle lui avait délibérément versé du vin à mesure qu'il buvait et qu'elle l'avait regardé d'un drôle d'air pendant tout le repas.

— Vais-je en avoir besoin ?

— Je ne sais pas.

Avec le sentiment vague que ce qui allait suivre était inévitable, il la regarda changer de position pour s'adosser au bras du canapé. A présent elle lui faisait face. Sa première question eut tout d'une plaisanterie inoffensive :

— Zack, n'ai-je pas été un otage modèle ?

— Exemplaire, acquiesça-t-il en souriant un peu, pour se laisser contaminer par sa bonne humeur.

— N'ai-je pas été obéissante, coopérative, agréable, ordonnée et... n'ai-je pas fait plus que ma part de cuisine ?

— D'accord pour tout, sauf pour « obéissante ».

Elle sourit.

— En tant que prisonnière modèle, ne crois-tu pas que j'ai droit à certains... eh bien... privilèges.

— Qu'as-tu en tête ?

— La réponse à certaines questions.

A son expression, Julie vit qu'il commençait à se méfier.

— Peut-être. Cela dépend des questions.

Décontenancée par cette réponse peu encourageante, elle poursuivit néanmoins :

— Tu as quand même l'intention de découvrir qui a tué ta femme, n'est-ce pas ?

— Pose-moi une autre question, répondit-il laconiquement.

— Entendu. As-tu une idée de qui est le véritable meurtrier ?

— Changeons de sujet.

L'inutile brusquerie de son ton lui tapa sur les nerfs. Non seulement elle l'aimait et cela la rendait extrêmement sensible à ses réactions, mais de plus elle pensait honnêtement avoir le droit de savoir.

— Je t'en prie, ne m'envoie pas balader comme ça, dit-elle d'une voix calme et sincère.

— Alors parle d'autre chose.

— Veux-tu m'écouter au lieu de me traiter par-dessus la jambe ? Essaie de comprendre... J'étais à l'étranger pour un échange entre universités quand ton procès a eu lieu. Je ne sais pas exactement ce qui s'est passé, et j'aimerais bien être au courant.

— Tu trouveras tout dans les vieux journaux de ta bibliothèque municipale. Va y jeter un coup d'œil quand tu rentreras chez toi.

Les sarcasmes mettaient toujours Julie en boule.

— La version des médias ne m'intéresse pas, bon sang ! C'est la tienne que je veux. J'ai besoin de l'apprendre de ta bouche.

— Dommage !

Il se leva, reposa son verre et lui tendit la main.

Julie se leva aussi pour ne pas avoir l'air d'une naine à côté de lui et mit machinalement sa main dans la sienne en un geste de conciliation.

— Si on allait au lit ?

Elle lui retira aussitôt sa main, blessée, insultée par une telle injustice.

— Certainement pas. Ce que je te demande, c'est très peu par rapport à ce que tu as exigé de moi depuis que nous nous sommes rencontrés, et tu le sais !

— Je ne referai de description point par point de cette journée ni pour toi ni pour quiconque, gronda-t-il. Avant mon procès, je l'ai fait une centaine de fois devant les flics et les avocats. C'est fini. Terminé.

— Mais je veux t'aider. Cela fait cinq ans. Ton opinion et tes souvenirs auront peut-être changé. A mon avis, nous pourrions commencer par dresser une liste de tous ceux qui étaient présents ce jour-là, et tu me parlerais de chacun. Je n'ai aucun préjugé et je porterai donc un regard neuf sur les choses. Peut-être t'aiderai-je à découvrir un détail que tu as négligé...

Son rire méprisant la piqua au vif.

— Comment pourrais-tu m'aider ?

— Je peux toujours essayer !

— Tu es ridicule. J'ai dépensé plus de deux millions de dollars en avocats et en enquêtes, et personne n'a trouvé d'autre suspect plausible que moi-même.

— Mais...

— Laisse tomber, Julie !

— Je ne laisserai pas tomber ! J'ai droit à une explication !

— Tu n'as aucun droit à quoi que ce soit, rétorqua-t-il. Je n'ai pas besoin de ton aide et je n'en veux pas !

Julie se raidit comme s'il l'avait frappée, mais ne laissa rien paraître ni de sa fureur ni de son humiliation.

— Je vois.

Et c'était la vérité. Elle comprenait que, son corps mis à part, il n'avait rien à faire d'elle. Elle n'était pas censée penser. Elle n'était pas censée avoir des sentiments. Elle était simplement censée l'amuser quand il s'ennuyait et écarter les jambes quand il en avait envie.

— Allons au lit, répéta-t-il en posant les mains sur ses bras pour la tirer vers lui.

— Bas les pattes ! siffla Julie, qui se dégagea d'un geste brusque.

Tremblant d'angoisse devant sa propre naïveté, elle serra les bras autour de sa poitrine et recula derrière le sofa et la table basse pour qu'il n'y ait plus d'obstacle jusqu'à sa chambre.

— Qu'est-ce que tu mijotes, bon Dieu ?

— Je ne mijote rien du tout. Je viens juste de me rendre compte que tu n'es qu'un salaud sans cœur !

L'expression glaciale qu'il arborait en la regardant s'éloigner n'était rien à côté de sa fureur à elle.

— Tu vas t'enfuir en partant d'ici, n'est-ce pas ? Tu n'as nullement l'intention de retrouver le coupable !

— Non ! répliqua-t-il sèchement.

— Tu es vraiment l'homme le plus lâche que j'aie jamais rencontré ! persifla Julie, trop rageuse pour trembler devant le rictus assassin qui lui tirait les traits. A moins que tu ne l'aies tuée !

Elle ouvrit la porte de sa chambre, se retourna et ajouta d'un ton cinglant :

— Je m'en vais demain matin et, si tu as l'intention de m'en empêcher, prépare-toi à te servir de ton arme !

Il lui décocha un regard d'un souverain mépris.

— T'en empêcher ? railla-t-il. Je porterais plutôt ton sac jusqu'à la voiture !

A ces mots Julie claqua la porte. Tandis qu'elle refoulait ses larmes, elle l'entendit pénétrer dans sa chambre. Puis elle retira son pantalon et enfila un T-shirt qu'elle avait trouvé dans l'un des tiroirs de la commode. Elle ne craqua que lorsqu'elle eut éteint la lumière et qu'elle fut au lit. En remontant l'épais édredon, elle roula sur le ventre et enfouit son visage dans l'oreiller. Elle pleura de honte et de colère d'avoir été si crédule, de s'être laissée humilier. Elle pleura jusqu'à ce qu'elle n'ait plus de larmes, jusqu'à l'épuisement, et roula sur le côté, en fixant sans le voir le paysage hivernal éclairé par la lune.

Dans sa chambre, Zack ôta son pull tout en essayant de se calmer et d'oublier la scène qu'il venait de vivre, mais en vain. Ses paroles lui revenaient sans cesse en tête, plus douloureuses chaque fois qu'il revoyait son air méprisant quand elle l'avait traité de lâche et d'assassin. Pendant son procès et sa captivité il s'était insensibilisé, mais elle avait réussi à lui faire baisser la garde. Il lui en voulait et il s'en voulait de cela.

Il jeta son pull sur le lit et retira son pantalon d'un geste brusque. Tout à coup lui vint à l'esprit la seule explication plausible à sa réaction ridiculement explosive... Il s'arrêta net au moment où il allait lancer son pantalon sur le lit.

Julie pensait être amoureuse de lui. C'était pour cela qu'elle croyait avoir des « droits » en ce qui le concernait.

Elle pensait sans doute qu'il était amoureux d'elle. Et qu'il avait besoin d'elle.

— Merde ! jura-t-il, puis il jeta son pantalon sur le lit.

Il n'avait pas besoin de Julie Mathison, et il n'avait certainement pas besoin de se sentir encore plus coupable et responsable à cause d'une naïve petite institutrice de province qui ne connaissait pas la différence entre le désir sexuel et cette émotion nébuleuse que l'on appelle l'amour. Mieux vaudrait pour elle qu'elle le haïsse. Pour lui aussi. Beaucoup mieux. Il n'y avait rien entre eux que le plaisir physique, qu'ils appréciaient tous les deux mais qu'elle lui refusait soudain par un besoin infantile de se venger.

Avec l'intention vague de le lui prouver, à elle et à lui-même, il s'avança vers la porte et l'ouvrit.

Julie était en train de se demander d'un air lugubre ce qu'elle ferait le lendemain, s'il se ravisait et refusait de la laisser partir, quand sa porte s'ouvrit brutalement et que Zack entra, nu.

— Qu'est-ce que tu veux ? lui demanda-t-elle.

— C'est une question aussi stupide que ta décision de coucher dans ce lit, railla-t-il en écartant violemment l'édredon, parce que je refuse de me soumettre.

Il avait visiblement l'intention de coucher avec elle, ce qui ne fit qu'accroître la colère de Julie, qui se jeta de l'autre côté du lit, en sortit à toute vitesse pour se ruer vers la porte. Il l'attrapa quand elle contourna le pied du lit et l'attira contre sa poitrine nue.

— Lâche-moi, merde !

— Je veux la même chose que toi chaque fois que nous nous regardons !

Rejetant la tête en arrière, Julie cessa de se débattre et rassembla ses forces.

— Espèce de salaud ! Si tu as l'intention de me violer, je te tuerai avec ton propre pistolet !

— Te violer ? répéta-t-il avec un mépris glacial. Cela ne me viendrait pas à l'idée. Tu me supplieras de te faire l'amour dans trois minutes.

Julie frappa au moment où il prenait sa bouche. Elle leva le genou haut et visa son bas-ventre, mais hurla quand elle le manqua. Elle se retrouva sur le dos, sous son corps si lourd.

Au lieu de se venger de ce coup bas en se jetant sur elle, comme elle s'y attendait à moitié, ses doigts se glissèrent entre ses cuisses, l'explorèrent légèrement, se mirent à la masser puis à la caresser avec une adresse familière. Il n'allait pas la forcer, comprit Julie. Il voulait qu'elle coopère pleinement et, si elle lui cédait, son orgueil serait beaucoup plus mis à mal que si elle n'était qu'une victime impuissante. Son corps réagissait déjà malgré elle, et elle lui en voulait autant à lui qu'à elle-même. Elle essaya de le contraindre à en finir avant de capituler complètement.

— Dépêche-toi d'en finir, bon sang !

— Pourquoi ? murmura-t-il d'une ton aussi froid que son cœur. Pour que tu me traites de violeur, après m'avoir traité d'assassin et de lâche ?

Ses doigts s'enfoncèrent en elle, mouvants.

— Pas question.

Sa bouche se referma sur son sein, sa langue y dessina un cercle, ses lèvres l'aspirèrent, et Julie réprima un cri de protestation. Elle se cambra, et il rit doucement en plongeant son doigt plus profondément. Elle s'arrêta brusquement, contracta chaque muscle de ce corps pour lui résister et, en silence, il contraignit ce corps à la trahir, tandis qu'il l'observait seconde après seconde.

— Tu mouilles, dit-il, et même la cruauté de ce qu'il était en train de lui faire ne pouvait repousser les assauts brefs et perçants du désir qui commençait déjà à la faire frissonner. Tu as envie de moi, Julie ?

Elle avait envie de le sentir en elle, elle avait envie qu'il la fasse jouir jusqu'à en mourir, comme il savait si bien le faire.

— Va au diable ! fit-elle, haletante.

— Je suis en enfer, murmura-t-il en faisant glisser son corps sur le sien et, pour la première fois, il l'embrassa en lui ouvrant les lèvres de force.

Puis il se fit plus tendre, ses lèvres l'effleurèrent avec ardeur, tandis qu'il lui faisait prendre vivement conscience de son érection.

— Dis-moi que tu me veux, la cajola-t-il.

Piégée par l'exquise promesse de son corps et par l'insistance de sa bouche, elle se mit à trembler d'un désir incontrôlable, et les mots lui échappèrent en un sanglot tourmenté :

— Je te veux...

Au moment où elle capitula, il la prit en arquant les hanches et la mena en un instant à un orgasme dévastateur. Il se retira alors qu'elle était encore parcourue de frissons et se détacha de son étreinte en haussant les épaules.

— Il n'a fallu que trois minutes, dit-il.

La porte claqua derrière lui avec l'irrévocabilité d'un glas.

Julie était étendue là, fragile dans sa nudité, glacée d'effroi, incapable d'accepter le fait qu'il soit assez vil pour lui prouver ainsi qu'il avait raison. Complètement démolie, elle rampa lentement jusqu'à la tête du lit, tira l'édredon qui était sur le sol et ferma les yeux, mais elle ne pleura pas. Elle ne verserait plus une larme pour lui. Jamais.

Assis dans l'obscurité près de la cheminée, Zack mit la tête dans ses mains pour ne plus penser, ne plus rien ressentir. Il avait fait ce qu'il avait l'intention de faire et davantage. Il s'était prouvé à lui-même et lui avait prouvé à elle qu'il n'avait pas besoin d'elle, pas même sexuellement. Et il lui avait montré qu'il ne valait pas la peine qu'elle se soucie de lui après son départ.

Il avait atteint son but brillamment, puissamment, de manière indélébile.

Il ne s'était jamais senti aussi ravagé, aussi honteux.

Après ce qui s'était passé ce soir, elle ne s'imaginerait plus qu'elle était amoureuse de lui, il en était certain. Elle le détesterait. Mais pas autant qu'il se détestait lui-même. Il se méprisait pour ce qu'il lui avait fait subir et pour cette immense faiblesse qui le poussait à aller la trouver et à la supplier de lui pardonner. Il se redressa dans son fauteuil, regarda le lit qu'ils avaient partagé et où il serait incapable de dormir, maintenant qu'elle était dans l'autre pièce et qu'elle le haïssait.

39

Les clés de la Blazer étaient sur la commode quand Julie se leva à l'aube, le lendemain matin, et la maison était étrangement calme. Les tourments de la veille avaient fait place à un vague engourdissement, et elle s'habilla sans s'en rendre compte. Tout ce qu'elle souhaitait, c'était s'en aller et ne jamais regarder en arrière, ne jamais repenser à tout cela. Oublier tout. Oublier qu'elle l'avait rencontré et qu'elle avait été assez bête pour l'aimer. Elle ne voulait plus aimer si cela devait la rendre si vulnérable. Elle sortit son sac de nylon du placard et y jeta ses affaires de toilette.

Elle s'arrêta devant la porte de sa chambre, jeta un coup d'œil circulaire pour s'assurer qu'elle n'y avait rien laissé, puis éteignit la lumière. Calmement, elle tourna la poignée et avança dans la salle de séjour obscure, mais elle s'arrêta net, le cœur battant d'effroi, sous le choc. Dans la grisaille de l'aurore, elle aperçut la silhouette de Zack à la fenêtre, qui lui tournait le dos, la main gauche dans la poche de son pantalon. Elle détourna le regard et s'engagea en silence dans l'entrée.

— La liste de tous ceux qui étaient sur le plateau le jour du meurtre est sur la table basse, dit-il sans se retourner, alors qu'elle n'avait pas fait deux pas.

Insensible au nœud qui lui paralysait le plexus, et comprenant qu'il avait fini par céder, elle se força à avancer.

— Ne t'en va pas ! cria-t-il d'une voix enrouée. Je t'en prie.

Au désespoir qu'elle perçut dans sa voix son cœur se fendit, mais son orgueil meurtri lui hurlait que seule une idiote sans fierté ni bon sens le laisserait approcher après ce qui s'était passé la veille. Elle tendit la main vers la poignée de la porte du fond et l'entendit derrière elle, tout près.

— Julie... non, s'il te plaît ! dit-il comme un écorché vif.

Sa main refusa de tourner la poignée, ses épaules furent secouées de sanglots muets, et Julie appuya le front contre la porte, tandis que les larmes lui coulaient sur les joues et que son sac lui glissait de la main. Et elle pleura de honte d'avoir si peu de volonté, et si peur de cet amour qu'elle était incapable de maîtriser. Alors qu'elle pleurait sur elle-même, elle le laissa la prendre dans ses bras, l'attirer contre sa poitrine.

— Je suis désolé, murmura Zack en essayant désespérément de la consoler, tandis que ses mains lui saisissaient les épaules. Pardonne-moi, je t'en supplie. Je t'en supplie !

— Comment as-tu pu me faire une chose pareille hier soir, sanglota-t-elle. Comment *as-tu pu* !

En avalant sa salive, elle tourna vers lui son visage humide, car il lui sembla qu'il ne méritait pas le ménagement de la discrétion.

— Je l'ai fait parce que tu m'as traité d'assassin et de lâche et que je n'ai pas pu le supporter, reconnut-il, pas venant de toi. Et je l'ai fait parce que je suis un salaud sans cœur, comme tu l'as si bien dit.

— Et comment ! fit-elle, suffocante, et le plus horrible, c'est que je t'aime quand même !

Zack la serra contre lui et refoula les mots qu'elle voulait entendre, les mots qui auraient traduit ses sentiments. Il l'écrasa contre lui, lui embrassa le front et la joue, puis posa la mâchoire contre ses cheveux si parfumés et se laissa bercer par la douceur de ces mots-là. A trente-cinq ans, il avait enfin découvert ce que c'était que d'être aimé pour soi... que d'être aimé sans fortune ni célébrité ni même respectabilité à offrir... d'être aimé inconditionnellement par une femme d'un courage et d'une loyauté extraordinaires. Il le savait maintenant, tout comme il savait que, s'il lui avouait ses sentiments, ces mêmes qualités la pousseraient à l'attendre des années après sa disparition. Mais il ne put laisser passer son tendre aveu sans rien dire. Il frotta sa joue contre ses cheveux, et lui fit entendre une autre vérité.

— Je ne le mérite pas, ma douce.

— Je le sais bien, plaisanta Julie entre ses larmes, refusant de s'effondrer parce qu'il ne lui avait pas dit qu'il l'aimait aussi.

Elle avait perçu la douleur et l'émotion dans sa voix, et son tourment en la voyant partir. Elle avait senti ses bras se resserrer comme par réflexe et son cœur battre plus fort quand elle lui avait avoué son amour. Cela lui suffisait. Elle ferma les yeux quand sa main descendit sur sa nuque, que ses longs doigts la caressèrent sensuellement, mais quand il parla enfin, il lui parut incroyablement las.

— Est-ce que tu accepterais de retourner au lit avec moi pendant quelques heures et de retarder notre petite discussion jusqu'à ce que j'aie dormi un peu ? J'ai passé une nuit blanche.

Il s'endormit en l'enlaçant, la joue contre sa poitrine. Julie, qui ne pouvait pas fermer l'œil, observa son visage, tandis qu'elle effleurait de ses doigts les mèches de ses tempes. Le sommeil n'adoucissait pas ses traits burinés, nota-t-elle, sans doute parce qu'il n'y trouvait pas de véritable paix, pas même là. Il avait d'épais sourcils bruns, tout comme ses cils, des cils, si sombres qu'ils en paraissaient noirs. Elle se déplaça de quelques centimètres pour qu'il soit plus à l'aise, mais ses bras se contractèrent instantanément... pour l'empêcher de partir, sans doute. Ce geste inconsciemment possessif la fit sourire. Elle n'avait pas l'intention de s'échapper.

Bien des années auparavant, elle avait lu une phrase de Shakespeare qui disait que la vie était une scène sur laquelle tout homme devait jouer son rôle. Depuis qu'elle avait obtenu son diplôme universitaire, c'était comme si elle se tenait juste à côté de la scène où sa vie était censée se dérouler, comme si elle attendait à l'écart qu'on lui donne la réplique, qu'on lui dise qu'il était temps de monter sur scène et d'agir. Julie sourit à travers ses larmes : on venait enfin de lui donner la réplique. *Maintenant*, elle savait ce qu'elle avait attendu pendant toutes ces années, pourquoi elle avait été créée et pour qui elle avait été faite. Malgré toute sa diligence à se conformer à ce rôle de parangon de vertu qu'elle s'était imposé, une fois confrontée à l'amour venu, elle avait foncé tête baissée, elle était tombée amoureuse d'un renégat, d'un mouton noir, d'un proscrit dur, cynique, entreprenant qui, de bien des façons, lui rappelait les garçons qu'elle avait connus dans les rues de Chicago. Elle l'aimait avec une volonté farouche de le protéger qui lui donnait l'impression d'être forte, sage et maternelle. Elle l'aimait avec un désespoir tel qu'elle se sentait impuissante, fragile, sous influence.

Et elle aimait tous ces sentiments qui mettaient ses nerfs à rude épreuve.

L'avenir était un sentier non tracé, plein de péril et d'opprobre. Julie était en paix et en parfaite harmonie avec l'univers entier.

En posant la main sur sa joue, elle le berça d'un geste protecteur contre son cœur et effleura ses cheveux bruns de ses lèvres.

— Je t'aime, murmura-t-elle.

40

Assise en tailleur devant la table basse, un crayon à la main et une petite pile de fiches qu'elle avait trouvées dans un bureau sous le coude, Julie étudiait la liste des personnes présentes sur le plateau de *Destinée* le jour où la femme de Zack avait été assassinée. A côté de chaque nom, il avait inscrit la fonction dans l'équipe, et elle recopiait tout cela sur des fiches individuelles pour les annoter.

Zack était assis sur le canapé à côté d'elle et réprimait un sourire à l'idée que Julie puisse réussir là où toute une équipe d'avocats spécialisés dans les affaires criminelles et d'enquêteurs professionnels avait échoué. Vêtue d'un pantalon de laine cerise et d'un grand pull en maille assorti, avec ses longs cheveux ramassés derrière la nuque par un foulard rouge et jaune vif, elle ressemblait plus à une délicieuse étudiante qu'à un professeur, et elle ne présentait pas la moindre ressemblance avec un détective, quel qu'il soit, réel ou imaginaire. Le soleil inondait la pièce derrière elle, faisant scintiller sa chevelure de reflets roux et dorés, rehaussant l'éclat de son teint. Elle l'interrompit dans l'agréable contemplation de son profil en levant vers lui ses yeux de saphir.

— J'ai vu *Destinée,* déclara-t-elle d'un ton perplexe, bien qu'on ait retourné la fin avec des doublures. Et je pensais qu'il fallait beaucoup plus de gens pour faire un film comme celui-là.

— Il y en avait des dizaines, mais ils n'étaient pas à Dallas, dit Zack, qui reporta à contrecœur son attention sur cette affaire. Quand on tourne un grand film en plusieurs lieux, mieux vaut diviser une équipe nombreuse en petites unités et assigner à chacune un emplacement. Comme ça, ils ont déjà préparé le terrain avant que les acteurs et l'équipe de tournage arrive. Les gens qui sont sur cette liste faisaient partie de l'unité de Dallas. Il y en avait d'autres un peu plus tôt dans le tournage. Ils ne sont pas sur cette liste je les avais déjà renvoyés chez eux.

— Pourquoi ?

— Parce que nous avions déjà dépassé le budget de plusieurs millions de dollars et que j'essayais de rogner sur les coûts. Nous avions presque terminé le tournage, je ne pensais plus avoir besoin de personnel et je n'ai donc gardé avec moi que l'équipe première.

Elle l'écoutait avec une telle fascination qu'un sourire se dessina sur ses lèvres.

— D'autres questions d'ordre général avant que je te dise ce qui s'est passé ce jour-là ?

— Plusieurs, fit Julie d'un air pénétré en jetant un coup d'œil aux titres affectés à chaque nom. Qu'est-ce que c'est qu'un électro ? Je me le suis toujours demandé quand je voyais ce mot au générique.

— Il obéit aux ordres de l'électricien en chef.

Elle roula les yeux au ciel pour le taquiner et l'amener en douceur à lui parler du meurtre, ce qu'il redoutait, elle le savait. Elle pensait aussi qu'il valait mieux connaître tous les détails même s'ils ne paraissaient pas importants sur le moment.

— Me voilà bien renseignée, monsieur Benedict. Maintenant, que fait exactement l'électricien en chef ?

Son stratagème se révéla efficace, car il partit d'un petit rire devant son air interrogateur.

— Le chef-électricien est le bras droit du directeur de la photographie. Il est chargé de tous les électriciens du plateau et du placement des lumières, de l'intensité des couleurs, des mesures globales... et tout ça.

— Qu'est-ce qu'un machiniste de plateau ?

— Les machinos manient les accessoires et tout ce

qu'il faut changer de place. Le chef-machino a aussi un assistant.

— Ne me dis pas que le chef-machino s'occupe de déplacer les machines ?

Zack sourit en voyant les coins de sa bouche se relever et les efforts fructueux qu'elle faisait pour ne pas rendre cette discussion pesante.

— Le chef-machino est chargé des autres machinos.

— Qu'est-ce qu'un assistant de production ?

— En gros, un factotum, qui fait les courses et rend des comptes aux assistants-réalisateurs.

Julie opina du chef.

— Et un producteur ?

— Un casse-pieds.

Son rire résonna comme un carillon.

— Et le directeur de la photographie est-il aussi cadreur ou bien supervise-t-il ? poursuivit-elle.

— Les deux parfois. Les bons s'occupent de tous les éléments du décor. Avec les décorateurs de plateau ils permettent aux idées du metteur en scène de devenir réalité et les améliorent souvent.

Julie jeta un coup d'œil à la liste, trouva le nom du directeur de la photographie de *Destinée* et entra avec réticence dans les détails :

— Sam Hudgins était-il bon ?

— L'un des meilleurs. Nous avions travaillé ensemble sur plusieurs films et je l'avais fait spécialement venir. En fait, j'avais choisi tous les membres de l'équipe principale parce que nous avions déjà travaillé ensemble et que je savais que je pouvais compter sur eux.

Le front lisse de Julie se plissa.

— Qu'est-ce qui ne va pas ? demanda-t-il.

— Je me demandais juste pourquoi un collaborateur déciderait soudain de te faire accuser de meurtre ?

— Cela ne me paraît pas très probable, admit Zack, un peu étonné et impressionné qu'elle soit parvenue à la même conclusion qu'avocats et enquêteurs avec une telle facilité.

— Aurais-tu dit ou fait quelque chose juste avant le meurtre qui ait pu te valoir une haine suscitant un tel désir de vengeance ?

— Que fait-on exactement pour s'attirer à coup sûr pareille vengeance ? répliqua sèchement Zack.

— Tu as raison, reprit-elle en hochant brièvement la tête.

— N'oublie pas que ce n'était pas moi la cible, c'était soit Austin soit Rachel. J'ai simplement été le dindon de la farce.

— Dis-moi exactement ce qui s'est passé ce jour-là, dit Julie avec calme, après avoir longuement inspiré. Non, commence par le jour où tu as trouvé... (Elle hésita et reformula sa question pour montrer plus de tact.) Je te l'ai dit, j'étais en Europe au moment du crime, mais je me souviens d'avoir vu les gros titres d'un magazine dans un kiosque qui disaient...

Sa phrase retomba en un silence gêné. Zack la termina brutalement pour elle :

— D'après ces gros titres, ma femme s'envoyait en l'air avec son partenaire et je suis entré au mauvais moment.

Julie se crispa rien que d'y penser, mais elle ne détourna pas le regard.

— Dis-moi tout ce dont tu te souviens et va lentement pour que je puisse prendre des notes.

Par expérience, Zack s'attendait à ce que la discussion qui allait suivre lui fût pénible et avilissante au mieux, exaspérante au pire, mais dans le passé il avait toujours été questionné par des gens en proie au doute ou à la curiosité. Raconter à Julie, qui croyait en lui et en ce qu'il disait, les détails du meurtre de Rachel était une expérience nouvelle et même cathartique. Quand il eut terminé, il se sentit étrangement déchargé d'un fardeau.

— Est-ce que ç'aurait pu être un monstrueux accident... une erreur ? demanda Julie quand il lui eut tout dit. Et si celui qui était censé mettre des balles à blanc dans l'arme... Andy Stemple... les avait remplacées par erreur par des balles à tête creuse et qu'il ait été trop lâche pour le reconnaître ?

Zack posa les coudes sur ses genoux et hocha la tête.

— Stemple n'a pas commis d'erreur. C'était un spécialiste des armes à feu. Après une catastrophe sur le tournage d'un épisode de *La Quatrième Dimension*, la guilde des réalisateurs a exigé que des spécialistes pyrotechniques, comme Stemple, soient chargés de toutes les armes à feu. Stemple était qualifié et il s'occupait de ce revolver, mais comme c'était le seul que l'on utilisait et que nous étions à court de personnel, il servait aussi d'accessoiriste. Il avait vérifié l'arme, l'avait chargée à blanc ce matin-là. De plus, ces balles à tête creuse ne sont pas arrivées là par accident. On avait essuyé toutes les empreintes avant de poser le revolver sur la table, lui rappela-t-il. Ce petit détail est l'un de ceux qui m'ont envoyé en prison.

— Mais si tu l'avais essuyé, tu n'aurais pas été assez bête pour y laisser une empreinte.

— Ce n'était pas une empreinte complète, il y avait la trace de mon index à l'extrémité du canon. L'avocat général a convaincu le jury que j'avais négligé cet endroit-là en le nettoyant.

— Mais, fit-elle, pensive, tu as laissé cette empreinte quand tu as poussé le revolver sur la table pour qu'il ne soit pas dans le champ de la caméra.

Ce n'était pas une question, elle reformulait simplement ce qu'il lui avait dit, comme s'il s'agissait d'une parole d'évangile, et Zack l'aima pour la confiance qu'elle avait en lui.

— Cela n'aurait eu aucune importance si ce revolver n'avait pas été essuyé ou si l'on n'y avait pas trouvé mes empreintes. On aurait dit que je portais des gants. Si je n'avais pas changé d'avis lors de la dernière scène et qu'Austin ait été tué à la place de Rachel, on m'aurait encore accusé. Parce que le fait est que j'étais le seul à avoir un motif assez fort pour tuer Austin ou Rachel.

Zack la vit lutter pour ne rien laisser transparaître de sa compassion ni de sa colère, et il tenta de sourire pour la rassurer.

— Ça suffit comme frustration pour aujourd'hui ? lui demanda-t-il. On s'arrête maintenant pour profiter du temps qui nous reste ? Il est plus de cinq heures.

— Je sais, dit Julie d'un ton préoccupé.

Elle avait étalé toutes ses fiches sur la table basse, mais c'étaient les quatre de la rangée du bas, les plus proches d'elle, qui l'intéressaient encore, dont elle se méfiait.

— Encore quelques minutes ? demanda-t-elle. (Comme il ouvrait la bouche pour protester, elle ajouta d'un ton pressant.) Zack, l'une de ces fiches identifie celui ou celle qui a commis le meurtre et qui s'en est tiré alors qu'on te jetait en prison !

Zack, conscient de ce fait, n'eut pas le cœur de la contredire. Il réprima donc sa frustration et attendit patiemment qu'elle ait terminé.

— Diana Copeland ne me dit rien qui vaille, commença Julie, le regard fixe, perdue dans ses pensées. Je crois qu'elle était amoureuse de toi.

— Pour l'amour du ciel, qu'est-ce qui t'a mis en tête une idée pareille ? rétorqua-t-il, partagé entre l'amusement et l'exaspération.

— C'est tout à fait évident. Elle devait être partie pour Los Angeles le matin du meurtre, mais elle est restée à Dallas pour venir sur le plateau. Elle t'a dit elle-même qu'elle restait parce qu'elle avait appris ce qui s'était passé la veille à l'hôtel et qu'elle voulait t'apporter son soutien moral au cas où tu en aurais eu besoin. Je suis persuadée qu'elle était amoureuse de toi, et elle a donc décidé de tuer Rachel.

— Et l'homme qu'elle était censée aimer, elle l'a laissé écoper à sa place ? Je ne crois pas, railla-t-il. De plus, il n'y a pratiquement aucune chance que Diana ait su que j'avais l'intention de faire tirer Tony à la place de Rachel. Et puis, ajouta-t-il, tu as une vision aussi absurde que naïve des relations amoureuses à Hollywood. En réalité, ces actrices ont désespérément besoin qu'on leur répète inlassablement qu'on les aime. Elles sont affectivement dépendantes, terriblement ambitieuses et complètement égocentriques.

— Il doit y avoir des exceptions.

— Personnellement, je n'en ai jamais rencontrées, dit-il d'un ton abrupt.

— Tu as vraiment vécu dans un univers fantastique, rétorqua-t-elle, pour être devenu aussi cynique envers les gens en général et les femmes en particulier.

— Je ne suis pas cynique, répliqua Zack, absurdement

piqué au vif. Je suis réaliste ! Toi, en revanche, tu es bêtement naïve en ce qui concerne les relations entre les deux sexes.

Au lieu de lui voler dans les plumes, elle l'observa de toute la profondeur des lacs de cristal bleu de ses yeux.

— Vraiment, Zack ? demanda-t-elle doucement.

Chaque fois qu'elle prononçait son nom, son cœur battait à tout rompre et, pour ajouter à son désarroi, il suffisait à cette fille « bêtement naïve » qui était assise à ses pieds de lever les yeux vers lui, comme elle le faisait en ce moment, pour l'amener à se repentir et à se désavouer.

— L'un de nous deux l'est, dit-il avec irritation. J'étais déjà cynique avant de faire mon premier film, ajouta-t-il non sans réticence, comme elle continuait de le fixer. Maintenant arrête de me regarder comme si tu voulais que je reconnaisse mon erreur, et passe à la question suivante, fit-il, exaspéré par son incapacité à résister à la pression douce et muette qu'elle lui faisait subir. A qui le tour ?

Un sourire radieux vint le récompenser, puis elle obtempéra avec soumission :

— Tommy Newton, dit-elle après avoir jeté un coup d'œil à l'une de ses fiches.

— Pourquoi diable Tommy aurait-il voulu tuer Rachel ou Austin ?

— Il avait peut-être envie de se débarrasser de toi définitivement, et la fin justifiait les moyens. Tu as dit toi-même qu'il avait travaillé avec toi sur plusieurs films comme assistant-réalisateur. Il était peut-être fatigué de jouer les seconds rôles, de rester dans l'ombre du grand Zachary Benedict.

— Julie, répondit patiemment Zack. D'abord, Tommy avait devant lui une brillante carrière de metteur en scène, et il le savait. Moi aussi. Il était ravi de faire *Destinée* avec moi.

— Mais...

— Deuxièmement, conclut Zack d'un ton sec, il était aussi amoureux de la victime potentielle de ce coup de revolver, et il n'aurait certainement pas changé les balles.

— Mais ce pourrait bien être important ! Tu ne m'avais pas dit qu'il était amoureux de Rachel...
— Il ne l'était pas.
— Mais tu viens de dire...
— Il était amoureux d'Austin.
— Pardon ?
— Tommy est homosexuel.
Elle le regarda un instant d'un air ahuri, puis elle saisit la fiche du troisième suspect sans faire de commentaires.
— Emily McDaniels. Elle te vouait une profonde reconnaissance pour avoir fait redémarrer sa carrière et, plus tard, pour lui avoir confié un rôle dans *Destinée*. Elle te connaît depuis des années, et lors d'un tournage, vous aviez passé beaucoup de temps ensemble. Les enfants — surtout les adolescentes — sont parfois férocement dévoués à la figure de l'autorité masculine. Il est possible qu'elle se soit imaginée qu'elle était amoureuse de toi. Elle s'est peut-être dit que, si elle se débarrassait de Rachel, tu éprouverais le même amour pour elle.
Zack poussa un grognement railleur, mais sa voix s'adoucit quand il parla de la jeune fille.
— Emily avait seize ans et c'était un amour. Après toi, c'est la personne de ton sexe la plus saine et la plus gentille que j'aie connue. Cette enfant n'aurait jamais rien fait pour me nuire. Mais tu n'as pas tout à fait tort. Elle avait le béguin pour moi et elle était jalouse de Rachel. Cela dit, elle n'avait pas besoin de la tuer. Sur le plateau, tout le monde savait qu'elle avait demandé le divorce et qu'elle allait épouser Austin.
— Mais suppose qu'elle en ait voulu à mort à Rachel pour t'avoir humilié, au point de se sentir obligée de te venger d'elle.
— Ta théorie ne tient pas debout. Car, pour Emily, c'était Rachel qui devait tirer la première, comme l'indiquait le scénario.
— Alors pourquoi ne pas partir de l'hypothèse que c'était Tony Austin que visait le tueur ?
— C'est impossible parce que, je te l'ai déjà dit, j'avais noté sur mon scénario que l'on changerait l'ordre des coups de feu, et un certain nombre de gens ont pu voir mon exemplaire. Mes avocats ont pris les dépositions de

toute l'équipe avant le procès, et personne n'a déclaré être au courant de mon intention de modifier la scène.

— Mais supposons qu'on ait vraiment voulu tuer Tony Austin. Dans ce cas, il est encore possible qu'Emily soit coupable. Et si tu l'obsédais au point qu'elle le méprise...

— Emily McDaniels, l'interrompit Zack d'un ton on ne peut plus catégorique, n'a tué personne. Point final. Elle n'aurait pas pu. Pas plus que toi.

Comprenant un peu tard que les fiches du dernier rang étaient celles de ses principaux suspects, Zack désigna la dernière de la tête et sourit, soulagé que cette discussion soit presque finie.

— Quel nom y a-t-il sur cette dernière fiche du dernier rang ?

Julie lui lança un regard d'une extrême patience.

— Tony Austin, dit-elle avec réticence.

L'expression amusée de Zack se dissipa et il se passa les mains sur le visage, comme pour effacer la haine violente qui jaillissait en lui, chaque fois qu'il se laissait aller à le considérer comme le meurtrier.

— Je pense que c'est lui.

Il leva les yeux vers elle, immergé dans ses propres pensées.

— Non, je *sais* que ce salopard l'a fait et qu'il m'a délibérément collé ça sur le dos. Un jour, si je vis assez longtemps...

Julie eut un mouvement de recul devant sa sauvagerie soudaine.

— Mais tu as dit qu'Austin n'avait pas un rond, l'interrompit-elle aussitôt. En tuant Rachel, qui allait toucher pas mal d'argent après le divorce, il perdait toute chance de mettre la main sur ta fortune, ce qu'il aurait fait s'il l'avait épousée.

— C'était un camé. Qui sait ce qui se passe dans la tête d'un camé !

— Et sa drogue lui coûtait très cher. N'aurait-il pas dû chercher avant tout à s'approprier ton fric pour la payer ?

— J'ai assez entendu ça, répliqua Zack d'un ton cinglant. Je ne plaisante pas !

Quand il la vit pâlir, il regretta aussitôt sa violence. Il se leva et lui tendit la main pour l'aider à se redresser.

— Ne nous occupons plus de tout ça et voyons ce que nous allons faire du reste de la soirée, dit-il d'une voix plus douce.

Julie réprima la réaction instinctive que lui inspirait sa fureur et se jura que ce qu'elle avait vécu la veille ne se reproduirait jamais.

41

Dix minutes plus tard, elle était assise sur un tabouret devant le comptoir de la cuisine, totalement détendue.

— Je vais dresser une liste de ce qu'on pourrait bien faire, le taquina-t-elle en tirant vers elle un bloc et un crayon. Jusqu'à présent, tu m'as suggéré de faire l'amour.

Elle inscrivit cela tandis qu'il se penchait vers elle et l'observait avec un grand sourire, la main posée sur son épaule.

— Et faire l'amour. Et faire l'amour.

— Je ne l'ai proposé que trois fois ? plaisanta Zack quand elle eut reposé son crayon.

— Oui, et j'étais d'accord les trois fois, mais avant ?

— Tu as une écriture très lisible, comme si elle était imprimée, la complimenta-t-il, d'autant plus qu'il avait déjà remarqué ce détail quand elle rédigeait ses fiches.

— Ce qui n'est guère surprenant, répondit-elle en lui lançant un sourire par-dessus son épaule, puisque j'ai passé des années à m'entraîner. Quand les autres petites filles de treize ans commençaient à baver d'admiration devant toi et tes premiers films, je restais à la maison à perfectionner mon écriture.

— Pourquoi ? demanda-t-il, sidéré que l'on puisse se donner tant de mal pour si peu de chose.

Julie fit lentement pivoter son tabouret et leva les yeux vers lui.

— Parce que, dit-elle, jusqu'à douze ans j'étais complètement illettrée. Je ne savais lire que quelques mots et je ne savais écrire que mon nom et encore pas très lisiblement.

— Tu étais dyslexique ou quelque chose comme ça ?

— Non, juste illettrée parce que je n'étais pas allée à l'école. Quand je t'ai raconté ma jeunesse, je ne t'ai pas parlé de ça.

— Exprès ? demanda Zack, pendant qu'elle allait chercher un verre d'eau derrière le comptoir.

— C'était peut-être délibéré, même si je ne te l'ai pas caché consciemment. Drôle, non, que je reconnaisse volontiers un larcin, mais que je recule devant un tel aveu ?

— Je ne comprends pas comment cela a pu arriver à quelqu'un d'aussi intelligent que toi.

Elle lui jeta un regard ironiquement supérieur, qui lui donna envie de la prendre dans ses bras et de l'embrasser pour lui faire oublier tout cela.

— Je vous informe, monsieur Benedict, que cela peut arriver à n'importe qui, et que l'intelligence ne fait rien à l'affaire, déclara-t-elle d'un air condescendant. Dans ce pays, une femme sur cinq est pratiquement illettrée. Elles ne sont pas allées à l'école quand elles étaient petites parce qu'on avait besoin d'elles à la maison, pour s'occuper de leurs frères et sœurs, parce qu'elles venaient de familles itinérantes ou pour des dizaines d'autres raisons. Comme elles ne peuvent pas rattraper, elles se croient stupides et renoncent. Quelle que soit la cause, le résultat est toujours le même : elles sont condamnées à vie aux travaux subalternes et à l'assistance. Elles restent avec des hommes qui abusent d'elles parce qu'elles sont persuadées qu'elles ne valent pas grand-chose. Tu n'imagines pas ce que c'est que de vivre dans un monde plein d'informations incompréhensibles, mais moi, je m'en souviens. Les choses les plus simples, trouver le bon bureau dans un immeuble par exemple, ne sont pas à ta portée. Tu vis en permanence dans la peur et dans la honte. Cette honte est insupportable et c'est pour cela que ces femmes le cachent.

— Tu avais honte, même petite ? demanda Zack, qui commençait à voir son enfance sous un angle nouveau.

Elle hocha la tête, avala une gorgée d'eau, puis repoussa son verre.

— Je m'asseyais au premier rang quand j'allais à l'école, pour ne pas voir le visage des autres enfants qui se moquaient de moi. J'ai réussi à convaincre les professeurs que j'avais de mauvais yeux.

Zack ne savait pas vraiment comment surmonter l'émotion qui montait en lui à mesure qu'il l'imaginait petite fille, essayant de survivre dans une ville sale, tentaculaire, où personne ne se souciait d'elle.

— Tu dis que tu n'es pas assez allée à l'école ? Pourquoi ne t'y a-t-on pas envoyée ?

— J'étais une enfant maladive, et j'ai manqué une grande partie du CP et du CE1, mais les instituteurs m'aimaient bien et me faisaient passer dans la classe suivante. C'était stupide et totalement absurde, mais cela arrive souvent, surtout aux « gentilles petites filles ». En CE2, je savais que je ne suivais plus, et j'ai commencé à faire l'école buissonnière et à traîner avec les gosses des rues. Mes parents nourriciers avaient des tas d'autres enfants sur les bras et ils ne s'en sont aperçus que le jour où je me suis fait pincer. A ce moment-là j'étais en CM1 et dramatiquement en retard.

— Alors tu as décidé de te spécialiser dans le vol de voiture et le vol à la tire jusqu'à ce que les Mathison te remettent sur le droit chemin ?

Julie acquiesça en silence d'air gêné.

— Il y a quelques mois, par hasard, j'ai découvert que la femme du gardien ne savait pas lire. Je lui ai donné des cours et, très vite, elle m'a amené une autre femme, qui m'en a amenée une autre à son tour. Maintenant elles sont sept et nous avons dû prendre une salle de classe normale. Au début, elles ne croyaient pas vraiment que je pourrais les aider. Elles étaient humiliées, abattues et convaincues qu'elles étaient bêtes. En fait, le plus dur, a été de les persuader du contraire. Il a fallu que je promette avec Peggy Listrom que je lui ferais du baby-sitting pendant un mois, si elle ne parvenait pas à déchiffrer les panneaux de signalisation des rues et les enseignes des boutiques de Keaton au printemps.

— C'était risqué.

— Pas aussi risqué que de la laisser vivre comme ça. Et puis j'ai pratiquement gagné mon pari.

— Elle lit les panneaux ?

Julie acquiesça et Zack vit ses yeux s'illuminer.

— Oh Zack, tu ne peux pas savoir ce que ça me fait de les voir apprendre ! Elles se prennent pour des bonnes à rien jusqu'à ce que soudain, un beau jour, elles sortent tous les mots d'une courte phrase et elles me regardent avec un tel... un tel *émerveillement !*

Elle tendit la main, la paume vers le ciel.

— Pouvoir leur enseigner cela, c'est comme tenir un *miracle* dans sa main.

Zack déglutit, la gorge nouée, et déclara avec une gaieté forcée :

— C'est toi le miracle, Julie Mathison.

Elle éclata de rire.

— Non, pas moi, mais je crois bien que Debby Sue Cassidy va faire des étincelles. Elle a trente ans et une allure de bibliothécaire, cheveux bruns raides, physionomie studieuse, mais depuis qu'elle en a seize, elle est domestique chez Mme Neilson. Elle est vive comme tout, très sensible, elle a plein d'imagination. Elle voudrait écrire un livre. Ne ris pas, fit Julie, qui se méprit sur le sourire de Zack. Elle y arrivera peut-être. Elle s'exprime déjà étonnamment bien pour une illettrée. Elle écoute sans arrêt des cassettes de livres qu'elle prend à la bibliothèque. Je le sais parce que Mme Neilson l'a dit à mon père. Et quand les enfants des Neilson étaient petits, Debby Sue leur racontait des histoires qui les captivaient pendant des heures. C'est pour cela que j'étais à Amarillo le jour où nous nous sommes rencontrés, conclut Julie en se perchant sur le tabouret avant de reporter son attention sur son bloc-notes. Je recueillais des fonds pour acheter du matériel. C'est très bon marché, mais tout s'additionne.

— Tu en as recueilli ?

Elle hocha la tête, prit son crayon et lui sourit pardessus son épaule.

Zack, qui ne put s'empêcher de la toucher, lui pinça gentiment l'oreille. Elle inclina la tête en riant et frotta sa joue lisse contre sa main.

Ce geste simple et tendre, qui lui rappela qu'après cette soirée il n'y aurait plus de gestes du tout, le déprima brusquement. Il aurait dû la laisser partir le matin même, mais il ne l'avait pas pu. Elle l'aurait détesté, définitivement. Et plus il la gardait auprès de lui, plus il lui était difficile de la laisser s'en aller. S'il la renvoyait le lendemain, alors qu'elle risquait de craquer lors d'un interrogatoire, il devrait avancer de plus d'une semaine son départ des Etats-Unis, mais cela en valait la peine, car elle n'aurait plus à affronter la menace d'un hélicoptère qui, cette fois, ne serait peut-être pas une fausse alerte.

— Quoi que nous fassions ce soir, que ce soit la fête ! dit-il pour chasser son humeur sombre.

Il lui fallut tout son talent d'acteur pour qu'elle ne sente pas qu'il la renverrait le lendemain.

Julie réfléchit quelques instants et sourit.

— Et si on dînait aux chandelles ? Ensuite on danserait... on ferait semblant de sortir ensemble, même si nous restons ici ? Je vais m'habiller, lança-t-elle pour le convaincre, sans se rendre compte que c'était inutile.

Il acquiesçait déjà avec un plaisir si manifeste que Julie le trouva un peu excessif, étant donné la modestie de son idée.

— Génial ! s'écria-t-il, puis il consulta sa montre. Je vais dans ta salle de bains et je « passe te prendre » dans une heure et demie. Tu auras assez de temps ?

Julie éclata de rire.

— Une heure me suffit largement pour me changer.

42

Julie mit plus d'une heure à se préparer. Ses cheveux étaient l'un de ses atouts majeurs et, comme Zack les appréciait particulièrement, elle les lava et les sécha, puis elle arrangea leur lourde masse autour de son visage en vagues et en boucles désinvoltes qui, partagées par une raie sur le côté, lui tombaient dans le dos. Satisfaite, elle retira son peignoir et enfila une robe de laine d'un bleu cobalt vif qui, sur le cintre, ressemblait à un pull long avec une jupe large, un haut bouffant et des manches longues avec des poignets en satin et des boutons en cristal d'un bleu scintillant. Quand Julie glissa les mains dans son dos pour la fermer, elle se rendit compte qu'il n'y avait pas de fermeture. Un grand col boule drapait les épaules en dégageant un oval de peau nue dans le dos. La trompeuse simplicité du modèle et la combinaison d'une face pudique et d'un dos spectaculaire était du plus bel effet. Julie se sentait belle, mais elle recula de quelques pas, hésitant à porter une robe aussi magnifique — et sans aucun doute aussi coûteuse —, qui, de plus, appartenait à une autre.

Avait-elle le choix ? Il lui fallait quelque chose de long parce qu'elle n'avait pas de bas et qu'elle se refusait à emprunter la lingerie d'une autre. A l'exception de cette robe du soir et de quelques pantalons, tout ce qui lui arrivait à la cheville était très extravagant. De plus, la propriétaire de ces vêtements était plus grande qu'elle, ce qui limitait considérablement son choix. En se mordant la lèvre, elle se résigna donc à porter cette magnifique robe bleue.

Une seconde incursion dans le placard lui fournit une paire de ballerines d'un bleu assorti, une demi-pointure trop grandes, mais parfaitement confortables. Elle avait passé plus de temps à se faire belle pour ce « rendez-vous » que lorsqu'elle avait été demoiselle d'honneur au mariage de Carl et de Sara. Mais ce n'était pas du temps perdu, se dit-elle. Les produits de maquillage de marque étrangère dont elle s'était servie étaient très différents des articles bon marché qu'elle avait achetés au drugstore de Keaton pour ne les utiliser qu'une seule fois. Ils étaient beaucoup plus doux, plus subtils. La délicate ombre à paupières et le mascara lui flattaient le regard, bien que cela lui parût étrange, et le fard faisait ressortir ses pommettes déjà saillantes. C'était surtout la perspective de passer une délicieuse soirée avec Zack qui faisait briller ses yeux et donnait un tel éclat à son teint. Après tout, songea-t-elle, jamais elle n'avait été aussi jolie. Elle se pencha, mit un peu de rouge à lèvres, recula, sourit à son reflet et se dirigea vers la porte.

Quand elle pénétra dans la salle de séjour, les bougies étaient déjà allumées sur la table basse, il y avait une belle flambée dans l'âtre, et Zack était en train d'ouvrir une bouteille de champagne. Elle retint son souffle en le voyant si beau dans ce costume d'emprunt bleu marine, qui moulait ses larges épaules et contrastait magnifiquement avec sa chemise blanche immaculée et sa cravate à motifs. Elle allait le lui dire quand elle se souvint qu'elle l'avait déjà vu en tenue de soirée, mais dans ses propres vêtements, et à l'idée de ce qu'il avait perdu elle eut un pincement au cœur. C'était à la télévision lors de la cérémonie de remise des Oscars. Après en avoir remis un, il était monté sur scène pour recevoir celui du meilleur acteur. Il portait un smoking noir, une chemise plissée et un nœud papillon noir. Elle l'avait trouvé extraordinairement élégant, elle s'en souvenait, si grand, si sophistiqué. Elle ne se rappelait pas son discours, si ce n'est qu'il était bref et spirituel, car l'assistance avait éclaté de rire et riait encore quand il avait quitté la scène.

— Bonsoir, dit-elle avec un sourire radieux.

Zack leva les yeux et ne put les détacher d'elle, tandis que le champagne qu'il était en train de verser débordait de la coupe.

— Mon Dieu ! s'écria-t-il, ébloui, la voix grave et rauque, tandis que son regard descendait le long de son visage, de ses cheveux et de son corps. Comment as-tu pu être jalouse de Glenn Close ?

A cet instant, Julie comprit que c'était *exactement* pour cela qu'elle avait eu envie de se mettre sur son trente et un, de se maquiller, de se coiffer. Elle voulait rivaliser avec les femmes superbes qu'il avait connues en des temps meilleurs.

— Tu renverses le champagne, dit-elle, tellement heureuse qu'elle ne savait trop quelle attitude adopter.

Il étouffa un juron dans sa barbe, redressa la bouteille d'un coup et prit un torchon pour essuyer le comptoir.

— Zack ?

— Quoi ?

— Comment as-tu pu être jaloux de Patrick Swayze ?

A l'éclat de son sourire elle sut qu'il était aussi heureux de ce compliment qu'elle l'avait été du sien.

— Sincèrement je ne sais pas, plaisanta-t-il.

— Quels chanteurs as-tu choisi ? le taquina Julie après leur dîner aux chandelles, tandis qu'il glissait des CD dans le lecteur. Parce que si tu as pris Mickey Mouse, je n'ai pas l'intention de danser avec toi.

— Tu danseras.

— Comment en es-tu si sûr ?

— Tu aimes danser avec moi.

Malgré le ton enjoué de cet échange, Julie avait conscience que sa bonne humeur s'était dégradée au cours du repas. Bien qu'il lui eût demandé de faire la fête, il y avait sur ses traits une tension indéfinissable, une tristesse, qui s'accentuaient à mesure que la soirée avançait. C'était sans doute d'avoir parlé de ce meurtre qui l'avait mis dans cet étrange état, car la seule autre explication qui lui venait à l'esprit, c'était qu'il allait la renvoyer et cela il en était hors de question.

En fond, la voix de Barbra Streisand montait de plus

en plus haut, sans effort, attaquant les premières mesures d'une chanson extrêmement romantique.

— Ce n'est pas du tout Mickey Mouse, fit-il remarquer. Est-ce que ça ira ?

Julie hocha la tête en souriant de plaisir.

— Streisand est ma chanteuse préférée.

— La mienne aussi.

Zack glissa un bras autour de sa taille, la serra contre lui.

— Si j'avais une voix comme la sienne, dit Julie, qui parlait pour ne plus songer à ses soucis, je chanterais juste pour m'entendre. Je chanterai en allant ouvrir la porte, au téléphone.

— Elle est phénoménale, reconnut Zack. Les sopranos d'opéra courent les rues, mais Barbra est... unique, incomparable.

Julie se rendit soudain compte que sa main remontait lentement le long de son dos nu. Elle vit s'allumer les petites étincelles de ses yeux et, tout au fond d'elle, elle sentit les premiers frémissements du désir, désir des tourments délicieux que lui infligeaient ses caresses, de la fougue de ses baisers, du bonheur bouleversant de leurs deux corps unis. Comme il était exaltant de savoir qu'elle aurait tout cela avant la fin de la nuit, qu'elle pourrait savourer et prolonger ce moment, comme Zack le souhaitait lui aussi, elle le sentait. Mais aurait-elle tout cela demain soir, et le surlendemain ? se demanda-t-elle en luttant contre la panique qui l'envahissait à mesure que son intuition lui soufflait ce qui cachait derrière l'humeur sombre de Zack.

— Tu la connaissais ? demanda-t-elle.

— Barbra ?

Julie acquiesça.

— Oui, je la connaissais.

— Comment est-elle ? Il paraît qu'elle n'est pas très gentille avec ceux qui travaillent avec elle.

Zack réfléchit un instant pour tenter de lui expliquer cela.

— Elle a un don que ne possède nulle autre au monde, dit-il enfin. Elle sait ce qu'elle veut en faire, et elle n'aime pas qu'on la traite comme si on savait mieux qu'elle comment y parvenir. Bref, elle supporte difficilement les imbéciles.

— Tu l'aimais bien, n'est-ce pas ?

— Beaucoup.

Julie écouta les paroles poignantes de la chanson en se demandant s'il y prêtait attention lui aussi ou si, comme la plupart des hommes, il se contentait d'écouter la musique.

— Jolie chanson, dit-elle, car elle avait désespérément envie qu'il entende ces mots-là, comme s'ils venaient d'elle.

— Beau texte, acquiesça-t-il en s'efforçant de retrouver son calme, en se disant que ce qu'il ressentait se dissiperait dès qu'il serait loin d'elle.

Il contempla son visage et les mots de Barbra Streisand lui percèrent le cœur.

Ces lendemains qui attendent au fond de tes yeux
Dans ce monde d'amour qu'il y a dans tes yeux
J'éveillerai ce qui dort dans tes yeux
Il me faudra peut-être un ou deux baisers.
Toute ma vie...
Eté, hiver, printemps et automne de ma vie...
Et toujours je me souviendrai que ma vie, toute ma vie est
Avec toi.

Grâce au ciel, la voix de Barbra Streisand céda la place à un duo entre Whitney Houston et Jermaine Jackson. Mais Julie choisit cet instant pour relever la tête et, quand il plongea dans son regard et qu'il écouta les paroles de la chanson, sa poitrine se serra.

Comme la flamme vive d'une bougie
L'amour brille dans tes yeux.
Une flamme pour nous éclairer notre chemin
Qui brûle plus fort chaque jour.

J'étais des paroles sans musique,
J'étais une chanson que nul ne chantait

Un poème sans rime, un danseur qui ne dansait pas en mesure...
Mais maintenant il y a toi.
Et personne ne m'aime comme toi.

Quand la chanson se termina, elle inspira en tremblant et il comprit qu'en parlant de leurs préférences mutuelles, elle cherchait à se défaire de l'envoûtement de la musique.

— Quel est ton sport préféré, Zack ?

Il lui prit le menton.

— Mon sport préféré, dit-il d'une voix rauque, douloureuse, qu'il eut peine à reconnaître, c'est de faire l'amour avec toi.

Ses yeux s'assombrirent de tout l'amour qu'elle n'essayait même plus de lui cacher.

— Quel est ton plat préféré ? poursuivit-elle, frémissante.

Pour toute réponse, Zack se pencha vers elle et lui effleura les lèvres.

— Toi.

A ce moment-là il comprit qu'il lui serait beaucoup plus pénible de la chasser de sa vie que d'entendre les portes de la prison se refermer derrière lui, comme cinq ans auparavant. Sans savoir ce qu'il faisait, il l'enveloppa de ses bras, enfouit son visage dans ses cheveux et ferma fort les paupières.

Elle lui caressa la joue, passa ses doigts sur sa mâchoire raide et lui dit d'une voix brisée :

— Tu vas me renvoyer demain, n'est-ce pas ?

— Oui.

Julie perçut tout ce qu'il y avait là de définitif.

— Je ne veux pas m'en aller !

Il redressa la tête et, d'une voix encore douce, mais plus posée et plus résolue, il déclara :

— Ne me rends pas les choses plus difficiles qu'elles ne le sont déjà.

Julie se demanda avec désespoir comment cela pourrait être plus difficile, mais elle ravala cette inutile protestation et lui obéit en tout point. Elle fit l'amour avec lui quand il le lui demanda, elle lui sourit quand il le lui demanda. Et après qu'ils les eut tous deux amenés à une jouissance qui les laissa brisés, elle se retourna dans ses bras et lui murmura :

— Je t'aime. Je...

Il posa l'extrémité de ses doigts sur ses lèvres pour la faire taire, tandis qu'elle voulait le lui redire.

— Non.

Julie baissa la tête. Elle aurait voulu qu'il le lui dise aussi, même s'il ne le pensait pas. Elle aurait voulu entendre ces mots-là dans sa bouche, mais elle ne le lui demanda pas car elle savait qu'il les lui refuserait.

43

Le moteur de la Blazer tournait au ralenti et dégageait une épaisse fumée dans l'air glacé de l'aube. Ils se tenaient à côté de la voiture.

— La météo n'annonce pas de neige, dit Zack en levant les yeux vers le ciel rose pâle où le soleil se levait, puis il posa un thermos de café sur le siège du passager. Tu devrais avoir une route tranquille jusqu'au Texas.

Julie avait d'autant mieux compris les règles à suivre qu'il les lui avait clairement exposées le matin même. Ni larmes ni regrets. Elle faisait des efforts désespérés pour paraître calme et posée.

— Je ferai attention.

— Ne va pas trop vite, dit-il en remontant plus haut la fermeture de sa veste avant de resserrer son col autour de son menton.

Ce geste simple faillit la faire pleurer.

— Tu conduis beaucoup trop vite.

— Je serai raisonnable.

— Essaie de t'éloigner le plus possible d'ici avant d'être reconnue, lui rappela-t-il en lui prenant ses lunettes de soleil des mains pour les lui mettre. Dès que tu auras franchi la frontière de l'Oklahoma, arrête-toi sur la première aire de repos que tu croiseras et gare-toi. Ne te montre pas pendant une quinzaine de minutes, puis va dans une cabine téléphonique et appelle ta famille. Les fédéraux écouteront la conversation. Aie l'air nerveuse et perdue. Dis-leur que je t'ai laissée sur cette aire de repos, avec un bandeau sur les yeux, que je me suis évanoui dans la nature et que tu as réussi à te libérer. Dis-leur que tu rentres à la maison. Quand tu y seras, tiens-t'en à la stricte vérité.

La gorge serrée, Julie acquiesça car il ne restait plus rien à faire ni à dire, du moins rien qu'il veuille entendre.

— Plus de questions ? fit-il.

Julie hocha la tête.

— Bien. Alors embrasse-moi.

Julie se hissa sur la pointe des pieds et se laissa surprendre par la force prodigieuse de son étreinte, mais son baiser fut bref.

— Il est temps, dit-il laconiquement.

Elle fit oui de la tête, incapable du moindre mouvement, et flancha un peu dans sa résolution de ne pas faire de scène.

— Tu m'écriras, n'est-ce pas ?

— Non.

— Mais tu pourrais au moins me donner de tes nouvelles, insista-t-elle d'un ton désespéré, même si tu ne peux pas me dire où tu es. Il faut que je sache que tu es en sécurité ! Tu as dit toi-même que, même s'ils surveillent mon courrier, ça ne durera pas très longtemps.

— Si je suis pris, tu auras de mes nouvelles dans les heures qui suivront. Sinon, tu sauras que tout va bien.

— Pourquoi ne *peux-tu* pas m'écrire ? explosa-t-elle, mais elle le regretta aussitôt devant son air froid et distant.

— Pas de lettres, Julie ! Tout sera terminé aujourd'hui après ton départ. C'est fini *entre nous*.

Ces mots la cinglèrent comme un fouet, même s'il n'y avait aucune méchanceté dans sa voix.

— Demain matin, tu reprendras ta vie là où tu l'avais laissée. Fais comme s'il ne s'était rien passé, et tu oublieras tout ça en quelques semaines.

— Toi peut-être, mais pas moi, supplia-t-elle en s'en voulant des sanglots qu'elle entendait dans sa voix.

Elle se tourna vers la voiture et d'un coup d'épaule furieux essuya son œil humide.

— Je m'en vais avant de me ridiculiser davantage, suffoqua-t-elle.

— Non, murmura-t-il d'un ton rude en lui saisissant le bras pour l'empêcher de partir. Pas comme ça.

Elle croisa son regard insondable et, pour la première fois, ne fut plus aussi sûre qu'il supportait ces adieux aussi bien qu'elle l'avait cru. Il posa la main sur sa joue, lui lissa les cheveux en arrière et lui déclara solennellement :

— La seule bêtise que tu aies faite cette semaine, c'est de te soucier de moi. Sinon tout ce que tu as dit ou fait était...bien. Parfait.

Julie ferma les yeux, refoula ses larmes, enfouit son visage dans sa main et lui baisa la paume.

— Je t'aime tant, murmura-t-elle.

Il dégagea sa main d'un geste brusque.

— Tu ne m'aimes pas, Julie, dit-il d'un ton soudain amusé et condescendant. Tu es naïve et inexpérimentée, et tu ne sais pas distinguer entre une relation sexuelle réussie et le vrai amour. Maintenant sois gentille, rentre chez les tiens et oublie-moi. Voilà exactement ce que j'attends de toi.

Ce fut comme si elle avait reçu une gifle, et son orgueil blessé lui fit redresser le menton.

— Tu as raison, dit-elle avec dignité en montant dans la voiture. Il est temps de revenir à la réalité.

Zack regarda la voiture disparaître derrière le premier virage, entre les immenses congères. Il resta là longtemps après son départ, jusqu'à ce que le vent glacé lui rappelle brutalement qu'il n'avait qu'une veste légère sur le dos. Il l'avait blessée parce qu'il le fallait, songea-t-il en retournant dans la maison. Il ne pouvait pas lui laisser gâcher un moment de plus de sa précieuse existence à l'aimer, à se languir de lui ou à l'attendre. Il avait fait ce qu'il fallait faire.

Il pénétra dans la cuisine, prit négligemment la cafetière et tendit la main vers une tasse, puis il aperçut sur le comptoir celle dans laquelle Julie avait bu ce matin-là. Il la prit lentement et en pressa le bord contre sa joue.

44

Deux heures après être partie, Julie rangea la voiture sur le bas-côté d'une route déserte et prit le thermos sur le siège à côté d'elle. Les larmes qu'elle s'était absolument refusée à verser lui irritaient la gorge et les yeux et le souvenir douloureux des dernières paroles de Zack lui tournaient dans la tête :

« Tu ne m'aimes pas, Julie. Tu es naïve et inexpérimentée et tu ne sais pas distinguer entre une relation sexuelle réussie et le vrai amour. Maintenant sois gentille, rentre chez les tiens et oublie-moi. C'est exactement ce que j'attends de toi. »

Sa main tremblait en versant le café dans le bouchon du thermos. Comme il avait été inutilement cruel de la ridiculiser ainsi, d'autant plus qu'il savait qu'elle devrait affronter la police et la presse dès qu'elle serait rentrée. Pourquoi ne s'était-il pas contenté d'ignorer ce qu'elle lui avait dit, pourquoi n'avait-il pas menti, dit qu'il l'aimait aussi, juste pour qu'elle ait quelque chose à quoi s'accrocher pendant cette épreuve ? Il aurait été tellement plus facile d'y faire face si seulement il lui avait avoué qu'il l'aimait.

« Tu ne m'aimes pas, Julie... Maintenant sois gentille, rentre chez les tiens et oublie-moi... »

Julie essaya d'avaler son café, qui refusait de passer dans sa gorge serrée, et elle comprit alors une chose qui la désespéra et l'ébahit plus encore : Zack devait parfaitement savoir qu'elle l'aimait vraiment. En fait, il en était tellement persuadé qu'il s'était imaginé qu'il pouvait la traiter ainsi, qu'elle rentrerait *quand même* chez elle et qu'elle ne le donnerait pas à la police. Et il avait raison. Si blessée qu'elle ait été par son attitude impitoyable, jamais elle ne lui rendrait ses coups. Elle l'aimait trop pour lui faire du mal et, aussi curieux que cela pût paraître, elle croyait à son innocence et désirait le protéger tout autant que la veille.

Une estafette passa devant elle en éclaboussant de neige fondue l'aile de sa voiture. Alors elle se souvint qu'il lui avait conseillé de s'éloigner le plus possible sans attirer l'attention. Elle passa la première en regardant par-dessus son épaule pour s'assurer qu'elle pouvait s'engager sans danger, puis régla le moniteur de vitesse sur cent kilomètres à l'heure. Parce qu'il lui avait dit de ne pas aller trop vite. Et parce que se faire arrêter pour excès de vitesse, ce serait attirer l'attention.

Julie gagna la frontière entre le Colorado et l'Oklahoma en bien moins de temps qu'il ne lui en avait fallu pour couvrir la même distance dans le blizzard. Se conformant aux instructions de Zack, elle s'arrêta sur la première aire de repos qu'elle vit et téléphona.

Son père décrocha dès la première sonnerie.

— Papa, dit-elle, c'est Julie. Je suis libre. Je rentre à la maison.

— Merci mon Dieu ! s'exclama-t-il. Oh merci mon Dieu !

Depuis toutes ces années, jamais la voix de son père n'avait paru si bouleversée et elle fut rongée de remords à l'idée de ce qu'elle lui avait fait subir. Avant qu'aucun des membres de la famille ait pu reprendre la parole, une voix inconnue intervint :

— Agent Ingram du FBI à l'appareil, mademoiselle Mathison, où êtes-vous ?

— Je suis sur une aire de repos dans l'Oklahoma. Libre. Il m'a laissée dans la voiture avec les clés, les yeux bandés. Mais il est parti. Je suis sûre qu'il est parti. Je ne sais pas où.

— Ecoutez bien, dit la voix. Remontez dans votre véhicule, verrouillez les portes et partez immédiatement.

Ne restez pas dans les parages. Rendez-vous à l'endroit le plus proche où il y ait de l'animation et rappelez-nous de là. Nous préviendrons les autorités locales, qui viendront vous chercher. Maintenant partez, mademoiselle Mathison !

— Je veux rentrer à la maison ! s'écria Julie avec un désespoir sincère. Je veux voir ma famille. Je ne veux pas attendre dans l'Oklahoma. Je ne peux pas ! Je voulais juste que l'on sache que j'étais en route.

Elle raccrocha.

Deux heures plus tard, un hélicoptère qui cherchait manifestement l'otage affolée qui rentrait chez elle la repéra sur la ligne noire de l'autoroute du Texas et la survola. Quelques minutes après qu'elle l'eut remarqué, des voitures de patrouille avec leur gyrophare bleu et rouge foncèrent vers les bretelles d'accès de l'autoroute et, se plaçant devant et derrière elle, déployèrent leur cortège pour l'escorter jusque chez elle. Ou plus vraisemblablement, pensa Julie nerveusement, pour empêcher la complice présumée de Zack Benedict de se raviser et de s'enfuir avant tout interrogatoire.

L'ampleur de la chasse à l'homme mise en place pour les retrouver était terrifiante, et Julie eut le plus grand mal à supporter son escorte officielle jusqu'à ce qu'elle entre dans Keaton et approche de la maison de ses parents. Bien qu'il fût deux heures du matin, la cour et la rue grouillaient de journalistes, et les flashes des photographes l'éblouirent quand elle sortit de la voiture. Il fallut deux agents de la police montée du Texas et ses frères pour l'aider à fendre la foule hurlante des reporters.

Deux agents du FBI l'attendaient à l'intérieur de la maison, mais ses parents se précipitèrent à sa rencontre et la prirent dans leurs bras.

— Julie, répétait sa mère, ma Julie, ma petite Julie.

— Dieu merci ! Dieu merci ! faisait son père.

Et les yeux de Julie s'embuèrent de larmes car elle ne s'était jamais vraiment rendu compte à quel point ils l'aimaient. Ted et Carl l'étreignirent, essayèrent de plaisanter de son « aventure », mais ils avaient l'air hagards, et les larmes qu'elle refoulait depuis vingt-quatre heures coulèrent sur ses joues. En dix ans, elle n'avait versé que quelques pleurs, devant des films tristes, et en une semaine, elle venait de pleurer un océan. Il fallait que cela cesse immédiatement et définitivement, se dit-elle. Les retrouvailles furent interrompues par un agent du FBI blond, qui déclara d'une voix calme, pleine d'autorité :

— Je suis navré de m'immiscer dans cette réunion de famille, mademoiselle Mathison, mais le temps nous est précieux et nous avons des questions à vous poser. Je m'appelle David Ingram, nous nous sommes parlé au téléphone. Voilà l'agent Paul Richardson qui est chargé de l'affaire Benedict, ajouta-t-il en désignant l'homme grand, aux cheveux bruns, qui se tenait à ses côtés.

— Allons dans la salle à manger, proposa Mme Mathison. Il y a de la place pour tout le monde autour de la table.

Puis elle prononça la phrase qui guérissait tous les chagrins d'enfance de Julie :

— Je vais chercher du lait, des cookies et du café.

— Non, je suis désolé, madame Mathison, dit Paul Richardson avec fermeté, mais mieux vaut que nous ayons un entretien privé. Votre fille vous mettra au courant dans la matinée.

Julie, qui se dirigeait vers la salle à manger entre Ted et Carl, s'arrêta net et se retourna. Alors elle se souvint que ces hommes n'étaient pas vraiment des ennemis, qu'ils essayaient simplement de faire leur métier.

— Monsieur Richardson, déclara-t-elle avec calme et détermination, je sais à quel point vous avez hâte de m'interroger, mais ma famille a tout aussi hâte d'entendre mes réponses, et ils y ont encore plus droit que vous. J'aimerais qu'ils soient présents ce soir, si vous n'y voyez pas d'inconvénient.

— Et si j'en vois un ?

Sa taille et son teint lui rappelèrent Zack et, après l'éprouvant voyage qu'elle venait de faire, elle baissa la garde. Le sourire las qu'elle lui adressa était involontairement intime.

— Faites un effort, s'il vous plaît. Je suis épuisée et je n'ai vraiment pas envie de me disputer avec vous.

— Je suppose que votre famille peut y assister, concéda-t-il avec réticence, puis il reprit la direction des opérations, dès qu'ils furent assis. Commençons par le commencement.

Julie frémit un peu quand Richardson plongea la main dans sa poche, en sortit un magnétophone, qu'il posa sur la table devant elle.

— Par où voulez-vous que je commence ? fit-elle en souriant avec gratitude à sa mère qui lui tendait un verre de lait.

— Nous savons déjà que vous étiez censée vous rendre à Amarillo pour un rendez-vous avec le grand-père de l'un de vos élèves, dit Richardson en guise d'introduction.

Julie tourna brusquement la tête.

— *Censée ?* Qu'entendez-vous par là ?

— Il est inutile d'être sur la défensive, intervint aussitôt Ingram d'un ton apaisant. Racontez-nous ce qui s'est passé. Commençons par votre première rencontre avec Benedict.

Julie croisa les bras sur la table et s'efforça de ne rien ressentir.

— Je m'étais arrêtée pour prendre un café dans un restaurant au bord de l'autoroute. Je ne me souviens pas du nom de l'endroit, mais je le reconnaîtrais si je le voyais. Quand je suis sortie, il neigeait, et un homme grand, aux cheveux bruns, était accroupi devant mon pneu. Il était à plat. Il m'a proposé de le changer...

— Avez-vous remarqué s'il était armé à ce moment-là ?

— Si j'avais vu qu'il était armé, je ne lui aurais certainement pas proposé de l'emmener.

— Dans quelle tenue était-il ?

Les questions se succédèrent avec la rapidité d'un tir nourri, l'une après l'autre, heure après heure...

— Mademoiselle Mathison, vous devez vous souvenir mieux de l'endroit où se trouvait la maison qui lui servait de planque !

Paul Richardson l'observait comme un insecte sous son microscope et lui parlait d'un ton autoritaire qui lui rappelait un peu Zack quand il était agacé. Dans l'état d'épuisement qui était le sien, elle trouvait cela plus touchant qu'énervant.

— Je vous l'ai dit, j'avais les yeux bandés. Et s'il vous plaît, appelez-moi Julie... C'est plus court et cela prendra moins de temps que mademoiselle Mathison.

— A un moment ou à un autre de votre séjour avec Benedict, avez-vous pu découvrir sa destination ?

Julie hocha la tête. On lui avait déjà demandé tout cela.

— Il m'a dit que moins j'en saurais, mieux cela vaudrait.

— Est-ce que vous avez essayé de connaître sa destination ?

Elle hocha de nouveau la tête. Cette question-là, on ne la lui avait pas encore posée.

— S'il vous plaît, répondez à voix haute pour le magnétophone.

— D'accord ! répondit-elle en se disant soudain qu'il ne ressemblait pas du tout à Zack.

Il était plus jeune, plus mielleux, plus beau, mais il n'avait pas sa chaleur.

— Je ne lui ai pas demandé où il allait parce qu'il m'avait déjà prévenue que moins j'en saurais, plus il serait en sécurité.

— Et vous voulez qu'il s'en tire, n'est-ce pas ? fit-il en sautant sur l'occasion. Vous ne voulez pas qu'on l'appréhende, n'est-ce pas ?

Le moment de vérité était venu. Richardson attendait en martelant la table de la pointe de son stylo bille, et Julie regardait à travers la fenêtre de la salle à manger les journalistes qui grouillaient dans la cour et encombraient les trottoirs dans la rue.

— Je vous l'ai déjà dit, il a voulu me sauver la vie.

— Je ne vois pas en quoi cela change quoi que ce soit au fait qu'il ait été condamné pour meurtre et qu'il vous ait prise en otage.

Adossée à son fauteuil, elle le fixa avec un dédain mêlé de frustration.

— Je ne crois pas un instant qu'il ait tué quiconque. A présent, permettez-moi de vous demander une chose, monsieur Richardson, dit-elle sans prêter attention à la pression que Ted venait d'exercer sur son genou pour la mettre en garde contre son ton agressif. Mettez-vous à ma place et imaginez que je vous aie pris en otage et que vous ayez réussi à vous enfuir. Vous vous cachez, mais moi, je crois que vous êtes tombé dans une rivière profonde et glacée. De votre cachette, vous me voyez courir vers le torrent et plonger dans l'eau. Je plonge, je replonge, je vous appelle et, comme je ne vous trouve pas, vous me voyez sortir en vacillant et m'effondrer dans la neige. Mais je ne remonte pas sur mon autoneige pour rentrer. Au lieu de cela, j'abandonne. J'ouvre ma chemise trempée pour que le froid me tue plus vite, je penche la tête en arrière, je ferme les yeux et je reste là, la tête peu à peu recouverte par la neige qui tombe...

Quand Julie se tut, Richardson haussa les sourcils.

— Où voulez-vous en venir ?

— Après avoir vu cela, poursuivit-elle avec brusquerie, croiriez-vous que j'ai vraiment tué quelqu'un de sang-froid ? Essaieriez-vous de me soutirer des renseignements qui ne serviraient qu'à me faire descendre avant que j'ai pu prouver que je n'étais pas coupable ?

— Est-ce ce que Benedict a l'intention de faire ? s'enquit-il, le buste incliné.

— C'est ce que je ferais, dit-elle, esquivant sa question, et vous ne m'avez pas répondu. Essaieriez-vous de me soutirer des informations qui permettraient de me capturer et probablement de me tuer, si vous saviez que j'avais voulu vous sauver et mourir, pensant que j'avais échoué ?

— Je me sentirais contraint, répliqua Richardson, de faire mon devoir pour que justice soit faite à l'égard d'un assassin doublé d'un ravisseur.

Elle le dévisagea longuement, puis déclara avec calme :

— Dans ce cas, j'espère simplement que l'on vous greffera un cœur parce qu'à l'évidence, vous n'en avez pas.

— Ça suffit pour aujourd'hui, intervint Ingram, dont la voix était aussi charmante que le sourire. Nous sommes tous épuisés.

La famille Mathison se leva, chacun ayant atteint, en

raison du manque de sommeil, un état de stupeur plus ou moins avancé.

— Julie, dit Mme Mathison en réprimant un bâillement gêné, tu dormiras ici dans ton ancienne chambre. Toi aussi, Carl. Ted, ajouta-t-elle, il ne sert à rien d'essayer de fendre à nouveau la cohue des journalistes et puis Julie aura peut-être besoin de toi un peu plus tard.

Les agents Ingram et Richardson habitaient à Dallas, dans la même résidence. Ils étaient collègues et amis. Perdus dans leurs pensées, ils regagnèrent en silence le motel qui se trouvait en dehors de la ville et où ils avaient séjourné toute la semaine. David Ingram ne se hasarda à formuler une opinion que lorsqu'il eut garé la berline devant leurs chambres.

— Elle cache quelque chose, Paul, fit-il du même ton désarmant qui avait fait penser à Julie qu'il croyait tout ce qu'il disait.

Paul fronça les sourcils devant les numéros blancs de la porte dont la peinture s'écaillait, puis il hocha la tête.

— Non. Elle est réglo. Je ne crois pas qu'elle cache quoi que ce soit.

— Eh bien, répliqua Ingram d'un ton sarcastique, tu ferais mieux de réfléchir avec ton cerveau et non avec l'organe qui a pris sa place dès qu'elle t'a regardé avec ses grands yeux bleus.

Il tourna brusquement la tête.

— Qu'est-ce que ça veut dire, bon sang ?

— Ça veut dire, fit Ingram d'un air dégoûté, que cette femme t'obsède depuis que nous sommes ici et que tu as commencé à faire ton enquête auprès des citoyens du coin. Chaque fois que tu entendais parler d'une de ses bonnes actions, tu t'attendrissais. Chaque fois que tu t'entretenais avec l'un de ces gosses handicapés dont elle s'occupe, tu t'enferrais. Merde, quand tu as découvert qu'elle donnait aussi des cours à des femmes illettrées et qu'elle chantait dans la chorale de l'église, tu étais prêt à proposer sa candidature à la sainteté. Ce soir, chaque fois qu'elle contestait une de tes questions ou le ton sur lequel tu t'adressais à elle, tu perdais tes moyens.

Tu avais déjà un préjugé en sa faveur rien qu'en regardant sa photo, mais quand tu l'as vue en chair et en os, tu as perdu toute objectivité.

— Arrête tes conneries !

— Ah bon ? Alors dis-moi pourquoi tu tenais tellement à savoir si elle avait couché avec Benedict. Elle t'a dit deux fois qu'il ne l'avait pas violée ni forcée à coucher avec lui, mais ça ne te suffisait pas. Pourquoi diable ne lui as-tu pas demandé tout bonnement si elle lui avait permis de la *baiser ?* Bordel, fit-il avec dédain, je n'en ai pas cru mes oreilles quand tu as voulu lui faire décrire les draps de son lit à lui, pour que nous retrouvions la trace du fabricant et le propriétaire de sa planque !

Richardson lui jeta un regard gêné.

— Etait-ce évident à ce point ? demanda-t-il en ouvrant sa portière. Tu crois que sa famille l'a remarqué ?

Ingram sortit à son tour.

— Bien sûr qu'ils l'ont remarqué, fit-il, méprisant. Cette gentille Mme Mathison avait envie de t'étouffer avec ses cookies. Paul, réfléchis. Julie Mathison n'est pas un ange, elle a un dossier de délinquance juvénile...

— Ça, nous ne l'aurions pas su si on n'en avait pas laissé traîner un exemplaire qui aurait dû être détruit il y a bien des années dans les archives de l'Assistance publique de l'Illinois, l'interrompit Paul. De plus, si tu veux savoir la vérité qui se cache derrière cette petite délinquance, appelle le Dr Theresa Wilmer à Chicago, comme je l'ai fait, et tu verras que cette psy t'enverra chier. Elle pensait — et pense toujours — que Julie est quelqu'un de très bien et l'a toujours été. Sois honnête, Dave, ajouta-t-il tandis qu'il remontait côté à côte l'allée qui menait aux chambres, est-ce que tu as jamais vu d'aussi jolis yeux que ceux de Julie Mathison ?

— Oui, dit-il avec un rictus, ceux de Bambi.

— Bambi est un faon, et il a les yeux bruns. Les siens sont bleus, comme un cristal translucide. Ma petite sœur avait une poupée avec des yeux comme ça.

— Mais écoutez-moi ça ! explosa Ingram de sa voix grave. On croit rêver !

— Du calme ! soupira Paul en glissant les doigts dans ses cheveux. Si tu as raison, si elle a aidé Benedict à s'évader ou si elle nous donne la moindre raison de croire qu'elle nous cache quelque chose, je serai le premier à lui lire ses droits avant de la coffrer, et tu le sais.

— Oui, dit Ingram en insérant sa clé dans la serrure, puis il ouvrit sa porte en même temps que Richardson. Paul ?

Paul recula.

— Oui ?

— Que feras-tu si son seul crime, c'est d'avoir couché avec Benedict ?

— Je retrouverai ce salopard et je le descendrai pour l'avoir séduite.

— Et si elle est aussi innocente de ça que de collusion avec lui ?

Paul esquissa un sourire.

— Dans ce cas, je ferais mieux trouver un cœur qui lui conviendra et de me le faire greffer. Tu as vu comme elle me regardait tout à l'heure, Dave ? C'était presque comme si elle me connaissait, comme si nous nous connaissions. Et que nous nous aimions bien.

— Dans tout Dallas il y a des femmes qui te connaissent au sens biblique du terme et elles aiment toutes ta grosse...

— Tu es jaloux parce que cette superbe blonde qui avait épousé son frère ne t'a même pas jeté un regard quand elle est venue à la maison, l'interrompit Richardson avec un grand sourire.

— Pour une petite ville minable, reconnut Ingram à contrecœur, il y a des femmes très originales. Dommage qu'il n'y ait pas de motel correct !

45

— Je ne pense pas que nous soyons obligés d'en faire autant, simplement pour avoir la paix et un peu d'intimité ! hurla Julie, exaspérée.

Ted venait d'allumer le gyrophare et la sirène de sa voiture de patrouille et appuyait sur le champignon, s'éloignant sur les chapeaux de roue de la maison de ses parents sous la banière tendue au-dessus de la rue principale où il était écrit : BIENVENUE JULIE, avec la presse aux trousses.

— Comment vais-je donner mes cours quand je retournerai à l'école lundi ? Quand je suis rentrée aujourd'hui, les journalistes m'ont sauté dessus avant que je puisse pénétrer dans la maison. Le téléphone n'arrêtait pas de sonner. Flossie et Ada Eldridge sont aux anges avec tout ce remue-ménage chez les voisins. Ça doit en faire des ragots ! ajouta-t-elle d'un air las.

— Tu es de retour depuis douze heures et tu n'as pas fait de déclaration, dit Ted en surveillant les véhicules qui le suivaient dans son rétroviseur.

Douze heures, songea Julie. Douze heures et pas un instant pour penser à Zack, pour passer en revue ses souvenirs doux-amers, pour reprendre des forces, pour remettre un peu d'ordre dans ses idées. Elle avait mal dormi et, dès son lever, les agents du FBI attendaient dans le salon pour la questionner, et cela avait duré encore deux heures. Katherine avait téléphoné à Julie pour lui proposer de lui rendre visite, et ils étaient en chemin à présent, mais elle avait le sentiment désagréable que Ted et Carl avaient tous deux l'intention de lui poser chez Katherine des questions qu'ils n'avaient pas voulu aborder devant leurs parents.

— Tu ne peux pas nous débarrasser de ces journalistes ? fit-elle, furibarde. Il doit y en avoir une centaine, et ils troublent certainement l'ordre public.

— D'après le maire, ils arrivent par fournées entières au tribunal, maintenant que l'on sait que tu es de retour, et ils exigent une déclaration de ta part. Ils profitent à fond de la liberté que leur confère le Premier Amendement, mais que je sache, ils ne troublent pas l'ordre public.

Julie se tourna sur son siège et vit que la plupart des voitures qui les suivaient allaient à la même allure que Ted.

— Gare-toi et flanque à toute la bande une contravention pour excès de vitesse. Nous faisons du cent quarante à l'heure et eux aussi. Ted, ajouta-t-elle, soudain vidée de son énergie, je ne sais pas comment je vais rester saine d'esprit si tous ces gens ne me laissent pas tranquille.

— Si tu veux passer la nuit chez Katherine, dit-il en jetant un coup d'œil dans le rétroviseur, tu auras tout le temps de dormir là-bas, quand Carl et moi nous aurons entendu ce que tu as à nous dire.

— Si vous vous êtes mis en tête de m'interroger à votre tour, fit Julie en tremblant, je te préviens, je ne marche pas !

— Oh si, parce que tu es dans la merde jusqu'au cou, ma belle ! dit-il d'un ton abrupt auquel elle n'était guère accoutumée. Je le sais et Carl aussi. Tout comme Ingram et Richardson, sans doute. J'ai décidé d'avoir cette petite conversation chez Katherine parce qu'il se trouve qu'elle habite dans la seule maison de Keaton qui possède un portail électrique et une clôture élevée pour tenir nos amis à distance.

Tout en parlant, il prit un virage, freina, braqua violemment le volant et s'engagea dans la voie privée des Cahill. Puis il fonça entre les arbres vers le portail qui s'ouvrait déjà devant lui, contrôlé depuis la maison par une caméra. Derrière eux, les véhicules bourrés de journalistes continuèrent leur chemin après le tournant, mais Julie était trop désorientée par l'attitude de Ted pour éprouver le moindre soulagement. La Blazer de Carl était déjà garée dans l'allée circulaire devant l'immense demeure de brique des Cahill mais, quand Julie voulut sortir, Ted la retint par le bras.

— Mieux vaut que nous ayons d'abord une petite conversation en privé.

Il se tourna vers elle et tendit le bras sur le dossier de son siège.

— Comme je suis ton avocat, je ne suis pas contraint de répéter tout ce que tu me dis. Carl ne possède pas la même immunité et Katherine encore moins.

— Avocat ? Tu as été reçu à tes examens ?

— Je n'en sais rien encore, fit-il sèchement. Supposons que je le sois et considérons l'absence de notification comme un détail technique pour l'instant.

Julie fut parcourue d'un frisson qui n'avait rien à voir avec le fait qu'il avait éteint le moteur.

— Je n'ai pas besoin d'avocat.

— Je pense que si.

— Pourquoi ?

— Parce que tu n'as pas dit toute la vérité hier soir. Tu es une piètre menteuse, Julie, sans doute à cause de ton inexpérience en la matière. Cesse de me regarder de ton œil noir. J'essaie de t'aider.

Julie remonta ses mains nues dans les manches de sa veste doublée de mouton pour les réchauffer.

— Raconte, lui ordonna-t-il, ce que tu n'as pas dit au FBI !

Elle l'aimait tant et depuis si longtemps qu'elle redoutait de lire sa désapprobation sur ses traits, mais elle releva le menton et soutint son regard.

— Tu me donnes ta parole d'honneur que tu ne répéteras à personne ce que je vais te dire ?

— Tu es dans de plus sales draps que je ne le pensais, n'est-ce pas ?

— Je ne sais pas à quoi tu pensais, Ted. Est-ce que j'ai ta parole, oui ou non ?

— Bien sûr que tu as ma parole ! répondit-il. J'irais jusqu'en enfer pour toi, Julie, tu le sais bien. Carl aussi.

Julie, qui essayait de dominer le déchirement que faisait naître ses paroles, se souvint du vœu qu'elle avait fait de ne plus verser de larmes et inspira par saccades.

— Merci.

— Ne me remercie pas, parle, c'est tout ! Quels mensonges as-tu raconté au FBI hier soir ?

— On ne m'a pas bandé les yeux. Je sais où se trouve cette maison du Colorado.

Elle vit qu'il faisait un effort surhumain pour ne rien laisser transparaître de sa réaction.

— Quoi d'autre ?

— C'est tout.

— Hein ?

— C'est le seul mensonge que j'aie fait.

— Alors sur quoi as-tu menti par omission ? De quoi n'as-tu pas parlé ?

— De choses qui ne regardent que moi.

— Ne joue pas à ce petit jeu avec ton avocat ! De quoi n'as-tu pas parlé ? Il faut que je le sache, soit pour te protéger, soit pour trouver un avocat confirmé pour le faire si cela dépasse mes compétences.

— Tu veux savoir si j'ai couché avec lui ? répliqua Julie, alors que l'épuisement et la tension se muaient brutalement en colère. Parce que si c'est ça, ne joue pas avec moi au même sale petit jeu que Richardson. Demande-le franchement.

— Ne débine pas Richardson, répliqua Ted. Si Ingram ne t'a pas encore lu les droits des suspects, c'est uniquement grâce à lui. Ingram sait que tu caches quelque chose, beaucoup de choses peut-être, mais Richardson, tu l'éblouis tellement que tu le mènes par le bout du nez.

— Richardson est grossier !

— Et toi, tu oublies l'effet que tu produis sur les hommes ! Richardson est *frustré*, déclara Ted d'un ton catégorique, et amoureux fou. Pauvre type !

— Merci, fit-elle d'un air pincé.

— Allons-nous poursuivre cette discussion digne de

deux adolescents ou bien vas-tu me dire ce que tu as encore caché au FBI ?

— T'est-il venu à l'esprit que j'ai peut-être droit à un peu d'intimité et de dignité...

— Si tu veux qu'on te respecte, ne va pas te coller avec des criminels évadés.

Ce fut pour Julie comme un coup de poing à l'estomac. Sans un mot, elle sortit de la voiture et claqua la porte. Elle allait appuyer sur la sonnette quand Ted lui retint brutalement le bras.

— A quoi joues-tu, bon sang ?

— Je t'ai déjà dit le seul mensonge qui puisse me mettre juridiquement dans le pétrin, dit Julie en écrasant la sonnette. Et maintenant je vais vous révéler à tous les deux ce que vous *mourez* d'envie de savoir. Ensuite je n'aurai plus rien à dire.

Carl ouvrit la porte et Julie passa devant lui d'un pas martial pour entrer dans le vestibule dallé, puis elle fit volte-face. Sans prêter attention à Katherine qui était encore dans l'escalier, elle jeta un regard mauvais à un Carl sidéré et déclara d'un ton acide :

— D'après Ted, vous pensez que j'ai menti sur toute la ligne. Il m'a dit aussi que, si je voulais un peu de dignité et d'intimité, je n'avais qu'à ne pas me « coller » avec des évadés de prison, et je suis certaine qu'il a raison ! Alors voilà la vérité : J'ai déclaré au FBI que Zack n'avait abusé de moi d'aucune manière, et c'est vrai ! Il a risqué sa vie pour sauver la mienne et même vous, qui le méprisez manifestement, ne pouvez transformer ça en « violence physique ». Il ne m'a fait aucun mal. Il ne m'a pas violée. J'ai *couché* avec lui. J'ai couché avec lui et j'aurais continué à coucher avec lui le reste de ma vie s'il l'avait voulu ! Vous êtes satisfaits maintenant ? Ça vous suffit ? Je l'espère, parce que c'est tout ! Je ne sais pas où est Zack ! Je ne sais pas où il va ! J'aimerais tant...

Carl l'attira dans ses bras et jeta un regard noir à Ted.

— Mais qu'est-ce qui t'a pris de la mettre dans un état pareil ?

Ted était tellement abasourdi qu'il se tourna vers son ex-femme pour chercher du soutien, mais Katherine se contenta de hocher la tête.

— Ted sait si bien faire pleurer les femmes qui l'aiment, dit-elle. Il n'en a pas vraiment l'intention, mais il ne peut pas tolérer que l'on ne se plie pas à sa loi. C'est pour cela qu'il est flic et c'est pour cela qu'il va devenir avocat. Il aime les règles. Il adore les règles ! Julie, fit-elle en lui prenant le bras, viens avec moi dans la bibliothèque. Tu es exténuée, ce qu'aucun de tes frères ne semble voir.

Ted, qui les suivait, fusilla Carl du regard.

— Je ne voulais pas la bouleverser. Je lui ai simplement demandé de ne rien me cacher !

— Tu aurais pu faire preuve d'un peu plus de tact au lieu d'exiger des réponses et de la traiter comme une traînée ! lança Carl d'un ton cinglant en pénétrant dans la bibliothèque, avec Ted à ses côtés.

Julie s'écroula dans un fauteuil, ahurie d'avoir déclenché une querelle de famille sans précédent, Katherine n'étant pas la moins véhémente.

— Vous avez tous les deux beaucoup de culot de fouiner dans la vie de Julie et de vous ériger en juges, déclara cette dernière, qui se dirigea d'un pas furieux vers un meuble à alcools en acajou, puis versa du vin dans quatre verres. Quelle hypocrisie monumentale ! Elle vous considère peut-être comme des saints parce que c'est ce visage-là que vous lui avez toujours montré, mais moi, je vous connais.

Elle prit le verre de Julie et le sien, mais laissa les deux autres sur le meuble.

— Ted, tu m'as déshabillée dans cette pièce avant même notre premier rendez-vous, et je n'avais que dix-neuf ans !

Julie accepta machinalement le verre qu'on lui tendait, tandis que Katherine pointait le doigt vers le Chesterfield bordeaux.

— Tu m'as déshabillée, lui rappela-t-elle avec indignation, et tu m'as fait l'amour sur ce sofa ! Si mes souvenirs sont exacts, tu étais à la fois surpris et enchanté que je sois encore vierge. Une heure plus tard, tu m'as refait l'amour dans la piscine et puis encore....

— Je me souviens ! aboya Ted, qui se dirigea au pas

de charge vers le meuble à alcools et saisit les deux autres verres.

Il en planta un dans la main de Carl.

— Si je ne me trompe, tu vas en avoir besoin dans une dizaine de secondes, lui dit-il.

A ce moment-là, Katherine lui montra qu'il avait vu juste et se tourna vers son malheureux frère aîné.

— Quant à toi, Carl, tu es loin d'être un saint ! Avant de te marier, tu as couché avec...

— Laisse ma femme en dehors de tout ça, la menaça-t-il.

— Je n'allais pas parler de Sara, enchaîna Katherine avec une froide ironie. Je pensais à Ellen Richter et à Lisa Bartlesman, la dernière année de lycée, et puis il y a eu Kaye Sommerfeld, à dix-neuf ans, et puis...

— Arrêtez ! s'écria Julie, horrifiée mais, comme elle riait, tous se tournèrent vers elle. Je vous en supplie, ajouta-t-elle, partagée entre l'amusement et l'épuisement total, arrêtez ! Ce soir, nous avons perdu toutes les illusions que nous nous faisions les uns sur les autres.

Ted se tourna vers Katherine et leva son verre pour porter un toast railleur.

— Comme d'habitude, Katherine, tu as réussi à plonger tout le monde dans l'embarras par tes critiques, en restant toi-même au-dessus de tout reproche.

L'hostilité de Katherine se dissipait peu à peu.

— En fait, c'est moi qui devrais avoir le plus honte.

— Parce que tu t'es abaissée à coucher avec moi, je suppose ? fit Ted avec une indifférence lasse.

— Non, dit-elle calmement.

— Alors pourquoi ? demanda-t-il.

— Tu connais la réponse.

— Ce n'est quand même pas parce que notre mariage a été un échec ? railla-t-il.

— Non, mais parce qu'il a échoué *à cause de moi.*

— Alors pourquoi diable traînes-tu encore à Keaton ? rétorqua-t-il.

Katherine enfonça un tire-bouchon dans une deuxième bouteille de chardonnay.

— D'après Spencer, j'éprouve inconsciemment le besoin de revenir ici avant de l'épouser pour affronter l'opprobre que m'a valu ma fuite alors que notre couple allait à vau-l'eau. D'après lui, c'est le seul moyen que j'aie de me respecter à nouveau.

— Spencer est un connard, déclara Ted avec dédain.

A son grand étonnement, sa fougueuse ex-femme éclata d'un rire contagieux et leva son verre vers lui.

— Qu'y a-t-il de si drôle ? demanda-t-il.

— Spencer, lui expliqua Katherine d'un ton mal assuré, m'a toujours fait penser à toi...

Julie posa le verre de vin auquel elle n'avait pas touché et se leva.

— Vous allez devoir vous disputer sans moi comme arbitre. Je vais au lit. Il *faut* que je dorme.

46

Après avoir enfilé le peignoir que Katherine lui avait prêté, Julie descendit tranquillement et trouva son amie dans la bibliothèque, devant les informations de dix heures.

— Je ne m'attendais pas à te voir avant demain matin, dit Katherine, qui se leva avec un sourire surpris. Je t'ai quand même préparé un plateau pour le dîner. Je vais le chercher.

— Y a-t-il des nouvelles importantes ? demanda Julie, qui ne put masquer son appréhension.

— Rien sur Zachary Benedict, lui assura Katherine. C'est toi qui fais la une de tous les bulletins régionaux et nationaux... Enfin ton retour de captivité, apparemment saine et sauve, je veux dire.

Quand Julie haussa les épaules, Katherine lui mit les mains sur les hanches et la taquina :

— Est-ce que tu te rends compte que tu es devenue une célébrité ?

— Une personnalité, tu veux dire, plaisanta Julie qui retrouvait avec joie leur bavardage amical et se sentait beaucoup mieux qu'elle ne l'avait été depuis deux jours.

— J'ai gardé tout ça pour toi, dit Katherine en désignant de la tête une pile de journaux et de magazines, au cas où tu voudrais te faire un album ou quelque chose comme ça. Jettes-y un coup d'œil pendant je vais chercher ton plateau, à moins que tu ne les aies déjà lus ?

— Je n'ai pas vu un journal ni un magazine depuis

une semaine, répondit Julie, qui prit celui de dessus et le retourna pour voir la couverture.

— Oh mon Dieu ! s'exclama-t-elle, partagée entre la colère et l'envie de rire devant son propre visage sur la couverture de *Newsweek*, sous un gros titre abominable : « Julie Mathison — Partenaire ou simple pion ? » Elle rejeta la revue et parcourut le reste de la pile, étonnée de voir sa photo reproduite sur des dizaines de magazines et de quotidiens.

Katherine revint avec un plateau, qu'elle posa sur la table devant elle.

— Toute la ville a pris ton parti, dit Katherine en jetant un bref coup d'œil à la couverture de *Newsweek*. Addleson, le maire, a écrit un éditorial pour la *Gazette de Keaton*, pour rappeler à tout un chacun que, quoi qu'en dise la presse des grandes villes, nous te connaissions ici et nous savions que tu ne te « lierais jamais d'amitié » avec un criminel comme Zachary Benedict. Je crois que c'étaient ses mots exacts.

Le sourire de Julie vacilla un peu, et elle reposa le journal.

— Mais tu es plus au courant que lui. Comme tu m'as entendu le dire à Carl, je me suis « liée d'amitié » avec lui.

— Est-ce que tu veux me parler... de lui ?

Julie la regarda et se rappela les confidences échangées pendant des années. Elles avaient le même âge et étaient presque devenues amies le jour où Ted les avait présentées l'une à l'autre. Quand Ted et Katherine s'étaient séparés, elle avait repris ses études, puis elle s'était installée à Dallas. Jusqu'à présent, elle avait catégoriquement refusé de retourner à Keaton, mais Julie lui avait souvent rendu visite. Cette grande amitié qui avait surgi instantanément avait résisté au temps et à la séparation. Elle était aussi vivante et naturelle que jamais.

— J'ai *besoin* d'en parler, admit Julie après une pause. Peut-être qu'alors je pourrai l'oublier et penser de nouveau à l'avenir. Je ne sais même pas par où commencer, ajouta-t-elle en levant les mains au ciel.

Katherine se pelotonna sur le sofa comme si elle avait tout son temps.

— A quoi ressemble Zachary Benedict dans la vie ? lui proposa-t-elle en guise d'introduction.

— A quoi ressemble-t-il ? fit Julie, rêveuse, en tirant un plaid sur ses genoux.

Elle fixa longuement l'épaule de Katherine, le regard dans le vague, en cherchant comment décrire Zack.

— Il est dur, Katherine, dit-elle. Très dur. Mais il est doux aussi. Parfois la douceur de ses mots et de ses gestes me faisait mal.

Elle se tut à nouveau, puis décida de lui donner des exemples.

— Les deux premiers jours, je pensais vraiment qu'il me tuerait si je le défiais. Le troisième jour, j'ai réussi à m'échapper sur une autoneige que j'avais trouvée dans le garage...

Trois heures plus tard, Julie avait tout raconté à Katherine. Cette dernière l'avait écoutée avec la plus grande attention, ne l'interrompant que pour lui demander des éclaircissements, riant de la drôlerie de certains épisodes, de la bataille de boules de neige notamment, éberluée de la jalousie de Zack à l'égard de Patrick Swayze, fronçant les sourcils de temps à autre.

— Quelle histoire ! s'écria-t-elle quand Julie eut terminé. Si toute autre que toi me racontait ça, je n'en croirais pas un mot. T'ai-je jamais dit que j'avais autrefois le béguin pour Zachary Benedict ? Ensuite je l'ai tout bonnement pris pour un assassin. Mais maintenant...

Elle s'interrompit, comme si elle ne trouvait pas les mots justes pour exprimer sa pensée.

— Pas étonnant que tu n'arrives pas à le chasser de ton esprit, conclut-elle. Cette histoire n'a pas de fin, elle reste en suspens, inachevée. S'il est innocent, elle devrait se terminer bien, par la condamnation du véritable meurtrier. Le héros n'est pas censé passer le reste de son existence comme un animal traqué.

— Malheureusement, dit sombrement Julie, nous sommes dans la vie réelle, pas au cinéma, et cette histoire se terminera comme ça.

— C'est tout de même une très mauvaise fin, insista Katherine. Et c'est tout ? Hier, à l'aube, vous vous êtes levés tous les deux, il t'a accompagnée jusqu'à la voiture et tu es partie ? reprit Katherine, répétant les propos de son amie. Juste comme ça ?

— J'aurais aimé que ce soit « juste comme ça » ! reconnut Julit d'un air malheureux. C'était ce que souhaitait Zack et je le savais. Hélas ! ajouta-t-elle en s'efforçant de conserver une voix posée. Je n'y suis pas arrivée. Non seulement je me suis mise à pleurer et, ce qui nous a rendu les choses plus difficiles, je lui ai dit que je l'aimais. Il n'avait pas envie de l'entendre, cela m'avait déjà échappé la veille, et il avait fait la sourde oreille. Je me suis abaissée en lui avouant que je l'aimais, et par-dessus le marché, il...il...

La honte l'empêchait de terminer sa phrase.

— Qu'a-t-il fait ? demanda doucement Katherine.

— Il a souri comme sourit un adulte devant un enfant qui ne veut pas entendre raison et m'a déclaré qu'il ne m'aimait pas, que, si je l'avais cru, c'était uniquement parce que je ne savais pas distinguer entre l'amour et le sexe. Puis il m'a dit de rentrer chez les miens et de l'oublier. Ce qui est bien ce que j'ai l'intention de faire.

Ebahie, Katherine plissa le front.

— Quelle étrange attitude, étrange et moche ! fit-elle d'un ton abrupt. Surtout pour l'homme dont tu viens de me brosser le portrait !

— C'est aussi ce que j'ai trouvé, d'autant plus que j'étais presque certaine de ne pas lui être indifférente. Parfois, il y avait une lueur dans ses yeux, comme s'il...

Elle se tut brusquement, dégoûtée de sa propre crédulité.

— Si je pouvais me retrouver hier matin et tout recommencer, dit-elle, furieuse, je ferais comme si j'étais parfaitement heureuse de m'en aller. Je le remercierais pour cette grande aventure, puis je le planterais là ! C'est ce que j'aurais dû...

La scène lui revint en mémoire, et elle fit lentement non de la tête, car elle venait de comprendre une chose qui lui redonnait courage.

— Ç'aurait été très mal et très bête ! dit-elle à voix haute.

— Pourquoi ? Tu as ton amour-propre, fit remarquer Katherine.

— Oui mais, toute ma vie, j'aurais cru qu'il m'aimait aussi et que, si nous nous l'étions mutuellement avoué, j'aurais peut-être réussi à le persuader de me garder auprès de lui pour chercher le véritable assassin. A la fin, conclut tranquillement Julie, je m'en serais voulu de ne pas lui avoir redit que je l'aimais, de ne pas avoir essayé de changer la fin de notre histoire. C'est dur de savoir que Zack ne m'aimait pas, et ça fait mal, mais autrement j'aurais souffert beaucoup plus et beaucoup plus longtemps.

Katherine la fixa d'un air ébahi.

— Julie, tu me sidères. Tu as raison sur toute la ligne, mais, si j'étais à ta place, il m'aurait fallu des années pour être aussi objective. Si on pense à ce que cet homme a fait... il t'a enlevée, séduite après que tu lui as sauvé la vie, il t'a déflorée et, quand tu lui as dit que tu l'aimais, il te répond avec une incroyable désinvolture et il te renvoie chez toi affronter le FBI et les médias toute seule. De tous les grossiers personnages, les sans-cœur...

— Je t'en prie, ne te lance pas là-dedans, dit Julie, en levant la main. Sinon je vais de nouveau me mettre en colère et perdre toute mon « objectivité ». Et puis, ajouta-t-elle, il ne m'a pas séduite.

— D'après ce que tu viens de me raconter, il est évident qu'il t'a séduite avec son charme vingt-quatre carats.

Julie tourna le regard vers l'âtre vide et hocha la tête.

— J'avais envie de me laisser séduire. Je *le* voulais tellement, *lui*.

— S'il t'avait dit qu'il t'aimait, reprit Katherine, aurais-tu vraiment tourné le dos à ta famille, à ton métier, à tout ce en quoi tu crois, pour te cacher avec lui, s'il te l'avait demandé ?

— Oui, répondit Julie en soutenant le regard de Katherine.

— Mais tu serais devenue sa complice !

— Je ne crois pas que l'on puisse poursuivre en justice une femme qui soutient son mari.

— Mon Dieu ! s'écria Katherine, suffoquée. Mais c'est très sérieux ! Tu l'aurais *épousé* !

— Tu es bien placée pour me comprendre, répliqua Julie d'un ton plein de sous-entendus.

— Qu'est-ce que tu entends par là ?

Julie l'observa avec un sourire triste.

— Tu le sais, Katherine. Maintenant c'est à toi de te confesser.

— A quel sujet ?

— Ted, précisa Julie. Cela fait un an que tu me répètes que tu veux que Ted t'écoute parce qu'il y a des choses que tu dois lui faire comprendre. Pourtant, ce soir, tu as eu la faiblesse d'accepter sans sourciller les remarques injustes, méchantes, qu'il a faites. Pourquoi ?

47

Katherine se tortillait, mal à l'aise sous le regard calme de Julie, puis elle saisit nerveusement la théière sur le plateau et se versa une tasse de thé tiède. Quand elle porta sa tasse à ses lèvres, sa main trembla légèrement, ce qui n'échappa pas à Julie.

— J'ai accepté qu'il me traite ainsi parce que je le mérite, étant donné mon comportement du temps que nous étions mariés.

— Ce n'était pas ce que tu pensais il y a trois ans, quand tu as demandé le divorce, lui rappela Julie. A cette époque-là, tu le trouvais égoïste, sans cœur, exigeant, autoritaire, et des tas d'autres choses.

— Il y a trois ans, répondit tristement Katherine, j'étais une enfant gâtée mariée à un homme dont le seul véritable crime était d'attendre que je me comporte comme sa femme, pas comme une gosse déraisonnable. Tout le monde savait à Keaton, sauf toi, que je n'étais qu'un pâle ersatz d'épouse. Tu étais trop loyale envers ta meilleure amie pour voir ce qui crevait les yeux, et je n'avais pas la maturité ou le courage d'affronter la vérité. Ted la connaissait, mais il était trop bien élevé pour détruire ton amitié et ta confiance en moi en t'apprenant ce que j'étais vraiment. En fait, l'une des rares choses sur lesquelles nous soyons tombés d'accord, c'était que tu ne devais rien savoir de nos problèmes.

— Katherine, l'interrompit doucement Julie, tu es encore amoureuse de lui, n'est-ce pas ?

Tout le corps de Katherine se tendit, puis elle baissa les yeux vers l'énorme diamant en forme de poire qui scintillait à sa main gauche et le fit tourner, sans la regarder en face.

— Il y a une semaine, avant que ta disparition n'oblige Ted à m'adresser la parole, j'aurais répondu non à cette question, fit-elle avec un rire triste.

— Et maintenant ?

Katherine inspira longuement et leva les yeux vers elle.

— Comme tu l'as dit si éloquemment de Zachary Benedict ce soir, je coucherais avec ton frère le reste de mon existence... si seulement il me le redemandait.

— Si tu es dans cet état d'esprit, comment expliques-tu le fait que tu portes encore la bague de fiançailles d'un autre ?

— En fait, on me l'a simplement prêtée.

— Comment ?

— J'ai rompu mes fiançailles hier, mais Spencer m'a demandé de ne pas l'annoncer officiellement avant deux ou trois semaines. Selon lui, ce n'est qu'une réaction excessive à de vieux souvenirs sentimentaux qui surgissent quand je revois Ted.

Julie lui sourit en réprimant une envie de sauter de joie à l'idée qu'elle ait rompu ses fiançailles.

— Comment as-tu l'intention de récupérer Ted ? Ce ne sera pas facile. Il a changé depuis votre divorce. Il est toujours dévoué à sa famille, mais il ne rit plus que rarement, il est devenu distant... comme s'il y avait une muraille autour de lui et qu'il ne laissait personne la franchir, pas même Carl ou moi. La seule chose qui l'intéresse vraiment en ce moment, c'est de passer ses examens de droit, de s'inscrire au barreau et d'ouvrir son propre cabinet.

Elle se tut, cherchant comment formuler ce qu'elle avait sur le cœur, puis décida de s'en tenir à la vérité toute nue.

— Il ne t'aime pas trop, Katherine. Parfois, c'est presque comme s'il te détestait vraiment.

— Tu l'as remarqué, toi aussi ? fit Katherine en guise

de plaisanterie, mais sa voix tremblait un peu. Il a de bonnes raisons de me haïr.

— Je n'en crois rien. Il arrive que deux personnes merveilleuses ne parviennent pas à s'entendre, et ce n'est la faute de personne. Ça arrive souvent.

— Ne me blanchis pas alors que je viens enfin d'avoir le courage de t'avouer l'horrible vérité, fit-elle. Que ce divorce est entièrement ma faute. J'aimais Ted quand j'étais sa femme, mais j'étais tellement gâtée, tellement immature que je ne comprenais pas qu'aimer quelqu'un exige que l'on fasse quelques sacrifices pour lui. Ça a l'air bizarre, mais je croyais vraiment que j'avais le droit de m'attacher Ted par les liens du mariage, puis de reprendre mon indépendance et mon insouciance pendant quelques années... jusqu'à ce que je sois prête à me fixer avec lui. Pour te donner un exemple, poursuivit-elle — et le dégoût qu'elle avait d'elle-même se reflétait dans sa voix —, un mois après notre mariage, je me suis rendu compte que tous mes amis retournaient à l'université à l'automne, et pas moi. Alors je me suis prise pour une martyre parce que je n'avais que vingt ans, que je me retrouvais déjà pieds et poings liés et que j'allais rater la rentrée universitaire. Ted avait économisé assez d'argent en tant que shérif-adjoint pour faire des études et payer mes droits d'inscription. Il m'a donc fait une proposition parfaitement raisonnable : nous programmerions nos cours les mêmes jours et nous irions à Dallas ensemble. Mais ce n'était pas assez bien pour moi. Tu vois, je voulais retourner dans l'Est, vivre à l'internat avec mes copines et passer l'été et les vacances avec mon mari.

Julie s'efforça de ne pas montrer l'étonnement que suscitait en elle un arrangement conjugal aussi injuste, mais Katherine était beaucoup trop occupée à battre sa coulpe pour remarquer quoi que ce fût.

— Ted m'a fait observer qu'une telle vie de couple ne serait guère pratique, ajoutant que, même s'il acceptait de vivre ainsi, il ne pouvait pas se permettre de m'envoyer à Brookline. Alors je suis rentrée en courant chez papa pour quémander de l'argent, bien que Ted m'ait bien fait comprendre que, si je l'épousais, il ne lui demanderait jamais d'aide financière. Evidemment, Papa a dit à Ted qu'il serait ravi de régler toutes mes dépenses à Brookline, mais Ted a refusé, ce qui m'a mise en rage. A partir de ce jour, j'ai exercé des représailles en refusant de lever le petit doigt à la maison. Je ne lui ai plus préparé un seul repas, je n'ai plus lavé son linge. C'était lui qui faisait la cuisine, les courses, et il portait notre linge chez Kealing's, ce qui a fait jaser toute la ville sur mes méfaits. Malgré cela, poursuivit Katherine en regardant Julie droit dans les yeux, il n'a jamais perdu l'espoir que je me conduise en adulte. Il se sentait coupable, tu vois, de m'avoir épousée si jeune, sans me laisser vivre. De toute façon, la seule tâche que j'ai remplie durant la première année de notre mariage, c'était de faire l'amour, ce qui, ajouta-t-elle avec un sourire, avec ton frère, n'a rien d'une corvée.

Katherine se tut si longuement que Julie se demanda si elle allait continuer, puis elle inspira, le souffle entrecoupé.

— Au bout de quelque temps, papa, qui me savait malheureuse parce que je me plaignais sans cesse auprès de lui, s'est dit que, si j'avais une superbe maison, je serais plus heureuse. J'étais assez puérile pour que l'idée de jouer à l'hôtesse dans une magnifique demeure à moi avec une piscine et un tennis me séduise, mais papa était soucieux, car Ted se montrait inflexible et ne voulait accepter aucune aide financière. Moi, de mon côté, je croyais bêtement que, si nous mettions Ted devant le fait accompli, il n'aurait plus rien à dire. Papa m'a donc acheté un terrain à Wilson's Ridge, et nous avons secrètement rencontré un architecte qui a fait les plans de ma maison. Tout me plaisait, j'avais prévu chaque détail, chaque placard, chaque meuble de rangement. Je m'étais même remise à préparer les repas de Ted et à laver son linge. Il se disait que je m'étais enfin décidée à tenir mon rôle d'épouse. Et il était ravi de me voir heureuse, bien qu'il n'en connût pas la raison. Il était persuadé que mes parents faisaient construire la maison de Wilson's Ridge pour eux, qu'ils voulaient un endroit plus petit. C'était ce que je lui avais fait croire. En fait, c'était ce que croyait tout Keaton.

Cette fois, Julie ne parvint pas à dissimuler sa surprise. C'était une maison gigantesque que celle de Wilson's Ridge, superbe... avec une piscine et un tennis.

— Eh oui ! fit Katherine en remarquant sa réaction. La maison dans laquelle vivent le Dr Delorik et sa femme était censée me revenir.

— Que s'est-il passé ?

— Quand la maison a été presque terminée, papa et moi y avons emmené Ted, et papa lui a tendu la clé. Comme tu l'imagines, ajouta-t-elle en frissonnant légèrement, Ted était furieux. Il a dit poliment à mon père de trouver quelqu'un qui puisse s'offrir le luxe de vivre là et d'entretenir la maison, et il nous a plantés là.

Comme cela n'avait dû se produire que quelques mois avant qu'ils ne demandent le divorce, Julie imagina naturellement que ce refus de Ted avait porté le coup de grâce à leur couple.

— Et cela a engendré d'autres disputes qui ont abouti à votre séparation, conclut-elle.

— Non. Je me suis contentée de chasser Ted de notre lit, mais il était déjà trop tard.

— Qu'est-ce que tu entends par là ?

Katherine se mordit la lèvre et baissa la tête.

— Quelques jours auparavant, juste avant que nous fassions chambre à part, j'avais fait une mauvaise chute de cheval, tu te souviens ?

— Bien sûr, dit Julie. Tu t'étais cassé le bras.

— Ce jour-là, j'ai aussi brisé mon ménage et le cœur de mon mari. (Elle inspira longuement, leva vers Julie des yeux embués de larmes.) J'étais enceinte, Julie. Je m'en suis rendu compte après qu'il a refusé les clés de cette maison de Wilson's Ridge. Enceinte et furieuse contre Ted qui m'avait aussi refusé la jolie nursery, furieuse surtout parce qu'il était en train d'obtenir ce dont il avait très envie... un bébé. Je suis montée à cheval le lendemain, bien que Ted me l'ait déconseillé et je ne me suis pas contentée de trottiner gentiment. Je galopais le long de la rivière et je sautais des haies quand mon cheval est tombé.

— Et tu as perdu l'enfant.

Katherine acquiesça.

— Ted n'avait pas seulement le cœur brisé, il était... enragé. Il était persuadé que je l'avais fait exprès pour faire une fausse-couche, ce qui n'était guère surprenant, étant donné mon comportement. Et le plus drôle, dit-elle en clignant des yeux pour refouler ses larmes, c'est que c'était la seule saloperie dont je n'étais pas coupable, du moins pas intentionnellement. J'ai toujours galopé comme une folle quand quelque chose me tracasse. Ensuite je me sens mieux. Le jour où j'ai sorti Tonnerre, je n'ai pas cru un instant que je prenais un tel risque. J'avais franchi avec lui les mêmes obstacles depuis des années et je n'avais jamais eu le moindre problème. Mais le vétérinaire l'avait soigné pour une entorse qui n'était pas encore guérie, ce que j'ignorais. Tu vois, ajouta-t-elle, tremblante, Tonnerre aurait franchi une montagne pour moi et il ne m'a pas montré que son antérieur le faisait souffrir jusqu'à la dernière haie, où il est tombé à genoux. Je me suis retrouvée en partie sous lui. Mon père et moi avons essayé d'expliquer tout cela à Ted, mais il ne nous a pas crus. Après l'affaire de la maison, comment lui en vouloir ? Et puis quelle femme de bon sens, digne du titre d'épouse, aurait pris un tel risque avec le bébé de son mari ? Je n'ai pas décidé de divorcer de Ted, Julie, conclut-elle, honteuse. Quand je suis rentrée de l'hôpital, il avait déjà fait ses valises. Mais il a été galant jusqu'au bout : il m'a laissée demander le divorce. Et il n'a jamais parlé à quiconque de ce bébé, bien que convaincu que je l'avais délibérément perdu. J'ai grandi le jour où j'ai vu ses valises dans l'entrée et que j'ai compris ce que je perdais, mais il était trop tard alors. Tu connais la suite de l'histoire... J'ai repris mes études dans une université de la côte Est, j'ai obtenu mon diplôme, puis je suis allée travailler au musée de Dallas.

Julie s'éclipsa et revint avec une poignée de mouchoirs en papier.

— Je croyais, dit Katherine en se tamponnant les yeux, que tu étais montée boucler ton sac pour fuir ma scandaleuse présence.

— Tu es toujours ma meilleure amie, murmura Julie en la serrant farouchement dans ses bras.

Puis elle s'écarta pour se moucher à son tour.

Au bout de quelques minutes, les deux filles se firent face et, avec un sourire penaud, essuyèrent leurs dernières larmes.

— Quelle gâchis ! s'écria Julie.

Katherine se moucha.

— Quel euphémisme ! Si tu veux mon avis, nous avons toutes les deux besoin de deux bonnes semaines de vacances dans la maison de mes parents à Saint-Barthélemy. Peux-tu plaider l'épuisement après l'épreuve que tu viens de subir et obtenir un petit congé de Duncan ? Nous oublierons les hommes et nous nous ferons dorer au soleil. Qu'en dis-tu ?

Julie ramena ses genoux contre sa poitrine et les entoura de ses bras avant d'y poser le menton.

— J'en dis, décréta-t-elle, que tu ferais mieux de rester ici si tu as l'intention de récupérer Ted avant qu'il ne soit trop tard. Il voit pas mal Grace Halvers, tu es au courant ?

Katherine hocha la tête à l'évocation de la belle rousse.

— M. Kealing me l'a appris quand je lui ai apporté du linge la semaine dernière. Devine ce qu'il a dit en me voyant ? Il m'a regardé comme une propre à rien et il m'a déclaré : « Combien vous faudra-t-il de maris avant de comprendre comment on se sert d'une machine à laver ? Je parie que Grace Halvers n'obligera pas Ted Mathison à laver son linge, à faire les courses et la cuisine, si elle a la chance de l'avoir. Ni Sue Ellen Jury si elle bat Gracie sur le poteau. »

Julie fronça les sourcils, pensive.

— En dépit de ce que je t'ai dit sur Ted et Grace il y a une minute, je ne crois pas que Ted ait *jamais* eu l'intention de se remarier.

Au lieu de rassurer Katherine, cela ne fit qu'accroître son sentiment de culpabilité.

— Ted devrait se marier, même si ce n'est pas avec moi. C'était un mari tendre, sensuel, comme en rêvent toutes les femmes. Ce serait un crime qu'il ne se remarie jamais. Il était impossible de le manipuler, ce qui me rendait folle quand j'étais plus jeune, mais il était si doux.

Quand je lui demandais simplement ce que je voulais, au lieu de l'exiger ou d'essayer de l'obtenir par des cajoleries, il me cédait avec une étonnante bonne volonté. Nous étions peut-être mal assortis de bien des manières, conclut-elle avec une pointe d'émerveillement dans la voix, mais nous sommes tombés amoureux l'un de l'autre en quelques heures. Ce fut comme... comme un embrasement spontané.

— Vous êtes encore comme ça, la taquina Julie pour lui remonter le moral. Après vous avoir vus tous les deux ce soir, je pense qu'on peut affirmer que vous composez encore un mélange hautement explosif. Pauvre Carl, fit-elle en riant. On avait l'impression qu'il cherchait un abri, quand vous vous êtes mis à échanger des piques. Et tu sais quoi ? demanda-t-elle enfin avec un grand sérieux. Pour que Ted réagisse si violemment, même négativement, c'est qu'il éprouve toujours quelque chose pour toi.

— Oui, du mépris, répliqua Katherine, avant d'ajouter tristement : Si Ted ne veut rien m'accorder d'autre avant que je reparte pour Dallas, il faudra que je trouve le moyen d'obtenir son pardon. Je ne sais pas comment... Il me fuit comme la peste.

Julie lui adressa un bref sourire et commença à empiler les assiettes sur le plateau.

— Là, je peux peut-être t'aider. Et si tu me donnais un coup de main, après la classe, avec mes handicapés ? J'ai besoin de bénévoles pour se faire renverser par des fauteuils roulants et pour trébucher dans les béquilles sur le terrain de foot et sur le sol du gymnase.

— Ce n'est pas tout à fait mon rayon, mais ça ne me paraît pas mal, plaisanta Katherine en prenant l'un des plateaux, puis elle accompagna Julie jusqu'à la cuisine. J'accepte ta proposition ! Quelle idée as-tu derrière la tête pour que Ted ne m'évite plus ?

— Celle-là. Ted travaille avec les enfants deux jours par semaine, parfois davantage. Et puis j'ai aussi besoin d'aide pour apprendre à lire à mes dames. Tu n'imagines pas à quel point c'est *gratifiant* !

— Oh, tu m'as tant manqué ! déclara soudainement Katherine. Merci d'avoir nourri notre amitié de tes lettres, de tes coups de fil et de tes visites à Dallas. J'avais tellement envie de te dire la vérité sur notre mariage, mais j'avais toujours peur que tu me détestes.

— Jamais, répliqua Julie.

— Tu es la personne la plus gentille, la plus charmante que je connaisse.

Julie recula et roula les yeux.

— Exact, la taquina-t-elle.

— Vraiment, insista Katherine. J'aurais aimé te ressembler.

— Heureusement que tu n'as pas réussi, dit Julie, dont le visage s'attrista en pensant à Zack. Si tu étais comme moi, tu aurais assommé Ted ce soir en lui avouant que tu l'aimais, il t'aurait piétiné le cœur et renvoyée chez toi.

Katherine voulut lui dire un mot gentil, mais Julie, qui était au bord des larmes, hocha la tête pour l'en empêcher.

— Ça ira mieux dans quelques jours. Je suis fatiguée et je n'ai plus de ressort, mais je l'oublierai, tu verras, et tout ira bien. A demain.

48

Katherine glissa une fournée de biscuits au levain dans le four et leva les yeux, surprise de l'insistance avec laquelle sonnait l'interphone du portail, sur le mur de la cuisine. Elle appuya sur le bouton en s'essuyant les mains avec un torchon.

— Oui ?

— Mademoiselle Cahill ?

— Qui est-ce ? fit-elle sans répondre.

— Paul Richardson, répondit la voix avec impatience. Julie Mathison est-elle chez vous ?

— Monsieur Richardson, dit sévèrement Katherine, il est sept heures et demie du matin ! Julie et moi, nous sommes encore en robe de chambre. Allez-vous-en et revenez à une heure civilisée, disons onze heures. Le FBI devrait enseigner les bonnes manières à ses agents, ajouta-t-elle, puis elle regarda l'interphone, sidérée, car il lui sembla qu'il avait ri de sa réprimande.

— Civilisé ou non, j'insiste pour voir Jul... mademoiselle Mathison.

— Et si je refuse d'ouvrir le portail ? s'entêta Katherine.

— Dans ce cas, dit-il d'une drôle de voix, je serais obligé de faire sauter le verrou avec mon revolver de service, je le crains.

— Si vous faites ça, répliqua Katherine en appuyant avec irritation sur le bouton qui en déclenchait l'ouverture, ayez un revolver bien chargé, parce que deux fusils de mon père seront pointés sur vous quand vous arriverez ici.

Le privant de toute possibilité de lui répondre, elle relâcha le bouton de l'interphone et remonta vite le couloir qui menait à la bibliothèque, où elle trouva Julie qui, pelotonnée dans un fauteuil, regardait le journal du matin à la télévision. Devant la photo de Zack Benedict qui emplissait l'écran, son visage exprimait une tendresse et un désir à fendre l'âme.

— Ça va ? lui demanda Katherine.

— Ils n'ont pas la moindre idée de l'endroit où il se trouve, annonça Julie avec un plaisir mal dissimulé. Ils ne savent pas non plus si l'on me soupçonne toujours d'être sa complice. D'après eux, mon silence et celui du FBI sur la question ressemblent fort à un aveu de culpabilité. Tu veux bien me donner un coup de main pour l'omelette ?

— Oui, fit Katherine avec entrain. Mais nous avons un invité surprise.

Julie contempla son long peignoir jaune d'un œil désapprobateur.

— Qui est-ce ?

— Paul Richardson. A propos, il t'appelle « Julie ». Il a eu beau essayer de se rattraper, ça lui a échappé à l'interphone.

Leur longue conversation de la veille et l'excellente nuit qu'elle avait faite avaient rendu à Julie sa force et son moral.

— J'espère qu'il ne m'imagine pas avec des numéros en travers de la poitrine, plaisanta-t-elle tandis que la sonnette se mettait à carillonner. J'y vais, dit-elle en resserrant sa ceinture.

Sans cérémonie, Julie ouvrit brusquement la porte et recula devant Paul Richardson les mains en l'air.

— Ne tirez pas, je vous en prie, dit-il d'un ton comique.

— C'est pourtant une idée réjouissante ! rétorqua Julie, qui réprimait un sourire. Puis-je vous emprunter votre arme ?

Il sourit en promenant d'abord son regard sur les

beaux cheveux châtains qui lui tombaient en cascade sur les épaules, puis sur ses yeux vifs et son doux sourire.

— Une bonne nuit de sommeil semble vous avoir fait le plus grand bien, fit-il remarquer, puis il fronça les sourcils en ajoutant d'un air sévère : Cela dit, ne disparaissez plus comme ça. Je vous ai déjà dit que je voulais toujours savoir où vous étiez !

Ragaillardie par la certitude que Zack était à l'abri, Julie accepta sa réprimande sans protester.

— Vous êtes venu pour me sermonner ou pour m'arrêter ? demanda-t-elle d'un ton enjoué, puis elle se retourna et s'engagea avec lui dans le couloir.

— Avez-vous violé une loi quelconque ? répliqua-t-il en pénétrant dans la cuisine.

— Avez-vous l'intention de rester pour le petit déjeuner ? fit-elle.

Le regard de Paul Richardson passa de Katherine, qui cassait des œufs dans un bol, à Julie, qui, munie d'un couteau, s'apprêtait à couper des tranches de poivron vert. En pyjama et en peignoir, les deux femmes n'étaient pas maquillées et leurs cheveux étaient encore ébouriffés. Elles avaient l'air aussi charmantes qu'innocentes.

— Suis-je invité ? demanda-t-il à Julie avec un grand sourire.

Elle le dévisagea de ses yeux bleu foncé, comme si elle essayait de voir l'âme, et soudain il eut envie de lui montrer plus de gentillesse.

— Souhaitez-vous être invité ?

— Oui.

Alors elle lui sourit d'un premier vrai sourire, détendu, si radieux qu'il lui fit battre le cœur.

— Dans ce cas, dit-elle, asseyez-vous pendant que nous vous préparons une de nos omelettes spéciales. Nous n'en avons pas fait ensemble depuis un an, alors ne soyez pas trop exigeant.

Paul retira sa veste et sa cravate, détacha le premier bouton de son col de chemise et prit place à la table, tandis que Julie lui apportait une tasse de café avant de reprendre sa tâche devant la planche. Il les regarda en silence, écouta leur joyeux babillage, comme s'il avait été accueilli dans une sorte de royaume paisible gouverné par de belles fées aux cheveux en bataille et au peignoir pastel, qui plaisantaient d'événements passés et captivants. Katherine Cahill était d'une beauté renversante alors que Julie était simplement jolie, mais c'était Julie qui attirait son regard comme un aimant. Il contempla le soleil qui brillait à travers la vitre et qui faisait scintiller ses cheveux, observa l'éclat contagieux de son sourire, l'étonnante splendeur de ses cils recourbés.

— Monsieur Richardson ? fit-elle tranquillement sans détacher les yeux de la chose blanche qu'elle coupait en petits morceaux.

— Appelez-moi Paul, dit-il.

— Paul, rectifia-t-elle.

Décidément il aimait l'entendre prononcer son nom.

— Oui ?

— Pourquoi me fixez-vous ainsi ?

Paul tressaillit et dit la première chose qui lui vint à l'esprit.

— Je me demandais ce que vous étiez en train de couper.

— Ça ? fit-t-elle en levant la tête avant de jeter sur lui un regard amusé qui lui donna l'impression de n'être plus qu'un écolier gauche pris en flagrant délit de mensonge.

— Oui, bluffa-t-il. Ça. Qu'est-ce que c'est ?

Il observa ses lèvres qui esquissaient un sourire et l'entendit dire avec une extrême douceur :

— C'est de la ciguë.

— Mon Dieu, je redoutais que ce ne soit de l'ail.

Son rire surpris résonna musicalement et, quand il se tut, ils se sourirent.

— Vous avez un beau sourire, déclara-t-il alors qu'elle reprenait sa tâche.

— C'est exactement ce dont j'ai besoin pour être rayée des fichiers du FBI, vous ne croyez pas ? rétorqua-t-elle.

Le sourire de Paul s'effaça tout à coup.

— Benedict vous a-t-il contactée ? Est-ce pour cela que vous vous êtes éclipsée hier sans un mot ? Est-ce pour cela que vous m'avez demandé deux fois si j'allais vous arrêter ?

Elle roula les yeux et éclata de rire.

— Vous avez trop d'imagination.

— Bon Dieu ! s'exclama-t-il, puis il se leva d'un bond et s'avança vers elle sans avoir conscience de ce qu'il faisait. Ne jouez pas à ce petit jeu avec moi, Julie ! Quand je vous pose une question, je veux une réponse claire.

Il jeta un coup d'œil à Katherine par-dessus son épaule.

— Cela vous ennuierait de nous laisser seuls ? fit-il d'un ton sec.

— Absolument. Vous pensez sincèrement que Julie a collaboré à l'évasion de cet homme ? demanda-t-elle avec indignation.

— Non, répliqua-t-il, cinglant, à moins qu'elle ne me donne des raisons de changer d'avis. Cependant je ne suis pas certain qu'elle ne protégerait pas Benedict si elle en avait l'occasion.

— Vous ne pouvez pas l'arrêter pour un crime qu'elle n'a pas encore commis, souligna logiquement Katherine.

— Je n'en ai pas l'intention ! En fait, j'ai fait tout ce qui était en mon pouvoir pour empêcher qu'un autre ne le fasse.

— Vraiment ? demanda-t-elle avec dans la voix un mélange d'étonnement et de gratitude, qui lui fit tourner la tête.

Paul hésita, désarmé par l'expression de son regard, et acquiesça.

Son sourire se posa un instant sur lui, et il se laissa envelopper par sa chaleur.

— Supprime la ciguë ! lança-t-elle à Katherine, ce qui le fit rire.

Quel moment délicieux que ce petit déjeuner, songeait Paul avec contentement, tandis qu'il se levait pour reprendre du café et que Julie et Katherine remplissaient le lave-vaisselle. Un moment extraordinairement agréable, et il savait exactement pourquoi. Il avait découvert que, quand Julie Mathison se décidait enfin à aimer, elle aimait de tout cœur et sans réserve. Elle l'avait traité sans affectation, souriant quand il parlait, le taquinant quand il avait la raideur des agents du FBI.

— Hier, commença Julie en essuyant la poêle, j'ai appelé M. Duncan, le principal de notre école, et il a accepté que je reprenne le travail demain, à condition que la presse ne perturbe pas les cours. D'après Katherine, le seul moyen de se débarrasser définitivement de ces messieurs, c'est de les convoquer, de faire une déclaration détaillée et de répondre à leurs questions. Qu'en pensez-vous ?

— Je pense qu'elle a tout à fait raison. En fait, c'était l'une des suggestions que j'étais venu vous faire ce matin.

— Vous n'imaginez pas à quel point l'idée que des tas d'étrangers se croient autorisés à exiger des explications alors qu'ils ne sont pas concernés me rebute.

— Je comprends, mais vous n'avez que deux possibilités : affronter la presse tout de suite, à vos conditions, ou les laisser publier des conjectures infamantes et vous poursuivre partout où vous irez.

Julie hésita et soupira.

— Entendu, je le ferai, mais je préférerais me retrouver face à un peloton d'exécution.

— Voulez-vous que je vienne en renfort ?

— Vous feriez ça pour moi ?

Ferait-il vraiment cela pour elle ? se demandait Paul avec une ironie désabusée. Pour elle, non seulement il ferait cela, mais il terrasserait aussi un dragon... déplacerait des montagnes. Bon sang... il essuirait même une poêle à frire !

— Dans la mesure où la présence du FBI ici explique en partie l'attidude de la presse, dit-il en se dirigeant vers l'évier, où il saisit le torchon que Katherine avait posé en allant répondre au téléphone, c'est le moins que je puisse faire.

— Je... Je ne sais pas comment vous remercier, dit-elle simplement en s'efforçant d'oublier à quel point il lui rappelait Zack quand il se faisait charmant.

— Et si pour me remercier vous veniez dîner avec moi mercredi ?

— Mercredi ? s'exclama-t-elle, atterrée. Vous serez encore ici mercredi ?

Le dragon qu'il voulait terrasser pour elle rua et planta les dents dans le postérieur de Paul.

— Modérez votre enthousiasme ! dit-il.

— Ce n'est pas ce que voulais dire, fit-elle en posant la main sur sa manche, la mine honteuse. Vraiment pas. C'est juste que je... je déteste qu'on m'espionne et qu'on me questionne, même vous.

— Vous est-il venu à l'idée que Benedict pourrait vous poursuivre jusqu'ici et mettre votre vie en péril ? Benedict est un meurtrier et, vous l'avez vous-même reconnu, vous ne lui avez posé aucun problème après qu'il a tenté de vous sauver la vie. Imaginez que le plaisir de votre compagnie lui manque ? Ou l'agréable sécurité que vous lui apportiez quand vous étiez son otage ? Ou qu'il s'imagine brusquement que vous n'êtes plus loyale envers lui et qu'il décide de se venger de vous comme il l'a fait de sa femme ?

— Imaginez que la poêle que vous êtes en train de faire reluire devienne un miroir et aille s'accrocher toute seule au mur du salon ! rétorqua-t-elle en hochant la tête devant ce qu'elle considérait manifestement comme une absurdité.

Pour des raisons qu'il ne pouvait ni expliquer ni comprendre, Paul était persuadé que Benedict viendrait la chercher. Ou qu'il essaierait d'entrer en contact avec elle. Malheureusement Dave Ingram n'était absolument pas de cet avis, et expliquait l'« intuition » de Paul d'une manière aussi ironique que gênante : Selon lui, Paul était tellement entiché d'elle qu'il ne pouvait pas *imaginer* que Benedict n'en soit pas aussi tombé amoureux.

— Alors on dîne ensemble mercredi soir ? demanda-t-il en prenant les spatules pour les essuyer.

— Je ne peux pas, dit Julie. Le mercredi et le vendredi soir, j'ai un cours d'alphabétisation des adultes.

— Bon, et jeudi ?

— Ça me va, fit Julie en réprimant sa consternation à l'idée que le FBI la surveille si longtemps. Voulez-vous que Katherine se joigne à nous ?

— Pourquoi diable ?

— J'ai comme l'impression d'être de trop par ici, fit

remarquer Katherine en riant, dans l'embrasure de la porte.

Au son de sa voix, Paul pencha la tête en arrière, ferma les yeux et trouva à la hâte une excuse à son manque de tact.

— D'habitude je ne suis ni si odieux ni si maladroit. Je suis sûr que David Ingram insistera pour se joindre à nous, si vous nous accompagnez, Katherine, et je n'ai pas particulièrement envie de passer une soirée de plus avec lui. C'est pour cela que j'ai réagi ainsi.

Quand il rouvrit les yeux, il se rendit compte à leur mine apitoyée que les deux femmes s'amusaient de son embarras.

— Je pense que nous pouvons lui pardonner, déclara Katherine.

— Je le pense aussi, reprit Julie.

Paul était en train de murmurer une brève prière d'action de grâce pour remercier le ciel de leur crédulité, quand Katherine ajouta d'un ton neutre :

— Il ment, bien évidemment.

— Bien sûr, renchérit Julie avec un sourire entendu.

— A propos de la conférence de presse, fit Katherine qui retrouva son sérieux et se tourna vers Paul pour lui demander conseil, où se tiendra-t-elle, quelle heure vous convient le mieux et qui devons-nous avertir ?

— Quel est le bâtiment qui peut accueillir le plus de monde ? demanda Paul.

— L'auditorium de l'université, intervint Julie.

Après une brève discussion, il fut décidé que la conférence de presse aurait lieu à trois heures. Katherine se porta volontaire pour téléphoner au directeur de la faculté, qui ouvrirait ses portes, et au maire, qui s'occuperait de la presse et des dispositions à prendre.

— Appelez Ted, ajouta Paul en remettant sa veste. Demandez-lui de prévenir le bureau du shérif pour qu'ils empêchent les journalistes de se ruer sur elle, si je n'arrive pas à les contenir tout seul. Allez vous habiller, dit-il à Julie, et je vous ramènerai à la maison pour que vous ayez tout le temps de vous préparer à affronter le monde par l'intermédiaire du satellite et des journaux.

— Quelle manière terrifiante de présenter les choses, le gronda Katherine.

— Ce n'est pas terrifiant du tout, déclara Julie qui surprit tout le monde, y compris elle-même. C'est affolant et surtout absurde, mais ce n'est pas terrifiant. Je refuse de me laisser intimider par ces gens-là.

Paul lui adressa un sourire approbateur, mais se contenta de dire :

— Je vais faire chauffer la voiture pendant que vous vous habillez. Katherine, ajouta-t-il, merci pour cette charmante matinée et pour ce délicieux petit déjeuner. Je vous retrouverai à la conférence de presse.

Quand la porte d'entrée se referma derrière lui, Katherine se tourna vers Julie.

— Au cas où tu ne l'aurais pas remarqué, déclara-t-elle tout à trac, cet homme est tout à fait spécial. Il est fou de toi, Julie. Il suffit de le regarder pour s'en apercevoir. Il se trouve qu'il est aussi grand, brun, beau et extrêmement sexy..., ajouta-t-elle avec un clin d'œil.

— Arrête ! l'interrompit Julie. Je ne veux pas entendre ça.

— Pourquoi ?

— Parce qu'il me rappelle Zack, dit-elle simplement. Depuis le début.

Elle retira son tablier et se dirigea vers le vestibule.

— Il y a quelques différences non négligeables entre eux, fit remarquer Katherine en la suivant dans l'escalier. Paul Richardson n'est ni un criminel ni un détenu en cavale et, au lieu de te briser le cœur, il fait tout ce qu'il peut pour t'aider et te protéger.

— Je sais, soupira Julie. Tu as entièrement raison, à une exception près : Zack *n'est pas* un criminel. Et avant de le rayer définitivement de mon esprit, il y a une chose que je veux régler aujourd'hui même, « par l'intermédiaire du satellite et des journaux ».

— De quoi s'agit-il ?

— J'ai l'intention d'informer la terre entière que je suis convaincue qu'il n'a tué personne. Peut-être que si je suis assez persuasive lors de la conférence de presse, l'opinion publique forcera les autorités à revoir son dossier !

Katherine la regarda se défaire de son peignoir.

— Tu vas encore faire ça pour lui, malgré tout le mal qu'il t'a fait ?

Julie lui lança un sourire radieux et opina du chef avec conviction.

Katherine se retourna et s'apprêta à quitter la pièce, mais elle fit de nouveau volte-face et déclara dans un soupir :

— Si tu dois être la porte-parole de Zachary Benedict, fais-toi la plus belle possible. C'est extrêmement injuste, mais les gens sont souvent plus impressionnés par l'apparence d'une femme que par ce qu'elle dit.

— Merci, dit Julie, d'autant plus déterminée qu'elle n'était plus inquiète, puis elle passa mentalement sa garde-robe en revue. Tu as d'autres conseils à me donner ?

Katherine hocha la tête.

— Tu seras formidable parce que tu es sincère et que c'est important pour toi. Cela transparaîtra dans tout ce que tu diras, dans tout ce que tu feras. La vie est ainsi faite.

Julie l'entendit à peine, car elle cherchait le moyen d'atteindre son objectif. Elle songea à traiter cet incident — et les médias — avec désinvolture et s'arrêta net, oubliant momentanément le vêtement qu'elle tenait à la main. Mieux valait leur donner un compte rendu sérieux pour tempérer leur hostilité envers Zack, se dit-elle. Ensuite, quand on lui poserait des questions, elle se montrerait souriante et détendue.

Souriante. Gaie. Détendue.

C'était Zack l'acteur, pas elle, et elle ne savait pas comment elle allait s'en tirer, mais elle y arriverait d'une manière ou d'une autre.

49

A Chicago, dans un duplex donnant sur le lac, Matthew Farrell, ancien voisin et témoin de Zack lors de son mariage, leva les yeux quand sa petite fille entra en courant dans la pièce, suivie de sa mère, et vint se percher sur ses genoux. Avec ses cheveux blonds, soyeux, et ses yeux bleus, Marissa ressemblait à Meredith, sa mère, de manière si frappante que Matt sourit en les regardant toutes les deux.

— Je croyais que c'était l'heure de la sieste, dit-il à sa fille.

Elle contempla les notices d'information sur papier glacé, qu'il était en train de lire et qu'elle prit manifestement pour un de ses livres d'histoires.

— Une histoire d'abord, papa, s'il te plaît.

Avant de lui répondre, il jeta un coup d'œil interrogateur à Meredith, qui était présidente de Bancroft & Company, une chaîne de grands magasins fondée par ses ancêtres. Celle-ci lui adressa un sourire impuissant.

— C'est dimanche, dit-elle. Et le dimanche, c'est particulier. La sieste peut attendre quelques minutes, j'imagine.

— Maman est d'accord, fit-il alors, puis il cala sa fille sur ses genoux en songeant à ce qu'il allait lui raconter.

Meredith vit ses yeux scintiller gaiement, tandis qu'elle se pelotonnait dans un fauteuil en face d'eux, et elle comprit la raison de sa gaieté quand Matt commença son récit :

— Il était une fois, dit-il d'un ton on ne peut plus sérieux, une belle princesse assise sur un trône chez Bancroft & Company.

— Maman ? gazouilla Marissa.

— Maman, confirma-t-il. Cette belle et merveilleuse princesse était aussi très intelligente. Mais un jour, poursuivit-il avec gravité, elle se laissa convaincre par un méchant, *méchant* banquier d'investir de l'argent dans une société qui...

— Oncle Parker ?

Meredith réprima un rire devant la description que Matt venait de faire de son ancien fiancé.

— Papa plaisante, se hâta-t-elle d'ajouter. Oncle Parker n'est pas méchant.

— C'est mon histoire, protesta Matt avec un grand sourire avant de poursuivre. Or le mari de la princesse, qui sait *très bien* comment investir, lui a conseillé de ne pas écouter le méchant banquier, mais elle n'a pas suivi ses conseils. En fait, fit-il d'une voix grave et solennelle, la princesse était tellement *sûre* d'avoir raison qu'elle paria avec son mari que la Bourse monterait, ce qu'elle ne fit pas. Elle a perdu deux points vendredi. Et tu sais ce qui arrive maintenant que la princesse a perdu son pari ?

Elle hocha la tête en souriant parce qu'il souriait lui-même.

— Elle va devoir payer, conclut-il en jetant un regard lourd de sens à sa femme. Aujourd'hui, la princesse fera donc une longue, longue sieste avec son mari.

— Maman doit faire la sieste ! gloussa Marissa en applaudissant des deux mains.

— C'est tout à fait mon sentiment, fit Matt.

Meredith se leva, prit la main de Marissa, mais son chaud sourire, ce fut à Matt qu'elle l'adressa.

— Une maman sage, dit-elle à sa fille, n'accepte que des paris agréables à perdre.

Cette atmosphère douillette fut interrompue par l'arrivée de Joe O'Hara, chauffeur et garde du corps des Farrell, qui se considérait et était traité comme un membre de la famille.

— Matt, dit-il, visiblement inquiet, je viens d'entendre à la télévision que Julie Mathison, la femme que Zack a prise en otage, va donner une conférence de presse. Ça commence maintenant.

Meredith n'avait jamais rencontré Zack Benedict, qui était déjà en prison à l'époque où elle avait connu Matt, mais elle savait que les deux hommes étaient d'excellents amis. Elle jeta un coup d'œil à l'expression préoccupée de son mari, tandis qu'il allumait la télévision.

— Joe, voulez-vous emmener Marissa faire sa sieste ? demanda-t-elle aussitôt.

— Bien sûr. Viens, mon trésor, fit-il, et ils partirent tous deux, main dans la main, le géant et la petite fille qui le considérait comme son ours en peluche personnel.

Trop tendu pour s'asseoir, Matt plongea les mains dans les poches de son pantalon et observa en silence la jolie jeune femme qui s'avançait vers la grappe de micros dans une robe de laine blanche toute simple, avec des boutons dorés au col et aux poignets, ses longs cheveux bruns attachés sur la nuque.

— Ce n'est pas possible, dit-il en songeant à Zack. On dirait Blanche-Neige, et le monde entier va hurler à la mort contre Zack pour l'avoir kidnappée, bon sang !

Mais quand le maire de Keaton eut averti la presse qu'il attendait d'elle une certaine courtoisie à son égard et que Julie Mathison expliqua ce qu'il lui était arrivé entre les mains de son ravisseur, le froncement de sourcils de Matt s'effaça peu à peu pour faire place à un sourire étonné. Contrairement à ce qu'il attendait, la captive de Zack décrivait la semaine qu'elle avait passée en sa compagnie comme une aventure, auprès d'un homme qu'elle prenait soin de présenter au monde comme « extrêmement gentil » et non comme une épreuve terrifiante aux mains d'un assassin en cavale.

Quand elle raconta ce qui s'était réellement passé sur l'aire de repos, lors de sa tentative d'évasion et qu'elle évoqua la vivacité avec laquelle Zack l'en avait empêchée, elle le fit de manière à susciter chez quelques journalistes une vague de rires admiratifs bien que réticents. Et quand elle relata avec solennité sa seconde tentative d'évasion avec l'autoneige et les efforts qu'avait déployés Zack pour la « repêcher » dans la rivière, elle le décrivit comme le héros plein de compassion qu'il était à ses yeux.

A la fin de sa déclaration, la salle explosa sous le tir nourri des questions hurlées par tous ces journalistes rivalisant de mordant, et Matt se contracta à nouveau.

« *Mademoiselle Mathison,* cria un reporter de CBS, *Zachary Benedict vous a-t-il à un moment ou à un autre menacée d'une arme ?*

— *Je savais qu'il en avait une parce que je l'ai vue,* répondit-elle, *et cela a suffi à me convaincre, au début du moins, de ne pas lui chercher querelle et de ne pas critiquer ses films.* »

La salle retentit de rires ponctués par d'autres questions.

« *Mademoiselle Mathison ! Quand Benedict sera repris, l'attaquerez-vous en justice pour enlèvement ?*

— *Je ne crois pas que je pourrais le faire condamner, répondit-elle en hochant la tête avec un sourire taquin. A mon avis, s'il y avait des femmes dans le jury, elles l'acquitteraient dès qu'elles apprendraient qu'il partageait les tâches ménagères.*

— *Vous a-t-il violée ?* »

Elle roula les yeux avec un étonnement amusé.

« *Enfin, je viens de vous donner un compte rendu détaillé de ce qui s'est passé pendant cette semaine, et j'ai bien précisé qu'il n'avait jamais abusé physiquement de moi. Je n'aurais certainement pas dit cela s'il avait ne fût-ce que tenté d'accomplir un acte aussi méprisable.*

— *A-t-il abusé de vous verbalement ?* »

Elle hocha gravement la tête, mais déclara, le regard pétillant :

« *Oui.*

— *Pouvez-vous nous décrire la situation ?*

— *Certainement,* dit-elle. *Il a été profondément offensé un soir où j'avais délibérément omis son nom dans la liste de mes vedettes de cinéma préférées.* »

On pouffa bruyamment dans l'auditorium, mais le journaliste qui avait posé la question ne semblait pas s'être rendu compte qu'elle plaisantait.

« *Vous a-t-il alors menacée ?* insista-t-il. *Que vous a-t-il dit exactement et comment l'a-t-il dit ?*

— Eh bien, il m'a accusée d'une voix dégoûtée d'avoir un penchant pour les hommes petits.

— Avez-vous eu peur de lui, mademoiselle Mathison ?

— J'ai eu peur de son arme le premier jour, dit-elle prudemment, mais comme il n'a tiré sur moi ni quand j'ai essayé de glisser un mot à l'employée d'un fast-food ni lors de mes deux tentatives d'évasion, j'ai compris qu'il ne me ferait aucun mal, même si je le provoquais. »

Matt la regardait esquiver leurs questions l'une après l'autre, muant en sympathie leur animosité à l'égard de son ravisseur.

Au bout d'une demi-heure de questions incessantes, le rythme commença à se ralentir.

« *Mademoiselle Mathison,* cria un reporter de CNN, *souhaitez-vous que Zachary Benedict soit repris ?* »

Elle se tourna dans sa direction.

« *Comment pourrait-on souhaiter voir un homme injustement enfermé retourner en prison ? Je ne sais pas comment un jury a pu le condamner pour meurtre, mais je sais qu'il n'est pas plus capable d'en commettre un que moi. Si tel était le cas, je ne serai pas là en ce moment. Comme je vous l'ai déjà expliqué, j'ai tenté plusieurs fois de faire échouer son évasion. J'aimerais aussi que vous vous souveniez que, lorsqu'il nous a crus repérés par un hélicoptère, il s'est d'abord soucié de ma sécurité, pas de la sienne. Ce que j'aimerais, c'est que cesse cette chasse à l'homme et que l'on rouvre ce dossier. Si vous n'avez plus de questions, mesdames et messieurs, conclut-elle d'un ton courtois mais ferme, mettons un terme à cet entretien et vous pourrez tous retourner chez vous. M. Addleson, notre maire, vous l'a dit, la ville de Keaton désire reprendre une vie normale, et moi aussi. Je ne ferai plus aucune déclaration ni ne répondrai plus à aucune autre question. Notre ville s'est réjouie de voir votre argent de " touristes " emplir ses caisses, mais si vous restez ici, je vous préviens que vous perdez votre temps...*

— J'ai encore une question ! lança impérieusement un journaliste du *Los Angeles Times. Etes-vous amoureuse de Zachary Benedict ?* »

Elle le regarda, haussa les sourcils et répondit avec dédain :

« Je me serais attendue à ce genre de question de la part du National Enquirer, *pas du* Los Angeles Times. »

Son esquive lui attira quelques rires, mais en vain cette fois.

« D'accord, mademoiselle Mathison, intervint alors le représentant de l'Enquirer, *êtes-vous amoureuse de Zachary Benedict ? »*

Ce fut le seul instant où Matt la sentit vaciller, et son cœur se gonfla de sympathie quand il la vit se débattre pour garder le sourire et une expression neutre, mais ses yeux la trahissaient. Ses grands yeux saphir aux longs cils s'assombrirent sous le coup d'une émotion qui ressemblait fort à de la tendresse. Et au moment où la compassion de Matt avait atteint son comble, au moment où il comprit que ces journalistes l'avaient enfin piégée, elle changea de tactique et tomba volontairement dans leur piège.

« A un moment ou à un autre, répondit-elle, *la plupart des femmes de ce pays se sont imaginées qu'elles étaient amoureuses de Zachary Benedict. Maintenant que je le connais,* ajouta-t-elle, la voix brisée, *je pense qu'elles faisaient preuve de bon sens. Il...,* hésita-t-elle, cherchant manifestement le mot juste, *c'est un homme que n'importe quelle femme aimerait aisément. »*

Sans un mot de plus, elle se détourna du bouquet de micros et fut vite entourée par deux hommes, des agents du FBI, supposa Matt, et par quelques adjoints au shérif en uniforme qui protégèrent sa sortie.

Il appuya sur le bouton de la télécommande quand le journaliste de CNN récapitula l'essentiel de ses déclarations, puis il se tourna vers sa femme.

— Qu'en penses-tu ?

— Je pense, dit calmement Meredith, qu'elle est incroyable.

— Mais a-t-elle modifié tant soit peu ton opinion de Zack ? J'ai un préjugé en sa faveur, mais toi qui ne le connais pas, tu auras sans doute réagi comme tout le monde à cette interview.

— Je doute que je sois aussi objective que tu le crois. Tu es un excellent juge des caractères et tu m'as bien fait comprendre que tu croyais en son innocence. Et si tu y crois, j'ai tendance à y croire, moi aussi.

— Merci de rendre hommage à ma sagacité, dit-il tendrement en déposant un baiser sur son front.

— Maintenant j'ai une question à te poser, ajouta-t-elle, et Matt eut l'intuition de ce qu'elle allait lui demander. Julie Mathison a dit qu'on l'avait emmenée dans une maison isolée dans les montagnes du Colorado. Etait-ce la nôtre ?

— Je n'en sais rien, répondit-il sincèrement, puis il sourit quand elle lui jeta un regard sceptique. Mais je pense que oui, ajouta-t-il par honnêteté. Zack y était déjà allé, bien que ce fût toujours en avion et, pendant des années, je lui ai proposé de la lui prêter. Il est naturel qu'il se soit senti autorisé à s'en servir, du moment qu'il ne me mettait pas en cause...

— Mais tu es en cause ! éclata Meredith d'un ton quelque peu désespéré. Tu...

— Je ne suis pas lié à Zack d'une manière susceptible de nous mettre en danger, toi ou moi. Quand il est allé en prison, reprit-il avec calme, comme elle ne semblait guère convaincue, il m'a donné un pouvoir pour que je puisse gérer ses investissements et m'occuper de ses finances, ce que je continue à faire. Ce n'est pas illégal et ce n'est pas non plus un secret pour les autorités. Jusqu'à ce qu'il s'évade, il était régulièrement en communication avec moi.

— Et maintenant qu'il s'est évadé, Matt ? demanda-t-elle en le dévisageant. Et s'il essaie d'entrer en contact avec toi ?

— Dans ce cas, déclara-t-il en haussant les épaules avec désinvolture, ce qui ne fit qu'accroître l'inquiétude de Meredith, je ferai comme n'importe quel bon citoyen, et Zack le sait parfaitement. J'avertirai qui de droit.

— Au bout de combien de temps ?

En riant de sa perspicacité, il lui enlaça les épaules et l'entraîna vers la chambre.

— Assez vite pour les empêcher de m'accuser de collusion, lui promit-il.

Mais pas plus vite que cela, ajouta-t-il mentalement.

— Et s'il a utilisé notre maison ? En parleras-tu à la police ?

— Je crois, fit-il après un instant de réflexion, que c'est une excellente idée ! Ils y verront une preuve supplémentaire de mon innocence et un gage de ma bonne foi.

— Un geste, rétorqua sa femme non sans ironie, qui ne peut nullement nuire à ton ami puisque, d'après Julie Mathison, il a quitté le Colorado depuis plusieurs jours.

— Très intelligent, ma chérie, acquiesça-t-il. Et maintenant si tu te mettais au lit pour notre petite « sieste » en attendant que j'ai téléphoné à l'antenne locale du FBI.

Elle hocha la tête, mais posa la main sur sa manche.

— Si je te demandais de ne plus rien avoir à faire avec ce Zachary Benedict..., commença-t-elle, mais il la réduisit au silence d'un signe de tête.

— Je ferais tout pour toi, et tu le sais, fit-il d'une voix tremblante d'émotion, mais, je t'en prie, Meredith, ne me demande pas cela. Il faut que je sois en accord avec moi-même, et ce serait très difficile si je faisais ça à Zack.

Meredith hésita, surprise par la loyauté de Matt envers cet homme. Souvent considéré comme un homme d'affaires brillant mais dur, Matt avait des centaines de relations, mais il ne leur accordait ni sa confiance ni son amitié. Autant qu'elle le sache, Zachary Benedict était le seul être qu'il eût jamais tenu pour un ami véritable, intime.

— Ce doit être un homme remquable pour que tu lui sois aussi fidèle.

— Il te plairait, lui promit-il en lui donnant une pichenette sous le menton.

— Qu'en sais-tu ? le taquina-t-elle pour être à l'unisson de son humeur légère.

— J'en suis certain, répliqua-t-il avec un air délibérément hautain, puisque tu es folle de *moi*.

— Tu ne veux quand même pas dire que vous êtes pareils ?

— Beaucoup de gens l'ont sans doute pensé et pas nécessairement de manière flatteuse. Cependant, ajouta-t-il plus sérieusement, le fait est que je suis tout ce qu'il lui reste. Je suis le seul à qui il fasse confiance. Quand il a été arrêté, les traîtres et les rivaux qui lui léchaient les bottes l'ont laissé choir comme s'il avait attrapé la peste bubonique et se sont délectés de sa chute. Il y en a eu d'autres qui lui sont restés fidèles même après son emprisonnement, mais il a coupé les ponts et a même refusé de répondre à leurs lettres.

— Il avait sans probablement honte.

— C'est évident.

— Tu te trompes sur un point, dit-elle doucement. Il a un autre allié que toi.

— Qui ?

— Julie Mathison. Elle est amoureuse de lui. Tu crois qu'il l'a vue ou entendue ce soir ?

Matt hocha la tête.

— J'en doute. Où qu'il soit, c'est quelque part très loin et pas dans ce pays. Il serait stupide de rester aux Etats-Unis, et Zack n'est pas un imbécile.

— J'aimerais qu'il l'ait entendue, reprit Meredith dont le cœur balançait en sa faveur, en dépit de ses craintes pour la sécurité de son mari. Peut-être a-t-il eu de la chance et sait-il ce qu'elle essaie de faire pour lui.

— Zack n'a jamais eu de chance dans sa vie personnelle.

— Tu crois qu'il est tombé amoureux de Julie Mathison pendant qu'ils étaient ensemble ?

— Non, déclara-t-il d'un ton catégorique. Non seulement il avait en tête des choses plus pressantes, mais de plus Zack est... presque insensible à la gent féminine. Les femmes, il aime leur faire l'amour, mais il n'a aucun respect pour elles, ce qui n'est guère surprenant étant donné le genre de femmes qu'il a connu. Quand il faisait une carrière d'acteur fulgurante, elles se collaient à lui comme des mouches sur du miel, mais quand il est devenu réalisateur et qu'il a eu des rôles juteux à distribuer aux plus chanceuses, elles se sont mises à grouiller autour de lui comme de jolis piranhas. Il est complètement immunisé. En fait, il n'y a qu'aux enfants que je l'aie jamais vu manifester de la tendresse. D'ailleurs c'était surtout pour en avoir qu'il avait épousé Rachel. Elle le lui avait promis et, de toute évidence, elle est revenue sur cette promesse-là aussi. Zack ne serait pas tombé amoureux d'une institutrice de province toute jeune, conclut-il en appuyant ses dires d'un hochement de tête, ni en quelques jours ni même en quelques mois.

50

Se détachant sur le soleil couchant, un homme grand descendait la route poussiéreuse qui menait du village aux docks grouillants d'activité, un journal et plusieurs magazines à la main. En se dirigeant vers la jetée, il n'adressa la parole à aucun des pêcheurs qui déchargeaient leur prise du jour ou réparaient leur filet, et aucun d'eux ne lui parla, mais des regards curieux suivirent l'étranger jusqu'à son bateau, un Hatteras de treize mètres, dont le nom, *Julie,* s'étalait en lettres bleues fraîchement peintes. A part ce nom, qui, selon le droit de la mer, devait figurer à la proue, cet esquif n'avait rien de particulier. De loin, il ressemblait aux milliers de bateaux qui fendaient les flots au large des côtes sud-américaines et qui tous revenaient chaque soir décharger.

Le propriétaire, comme son bateau, n'avait rien de bien original. Au short et à la chemise de maille des capitaines plaisanciers il préférait la tenue des pêcheurs, une grande chemise blanche de coton brut à manches longues, un pantalon kaki, des chaussures à semelles fines et une casquette foncée qui lui tombait sur les sourcils. Il avait le visage bruni sous une barbe de quatre jours mais, si l'on y avait regardé de près, on aurait remarqué que sa peau n'était pas aussi tannée que celle des autres pêcheurs et que son bateau était mieux équipé pour les promenades en mer que pour la pêche. Dans ce port insulaire, grouillant et affairé, la *Julie* n'était qu'un bateau parmi des milliers d'autres, qui transportaient souvent des cargaisons illicites.

De l'autre côté du quai, sur le *Diablo,* deux pêcheurs levèrent les yeux quand le propriétaire de la *Julie* monta à bord. Quelques instants plus tard, le générateur se mit à ronfler et la cabine s'éclaira.

— Il gaspille du fuel à faire tourner son générateur la moitié de la nuit, observa l'un des deux hommes. Que fait-il donc pour avoir besoin de ça ?

— Quelquefois j'aperçois son ombre à la table, à travers les rideaux. Je crois qu'il lit.

Son compagnon jeta un regard éloquent aux cinq antennes qui pointaient haut au-dessus du gouvernail de la *Julie*.

— Il a tout l'équipement, y compris le radar, à bord de ce bateau, fit-il observer d'un air entendu, et pourtant il ne pêche jamais et ne cherche pas non plus de clients à balader en mer. Hier je l'ai vu jeter l'ancre près de l'île du Calvaire, et il n'a même pas jeté ses lignes.

Le premier homme grogna de dégoût.

— Parce que ce n'est ni un pêcheur ni un capitaine de bateau de croisière.

— Encore un trafiquant de drogue alors ?

— Qu'est-ce que ça peut être d'autre ? acquiesça son compagnon en haussant négligemment les épaules.

Zack, qui ignorait que sa présence faisait autant jaser sur les quais, étudiait les cartes qu'il avait étalées sur la table, traçant avec soin divers itinéraires pour la semaine à venir. Il était trois heures du matin quand il les roula enfin, mais il ne dormirait pas malgré son épuisement. Le sommeil le fuyait depuis une semaine, bien qu'il ait quitté les Etats-Unis sans encombre, grâce aux relations d'Enrico Sandini et au demi-million de dollars qu'il avait versé. Au Colorado, le petit hélicoptère de location avait surgi, comme prévu, pour venir le chercher dans la clairière à deux cents mètres de la maison. Les skis sur l'épaule, en combinaison, avec des grandes lunettes teintées qui lui couvraient presque la totalité du visage, Zack avait grimpé à bord de l'appareil qui l'avait conduit dans un petit gîte de montagne à une heure de route de là. Le pilote n'avait pas posé de questions ni manifesté la moindre surprise, puisque les gens riches de la contrée, qui préféraient posséder leur propre montagne et aller skier ailleurs, utilisaient fréquemment ce moyen de transport.

Une voiture de location l'attendait sur le parking du gîte, d'où il était parti vers le sud, vers une petite piste d'atterrissage déserte. Là, il était monté à bord d'un avion privé. Contrairement au pilote de l'hélicoptère, qui était parfaitement innocent, celui du quadrimoteur ne l'était pas. Il ne suivait pas le plan de vol qu'il déposait chaque fois que l'on se posait pour faire le plein et prenait une direction sud-sud-est.

Peu après qu'ils eurent quitté l'espace aérien des Etats-Unis, Zack s'était endormi et ne s'était réveillé qu'à l'escale suivante, mais depuis ce moment-là il n'avait sommeillé que quelques heures.

Il descendit dans la cuisine se chercher un verre de cognac en espérant que cela l'aiderait à dormir, tout en sachant qu'il n'en serait rien, puis se rendit dans le petit salon qui servait ausi de salle à manger dans sa « demeure » nautique. Il éteignit les principaux éclairages de la cabine, mais laissa allumée la petite lampe de cuivre de la table à côté du canapé, qui éclairait la photo de Julie qu'il avait déchirée sur la première page de couverture d'un journal de la semaine passée et qu'il avait placée dans un cadre. Ce devait être un cliché pris lors de la remise des diplômes universitaires, s'était-il dit, mais ce soir, tandis qu'il l'observait en avalant son cognac, il songea qu'elle était habillée comme pour une soirée ou un mariage. Elle portait un collier de perles et une robe pêche au décolleté modeste. Ce qui lui plaisait le plus, c'était sa coiffure, la même que le soir où elle s'était faite belle pour leur « rendez-vous ».

Il avait beau savoir qu'il se faisait inutilement du mal, c'était plus fort que lui : il saisit le cadre, caressa du pouce ses lèvres souriantes en se demandant si elle souriait maintenant qu'elle était rentrée chez elle. Il espérait de tout cœur qu'il en était ainsi mais, devant cette photo, il revit la dernière image qu'il avait d'elle, cet air déchiré quand il avait tourné sa déclaration d'amour en ridicule. Ce souvenir le hantait, le rongeait, tandis qu'il s'inquiétait de tant d'autres choses. Etait-elle enceinte ? Devrait-elle subir un avortement ou la honte d'être mère célibataire dans une petite ville ? Toutes ces questions le torturaient.

Il y avait tant de choses qu'il avait désespérément besoin de lui dire. Il finit son cognac en réprimant l'envie de lui écrire une autre lettre. Il lui écrivait tous les jours des pages qu'il ne pouvait pas lui envoyer. Il devait cesser, s'admonesta-t-il.

Il devait la chasser de son esprit avant de devenir fou...

Il devait dormir un peu...

Tout en remuant ces pensées, il prit un stylo et un bloc.

Tantôt il lui disait où il était, ce qu'il faisait, tantôt il lui décrivait en détail des choses qui l'intéresseraient, pensait-il, des îles à l'horizon ou les habitudes des pêcheurs du coin, mais ce soir-là, il n'était pas d'humeur à le faire. Sous l'effet de l'épuisement et du cognac, ses regrets et son inquiétude avaient atteint de nouveaux sommets. D'après un journal américain périmé, qu'il avait acheté le matin même au village, on soupçonnait Julie d'avoir favorisé son évasion. Il comprit brusquement qu'elle aurait besoin d'un avocat pour empêcher la police et le FBI de la harceler, ou pire, de l'accuser de collusion afin de la terrifier assez pour qu'elle avoue n'importe quoi. Si cela se produisait il lui faudrait un avocat de tout premier ordre, pas un péquenot de province. Il lui faudrait de l'argent pour le payer. Un nouveau sentiment d'urgence balaya le désespoir et le défaitisme qui l'obnubilaient depuis le départ de Julie. Dans son esprit en ébullition surgirent de nouveaux problèmes et des solutions soudaines.

L'aube se levait quand il se laissa enfin aller dans son fauteuil, incroyablement las et abattu. Abattu parce que, *cette lettre-là,* il allait la lui envoyer. Il le devait d'une part pour lui proposer des solutions, d'autre part parce qu'il voulait qu'elle connaisse ses véritables sentiments. Il était certain à présent que la vérité ne pouvait pas lui faire plus de mal que ne lui en avait fait le mensonge. Ce serait leur dernier contact. Du moins effacerait-il la laideur de la conclusion des plus beaux jours et des plus belles nuits de sa vie.

Le soleil perçait à travers les rideaux du salon et il consulta sa montre. Sur l'île on ne relevait le courrier qu'une fois par semaine, le lundi matin de bonne heure. Il n'avait donc pas le temps de refaire cette lettre incohérente, car il devait encore écrire à Matt pour lui faire part de ses intentions.

51

— En bas, du côté de l'aile droite, c'est Keaton, monsieur Farrell, dit le pilote, tandis que le jet à la ligne élancée sortait avec grâce de la couverture nuageuse et amorçait son approche finale. Je vais passer au-dessus de la piste avant de me poser, juste pour m'assurer qu'elle est en bon état.

Matt appuya sur le bouton de l'interphone.

— Bien, Steve, dit-il d'un air absent en observant le visage inquiet de sa femme. Qu'est-ce qui ne va pas ? demanda-t-il calmement à Meredith. Je croyais t'avoir rassurée. Il n'y a rien d'illégal à faire suivre une lettre adressée à Julie Mathison. Les autorités savent bien que j'ai un pouvoir de Zack pour gérer ses affaires. Je leur ai déjà remis l'enveloppe dans laquelle se trouvaient ses consignes pour qu'il puisse en retrouver la provenance. Non que cela puisse les aider, ajouta-t-il avec un petit rire. Elle porte la marque de la poste de Dallas, où il paie manifestement quelqu'un qui reçoit le courrier, le retire de l'enveloppe originale et me le fait parvenir.

Connaissant ses sentiments à l'égard de tout cela, Meredith s'efforça de dissimuler son inquiétude.

— Pourquoi se donne-t-il cette peine, s'il te fait implicitement confiance ? demanda-t-elle.

— Pour que je puisse librement transmettre les enveloppes à la police sans pour autant donner d'indice sur l'endroit où il se trouve. Il nous protège tous les deux. Tu vois, je respecte la loi à la lettre.

Meredith appuya la tête contre le canapé de cuir blanc incurvé qui trônait dans la cabine.

— Non, dit-elle avec un soupir amusé. Tu n'as pas dit au FBI qu'en plus de ta lettre, il y en avait une pour Julie Mathison et que tu allais la lui porter.

— Sa lettre est dans une enveloppe blanche cachetée, protesta-t-il d'un ton badin. Je n'ai aucun moyen de savoir si c'est bien Zack qui l'a écrite. Pour autant que je sache, elle contient des recettes de cuisine. J'espère, poursuivit-il en feignant d'être horrifié, que tu ne voulais pas me suggérer de l'ouvrir pour en lire le contenu. Ce serait un délit. De plus, mon amour, il n'y a aucune loi qui m'oblige à prévenir les autorités chaque fois que Zack me contacte.

Inquiète mais amusée malgré elle par sa hardiesse et sa nonchalance, Meredith baissa le menton et contempla le bel homme dont elle était tombée amoureuse et qu'elle avait perdu alors qu'elle n'était qu'une petite jeune fille de bonne famille de dix-huit ans et que lui, qui en avait vingt-cinq, était ouvrier des aciéries. En moins de dix ans, il avait quitté l'usine et bâti son propre empire financier à force d'audace, de brio et de courage. Alors il était venu la reprendre. En dépit d'un vernis de sophistication, de ses vêtements faits sur mesure, de ses yachts et de ses avions privés, Matt aurait toujours au fond de lui la pugnacité des enfants des rues. Et elle l'aimait pour cela. Elle aimait sa force, son intrépidité, même si elle était consciente que c'était justement pour cela qu'il faisait foin des conséquences juridiques de ses actes. Il croyait en l'innocence de Zachary Benedict et c'était la seule chose qui justifiât ses choix. Point final. Bien que ce fût sans doute aussi futile qu'inutile, elle avait insisté pour l'accompagner cet après-midi, juste pour s'assurer qu'il ne se mouillait pas trop.

— Pourquoi souris-tu comme ça ? lui demanda-t-il.

— Parce que je t'aime, avoua-t-elle d'un air désabusé. Et toi, pourquoi souris-tu ?

— Parce que tu m'aimes, murmura-t-il tendrement en l'enlaçant et en frottant son nez dans son cou. Et, reconnut-il, à cause de ça.

De sa poche de veste, il tira la lettre que lui avait écrite Zack.

— Tu m'avais dit que ce n'était qu'une liste d'instructions concernant Julie Mathison ?

— C'est bien ce qui est curieux... une *liste* ! Quand Zack est allé en prison, il possédait une fortune investie aux quatre coins du monde. Tu sais combien de consignes il m'a données pour m'en occuper ?

— Non. Combien ?

— Une seule, fit-il avec un grand sourire en levant l'index. Essaie de ne pas me conduire à la faillite, m'a-t-il dit.

Meredith éclata de rire, et Matt regarda par le hublot, tandis que l'appareil descendait vers la piste, les ailes luisantes sous le soleil couchant.

— Joe est là avec la voiture, dit-il, faisant allusion à leur chauffeur qui avait pris un vol régulier pour Dallas dans la matinée et loué une voiture banale pour venir à leur rencontre.

Matt désirait que personne ne remarque leur présence ni à l'arrivée ni au départ. Ils ne pouvaient donc pas appeler un taxi de l'aérodrome, même s'il existait une compagnie à Keaton.

— Des problèmes, Joe ? demanda-t-il en se glissant à l'arrière de la voiture.

— Non, répondit ce dernier avec entrain en écrasant l'accélérateur avant de lancer le véhicule le long de la piste à la manière d'un pilote de course. Je suis arrivé ici il y a une heure et j'ai repéré la maison de Julie Mathison. Il y a une flopée de vélos d'enfants dans la cour.

Meredith serra le bras de Matt pour garder l'équilibre et roula les yeux avec une résignation amusée devant cette conduite intrépide. Pour ne plus penser aux gravillons qui jaillissaient sous leurs pneus quand ils s'engagèrent à toute allure sur la route, elle reprit la conversation qu'ils avaient eue dans l'avion.

— Quel genre d'instructions Zack t'a-t-il donné au sujet de Julie Mathison ?

En tirant la missive pliée de la poche de son manteau,

Matt jeta un coup d'œil aux premières lignes et déclara sèchement :

— Entre autres choses, je dois prêter la plus grande attention à son apparence et déceler si elle semble avoir perdu du poids ou le sommeil.

L'attitude peu banale de Zack à l'égard de son ancienne otage frappa aussitôt Meredith, qui s'adoucit.

— Comment peux-tu le déceler simplement en la regardant ? Tu ne sais pas à quoi elle ressemblait avant de passer une semaine avec lui.

— Je ne peux que supposer que le stress auquel Zack a été soumis a fini par le miner. Ensuite cela va beaucoup te plaire, je suis aussi censé découvrir si elle est enceinte.

— En la *regardant ?* s'exclama Meredith, tandis que Joe ralentissait pour prendre une rue résidentielle et bordée d'arbres.

— Non, je suis censé le lui demander. C'est pourquoi je suis ravi que tu m'aies proposé de m'accompagner. Si elle nie, il faut que je dise à Zack si je la crois ou non.

— A moins qu'elle n'ait utilisé un test de début de grossesse, elle n'en sait peut-être rien elle-même. Cela ne fait que trois semaines qu'elle l'a laissé dans le Colorado.

Meredith mit ses gants, pendant que Joe O'Hara arrêtait la voiture devant une maison d'un étage de style rustique. Des petits garçons montaient sur leur bicyclette et s'en allaient en pédalant.

— Pour être inquiet à ce point, il éprouve certainement des sentiments très profonds pour elle.

— Ce qu'il éprouve, c'est de la culpabilité, répliqua Matt d'un ton catégorique en sortant de la voiture, et il se sent responsable. Zack a toujours pris ses responsabilités très au sérieux.

Tandis qu'ils se dirigeaient vers la maison, deux petits garçons en chaises roulantes sortirent en trombe par la porte latérale et descendirent la rampe qui menait à l'allée en riant aux éclats, une jolie jeune femme à leurs trousses.

— Rendez-moi ça !

L'enfant dénommé Johnny exécuta un demi-tour fracassant en agitant un carnet à spirale pour qu'elle ne puisse pas l'attraper, tandis que son compagnon manœuvrait habilement son propre fauteuil pour lui barrer le passage. Matt et Meredith s'arrêtèrent pour contempler cette joyeuse scène, pendant que Julie Mathison essayait en vain de déjouer leur défense.

— Très bien ! s'écria Julie, les poings sur les hanches, sans s'apercevoir de la présence de ses visiteurs, vous avez gagné, petits monstres ! Pas d'interrogation demain ! Maintenant rendez-moi mon cahier de notes.

Avec un cri de triomphe Johnny le lui tendit.

— Merci, dit Julie en lui enfonçant son bonnet sur les oreilles et sur les yeux.

L'enfant le releva en riant. Elle se pencha devant l'autre petit garçon et lui remonta la fermeture éclair de sa veste sous le menton, puis ébouriffa sa tignasse rousse.

— Tu as fait des progrès fabuleux pour ce qui est des manœuvres de blocage, Tim. Sers-t'en samedi, pendant le match, d'accord ?

— D'accord, mademoiselle Mathison.

Julie se retourna pour les regarder descendre l'allée et c'est alors qu'elle aperçut le couple bien habillé qui se tenait sur le trottoir devant sa maison. Ils avancèrent vers elle et Julie se frotta les bras dans le vent frais en souriant poliment. Ils lui parurent vaguement familiers dans le crépuscule qui tombait.

— Mademoiselle Mathison, dit l'homme en souriant lui aussi. Je m'appelle Matthew Farrell et voici ma femme, Meredith.

De près, Meredith Farrell était aussi belle que son mari était beau, aussi blonde qu'il était brun, et son sourire était aussi chaleureux que le sien.

— Vous êtes seule ? demanda-t-il en jetant un regard circulaire.

Julie se raidit, soudain alarmée.

— Etes-vous journalistes ? Parce que dans ce cas...

— Je suis un ami de Zack, l'interrompit-il calmement.

Le cœur de Julie battit à tout rompre.

— Je vous en prie, fit-elle aussitôt, vacillant sous le choc, entrez.

Elle les fit passer par la porte latérale, à travers la

cuisine où des casseroles en cuivre pendaient au mur, avant d'arriver au salon.

— C'est très joli, dit Meredith Farrell, qui se débarrassa de son manteau et contempla cette pièce spacieuse et ses meubles de rotin blanc ornés de coussins de tissu écossais bleu et vert, ses plantes vertes et ses arbres en pots dans les angles.

Julie s'efforçait de sourire, mais quand elle prit le manteau de Matt, elle laissa échapper avec désespoir :

— Est-ce que Zack va bien ?

— Autant que je sache, oui.

Elle se détendit un peu, mais il lui était difficile de jouer les hôtesses bien élevées alors qu'elle avait hâte d'apprendre la raison de cette visite.

— Désirez-vous un verre de vin ou un peu de café ? demanda-t-elle par-dessus son épaule en accrochant leurs vêtements dans un placard, tandis qu'ils prenaient place sur le canapé.

— Du café, c'est parfait, dit la femme, et son mari acquiesça.

Julie prépara du café en un temps record, disposa des tasses et des soucoupes sur un plateau et revint si vite au salon que ses deux visiteurs lui sourirent, comme s'ils avaient compris son dilemme.

— J'ai quelque raison d'être inquiète, reconnut-elle avec un rire étouffée, puis elle posa le plateau devant eux et se frotta les mains sur ses cuisses. Mais je suis... Je suis très heureuse que vous soyez venus. J'irai chercher le café dès qu'il sera prêt.

— Vous n'étiez pas du tout inquiète quand vous avez affronté le monde entier à la télévision et tenté, avec succès à mon avis, de le faire basculer en faveur de Zack.

Devant la chaleur de son regard et de sa voix elle eut le sentiment d'avoir accompli quelque chose de beau et de courageux.

— J'espère que tous les amis de Zack sont du même avis.

— Zack n'a plus beaucoup d'amis, dit-il laconiquement. Mais, ajouta-t-il avec un pauvre sourire, avec un champion tel que vous, il n'en a pas vraiment besoin.

— Depuis combien de temps le connaissez-vous ?

demanda Julie en s'asseyant dans un fauteuil qui formait un angle droit avec le canapé.

— Meredith ne l'a jamais rencontré, mais je le connais depuis huit ans. Nous étions voisins à Carmel, en Californie.

Matt la regarda se pencher en avant, toute son attention rivée sur lui, et sentit qu'elle désirait en savoir le plus long possible.

— Nous étions aussi associés dans plusieurs affaires, poursuivit-il. Quand il est allé en prison, Zack m'a confié un pouvoir, ce qui me confère le droit et la responsabilité de conduire ses affaires financières.

— C'est très gentil de votre part d'avoir accepté de vous occuper de tout cela, dit-elle avec amabilité, et Matt perçut pour la première fois cette chaleur unique, sans affectation, qu'elle avait dû manifester à Zack dans le Colorado, alors qu'il en avait tant besoin. Il doit vous aimer et vous respecter beaucoup pour vous faire une confiance aussi totale.

— Ce sont des sentiments réciproques, répondit-il gauchement en cherchant le moyen d'en venir au but de sa visite.

— Et c'est pour cela que vous êtes venus de Californie, avança-t-elle, parce que, étant un ami de Zack, vous vouliez me dire que vous approuviez mes propos lors de la conférence de presse ?

Matt hocha la tête, essayant de gagner du temps en s'attardant sur des détails sans importance.

— Nous ne restons à Carmel que pour les vacances à présent, expliqua-t-il. Notre résidence principale se trouve à Chicago.

— Je crois que je préférerais Carmel, bien que je n'y aie jamais mis les pieds, répondit-elle en le suivant dans cette conversation banale.

— Nous habitons Chicago parce que Meredith est présidente de Bancroft & Company, dont le siège social se trouve là.

— Bancroft ! s'exclama Julie qui, impressionnée par l'évocation de cette chaîne de grands magasins, sourit à Meredith. Je suis allée dans votre magasin de Dallas, et c'est merveilleux, fit-elle sans ajouter que c'était aussi bien trop cher pour elle. Je vais chercher le café. Il doit être prêt.

Quand elle eut disparu, Meredith posa la main sur la manche de son mari.

— Elle sent déjà que tu n'es pas venu ici par hasard, dit-elle doucement et plus tu retardes les choses, plus elle va s'inquiéter.

— Je n'ai pas vraiment hâte d'en venir au fait, reconnut Matt. J'ai fait mille cinq cents kilomètres à la requête de Zack pour lui demander tout à trac si elle est enceinte et pour lui verser un chèque. Donne-moi un moyen subtil de lui annoncer : Mademoiselle Mathison, je vous ai apporté un chèque de vingt-cinq mille dollars parce que Zack a peur que vous ne soyez enceinte, qu'il se sent coupable et qu'il veut vous payer un avocat pour éloigner de vous la presse et la police.

Elle allait lui suggérer un moyen de le faire avec davantage de tact mais avant qu'elle ait pu ouvrir la bouche, Julie revint avec une cafetière de porcelaine et remplit leurs tasses.

Matt se râcla la gorge et dit d'un ton abrupt qui reflétait son malaise :

— Mademoiselle Mathison...

— Appelez-moi Julie, s'il vous plaît, l'interrompit-elle en se redressant.

— Julie, fit-il avec un sourire triste, je ne suis pas venu ici à cause de votre conférence de presse, mais parce que Zack me l'a demandé.

Son visage s'illumina comme si le soleil sortait des nuages.

— Ah... Ah bon ? Vous a-t-il dit pourquoi ?

— Il veut savoir si vous êtes enceinte.

Julie savait qu'elle ne l'était pas, mais elle était tellement sidérée, tellement gênée par cette question inattendue qu'elle hocha négativement la tête avant que Meredith puisse venir à la rescousse.

— Matt doit vous remettre une lettre qui vous expliquera tout cela bien mieux que mon mari, dit-elle doucement.

Julie le vit plonger la main dans sa veste sport et en tirer une enveloppe. Elle avait l'impression que le monde s'était mis à tourbillonner autour d'elle quand elle la saisit.

— Est-ce que cela vous ennuie si je lis cette lettre maintenant... en privé ? fit-elle en tremblant.

— Pas du tout. Nous boirons notre café pendant ce temps.

Julie hocha la tête et fit volte-face. Elle ouvrit vite l'enveloppe avec le pouce et sortit du salon pour gagner sa chambre, mais, la salle à manger étant plus proche, elle y pénétra sans se rendre compte que ses hôtes pouvaient encore la voir. Elle se blinda, s'attendant à un autre sermon condescendant de Zack sur l'absurdité puérile qu'il y aurait à accorder la moindre importance aux liens qu'ils avaient forgés dans le Colorado, mais quand elle déplia les feuillets et se mit à lire, la tendresse et la joie dont son cœur explosa pansèrent toutes ses blessures. Le monde s'éloigna et il n'exista plus pour elle que ces mots incroyables et l'homme incroyable qui les lui avait écrits sans penser qu'elle les verrait jamais...

> Ma Julie adorée,
>
> Je sais que tu ne verras jamais cette lettre, mais cela m'aide de t'écrire tous les jours. Cela me rapproche de toi. Comme tu me manques ! Tu hantes chaque heure de mon existence. J'aimerais ne jamais t'avoir rencontrée. Non... Ce n'est pas ce que je veux dire ! A quoi bon vivre si je n'avais pas le souvenir de toi pour me faire sourire.
>
> Je me demande sans cesse si tu es heureuse. Je veux que tu le sois, que tu aies une belle vie. C'est pour cela que je ne pouvais pas te dire ce que tu voulais entendre quand nous étions ensemble. Je craignais que tu ne m'attendes pendant des années. Je savais bien que tu voulais que je te dise que je t'aime. Et me taire, ce fut la seule chose dénuée d'égoïsme que j'aie faite dans le Colorado. A présent, même cela, je le regrette.
>
> Je t'aime, Julie. Je t'aime tant, bon Dieu !
>
> Je donnerai toute ma vie pour un an avec toi. Six mois. Trois. N'importe quoi.
>
> Tu m'as volé mon cœur en quelques jours, mon

amour, mais tu m'as donné le tien. Je le sais, je le voyais dans tes yeux chaque fois que tu me regardais.

Je ne regrette plus d'avoir perdu la liberté et je ne tempête plus contre l'injustice de ces années passées en prison. Maintenant mon seul regret, c'est de ne pouvoir t'avoir près de moi. Tu es jeune, et tu m'oublieras vite, ta vie continuera. C'est exactement ainsi que cela doit être. C'est ce que tu dois faire. Je le veux, Julie.

Quel sale mensonge ! Ce que je désire vraiment, c'est te revoir, te prendre dans mes bras, te faire l'amour encore et encore pour te combler pleinement et qu'il n'y ait plus de place en toi que pour moi, à jamais. Jamais je n'avais pensé avant toi que le sexe, c'était « faire l'amour ».

J'ai parfois des sueurs froides à l'idée que tu sois enceinte. J'aurais dû te demander d'avorter le cas échéant. J'y pensais dans le Colorado mais, Julie, je n'en avais pas envie.

Attends... Je viens de songer à une solution qui ne m'était pas encore venue à l'esprit. Je sais que je n'ai pas le droit de te demander de porter mon bébé, mais il y aurait un moyen d'y arriver, si seulement tu le voulais bien : tu pourrais prendre un congé et t'en aller. Je veillerai à ce que tu aies assez d'argent pour compenser la perte de ton emploi et rembourser tous tes frais. Quand le bébé sera né, je voudrais que tu l'emmènes chez ma grand-mère. Si tu es enceinte et que tu acceptes de faire ça pour moi, je lui écrirai pour tout lui expliquer. En dépit de tous ses défauts, c'est une femme qui n'a jamais fui ses responsabilités et elle veillera à ce que notre enfant soit convenablement élevé. Elle détient le contrôle du gros héritage qui aurait été le mien. Une petite part de ces biens suffira largement à couvrir les dépenses nécessaires à l'éducation de cet enfant.

Tu avais raison quand tu disais que je n'aurais pas dû fermer la porte au nez de ma famille, que je n'aurais pas dû couper les ponts. Il y a des choses que j'aurais pu dire à ma grand-mère, même après avoir quitté la maison, et qui aurait désarmé sa haine. Tu avais raison. Dans mon enfance, je l'aimais et je l'admirais. Tu avais raison pour tout et si je pouvais changer les choses, je le ferais.

J'ai finalement décidé de t'envoyer cette lettre. C'est une erreur. Je le sais, mais je ne peux pas m'en empêcher. Il fallait que je te dise ce que tu dois faire si tu es enceinte. Je ne peux pas supporter l'idée que tu croies qu'il n'y a pas d'autre solution que d'avorter.

Ton courrier est peut-être surveillé. Je te ferai donc porter cette lettre plutôt que de la poster. C'est un ami qui te la remettra. Il prend des risques pour moi, comme tu l'as fait. Tu peux lui faire confiance comme à moi-même. Dis-lui si tu es enceinte et ce que tu comptes faire, pour qu'il puisse m'en informer. Encore une chose avant de foncer au village pour arriver à temps pour la relève hebdomadaire du courrier : je veux que tu aies un peu d'argent pour acheter ce que tu désires ou ce dont tu auras besoin. Ce que te donnera Matt m'appartient. Il ne sert donc à rien de discuter avec lui. Il agit sur mes instructions et il les suivra à la lettre. Alors, mon amour, ne lui donne pas de fil à retordre. J'ai bien assez d'argent pour mes propres besoins.

J'aimerais avoir le temps de t'écrire une lettre plus belle ou avoir gardé l'une de celles qui t'étaient destinées. Elles étaient toutes beaucoup plus cohérentes. Je ne t'en enverrai plus. N'attends donc rien. Ecrire nous ferait espérer et rêver, et si je n'arrête pas, je vais mourir à force de te désirer.

Avant de te quitter... J'ai vu dans le journal qu'il sort un nouveau film de Costner. Si tu oses fantasmer sur Kevin après l'avoir vu, je te hanterai le reste de ton existence.

Je t'aime, Julie. Je t'ai aimée dans le Colorado. Je t'aime là où je suis. Je t'aimerai toujours. Partout.

Julie aurait voulu relire cette lettre, mais elle ne parvenait à se concentrer à travers le torrent de larmes qui coulait de ses yeux. Les feuilles lui glissaient entre les doigts. Le visage dans les mains, elle se tourna vers le mur et pleura. Elle pleura de joie, de désir doux-amer et de la rageante futilité de tout cela. Elle pleura de l'injustice qui avait fait de lui un fugitif et de sa propre stupidité d'avoir quitté le Colorado.

Dans le salon, Meredith bavardait tranquillement avec Matt tout en se penchant vers la théière, mais son regard s'égara vers la salle à manger et ses yeux inquiets fixèrent le dos de cette femme en pleurs.

— Matt, regarde ! dit-elle aussitôt, puis elle se leva et se précipita vers Julie.

Elle posa les mains sur les épaules tremblantes de Julie et lui murmura :

— Puis-je vous aider en quoi que ce soit ?

— Oui ! fit Julie d'une voix entrecoupée. Vous pouvez lire cette lettre et me dire comment *quiconque* a pu croire que cet homme avait tué quelqu'un !

D'un geste hésitant Meredith ramassa les feuillets éparpillés et jeta un coup d'œil à son mari, qui se tenait dans l'embrasure de la porte.

— Matt, pourquoi ne nous sers-tu pas un peu de ce vin que Julie nous a proposé tout à l'heure ?

Il fallut quelques minutes à Matt pour trouver le vin, dénicher un tire-bouchon et ouvrir ia bouteille. Il était en train de sortir les verres du placard quand il entendit Meredith pénétrer dans la cuisine. Il jeta un coup d'œil par-dessus son épaule.

— Qu'est-ce qui ne va pas ? demanda-t-il anxieusement en observant son beau visage blême.

— Sa lettre... murmura-t-elle, les yeux brillants de larmes. Mon Dieu ! Matt... C'est incroyable !

Matt en voulait contre toute raison à Zack d'avoir bouleversé sa femme. Il l'enlaça, lui prit la lettre des mains et se mit à lire, les yeux plissés. Lentement, l'agacement fit place au choc, à l'incrédulité, enfin au chagrin. Il en était à la dernière ligne quand Julie apparut dans l'embrasure de la porte. Meredith l'entendit et se retourna aussitôt, prit le mouchoir que lui tendait Matt, tandis que Julie essayait de sourire en essuyant ses larmes du bout de ses doigts.

— Quelle fichue soirée ! fit Matt d'une voix lourde de regret et de compassion. Je suis... désolé, Julie, conclut-il pauvrement en observant l'étrange lueur dans son regard humide. Je suis sûr que Zack ne voulait pas vous faire de la peine.

Une dernière fois, Julie considéra tout ce qu'elle laisserait derrière elle si elle mettait à exécution le plan qu'elle venait d'échafauder à la hâte, mais elle avait déjà pris sa décision.

— Quand Zack vous contactera, dit-elle alors d'une voix qu'elle s'efforçait de maîtriser, voulez-vous avoir la gentillesse de lui rappeler que j'ai été abandonnée par ma propre mère et l'informer que je ne mettrai certainement pas un bébé au monde pour lui faire la même chose. Dites-lui aussi, ajouta-t-elle avec un sourire mouillé, que, s'il veut vraiment que j'aie un enfant de lui, ce que j'aurai très volontiers, il n'a qu'à me laisser le rejoindre dans son exil.

Cette dernière phrase fit l'effet d'une bombe et, dans le silence troublé, Julie vit Matt Farrell passer de l'ébahissement à l'admiration, mais il sut trouver les mots qui tempéreraient son enthousiasme :

— Je ne sais absolument ni si ni quand Zack me contactera à nouveau.

Julie émit un petit rire hystérique.

— Oh si, il le fera ! Et très bientôt ! dit-elle d'un ton catégorique maintenant qu'elle savait que son instinct ne l'avait pas trompée et que, si elle l'avait suivi, elle aurait sans doute réussi à convaincre Zack de l'emmener loin du Colorado. Il vous contactera très vite parce qu'il ne supportera pas de ne pas savoir ce que j'ai dit.

Matt comprit qu'elle avait sans doute raison et réprima un sourire.

— Y a-t-il autre chose que vous souhaitiez lui transmettre ?

Julie hocha solennellement la tête.

— Oui. Dites-lui qu'il a au plus... quatre semaines pour me récupérer avant que je ne prenne d'autres dispositions. Et puis...

Elle hésita, gênée à l'idée d'avouer une chose aussi intime par le truchement d'un tiers, puis elle songea que cela n'avait pas d'importance, du moment que Zack entendait son message.

— Dites-lui que, moi aussi, je meurs sans lui, poursuivit-elle d'une voix brisée, et que... que s'il ne me laisse pas venir à lui, je m'achèterai vingt-cinq mille cassettes du dernier film de Kevin Costner avec son argent et que je m'extasierai sur ce type le reste de ma vie !

— A mon avis, dit Meredith avec un rire étouffé, il va dire oui illico. Tu te souviendras de tout ce discours ou dois-je prendre des notes ? demanda-t-elle à Matt.

Celui-ci lança un regard ébahi à sa femme qui semblait à présent aussi décidée à l'impliquer dans l'existence embrouillée de Zack qu'elle l'avait été de l'en sortir deux heures plus tôt, puis il se retourna pour verser le vin.

— Je suppose que nous devons porter un toast, déclara-t-il en passant les verres. Malheureusement, l'inspiration me fait défaut sous le choc.

— Pas moi, dit Meredith, qui leva son verre en regardant Julie. A toutes les femmes qui aiment autant que nous !

Puis elle se tourna vers son mari et ajouta avec la même sérénité :

— Et aux deux hommes que nous aimons !

Julie le regarda sourire avec une tendresse et une fierté dénuée de toute gêne et, à ce moment-là, elle tomba amoureuse d'eux. Ils étaient comme Zack et elle, songea-t-elle. Ils étaient amour, engagement, unité.

— Je vous en prie, restez pour le dîner. Je ne suis pas un cordon bleu, mais nous ne nous reverrons peut-être jamais et j'ai trop envie d'en savoir plus sur... sur tout.

Tous deux acquiescèrent et Matt demanda, impassible :

— Tout ? Eh bien, je suppose que je pourrais commencer par une analyse détaillée des marchés financiers mondiaux. J'ai quelques intuitions passionnantes sur les causes probables de leur déclin.

Il éclata de rire devant son air consterné.

— Nous pourrions aussi parler de Zack.

— Quelle excellente idée ! le taquina sa femme. Parle-nous donc du temps où vous étiez voisins.

— Je vais préparer le dîner, dit Julie qui cherchait ce qu'elle pourrait bien faire pour que cela n'empiète pas trop sur la conversation.

— Non, suggéra Meredith, il n'y a qu'à envoyer Joe chercher une pizza.

— Qui est Joe ? demanda Julie en tendant la main vers le téléphone pour en commander une.

— Officiellement, c'est notre chauffeur. Officieusement, il fait partie de la famille.

Une demi-heure plus tard, ils étaient tous trois douillettement installés dans la salle à manger et Matt faisait tout son possible pour répondre à la curiosité des deux femmes en leur donnant une version expurgée de sa vie de célibataire et de voisin de Zack, quand la sonnette retentit.

Julie, qui s'attendait à voir apparaître un chauffeur en uniforme, hautain et distingué, ouvrit la porte et se trouva nez à nez avec un géant au visage d'une laideur menaçante, un sourire charmeur aux lèvres et une boîte de pizza dans chacune de ses mains tendues.

— Venez avec nous, dit-elle en le faisant entrer. Et d'abord, vous n'étiez pas obligé de rester dans la voiture.

— C'est aussi mon avis, plaisanta Joe, mais il jeta un coup d'œil à Matt pour voir si sa présence était souhaitée.

Quand Matt hocha la tête, Joe entra et retira son manteau.

— Nous mangerons ici, il y a plus de place, lança Julie par-dessus son épaule en disposant les assiettes sur la table.

— Je vais chercher le vin, annonça Meredith.

Joe O'Hara pénétra d'un pas nonchalant dans la salle à manger et enfouit les mains dans ses poches en observant la courageuse jeune femme qui avait défendu Zack à la télévision. Elle ressemblait plus à une ravissante étudiante qu'à une institutrice avec ses cheveux bruns et brillants, retenus sur la nuque par un nœud, et son teint lumineux. Elle n'avait rien des plantes pulpeuses pendues aux basques de Zack, et cela plut à Joe. Il jeta un regard interrogateur à Matt qui se tenait à ses côtés et qui la contemplait avec un petit sourire affectueux. En réponse à sa question muette son patron hocha lentement la tête, et Joe en tira une conclusion aussi évidente que satisfaisante.

— Alors vous êtes la dame de Zack, dit Joe à haute voix.

Julie, qui était en train de poser des serviettes à côté des assiettes, s'immobilisa et posa sur lui des yeux qui avaient la douceur et la couleur des violettes.

— C'est le plus *beau* compliment que l'on m'ait jamais fait, répondit-elle.

Au grand étonnement de Julie, le géant rougit jusqu'aux oreilles.

— Vous connaissez Zack, vous aussi ? demanda-t-elle pour le mettre à l'aise et parce qu'elle avait envie d'en apprendre le plus possible.

— Et comment ! fit-il en s'asseyant, tout comme les Farrell. Je pourrais vous raconter des choses que personne ne sait, pas même Matt.

— Allez-y ! s'écria Julie avec enthousiasme.

O'Hara se servit une part de pizza, réfléchit un instant et dit :

— Voilà ! Un soir, Matt avait un invité surprise et il m'a envoyé chez Zack parce que nous n'avions plus de vodka. Il était environ minuit et il y avait de la lumière chez Zack, mais personne ne vint ouvrir la porte. J'entendais sa voix et celles de femmes derrière la maison. Alors j'ai fait le tour et il était là, au bord de sa piscine en smoking. Il devait sortir d'une soirée.

Fascinée, Julie posa le menton sur son poing.

— Que faisait-il ? demanda-t-elle, tandis qu'O'Hara mordait dans sa pizza.

— Il pestait, fit Joe succinctement.

— Contre qui ?

— Les trois femmes nues qui étaient dans sa piscine. C'étaient des admiratrices qui avaient trouvé son adresse et s'étaient figuré qu'il se joindrait à elles pour faire une petite orgie.

— O'Hara ! gronda Matt.

— Non, c'est une histoire correcte, Matt. Julie ne sera pas jalouse, n'est-ce pas ? fit-il, hésitant.

Julie hocha la tête en riant. Zack l'aimait. Maintenant elle le savait. Il n'y avait rien dont elle pût être jalouse.

— J'en étais sûr, déclara Joe en jetant un regard satisfait à ses patrons. De toute façon, Julie, poursuivit-il, Zack était fou furieux et je vais vous dire une chose que vous ne savez peut-être pas... Derrière son apparence calme et froide, ce type a un caractère incroyable ! Puisqu'elles ne voulaient pas sortir comme il le leur avait ordonné, il m'a demandé de les jeter dehors, et c'est exactement ce que j'ai fait. Il s'est avancé dans la piscine tout habillé et une nana d'une vingtaine d'années a roulé à mes pieds, nue comme un ver. Puis Zack est parti avec une fille sous chaque bras.

Julie s'efforçait de ne pas avoir l'air choquée.

— Qu'en avez-vous fait ?

— Ce que Zack m'avait demandé. Il était tellement furibard qu'il ne voulait pas les laisser se rhabiller. Nous les avons trimballées jusqu'à leur voiture. Elles hurlaient, protestaient, réclamaient leurs vêtements. J'ai ouvert grand la portière, mis le contact et la première. « Prenez le volant et allez vous écraser où vous voulez, leur a-t-il dit, mais foutez-moi le camp d'ici et ne revenez jamais ! »

Les deux femmes échangèrent un regard satisfait, approuvant manifestement la moralité de Zack.

— Tu ne m'avais jamais raconté ça, dit Matt en fronçant les sourcils d'un air perplexe.

— J'ai bien essayé, mais la femme que vous receviez ce soir-là essayait de vous déshabiller. Alors j'ai laissé la vodka sur le bar et je suis allé me coucher.

Julie porta délicatement son regard amusé sur la pizza, Meredith appuya le menton sur ses poings serrés et observa son mari avec des yeux rieurs et Matt jeta un regard de glace au chauffeur qui venait de gaffer et qui levait les mains au ciel.

— Meredith en sourit, Matt. Elle sait bien qu'à cette époque-là, vous ignoriez que vous étiez marié avec elle !

Julie s'étrangla.

— Tu ferais mieux de t'expliquer là-dessus, dit Matt

avec irritation, avant que Julie ne croie que Zack a remis son avenir entre les mains d'un imbécile.

— Je pensais que tout le monde connaissait cette histoire. C'était dans tous les journaux, déclara Joe. Voyez-vous, enchaîna-t-il devant la mine interdite de Julie, Matt et Meredith se sont mariés et ont divorcé quand Meredith n'avait que dix-huit ans. Personne ne le savait, pas même moi. Et douze ans plus tard, Meredith a découvert qu'ils avaient pris un avocat bidon et que le divorce n'avait jamais été réellement prononcé. Elle l'a invité à déjeuner, ils ont bavardé après toutes ces années et elle lui a annoncé la nouvelle. Matt était furieux, c'était quelque chose ! Meredith était déjà fiancé à un autre et ils devaient tous trois donner une conférence de presse, avoir l'air aimables, et Matt essayait de faire passer ça pour une bonne blague...

— Je connais cette histoire, l'interrompit Julie pour qui tout devenait clair. C'est pour cela que ce soir, quand je vous ai vus, vous ne m'avez pas semblé inconnus. J'ai *vu* cette conférence de presse !

Puis elle tourna un regard intrigué vers Matt Farrell.

— Je me souviens que vous plaisantiez avec le fiancé de Meredith de cette histoire de fous et que sembliez très amis. Et puis... quelques jours plus tard, vous... vous l'avez frappé ! N'est-ce pas ? Il y avait une photo de la bagarre dans les journaux.

— Cela dit, nous sommes très bons amis à présent, dit Matt en souriant un peu d'un air pensif.

Ils ne se séparèrent qu'àprès onze heures, à contrecœur. Julie s'excusa et alla chercher quelque chose dans sa chambre. Quand elle revint avec le pull vert et le pantalon qu'elle avait portés pour rentrer du Colorado, Joe O'Hara était déjà parti faire chauffer le moteur. Matt et Meredith attendaient devant la porte.

Sa femme lui ayant demandé de dire deux mots à Julie en privé, Matt lui sourit et lui dit au revoir.

— J'attendrai avec Joe dans la voiture que vous vous soyez dit adieu.

Elle se hissa sur la pointe des pieds pour l'embrasser et Matt la serra fort et se surprit à éprouver une peur féroce pour elle et pour Zack.

— Si cela doit vous rassurer, ajouta-t-il contre toute raison, mon groupe possède une agence d'enquête internationale et, depuis trois semaines, je leur ai demandé d'enquêter sur tous ceux qui avaient travaillé à Dallas pour le film de Zack.

— Mais pourquoi ne l'avez-vous pas fait plus tôt ? fit Julie au lieu de s'en réjouir. Je suis désolée, s'excusa-t-elle aussitôt, je suis grossière et ingrate.

Matt lui sourit et opina du chef en admirant la dévotion qu'elle avait pour Zack.

— Vous étiez très inquiète, pas grossière. Zack avait payé une agence dont la réputation valait celle de la nôtre pour faire exactement le même travail avant son procès et ils n'ont rien trouvé de tangible. Alors il m'a dit qu'il n'avait pas besoin de mon aide pour autre chose que la tâche qu'il m'avait confiée, et qu'il ne la désirait pas. Comme son orgueil en avait déjà pris un sacré coup après la publicité faite à son procès, j'ai accédé à sa requête et je l'ai laissé faire.

— Vos enquêteurs..., fit Julie avec anxiété, saisissant une pointe d'encouragement dans sa voix, ont découvert un élément nouveau, n'est-ce pas ?

Après avoir hésité, Matt songea qu'il n'y avait rien de mal à le lui dire, puisqu'elle avait déjà décidé de partager l'exil de Zack.

— Cela concerne en partie Tony Austin, commença-t-il.

— C'est Tony Austin qui l'a tuée ? l'interrompit-elle.

— Je n'ai pas dit ça, fit Matt avec fermeté. S'il y avait la moindre preuve, je ne serais pas ici, je ferais exploser la nouvelle dans tous les médias pour faire bouger les autorités.

— Alors qu'avez-vous découvert ?

— Nous avons appris qu'Austin a vraisemblablement menti à la barre des témoins. Au cours du procès, il a déclaré que sa liaison avec Rachel Evans durait depuis des mois et qu'ils étaient « follement amoureux l'un de l'autre ». La vérité, c'est qu'il avait une autre liaison.

— Qui était-ce ? s'enquit Julie, haletante. C'est peut-être elle qui a interverti les balles, pour peu qu'elle ait été jalouse de Tony et de Rachel.

— Nous l'ignorons. Tout ce que nous savons, c'est que deux semaines avant le meurtre, un groom a entendu une voix de femme dans la suite d'Austin, tard le soir, alors qu'il apportait du champagne. Le même groom venait d'apporter le dîner chez Zack, et c'est Rachel qui lui a ouvert la porte. Elle n'était donc pas dans la chambre d'Austin. De toute façon, je ne pense pas que ce soit une femme qui ait changé les balles. A mon avis, c'était Austin.

— Pourquoi le pensez-vous ?

— Sans doute parce que Zack a toujours cru qu'il était mêlé à cette histoire et que ça a déteint sur moi, reconnut Matt en soupirant. En fait Rachel n'aurait pas pu faire vivre Austin et elle-même sur un grand pied, à moins qu'elle ne continue à travailler et n'obtienne une grosse pension alimentaire des tribunaux californiens. Or elle n'était appréciée du public que sous la direction de Zack et à partir du moment où la presse aurait eu vent de sa trahison, sa popularité au cinéma, et ses gains, auraient chuté.

« Maintenant que nous savons qu'Austin avait une autre liaison en même temps, cela infirme le témoignage où il se déclarait fou d'elle. Son attrait était surtout financier et, comme elle avait ruiné son avenir en se faisant pincer en sa compagnie dans la suite de Zack, il a décidé de se débarrasser d'elle. Il est aussi possible qu'il n'ait jamais eu l'intention de l'épouser. Il l'aurait tuée parce qu'elle le harcelait. Qui sait ? De plus, Austin était le seul qui puisse physiquement contrôler ce revolver pendant le tournage de la scène. Même si Zack n'avait pas modifié le scénario de sorte que ce soit Austin, non Rachel, qui tire le premier, Austin était assez fort pour s'assurer que l'arme était pointée sur elle, pas sur lui, quand le coup partirait.

Cette conversation macabre et ce qu'elle impliquait firent frissonner Julie.

— Zack est-il au courant ?

— Oui.

— Qu'en dit-il ? Est-il curieux ou content ?

— Content ? répéta-t-il avec un rire amer. Si vous aviez été condamnée pour un crime qu'un autre aurait commis et que vous étiez totalement impuissante à faire bouger les choses, seriez-vous contente d'apprendre que la personne que vous méprisez le plus au monde est sans doute la cause de tous vos malheurs ? Et puis il y a des complications, ajouta-t-il. Nous avons aussi eu des renseignements sur d'autres gens qui se trouvaient également sur le plateau à Dallas.

— Quel genre de renseignements ?

— D'abord, Diana Copeland avait eu une liaison avec Austin des années auparavant. C'était fini entre eux, paraît-il. Pourtant elle était encore assez jalouse de Rachel pour aller raconter, une fois les remous déclenchés par le procès apaisés, qu'elle était ravie de la mort de celle-ci. Peut-être était-elle assez jalouse pour l'avoir provoquée. Et puis il y a Emily McDaniels, que l'on a dû bourrer de médicaments l'année qui a suivi le meurtre, réaction un peu excessive pour une spectatrice innocente. Tommy Newton, l'assistant-réalisateur du film, a mis aussi beaucoup de temps à s'en remettre, bien que tout le monde connaisse ses sentiments pour Austin. Voilà, conclut-il d'un air sombre, des indices nouveaux qui accusent tout le monde en même temps et sont donc complètement inutilisables.

— Oh, pas nécessairement. On pourrait demander à la police, au procureur général ou à celui qui s'occupe de ces affaires-là, quel qu'il soit, de vérifier ces nouveaux éléments.

— Les autorités ont décidé que Zack était coupable, l'ont arrêté et traduit en justice. Je suis navré de vous ôter vos illusions, mais ils seront les derniers à souhaiter rouvrir le dossier, ce qui les ferait passer pour des imbéciles. Si nous trouvons une preuve irréfutable de la culpabilité d'Austin ou d'un autre, je l'apporterai aux avocats de Zack et aux médias avant de la transmettre aux autorités qui tenteraient d'étouffer l'affaire. Le problème, c'est que nous avons peu de chances de découvrir autre chose. Nous avons déjà épuisé toutes les pistes en cherchant la femme avec laquelle se trouvait Austin. Austin a nié son existence, prétendant que le groom s'était trompé et que, s'il avait entendu une voix, ce devait être la télévision.

Matt baissa le ton comme si cela devait atténuer le coup qu'il allait lui porter.

— Zack comprend très bien tout cela. Il sait qu'il y a quatre-vingt-dix-neuf chances sur cent qu'Austin soit le meurtrier, mais il sait aussi que le système judiciaire ne remuera pas le petit doigt, à moins que lui ou moi, nous lui apportions une preuve à cent pour cent et je crains que ce soit impossible. Il est important que vous le compreniez vous aussi, Julie. Je ne vous ai dit cela que parce que vous êtes décidée à aller le rejoindre, et je pense que cela pourrait vous aider, si jamais vous veniez à douter de son innocence.

Julie rejeta cette logique fataliste de toute son énergie.

— Je ne cesserai jamais d'espérer. Je prierai, j'espérerai, je harcèlerai Dieu jusqu'à ce que votre enquête aboutisse à la preuve dont vous avez besoin.

Elle semblait prête à affronter le monde entier pour Zack, et Matt l'attira contre lui pour la serrer un bref instant dans ses bras.

— Zack a enfin eu de la chance le jour où il vous a rencontrée, dit-il tendrement. Allez-y, priez, ajouta-t-il en la relâchant. Nous en aurons besoin.

Il plongea la main dans sa poche, en tira un stylo et une carte de visite, au dos de laquelle il inscrivit deux numéros de téléphone et une adresse.

— Ce sont nos numéros personnels à Chicago et à Carmel. Si vous n'arrivez pas à nous joindre, appelez ma secrétaire à ce numéro. Je lui donnerai des instructions pour que vous puissiez nous contacter n'importe où. Au dos, c'est notre adresse de Chicago. J'étais aussi censé vous remettre ce chèque de Zack.

Julie fit non de la tête.

— Dans sa lettre, il m'en indique l'objet. Je n'en aurai pas besoin.

— Je suis désolé, dit doucement Matt, de ne rien pouvoir faire de plus. Sincèrement désolé pour Zack et pour vous.

— Vous avez été merveilleux. Merci de m'avoir dit tout ça.

Quand il rejoignit Joe dans la voiture, Julie tendit à

Meredith les vêtements qu'elle avait rapportés du Colorado.

— J'ai remarqué que Matt a la même taille et la même corpulence que Zack, et que j'ai à peu près sept centimètres de moins que vous. C'est pour cela et pour d'autres raisons que j'ai le sentiment que vous pourriez reconnaître ceci.

— Gardez-les, répondit Meredith, pour les souvenirs qui y sont attachés.

Inconsciemment Julie les serra contre sa poitrine d'un geste protecteur.

— Merci.

— Je pense comme vous que Zack contactera Matt très bientôt, dit Meredith en ravalant la boule que l'émotion avait fait naître dans sa gorge, mais êtes-vous absolument certaine de vouloir vous lancer dans cette aventure ? Vous allez sûrement enfreindre une loi. On vous pourchassera tous les deux. Si vous avez de la chance, vous passerez le reste de votre existence à vous cacher.

— Dites-moi une chose, répondit Julie en soutenant son regard sans ciller. Si c'était Matt qui était loin, tout seul, et qui vous aimait, si c'était Matt qui vous avait écrit la lettre que vous avez lue ce soir, que feriez-vous ? Honnêtement, ajouta-t-elle en songeant que sa nouvelle amie ne lui dirait peut-être pas le fond de sa pensée.

Meredith poussa un soupir haletant.

— Je prendrais le premier moyen de transport qui me conduirait jusqu'à lui. Je lui mentirais même et je lui dirais que je suis enceinte pour qu'il me laisse venir à lui, murmura-t-elle en serrant Julie.

Julie, alarmée, se raidit.

— Qu'est-ce qui vous fait penser que je ne suis pas enceinte ?

— Votre expression quand Matt vous a demandé si vous l'étiez et le fait que vous n'avez pas pu vous empêcher de hocher la tête.

— Vous ne le direz pas à Matt, n'est-ce pas ?

— Je ne peux pas le lui dire, soupira-t-elle. Je n'ai jamais eu aucun secret pour lui depuis que nous sommes mariés, mais si je le lui dis, il préviendra Zack. Pour vous protéger tous les deux, car même s'il le cache, ce que vous avez l'intention de faire et ce qui pourrait en découler lui fait très peur. A moi aussi.

— Alors pourquoi m'aidez-vous ?

— Parce que, répondit simplement Meredith, je ne crois pas que vous puissiez vivre l'un sans l'autre. Et parce que, ajouta-t-elle en esquissant un vrai sourire, je pense que vous feriez la même chose pour moi si les rôles étaient inversés.

Du porche, Julie leur fit un signe de la main, puis elle rentra et prit la lettre de Zack. Elle s'assit dans un fauteuil, la relut, et ses mots la réchauffèrent, la firent tressaillir et renforcèrent son courage.

> Je t'aime, Julie. Je t'aime tant, bon Dieu. Je donnerai toute ma vie pour un an avec toi. Six mois. Trois. N'importe quoi... Jamais je n'avais pensé avant toi que le sexe, c'était « faire l'amour »... N'attends donc rien. Ecrire nous ferait espérer et rêver, et si je n'arrête pas, je vais mourir à force de te désirer.

Elle songea à ses dernières paroles dans le Colorado, à son amusement condescendant quand elle lui avait avoué qu'elle l'aimait : *« Tu ne m'aimes pas, Julie. Tu ne sais pas distinguer entre une relation sexuelle réussie et le vrai amour. Maintenant sois gentille et rentre chez toi. »* Et elle les compara à la vérité de sa lettre : *« Je t'aime, Julie. Je t'aimais dans le Colorado. je t'aime là où je suis. Je t'aimerai toujours. Partout. »*

Devant une telle contradiction elle hocha la tête, éberluée.

— Pas étonnant que tu aies remporté un Oscar ! murmura-t-elle tendrement.

Julie se leva et éteint la lumière de la salle à manger, mais elle emporta sa lettre dans sa chambre pour la relire.

— Appelle-moi, Zack, lui ordonna-t-elle au fond de son cœur, et sors-nous de ce désastre. Appelle-moi vite, mon amour.

Dans la maison voisine, les sœurs Elridge veillaient exceptionnellement tard, elles aussi.

— Il a dit qu'on le prévienne, dit Ada Elridge à sa jumelle rétive. M. Richardson nous a demandé de l'appeler à Dallas à n'importe quelle heure, si nous remarquions la présence d'étrangers ou quoi que ce soit d'anormal autour de la maison de Julie Mathison. Maintenant donne-moi le numéro d'immatriculation de la voiture qui est restée garée la moitié de la soirée pour que je puisse le lui transmettre.

— Mais Ada ! protesta Flossie en cachant le papier derrière son dos. Nous ne devrions pas espionner Julie, même pour le FBI.

— Nous n'espionnons pas ! lança Ada en arrachant le papier des mains de sa sœur. Nous l'aidons à protéger Julie de ce... de ce monstre barbare qui l'a enlevée. De lui et de ses sales films ! ajouta-t-elle en décrochant le téléphone.

— Ils ne sont pas sales ! Ce sont de bons films et je crois que Zachary Benedict est innocent ! Comme Julie. Elle me l'a dit la semaine dernière et elle l'a déclaré à la télévision. Il ne lui a fait aucun mal et je ne vois donc pas pourquoi il le ferait maintenant. Si tu veux mon avis, lui confia Flossie, Julie est amoureuse de lui.

Ada cessa d'appuyer sur les touches pour appeler Dallas en PCV.

— Eh bien, si elle l'est, déclara-t-elle d'un air dégoûté, c'est qu'elle est aussi bêtement romantique que toi. Elle se languira de ce bon à rien, de cette vedette de cinéma, tout comme tu t'es languie de ce crétin de Herman Henkleman qui ne vaut même pas une heure de ton temps et ne l'a jamais valu !

52

— Julie ! fit la secrétaire du principal alors qu'elle entrait dans le bureau pour présenter son rapport de fin de journée. Un certain M. Stanhope a appelé cet après-midi.

Julie leva les yeux et, en entendant ce nom, elle demeura pétrifiée.

— Qu'a-t-il dit ? demanda-t-elle, consciente du désarroi qui perçait dans sa voix.

— Il voulait inscrire son fils à votre cours d'éducation physique pour handicapés. Je lui ai dit qu'il était complet.

— Pourquoi diable lui avez-vous dit ça ?

— Parce que j'ai entendu M. Duncan affirmer que nous avions trop de monde. De toute façon, ce M. Stanhope a dit que c'était un cas urgent et qu'il vous rappellerait à sept heures ce soir. Je l'ai prévenu que c'était inutile, que nos professeurs ne travaillaient pas si tard.

En un éclair, Julie comprit que Zack craignait d'appeler chez elle, que son téléphone risquait d'être sur écoute, qu'il n'avait pas réussi à la contacter à l'école et qu'il ne ferait peut-être pas d'autre tentative. Elle eut le plus grand mal à se retenir de frapper la secrétaire fouineuse et paresseuse du principal.

— Si c'est un cas urgent, rétorqua Julie avec une hargne qui ne lui était guère coutumière, pourquoi n'êtes-vous pas venue me chercher dans ma classe ?

— Les professeurs ne sont pas censés recevoir des

appels téléphoniques pendant les heures de classe. C'est la règle établie par M. Duncan. Une règle très stricte.

— Ce n'était manifestement pas un appel personnel, dit Julie en enfonçant ses ongles dans ses paumes. A-t-il dit s'il avait l'intention de me rappeler ici ou chez moi ce soir ?

— Non.

A six heures quarante-cinq, Julie était assise dans le bureau de l'administration et fixait le téléphone sur la table. Le voyant de la ligne principale s'allumerait s'il y avait un appel. Si elle s'était trompée, Zack essaierait de la joindre à la maison. L'idée qu'il puisse penser qu'elle avait changé d'avis, qu'elle ne voulait plus le rejoindre et qu'il ne rappelle pas la terrifiait. Derrière les parois de verre qui entouraient le service administratif, les couloirs sombres semblaient effrayants et, quand le gardien passa la tête dans l'embrasure de la porte, elle sursauta d'un air coupable.

— Vous travaillez très tard ce soir, dit Henry Rueheart avec un sourire qui découvrait une dent manquante.

— Oui, répondit hâtivement Julie en prenant un stylo et un bloc vierge qui se trouvaient devant elle. J'ai... un rapport à rédiger. Il est parfois plus facile de réfléchir ici que chez soi.

— A vous voir bayer aux corneilles comme tout à l'heure, on ne dirait pas que ça marche très fort, fit-il. Je pensais plutôt que vous attendiez un coup de fil ou quelque chose.

— Non, pas du tout...

La sonnerie suraiguë du téléphone retentit et elle décrocha en appuyant d'un coup sec sur le voyant.

— Allô ?

— Salut, petite sœur, dit Carl. Je n'arrête pas d'appeler chez toi et, comme je ne pouvais te joindre nulle part ailleurs, j'ai tenté ma chance à l'école. Est-ce que tu as dîné ?

Julie se passa la main dans les cheveux en tâchant de se souvenir si la ligne serait occupée pour Zack ou s'il y avait une deuxième ligne.

— J'ai beaucoup de travail à terminer, dit-elle en

jetant un regard exaspéré à Henry qui avait décidé de traîner dans le bureau et de vider les corbeilles à papier au lieu de finir de balayer les couloirs. J'essaie de rédiger un rapport, mais je n'ai pas beaucoup progressé.

— Tout va bien ? demanda-t-il avec insistance. J'ai vu Katherine en ville il y a quelques minutes, qui m'a dit que, cette semaine, tu voulais rester seule tous les soirs.

— Tout va très bien ! Génial ! Je me jette dans le travail comme tu me l'avais conseillé, tu te souviens ?

— Non.

— Ah ? Ce devait être quelqu'un d'autre. Je croyais que c'était toi. Il faut que je raccroche. Merci de m'avoir appelée. Je t'embrasse. Henry, laissa-t-elle échapper par distraction, vous avez bientôt fini ? Je n'arriverai pas à me concentrer si vous n'arrêtez pas de cogner les corbeilles dans tous les coins, ajouta-t-elle injustement, car il faisait peu de bruit.

Son visage se décomposa.

— Je suis désolé, mademoiselle Julie. Je vais balayer le couloir. Ça ira ?

— Oui. Excusez-moi, Henry. Je suis un peu... fatiguée, conclut-elle avec un sourire exagérément radieux, qui ne montrait aucune lassitude.

Elle l'observa, tandis qu'il arpentait le couloir de son pas traînant. Il fallait rester calme, ne rien faire ni ne rien dire de bizarre qui pourrait éveiller les soupçons.

A sept heures pile, le téléphone sonna à nouveau. Elle décrocha d'un geste brusque.

La voix de Zack paraissait encore plus grave au téléphone, mais elle était aussi froide, brusque, sèche.

— Tu es seule, Julie ?

— Oui.

— Que faut-il que je dise pour te dissuader de me rejoindre ? C'est une idée de fou.

Ce n'était pas du tout ce qu'elle avait envie d'entendre, ce n'était pas non plus le ton qu'elle attendait, mais elle songea aux mots de sa lettre et refusa de se laisser piéger, intimider.

— Si tu me disais que tu ne m'as écrit que des mensonges, répondit-elle doucement.

— Bien, fit-il. Ce n'étaient que des mensonges.

Julie serra le téléphone dans sa main et ferma les yeux.

— Maintenant dis-moi que tu ne m'aimes pas, mon amour.

Elle l'entendit souffler et soupirer.

— Ne m'y oblige pas, la supplia-t-il d'une voix tourmentée. Je t'en prie.

— Je t'aime tant, murmura-t-elle avec flamme.

— Ne me fais pas ça, Julie...

Elle desserra les doigts et sourit, car elle venait de comprendre qu'elle allait gagner.

— Je ne peux pas m'en empêcher, dit-elle tendrement. Je ne peux pas cesser de t'aimer. Il n'y a qu'une solution que je sois prête à accepter, et je t'en fait part.

— Mais enfin ce n'est pas...

— Garde tes prières pour plus tard, mon amour, le taquina-t-elle. Quand je serai près de toi, tu vas te raboter les genoux à force de prier pour que j'apprenne à faire la cuisine, que je te laisse dormir un peu la nuit pour changer, que j'arrête de te faire des enfants...

— Oh, Julie... non ! Non !

— Non quoi ?

Il inspira longuement, douloureusement, puis resta silencieux si longtemps qu'elle pensa qu'il ne lui répondrait pas et, quand il parla enfin, elle eut l'impression que les mots lui étaient arrachés de la poitrine :

— Ne... cesse jamais de m'aimer.

— Je le jurerai devant un prêtre, un pasteur ou un moine bouddhiste.

Cela lui arracha un rire malgré lui et le souvenir de son sourire si lumineux lui fit battre le cœur quand il lui déclara :

— Serions-nous en train de parler mariage ?

— Moi oui.

— J'aurais dû m'attendre aussi à cela.

Les efforts qu'il fit pour paraître mécontent furent vains, mais elle joua le jeu pour le mettre de bonne humeur.

— Tu ne veux pas m'épouser ?

— Désespérément.

— Dans ce cas, dis-moi comment venir jusqu'à toi et quelle est la taille de ton annulaire.

Un second silence tourmenté lui mit les nerfs à vif, puis il parla :

— D'accord. Je te retrouve à l'aéroport de Mexico dans huit jours, mardi soir. Mardi matin de bonne heure, prends ta voiture et rends-toi à Dallas. Là, loue un véhicule en ton nom et va jusqu'à San Antonio, mais n'y entre pas. Laisse-le sur le parking des voitures de location à l'aéroport, ils finiront bien par la trouver. Avec un peu de chance, les autorités se diront que tu pars à ma rencontre en voiture, non en avion, et elles n'alerteront pas les aéroports aussi vite. En tout, le trajet sur route ne devrait durer que quelques heures. Un billet pour le vol de quatre heures pour Mexico t'attendra au comptoir d'Aero Mexico au nom de Susan Arland. Des questions ?

Julie sourit quand elle se rendit compte qu'il s'attendait à cette conclusion avant de l'appeler, puisqu'il s'était manifestement occupé des questions pratiques.

— Une. Pourquoi ne puis-je te rejoindre plus tôt ?

— Parce que j'ai d'abord quelques détails à régler.

Julie n'insista pas.

— Quand tu quitteras ta maison mardi matin, n'emporte rien qui puisse faire croire que tu pars. Ne quitte pas ton rétroviseur des yeux pour t'assurer que tu n'es pas suivie. Si l'on te suit, va faire une course, n'importe quoi, puis reviens à la maison et attends de mes nouvelles. D'ici là surveille bien ta boîte aux lettres. Ouvre tout, même les pubs. S'il y a un changement de programme, on te contactera comme ça ou je t'enverrai quelqu'un. Nous ne pouvons pas nous servir de ton téléphone, je parie qu'il est sur écoute.

— Qui me contactera ?

— Je n'en ai pas la moindre idée et, quand on le fera, ne lui demande pas son identité.

— D'accord, dit Julie en recopiant ses dernières instructions. Je ne pense pas qu'on me surveille. Paul Richardson et David Ingram, les deux agents du FBI qui étaient là, ont renoncé et sont retournés à Dallas la semaine dernière.

— Comment te sens-tu ?

— Très bien.

— Pas de nausées matinales, rien ?

Sa conscience la tenaillait et, pour tenter de la soulager, elle ne mentit pas vraiment.

— Je suis une femme en excellente santé. Mon corps est fait pour la maternité. Et il est définitivement fait pour toi.

Ce sous-entendu lui fit ravaler sa salive de manière audible.

— C'est ça, taquine-moi, tu ne perds rien pour attendre.

— Promis ?

Alors il rit, un rire de gorge qui lui réchauffa le cœur, mais pas autant que ses paroles rauques.

— Tu me manques. Comme tu me manques ! Tu te rends compte que tu ne pourras pas dire au revoir à ta famille ? ajouta-t-il, comme s'il redoutait de trop se relâcher. Laisse-leur une lettre qu'ils ne trouveront que plusieurs jours après ton départ. Ensuite tu ne pourras plus entrer en contact avec eux.

Elle serra les paupières.

— Je sais.

— Et tu es prête à accepter cela ?

— Oui.

— C'est un fichu début de vie commune, dit-il d'une voix tendue, que de briser le cœur de ta famille et de couper les ponts. C'est attirer la malédiction.

— Ne dis pas des choses comme ça, fit Julie, réprimant un frisson. Je le leur ferai comprendre dans ma lettre d'adieu. De plus, les quitter pour te suivre, ça a un côté... biblique ! Qu'est-ce que tu fais en ce moment ? lui demanda-t-elle pour dissiper l'humeur morose qui planait sur leur conversation. Tu es debout ou assis ?

— Je suis dans une chambre d'hôtel, assis sur un lit, et je te parle.

— Tu habites à l'hôtel ?

— Non. J'y ai juste pris une chambre pour avoir une ligne privée et des communications audibles avec les Etats-Unis.

— Quand je me coucherai ce soir, je veux voir ce que tu vois de ton lit. Descris-moi ta chambre et je te dirai comment est la mienne. Comme ça, tu le sauras.

— Julie, dit-il d'un ton bourru, essairais-tu de me faire atteindre des sommets de frustration ?

— Je le pourrais ?

— Tu le sais très bien.

— En te parlant simplement de chambres ?

— En me parlant de n'importe quoi.

Elle rit aussi naturellement que si elle avait toujours pu rire avec lui.

— Quelle est sa taille ? demanda-t-il avec une pointe d'amusement dans la voix.

— Ma chambre ?

— Ton annulaire.

Elle inspira en tremblant.

— Cinq et demi, je crois. Et toi ?

— Je ne sais pas. Grande, je suppose.

— Quelle teinte ?

— Mon doigt ?

— Non, dit-elle en riant, ta *chambre*.

— Petite maligne ! la gronda-t-il, mais il lui répondit en baissant le ton. Je suis sur un bateau, des parois de teck, une lampe de cuivre, une petite commode et au mur une photo de toi découpée dans un journal.

— Tu vois ça quand tu t'endors ?

— Je ne dors pas, Julie. Je me contente de penser à toi. Est-ce que tu aimes les bateaux ?

Julie inspira à nouveau par à-coups, essayant de garder en mémoire tous ces mots tendres.

— J'adore les bateaux.

— Comment est ta chambre ?

— A fanfreluches. Avec des volants au couvre-lit, un dais, une coiffeuse et une photo de toi sur ma table de chevet.

— Où l'as-tu prise ?

— Dans un vieux magazine à la bibliothèque.

— Tu as fauché un magazine à la bibliothèque pour y découper ma photo ? fit-il, feignant d'être choqué.

— Certainement pas. J'ai des scrupules, vois-tu. J'ai expliqué que je l'avais abîmé et j'ai payé l'amende. Zack..., poursuivit-elle en s'efforçant de ne pas montrer sa panique, le gardien rôde derrière la paroi de verre. Je ne pense pas qu'il m'entende mais, d'habitude, il ne traîne pas comme ça.

— Je vais raccrocher. Continue à parler dans le combiné. Si tu peux, mets-le sur une fausse piste en ayant l'air de poursuivre une conversation anodine.

— D'accord. Attends, il s'éloigne. Il devait avoir besoin de quelqu'un chose dans son chariot.

— Nous ferions quand même mieux de raccrocher. Si tu as quelque chose à faire avant de partir, occupe-t'en la semaine prochaine.

Elle acquiesça, muette à l'idée de le quitter.

— J'ai encore une chose à te dire, annonça-t-il avec calme.

— Quoi ?

— Je pense chaque mot de ma lettre.

— Je le sais.

Sentant qu'il désirait interrompre leur conversation, elle se hâta d'ajouter :

— Avant que tu raccroches, que penses-tu de ce que Matt a découvert sur Tony Austin ? Bien que Matt ne pense pas que l'on puisse faire quoi que ce soit sur le plan juridique, il doit bien y avoir...

— Reste en dehors de ça, lui conseilla Zack d'une voix de glace. Et laisse-moi Austin. Il y a d'autres moyens de s'occuper de lui sans impliquer Matt.

— Quel genre de moyens ?

— Ne me demande rien. Et si les dispositions que j'aurai prises te posent des problèmes, ne va pas chercher de l'aide auprès de Matt. Ce que nous faisons est illégal et je ne veux pas qu'il s'implique davantage.

Devant son ton menaçant Julie réprima un frisson.

— Dis-moi quelque chose de gentil avant de t'en aller.

— Quelque chose de gentil ? répéta-t-il en se radoucissant. Qu'est-ce que tu as en tête ?

Lui ne semblait rien trouver à lui dire, ce qui la blessa un peu.

— Je vais me coucher dans trois heures, dit-il d'une voix rauque, le sourire aux lèvres. Sois avec moi. Et quand tu fermeras les yeux, mes bras t'enlaceront.

— C'est une idée qui me plaît, murmura-t-elle en tremblant.

— Ils t'enlacent tous les soirs depuis que nous nous sommes séparés. Bonne nuit, mon amour.

— Bonne nuit.

Il raccrocha et, à la dernière minute, Julie se souvint qu'elle devait poursuivre une conversation animée. Plutôt que de jouer la comédie, où elle ne serait pas convaincante, elle appela Katherine et s'arrangea pour lui parler de tout et de rien pendant une demi-heure. Puis elle raccrocha et déchira la feuille de papier où elle avait noté les consignes de Zack. Alors elle se rappela un film policier qu'elle avait vu à la télévision et où l'énigme était résolue grâce à des traces sur un bloc-notes. Elle emporta aussi le bloc-notes.

— Bonne nuit, Henry, cria-t-elle avec enjouement.

— Bonne nuit, mademoiselle Julie, répondit-il en déambulant dans le couloir de son pas traînant.

Julie sortit par la porte de derrière. Henry sortit par cette même porte trois heures plus tard, après avoir appelé Dallas en PCV.

53

Julie lança son petit sac à l'arrière de sa voiture, jeta un coup d'œil à sa montre pour s'assurer qu'elle avait encore le temps de prendre le vol de midi et rentra dans la maison. Tandis qu'elle rangeait la vaisselle du petit déjeuner dans le lave-vaisselle, le téléphone mural sonna et elle décrocha.

— Bonjour, beauté ! dit Paul Richardson de sa voix chaude et cassante à la fois. Je sais que je m'y prends un peu tard, mais j'aimerais bien vous voir ce week-end. Je pourrais prendre l'avion depuis Dallas et vous inviter à dîner demain soir pour la Saint-Valentin. Ou mieux, pourquoi ne pas me rejoindre ici ? Je ferai la cuisine.

Julie s'était déjà dit que, si elle était vraiment sous surveillance, un petit voyage « innocent » comme celui-ci pouvait inciter ceux qui l'espionnaient à baisser la garde.

— Je ne peux pas, Paul. Je pars pour l'aéroport dans une demi-heure.

— Où allez-vous ?

— C'est une question officielle ? demanda Julie, qui coinça l'appareil entre le menton et l'épaule pour rincer un verre.

— Si c'était officiel, est-ce que je ne viendrais pas la poser en personne ?

La sympathie instinctive et la confiance qu'elle éprouvait rivalisaient avec la prudence que Zack avait conseillée mais, jusqu'à ce qu'elle quitte définitivement Keaton, il était plus facile et plus sage de s'en tenir à la vérité.

— Je n'en sais rien.

— Julie, que faut-il que je fasse pour avoir votre confiance ?

— Démissionner ?

— Il y a sûrement un moyen plus simple.

— J'ai encore deux ou trois choses à faire avant de partir. Si nous parlions de tout ça à mon retour ?

— Où allez-vous et quand revenez-vous ?

— Je vais rendre visite à la grand-mère d'un ami dans une petite ville de Pennsylvanie... Ridgemont, pour être précise. Je serai rentrée demain soir, tard.

— Entendu, répondit-il en soupirant. Je vous appelle la semaine prochaine et on prend rendez-vous ?

— Hum, parfait, fit-elle d'un air absent en versant du détergent dans le bas de la machine avant de refermer la porte.

Paul Richardson raccrocha, demanda un second numéro et attendit que l'on réponde en tapotant sur sa table. Il décrocha dès la première sonnerie.

— Monsieur Richardson, Julie Mathison a réservé un billet pour un vol partant de Dallas pour Ridgemont en Pennsylvanie *via* Philadelphie, par la navette. Voulez-vous d'autres renseignements ?

— Non, fit-il avec un soupir de soulagement.

Puis il se leva, se dirigea vers la fenêtre et fronça les sourcils devant le maigre flot de voitures qui descendaient le boulevard de Dallas.

— Eh bien ? lança David Ingram, qui venait du bureau adjacent. Comment a-t-elle expliqué cette valise dans le coffre de sa voiture ?

— La vérité, bon Dieu ! Elle m'a dit la vérité parce qu'elle n'a rien à cacher.

— Tu parles ! Tu oublies aisément ce coup de fil d'Amérique du Sud qu'elle a reçu à l'école l'autre soir.

Paul fit volte-face.

— D'Amérique du Sud ? Tu as trouvé une piste ?

— Oui, il y a cinq minutes. Cet appel venait du standard d'un hôtel de San Lucia Del Mar.

— Benedict ! ! s'écria Paul en serrant les mâchoires. Sous quel nom était-il inscrit ?

— José Feliciano, répondit Ingram. Quelle arrogance !

Paul le fixa d'un air incrédule.

— Il a un passeport à ce nom-là ?

— L'employée de la réception ne lui a pas demandé son passeport. Elle l'a pris pour quelqu'un du coin. Pourquoi pas ? Il est brun, il a un nom espagnol et il parle espagnol... A propos, il porte la barbe à présent.

— J'imagine qu'il a déjà vidé les lieux ?

— Naturellement. Il a payé une nuit d'avance et il est parti le lendemain matin. Le lit n'était pas défait.

— Il y retournera peut-être pour téléphoner. Mets l'hôtel sous surveillance.

— C'est déjà fait.

Paul retourna derrière son bureau et s'affala dans son fauteuil.

— Elle lui a parlé pendant dix minutes, ajouta Ingram. C'est assez pour faire des projets.

— C'est aussi assez pour bavarder avec quelqu'un qu'elle plaint et pour se rassurer sur son sort. Elle a le cœur tendre et elle croit que ce salaud est victime des circonstances. Ne l'oublie pas ! Si elle avait voulu l'accompagner, elle aurait quitté le Colorado avec lui.

— Il n'était peut-être pas d'accord.

— C'est ça, rétorqua Paul d'un ton sarcastique. Mais ça fait des semaines qu'il ne l'a pas vue et il est brusquement fou d'elle au point de risquer sa vie pour courir après.

— Merde ! répliqua Ingram d'un ton cassant. Tu l'auras voulu. On t'a déjà à l'œil à l'étage au-dessus parce que tu n'arrêtes pas de défendre cette femme et tu continues. Elle a menti effrontément sur ce qui s'est passé dans le Colorado. On aurait dû lui lire ses droits et l'embarquer...

Paul se rappela qu'Ingram était son ami et que sa colère n'était due qu'à son inquiétude.

— Les soupçons, il faut quand même qu'ils reposent sur quelque chose de tangible, rappela-t-il à Dave d'un ton sec. Ce que nous n'avions pas, sans même parler de preuve.

— Nous en avons depuis cinq minutes, depuis le rapport sur ce coup de téléphone.

— Si tu as raison sur toute la ligne, elle va nous conduire tout droit à Benedict. Si tu as tort, nous n'avons rien perdu.

— J'ai ordonné qu'on la surveille en permanence avant de venir ici, Paul.

En serrant les mâchoires, Paul refoula une protestation aussi insensée qu'injustifiée, mais il grommela entre ses dents :

— Permets-moi de te rappeler que c'est *moi* qui suis chargé de cette affaire tant qu'on ne me l'a pas retirée, déclara-t-il entre ses dents. Avant de faire n'importe quoi, informe-m'en, compris ?

— Pigé ! répliqua Dave, tout aussi furibond. As-tu trouvé autre chose sur la voiture qui était garée devant chez elle la semaine dernière ?

— Elle a été louée chez Hertz à Dallas par Joseph O'Hara, dit Paul en poussant un rapport vers son interlocuteur. Adresse à Chicago. Pas de dossier. Il est blanc comme neige. Employé comme chauffeur et garde du corps par le groupe Collier.

— C'est une banque ?

— Il y a une banque Collier à Houston avec des succursales dans tout le pays.

— Quand tu l'as appelée tout à l'heure, as-tu posé des questions à cette pauvre petite sur ses visiteurs ?

— Pour qu'elle soupçonne qu'elle est placée sous surveillance et que tu puisses encore m'accuser de favoritisme ?

Ingram poussa un gros soupir et jeta le dossier O'Hara sur le bureau de Paul.

— Ecoute, Paul, je suis désolé. Simplement je ne veux pas que tu ruines ta carrière pour les grands yeux bleus et les belles jambes d'une nana.

Bien adossé à son fauteuil, Paul le dévisagea avec un sourire maussade.

— Un jour, tu la supplieras à genoux de te pardonner, sinon tu ne seras pas le parrain de notre premier enfant.

— J'espère que ce jour viendra, dit Ingram en soupirant. Sincèrement, Paul.

— Bien. Alors arrête de lorgner ses jambes.

Après avoir fini de ranger la cuisine et pris son manteau dans le placard, Julie s'apprêtait à partir quand on frappa à la porte d'entrée. Le manteau sur le bras, elle alla ouvrir et regarda d'un air ahuri Ted et Katherine qui se tenaient côte à côte.

— Ça fait longtemps que je ne vous ai vu ensemble sur un porche.

— Katherine m'a dit que tu allais en Pennsylvanie pour jouer les bons samaritains ou je ne sais quoi pour Zachary Benedict. Qu'est-ce que c'est que cette histoire, Julie ? demanda-t-il en pénétrant dans la maison, entraînant dans son sillage une Katherine à la mine penaude.

Julie posa son manteau et consulta sa montre.

— J'ai moins de cinq minutes pour te l'expliquer, bien que j'aie tout dit à Katherine hier soir, il me semble.

D'ordinaire, Julie se serait farouchement opposée à cette ingérence dans sa vie, mais son ressentiment se dissipa à l'idée de les laisser tous les deux à jamais dans quelques jours.

— Bien que je sois enchantée de vous revoir ensemble, dit-elle sans rancœur, j'aimerais que, quand vous faites cause commune, ce ne soit pas contre moi.

— C'est ma faute, répondit aussitôt Katherine. J'ai croisé Ted ce matin et il m'a demandé de tes nouvelles. Tu ne m'avais pas dit que ce voyage était secret...

— Ce n'est pas un secret.

— Alors explique-moi pourquoi tu y vas, insista Ted, le visage crispé par l'inquiétude et la frustration.

En fermant la porte, Julie chassa distraitement les mèches qui lui tombaient sur le front en songeant à ce qu'elle allait leur raconter. Elle ne pouvait pas leur dire que la remarque de Zack sur la malédiction qui pèserait sur leur mariage l'avait rendue superstitieuse. En revanche elle voulait être assez franche pour qu'ils s'en souviennent et que cela les aide à tout comprendre et à lui pardonner plus tard. Son regard passa des traits soucieux de Katherine au visage irrité de Ted.

— Est-ce que tu crois au dicton qui dit que les choses vont comme elles ont commencé ? demanda-t-elle d'une voix hésitante.

Katherine et Ted échangèrent un regard perplexe.

— Croyez-vous que les choses qui ont mal commencé ont tendance à mal se terminer ?

— Oui, je le crois, répondit Katherine.

— Moi pas, fit laconiquement Ted, et Julie le soupçonna de penser à son mariage avec Katherine. Il y a des choses qui commencent merveilleusement et qui se terminent lamentablement.

— Puisque tu as décidé de te mêler de mes affaires, poursuivit Julie, amusée, je pense que j'ai le droit de te faire remarquer que, si tu fais allusion à ton propre mariage, le vrai problème, c'est qu'il n'a jamais eu de fin. Katherine en est consciente, même si toi tu refuses de voir les choses en face. Maintenant, pour répondre à ta question sur ce voyage en Pennsylvanie, c'est très simple : Zack a été élevé par sa grand-mère, dont il s'est séparé dans des circonstances très désagréables. Depuis lors, rien ne s'est bien passé dans sa vie personnelle. A présent il est en danger, seul, mais il commence un nouveau chapitre. J'aimerais qu'il ait de la chance dans cette nouvelle vie, et j'ai le sentiment, appelle cela de la superstition si tu préfères, que si je rétablis les ponts qu'il a coupés jadis, il en aura enfin.

Dans le silence de mort qui suivit, elle les vit chercher désespérément un argument pour la contredire et, comme ils n'en trouvèrent pas, elle se dirigea vers la porte.

— Vous ne l'oublierez pas, n'est-ce pas ? ajouta-t-elle en s'efforçant de ne rien laisser paraître de son émotion ni des implications de ce qu'elle allait dire. Pour être vraiment heureux, il est tellement important d'être bien avec sa famille... même si l'on n'agit pas selon ses souhaits. Quand votre famille vous hait, c'est presque comme une malédiction.

Quand la porte se referma, Ted jeta un regard irrité à Katherine.

— Qu'est-ce qu'elle a bien pu vouloir dire par là ?

— La logique de tout cela me semble assez claire, déclara Katherine, mais l'étrange tension qu'elle avait perçue dans la voix de Julie lui fit froncer les sourcils.

Mon père est un peu superstitieux, et moi aussi. Bien que le mot « malédiction » me semble un peu fort.

— Je ne parle pas de ça. Qu'a-t-elle voulu dire en affirmant que notre mariage n'était pas terminé et que tu le savais ?

Ces dernières semaines, Katherine avait vu Julie affronter le FBI et les autres avec courage, exprimant ouvertement sa foi en l'innocence de Zack, bien qu'il ait rejeté son amour et l'ait terriblement blessée. Pendant ce temps, Katherine avait côtoyé Ted une dizaine de fois, tandis qu'ils supervisaient ensemble les activités sportives des élèves de Julie, mais face à lui elle avait soigneusement dissimulé ses sentiments profonds pour tenter de surmonter son hostilité. Au début, elle s'était persuadée que, pour atteindre son but, mieux valait y aller en douceur, pas à pas, et non s'exprimer librement. Maintenant qu'elle regardait l'homme qu'elle aimait, elle se rendait compte que c'était la peur de prendre des coups, de se ridiculiser et de voir ses espoirs réduits en miettes qui lui avait dicté cette stratégie. Il voyait régulièrement une autre femme, elle le savait, il la voyait même davantage depuis que Katherine était revenue à Keaton, et elle se rendit compte qu'elle n'avait réussi pour l'instant qu'à parvenir avec lui à une sorte de trêve armée. Ses sentiments à son égard n'avaient pas changé. Elle l'avait simplement contraint par sa présence à dissimuler son mépris sous une façade de froideur polie.

Elle avait peur de ne plus avoir le temps, peur de perdre son sang-froid si elle ne le lui disait pas maintenant et peur de commettre une erreur fatale tant elle était anxieuse de tout lui livrer.

— Tu songes à me répondre ou tu études la forme de mon nez ? demanda-t-il avec irritation.

Horrifiée, Katherine sentit ses genoux s'entrechoquer et ses paumes devenir moites, mais elle leva les yeux vers son regard d'un bleu glacé.

— Julie pense que ce n'est pas fini entre nous parce que je suis toujours amoureuse de toi, dit-elle courageusement.

— Où est-elle allée pêcher une idée aussi stupide ?

— C'est moi qui le lui ai dit, répondit Katherine en tremblant.

Il fronça brutalement les sourcils et lui décocha un regard méprisant qui la fit tressaillir.

— Tu lui as dit que tu étais encore amoureuse de moi ?

— Oui. Je lui ai tout dit, y compris quelle épouse détestable je faisais et comment... comment j'ai perdu notre bébé.

La simple évocation de cet enfant mort rendit Ted si furieux qu'il dut lutter pour ne pas la gifler. Cette fureur retenue le fit vaciller.

— Ne me reparle plus jamais de ce bébé, ni à moi ni à personne, sinon, Dieu m'est témoin, je...

— Tu feras quoi ? cria Katherine d'une voix entrecoupée. Tu me haïras ? Tu ne peux pas me haïr plus que je ne me hais pour cela. Tu divorceras ? C'est déjà fait. Tu refuseras de croire que c'était un accident ? poursuivit-elle comme une hystérique. Eh bien, c'*était* un accident ! Le cheval que je montais s'est mis à boiter...

— La ferme, bon sang ! s'écria Ted, qui lui saisit le bras avec une violence à le briser et la poussa vers la porte.

Mais Katherine ne prêta aucune attention à la douleur et se plaqua contre le montant pour qu'il ne puisse pas la jeter dehors.

— Je ne peux pas me taire ! cria-t-elle. Il faut que tu comprennes. Pendant trois ans, j'ai essayé d'oublier ce que je nous ai fait, j'ai cherché un moyen de me racheter de tout ce que j'étais et que je ne veux plus être.

— Ça suffit !

Il tenta de la repousser et de l'écarter de son chemin, mais elle résista sans se préoccuper des ongles qui s'enfonçaient dans sa chair.

— Mais qu'est-ce que tu attends de moi, bon Dieu ? demanda-t-il, comme il ne pouvait la faire bouger sans avoir recours à la brutalité.

— Je veux que tu me croies quand je te dis que c'était un accident, pleura-t-elle.

Ted lutta contre l'effet que produisaient sur lui ses paroles et son beau visage mouillé de larmes, car depuis qu'il la connaissait, jamais il ne l'avait vue dans cet état. Elle s'était montrée enfant gâtée, fière et volontaire, mais jamais, jamais elle n'avait versé une larme. Il aurait quand même été capable de lui résister si, à ce moment-là, elle n'avait pas levé vers lui ses yeux humides en murmurant :

— Au fond, pendant toutes ces années, nous avons tous les deux pleuré sur la manière dont tout cela s'est terminé. Prends-moi dans tes bras et arrêtons !

Malgré lui il desserra son étreinte, elle plaqua son visage contre la poitrine de Ted qui l'enlaça, la serra contre lui, tandis qu'elle pleurait, et la douceur douloureuse de son corps contre le sien failllit le perdre.

— C'est fini, Katherine. C'est fini entre nous.

— Alors laisse-moi te dire pourquoi je suis venue à Keaton. Je veux que nous restions amis, et non ennemis.

La main de Ted s'arrêta au milieu de son dos et Katherine retint son souffle. Elle s'attendait presque à ce qu'il refuse, mais, comme il demeurait muet, elle releva la tête.

— Au fond de ton cœur, ne crois-tu pas qu'il y a au moins une chance sur deux que je n'ai pas délibérément cherché à perdre notre bébé ? Si tu réfléchissais, poursuivit-elle avant qu'il ne lui coupe la parole, tu comprendrais que je n'aurais jamais eu le courage de risquer ma vie pour quoi que ce soit. Je suis tellement lâche...

Ted reconnut brusquement l'extrême logique de ses propos et, plus encore, il lut la vérité dans ses yeux. La fureur et le dégoût qu'il avait entretenus tant de temps s'évanouirent peu à peu, faisant place à un indicible soulagement.

— Je ne peux pas te dire à quel point je regrette la bêtise, l'égoïsme et la témérité qui ont tué notre enfant. Je regrette tout ce gâchis et l'enfer que je t'ai fait vivre quand nous étions mariés...

— Ce n'était pas aussi mal que ça, dit-il avec réticence.

— Ne fais pas semblant pour moi. Je suis grande maintenant, j'ai appris à regarder la vérité en face. Et la vérité, c'est que j'ai été une épouse lamentable. Non seulement je me suis comportée comme une enfant gâtée, irrationnelle, exigeante, mais de plus je n'étais bonne à rien. Je ne faisais pas la cuisine, pas le ménage, et quand tu ne voulais pas me laisser agir comme bon me semblait, je refusais de coucher avec toi. Cela fait des années que je voulais le reconnaître devant toi et te dire la vérité... Notre mariage n'a pas échoué, tu n'as pas échoué... C'est moi qui ai échoué.

A son étonnement, il hocha la tête et soupira.

— Tu as toujours été tellement dure avec toi-même. Ça n'a pas changé.

— Dure avec moi-même ? répéta Katherine en réprimant un rire. Tu plaisantes, j'imagine. *C'est moi* qui ai failli t'empoisonner une des rares fois où j'ai pris la peine de cuisiner. C'est moi qui ai laissé l'empreinte du fer à repasser sur trois de tes chemises d'uniforme, la première semaine de notre mariage. C'est moi qui ai repassé les plis de ton pantalon à l'envers, de sorte que ça bouffait sur le côté.

— Tu n'as pas failli m'empoisonner.

— Ted, n'essaie pas de me ménager ! Après notre mariage, tous les gars du bureau du shérif te charriaient en te traitant de roi de la pastille digestive. Je les ai entendus.

— J'avalais des antiacides comme des bonbons parce que j'étais marié à quelqu'un que je n'arrivais à pas rendre heureux et que ça me minait.

Katherine avait longtemps attendu pour lui avouer ses fautes et lui demander son pardon. Elle n'acceptait pas de se voir refrénée par une espèce de galanterie mal placée.

— Ce n'est pas vrai, et tu le sais ! Mon Dieu, ta mère m'a même donné la recette de ton plat préféré et tu as eu bien du mal à manger mon goulash. Ne le nie pas, ajouta-t-elle férocement quand il se mit à hocher la tête. Je t'ai *vu* le jeter à la poubelle dès que j'ai eu le dos tourné. Tu as dû te débarrasser de tous mes plats de la même façon, et je ne t'en blâme pas.

— J'ai mangé tout ce que tu m'as préparé, insista-t-il, furieux. Sauf le goulash. Je suis navré que tu m'aies pris sur le fait, mais je déteste ce machin.

L'expression peinte sur le visage de Katherine devint menaçante devant ces faux-fuyants.

— Ted, ta mère m'a bien dit que c'était ton plat préféré.

— Non, c'était celui de Carl. Elle confondait toujours.

L'absurdité de ce débat houleux leur apparut à tous deux en même temps. Katherine se mit à ricaner et se laissa retomber contre la porte.

— Pourquoi ne me l'as-tu pas dit à ce moment-là ?

— Tu ne m'aurais pas cru, fit Ted en soupirant. Du temps que tu étais la jeune, belle et intelligente fille de Dillon Cahill, tu avais l'idée saugrenue de vouloir suivre tout à la lettre et de le faire mieux que quiconque. Quand tu n'excellais pas dans un domaine, tu étais tellement en colère, tu avais tellement honte qu'il était impossible de te raisonner. Pour toi, la vie était comme ces dessins que l'on colorie en suivant un code chiffré, où il faut tout faire dans le bon ordre. Tu as voulu aller à l'université juste après notre mariage non parce que tu étais superficielle ou trop gâtée, mais parce que tu étais bêtement convaincue que tu avais dérangé le bon ordre des choses en m'épousant avant d'avoir terminé tes études dans ton école de luxe. Et quand tu as voulu cette fichue baraque que ton père nous a fait construire, ce n'était pas parce que tu avais l'intention de traiter toute la ville de haut mais parce que, au fond de toi, tu croyais que nous y serions heureux... parce que cela correspondait à l'idée que se faisait Katherine Cahill de l'ordre naturel des choses.

Katherine poussa un soupir de frustration mêlée d'amusement.

— Quand je suis retournée à l'université après notre divorce, pendant un an une fois par semaine, je suis allée chez un psychanalyste pour essayer de comprendre pourquoi j'étais dans un tel état.

— Qu'as-tu découvert ?

— En gros ce que tu m'as dit il y a deux minutes. Et ensuite tu sais ce que j'ai fait ?

Un sourire se dessina sur ses lèvres, tandis qu'il hochait la tête.

— Comment veux-tu que je le devine ?

— Je suis allée à Paris et j'ai suivi un cours de cuisine !

— Comment t'es-tu débrouillée ?

— Pas bien, en fait, répondit-elle avec un sourire désabusé. C'était la première fois de ma vie que je ne brillais pas dans une matière que j'avais choisie.

— Est-ce que tu as réussi l'examen ?

— J'ai réussi le bœuf, le taquina-t-elle, et son petit rire lui mit du baume sur le cœur, mais j'ai raté le veau.

Ils se sourirent, pour la première fois en harmonie depuis des années.

— Tu veux bien m'embrasser ? fit doucement Katherine.

Il se raidit soudain et s'écarta de la porte.

— Pas question.

— Tu as peur ?

— Ça va comme ça, nom de Dieu ! Tu m'as déjà fait ce numéro de séduction, c'est du réchauffé ! Ça ne marche pas !

Faisant fi du coup qu'il venait de porter à son orgueil, elle croisa les bras sur la poitrine et lui sourit.

— Pour un fils de pasteur, tu jures beaucoup.

— Tu me l'as déjà dit il y a des années. Alors je te le redis à mon tour, ce n'est pas moi le pasteur, c'est mon père ! De plus, ajouta-t-il délibérément pour la rebuter, alors que tu me séduisais indéniablement quand j'étais plus jeune, aujourd'hui c'est moi qui préfère séduire.

Katherine murmura, en s'écartant de la porte pour prendre le manteau qu'elle avait jeté sur un fauteuil :

— Vraiment ?

— Et comment ! Et si tu veux un bon conseil, cours vite à Dallas retrouver Hayward Spencer ou Spencer Hayward, je ne sais plus son nom, pour qu'il apaise ta susceptibilité froissée en t'offrant une rivière de diamants de cinquante carats, assortie à la bague invraisemblablement vulgaire que tu portes.

Au lieu de lui voler dans les plumes, comme elle l'aurait fait jadis, elle lui lança un regard indéchiffrable.

— Je n'ai plus besoin de tes conseils, dit-elle. Cela te surprendra peut-être, mais à présent c'est à moi que l'on demande conseil, y compris Spencer.

— Pour quoi ? railla-t-il. Pour rédiger un article sur la mode dans les pages société ?

— Ça suffit ! explosa Katherine en lançant de nouveau son manteau sur le fauteuil. Je veux bien que tu me fasses du mal quand je le mérite, mais je ne vais certainement pas te laisser m'attaquer pour dissimuler tes incertitudes sexuelles.

— Mes quoi ? tonna-t-il.

— Tu étais parfaitement gentil, parfaitement à l'aise, jusqu'à ce que je te demande de m'embrasser. Là tu t'es mis à m'agresser bêtement. Soit tu t'excuses, soit tu m'embrasses, soit tu reconnais que tu as peur.

— Je m'excuse, fit-il sèchement, si vite et de manière si impénitente que Katherine éclata de rire.

— Merci, dit-elle en prenant son manteau. J'accepte tes excuses.

Dans le passé un tel échange se serait terminé en une bagarre homérique, et Ted fut tellement ébahi de la voir si sereine qu'il comprit qu'elle avait vraiment changé.

— Katherine, dit-il brièvement. Excuse-moi de t'avoir agressée. Je suis sincèrement désolé.

Elle acquiesça mais détourna les yeux pour ne pas se trahir.

— Je sais. Tu t'es sans doute mépris sur le baiser que je te demandais. Je n'y voyais qu'un moyen de sceller notre trêve et de la rendre durable.

Quand elle posa son regard sur lui, elle aurait juré qu'il y avait de l'ironie dans le sien, mais à son grand étonnement il lui obéit.

— D'accord, murmura-t-il en lui prenant le menton. Embrasse-moi, mais vite.

Voilà pourquoi Katherine riait quand leurs lèvres se touchèrent pour la première fois depuis trois ans.

— Ne ris pas, la gronda-t-il en réprimant lui-même son hilarité.

— Ne souris pas, lui reprocha-t-elle, mais leurs souffles se mêlèrent et cela suffit à ranimer leur ancienne flamme.

Les mains de Ted glissèrent sur sa taille, la rapprochant de lui, la serrèrent, la plaquèrent contre son corps, puis lui enlacèrent le dos en une étreinte plus violente.

54

Une fois à Ridgemont et dûment renseignée par l'agence de location de véhicules située dans l'aéroport, Julie trouva facilement la maison où Zack avait passé son enfance. Perchée sur une colline dominant la petite vallée pittoresque, le manoir Tudor où vivait toujours Margaret Stanhope était, à en croire l'employé de l'agence de location, « quasiment un monument dans la région ». Quand Julie aperçut enfin à sa gauche les somptueux piliers de brique qui en marquaient l'entrée, elle quitta la route principale. En suivant la longue et large allée qui montait entre les arbres jusqu'au sommet, elle se souvint de ce que Zack lui avait dit du jour où il avait quitté cet endroit. *« A partir de ce moment, j'ai été renié. Alors j'ai rendu mes clés de voiture et j'ai descendu l'allée qui menait à la route. »* Il avait dû marcher longtemps, songea-t-elle avec un pincement de nostalgie, puis elle regarda autour d'elle en essayant d'imaginer ce qu'il avait ressenti, ce qu'il avait vu, ce jour-là.

En haut de la colline, après le dernier virage, la voie s'élargissait et décrivait un grand arc de cercle avant de traverser des pelouses bien entretenues, bordées d'arbres géants, dénudés en hiver. La maison de pierre qui s'élevait devant elle dégageait une austérité qui la mit étrangement mal à l'aise quand elle s'arrêta devant l'escalier. Elle n'avait pas téléphoné avant de venir, car elle ne voulait pas expliquer l'objet de sa visite ni donner à la grand-mère de Zack la possibilité de l'éconduire.

Par expérience, Julie savait que mieux valait traiter de vive voix les affaires personnelles délicates. Elle prit son sac et ses gants, sortit de la voiture et contempla la demeure, retardant le moment de vérité. Zack avait grandi ici et il lui sembla que ce lieu l'avait marqué de son empreinte. Il lui ressemblait un peu, effrayant, orgueilleux, solide, impressionnant.

Cela lui redonna courage et elle gravit les marches qui menaient à une grande porte cintrée. Refoulant l'inexplicable sentiment de fatalité qui l'envahissait, elle se souvint qu'elle était venue remplir une « mission de paix » en souffrance depuis longtemps et elle souleva le lourd heurtoir de cuivre.

Un très vieux valet au dos voûté, en costume sombre et en nœud papillon, lui ouvrit la porte.

— Je m'appelle Julie Mathison, lui dit-elle. J'aimerais voir Mme Stanhope, si elle est là.

Il haussa ses sourcils blancs et broussailleux et écarquilla les yeux en entendant son nom, mais il retrouva vite son sang-froid et recula dans un vestibule sombre, caverneux, au sol d'ardoise verte.

— Je vais voir si Mme Stanhope accepte de vous recevoir. Vous pouvez attendre ici, ajouta-t-il en désignant un fauteuil ancien au dossier droit, apparemment inconfortable, au fond du hall, sur la gauche, près d'un guéridon.

Julie s'assit, son sac sur les genoux, avec l'intuition que ce décor était fait pour donner aux visiteurs que l'on n'attendait pas le sentiment qu'elle éprouvait en ce moment même. En songeant à ce qu'elle allait dire, elle contempla un paysage accroché dans un cadre sombre et orné sur le mur en face d'elle, puis elle se retourna nerveusement quand le valet entra en traînant les pieds.

— Madame va vous recevoir exactement cinq minutes, annonça-t-il.

Refusant de se laisser abattre par cette entrée en matière peu engageante, Julie le suivit dans un grand couloir et passa devant lui après qu'il eut ouvert une porte et lui eut fait signe d'entrer dans une pièce spacieuse où il y avait du feu dans une cheminée de pierre massive et un tapis d'Orient posé sur un parquet ciré.

Deux fauteuils à haut dossier et à la tapisserie fanée faisaient face à la cheminée et, comme il n'y avait personne ni sur le canapé ni sur les autres sièges, Julie en conclut à tort qu'elle était seule. Elle se dirigea vers une table couverte de photos dans des cadres d'argent, dans l'intention d'étudier les visages de ceux qu'elle pensait être les parents et les ancêtres de Zack, puis elle vit que le mur de gauche était couvert de grands portraits. Avec un sourire fasciné, elle s'avança vers eux. Zack n'avait pas exagéré. Il y avait une ressemblance frappante entre les hommes de la famille Stanhope et lui-même.

— Vous venez de gaspiller l'une de vos cinq minutes, mademoiselle Mathison, lança derrière elle une voix cassante.

Surprise, elle fit volte-face et chercha à qui appartenait cette voix menaçante. Elle tressaillit une seconde fois, car la femme qui venait de se lever, appuyée sur une canne en ébène et à pommeau d'argent, n'avait rien de la petite vieille rétrécie à laquelle s'attendait Julie. Elle avait quelques centimètres de plus que Julie et, une fois debout, elle se tenait aussi droite que l'expression peinte sur ses traits sans rides était froide et sévère.

— Mademoiselle Mathison ! fit-elle d'un ton brusque. Asseyez-vous ou restez debout, mais dites ce que vous avez à dire ! Pourquoi êtes-vous venue ici ?

— Je vous présente toutes mes excuses, répondit aussitôt Julie qui recula vers le grand fauteuil qui se trouvait face à celui de la grand-mère de Zack et dans lequel elle s'assit pour que celle-ci ne se sente pas obligée de rester debout. Madame Stanhope, je suis une amie de...

— Je sais qui vous êtes, je vous ai vue à la télévision, l'interrompit la femme. Il vous a prise en otage et a fait de vous son porte-parole auprès des médias.

— Pas exactement, dit Julie, qui remarqua qu'elle s'interdisait même de prononcer le nom de Zack.

Comme toujours quand Julie s'était préparée à une confrontation difficile, elle savait conserver une sérénité apparente qu'elle était loin d'éprouver, mais la situation était encore plus tendue qu'elle ne l'avait prévu.

— Je vous ai demandé pourquoi vous êtes venue ici !

Julie sourit, ne se laissant pas intimider par le ton de la vieille dame.

— Je suis ici, madame Stanhope, dit-elle calmement, parce que, quand j'étais avec votre petit-fils dans le Colorado...

— Je n'ai qu'un petit-fils, répliqua-t-elle sèchement, et il habite ici, à Ridgemont.

— Madame Stanhope, vous m'avez accordé cinq minutes. S'il vous plaît, ne perdons pas de temps à ergoter sur des détails, sinon je risque de partir d'ici sans vous avoir donné les raisons de ma visite. Or je pense que cela vous intéressera.

La vieille dame fronça les sourcils et pinça les lèvres, mais Julie poursuivit courageusement :

— Je sais que vous ne considérez pas Zack comme votre petit-fils, tout comme je sais aussi qu'un autre de vos petits-fils est mort tragiquement. Je suis aussi consciente que c'est à cause de l'entêtement de Zack que votre brouille dure depuis tant d'années.

— Il vous a dit ça ? fit-elle, le visage tordu par la dérision.

Julie acquiesça en s'efforçant de ne pas prêter attention aux sarcasmes de la vieille dame.

— Il m'a dit beaucoup de choses dans le Colorado, madame Stanhope, des choses qu'il n'avait jamais confiées à personne.

Elle attendit un signe de curiosité mais, comme Mme Stanhope continuait de l'observer avec un visage de marbre, Julie dut se passer du moindre encouragement.

— Notamment que, si c'était à refaire, il se serait réconcilié avec vous depuis longtemps. Il vous admire beaucoup et il vous aime...

— Sortez !

Julie se leva machinalement, mais la moutarde lui montait au nez et de toutes ses forces elle luttait pour maîtriser sa colère.

— Zack a reconnu que vous vous ressembliez beaucoup et, pour ce qui est de l'entêtement, il disait manifestement la vérité. J'essaie de vous faire comprendre que votre petit-fils regrette votre brouille et qu'il vous aime.

— Je vous ai dit de sortir ! Vous n'auriez jamais dû venir ici !

— Apparemment pas, admit Julie en prenant le sac qu'elle avait laissé à côté de son fauteuil. Je ne pensais pas qu'une femme adulte, au soir de sa vie, puisse encore faire grief à la chair de sa chair d'un acte qui remonte à son enfance. Comment cela pouvait-il être grave au point que vous ne puissiez pas lui pardonner ?

Mme Stanhope rit amèrement.

— Pauvre imbécile ! Il vous a dupée, vous aussi, n'est-ce pas ?

— Pardon ?

— Vous a-t-il vraiment demandé de venir ici ? Ce n'est pas lui, n'est-ce pas ? Il n'aurait jamais osé !

Sentant qu'une réponse négative ne ferait qu'apporter de l'eau à son moulin et l'endurcir contre Zack, Julie mit sa fierté de côté et misa tout sur cette dernière chance de toucher le cœur de la femme qu'elle avait devant elle.

— Il ne m'a pas demandé de venir vous dire ce qu'il pensait de vous, madame Stanhope. Mais il a fait une chose qui en dit beaucoup plus long sur le respect et l'amour qu'il vous porte encore.

Julie inspira profondément et ignora l'expression glaciale de son interlocutrice.

— Je n'avais aucune nouvelle de lui jusqu'à cette lettre que j'ai reçue il y a dix jours. Il craignait que je ne sois enceinte et m'implorait de ne pas me faire avorter. Il me demandait de vous confier cet enfant pour que vous l'éleviez, disant que vous n'aviez jamais fui une responsabilité de votre vie et que vous ne vous déroberiez pas. Il avait l'intention de vous écrire...

— Si vous êtes enceinte de lui et que vous avez la moindre notion de génétique, l'interrompit furieusement la grand-mère de Zack, vous vous ferez avorter ! Quoi que vous fassiez, je ne voudrais pas de ce sale bâtard dans ma maison !

Julie recula devant la méchanceté de ces paroles.

— Quel monstre êtes-vous ?

— C'est lui le monstre, mademoiselle Mathison, et il vous a trompée. Deux personnes qu'il aimait sont déjà mortes de mort violente et de sa main. Vous avez eu de la chance de ne pas être la troisième !

— Il n'a pas tué sa femme et je ne sais pas de quoi vous parlez...

— Je parle de son frère ! Aussi vrai que Caïn a tué Abel, ce dément a tué Justin. Après s'être querellé avec lui, il lui a tiré une balle dans la tête !

Face à un mensonge aussi vil, Julie perdit son sang-froid.

— Vous mentez ! cria-t-elle en tremblant de fureur. Je sais exactement comment Justin est mort et pourquoi ! Vous accusez Zack parce que vous essayez de justifier votre refus de vous occuper de son enfant, mais vous gaspillez votre salive ! Je ne suis pas enceinte et, si je l'étais, je ne vous laisserais pas seule dans la même maison que mon bébé ! Ce n'est pas étonnant que votre mari ait cessé de vous aimer et qu'il ait pris d'autres femmes. Eh oui, je suis au courant ! lança-t-elle alors que, sous le choc, le masque dédaigneux de Mme Stanhope craquait. Zack m'a tout dit. Il m'a révélé que son grand-père lui avait confié que vous étiez la seule femme qu'il ait jamais aimée, même si tout le monde pensait qu'il vous avait épousée pour votre fortune. Il ne parvenait pas à satisfaire vos exigences et il y a renoncé peu après votre mariage. Ce que je ne comprends pas, fit Julie avec mépris, c'est pourquoi il vous aimait et pourquoi Zack vous admire ! Vous n'avez pas de valeurs et vous avez de la glace à la place du cœur ! On comprend pourquoi le pauvre Justin n'a pas pu vous dire qu'il était homosexuel. Ce n'est pas Zack le monstre, mais vous !

— Et vous, lui lança Mme Stanhope, vous êtes le pion du monstre !

Comme si le relâchement de Julie était contagieux, le visage de la vieille dame perdit sa rigidité et sa voix autoritaire se teinta soudain de lassitude.

— Asseyez-vous, mademoiselle Mathison !

— Non, je m'en vais.

— Si vous partez, la défia-t-elle, c'est que vous avez peur de la vérité. J'ai accepté de vous recevoir parce que je vous ai vue plaider sa cause à la télévision et que je voulais savoir ce qui pouvait bien vous avoir amenée ici.

Je vous prenais pour une espèce d'opportuniste, avide de rester sous les feux de la rampe, et j'étais persuadée que vous étiez venue dénicher ici quelque chose qui puisse vous y aider. Maintenant il me semble évident que vous êtes une jeune femme d'un grand courage, avec des convictions bien établies, et que c'est votre sens de la justice qui a été abusé. Je respecte le courage, mademoiselle Mathison, surtout chez mon propre sexe. Je vous respecte assez pour discuter avec vous de choses qui me sont encore très pénibles. Pour votre bien, je vous conseille de m'écouter.

Frappée par la nouvelle tournure que prenait la conversation, Julie hésita devant son fauteuil, mais resta debout avec entêtement.

— Je vois à votre expression que vous avez décidé de ne pas me croire, dit Mme Stanhope en la regardant droit dans les yeux. Très bien. Si je me berçais d'illusions et si j'étais aussi loyale que vous l'êtes manifestement, je ne m'écouterais pas non plus.

Elle prit la cloche qui se trouvait sur la table à côté de son fauteuil et sonna. Quelques instants plus tard, le valet apparut dans l'embrasure de la porte.

— Entrez, Foster, lui ordonna-t-elle et, alors qu'il obtempérait, elle se tourna vers Julie. Comment croyez-vous que Justin soit mort ?

— Je *sais* comment il est mort, rectifia Julie avec fougue.

— Et que croyez-vous savoir ? répliqua Mme Stanhope en haussant les sourcils.

Julie ouvrit la bouche, hésita, se souvenant un peu tard que c'était une vieille femme et qu'elle n'avait pas le droit de détruire le souvenir qu'elle gardait de Justin pour qu'elle ne haïsse plus Zack. Mais Justin était mort, alors que Zack était encore vivant.

— Ecoutez, madame Stanhope, je ne voudrais pas vous blesser plus que je ne l'ai déjà fait, et la vérité est cruelle.

— La vérité ne peut pas me blesser, fit-elle d'un ton méprisant.

Ce ton railleur exaspéra à nouveau Julie et brisa le fil ténu de son sang-froid.

— Justin s'est suicidé, dit-elle laconiquement. Il s'est tiré une balle dans la tête parce qu'il était homosexuel et qu'il ne l'assumait pas. Il l'a avoué à Zack une heure avant de se tuer.

La vieille dame ne cilla pas. Elle se contenta de fixer Julie avec un mélange de pitié et de dédain, puis elle saisit une photo encadrée sur la table et la lui tendit.

— Regardez ceci, dit-elle.

Julie n'avait pas le choix. Elle prit la photo et regarda le jeune homme blond et souriant qui se tenait à la barre d'un voilier.

— C'est Justin, fit Mme Stanhope d'une voix volontairement dénuée de toute expression. A votre avis, a-t-il l'air d'un homosexuel ?

— C'est une question ridicule. Ce dont un homme a l'air n'indique en rien ses penchants sexuels...

Julie s'interrompit, tandis que Mme Stanhope tournait les talons pour se diriger vers un meuble ancien. Une main sur sa canne, elle se pencha et ouvrit la porte, découvrant des étagères qui contenaient des verres en cristal, puis elle tira fort sur celle du haut et tout le panneau s'ouvrit en arc de cercle. Derrière, Julie aperçut la porte d'un coffre-fort secret et, très mal à l'aise, elle regarda Mme Stanhope tourner la manette, ouvrir le coffre et en extraire un gros dossier brun attaché par un élastique. Avec un visage de marbre elle dénoua l'élastique et laissa tomber le dossier sur le canapé devant Julie.

— Puisque vous ne me croyez pas, voilà le dossier d'enquête du légiste lors de la mort de Justin et les articles de presse.

A contrecœur, Julie baissa les yeux vers les papiers un peu éparpillés et son regard se posa sur la une d'un journal avec une photo de Zack à dix-huit ans, une autre de Justin et un gros titre : « Zachary Stanhope reconnaît avoir tiré sur son frère Justin. »

D'une main tremblante, Julie se baissa et ramassa les coupures de presse qui avaient glissé du dossier. D'après l'article, Zack se trouvait dans la chambre de son frère et parlait avec lui tout en examinant une arme appartenant à sa collection, un Remington automatique qu'il ne croyait pas chargé. Au cours de la conversation, le coup était parti accidentellement, atteignant Justin à la tête et le tuant instantanément. Julie comprenait ce qu'elle lisait, mais son cœur rejetait ces mots-là. Elle détacha les yeux de ces papiers et jeta un regard noir à Mme Stanhope.

— Je n'en crois rien ! dit-elle. Les journaux impriment sans arrêt des choses inexactes.

Mme Stanhope, toujours impassible, la fixa du regard et sortit une copie reliée qu'elle lança à Julie.

— Alors lisez la vérité écrite de sa propre main.

Julie détacha son regard du visage froid de la vieille dame et regarda la couverture du manuscrit sans le toucher. Cela lui faisait peur.

— Qu'est-ce que c'est ?

— Le rapport du coroner.

Julie le prit avec réticence et l'ouvrit. Tout était là : le récit de Zack mot pour mot, noté et transcrit par une sténographe. Zack avait dit exactement ce que rapportait la coupure de presse. Les jambes flageolantes, Julie s'effondra sur le sofa et poursuivit sa lecture jusqu'à ce qu'elle ait terminé le rapport, puis elle reprit les articles des journaux, cherchant quelque chose, *n'importe quoi*, qui expliquerait la contradiction entre ce que Zack lui avait dit et ce qu'il avait raconté aux autres.

Quand elle releva enfin les yeux vers Mme Stanhope, elle comprit que soit Zack lui avait menti... soit il avait menti aux autres sous serment. Elle chercha quand même le moyen de ne pas le condamner. A travers les émotions qui lui serraient la gorge, elle déclara avec toute la force dont elle était capable :

— Je ne sais pas pourquoi Zack m'a dit que Justin s'était suicidé, mais de toute façon, ce n'était pas sa faute. D'après ce dossier, il s'agissait d'un accident. Un *accident !* Il l'affirme...

— Ce n'était pas un accident ! rétorqua sèchement Mme Stanhope, qui appuyait si fort sur sa canne que les articulations de ses doigts en étaient blanches.

— Vous ne pouvez pas ignorer une réalité aussi criante. Il vous a menti à vous et à tout le monde pendant l'enquête !

— Arrrêtez !

Julie bondit et jeta le dossier sur le sofa, comme s'il était contaminé.

— Il y a une explication à tout cela. J'en suis sûre. Zack ne m'a pas menti dans le Colorado, je m'en serais rendu compte, je vous l'assure !

Elle chercha désespérément un argument et en trouva un on ne peut plus logique.

— Justin s'est tué, fit-elle en tremblant. Il était homosexuel, il l'avait avoué à Zack juste avant, et Zack a porté le chapeau pour une raison ou pour une autre. Peut-être pour que personne ne cherche de motifs.

— Espèce d'idiote ! s'exclama Mme Stanhope, mais dans sa voix il y avait autant de pitié que de colère. Justin et Zack s'étaient querellés juste avant que le coup parte. Son frère Alex les a entendus et Foster aussi. Dites à cette pauvre demoiselle la raison de leur dispute, ajouta-t-elle d'un ton sec en tournant la tête vers Foster.

— Ils se disputaient pour une fille, mademoiselle Mathison, répondit Foster sans hésitation. Justin avait invité mademoiselle Amy Price au bal de Noël du Country Club et Zack voulait l'y conduire lui-même. Justin avait l'intention de retirer son invitation, mais Zack ne voulait rien savoir. Il était furieux.

Julie sentit la bile lui monter à la gorge. Elle prit son sac, sans cesser pour autant de défendre Zack :

— Je ne vous crois ni l'un ni l'autre.

— Vous préférez croire un homme dont vous savez pertinemment qu'il a menti, soit à vous, soit au légiste et à la presse, n'est-ce pas ?

— Oui ! rétorqua Julie, qui n'avait plus envie que d'une chose : s'en aller. Au revoir, Mme Stanhope.

Foster dut trotter devant elle pour arriver le premier à la porte et lui ouvrir.

Ses talons claquant sur le dallage d'ardoise du vestibule, Julie était presque à la porte quand Mme Stanhope l'appela. Elle s'arrêta net, effrayée, et se retourna en essayant de garder un visage impassible. La grand-mère de Zack semblait avoir vieilli de vingt ans pendant la minute qu'il lui avait fallu pour la rattraper.

— Si vous savez où se trouve Zachary, dit-elle, et si

vous avez un atome de conscience, avertissez tout de suite la police. En dépit de ce que vous pouvez penser, c'est ma loyauté envers Zachary qui m'a incitée à dissimuler aux autorités sa querelle avec Justin, au lieu de leur en parler comme je l'aurais dû.

Julie releva le menton mais sa voix était mal assurée.

— Pourquoi l'auriez-vous fait ?

— Parce qu'on l'aurait arrêté et qu'on lui aurait fait subir un traitement psychiatrique ! Zachary a tué son frère et sa femme. S'il avait vu un psychiatre, peut-être que Rachel Evans ne serait pas dans sa tombe. Je porte sur mes épaules la culpabilité de sa mort et vous n'imaginez pas comme elle me pèse. S'il n'avait pas été évident depuis le début que Zachary serait inculpé pour meurtre, je n'aurais pas eu le choix. J'aurais dû dire la vérité sur la mort de Justin.

Elle s'interrompit, le visage déformé.

— Pour votre bien, dénoncez-le. Sinon, un jour, il y aura une autre victime et, le reste de votre existence, vous porterez le même fardeau que moi.

— Ce n'est pas un meurtrier ! cria Julie.

— Ah oui ?

— Non !

— Mais vous ne pouvez pas nier que ce soit un menteur, répliqua Mme Stanhope, ce qui était irréfutable. Qu'il vous ait menti à vous ou à la police, n'est-ce pas ?

Julie refusa de répondre. Elle s'y refusa parce qu'elle ne supportait pas l'idée de le reconnaître à voix haute.

— C'est un menteur, répéta solennellement Mme Stanhope. Et il ment tellement bien qu'il a trouvé la carrière qui lui convenait le mieux... acteur !

Elle se détourna, puis s'immobilisa et jeta un regard par-dessus son épaule.

— Peut-être, ajouta-t-elle d'un ton las, plus alarmant et plus redoutable que sa colère, que Zachary croit vraiment à ses mensonges et que c'est pour cela qu'il est si convaincant. Peut-être qu'il se prend pour les personnages de ses films et que c'est pour cela qu'il était si doué pour la comédie. Au cinéma il jouait des hommes qui tuaient sans raison et qui n'en payaient pas les conséquences parce qu'ils étaient des « héros ». Peut-être qu'il a pensé qu'il pouvait tuer sa femme et s'en tirer de la même façon. Peut-être, conclut-elle avec emphase, qu'il ne distingue plus la réalité de la fiction.

Julie qui luttait pour ne pas chanceler, serra si fort son sac contre sa poitrine qu'elle le déforma.

— Insinuez-vous qu'il est fou ? demanda-t-elle.

Mme Stanhope laissa retomber ses épaules et, dans un murmure, comme si elle devait faire pour cela un effort suprême, elle dit :

— Oui, mademoiselle Mathison. C'est *exactement* ce que je veux dire. Zachary est fou.

Julie ne savait pas si la vieille dame était restée dans le hall. Sans un mot, elle tourna les talons et partit. Elle marcha d'un bon pas jusqu'à la voiture, réprimant une envie de courir, de fuir le maléfice de cette demeure, ses secrets, et le doute terrifiant que l'on avait semé en elle. Elle avait eu l'intention de passer la nuit dans un motel et de visiter le pays de Zack. Au lieu de cela, elle se rendit directement à l'aéroport, rendit la voiture qu'elle avait louée et prit le premier avion en partance.

55

Tommy Newton leva les yeux du scénario qu'il était en train d'annoter quand sa sœur pénétra dans le salon de sa maison de Los Angeles, où elle était venue passer le week-end.

— Qu'est-ce qui ne va pas ? lui demanda-t-il.

— Tu viens de recevoir un coup de fil d'un dingue, répondit-elle avec un rire nerveux. Du moins je l'espère.

— Los Angeles est plein de tarés qui débitent des obscénités au téléphone, la rassura Tommy. Dans le sud de la Californie, ajouta-t-il en plaisantant, c'est un moyen de communication ordinaire. Ici tout le monde est un peu cinglé, on ne te l'a jamais dit ? C'est pourquoi cette ville est un repaire de psys.

— Ce n'étaient pas des obscénités, Tommy.

— Alors de quoi s'agissait-il ?

— Ce type prétendait être Zachary Benedict.

— Zack ? C'est ridicule. Qu'a-t-il dit ?

— De te prévenir qu'il allait te tuer. Il a dit que tu connaissais le meurtrier de Rachel et qu'il te tuerait pour n'avoir pas témoigné.

— C'est dingue !

— Il semblait tout à fait sérieux, Tommy. Tu devrais appeler la police.

Tommy hésita, puis hocha la tête.

— Qui que ce soit, c'est un fêlé.

Sa sœur décrocha le téléphone sur la table à côté du sofa et lui tendit le récepteur.

— Appelle la police. Si tu ne le fais pas pour ta sécurité, fais-le par devoir.

— D'accord, soupira-t-il, mais ils vont me rire au nez.

Dans sa maison de Beverly Hills, Diana Copeland s'arracha aux bras de son amant pour répondre au téléphone.

— Diana ! Laisse la bonne répondre !

— C'est ma ligne privée, expliqua-t-elle à l'homme dont le visage était aussi familier que le sien aux cinéphiles. Il y a peut-être un changement d'horaires pour le tournage de demain. Allô ? dit-elle.

— C'est Zack, Dee Dee, fit une voix grave. Tu sais qui a tué Rachel. Et tu m'as laissé écoper. Tu vas mourir.

— Zack, attends... ! s'exclama-t-elle, mais il n'y avait plus personne au bout du fil.

— C'était qui ?

Diana se leva et le fixa d'un air hagard, le corps raidi sous l'effet du choc.

— C'était Zack Benedict...

— Quoi ? Tu en es sûre ?

— Il... Il m'a appelée Dee Dee. Il n'y a que Zack qui m'ait jamais appelée comme ça.

Tournant les talons, elle le planta là et se rendit dans sa chambre, où elle décrocha aussitôt.

— Tony ? fit-elle en tremblant. Je viens de recevoir un appel... de Zack Benedict.

— Moi aussi. C'est un cinglé. Ce n'était pas Zack.

— Il m'a appelée Dee Dee ! Il n'y a que Zack qui faisait ça. Il a dit que je savais qui avait tué Rachel, que je l'avais laissé écoper et qu'il allait me tuer.

— Calme-toi ! Ce sont des conneries ! Ce type est un fêlé, peut-être un journaliste qui cherche à ranimer une histoire finie.

— J'appelle les flics.

— Ridiculise-toi si tu veux, mais laisse-moi en dehors de tout ça. Ce type n'était pas Zack.

— Je te dis que si !

Emily McDaniels s'effondra sur une chaise longue au bord de la piscine de l'immense maison de Benedict Canyon qui appartenait à son mari, le Dr Richard Grover. Depuis six mois qu'ils étaient mariés, la vie n'était qu'une longue lune de miel et elle le regarda faire des longueurs en admirant l'aisance avec laquelle son corps fendait l'eau. Il franchit la dernière longueur et refit surface au bord, tout près d'elle.

— Qui téléphonait ? demanda-t-il en écartant les cheveux de ses yeux avec ces mains aux longs doigts qui pratiquaient de délicates opérations aux Centre médical Cedars-Sinai. Dis-moi que ce n'est pas mon service de répondeur, supplia-t-il, à demi sérieux, en croisant les bras sur le dallage, tandis qu'il étudiait son visage décomposé.

— Non.

— Bien, dit-il.

Puis il lui attrapa les chevilles et lui jeta un regard comiquement lascif.

— Puisque aucun de mes patients n'a la grossièreté de casser sa pipe et d'interrompre notre soirée, plonge dans cette piscine et montre-moi si tu m'aimes encore.

— Dick, fit-elle d'un voix tendue, mon père vient de m'appeler.

— Qu'est-ce qui ne va pas ? demanda-t-il en retrouvant immédiatement son sérieux.

Il se hissa et sortit de l'eau.

— Zack Benedict lui a téléphoné.

— Benedict ? répéta Dick avec dédain en prenant une serviette pour se sécher les bras. Si ce minable traîne vraiment dans les environs de Los Angeles, ce n'est pas seulement un assassin, c'est aussi un dingue. Les flics vont lui mettre la main dessus en moins de temps qu'il ne faut pour le dire. Qu'est-ce qu'il veut ?

— Moi. Selon Zack, lui expliqua-t-elle d'une voix vacillante, je saurais qui a tué Rachel. Il veut que j'en informe les journaux, sinon il tuera tous ceux qui étaient présents ce jour-là.

Elle secoua la tête comme pour chasser cette pensée et, quand elle parla à nouveau, sa peur avait disparu.

— Ce devait être un cinglé. Zack ne m'aurait jamais menacée, et il ne m'aurait sûrement pas fait du mal. Quoi que tu en penses, Zack n'était pas un minable. C'était l'homme le plus charmant que j'aie jamais rencontré, après toi.

— C'est un avis peu partagé.

— C'est mon avis. En dépit de tout ce que tu as pu entendre pendant ce procès, le fait est que Rachel Evans était une salope et une intrigante qui ne l'avait pas volé ! Et il est regrettable que Zack soit allé en prison pour ça. Personne ne considérait Rachel comme une véritable actrice alors qu'en fait elle était géniale, tellement bonne que personne ou presque n'a deviné ce qu'il y avait derrière son sourire. Elle avait la réputation d'être élégante, un peu réservée et très sympathique. Elle n'était rien de tout ça. Rien ! C'était une chatte de gouttière.

— Qu'est-ce que tu entends par là ? Une traînée ?

— Ça aussi, mais ce n'était pas ce que je voulais dire, dit Emily en pliant la serviette mouillée qu'il avait laissée près d'une table à parasol. Elle était vraiment comme les chats qui rôdent dans les ruelles, qui fouillent dans les poubelles des autres et s'en nourrissent sans même s'en rendre compte.

— Très pittoresque, la taquina son mari, mais pas très explicite.

Emily s'affala à nouveau dans sa chaise longue et tenta d'être plus précise.

— Quand quelqu'un désirait quelque chose, un rôle dans un film, un homme, un fauteuil particulier sur le plateau, Rachel se mettait en quatre pour qu'il ne l'ait pas. La pauvre Diana Copeland était amoureuse de Zack, folle de lui, mais elle n'en a jamais rien dit, elle n'en a jamais touché le moindre mot à Zack. J'étais la seule à être au courant, et je l'ai découvert complètement par hasard.

— Tu n'as jamais voulu parler ni de Benedict ni du procès, dit Dick quand elle se tut et se mit à fixer les éclairages de la piscine, mais puisque tu le fais, j'avoue que je suis très curieux de tout ce que la presse n'a pas raconté. On n'a jamais su que Diana Copeland était amoureuse de Benedict.

Emily hocha la tête, acceptant de lui donner quelques renseignements.

— J'avais pour politique de ne jamais en parler, parce

que je ne faisais confiance à personne, pas même aux hommes avec lesquels je sortais. Rien ne les aurait empêchés d'aller papoter devant un quelconque journaliste qui aurait tout déformé et remué à nouveau la boue. J'imagine que maintenant je peux faire une exception, ajouta-t-elle en froissant son petit nez, puisque tu as juré de me respecter et de me chérir.

— Je pense que oui, répondit-il avec un sourire.

— Je n'ai appris les sentiments de Diana à son égard que plusieurs mois après le procès, alors que Zack était déjà en prison. Je lui ai écrit une lettre que je lui ai envoyée là-bas, mais elle est revenue sans avoir été ouverte, avec « retour à l'envoyeur » inscrit de sa main. Quelques jours plus tard, Diana est venue me voir, elle voulait que j'envoie sa lettre dans une de mes enveloppes. Il l'a lui avait renvoyée, tout comme la mienne et celles de Harrison Ford et de Patrick Swayze, ce que je lui ai dit. Alors Diana s'est effondrée en larmes.

— Pourquoi ?

— Parce qu'elle rentrait tout juste du Texas, où elle avait voulu faire une visite surprise à Zack. Quand il l'a vue de l'autre côté de la vitre, il a tourné le dos sans dire un mot, puis il a demandé aux gardes de la faire sortir. Je lui ai dit que j'étais certaine qu'il avait honte et qu'il ne souhaitait pas que ses anciens amis le voient comme ça. C'est à ce moment-là qu'elle a fondu en larmes. La prison dans laquelle il se trouvait était un enfer gigantesque, sale, sordide, et Zack était obligé de porter l'uniforme.

— Que voulait-elle qu'il mette ? Un costume de chez Brooks ?

Emily émit un petit rire triste.

— C'est de le voir habillé comme ça qui lui a fait le plus mal, expliqua-t-elle. Bref, elle pleurait et elle m'a avoué qu'elle était amoureuse de lui et que c'était pour cela qu'elle avait changé ses plans et accepté un rôle moins important dans *Destinée.* Pour être près de lui. Rachel avait deviné ce qu'il en était. Un jour elle l'a taquinée en lui disant qu'elle avait le béguin pour Zack et, comme Diana ne le niait pas, Rachel faisait exprès de s'accrocher à lui dès que l'autre était dans les parages.

N'oublie pas que Rachel avait déjà une liaison avec Tony Austin et qu'elle avait l'intention de demander le divorce dans les jours qui suivaient. La semaine suivante, celle où Rachel est morte, plusieurs personnes l'ont entendue menacer Zack, exigeant qu'il ne prenne pas Diana dans son prochain film.

— Oui, mais il n'en a jamais fait d'autre, et Diana n'a donc rien perdu.

— Là n'est pas la question, dit Emily. Rachel était une belle sorcière. Elle ne supportait pas de voir les autres heureux.

Son mari l'observa longuement en silence.

— De quoi t'a-t-elle privée, Emily ? demanda-t-il avec calme.

Emily redressa brutalement la tête.

— De Tony Austin.

— Tu plaisantes ?

— J'aimerais bien, fit-elle d'un air sombre. La stupidité aveugle de la jeunesse est indescriptible. J'étais complètement folle de lui.

— C'est un toxico et un poivrot ! Sa carrière était déjà en train de déraper...

— Je sais tout cela, déclara Emily qui se leva. Mais vois-tu, je croyais pouvoir le sauver de tout, y compris de lui-même. Des années plus tard, j'ai appris sur quoi reposait cette séduction qu'il exerçait sur les femmes. Il était tellement sexy, tellement décontracté, qu'on avait l'impression qu'il vous protégerait du monde entier. Mais c'était aussi un petit garçon vulnérable que l'on se découvrait l'envie de protéger. Ce qui explique sans doute que le pauvre Tommy Newton soit tombé amoureux de lui. De son côté, Zack était exactement le contraire de Tony... Il n'avait besoin de personne, et on le *sentait*.

— Tommy Newton, répéta-t-il, dégoûté, le type qui a dirigé ton dernier film, était amoureux de Tony Austin ?

Quand Emily acquiesça, il opina du chef.

— Ce milieu dans lequel tu baignais depuis ton enfance m'a tout l'air d'un joli cloaque !

— Quelquefois oui, dit Emily en riant, mais pas en général. Ce n'est qu'une industrie avec des gens qui travaillent dur et qui vivent ensemble pendant quatre ou cinq mois, puis qui partent chacun de leur côté et se retrouvent un jour pour un autre film.

— Cela ne peut pas être complètement mauvais, reconnut-il malgré lui, puisque tu y as vécu pendant des années et que tu es la femme la plus droite et la plus charmante que j'aie connue. C'est étonnant que toute cette histoire entre Tony, Diana, Rachel et toi n'ait pas été évoquée au cours du procès.

Emily haussa les épaules.

— La police n'est pas allée chercher bien loin d'autres suspects ni d'autres mobiles. Vois-tu, ils savaient que c'était Zachary Benedict qui avait chargé le revolver qui a tué Rachel. Nous le savions tous. Non seulement il l'avait menacée la veille et il avait d'excellentes raisons affectives et financières de le faire, mais il était surtout le seul d'entre nous qui ait assez de tripes pour cela.

— Il avait peut-être des tripes, mais il devait être bien arrogant pour s'imaginer qu'il s'en tirerait comme ça.

— Il l'était, admit Emily, mais il y avait de la tendresse dans son sourire et une pointe d'admiration dans sa voix. Zack était... une sorte de force irrésistible, comme le vent, qui soufflait dans toutes les directions. Il avait tant de facettes qu'on ne savait jamais laquelle il allait montrer. Il pouvait être incroyablement spirituel ou chaleureux, galant et charmant, mais aussi onctueux et sophistiqué.

— Apparemment, c'était un modèle de vertu.

— Parfois il était aussi brutal, froid et sans cœur.

— Si l'on réfléchit bien, fit Dick à demi sérieusement, on dirait plutôt une personnalité multiple.

— Il était complexe, reconnut Emily. Et secret. Il faisait ce qui lui plaisait, quand ça lui plaisait et il se fichait pas mal de ce que l'on pensait de lui. Il s'était fait beaucoup d'ennemis à cause de ça, mais même les gens qui le détestaient bavaient d'admiration devant lui. Il se moquait d'être détesté comme d'être admiré. Autant que l'on puisse dire, la seule chose qui l'intéressait, c'était son travail. Il ne semblait pas avoir besoin des autres... Il n'aimait pas que l'on soit proche de lui, sauf moi. J'étais sans doute plus proche de lui que quiconque.

— Ne me dis pas qu'il était amoureux de toi.

Emily éclata de rire.

— Pour lui je n'étais qu'une enfant. C'est pour cela qu'il m'a laissée me rapprocher de lui. Il me parlait de choses dont je doute qu'il ait discuté avec Rachel.

— Quel genre de choses ?

— Je ne sais pas... des détails. Il aimait l'astronomie, par exemple. Un soir où nous tournions en extérieur dans un ranch près de Dallas, il s'est assis et il m'a montré les étoiles en me les nommant et en me racontant d'où venait le nom des constellations. Rachel est sortie et nous a demandé ce que nous faisions et, quand il le lui a dit, elle était ébahie que Zack connaisse quoi que ce soit dans ce domaine.

— Alors comment expliques-tu qu'il ait menacé ton père par téléphone ce soir ?

Elle bascula ses jambes sur le bras de la chaise longue.

— Je pense que c'était un cinglé et que mon père s'est trompé, dit-elle. Il croit aussi avoir vu quelqu'un qui ressemble à Zack traîner dans sa rue hier soir.

Son mari cessa alors de froncer les sourcils pour arborer un air entendu, irrité.

— Ton père n'était pas ivre quand il t'a appelée, par hasard ?

— Je... Je ne saurais le dire. Peut-être. Ne sois pas trop dur avec lui, poursuivit-elle en posant la main sur son bras. Il est seul depuis que je suis partie. J'étais toute sa vie, et je l'ai abandonné pour t'épouser.

— Tu ne l'as pas « abandonné » ! Tu es sa fille, pas sa femme !

Elle lui enlaça la taille et appuya la tête sur son épaule.

— Je le sais, et lui aussi. Il y a quelques minutes, ajouta-t-elle, tandis qu'ils rentraient dans la maison, tu m'as félicitée pour être restée sérieuse et charmante malgré toutes les années passées dans le milieu du cinéma. N'oublie pas que, si j'ai réussi à devenir ce que je suis, c'est uniquement grâce à sa vigilance. Il a sacrifié sa vie pour moi.

Son mari l'embrassa sur le front.

— Je sais.

56

Lorsque Julie s'engagea dans l'allée qui menait chez elle, il était minuit et elle avait passé les sept heures précédente à lutter intérieurement contre la confusion et le doute insidieux qui la hantait. Elle avait gagné la bataille et, maintenant qu'elle était chez elle, elle se sentait beaucoup mieux. Elle ouvrit la porte d'entrée, alluma la lumière dans le salon et contempla la pièce douillette et gaie qu'elle avait devant elle. Ici, l'idée que Zack pût être fou semblait si ridicule qu'elle s'en voulait d'y avoir même songé. En accrochant son manteau dans le placard de l'entrée, elle se souvint qu'elle y avait passé une soirée merveilleuse en compagnie de Matt et Meredith Farrell. Matthew Farrell aurait ri au nez de Mme Stanhope si celle-ci avait insinué devant lui que Zack était fou, et c'était exactement ce que Julie aurait dû faire !

Elle se rendit dans sa chambre, s'assit sur le lit et prit la lettre de Zack dans le tiroir de sa table de nuit. Elle eut soudain honte d'avoir douté de lui et éprouva le besoin d'effacer toute trace de son voyage. Elle ôta son pull, sa jupe et prit une douche.

Elle se lava le corps et les cheveux, comme s'ils avaient été contaminés par l'atmosphère malveillante de ce lugubre amas de pierres que Zack avait jadis appelé sa maison. Il n'y avait aucune chaleur ni dans le lieu ni dans les gens qui y vivaient, se dit-elle en se séchant les cheveux avant de les brosser. Et ce valet ! Et Alex, le frère de Zack !

Toutefois, lui disait une petite voix au fond d'elle, la grand-mère de Zack semblait plus abattue que méchante, du moins à la fin de leur entretien. Et le domestique paraissait sûr de son fait en dépit de sa mine lugubre. Pourquoi lui auraient-ils tous deux menti quant à cette dispute avec Justin ? se demanda Julie. Chassant cette question de son esprit, elle débrancha le séchoir resserra la ceinture de son peignoir et passa au salon. Peut-être pensaient-ils simplement que Zack et Justin s'étaient querellés, se dit-elle en allumant la télévision. Elle mit CNN pour écouter le dernier journal.

Mais il y avait un fait qu'elle ne pouvait nier, ni justifier : Zack avait menti sur la manière dont Justin était mort.

Soit il lui avait menti à elle, soit il avait menti à la police, à la presse et au coroner.

Pour échapper à ce dilemme insolvable, elle jeta un regard circulaire dans la pièce, cherchant quelque chose qui ne fût pas à sa place, quelque chose qu'elle pourrait remettre physiquement en ordre, mais il n'y avait rien. Sa maison, toujours nette, était à présent proprement aseptisée : depuis cinq jours, elle avait passé tout son temps libre à la ranger pour que la police et les reporters puissent l'examiner pendant son absence. Il y avait une feuille jaunie sur la plante à sa gauche, qu'elle arracha, puis elle s'immobilisa, réchauffée par le souvenir de la réaction de Zack devant un tel comportement. *« C'est une manie chez vous de tout remettre en place quand vous êtes mal à l'aise ? »* Rien que de penser à son sourire nonchalant et à l'éclat amusé de ses yeux, elle allait déjà mieux. Elle avait besoin de ranimer ces souvenirs, se dit-elle, parce qu'ils étaient bien réels. Il était réel. Zach était réel. Et il l'attendait au Mexique.

Il avait menti aux autres sur la mort de Justin, décida-t-elle alors, pas à elle. Il n'aurait pas fait une chose pareille. Elle le savait au fond d'elle-même. Et quand elle le verrait au Mexique, il lui expliquerait pourquoi il leur avait menti. La télévision diffusait une émission spéciale sur la Chine et, comme Julie était trop survoltée pour dormir, elle décida de se remettre à la lettre qu'elle laisserait à sa famille en attendant les nouvelles de fin de soirée pour s'assurer qu'on n'y parlait pas de Zack. Il lui avait demandé de tout régler en une semaine et d'être prête à partir le huitième jour. Cinq jours s'étaient déjà écoulés.

Julie regagna sa chambre pour y chercher la lettre qu'elle avait commencée, puis elle s'installa dans le rocking-chair et alluma la lampe à ses côtés. Avec en bruit de fond le ronronnement des commentaires sur l'avenir économique de la Chine, elle relut ce qu'elle avait écrit.

Chère maman, cher papa, cher Carl, cher Ted,

Quand vous lirez cette lettre, vous saurez que je suis partie pour rejoindre Zack. Je ne vous demande pas de me pardonner, mais je tiens à vous expliquer ce que je fais pour que vous puissiez au moins le comprendre un jour.

Je l'aime.

J'aimerais tant vous donner d'autres raisons, de meilleures raisons que celle-là, j'y ai réfléchi, mais je n'en trouve aucune. C'est sans doute parce que c'est la seule chose qui compte vraiment.

Papa, maman, Carl, Ted, vous savez tous les quatre ce qu'est l'amour, vous l'avez éprouvé vous-mêmes. Papa, je me rappelle toutes les fois où tu veillais tard, sur le canapé, un bras enlaçant maman. Je me souviens de toutes ces années de rires et d'embrassades. Je me souviens aussi du jour où maman est revenue de chez le médecin qui lui avait trouvé une boule au sein. Ce soir-là, tu es sorti dans la cour et tu as pleuré. Je le sais, papa, parce que je t'ai suivi. Ce sont des choses que je veux partager avec Zack, toutes, les bonnes choses, la paix, le bonheur, et les choses tristes. Pense-y, je t'en prie, et sache que, tout comme maman et toi avez voulu vivre ensemble, je suis faite pour vivre avec Zack. Je le crois. Je le sens chaque fois que je respire. J'ignore pourquoi c'est tombé sur lui. Je ne l'aurais jamais choisi moi-même. Mais c'est ainsi. Et je n'en ai aucun remords.

Carl, tu as ta merveilleuse, drôle, charmante Sara. Elle t'adore depuis que vous êtes à l'école primaire, et je ne crois pas que tu mesures à quel point. Elle a attendu des années que tu la remarques. Quand nous étions au lycée, elle faisait tout pour attirer ton attention. Elle laissait tomber ses livres à tes pieds. Sara et moi, nous travailllions ensemble le soir où elle a appris que tu avais demandé à Jenny Stone de t'accompagner au bal de fin d'année. Elle a pleuré. Tu l'as beaucoup fait souffrir et maintenant c'est moi qui vais vous faire du mal à tous en m'en allant avec Zack. De toute façon, Sara t'aime. S'il te plaît, aime-moi encore, quand la blessure s'estompera. Du moins essaie.

Ted, c'est toi qui seras le plus furieux et le dernier à me pardonner, je crois. Tu ne t'es pas encore pardonné à toi-même d'avoir brisé ton ménage et tu ne sembles pas pardonner à Katherine le rôle qu'elle a joué dans cette affaire. Tu ne sais ni pardonner ni oublier, et tu es pris dans le piège que tu as toi-même posé. Le plus drôle, c'est que, de nous tous, c'est toi et moi qui aimons si aveuglément et si totalement que nous ne pensons plus qu'à ça. Tu m'aimes telle que je suis. Je le sais. Tu m'as dit que tu descendrais aux enfers pour moi or je vais te faire vivre un enfer et cela ne me plaît pas du tout.

Après mon départ, vous entendrez tous parler de Zack, horribles rumeurs et hypothèses malveillantes des journalistes, de la police et de gens qui ne le connaissent pas. J'aimerais tant que vous l'ayez connu. Comme ce n'est pas possible, je vais vous laisser une chose qui vient de lui et qui vous donnera un aperçu de l'homme qu'il est réellement. C'est la copie d'une lettre, une lettre très personnelle. J'en ai effacé une partie, non parce que votre opinion en aurait été modifiée, mais parce qu'on y évoque une autre personne et le grand service qu'elle nous a rendu à tous les deux. Quand vous lirez la lettre de Zack, vous verrez que l'homme qui l'a écrite m'aimera et me protégera autant qu'il le pourra. Nous nous marierons dès que nous serons ensemble.

Telles étaient les dernières lignes de ce que Julie avait couché sur le papier, mais cela ne semblait pas suffire. Elle prit son stylo, tout en guettant un éventuel flash d'informations, et écrivit :

Carl, j'aimerais que Sara et toi, vous preniez tout ce que contient ma maison pour votre nouvelle demeure. Pensez à moi parfois quand vous arroserez les plantes.

Ted, il y a une bague qui t'appartient dans le premier tiroir de ma commode. Tu la reconnaîtras. C'est l'alliance que tu as jetée quand Katherine et toi vous vous êtes séparés. C'est à ton doigt qu'elle devrait être, mon idiot de frère bien-aimé. Essaie-la donc... juste en souvenir du bon vieux temps. Bon, d'accord, en souvenir de moi. Aucune alliance ne t'ira aussi bien que celle-là, et tu le sais ! Vous allez vous faire mal, tous les deux, si vous vous remettez ensemble, mais vous ne souffrirez pas autant que l'un sans l'autre. Et...

Julie redressa vivement la tête quand le présentateur annonça :

« Nous interrompons notre émission spéciale sur la situation en Chine pour vous donner les derniers éléments de l'affaire Zachary Benedict. Selon la police du comté d'Orange en Californie, Benedict, qui s'est évadé du pénitencier d'Etat d'Amarillo, où il purgeait une peine de quarante-cinq ans de prison pour le meurtre de sa femme, a été repéré à Los Angeles par l'une de ses anciennes

connaissances. Cette personne, dont l'identité ne nous a pas été révélée pour l'instant, l'a formellement reconnu. Les recherches se sont intensifiées et l'on a appris qu'il avait téléphoné aujourd'hui à plusieurs membres de l'équipe du film Destinée *pour les menacer de mort. La police du comté d'Orange conseille à tous ceux qui se trouvaient sur le plateau de* Destinée *d'agir avec la plus extrême prudence, puisque l'on sait que Benedict est armé et dangereux. »*

Julie bondit, et son stylo roula sur le sol avec la lettre. C'était un canular, se dit-elle. Ce ne pouvait être que cela ! Un maniaque se faisait passer pour Zack pour semer la terreur et faire la une des journaux.

Un canular, assurément. Elle éteignit le poste et alla se coucher.

Mais quand elle s'endormit enfin, des spectres sans visage, cachés dans l'ombre, hurlant des menaces, emplirent ses rêves.

Le soleil se levait quand elle se libéra de ce cauchemar. Julie quitta son lit pour aller boire un jus d'orange dans la cuisine. Elle le but sans plaisir, puis elle s'arcbouta contre le comptoir en Formica et laissa retomber sa tête.

— Oh, Zack, murmura-t-elle, qu'est-ce que tu fais ? Appelle-moi pour me dire qu'ils mentent tous. Je t'en prie... ne les laisse pas me torturer comme ça.

Elle décida d'aller à l'église, puis de passer la journée à l'école pour régler certains détails, juste au cas où Zack apprendrait ce qui se passait à Los Angeles et déciderait de lui donner des explications. Il ne pouvait pas l'appeler chez elle. Il avait déjà essayé de la joindre à l'école. Il se rendrait sûrement compte qu'elle allait attendre là, même un dimanche, si une chose aussi importante se produisait.

57

— Julie, ça va bien, ma chère ? demanda Flossie Elridge en tapotant sur le pare-brise. Cela fait une demi-heure que vous êtes là dans le noir avec le moteur qui tourne.

Julie leva brusquement les yeux vers le visage rond et inquiet, éteignit le contact et sortit à la hâte.

— Ça va, mademoiselle Flossie, je réfléchissais... Un problème à l'école et j'avais oublié où j'étais.

Flossie frissonna dans la nuit givrée et resserra son manteau autour d'elle.

— Vous allez attraper la mort, si vous restez là.

Mortifiée d'avoir oublié où elle se trouvait, Julie prit sa serviette sur le siège arrière et s'efforça de sourire à sa vieille voisine.

— J'avais le chauffage dans la voiture, dit-elle, bien qu'elle n'en fût pas certaine.

— Non, affirma Flossie. Votre pare-brise est tout givré. Regardez ! Vous avez travaillé bien tard, ce soir, et un dimanche en plus ! ajouta-t-elle en apercevant la serviette de Julie.

— Il y a toujours beaucoup de travail, répondit Julie. Je vais vous raccompagner chez vous, poursuivit-elle en posant la main sur le coude de mademoiselle Flossie, puis elle l'aida à traverser lentement la pelouse qui séparait leurs deux maisons. On ne voit pas grand-chose sans lune, et je ne veux pas que vous trébuchiez dans l'herbe.

— Julie, fit Flossie d'une voix hésitante quand elle pénétra dans le halo de lumière jaune qui tombait du porche. Vous n'avez pas l'air dans votre assiette. Vous pouvez me dire la vérité. Je n'en parlerai pas à Ada. Vous vous languissez de Zachary Benedict ?

L'espèce de léthargie distraite qui avait envahi Julie toute la journée céda à un état d'alarme à la seconde même où Flossie prononça le nom de Zack.

— Pourquoi diable pensez-vous une chose pareille ? dit-elle avec un rire qui lui parut forcé.

— Parce que, poursuivit Flossie comme si la réponse était évidente, vous étiez assise dans votre voiture devant chez vous et vous aviez le regard dans le vague. Quand j'étais jeune fille et que je me languissais de Her... de quelqu'un, je faisais la même chose, je m'en souviens.

— Vous voulez dire, la taquina Julie, que vous vous gariez dans l'allée qui menait chez vous et que vous restiez là une demi-heure ?

— Bien sûr que non, fit Flossie avec un gloussement de petite fille, qui lui plissa les yeux. Vous savez bien que je n'ai jamais appris à conduire. J'avais le regard dans le vague, comme vous ce soir.

Pour ne pas avoir à mentir, Julie esquiva la question.

— Je ne crois pas qu'on doive se languir de quoi que ce soit, mademoiselle Flossie, dit-elle vivement. Quand je ne peux pas avoir ce que veux, je fais face, je le chasse de mon esprit à jamais et je continue comme je peux.

Au lieu de l'approuver ou de lui reposer la question, ce qu'attendait plus ou moins Julie, mademoiselle Flossie posa la main sur son bras.

— Que feriez-vous s'il y avait quelque chose que vous désiriez depuis toujours, que vous auriez pu avoir, que vous pourriez peut-être encore avoir, mais que vous aviez peur que les autres se moquent de vous ? Et que vous craigniez, si vous l'obteniez, de le regretter ?

Cette fois, le rire de Julie fut plus sincère, et elle hocha la tête.

— C'est dur, admit-elle. Si je n'étais pas heureuse sans, j'essaierais de l'être avec, j'imagine.

— Avec lui, c'est cela ?

Spontanément Julie se pencha pour déposer une baiser sur la joue parcheminée.

— Bonsoir, dit-elle.

Adieu, pensa-t-elle. Il s'était écoulé six jours sur les huit que Zack lui avait accordés.

Sur le porche de sa maison, Julie chercha ses clés à tâtons dans son sac, en inséra une dans la serrure, entra et referma la porte derrière elle. Elle allait appuyer sur l'interrupteur, quand elle entendit une voix d'homme.

— N'allumez pas la lumière.

Son cri de terreur s'arrêta dans sa gorge quand il ajouta :

— Je suis un ami de Zack.

— Pourquoi vous croirais-je ? dit-elle d'une voix aussi tremblante que sa main.

— Parce que, fit Dominic Sandini avec une pointe de gaieté, je suis venu m'assurer que rien ne s'oppose à ce que vous fassiez un petit voyage si l'envie vous en prenait soudain.

— Vous m'avez fichu une peur bleue, bon sang ! explosa Julie qui s'effondra contre la porte, hésitant entre la colère et le rire.

— Désolé.

— Comment êtes-vous entré ici ? demanda-t-elle, comme elle trouvait un peu absurde de parler dans l'obscurité à un homme invisible.

— Je suis entré par l'arrière après avoir jeté un coup d'œil dans les environs. Vous êtes filée, madame.

— Je suis... quoi ?

— On vous surveille, précisa-t-il. Une estafette bleue garée en bas de la rue s'occupe de la maison et un break noir vous suit où que vous alliez. C'est sûrement le FBI. Ils utilisent des voitures qui ne valent pas la peine qu'on les vole, mais ils sont plus efficaces pour la surveillance que les péquenots du coin. Les voitures, ajouta-t-il fièrement, c'est ma spécialité. Prenez la vôtre par exemple. Vous avez un moteur d'un litre cinq, sans doute une radio montée en série, pas de téléphone. Alors sans les accessoires, ça vaut dans les deux cent cinquante dollars.

— Vous... vendez des voitures d'occasion ? demanda Julie, qui en oublia temporairement le problème du FBI, tant elle était contente d'avoir auprès d'elle quelqu'un qui se disait l'ami de Zack.

— On peut dire les choses comme ça, répliqua-t-il

avec un petit rire. Mais quand je les vendais, elles n'avaient pas de papiers, si vous voyez ce que je veux dire.

— Vous... vous... *avez volé* des voitures ? fit Julie, mal à l'aise.

— Oui, mais c'est fini, lui expliqua-t-il d'un ton amusé. Je suis rentré dans le rang.

— Bien ! s'exclama-t-elle avec ardeur.

Ce n'était guère rassurant que Zack ait un voleur de voiture pour ami.

— Zack n'est pas à Los Angeles, n'est-ce pas ? ajouta-t-elle dès qu'elle eut compris que ce visiteur sans visage pouvait apaiser d'autres craintes. Il ne menace pas tous ces gens ?

— Je ne sais ni où il est ni ce qu'il fait, je vous le jure.

— Mais vous devez le savoir ! De toute évidence, vous lui avez parlé...

— Non, pas moi. Zack... piquerait une crise s'il savait que j'étais venu moi-même et que je m'étais mouillé. Je me suis dit que ce serait la seule occasion de rencontrer sa Julie. Vous devez l'aimer tout plein.

Il se tut et Julie déclara calmement :

— Oui. Il doit beaucoup compter pour vous aussi pour que vous preniez le risque de venir ici.

— Il n'y a aucun risque, nom de Di... nom de nom ! s'écria-t-il avec suffisance. Je ne fais rien d'illégal. Je ne fais que rendre visite à l'amie d'un ami, et il n'y a aucune loi qui l'interdise, ni qui interdise d'entrer par la porte de derrière et de l'attendre dans le noir. J'ai même réparé le verrou. Ce truc n'aurait pas empêché un gosse de pénétrer dans la maison s'il avait insisté un peu.

Il avait dit qu'il était venu voir si « rien ne s'opposait » à ce qu'elle parte en voyage, et Julie était sur le point de lui demander ce qu'il entendait par là quand il lui donna la réponse du même ton jovial et insouciant.

— De toute façon, si je suis là, c'est parce que Zack veut que vous ayez une nouvelle voiture. Je me suis porté volontaire pour vous la livrer. Et me voici !

Julie comprit aussitôt qu'elle utiliserait sans doute ce véhicule, non le sien, pour semer ses poursuivants lorsque, dans deux jours, elle quitterait Keaton.

— Promettez-moi qu'elle n'a pas été volée, dit-elle d'un ton sérieux qui le fit rire.

— Comme je vous l'ai dit, je me suis retiré des affaires. C'est Zack qui l'a payée et j'ai décidé de vous apporter son cadeau, c'est tout. Il n'y a aucune loi qui interdise à un fugitif d'acheter une voiture pour une dame avec de l'argent qu'il a gagné durement et honnêtement. Ce qu'elle en fera, ça ne me regarde pas.

— Je n'ai pas vu de voiture devant la maison, ce soir.

— Bien sûr que non ! s'écria-t-il d'un ton exagérément horrifié. Je ne voulais pas troubler l'ordre public en encombrant votre jolie rue. Je l'ai donc mise sur le parking derrière la mercerie Kelton's.

— Pourquoi ? demanda Julie, qui se sentait un peu bête.

— C'est une question intéressante. Je ne sais pas très bien pourquoi j'ai obéi à cette impulsion folle, plaisanta-t-il, ce qui rappela à Julie les incorrigibles petits garçons de huit ans auxquels elle faisait la classe. Je me suis dit que si, un beau matin, vous allez garer votre voiture devant ce magasin, vous aurez peut-être envie d'y entrer, de regarder autour de vous et de ressortir par la porte de derrière pour essayer la nouvelle. Bien entendu, ça ennuira les types qui vous filent. Ce sera très dur pour eux de savoir par où vous êtes partie, dans quelle voiture et dans quelle tenue... si jamais vous aviez aussi eu envie de changer de pull ou de mettre quelque chose qui était dans votre valise. Si vous comprenez ce que je veux dire...

Julie acquiesça dans l'obscurité, frissonnant de ses sous-entendus de conspirateurs.

— Je vois ce que vous voulez dire, fit-elle avec un petit rire nerveux.

Le rocking-chair craqua quand il se leva.

— J'ai été ravi de m'entretenir avec vous, dit-il en lui effleurant le bras. Au revoir, Julie de Zack. J'espère que vous savez ce que vous faites.

Julie aussi l'espérait.

— Attendez que je sois parti pour allumer la lumière derrière la maison.

Elle écouta son pas lent et eut l'impression qu'il boitait légèrement.

58

Tony Austin entendit un bruit derrière lui et tendit la main vers la lampe. Au même instant il vit les rideaux se gonfler près des portes vitrées coulissantes.

— N'allume pas la lumière ! ordonna une voix, tandis qu'une ombre s'écartait des rideaux. Je te vois parfaitement d'ici.

— Je n'ai pas besoin de lumière pour reconnaître ta voix ! Pourquoi diable n'es-tu pas entré par la porte ? Je l'avais laissée ouverte pour toi.

— As-tu idée de l'envie que j'ai eu de te tuer ?

— Tu as raté ta chance il y a cinq ans. Où est l'argent ?

— Tu es un vampire. Tu saignes les gens à blanc.

— La ferme et passe-moi le fric !

L'ombre leva la main et Tony aperçut son arme.

— Ne fais pas l'imbécile ! Si tu me tues maintenant, ils sauront que c'est toi dans les vingt-quatre heures qui suivront.

— Non ! Zack Benedict est en cavale, il se déchaîne, tu n'en as pas entendu parler ? (Son rire suraigu donnait froid dans le dos.) Il menace les gens au téléphone. On croit qu'il m'a menacé moi aussi. On pensera qu'il t'a tué. J'ai attendu *si longtemps* ce moment...

Il leva son arme, visa...

— Ne fais pas de folies ! Si tu me tues, ils...

L'explosion qui ébranla le canon fit un petit trou dans la poitrine de Tony Austin, près de la clavicule. Peu importait que la balle à tête creuse ait raté le cœur. Au point d'impact, elle fragmenta toute la cage thoracique et le tua sur le coup.

59

— C'est très gentil de nous avoir tous invités à dîner, dit Mme Mathison à Julie en se levant pour l'aider à débarrasser la table. Nous ne devrions pas attendre les grandes occasions, comme nous le faisons souvent, ajouta-t-elle.

Julie prit quatre verres et sourit à sa mère. C'était une très grande occasion, la dernière soirée qu'elle passerait avec eux, puisque, le lendemain matin, elle partirait rejoindre Zack.

— Tu es sûre que tu ne veux pas que Carl et moi nous restions pour t'aider à remettre de l'ordre dans la salle à manger ? demanda Sara, tandis que Carl l'aidait à enfiler son manteau. Il faut que Carl travaille sur son projet pour le centre de loisirs, mais ça peut attendre une demi-heure.

— Non, dit Julie, qui pénétra d'un pas vif dans le salon et qui serra Sara, puis Carl dans ses bras.

Elle les étreignit plus longtemps que d'ordinaire et les embrassa sur les joues. C'était un adieu.

— Prenez soin l'un de l'autre, leur murmura-t-elle.

— Nous n'habitons qu'à deux kilomètres d'ici, fit observer ironiquement Carl.

Julie les regarda s'éloigner puis ferma la porte. Ted et son père s'étaient installés dans le salon pour regarder les nouvelles et Katherine débarrassait la table.

— Sara est tellement adorable ! fit Mme Mathison quand elle fut seulc avec Julie dans la cuisine. Carl et elle sont si bien ensemble, si heureux. J'ai l'impression que Ted et Katherine se sont retrouvés, non ? murmura-t-elle en jetant un coup d'œil dans la salle à manger où Katherine empilait les assiettes. Katherine était si jeune ! Elle s'est stabilisée, elle a mûri, et Ted l'aime tant ! Il ne s'en était jamais remis.

Julie sourit sombrement en rangeant dans le lave-vaisselle les assiettes que Katherine avait rapportées.

— Ne sois pas trop optimiste ! C'est moi qui l'ai invitée ce soir, pas Ted. Il sort toujours avec Grace Halvers... en dépit des sentiments qu'il éprouve toujours pour Katherine.

— Julie, il y a quelque chose qui ne va pas ? Tu as l'air bizarre. Préoccupée.

Prenant un torchon, Julie la fixa avec attention et commença d'essuyer l'évier.

— Pourquoi dis-tu ça ?

— D'abord, l'eau coule toujours, la vaisselle n'est pas faite et tu essuies l'évier. Tu as toujours été une jeune fille très soignée, Julie, la taquina-t-elle, et Julie reposa vite son torchon et revint à sa première tâche. Mais là, tu exagères. Tu penses encore à Zachary Benedict, n'est-ce pas ?

C'était là l'occasion rêvée de préparer sa mère à la lecture de sa lettre, et Julie décida d'en profiter.

— Que dirais-tu si je te disais que j'étais tombée amoureuse de lui dans le Colorado ?

— Je dirais qu'il serait inutile, pénible et stupide que tu te mettes une chose pareille en tête.

— Et si je ne pouvais pas m'en empêcher ?

— Je te recommande le baume du temps, ma chérie. Ça guérit tout. Enfin tu ne l'as connu qu'une semaine. Pourquoi ne pas tomber plutôt amoureuse de Paul Richardson ? dit-elle, à demi sérieuse. Il gagne bien sa vie et il est fou de toi... Même ton père l'a remarqué.

Julie comprit soudain que cette conversation lui faisaient perdre les précieuses minutes qu'il lui restait à passer avec sa famille et elle jeta son torchon.

— Allons au salon, dit-elle en poussant sa mère hors de la cuisine. Je finirai ça plus tard. Quelqu'un désire-t-il quelque chose ? demanda-t-elle en élevant le ton.

— Oui, répondit Ted. Du café.

Katherine, qui venait d'arriver pour aider les deux femmes, sortit des tasses et des soucoupes, mais Julie hocha la tête.

— Va donc avec Ted. Je reviendrai quand le café sera prêt.

Julie était à mi-chemin entre la cuisine et le salon, un plateau dans les mains, quand elle entendit son père.

— Ted, éteins cette télévision, sifflait-il, il ne faut pas que Julie entende cela !

— Qu'est-ce qu'il ne faut pas que j'entende ? fit-elle, paralysée par la terreur, tandis que Ted se penchait vers le poste. Laisse ça, Ted ! l'avertit-elle d'un ton rude, sachant instinctivement qu'il s'agissait de Zack. Ils ont repris Zack, n'est-ce pas ? dit-elle en tremblant si fort que les tasses s'entrechoquèrent. Répondez-moi ! cria-t-elle aux quatre visages atterrés.

— Ils ne l'ont pas arrêté, rétorqua Ted d'un ton sarcastique. Il a fait une autre victime !

Les spots publicitaires prirent fin, et Julie vit un brancard sortir d'une maison, le corps recouvert d'un drap blanc, tandis que la voix du commentateur semblait jaillir dans la pièce : *« Pour reprendre notre toute dernière nouvelle, Tony Austin, qui avait joué avec Zack Benedict et Rachel Evans dans* Destinée, *a été retrouvé mort aujourd'hui dans sa maison de Los Angeles après avoir reçu une balle dans la poitrine. Les rapports préliminaires indiquent qu'il s'agissait d'une balle à tête creuse, semblable à celle qui a tué la femme de Zachary Benedict, Rachel Evans. Le coroner a fixé approximativement l'heure du décès à dix heures hier soir. La police du comté d'Orange nous a confirmé qu'Austin a bien reçu un coup de fil de menace de Zachary Benedict hier soir et que l'on a vu Benedict dans les parages, semble-t-il. Zachary Benedict a également menacé d'autres membres de l'équipe de* Destinée, *à qui l'on a recommandé la plus extrême prudence... »*

La fin de l'annonce se noya dans un fracas de porcelaine brisée. Julie avait laissé tomber le plateau et se cachait le visage dans les mains, pour chasser la vision de ce corps enveloppé de blanc que l'on mettait dans une ambulance et le souvenir de la voix glacée de Zack :

« Laisse-moi Austin. Il y a d'autres moyens de s'occuper de lui. »

— Julie ! s'écrièrent-ils tous en se précipitant vers elle.

Mais elle recula, son regard flou allant, de sa mère et de Katherine, qui ramassaient la porcelaine brisée à son père et à Ted, qui se tenaient près d'elle et l'observaient, inquiets et consternés.

— Je vous en prie ! fit-elle d'une voix sourde. Maintenant j'ai besoin d'être seule. Papa, dit-elle en contenant son affolement avec tant de force que sa voix en était éteinte, ramène maman à la maison. Je ne veux pas qu'elle se fasse du souci pour moi. Ce n'est pas bon pour sa tension.

Elle fit volte-face, fila dans sa chambre, ferma la porte et s'assit dans l'obscurité. Elle entendit le téléphone sonner dans la maison, mais c'était la voix de Mme Stanhope qui lui hurlait dans la tête :

« Zachary a tué son propre frère et sa femme. Au cinéma il jouait des hommes qui assassinaient sans raison et qui s'en tiraient parce qu'ils étaient des " héros "... Il ne distingue plus la réalité de la fiction... Zachary est fou.

« S'il avait été traité par un psychiatre, Rachel Evans ne serait pas dans sa tombe. Pour votre bien, dénoncez-le. Sinon il y aura une autre victime, et le reste de votre existence vous porterez le même fardeau que moi... »

Le célèbre visage de Tony Austin, avec son sourire de séducteur, lui passa devant les yeux. Il ne sourirait plus. Comme Rachel Evans et Justin Stanhope, il était mort. Assassiné.

Elle entendit l'avertissement de Matt Farrell. *« Nous avons aussi découvert des indices qui mènent à Diana Copeland... Emily McDaniels... Tommy Newton. »*

Elle prit la lettre de Zack dans le tiroir de sa table de chevet et la serra contre elle, mais elle n'eut pas besoin de la lire. Elle en savait chaque mot par cœur. Elle se berça d'arrière en avant sans pleurer, en pressant la lettre sur son cœur, et en répétant son nom dans le silence et l'obscurité.

Les voix assourdies qui lui parvenaient du salon la

tirèrent peu à peu de cet abîme où rien n'existait plus pour elle que son tourment, des voix qui la forcèrent à se redresser lentement. Les voix de gens qui devaient savoir... l'aider... lui dire...

60

Son père interrompit brusquement sa conversation avec Ted et Katherine quand Julie entra, le corps raide comme un morceau de bois, la lettre qu'elle avait l'intention de leur laisser dans la main.

— J'ai renvoyé maman à la maison, dit son père.

Julie acquiesça et s'éclaircit la gorge.

— C'est bien.

Pendant quelques instants, elle tordit sa lettre entre ses mains, puis elle la lui lança.

— Je devais... devais partir demain pour aller le rejoindre, ajouta-t-elle quand, l'ayant ouverte, il la tendit devant lui pour que Ted puisse la lire lui aussi.

Ted la fixa brusquement, les yeux plissés par la colère et la désapprobation.

— C'est vrai, dit-elle avant qu'il ait eu le temps d'ouvrir la bouche.

Il s'avança vers elle, mais elle s'écarta d'un bond quand il voulut lui prendre le bras.

— Ne me touche pas ! lui ordonna-t-elle d'un ton hystérique en s'accrochant au dossier d'un fauteuil. Ne me touche pas !

Puis elle regarda le visage sombre, blessé, de son père qui finit de lire sa lettre, la laissa tomber sur la table et se leva.

— Aide-moi, lui dit-elle d'une voix brisée. Je t'en supplie, aide-moi. Tu sais toujours ce qui est bien. Je dois faire ce qui est bien. Mais il faut qu'on m'aide ! cria-t-elle à Katherine qui refoulait ses larmes, puis à Ted.

Son père l'attira soudain dans ses bras et la serra fort contre lui en lui caressant le dos pour l'apaiser, comme quand elle était petite fille et qu'elle pleurait pour un bobo.

— Tu sais déjà ce que tu dois faire, dit-il d'un ton bourru. Il faut arrêter cet homme pour le mettre hors d'état de nuire. Ted, fit-il, reprenant le dessus, tu es avocat. Quel est le meilleur moyen de s'en sortir sans compromettre Julie davantage ?

— Paul Richardson est notre meilleur atout, répondit Ted après un instant de réflexion. Je peux l'appeler pour lui proposer un marché. Julie donne Benedict et il la lave de toute accusation. On ne lui posera pas de questions.

A ce mot, Julie s'arracha à sa torpeur.

— Dis bien à Paul que je répondrai pas s'il me demande comment j'ai appris où se trouve Zack ! fit-elle d'une voix vibrante d'inquiétude.

Elle pensa à Matt et à Meredith Farrell et au jeune homme rieur qui lui avait apporté la voiture... tous fidèles à un homme qui avait trahi leur confiance parce qu'il était malade. Parce qu'il ne pouvait pas s'en empêcher.

— Si tu l'appelles, répéta-t-elle en s'efforçant de maîtriser sa voix, je ne veux pas lui dire autre chose que l'endroit où se trouvera Zack demain soir. Je n'impliquerai personne d'autre, c'est hors de question !

— Tu es plongée jusqu'au cou dans une histoire illégale et tu te soucies de protéger quelqu'un d'autre ! répliqua Ted d'un ton cinglant. Tu te rends compte de ce que pourrait te faire Paul Richardson ? Il pourrait te traîner hors d'ici, les pieds enchaînés !

Julie allait lui répondre, mais la réserve qu'elle avait observée jusque-là était en train de se dissiper. Elle préféra tourner les talons. Elle alla dans la cuisine et s'affala sur une chaise devant la table. Les épaules secoués de sanglots, elle enfouit son visage dans ses mains, et les torrents de larmes qu'elle avait refoulés coulèrent sur ses joues.

— Je suis désolée, mon amour, suffoqua-t-elle, je suis tellement désolée...

Katherine lui mit un mouchoir dans la main et vint s'asseoir en face d'elle, lui apportant un soutien muet.

Quand Ted entra dans la cuisine, Julie était parvenue à retrouver un semblant de sang-froid.

— Richardson accepte le marché, dit-il. Il sera là dans trois heures.

Quand il se retourna, le téléphone sonna sur le mur de la cuisine. Il décrocha le récepteur.

— Oui, fit-il, elle est ici mais elle ne prend aucun appel.

Puis il fronça les sourcils, prit un air songeur, couvrit l'appareil et dit à Julie :

— C'est une certaine Margaret Stanhope. Elle prétend que c'est urgent.

Julie acquiesça, ravala ses pleurs et tendit la main.

— Vous jubilez, n'est-ce pas, madame Stanhope ? demanda-t-elle amèrement.

— Non, répondit la grand-mère de Zack. Je vous appelle pour vous demander, pour vous supplier de le dénoncer, si vous savez où il est, avant qu'il n'assassine un autre innocent.

— Il s'appelle Zack ! répliqua férocement Julie. Ne dites pas « il » quand vous parlez de votre petit-fils !

La vieille femme inspira fortement et, quand elle parla à nouveau, elle semblait aussi tourmentée que Julie.

— Si vous savez où est *Zack*, supplia-t-elle, si vous savez où est mon *petit-fils*, je vous en prie, pour l'amour de Dieu, empêchez-le de nuire.

L'animosité de Julie se dissipa devant l'angoisse qu'elle décela dans cette voix fière.

— Je le ferai, murmura-t-elle.

61

— L'équipage du vol 614 vous remercie d'avoir choisi Aero Mexico, annonça l'hôtesse. N'oubliez pas, ajouta-t-elle d'une voix pleine d'entrain, que nous vous avons amenés à destination avec vingt minutes d'avance. Restez sur votre siège, poursuivit-elle d'un ton redevenu professionnel, et gardez votre ceinture attachée jusqu'à ce que l'appareil soit immobilisé devant le terminal.

Assise à l'arrière de l'avion bondé, entre Ted et Paul Richardson, Julie, l'estomac noué, serrait la main de son frère à l'écraser, quand l'avion s'arrêta dans un soubresaut et que jaillit la passerelle pour rejoindre le terminal. Son cœur lui criait que tout ceci était mal, sa conscience que c'était bien, et elle était piégée entre ces deux feux croisés. A côté d'elle, Paul Richardson remarqua que sa poitrine se soulevait et retombait à un rythme saccadé, et il lui prit l'autre main.

— Du calme, ma chère, lui dit-il de sa voix grave et rassurante. C'est presque fini. Toutes les issues de l'aéroport sont surveillées.

Julie détacha le regard des passagers qui se levaient et rassemblaient les affaires rangées dans les compartiments supérieurs.

— Je ne peux pas. Je vais être malade.

Il resserra son étreinte sur ses doigts moites.

— Respirez lentement, profondément.

Julie se força à lui obéir.

— Que personne ne lui fasse de mal ! murmura-t-elle d'un ton féroce. Vous me l'avez promis.

Paul se leva et incita doucement Julie à faire de même en posant la main sur son bras. Elle se dégagea violemment.

— Promettez-le moi encore !

— Personne ne veut lui faire de mal, Julie, dit-il comme s'il s'adressait à un enfant paniqué. C'est pour cela que vous êtes venue. Vous vouliez vous en assurer, et je vous ai dit qu'il y aurait moins de risque d'une confrontation brutale s'il vous voyait et s'il redoutait que vous ne soyez prise dans le feu de l'action. Vous vous souvenez ?

Quand elle eut hoché la tête d'un mouvement saccadé, il avança, la main sous le coude de Julie.

— Nous y voilà ! dit-il. A partir de maintenant, Ted et moi, nous resterons à quelques pas derrière vous. N'ayez pas peur. Mes troupes sont disséminées dans tout le terminal et à l'extérieur, et votre sécurité est pour eux la priorité des priorités. Si Benedict tire, ils se mettront en première ligne pour vous protéger.

— Zack ne me ferait pas de mal ! fit-elle avec mépris.

— Il n'a pas toute sa tête. Vous ne savez pas ce qu'il fera quand il comprendra que vous l'avez piégé. C'est pourquoi, quoi qu'il arrive, vous ferez comme si vous étiez de son côté jusqu'à ce qu'il soit en garde à vue. Nous en avons déjà parlé, n'est-ce pas ? Bien, maintenant vous êtes seule. (Il s'immobilisa dans l'embrasure de la porte, lui retira le manteau qu'elle avait sur les épaules et le plia sur son bras.) Dans cinq minutes, ce sera terminé. Pensez-y... plus que cinq minutes. Et ne le cherchez pas, laissez-le vous trouver.

Il la regarda s'avancer lentement sur la passerelle, gagner quelques mètres sur eux, puis il la suivit en compagnie de Ted.

— Vous n'avez pas le droit de lui faire subir ça, murmura Ted à voix basse, furieux, quand ils furent assez loin pour que l'équipage ne l'entende pas. Vous avez dit vous-même que l'aéroport grouillait d'hommes du FBI et de la police mexicaine. Vous n'aviez pas besoin d'elle pour le faire sortir de son trou.

Paul déboutonna sa veste et dénoua sa cravate, tel un homme d'affaires décontracté débarquant à Mexico avec un ami.

— Elle a insisté pour nous accompagner, déclara-t-il en plongeant les mains dans ses poches, pour s'assurer que Benedict ne serait pas blessé, et vous le savez. J'ai demandé au pilote de faire un appel radio pour obtenir un médecin. Il sera là pour lui administrer un calmant dès que ce sera fini.

— Si vous étiez aussi malin que vous le pensez, vos hommes l'auraient déjà arrêté, et ils ne l'ont pas fait, n'est-ce pas ? Vous l'avez appris quand vous êtes monté dans le cockpit pour vous servir de la radio ?

Paul fit un grand sourire, mais ses propos étaient menaçants.

— Exact. Il leur a échappé ou il n'est pas venu. Le Mexique ne relève pas de la juridiction du FBI. Tant que nous n'aurons pas franchi la frontière avec Benedict, nous ne pourrons qu'« assister » la police mexicaine dans cette opération, et ils ne sont pas très doués pour ce genre de chose.

Julie pénétra d'un pas mal assuré dans le hall bruyant où les passagers retrouvaient famille et amis, cherchant désespérément du regard un homme grand et brun qui flânerait à la lisière de quelque groupe animé et, comme elle n'en vit pas, elle s'éloigna un peu de la porte pour avancer dans le terminal, chancelante, paralysée par un mélange conflictuel de soulagement et de panique.

— Pardon, señorita ! cria en la bousculant un Mexicain qui courait pour attraper son vol, un petit garçon à la main, une valise dans l'autre.

— Pardon ! lui dit un autre homme en la poussant grossièrement.

Il était grand, brun, et il avait détourné la face.

— Zack ! murmura-t-elle, terrifiée, puis elle pivota et le chercha dans la confusion générale, tandis qu'il courait vers une porte où des passagers sortaient en masse.

Trois Mexicains appuyés contre un pilier la fixèrent du regard, puis se tournèrent vers Zack et elle remarqua leur présence au moment où elle aperçut le visage de l'homme. Ce n'était pas celui de Zack.

Les haut-parleurs lui hurlaient dans les oreilles : « *Le vol 620 en provenance de Los Angeles arrive à la porte A-64. Le vol 1152 en provenance de Phoenix est arrivé à la porte A-23. Le vol 134...* »

Julie, qui tremblait de plus en plus fort, leva la main, dégagea les mèches qui lui tombaient sur le front et traversa le terminal d'un pas rapide, les yeux dans le vague, en souhaitant que les choses se fassent sans qu'elle les voie. Si elle marchait vite, songeait-elle, si elle ne regardait ni à droite ni à gauche, Zack sortirait de derrière un pilier, apparaîtrait dans l'embrasure d'une porte, on l'arrêterait et tout serait fini.

Mon Dieu, faites que ce soit rapide ! psalmodiait-elle au rythme de ses longues enjambées après avoir passé la douane sans être inquiétée. *Qu'on ne lui fasse aucun mal ! Que ça aille vite ! Qu'on ne lui fasse aucun mal ! Que ça aille vite !*

Elle dépassa les passagers qui émergeaient de la foule agglutinée au poste de sécurité et, sans ralentir le pas, elle leva les yeux vers le panneau dont la flèche pointait vers la sortie du terminal. *Qu'on ne lui fasse aucun mal...Qu'on ne lui fasse aucun mal... Pourvu qu'il ne soit pas là,* répétait-elle frénétiquement en marchant. Plus que deux minutes. Elle avait devant elle les portes qui menaient à la zone très éclairée où attendaient voitures et taxis, tous phares allumés. *Pourvu qu'il ne soit pas là. Pourvu qu'il ne soit pas là. Pourvu qu'il ne soit pas là. Pourvu qu'il ne soit pas... là.*

Il n'était pas là.

Julie s'arrêta net sans se préoccuper du flot joyeux et bavard qui la bousculait et qui tentait de la contourner pour sortir du terminal. Elle se retourna lentement et son regard se porta au-delà de Paul Richardson qui s'était arrêté et semblait bavarder avec Ted... au-delà du groupe de Mexicains qui se précipitaient vers elle... au-delà du vieil homme, grand, les épaules voûtées, les cheveux gris, qui portait une valise, la tête basse... au-delà de la mère avec... Le vieil homme ! Son regard se posa à nouveau sur lui, tandis qu'il redressait la tête et levait vers elle... ses yeux mordorés, souriants, chaleureux.

En lui criant un avertissement muet, Julie fit un pas,

deux pas en avant, et se mit à courir à travers la foule, pour se jeter entre le danger et lui.

— NE BOUGEZ PAS, BENEDICT ! tonna une voix d'homme au même instant.

Zack s'immobilisa, des hommes l'empoignèrent, le jetèrent contre un mur, mais ses yeux restèrent rivés sur Julie, lui ordonnant avec férocité de rester à l'écart. Puis ce fut un tohu-bohu de passagers qui s'écartaient en criant du chemin des *Federales* mexicains, qui couraient, l'arme au poing.

— Ne lui faites pas de mal ! Ne lui faites pas de mal ! s'entendit-elle hurler.

Paul Richardson la tira brutalement en arrière.

— Ils lui font du mal ! cria-t-elle en se débattant. Ils lui font du *mal* !

— C'est fini ! lui cria Paul à l'oreille pour tenter de la calmer. Tout va bien. C'est fini !

Julie comprit enfin ce qu'il lui disait et se figea. Incapable de se libérer et de détourner le regard, paralysée par l'angoisse, elle regarda Zack que l'on fouillait sous la surveillance d'un petit homme, impeccablement vêtu, les cheveux clairsemés, qui semblait avoir pris les opérations en main. Il souriait pendant que les policiers mexicains fouillaient Zack au corps.

— On rentre à la maison, Benedict, l'entendit-elle dire, et nous allons rester ensemble un long, long moment...

Il s'interrompit quand l'un des *Federales* sortit quelque chose de la poche de Zack et tendit la main.

— Qu'est-ce que c'est ? aboya-t-il.

Le policier fit tomber l'objet dans sa paume et Julie frissonna de la méchanceté de son sourire, tandis que le regard de l'homme passait de l'objet dans sa main au profil inexpressif de Zack.

— Comme c'est charmant ! railla-t-il, puis il se tourna vers Julie et avança vers elle à grands pas.

— Je m'appelle Warden Hadley, dit-il en tendant la main. Je parie que c'était pour vous.

Julie ne réagit pas. Elle était d'autant plus incapable du moindre mouvement que Zack la regardait à présent, et que l'expression qu'elle lut dans ses yeux lui donna envie de mourir. Il lui disait en silence qu'il l'aimait, qu'il était désolé. Il lui disait au revoir.

Parce qu'il pensait encore qu'elle les avait menés à lui par hasard.

— Prenez ça ! aboya Hadley d'une voix odieuse.

Julie sursauta et tendit machinalement la main.

L'objet qu'il y laissa tomber était une fine alliance de diamant.

— Oh non..., gémit-elle en la serrant contre elle, les larmes coulant sur ses joues. Non, non, non...

Sans plus lui prêter attention, Hadley se tourna vers la police mexicaine.

— Emmenez-le ! ordonna-t-il en désignant les portes où des dizaines de voiture de patrouille dont les gyrophares tournoyaient avaient surgi en silence.

Mais quand les *Federales* poussèrent Zack en avant, Hadley parut se raviser.

— Attendez une minute ! aboya-t-il, puis il se tourna vers Julie, tandis que l'on immobilisait Zack à côté d'elle. Mademoiselle Mathison, déclara-t-il avec un sourire onctueux et malveillant. Je ne vous ai pas encore remerciée pour votre coopération. Si vous ne nous aviez pas aidée à monter ce guet-apens, Benedict n'aurait peut-être jamais été repris.

Zack redressa brutalement la tête, scruta le visage coupable de Julie. Celle-ci décela d'abord de l'incrédulité. Puis de la haine. Une haine si profonde que tous les muscles de son visage se tendirent en un masque de rage. Dans un éclat de fureur, il se retourna contre ses gardiens et fonça vers la porte.

— Rattrapez ce salopard ! cria Hadley, et les *Federales* paniqués par son ton alarmé le frappèrent violemment de leurs matraques.

Julie entendit le craquement du bois sur ses os et sur ses tendons, vit Zack tomber à genoux et se déchaîna quand ils levèrent leurs matraques pour le frapper à nouveau. Se dégageant de l'étreinte de Paul, elle se jeta sur Hadley. Elle gémit de douleur pour l'homme qui était au sol, griffa Hadley au visage et le bourra de coups de pied avec une frénésie incontrôlée, tandis que Paul tentait de la retenir. Hadley leva le poing pour la frapper, mais il s'arrêta net devant les propos menaçants de Paul :

— Espèce de sadique, si vous la touchez, je vous arrache les yeux ! Amenez ce fichu docteur ! hurla-t-il à l'adresse de l'un de ses hommes.

Puis il se tourna brusquement vers Hadley et ajouta :

— Et sortez-le d'ici !

Mais il n'avait pas à se soucier d'interrompre un autre combat inégal... Julie perdait connaissance et glissait lentement dans ses bras.

62

Le Dr Delorik quitta la chambre de Julie avec son sac noir et adressa un sourire rassurant à la famille inquiète réunie au grand complet dans le salon pour attendre son diagnostic.

— C'est une fille solide. Elle ira physiquement bien dans vingt-quatre heures, leur promit-il. Vous pouvez entrer et lui souhaiter bonne nuit, si vous le désirez. Elle est sous calmant et ne sait pas que c'est le matin. Il se peut qu'elle ne réagisse pas et même qu'elle ne se souvienne pas que vous êtes là, mais cela peut quand même l'aider à se reposer. Il faudra quelques jours avant qu'elle retourne travailler.

— J'appellerai le principal pour lui expliquer, dit aussitôt Mme Mathison qui se leva en jetant un coup d'œil anxieux à la porte ouverte de la chambre.

— Vous n'aurez pas grand-chose à lui expliquer, ni à lui ni à quiconque. Au cas où vous n'auriez pas encore vu la télévision, sachez que ce matin on ne parlait que de ce qui s'est passé hier au Mexique dans tous les médias, avec à l'appui des films vidéo fournis par des vacanciers qui avaient leur camescope à l'aéroport. La bonne nouvelle, c'est que, bien que l'on y voie Benedict se faire tabasser par la police mexicaine, la presse fait de Julie une héroïne qui a collaboré à une opération conçue avec intelligence pour piéger un assassin.

Six visages le regardèrent sans manifester le moindre plaisir d'entendre cette « bonne nouvelle ».

— Il faut que quelqu'un reste avec elle pendant vingt-quatre heures, poursuivit-il en enfilant son manteau, juste pour la surveiller et pour qu'il y ait une présence quand elle se réveillera.

— Nous resterons, dit James Mathison en enlaçant sa femme.

— Si vous voulez un avis médical gratuit, vous devriez rentrer tous les deux chez vous et dormir un peu, déclara le Dr Delorik avec fermeté. Vous avez l'air exténués. Mary, je ne veux pas avoir à vous envoyer à l'hôpital ni que votre cœur lâche.

— Il a raison, fit Ted d'un ton catégorique. Rentrez et reposez-vous. Carl et Sara, allez travailler et revenez ce soir si le cœur vous en dit. De toute façon, j'ai deux jours de congé. Je resterai ici.

— Par question ! protesta Carl. Tu n'as pas dormi depuis avant-hier. Si tu t'endors, tu n'entendras pas Julie quand elle aura besoin de toi.

Ted ouvrit la bouche pour discuter, puis trouva une meilleure solution.

— Katherine, dit-il en se tournant vers elle, veux-tu me tenir compagnie ? Sinon Carl et Sara perdront une demi-journée de travail à discuter avec moi. Ou bien as-tu autre chose à faire ?

— Je resterai, dit-elle simplement.

— C'est donc réglé, conclut le révérend Mathison.

La famille s'engagea dans le couloir qui menait à la chambre de Julie, tandis que Katherine allait dans la cuisine pour préparer un petit déjeuner léger à Ted.

— Julie, ma chérie, c'est moi, papa. Ta mère est ici avec moi.

Du fond de ses rêves drogués, Julie sentit qu'on lui caressait le front et entendit son père lui murmurer, comme de très, très loin :

— Nous t'aimons. Tout ira bien. Dors.

Puis elle perçut la voix de sa mère, brouillée par les larmes.

— Tu es si courageuse, ma chérie. Tu as toujours été si courageuse. Dors bien.

Quelque chose de dur lui frotta la joue, la fit grimacer,

puis elle se détourna et le rire bourru de Carl parvint à son oreille.

— Ce n'est pas une façon de traiter ton frère préféré, juste parce que je ne me suis pas encore rasé... Je t'aime, ma douce.

Puis ce fut au tour de Ted de lui dire de sa voix moqueuse :

— Carl se gourre ! C'est *moi* ton frère préféré. Katherine et moi, nous sommes là. Si tu te réveilles, appelle-nous et nous serons à tes pieds.

— Je t'aime aussi, Julie, murmura la tendre Sara. Dors bien.

Puis les voix s'estompèrent, s'enfoncèrent dans la nuit et se fondirent dans les autres sons étranges et dans ces images troublantes de courses, de cris, de bousculade, d'armes à feu, de lumières tournoyantes et de regards glacés comme autant de poignards mordorés la frappant au cœur, et de moteurs d'avion ronflant, ronflant, ronflant.

Katherine entendit la porte d'entrée se refermer, tandis qu'elle disposait des toasts, de la confiture et un verre de jus d'orange sur un plateau. Comme il le lui avait promis la veille, Ted l'avait appelée dès qu'il avait ramené Julie à la maison mais, quand Katherine était arrivée, la famille était déjà réunie. Elle ne savait donc des événements de Mexico que ce que lui en avait appris le récit bref, édulcoré sans doute, que Ted avait fait à ses parents inquiets.

Le plateau entre les mains, elle se dirigea vers le salon et s'immobilisa à la vue de Ted assis sur le canapé, le dos courbé, les coudes sur les genoux et la tête dans les mains. C'était la posture du désespoir même.

— Ça s'est mal passé à Mexico, n'est-ce pas ? demanda-t-elle calmement.

— Pire que ça, répondit-il en se frottant les mains sur le visage.

Elle posa le plateau sur la table basse et s'assit à l'extrémité du canapé. Les coudes sur les cuisses, il se tourna vers elle et lui dit d'un ton dur :

— C'était un vrai cauchemar. Heureusement, Julie

était tellement hystérique et excédée qu'elle n'a pas compris la moitié de ce qui se passait. Paul Richardson s'est aussi arrangé pour que le chaos l'empêche de voir. Mais moi, poursuivit-il d'un air sombre, j'étais au premier rang, j'avais une vue imprenable et je n'étais pas hystérique. Mon Dieu, c'était pire que tout ce que j'imaginais...

— Tu veux dire que Benedict était violent ? demanda Katherine, comme il ne semblait pas savoir par où commencer. A-t-il essayé de se ruer sur elle ? De lui faire du mal ?

— Violent ? répéta-t-il d'une voix emplie d'amertume. Lui faire du mal ? J'aurais presque préféré ça ! Ç'aurait été beaucoup mieux, beaucoup plus facile pour elle.

— Je ne comprends pas.

Avec un soupir las, il leva les yeux au plafond et émit un rire sinistre.

— Non, il n'a pas été violent. Dès qu'il a compris ce qui se passait, il s'est figé, n'a pas essayé ni de bouger, d'esquiver, ou de fuir. Il est resté planté là sans se défendre, il fixait Julie en hochant la tête pour l'avertir de ne pas approcher et de se cacher. Il n'a pas bronché même quand on lui a mis les menottes et qu'on l'a jeté contre le mur pour le fouiller. Les *Federales* n'hésitent pas à recourir à ce que nous appelons des « brutalités injustifiées ». Ils l'ont brutalisé sous couvert de le fouiller. L'un d'eux lui a donné un coup de matraque dans les reins, un autre l'a frappé derrière les genoux. Il ne s'est ni débattu ni défendu, il n'a pas dit un mot. Mon Dieu, de toute ma vie je n'ai jamais vu un homme passé à tabac réagir comme ça. Il semblait tellement désirer que ça ne dégénère pas qu'il se moquait de ce qu'on lui faisait subir. Julie n'en voyait pas le tiers et elle leur criait encore de ne pas lui faire de mal.

— Bois ça avant de continuer, dit Katherine en lui tendant son verre de jus d'orange.

Il se redressa et le prit avec un sourire reconnaissant, comme s'il en avait envie depuis longtemps, mais qu'il n'avait pas eu la force de l'atteindre.

— Ça s'est terminé comme ça ? demanda-t-elle quand le verre fut presque vide.

Il hocha la tête, reprit sa posture, les bras sur les genoux, les épaules voûtées, et fit rouler entre ses mains le verre qu'il fixait du regard.

— Quelques minutes plus tard, alors qu'ils entraînaient Benedict hors de l'aéroport, Hadley, le directeur du pénitencier d'Amarillo, un salopard et un sadique, s'est arrêté pour féliciter Julie devant Benedict.

— Pourquoi sadique ?

— Si tu avais vu son sourire, tu aurais compris. Avec Benedict devant lui, Hadley a délibérément fait comme si c'était Julie qui avait mis ce guet-apens sur pied, qu'elle ne l'avait rejoint à Mexico que pour lui tendre un piège et le livrer.

Katherine porta la main à sa gorge et Ted acquiesça d'un mouvement de tête devant ce geste défensif.

— Tu vois le tableau, et Benedict l'a vu lui aussi. Il faisait une de ces têtes, nom de Dieu ! Il avait l'air d'un... assassin, c'est le seul mot qui me vienne à l'esprit, et ça ne suffit pas à le décrire. Il a tenté de l'attraper ou de se détourner, je ne sais pas au juste, mais de toute façon, les *Federales* ont saisi ce prétexte pour le tabasser à mort devant elle. C'est à ce moment-là que Julie s'est déchaînée et s'est jetée sur Hadley. Ensuite elle s'est évanouie, Dieu merci.

— Pourquoi Paul Richardson n'a-t-il rien fait pour empêcher cela ?

— Paul avait les mains liées. Tant que nous étions de l'autre côté de la frontière mexicaine, il devait collaborer avec eux. Si le FBI était engagé dans les opérations, c'est uniquement parce qu'il y avait un mandat d'arrêt fédéral lancé contre Benedict pour enlèvement. Le gouvernement mexicain a honoré ce mandat et accepté de coopérer avec une rapidité surprenante à l'opération de l'aéroport, mais les *Federales* ont autorité sur Benedict jusqu'à ce qu'ils nous le remettent à la frontière.

— Combien de temps cela prendra-t-il ?

— Très peu dans ce cas. Au lieu de le conduire à la frontière, ce qu'ils font en général, Paul les a persuadés de l'y emmener en avion privé. Son appareil a décollé à peu près en même temps que le nôtre. Avant que nous quittions l'aéroport, les *Federales* ont été pris d'un zèle un peu tardif, ajouta-t-il d'un ton sarcastique. Ils ont confisqué tous les films sur lesquels ils ont mis la main. Paul a récupéré quelques bandes vidéo qui ont échappé à leur vigilance, non parce qu'il se souciait des *Federales,* mais parce qu'il voulait protéger Julie, qu'elle n'apparaisse pas sur la pellicule. J'ai vu l'une des cassettes qu'ils ont manifestement laissée passer à un bulletin d'information à l'aéroport, mais la caméra était toujours braquée sur Benedict. C'est déjà ça.

— Je pensais que Paul reviendrait ici avec elle.

— Il devait attendre à la frontière du Texas pour récupérer Benedict avant de le remettre à Hadley.

Katherine le dévisagea quelques instants.

— C'est tout ?

— Pas tout à fait, fit-il d'une voix crispée.

— De quoi s'agit-il ?

— De ça, dit Ted en plongeant la main dans sa poche de chemise. Benedict avait ça sur lui, et Hadley la lui a donnée avec un plaisir non dissimulé.

Ouvrant le poing, il laissa tomber l'alliance sans cérémonie dans la main tendue de Katherine qui écarquilla les yeux.

— Mon Dieu ! murmura-t-elle en fixant du regard le cercle de diamant qui scintillait dans sa paume. Il voulait vraiment lui faire un cadeau très particulier. C'est ravissant.

— Ne sois pas sentimentale, l'admonesta Ted, mais sa voix était enrouée. Ce type est un fou, un assassin.

Elle ravala sa salive et acquiesça.

— Je sais.

Le regard de Ted erra de l'alliance dans la main droite de Katherine au bouchon de carafe qu'elle avait au doigt de la main gauche.

— C'est petit en comparaison du boulet de canon que tu portes.

— Ce n'est pas la taille qui compte, fit-elle avec un petit rire étouffé.

— Ce n'est qu'une alliance de diamants ordinaire.

— Cette bague n'a rien d'ordinaire. La monture est en platine, pas en or, et il y a des diamants tout autour.

— Et alors ? Ils ne sont pas très gros, déclara Ted d'un ton abrupt, mais il était soulagé qu'elle ait changé de sujet.

— Ce n'est pas une question de grosseur, répéta-t-elle en retournant l'anneau dans sa main. Les pierres sont d'une beauté exceptionnelle et d'une taille très coûteuse.

— Elles sont carrées.

— Ovale. On appelle ça une taille « rayonnante ». Il a... très bon goût, ajouta-t-elle d'une voix éteinte.

— C'est un tueur fou.

— Tu as raison, dit-elle en posant la bague sur la table, puis elle leva les yeux vers lui et Ted contempla ce beau visage qui l'hypnotisait et qui lui faisait naguère perdre la tête.

Elle était différente à présent... plus âgée, plus douce, plus agréable... soucieuse des autres, beaucoup moins égocentrique. Et cinq fois plus désirable.

— Ne te fais pas de reproches parce que Julie a été blessée, fit-elle doucement. Tu l'as sauvée de l'enfer ou pire. Julie en est consciente.

— Merci, dit-il calmement. (Il allongea le bras sur le dossier du canapé, inclina la tête en arrière et ferma les yeux.) Je suis sacrément crevé, Kathy.

Sa main s'arrondit sur son épaule et il l'attira contre elle, comme si son corps ranimait un souvenir avec l'accord de son esprit épuisé. Il ne se rendit compte de ce qu'il venait de faire qu'au moment où sa joue vint se poser contre sa poitrine. Même alors cela lui parut inoffensif.

— Nous avons eu tant de chance, toi et moi, murmura-t-elle. Nous nous sommes vus, nous nous sommes aimés, nous nous sommes mariés. Et puis nous avons rejeté tout ça.

— Je sais.

Le regret douloureux qu'il décela dans sa propre voix lui fit ouvrir brusquement les yeux. Agacé et surpris, il baissa le menton et la fixa. Elle avait envie qu'il l'embrasse. Ça se voyait comme le nez au milieu de la figure, de sa sombre figure.

— Non, dit-il sèchement en fermant les yeux.

Elle frotta sa joue contre son torse, et la résistance de Ted commença à s'émousser.

— Arrête ! menaça-t-il. Sinon je me lève et je vais dormir dans l'autre chambre.

Elle cessa sur-le-champ, mais ne manifesta aucune fureur. Elle ne recula pas, elle ne se jeta pas sur lui. Il retint son souffle, dans l'expectative. Une minute plus tôt, il était fourbu. Maintenant il avait l'esprit embué, mais son corps revenait à la vie et sa voix semblait posséder une volonté propre.

— Ou tu te lèves, la prévint-il, ou je t'enlève la bague que tu portes.

— Pourquoi ? murmura-t-elle.

— Parce que je préfère mourir plutôt que de te faire l'amour alors que tu as au doigt la bague d'un autre...

Un diamant vieux de dix mille ans, évalué à deux cent cinquante mille dollars rebondit cavalièrement sur la table basse.

— Kathy, tu es la seule femme au monde qui ferait ça à un tel bijou, dit-il entre le rire et le gémissement.

— Je suis la seule femme au monde pour toi.

Ted inclina la tête en arrière et ferma de nouveau les yeux en s'efforçant de ne pas penser à cette vérité-là, mais sa main se posait déjà sur sa nuque, ses doigts glissaient dans ses cheveux, lui redressaient la tête. Il ouvrit les yeux, les baissa vers elle et se souvint des mois d'enfer qu'avait été leur vie commune... de la froideur et du vide qu'avait été la vie sans elle. Il aperçut la larme qui tremblait au coin de ses cils.

— Tu as raison, murmura-t-il et il lécha une larme salée.

— Si tu me redonnes ma chance, je te le prouverai, lui promit-elle avec flamme.

— J'en suis sûr, chuchota-t-il en effaçant une seconde larme.

— Tu vas me donner une seconde chance ?

Il lui prit le menton et la regarda droit dans les yeux. Il était perdu.

— Oui.

63

Encore un peu désorientée après les médicaments qu'on lui avait administrés vingt-quatre heures plus tôt, Julie porta la main à sa tête douloureuse et quitta sa chambre d'un pas vacillant. Dans la cuisine, elle s'arrêta soudain et cligna des yeux devant l'incroyable spectacle qui s'offrait à elle. Ted et Katherine se tenaient près de l'évier, enlacés en une étreinte qui semblait très passionnée. Comme elle avait encore le cerveau agréablement brumeux, elle sourit de ce charmant tableau.

Ted redressa la tête et lui sourit, mais Katherine sursauta, comme si on l'avait prise la main dans le sac et se dégagea.

— Julie, je suis désolée ! laissa-t-elle échapper.

— De quoi ? demanda Julie qui s'avança vers le placard et prit un verre qu'elle remplit d'eau.

Elle le but d'un trait pour étancher cette soif étrange qu'elle éprouvait.

— De nous être montrés à toi comme ça.

— Pourquoi ? s'étonna à nouveau Julie, qui mit son verre sous le robinet, mais son esprit commençait déjà à s'éclaircir et les souvenirs revenaient en force.

— Parce que, bredouilla maladroitement Katherine, nous sommes censés t'aider à surmonter ce qui s'est passé au Mexique...

Elle se tut, horrifiée, quand le verre glissa des mains de Julie et se brisa par terre.

— Non ! explosa Julie, qui s'arc-bouta sur le comptoir

pour chasser le souvenir du visage enragé de Zack avant que la police mexicaine ne le roue de coups et du bruit sourd de son corps tombant à terre à ses pieds.

Elle frissonna de plus en plus fort, ferma les yeux, serra les paupières pour repousser cette vision, puis elle se redressa et se retourna.

— Ne m'en parlez plus jamais, dit-elle. Je vais bien, ajouta-t-elle avec plus de détermination que de sincérité. C'est fini. Ça ira si vous n'en parlez plus. Il faut que je téléphone, fit-elle en jetant un coup d'œil à la pendule accrochée au mur au-dessus de l'évier et, sans se rendre compte qu'elle faisait le contraire de ce qu'elle venait de leur demander, Julie décrocha le téléphone, appela le bureau de Paul Richardson et donna son nom à sa secrétaire.

Cette dernière crise l'avait vidée de son énergie. Elle avait peur. Elle était tendue jusqu'au point de rupture. Il fallait que cela cesse immédiatement. La vie était dure pour tout le monde, et elle ne devait plus vaciller sous chaque coup. Tout de suite. Immédiatement. Soit elle se faisait prescrire des tranquillisants et se transformait en zombie, soit elle envisageait l'avenir calmement, raisonnablement. Le baume du temps ferait le reste. Plus de pleurs, se jura-t-elle. Plus d'éclats. Plus de souffrance. Il y avait des gens qui comptaient sur elle, tous ses élèves et ces femmes auxquelles elle apprenait à lire chaque soir. Elle devait leur montrer comment se comporter dans l'adversité.

Elle avait des cours à donner, des équipes de football et de base-ball à entraîner. Il faudrait s'occuper, sans arrêt. Elle *ne devait pas* craquer.

— Paul, dit-elle avec un léger tremblement dans la voix quand il la prit enfin, il faut que je le voie, que je lui explique...

— Ce n'est pas possible pour l'instant, répondit-il d'un ton compatissant, gentil mais catégorique. Il ne recevra aucune visite à Amarillo pendant quelque temps.

— Amarillo ? Vous m'aviez promis qu'on l'enverrait dans un hôpital psychiatrique pour qu'on l'examine et qu'on le soigne !

— J'ai dit que j'essaierais d'obtenir ça, et je le ferai, mais ça prend du temps et...

— Ne me racontez pas que ça prend du temps, fit-elle d'un ton menaçant, mais elle se maîtrisa. Ce directeur est un monstre. C'est un sadique, ça se voyait au Mexique. Il fera tabasser Zack jusqu'à ce que...

— Hadley ne lèvera pas la main sur lui, l'interrompit doucement Paul. Ça, je peux vous le promettre.

— Comment pouvez-vous en être certain ? Je veux en être sûre !

— Je lui ai dit que nous allions interroger Benedict puisqu'il est accusé d'enlèvement et que nous espérions qu'il serait en parfait état. Hadley sait que je ne l'aime pas et que je ne plaisante pas. Il ne déconnera ni avec moi ni avec le FBI, d'autant moins qu'il fait déjà l'objet d'une enquête des autorités carcérales, à cause du soulèvement du mois dernier. Il tient beaucoup trop à son boulot et à sa peau.

— Je ne déposerai pas plainte contre Zack pour enlèvement, lui rappela-t-elle avec autorité.

— Je le sais, dit Paul d'un ton apaisant. Ce n'est qu'un moyen de contrôler Hadley. De toute façon, il sait que l'on mène une enquête sur son comportement et qu'on le surveille de près.

Julie poussa un long soupir de soulagement.

— Vous avez l'air un peu mieux aujourd'hui, dit-il. Reposez-vous. Je viendrai vous voir ce week-end.

— Je ne pense pas que ce soit un bon...

— Que vous le vouliez ou non, l'interrompit-il avec fermeté. Vous vous souciez de Benedict, mais moi, c'est de vous que je me soucie. C'est un tueur et vous avez fait votre devoir, autant pour son bien que pour celui d'autrui. N'allez jamais penser qu'il en va autrement.

Julie acquiesça en se persuadant qu'il avait raison.

— Ça ira, fit-elle. Vraiment.

Quand elle eut raccroché, elle regarda Katherine et Ted.

— Ça ira, leur promit-elle à tous les deux. Vous verrez. C'est bon de constater que ce cauchemar a eu du bon... vous deux, déclara-t-elle avec un sourire vacillant.

Ils la forcèrent à prendre un petit déjeuner, puis elle se leva pour donner un second coup de téléphone.

Avec la ferme intention de pousser Matt Farrell à user de sa grande influence pour que l'on envoie Zack à l'hôpital, Julie composa son numéro personnel de Chicago. Sa secrétaire le lui passa mais, quand Matt prit la communication, sa réaction dépassa tout ce que Julie avait imaginé.

— Espèce de sale intrigante ! dit-il d'une voix sifflante de rage. Vous auriez dû être actrice ! J'ai du mal à croire que j'ai été assez stupide pour gober votre petit numéro et pour me laisser utiliser pour piéger Zack !

Puis il lui raccrocha au nez. Julie contempla le téléphone muet et comprit peu à peu que l'ami de Zack n'avait pas cru un instant qu'il était responsable de la mort de Tony Austin. Alors le besoin de parvenir à ses fins et de se disculper devint maladif. Elle appela Chicago, le magasin principal de Bancroft & Company et demanda à parler à Meredith Bancroft. Quand la secrétaire de Meredith insista pour connaître son nom, Julie se dit que celle-ci refuserait de la prendre.

Quelques minutes plus tard lui parvint pourtant la voix de Meredith, froide et réservée, mais du moins acceptait-elle de lui parler.

— Que me voulez-vous, Julie ? demanda-t-elle.

— Je vous en prie, écoutez-moi simplement, supplia-t-elle malgré elle. J'ai appelé votre mari il y a quelques instants pour lui demander s'il avait le pouvoir de faire transférer Zack dans un hôpital psychiatrique et il m'a raccroché au nez avant que j'aie pu le faire.

— Ça ne me surprend pas. Il vous déteste cordialement.

— Et vous ? fit Julie, qui avala sa salive pour trouver une contenance. Croyez-vous comme lui... que le soir où vous étiez là, j'étais en train de concocter un plan pour piéger Zack et le livrer, et que je me suis servie de vous deux pour y parvenir.

— Ce n'est pas vrai ? demanda Meredith, mais Julie sentit une hésitation dans sa voix et elle s'y accrocha.

— Vous ne pouvez pas y croire. Non, je vous en supplie. Je suis allée voir sa grand-mère qui m'a dit la vérité sur la mort de son frère. Meredith, Zack l'a *abattu !* Trois personnes sont mortes pour l'avoir contrarié ! Je ne pouvais pas le laisser continuer à faire du mal, il faut que vous le compreniez et que vous me croyiez...

A des centaines de kilomètres, Meredith s'adossa à son fauteuil et se frotta les tempes au souvenir des rires et de l'amour qui emplissaient il y avait si peu de temps la maison de Julie.

— Je... Je vous crois, dit-elle enfin. Le soir où Matt et moi, nous étions chez vous, ce n'était pas de la comédie. Vous l'aimiez beaucoup et vous étiez loin de songer à le piéger.

— Merci, murmura-t-elle simplement. Au revoir.

— Est-ce que ça ira ? demanda Meredith.

— Je ne sais plus ce que c'est que d'aller bien, répondit Julie avec un rire brisé, puis elle refusa de s'apitoyer davantage. Ça ira. Je ferai face.

64

Dans les semaines qui suivirent, Julie fit face de la seule manière qu'elle connaissait : fuyant la télévision et la radio, elle s'immergea dans le travail et une dizaine d'activités religieuses et laïques. Elle était toujours sur la brèche jusqu'à ce que, le soir, elle s'effondre, épuisée, sur son lit. Elle donna des cours particuliers, se porta volontaire pour les collectes de l'église et accepta la présidence des célébrations du bicentenaire de Keaton, qui devait avoir lieu la dernière semaine de mai et pour lequel on avait prévu des festivités allant du feu d'artifice au carnaval en passant par un bal dans le parc. A Keaton, personne ne s'interrogeait sur la cause de cette insatiable frénésie d'activité, mais à mesure que les jours s'égrenaient, les regards furtifs, apitoyés, se faisaient plus rares. Jamais on n'eut non plus la bêtise ni la cruauté de la féliciter pour le courage qu'il lui avait fallu pour livrer un homme qu'elle avait manifestement aimé.

Les jours puis les semaines passèrent dans un brouillard d'agitation et lentement, très lentement, Julie retrouva son équilibre. Il y avait des jours où, pendant quatre ou cinq heures, elle ne pensait pas à Zack, des soirs où elle ne relisait pas son unique lettre avant de s'endormir, des petits matins où elle ne restait pas allongée, les yeux secs et fixant le plafond, à se souvenir de leur bataille de boules de neige ou de ses mots tendres chuchotés d'une voix rauque quand il lui faisait l'amour.

Paul passait tous les week-ends à Keaton. Il prit d'abord

une chambre dans le motel du coin, puis les parents de Julie l'invitèrent chez eux et toute la ville ne parlait plus que de l'agent du FBI qui était venu pour arrêter Julie Mathison et qui était tombé amoureux d'elle. Mais Julie refusait d'envisager une telle possibilité. Elle refusait parce que cela l'aurait obligée à lui dire qu'il perdait son temps, alors qu'elle souhaitait continuer à le voir. Et elle avait besoin de lui, parce qu'il la faisait rire. Et parce qu'il lui rappelait Zack. Ils sortaient donc avec Ted et Katherine, il la raccompagnait chez elle et il l'embrassait avant de la quitter, avec une ardeur croissante. Au bout de six semaines, sa patience et sa retenue commencèrent à s'émousser. Ils étaient allés tous les quatre au cinéma, et Julie avaient invité les trois autres à prendre le café chez elle. Quand Ted et Katherine furent partis, Paul lui avait pris les mains pour l'aider à se lever.

— J'ai passé un week-end merveilleux... même si vous m'avez contraint à jouer au football avec une bande de gosses handicapés qui m'ont fait tourner chèvre, la taquina-t-il.

Elle lui sourit et ses traits se firent plus tendres.

— J'aime quand vous me souriez ainsi, murmura-t-il. Et pour être sûre que vous souriez en pensant à moi, je vous ai apporté quelque chose.

Il sortit de sa poche une boîte en velours plate, qu'il lui mit dans les mains. Il regarda Julie l'ouvrir. Elle contenait un petit clown en or avec de minuscules yeux de saphir, accroché à une belle et longue chaîne. Quand Julie prit la chaîne, elle s'aperçut que les bras et les jambes du clown s'agitaient.

— C'est magnifique, dit-elle en riant, et drôle.

— Otons ça pour l'essayer, dit-il en remarquant la fine chaîne qu'elle avait sous son col.

Julie la serra involontairement entre ses doigts, mais il était trop tard. Paul avait vu l'alliance que Zack avait dans sa poche au Mexique.

En jurant dans sa barbe il lui prit les épaules.

— Pourquoi ? fit-il avec insistance en faisant un effort visible pour ne pas la secouer. Pourquoi vous torturez-vous ainsi ? Vous avez fait votre devoir en nous le livrant !

— Je sais, dit Julie.

— Alors oubliez-le, bon sang ! Il est en prison et il y demeurera le reste de son existence. Vous avez votre vie... une vie qui devrait être remplie par un mari et des enfants. Ce dont vous avez besoin, poursuivit-il d'un ton moins rude en laissant ses mains glisser sur les bras de Julie, c'est d'un homme qui couche avec vous et qui vous fasse oublier que vous avez couché avec lui. Je sais que vous l'avez fait, Julie, dit-il comme elle levait brusquement le regard vers lui. Et ça n'a pas d'importance.

Elle releva le menton et déclara avec calme et dignité :

— Quand cela n'aura plus d'importance pour moi, je pourrai avoir quelqu'un d'autre. Pas avant.

Partagé entre la frustration et l'amusement, Paul posa le pouce sur son menton.

— Dieu que vous êtes têtue ! Que feriez-vous, dit-il à demi sérieusement, si je retournais à Dallas et que je ne revenais jamais ?

— Vous me manqueriez beaucoup.

— Vous pensez que je vais me contenter de ça, je suppose ?

Pour toute réponse elle lui sourit d'un air espiègle.

— Vous adorez la cuisine de ma mère, déclara-t-elle.

Il la prit dans ses bras en riant.

— C'est toi que j'adore. Au week-end prochain !

65

— Il doit y avoir une erreur, déclara Emily en regardant son mari, puis son comptable. Mon père n'aurait jamais acheté des actions ou investi de l'argent dans une affaire à laquelle Tony Austin aurait touché, pas s'il avait su que Tony y était partie prenante.

— Les faits prouvent le contraire, mademoiselle McDaniels, répondit doucement Edwin Fairchild. Ces cinq dernières années, il a investi plus de quatre millions de votre compte dans TA Productions, qui appartenait à M. Austin. C'était tout à fait régulier, je vous assure, même si ce n'était ni rentable ni très avisé de la part de votre père, puisque Austin se servait exclusivement de cet argent pour couvrir ses dépenses courantes. Je ne veux pas insinuer que votre père a mal agi, lui dit-il alors qu'elle continuait à froncer les sourcils. Votre père a acquis des actions de TA Productions à votre nom. Si je vous en fais part aujourd'hui, c'est uniquement parce qu'étant votre nouveau conseiller financier, je pense qu'il est temps de les revendre aux héritiers d'Austin s'ils acceptent de les racheter, ou de les leur donner contre un franc symbolique, pour que nous puissions faire apparaître un déficit sur votre prochaine déclaration d'impôts.

Emily s'efforça de remettre un peu de cohérence dans son esprit.

— Comment mon père a-t-il justifié cet investissement désastreux ?

— Ce n'est pas mon rôle de discuter avec lui ni de remettre son jugement en question. Il s'est occupé de vos placements depuis votre enfance, si j'ai bien compris, et il était seul maître de ses choix. C'est une affaire entre vous et lui. La seule raison pour laquelle j'interviens à présent, c'est que je m'occupe des intérêts financiers de votre mari depuis des années et, comme vous êtes mariés, se pose le problème d'une déclaration de revenus commune.

— Mon père ne savait sûrement pas que TA Productions, c'était Tony Austin, affirma Emily avec fermeté.

Fairchild haussa ses sourcils blancs devant ce qu'il considérait visiblement comme une inexactitude.

— Si c'est ce que vous préférez croire.

— Là n'est pas la question. Mais si mon père s'est fait piéger en achetant des actions de la société de Tony, c'est extrêmement... machiavélique. Il méprisait cet homme.

— Je ne vois pas comment il aurait pu se faire piéger, intervint son mari d'un ton soigneusement neutre car il connaissait la sensibilité de sa femme pour tout ce qui touchait son père. Edwin et moi, nous en avons déjà discuté au téléphone et il est clair que ton père a dû les acheter directement à Austin.

— Qu'est-ce qui te fait dire ça ?

— Parce que TA Productions n'est pas coté au marché. Comme l'a mentionné Edwin, c'est une société à capital privé, et le seul moyen d'acquérir des actions, c'était de s'adresser à Austin ou à son représentant.

Emily regarda son mari, puis son comptable.

— Avait-il des représentants ?

Edwin Fairchild hocha la tête et chaussa ses lunettes pour consulter la photocopie d'un document.

— Il n'a certainement jamais payé personne ni pour le représenter ni pour travailler pour lui. D'après les statuts de TA, qui sont enregistrés à Sacramento, Austin était l'unique membre, directeur et actionnaire. J'ai consulté mes sources et il en était aussi le seul employé.

Il ôta ses lunettes et consulta la lourde Rolex en or à son poignet.

— Il est déjà plus de six heures, dit-il. Je n'avais pas l'intention de vous garder si longtemps, mais il fallait bien parler de tout cela. Si vous avez l'intention d'essayer de revendre ces actions aux héritiers d'Austin, plus vite vous les contacterez, mieux cela vaudra, sinon ils risquent de se retrouver englués dans une procédure devant le tribunal des successions. Dès que vous m'aurez indiqué si vous voulez les garder ou les vendre, je pourrai terminer vos prévisions fiscales pour l'année prochaine.

Dick acquiesça et Fairchild se tourna vers Emily.

— Ne vous faites pas de souci, mademoiselle McDaniels, fit-il d'un ton conciliant. Bien que votre père vous ait fait perdre quatre millions, nous pourrons déduire cette perte des gains de vos autres placements. Le bénéfice fiscal que nous en tirerons réduira vos pertes à moins de trois millions.

— Je ne comprends rien ni à la finance ni à la fiscalité, leur déclara Emily. Mon père s'est toujours occupé de ça.

— Alors vous devriez lui parler de ces actions TA. Il a procédé à une vingtaine d'achats en cinq ans, et il devait avoir en tête quelque espoir de bénéfice que nous ignorons. Peut-être pourra-t-il vous indiquer s'il est sage de les conserver un peu plus longtemps.

Emily lui tendit la main.

— Merci, monsieur Fairchild. Je vais le faire.

— Avant de vous en aller, dit Fairchild, tandis qu'Emily prenait le bras de son mari, je veux que vous compreniez bien que, dans tout autre domaine, la gestion de votre père est irréprochable. Il a sagement placé votre argent et rendu compte de chaque centime dépensé depuis quinze ans, y compris de ce qui a été investi dans TA Productions.

Les traits d'Emily se crispèrent.

— Ni vous ni personne n'avez à me dire que mon père a agi au mieux de mes intérêts. Il l'a toujours fait.

Dans la voiture, Emily regarda son mari manœuvrer la scintillante BMW dans les encombrements.

— J'ai été grossière avec lui, n'est-ce pas ? demanda-t-elle.

Dick lui jeta un regard ironique en s'arrêtant à un feu.

— Tu étais sur la défensive. Mais tu es toujours sur la défensive quand il s'agit de ton père.

— Je sais, soupira-t-elle, mais il y a une raison.

— Tu l'aimes et il t'a consacré toute sa vie, récita Dick.

Emily détacha le regard de sa main posée sur le changement de vitesse.

— Il y a une autre raison. Autrefois les parents des enfants stars dilapidaient leur argent jusqu'au dernier dollar, quand ils ne le volaient pas. C'est un scandale bien connu. Mon père a fait tout le contraire. Bien qu'il y ait aujourd'hui des lois pour empêcher cela, beaucoup de gens le traitaient comme s'il vivait à mes crochets, et sur un grand pied !

— De toute évidence, ils n'ont pas vu son appartement, sinon ils sauraient à quoi s'en tenir, répondit Dick en passant en troisième, tandis que la file de voitures s'ébranlait à nouveau. Il n'a pas repeint un mur depuis dix ans et il aurait besoin d'un nouveau mobilier. Le voisinage se dégrade. Dans quelques années, ce ne sera même plus un quartier très sûr.

— Je sais tout ça, mais il déteste dépenser de l'argent. Tu n'imagines pas comme il était parfois humiliant pour lui, d'être mon père. Je me rappelle encore le jour où il a acheté une voiture, il y a cinq ans. Le vendeur était ravi de lui vendre une Chevrolet jusqu'au moment où je suis venue l'aider à choisir la couleur. Dès que le type a vu qui j'étais, donc qui était papa, il lui a dit d'un ton présomptueux à vous soulever le cœur : « Ça change tout, monsieur McDaniels ! Je suis certain que votre fille préférerait cette superbe Seville qui vous plaisait, n'est-ce pas, ma belle ? »

— Si ton père se souciait de ce que pensaient les autres, déclara Dick, oubliant un instant son antipathie pour l'homme, il aurait pu trouver un travail respectable tout en s'occupant de sa petite Emily. Comme cela, il aurait eu autre chose à faire que de se saouler et de se lamenter sur son triste sort parce que la petite Emily a grandi et qu'elle s'est mariée.

Du coin de l'œil, il observa sa mine décomposée et posa la main sur son épaule.

— Je suis désolé, ajouta-t-il. Je ne suis manifestement qu'un vilain jaloux qui perd toute mesure parce que sa femme est exceptionnellement proche de son père. Tu me pardonnes ?

Elle frotta sa joue contre sa main, mais son joli visage demeura pensif. Il s'en aperçut.

— Non, la taquina-t-il pour lui faire oublier son humeur maussade. Mes excuses ne te suffisent pas. Je mérite un coup de pied au cul. Je mérite..., hésita-t-il, de t'emmener chez *Anthony's* ce soir, de t'offrir le dîner plus cher de tout Los Angeles et de regarder les autres s'extasier devant ma femme !

Elle lui sourit, ce qui fit ressortir les fossettes qui l'avaient rendue célèbre, et il lui effleura la joue.

— M'aimes-tu assez pour m'emmener chez mon père avant d'aller dîner ? lança-t-elle en manière de défi.

— Pourquoi ? fit-il avec irritation.

— Parce qu'il faut que je lui parle de cet argent placé chez Tony. Je n'y comprends rien et ça me rend folle.

— Je t'aime même assez pour ça, répliqua Dick en mettant son clignotant pour changer de file et se diriger vers le quartier où vivait son père.

Emily appuya sur la sonnette à côté de la porte de l'appartement. Après un long moment d'attente, il vint lui ouvrir, un verre de whisky à la main.

— Emily, mon bébé ? bredouilla-t-il en la dévisageant de ses yeux injectés de sang. (Il avait une barbe de trois jours.) Je ne t'attendais pas ce soir.

Sans prêter la moindre attention à la présence de son époux, il lui entoura les épaules de son bras et la fit entrer.

Il est ivre, se dit Emily en contemplant son morne intérieur avec un pincement au cœur, pas ivre mort mais titubant. Jadis il ne buvait presque que de l'eau mais, ces dernières années, ses crises d'ébriété étaient devenues de plus en plus fréquentes.

— Pourquoi n'y a-t-il pas de lumière ? demanda-t-elle doucement en allumant une lampe dans le salon.

— J'aime l'obscurité, dit-il en éteignant la lampe dans son dos. On se sent en sécurité.

— Je préférerais que l'on éclaire un peu pour qu'Emily ne trébuche pas et ne se rompe pas les os, intervint Dick avec fermeté, et il ralluma la lampe.

— Pourquoi as-tu décidé de passer ? demanda-t-il à sa fille comme si Dick n'existait pas. Tu ne viens plus jamais me voir.

— Je suis venue deux fois la semaine dernière, lui rappela Emily. Mais pour répondre à ta question, j'aimerais parler affaires, si tu veux bien. Le comptable de Dick se pose certaines questions et il a besoin d'une réponse pour préparer une évaluation ou un truc de ce genre.

— Entendu, entendu. Pas de problème, ma douce. Viens dans mon bureau. C'est là que je range tous mes dossiers.

— J'ai quelques coups de fil à donner, dit Dick à Emily. Pendant que tu bavarderas avec ton père, je téléphonerai dans...

Il jeta un regard circulaire et ne vit aucun poste dans le salon.

— Dans la cuisine, lui expliqua-t-elle.

Il acquiesça et partit aussitôt dans cette direction.

Emily suivit son père au premier étage, dans la chambre qu'il avait transformée en bureau des années auparavant. Il prit place derrière sa table de travail, la seule surface de la maison qui ne fût pas encombrée, bien qu'elle fût couverte d'une couche de poussière. La crédence et les classeurs alignés derrière lui étaient recouverts de dizaines et de dizaines de photographies d'Emily, Emily bébé, à deux ans, à quatre, Emily en tutu, en costume de Halloween, dans la tenue qu'elle portait pour son premier rôle, Emily à treize ans avec une queue de cheval, à quinze avec le premier bouquet que lui ait offert un garçon. En regardant toutes ces photos, elle remarqua qu'il était presque toujours présent. Et puis elle remarqua autre chose... la lumière de la lampe de son bureau faisait luire le verre des cadres, comme s'ils avaient été récemment nettoyés.

— Que veux-tu savoir, ma chérie ? demanda-t-il en avalant une gorgée.

Emily songea à lui parler d'un traitement quelconque pour lutter contre ce qui était visiblement devenu de l'alcoolisme, mais les deux dernières fois qu'elle avait mis ce sujet sur le tapis, il avait d'abord paru accablé, puis il s'était mis en colère. Rassemblant son courage, elle aborda avec tact l'affaire qui l'avait amenée.

— Papa, tu sais comme je te suis reconnaissante de la manière dont tu as géré mes biens pendant toutes ces années, n'est-ce pas ?

— Bien sûr. J'ai mis de côté chaque somme que tu as gagné et je l'ai surveillée comme la prunelle de mes yeux. Je n'ai jamais pris pour moi qu'un salaire horaire de vingt dollars et uniquement parce que tu as insisté. Tu étais si mignonne ce jour-là, dit-il avec nostalgie. Tu avais seize ans et tu tenais tête à ton père comme une femme mûre. Tu me menaçais de me renvoyer si je n'acceptais pas un plus gros salaire.

— C'est juste, répondit Emily d'un air absent. Je ne veux donc pas que tu penses un seul instant que je mets ton intégrité en doute. J'essaie simplement de comprendre ton raisonnement. Je ne me plains pas d'avoir perdu de l'argent.

— Perdu de l'argent ? fit-il d'un ton furibond. De quoi parles-tu, bon sang ?

— Je parle des quatre millions de dollars que tu as investis en cinq ans dans la maison de production de Tony Austin. Ces actions n'ont aucune valeur. Pourquoi as-tu fait ça, papa ? Tu sais que je le détestais et j'ai toujours eu le sentiment que tu le méprisais encore plus que moi.

Il demeura immobile quelque temps, puis il releva lentement la tête, les yeux comme des charbons ardents, et Emily recula inconsciemment dans son fauteuil.

— Austin..., fit-il doucement avec un sourire d'abord méchant, puis rassurant. Tu n'as plus à t'inquiéter de lui, ma chérie. Je m'en suis occupé. Nous n'aurons plus à acheter ses actions bidon. Ce sera notre petit secret.

— Enfin pourquoi devions-nous acheter ces actions bidon ? s'enquit Emily avec l'indicible nervosité qu'avaient fait naître en elle l'expression de son père, sa voix et l'aspect lugubre de la pièce mal éclairée.

— Il m'y a contraint. Je ne le voulais pas. Maintenant il est mort et c'est fini.

— Comment a-t-il pu te faire investir quatre millions de mon argent dans sa société contre ton gré ? insista-t-elle d'un ton plus sec qu'elle n'en avait l'intention.

— Ne me parle pas sur ce ton, mademoiselle ! aboya-t-il, pris d'une rage soudaine. Ou je te flanque une gifle.

Emily était tellement ébahie par cette menace sans précédent de la part d'un homme qui n'avait jamais levé la main sur elle de sa vie entière qu'elle se leva.

— Nous en parlerons un autre jour, quand tu seras en état de raisonner.

— Attends !

Avec une rapidité surprenante, il contourna le bureau et lui saisit le bras.

— Ne m'abandonne pas, ma douce. J'ai peur. C'est tout. Je n'ai pas dormi depuis des jours tellement j'ai peur. Jamais je ne te ferais de mal, tu le sais bien.

Il parut brusquement terrifié, ce qui bouleversa Emily. En lui caressant la main, comme si c'était elle le père et non l'enfant, elle lui dit à voix basse :

— Je ne m'en irai pas, papa. N'aie pas peur. Dis-moi ce qui ne va pas. Je comprendrai.

— Tu garderas le secret ? Croix de bois, croix de fer ?

Elle acquiesça, un peu crispée d'entendre cette supplique enfantine dans sa bouche.

— Austin m'a obligé à les acheter. Il... Il nous faisait chanter. Pendant cinq ans, ce salaud nous a saignés à blanc.

— Nous ? laissa échapper Emily, mi-incrédule mi-impatiente.

— Toi et moi, nous formions une équipe. Ce qui arrive à l'un, arrive aussi à l'autre, n'est-ce pas ?

— Je... J'imagine, fit-elle de guerre lasse, en luttant pour que son tremblement intérieur n'affecte pas sa voix. Pourquoi Tony nous faisait-il... chanter ?

— Parce que, répondit son père d'un ton de conspirateur, il savait que nous avions tué Rachel.

Emily bondit hors de son fauteuil et resta figée, bouche bée.

— Ça ne va pas ! Tu es... tu es tellement ivre que tu as des hallucinations ! Quelle raison avais-tu de tuer la femme de Zack ?

— Aucune.

Emily prit appui sur le bureau et s'arc-bouta.

— Pourquoi dis-tu des choses pareilles ? C'est complètement fou.

— Ne répète jamais ça ! C'est ce qu'il a dit et c'est un mensonge ! Je ne suis pas fou. J'ai peur, tu ne comprends pas ?

— Qui a dit que tu étais fou, papa ? Et pourquoi as-tu peur ? demanda-t-elle patiemment, comme si elle s'adressait à un octogénaire gâteux.

— Austin... Le soir où je l'ai tué.

— C'est Zachary Benedict qui a tué Austin, déclara-t-elle d'un ton catégorique. Tout le monde sait ça.

Il posa sur elle un regard fou de terreur avant d'ingurgiter ce qui restait dans son verre.

— Pas tout le monde ! cria-t-il en cognant le verre sur la table. Des hommes... des enquêteurs privés... sont venus me voir deux fois depuis ce soir-là. Ils veulent que je leur dise où j'étais quand cela s'est produit. Ils travaillent pour quelqu'un, sûrement, mais ils ne me diront pas qui. Quelqu'un me soupçonne, chérie, tu ne le vois pas ? Ils ont découvert qu'Austin me faisait chanter et bientôt ils sauront pourquoi, ils sauront que j'ai tué Rachel et Austin.

— Pourquoi aurais-tu tué Rachel ? fit-elle avec scepticisme alors que chaque fibre de son corps vibrait d'inquiétude.

Il se passa la main dans les cheveux.

— Ne sois pas obtuse... Je voulais tuer Austin ! Je désirais qu'il meure, mais cet idiot de Benedict a changé d'avis, et c'est Austin qui a tiré le premier coup et non Rachel.

Emily fit entrer de l'air dans ses poumons contractés.

— Pourquoi tuer Tony ?

— Tu sais pourquoi ! dit-il en s'effondrant dans son fauteuil, des larmes aux paupières. Il avait donné de la drogue à mon bébé et il lui avait fait un enfant. Tu croyais que je ne le savais pas ? Mais si, grinça-t-il en fermant les yeux. Tu étais malade le matin. Alors j'ai appelé le cabinet de ce médecin de Dallas pour savoir ce qui n'allait pas, et l'infirmière me l'a dit. Elle m'a prise pour ton mari en entendant mon nom. Tu n'avais que seize ans, ajouta-t-il dans un sanglot en se frottant les yeux, il t'avait fait un enfant et il t'avait laissée te débrouiller toute seule pour avorter. Pendant ce temps, il était toujours avec cette traînée de Rachel, et ils rigolaient derrière ton dos. Depuis que tu es mariée, Austin menace de révéler à ton mari que tu étais enceinte de lui... et ce que tu as fait.

Quand Emily leva les bras des accoudoirs, ses paumes moites laissèrent leur empreinte sur le cuir. Elle dut se racler la gorge deux fois avant de parler, et ses mots ne reflétèrent en rien sa fureur.

— Dick sait ce qui m'est arrivé. Il y a quelques semaines, je lui ai même dit que c'était Tony. Si j'ai gardé le secret pendant toutes ces années, c'est que je ne voulais ni te blesser ni que tu aies honte de moi.

— Il y a quelqu'un qui sait ce que j'ai fait, dit-il, la tête dans les mains, les épaules secouées de sanglots. Je le tuerai quand je saurai qui c'est, poursuivit-il en relevant le nez, puis, les yeux rivés sur la porte, il glissa la main dans le tiroir de son bureau.

— Vous feriez mieux de commencer par moi, déclara le mari d'Emily dans l'embrasure de la porte, puis il entra la pièce et tira Emily, tremblante comme une feuille, de son fauteuil, parce que je suis au courant moi aussi.

Sans manifester la moindre terreur, George McDaniels regarda sa fille et chuchota, tel un conspirateur :

— Il a raison, Emily. Je crains que nous ne soyons obligés de tuer ton mari.

Puis il se leva et la lumière de la lampe fit briller l'arme qu'il tenait.

— Non ! hurla-t-elle en lui faisant un rempart de son corps, mais il tenta de l'écarter.

— Eloigne-toi, ma douce, lui ordonna son père. Ça ne lui fera pas mal. Il ne sentira rien du tout. Il sera mort avant de tomber à terre.

— Papa ! cria-t-elle en repoussant Dick vers la porte, les bras tendus. Pour l'atteindre, il faudra d'abord que tu me tues. Ce... Ce n'est pas ce que tu veux, n'est-ce pas ?

Les doigts de Dick s'enfonçaient dans la chair de ses bras pour la contraindre à s'écarter du danger, mais sa voix était étrangement calme.

— Posez cette arme, George. Si vous m'abattez, vous devrez aussi tuer Emily pour l'empêcher de tout raconter à la police, et je sais que vous êtes incapable de lui faire du mal. Vous essayiez seulement de la protéger.

L'homme au revolver chancela.

— Posez cette arme, répéta Dick. Nous vous aiderons à expliquer que vous vouliez juste la protéger.

— J'en ai marre d'avoir peur, geignit-il quand Emily s'échappa pour courir dans la chambre, décrocher le téléphone et appeler la police. Je ne dors plus.

— Vous n'aurez plus de raison d'avoir peur, fit Dick en avançant lentement, les mains tendues. Les médecins vous donneront des cachets pour vous aider à dormir.

— Vous êtes en train d'essayer de me piéger, espèce de salopard ! cria McDaniels, et Dick se jeta sur le revolver au moment où il le braquait sur lui.

Dans la chambre, Emily entendit un coup de feu assourdi, le bruit mat d'un corps s'affaissant. Elle laissa tomber le téléphone, fit volte-face et heurta le torse de Dick alors qu'elle sortait en courant.

— N'entre pas ! lui conseilla-t-il en l'attirant dans ses bras avant de la ramener dans la chambre et de prendre le téléphone.

— Papa ! hurla-t-elle.

— Il s'en tirera ! fit Dick, qui s'efforça de la maîtriser, puis appela une ambulance. Il s'est cogné la tête sur le bureau en tombant et il saigne comme un bœuf !

66

Les trois avocats se levèrent de la table de conférence. Celui qui se trouvait à côté d'Emily prit sa main moite et la serra dans la sienne.

— Je sais à quel point cela vous a été pénible, mademoiselle McDaniels, et vous n'imaginez pas comme je vous suis reconnaissant d'avoir pris la peine de nous retrouver, nous qui défendons Zack Benedict, et d'être venue sans délai.

— Je n'ai pas eu beaucoup de mal, dit-elle d'une voix tendue, angoissée. Je me souvenais du nom de son cabinet d'avocats et, quand je les ai appelés ce matin, il m'ont envoyée vers vous.

— Quand M. Benedict a été inculpé pour le meurtre de Tony Austin, un ami intime de M. Benedict a pensé que, cette fois, il valait mieux que ce soit nous qui le défendions.

Emily dégagea sa main et pressa ses paumes l'une contre l'autre.

— Pouvez-vous le faire sortir de prison dès aujourd'hui ?

— Je crains que non. Cependant, si vous voulez bien m'accompagner au poste de police et leur déclarer ce que vous venez de me révéler, cela contribuera grandement à accélérer sa libération.

Emily acquiesça, mais son esprit tourmenté était obsédé par ces vieux films d'actualités où l'on voyait Zack quitter le tribunal, les menottes aux mains, et par le plus récent, qu'elle avait vu et revu ces dernières semaines, où on le rouait de coups au Mexique... tout cela pour un crime qu'il n'avait pas commis... un crime dont elle était indirectement responsable.

— Je ne vois pas pourquoi on ne peut pas le laisser sortir de prison aujourd'hui, dit-elle en luttant pour ne pas pleurer de honte. Nous attendrons dans la salle d'accueil.

Quand elle fut partie avec son mari, John Seiling regarda tour à tour ses associés qui souriaient et décrocha son téléphone.

— Susan, dit-il à sa secrétaire, appelez-moi le capitaine Jorgen, puis Matthew Farrell à Chicago et dites à sa secrétaire que c'est urgent. Ensuite dénichez-moi William Wesley au bureau du procureur général d'Amarillo au Texas. Puis réservez-nous trois billets sur le vol du matin pour Amarillo.

Cinq minutes plus tard, sa secrétaire sonna dans la salle de conférence.

— Le capitaine Jorgen est sur la ligne un.

— Merci, dit Seiling, puis il appuya sur la touche correspondante. Capitaine Jorgen, fit-il d'un ton jovial, que diriez-vous de consolider vos chances de devenir le prochain divisionnaire et un héros des médias par la même occasion ? (Il écouta son interlocuteur avec un sourire de plus en plus radieux.) Tout ce dont j'ai besoin, c'est de quelqu'un qui puisse enregistrer une déclaration concernant la mort de Tony Austin et de Rachel Evans, et qui soit capable de se taire jusqu'à ce que je lui donne le feu vert dans un jour ou deux. (Il écouta de nouveau.) Je savais que je pouvais compter sur vous. Nous serons là dans trois quarts d'heure.

Deux voyants étaient déjà allumés sur son téléphone quand il raccrocha, et l'on entendit la voix de sa secrétaire dans l'interphone.

— M. Farrell est sur la ligne deux et William Wesley, le procureur d'Amarillo, sur la trois.

Seiling prit la deux, et sa voix perdit son ton impersonnel.

— Monsieur Farrell, dit-il respectueusement, vous nous avez demandé de vous informer de toute avancée et nous avons eu ce matin une nouvelle capitale et inattendue dans l'affaire Benedict.

Dans son bureau de Chicago, Matt tourna le dos au conseil d'administration d'Intercop qui se tenait autour de sa table de travail.

— Quel genre de nouvelle ?

— Emily McDaniels. Hier soir, son père a reconnu avoir tué Rachel Evans et Tony Austin. Il se trouve en ce moment à l'hôpital du coin et subit des examens psychiatriques, mais il a tout avoué. Emily elle-même est venue nous en informer et nous remettre l'arme qui a tué Austin.

— Vous me donnerez les détails plus tard. Dans combien de temps peut-on relâcher Zack ?

— Nous irons voir le procureur du Texas demain, nous lui montrerons la déclaration d'Emily McDaniels et nous lui remettrons une demande de mise en liberté, que nous lui demanderons de présenter sans délai au juge d'instance. Avec un peu de chance, celui-ci acceptera de la signer, puis on l'enverra à Austin, la capitale de l'État, pour la faire signer à un juge d'appel, et M. Benedict sera libéré sous caution.

— Une caution, répéta Matt d'une voix grave et caustique. Pour quoi faire ?

Seiling se crispa en entendant ce ton qui avait, dit-on, réduit ses adversaires à un état d'incohérence moite.

— Qu'il soit innocent ou non, quand il s'est évadé de prison, il a violé les lois du Texas. Techniquement, il a commis un délit contre la société. A moins que nous n'ayons de la chance et que nous soyons très persuasifs, le procureur du comté d'Amarillo peut fort bien exiger un peu de temps pour régler cette question. Nous lui ferons observer que les brutalités physiques qu'il a subies au Mexique et dont on a abondamment parlé ont plus que suffi à le punir. Selon son humeur, il peut soit recommander au juge d'instance d'annuler la caution et de classer l'affaire, soit faire l'obstruction.

— Alors mettez-le de bonne humeur ou amadouez-le, déclara implacablement Matt.

— Bien, répondit Seiling.

— Si les autorités refusent de coopérer immédiatement, je veux qu'on livre tout aux médias. Ils feront bouger les choses, eux.

— Entendu. Mes associés et moi-même nous rendons dès demain matin à Amarillo.

— Ce soir, pas demain, dit Matt. Je vous y retrouverai.

Il raccrocha avant que Seiling ait pu lui opposer toute une série d'objections et appuya sur le touche de son interphone.

— Eleanor, dit-il à sa secrétaire, annulez tous mes rendez-vous de demain et d'après-demain.

A Los Angeles, l'avocat laissa retomber le combiné.

— Si vous vous êtes jamais demandé ce que Benedict et Farrell ont de commun, dit-il à ses deux associés en plissant le front, je viens de le découvrir. Ce sont deux pisse-froid.

— Mais ils versent de gros honoraires, plaisanta l'un des avocats.

— Messieurs, commencez par mériter les nôtres, fit-il avec une vivacité soudaine, puis il appuya sur la touche de la ligne trois. Monsieur Wesley, dit-il en modulant sa voix pour qu'elle soit à la fois ferme et agréable. Je crois que c'est votre prédécesseur, Alton Peterson, qui a jugé l'affaire Zachary Benedict il y a cinq ans. Vous n'êtes en rien responsable, mais il semble qu'il y ait eu erreur judiciaire. J'ai besoin de votre aide pour la rectifier le plus vite possible. En retour, je ferai en sorte que les médias comprennent que vous avez vous-même agi avec célérité pour redresser un tort. Quoi que vous fassiez, Zachary Benedict sortira de cette histoire en héros et en martyr. Les médias vont réclamer une tête pour l'injustice commise et je ne voudrais surtout pas que ce soit la vôtre.

Il s'interrompit, écouta.

— Mais qu'est-ce que je dis ? Si nous dînions ce soir ensemble pour en discuter ? Vers sept heures ? Entendu.

67

Katherine écrasa la pédale du frein et s'arrêta dans un crissement de pneus devant la maison de Julie. Il y avait une bicyclette dans la cour, ce qui signifiait qu'elle était en train de donner un cours particulier. Elle laissa son sac dans la voiture, courut à la porte d'entrée et pénétra sans frapper dans la salle à manger où Julie était assise à la table avec trois petits garçons.

— Julie, il faut que je te parle, dit-elle, hors d'haleine. Dans le salon.

Julie repoussa le livre de lecture des classes élémentaires et sourit à ses élèves.

— Willie, continue à lire à voix haute, fit-elle. Je reviens tout de suite.

Willie Jenkins, qui sentit qu'il y avait anguille sous roche, lut jusqu'à ce qu'elle soit assez loin pour ne plus l'entendre, puis il sourit à ses deux compagnons.

— Il se passe quelque chose, murmura-t-il de sa voix rocailleuse en se penchant sur le côté pour mieux observer le salon.

Johnny Everett jeta un coup d'œil par-dessus son épaule en faisant pivoter son fauteuil roulant et lorgna dans la même direction. Tim Wimple, dont la jambe droite avait été amputée à hauteur du genou, fit de même.

— Quelque chose d'important, je parie, déclara-t-il.

Willie, qui s'était désigné espion et chef des opérations, avança sur la pointe des pieds jusqu'à l'embrasure de la porte.

— Mlle Cahill allume la télévision..., leur annonça-t-il, puis il revint dans la salle à manger.

— Katherine ? fit Julie en tremblant, sentant que le visage tendu de son amie et la frénésie avec laquelle elle cherchait la bonne chaîne n'était pas sans rapport avec Zack. Ne me fais pas ça ! Dis-moi ce qui s'est passé ! C'est Zack, n'est-ce pas ? C'est terrible à ce point-là ?

En hochant la tête, Katherine recula.

— On ne parle que de cela, dans tous les bulletins d'information. On interrompt même les programmes. Sur NBC ils doivent passer une bande vidéo à quatre heures et demie.

Elle consulta sa montre.

— C'est maintenant.

— Qu'est-ce que c'est ?

— Une bonne nouvelle, répondit Katherine avec un rire angoissé. Ou une mauvaise, ça dépend comment tu le prends. Julie, il est...

Elle désigna le poste de télévision, tandis que le présentateur annonçait une interruption des programmes pour un flash d'information spécial. Le visage de Tom Brokaw apparut à l'écran.

« Bon après-midi, mesdames et messieurs, dit-il. *Il y a une heure, Zachary Benedict a été libéré du pénitencier d'État d'Amarillo, où il purgeait une peine de quarante-cinq ans pour le meurtre de sa femme, l'actrice Rachel Evans. Ses avocats ont obtenu sa libération après la déclaration officielle d'Emily McDaniels, qui jouait dans* Destinée *avec Benedict, Evans et Tony Austin. »*

Julie saisit inconsciemment la main de Katherine et la serra à la broyer, tandis que Brokaw poursuivait :

*« NBC a appris que Mlle McDaniels a témoigné sous serment que, deux jours auparavant, son père, George McDaniels, lui a avoué qu'*il *avait assassiné Rachel Evans et l'acteur Tony Austin, que l'on a retrouvé mort le mois dernier dans sa maison de Los Angeles. »*

Julie s'agrippa des deux mains au dossier d'une chaise quand apparurent les portes du pénitencier d'Amarillo et que Zack en sortit, vêtu d'un costume sombre et d'une cravate. Sous une pluie battante on le conduisit à une limousine.

« *Benedict a quitté la prison en homme libre, en compagnie de ses avocats californiens. Dans la limousine l'attendait son ami de toujours, l'industriel Matthew Farrell, dont la foi inébranlable en l'innocence de Benedict n'a jamais été un secret ni pour les médias ni pour les autorités. Sur le côté se tenait une jeune femme dont nous connaissons le visage, bien que ses célèbres fossettes ne soient pas mises en valeur en cet instant. Si l'on regarde bien cette bande vidéo, il est évident qu'elle ne s'attend pas à être filmée, mais qu'elle est venue pour s'assurer de la libération de Benedict.* »

Julie regarda Matt s'avancer d'un pas vif vers la limousine, puis s'arrêter, regarder sur sa gauche, où se trouvaient Emily McDaniels et son mari, sous un parapluie. Elle semblait très peinée. Zack resta longtemps à la regarder, puis il s'avança lentement vers elle.

Les larmes coulaient sur les joues de Julie, tandis qu'elle regardait Zack prendre Emily McDaniels dans ses bras. Puis il la lâcha et disparut dans la limousine, qui s'éloigna pendant que Brokaw ajoutait :

« *Les journalistes d'Amarillo qui avaient eu vent de la libération de Benedict se sont précipités au terminal de l'aéroport dans l'espoir d'obtenir une déclaration. Mais l'ancien réalisateur s'est envolé à bord d'un jet privé en compagnie de Farrell. NBC a appris que le plan de vol déposé par le pilote indique Los Angeles comme destination. Farrell y possède une maison, qu'il loue le plus souvent à la vedette de cinéma Paul Resterman et à sa femme.* »

Julie, qui étouffait à force de sangloter, leva les yeux vers Katherine.

— Matt Farrell n'a jamais cessé de croire en lui, dit-elle d'une voix enrouée. Du moins Zack a-t-il *un* ami fidèle.

— Cesse de te tourmenter, répliqua Katherine, mais elle était elle-même très émue et, de toute façon, Julie ne l'écoutait pas.

Elle fixait l'écran et buvait les paroles de Brokaw :

« William Wesley, le procureur général d'Amarillo va faire une déclaration depuis le palais de justice... »

Sur les marches du palais un homme aux cheveux bruns, la trentaine, s'adressait à une foule de reporters qui agitaient des micros en hurlant.

« *Vous me poserez des questions*, lança-t-il en chaussant ses lunettes, *quand j'aurai terminé ma déclaration, et je vous répondrai comme je le pourrai.* »

Quand le vacarme s'atténua, il leva le papier qu'il tenait en main et lut :

« *Hier les avocats de Zachary Benedict ont demandé à me voir. A cette occasion nous fut remise une déclaration sur l'honneur de Mlle Emily McDaniels attestant que son père, George Anderson McDaniels, avait avoué le meurtre de Rachel Evans et d'Anthony Austin. Mlle McDaniels qui a fait cette déclaration devant le capitaine de police John Jorgen du comté d'Orange en Californie lui a aussi remis un pistolet automatique de calibre .45 appartenant à son père. Les examens balistiques préliminaires pratiqués ce matin indiquent que les balles qui ont tué M. Austin proviennent de cette arme. Juste après notre réunion avec les avocats de Benedict, ceux-ci ont déposé une demande de mise en liberté à Amarillo, exigeant la libération de leur client. Cette demande a été signée, sans objection de mes services, par le juge Wolcott et transmise à Austin, capitale de l'État, pour être présentée à la signature du juge d'appel. Cette signature ayant été accordée ce matin, Zackary Benedict a été dûment relâché. Il reste quelques formalités à accomplir concernant son évasion du pénitencier il y a deux mois, ce qui constitue techniquement une infraction au droit de l'État du Texas. Cependant, nos services considèrent que M. Benedict a déjà payé très cher sa brève liberté entre les mains de la police mexicaine, mais subi cinq années d'emprisonnement pour un crime qu'il n'a pas commis. Des questions ?* »

Il y en avait des dizaines, mais ce fut celui qui couvrit la voix des autres qui obtint une réponse.

« *Et qu'en est-il de l'enlèvement de Mlle Mathison ? Sera-t-il jugé pour cela ?*

— *Cela dépendra de la volonté de Mlle Mathison de*

porter plainte contre lui devant un tribunal d'assise ou en correctionnelle. Toutefois cela ne relève pas de nos services. »

Dans l'embrasure de la porte, Willie détacha son regard du visage ravagé de son institutrice et revint auprès de ses camarades, qui n'avaient ni entendu ni vu l'émission.

— C'est encore ce minable de Benedict, murmura-t-il, furieux. Il est sorti de prison et elle pleure sur son triste sort.

Il prit ses livres et les rangea dans son sac de gymnastique.

— Je crois que nous pouvons rassembler nos affaires et nous en aller. Mlle Mathison ne voudra pas qu'on la voie pleurer et elle ne va pas s'arrêter de si tôt.

Les garçons obéirent aussitôt aux ordres de leur chef, mais Johnny Everett leva un visage inquiet et couvert de taches de rousseur vers Willie.

— Pourquoi ça la fait pleurer de voir Benedict à la télé ?

Willie prit son sac de gym et aida machinalement Tim à tourner son fauteuil roulant.

— D'après ma mère, il lui a brisé le cœur, voilà pourquoi. D'après ma mère, toute la ville est au courant.

— C'est un minus, déclara Tim.

— Un *sacré* minus, acquiesça Johnny en écartant sa chaise roulante de la table avant de se diriger vers la cuisine, où une rampe spéciale menait de la porte de derrière à l'allée.

Les trois garçons s'arrêtèrent sur le trottoir devant la maison et regardèrent par la fenêtre dont les rideaux étaient ouverts. Leur institutrice se mouchait, tandis que Mlle Cahill lui tapotait l'épaule. Quand elle leva les yeux, elle les aperçut et leur lança un sourire rassurant, avec un signe de la main pour leur faire comprendre qu'ils avaient eu raison de s'en aller.

Impuissants et consternés, ils descendirent la rue.

— Je déteste Zachary Benedict, annonça Johnny.

— Moi aussi, dit Tim.

— Ouais, moi aussi, fit Willie en poussant sa bicyclette. Johnny, toi et moi, nous irons tôt à l'école demain matin, ajouta-t-il d'un ton protecteur. Nous préviendrons ceux de notre classe d'être sympas avec Mlle Mathison. Pas de boulettes. Pas de pitreries. Rien de tout ça. Tim, ton boulot, ce sera de faire passer le mot aux enfants des équipes qu'elle entraîne. Dis à tout le monde d'être vraiment gentil avec elle.

— Ils vont me demander pourquoi, dit Tim en contournant adroitement une branche morte qui encombrait une partie du trottoir.

— Dis-leur que Benedict lui a brisé le cœur et l'a fait pleurer. Ce n'est pas un secret si tous les adultes le savent déjà.

68

— Bienvenue, monsieur Benedict !

Le directeur de l'hôtel de Beverly Hills se précipita à la réception, quand il y aperçut Zack, l'après-midi même de sa libération.

— Je vous ai réservé notre plus beau pavillon et tout le personnel est à votre entière disposition, monsieur Farrell, ajouta-t-il quand Matt inscrivit son nom après celui de Zack. Votre secrétaire m'a appris que vous ne resteriez qu'une nuit chez nous. Quand vous aurez besoin de nos services, faites-le moi savoir, s'il vous plaît.

Derrière eux, dans le hall bondé, on se retourna et Zack entendit murmurer son nom, comme une brise dans un feuillage.

— Envoyez un magnum de champagne à mon pavillon, demanda-t-il à l'obséquieux employé de la réception qui lui tendait la fiche de renseignements. Et faites-moi servir à dîner à huit heures. Si on m'appelle, que le standard réponde que je ne suis pas ici.

— Oui, monsieur Benedict.

Sur un signe de tête sec, Zack fit volte-face et faillit heurter une ravissante blonde et une superbe brune qui lui tendaient des serviettes de cocktail et un stylo.

— Monsieur Benedict, dit la blonde avec un sourire rayonnant, pouvez-vous nous donner un autographe ?

Avec un maigre sourire qui n'illumina pas son regard, Zack lui fit ce petit plaisir mais, quand la brune tendit à son tour sa serviette, il aperçut un numéro de chambre dans un coin et sentit qu'on lui glissait une clé dans la paume. Il gribouilla son nom sur la serviette et la lui rendit.

Du coin de l'œil, Matt observait cette scène familière, comme il l'avait déjà fait des centaines de fois.

— Si je comprends bien, dit-il sèchement, tandis qu'ils suivaient le directeur dans le couloir qui menait aux pavillons entourant l'hôtel, je suis tout seul pour le dîner ?

Pour toute réponse, Zack jeta un coup d'œil à la clé qu'il avait dans la main, la lança dans un buisson et consulta sa montre.

— Il est quatre heures. Laisse-moi deux heures pour donner quelques coups de fil, puis nous continuerons à fêter ma libération.

Deux heures plus tard, quand Matt entra dans le pavillon de Zack, celui-ci mettait une chemise neuve et un pantalon que son ancien tailleur lui avait livré quelques instants plut tôt. Ce dernier était parti avec des larmes dans ses yeux et dans la poche un bon de commande pour une vingtaine de costumes, de chemises, de pantalons et de manteaux sport. En apprenant le retour de Zack, le concessionnaire Rolls Royce du coin avait éprouvé la même joie débordante et lui avait promis de lui apporter trois voitures à l'hôtel dès le lendemain matin.

— Je suppose, dit Matt quand, à sept heures, Zack eut enfin raccroché après une longue conversation téléphonique au cours de laquelle il avait persuadé ses locataires de libérer sa maison de Pacific Palisades contre une forte indemnité, que je n'ai pas la moindre chance de te convaincre de passer quelques jours à l'hôpital pour faire un bilan complet ?

— Tu as raison, dit Zack d'un ton moqueur en se dirigeant vers le bar pour leur servir un verre, tu n'as pas la moindre chance. Champagne ou quelque chose de plus fort ? demanda-t-il avec un grand sourire en contemplant le choix de bouteilles.

— Quelque chose de plus fort.

Zack mit de la glace dans deux verres en cristal et y versa du whisky et de l'eau, puis il en tendit un à Matt.

Pour la première fois depuis qu'il était sorti de prison, Zack commençait à se détendre. Il observa son ami en silence, se délectant de sa liberté et de l'inexprimable gratitude qu'il vouait à Matt.

— Dis-moi une chose, fit-il solennellement.

— Que veux-tu savoir ?

— Puisque je n'ai aucun moyen de te revaloir ta fidélité et ton amitié, que puis-je t'offrir comme cadeau de mariage un peu tardif ?

Les deux hommes se regardèrent, conscients de l'importance de ce moment mais, entre hommes, toute sentimentalité trop vive était impensable. Matt but une gorgée et leva un sourcil pensif, comme s'il étudiait sérieusement la question.

— Etant donné le mal que tu m'as donné, comme gage de ta reconnaissance, une île dans la mer Egée me semblerait convenir.

— Tu en as déjà une, lui rappela Zack.

— Tu as raison. Dans ce cas, j'en parlerai à Meredith quand je serai de retour à la maison.

Zack vit ses yeux s'emplir de tendresse, tandis qu'il prononçait le nom de sa femme et décela une pointe de plaisir dans sa voix quand il évoqua sa « maison ».

— Elle a hâte de te connaître.

— Moi aussi, j'ai hâte de la connaître. Quand j'étais en prison, je me tenais au courant de tout..., poursuivit-il avec un brin d'humour, le battage entourant la cour que tu faisais de nouveau à ta propre femme. Cela m'a étonné, ajouta-t-il plus sérieusement, que tu ne m'aies jamais dit que vous aviez été mariés quinze ans plus tôt.

— Je te dirai un jour la vérité qui se cache derrière tout ça, tout ce que la presse n'a pas réussi à dénicher. Quand tu seras installé, j'amènerai Meredith et Marissa ici, et nous resterons un peu ensemble.

— Disons dans un mois et demi ? Cela me donnera tout le temps de mettre les choses en route et de reprendre une vie normale. Je ferai une fête. (Il réfléchit un instant.) Le vingt-deux mai, si ça te convient.

— Un mois et demi ? Qu'est-ce que tu veux faire en si peu de temps ?

Zack désigna la table près du téléphone d'un mouvement de tête et déclara d'un ton pince-sans-rire :

— Ce sont tous les messages « urgents » que les standardistes ont jugé bon de me transmettre. Jettes-y un coup d'œil.

Matt les prit et les parcourut. Dans la pile il y en avait des quatre principaux studios, de plusieurs producteurs indépendants, et deux de l'ancien agent de Zack.

— Ils disent tous la même chose, fit Matt en les retournant avec un sourire amusé. Bienvenue, nous savions que vous étiez innocent et nous avons une proposition à vous faire, à laquelle vous ne pourrez pas résister.

— Tous des sales menteurs, non ? fit Zack sans rancœur. C'est drôle, ils ne m'ont jamais envoyé ce genre de déclarations d'amour en prison. Maintenant ils écument les hôtels de la ville pour y répandre leurs messages.

Matt ricana, puis il redevint sérieux et aborda un sujet qui lui pesait depuis la libération de Zack.

— Quelles sont tes intentions à l'égard de Julie Mathison ? Si elle porte plainte contre toi pour...

Le sourire de Zack s'évanouit et ses yeux se transformèrent en deux tessons de glace.

— Ne prononce plus jamais son nom, rétorqua-t-il d'un ton cinglant. Jamais.

Matt fronça les sourcils et laissa passer l'orage. Plus tard, ce soir-là, dans son pavillon, il appela Meredith pour lui annoncer qu'il rentrerait le lendemain matin et pour l'informer des activités de Zack.

— Tous les studios hollywoodiens lui téléphonent pour lui proposer des projets de films en béton. Il veut donner une fête dans un mois et demi, le vingt-deux, si nous sommes disponibles.

A Chicago, Meredith entortilla le fil du téléphone autour de son doigt et avança prudemment le nom de quelqu'un que Matt méprisait.

— Et Julie Mathison ?

— Elle n'est pas invitée, répondit Matt d'un ton sarcastique. Tu n'imagines pas la réaction de Zack à la simple évocation de son nom.

— S'est-on donné la peine de songer à ce qu'elle ressent en ce moment, sachant qu'il est innocent de tous ces meurtres ? s'entêta Meredith.

— Elle est certainement très déçue que son image d'héroïne ait été ternie.

— Matt, tu peux penser ce que tu veux, elle l'aimait ! J'en suis sûre. Je l'ai vu.

— Nous en avons déjà parlé, ma chérie, et, de toute façon, c'est un sujet tabou. Zack la hait, et ce n'est pas provisoire. Je serai à la maison demain matin. Comment va Marissa ?

— Tu lui manques.

— Comment va la maman de Marissa ? demanda-t-il d'une voix pleine de tendresse.

Meredith sourit.

— Tu lui manques encore plus.

69

— Monsieur Benedict, pourrions-nous avoir une photo de vous et de Mlle Copeland ? cria la journaliste du *Los Angeles Daily News* pour couvrir la musique et le tohu-bohu des cinq cents invités de la somptueuse fête donnée par Zack durant tout le week-end.

Comme il ne l'entendit pas, elle se tourna vers les autres reporters et haussa les épaules en riant.

— Quelle raout ! s'écria-t-elle en se dirigeant vers l'un des cinquante serveurs en smoking qui faisaient circuler les plateaux de canapés et de boissons pour ceux qui ne voulaient pas se donner la peine de se déplacer jusqu'à l'énorme dais blanc sous lequel des traiteurs proposaient du homard, du caviar et des tonnes de mets délectables. Derrière le buffet, dans la grande piscine avec ses colonnes romaines, des invités buvaient et bavardaient bruyamment.

— Ça ne fait que six semaines qu'il est sorti et regardez-moi ça ! poursuivit-elle joyeusement en prenant une flûte de Dom Pérignon sur un plateau. Il est de nouveau au sommet, plus populaire que jamais. Les piliers de l'industrie du film sont à ses bottes, trop contents de faire partie des heureux élus.

Elle but une gorgée de champagne et, pour le plaisir de la conversation, leur confia ce que la plupart d'entre eux savaient déjà.

— D'après son agent, la Paramount, Universal et la Fox lui ont déjà proposé des tas de scénarios et, pour son prochain film, ils sont prêts à payer jusqu'à vingt millions de dollars. Lui, il tient bon pour en obtenir vingt-cinq et une plus grosse part des recettes.

— Pas mal pour un type qui n'est plus dans les affaires depuis cinq ans, fit le reporter de CBS avec un petit rire et, comme la journaliste du *Daily News*, il évita soigneusement de prononcer le mot « prison », non qu'il fût particulièrement plein de tact, mais pour une raison beaucoup plus pratique : l'attaché de presse de Zack avait fait clairement comprendre aux journalistes qui avaient eu la chance d'être de la partie qu'il y avait trois sujets qu'il valait mieux ne pas aborder sous peine de se voir éjectés et de ruiner toute chance d'obtenir ultérieurement un entretien : son emprisonnement, sa femme décédée et Julie Mathison.

Le journaliste de NBC consulta sa montre, puis jeta un regard circulaire, à la recherche de son cadreur, qu'il aperçut au bord de la piscine. Il faisait la cour à une starlette vêtue d'une minirobe en lycra au décolleté plongeant.

— Son attachée de presse nous a prévenus qu'il nous accorderait un entretien de deux minutes et qu'il poserait pour des photos si nous lui lâchions la grappe pendant la réception. S'il ne le fait pas bientôt, je ne pourrai jamais passer la bande au journal de dix heures.

Comme si elle venait soudain de prendre conscience de ce dilemme, Sally Morrison, qui s'occupait des relations de Zack avec la presse depuis des années, les rassembla, puis fendit la foule pour rejoindre Zack, qui écoutait trois producteurs qui rivalisaient pour retenir son attention. Diana Copeland restait pendue à son bras. Sally lui dit deux mots, il hocha la tête, jeta un coup d'œil en direction des journalistes, s'excusa auprès du groupe qui l'entourait et se dirigea vers eux en compagnie de Diana.

70

— Quelle bonne soirée nous avons passée ! s'écria Katherine en se glissant sur la banquette du restaurant, à la table occupée par son mari, Julie et Paul Richardson.

Le samedi soir, ils allaient au cinéma, puis dînaient chez *Mandillos*. Ce rituel durait depuis un mois et demi, depuis que Julie avait décidé de se jeter à corps perdu dans la vie, avec une ardeur qui les inquiétait plus qu'elle ne les rassurait.

— N'est-ce pas amusant ? dit-elle en observant leurs visages souriants.

— Fabuleux, fit Ted.

— Génial, confirma Paul.

Il glissa son bras autour des épaules de Julie.

— Qu'en penses-tu ? la taquina-t-il. Nos petites soirées à quatre, c'est amusant, fabuleux ou génial ?

— C'est merveilleux, décréta instantanément Julie. Avez-vous remarqué comme il fait doux ce soir ? Mai a toujours été mon mois préféré.

Depuis six semaines que Zack avait été libéré, il n'y avait pas que le temps qui avait changé. Le mois dernier, le révérend Mathison avait célébré le remariage de Ted et de Katherine.

Paul Richardson était venu de Dallas pour assister à la cérémonie. M. Mathison avait laissé entendre qu'il serait ravi d'en célébrer un autre, quand Paul et Julie seraient prêts. Paul était prêt. Pas Julie. En dépit de sa gaieté et de son enjouement de façade, elle était dans un état d'anesthésie affective, et cela lui convenait fort bien. Elle s'y accrochait, l'entretenait avec un soin minutieux. Elle riait, souriait, travaillait, jouait et se sentait... bien. L'équilibre psychologique qu'elle avait précautionneusement atteint était si solide qu'elle n'avait pas versé une larme lors du mariage de Ted et de Katherine, bien qu'elle fût très heureuse. Elle avait tant pleuré pour Zack qu'elle vivait à présent dans un isolement paisible que rien ni personne ne pouvait troubler.

La serveuse se faufila entre les tables où se retrouvaient les habitants de Keaton et sortit son carnet.

— Comme d'habitude, messieurs-dames ? demanda-t-elle. Quatre bavettes à la new-yorkaise, à point, et des pommes de terre au four ?

— C'est parfait, Millie, dit Ted.

— Phil est content de son travail au garage d'Oakdale ? fit Julie, s'enquérant de son mari.

— Ravi, Julie. Merci de leur en avoir touché deux mots. D'après Phil, vous lui avez bien facilité la tâche.

— C'est un mécanicien fabuleux, répondit Julie. Il m'a entretenu ma voiture pendant toutes ces années et elle roule. C'est à Oakdale que j'ai rendu service, pas à Phil.

Chez *Mandillos* il y avait un juke-box et une petite piste de danse dans un coin, des tables pour les convives au centre de la salle et, à l'autre extrémité, un bar avec un poste de télévision grand écran, très apprécié durant la saison de football.

— J'ai quelques pièces, dit Paul en plongeant la main dans sa poche. Si tu venais m'aider à choisir la musique ?

Julie acquiesça, sourit et quitta la banquette. Dans ce restaurant bourré de gens qu'elle connaissait, il lui fallut dix minutes pour passer entre les tables, car elle s'arrêtait sans cesse pour bavarder avec des amis, et deux minutes pour choisir quelques chansons.

— Le juke-box ne marche pas parce que la télévision est allumée, dit Paul, tandis qu'ils se glissaient à nouveau dans leur petit coin en forme de U. Je vais demander à Millie de l'éteindre, ajouta-t-il en cherchant la serveuse du regard.

— Attends une minute, fit Ted. Ce sont les informations et j'aimerais savoir comment s'est terminé le match.

A ce moment-là ils levèrent tous les quatre les yeux vers le poste et écoutèrent distraitement les nouvelles.

« *Avant de passer au sport,* annonça le présentateur, *voici le reportage d'Amanda Blakesly qui assiste à la somptueuse fête donnée à Pacific Palisades dans la magnifique demeure de Zachary Benedict...* »

A l'évocation de ce nom, les conversations baissèrent dans tout le restaurant et l'on jeta des regards inquiets et compatissants en direction de la table de Julie, puis on se remit à parler haut et fort pour couvrir le son de la télévision, mais en vain. Quand Ted, Katherine et Paul se lancèrent à leur tour dans des bavardages futiles pour faire diversion, Julie leur fit un signe de ses longs doigts.

— Ça ne m'ennuie pas le moins du monde, dit-elle et, pour le prouver, elle posa le menton sur son poing et écouta, un vague sourire aux lèvres.

Les yeux grand ouverts, sans ciller, elle regarda Zack s'entretenir avec affabilité avec une meute de journalistes, au milieu des flashes. Diana Copeland le mangeait des yeux, rayonnante, incroyablement belle. Il avait une flûte de champagne à la main... dans cette main qui l'avait caressée, qui avait intimement exploré chaque parcelle de son corps, et son sourire nonchalant faisait d'autant plus de ravages qu'il était bronzé.

— Le smoking lui va très bien, fit remarquer Julie d'un ton neutre devant le groupe mal à l'aise. Vous ne trouvez pas ?

— Pas particulièrement, dit Paul qui vit son visage déjà pâle blêmir davantage.

— Tous les hommes sont beaux en smoking, dit aussitôt Katherine. Regarde les autres. Ils sont tous bien. Même Jack Nicholson est superbe.

Julie réprima un rire devant la vanité des efforts que faisait Katherine pour dénigrer Zack, mais elle garda les yeux rivés sur l'écran, tandis que la caméra glissait lentement sur cette foule qui dansait, riait, bavardait, sur ces visages célèbres pour la plupart. Elle ne ressentit rien, pas même quand on appela Diana :

« *Diana, un baiser pour fêter son retour ?* »

Sans broncher, elle regarda Zack s'y prêter avec le sourire, glisser son bras autour de la taille de Diana qui lui donna un long baiser enflammé, déclenchant des rires et des applaudissements. Julie endura ce spectacle sans réagir, mais quand il se pencha pour murmurer deux mots à l'oreille de Diana... qu'il lui taquina le lobe de l'oreille... ce geste affectueux creusa une faille dans la barrière psychologique qu'elle avait élevée. *Salaud,* pensa-t-elle avec un pincement au cœur et une pointe de colère injuste, qu'elle refoula instantanément. Elle se rappela avec fermeté qu'elle n'avait aucune raison de lui en vouloir d'être heureux alors qu'elle était... morte au fond d'elle-même. Cela lui plaisait de ne plus rien sentir, elle l'avait voulu après tout, et c'était très rassurant.

Zack mit un terme à ce bref entretien et disparut avec Diana, mais la journaliste n'en avait pas terminé. Tandis que la caméra se rapprochait pour la prendre en gros plan, elle déclara avec un sourire de conspiratrice :

« Selon certaines rumeurs qui circulent ici ce soir, un mariage entre Zachary Benedict et Diana Copeland, son amie de longue date, serait imminent. »

— Comme c'est bien pour lui ! s'écria Julie avec enjouement en jetant un regard circulaire. Oh, voilà notre dîner !

Une demi-heure plus tard, Ted regarda Julie et Katherine qui se dirigeaient vers les toilettes. Julie arborait de nouveau un sourire radieux et se frayait un chemin entre les tables en bavardant avec animation. Il détacha les yeux de son dos et regarda Paul d'un air soucieux.

— A ton avis, combien de kilos a-t-elle perdus ?

— Trop. Cela dit, elle rit beaucoup, ajouta-t-il avec une pointe d'ironie.

— Elle a une volonté de fer.

— Oui. Elle travaille d'arrache-pied et elle joue avec entrain.

— C'est bon signe, non ?

Ted soupira avec colère.

— Ça ne veut rien dire du tout, sauf qu'elle fuit ses souvenirs.

— Comment en es-tu si sûr ?

— Entre autres détails révélateurs, quand Julie est

tendue, elle organise et elle range. Depuis six semaines, non seulement elle fait ses cours, entraîne ses enfants handicapés, donne des leçons particulières, participe à toutes les associations laïques et religieuses de la ville, range tous les placards et s'occupe de la célébration du bicentenaire, mais en plus elle a retapissé tous les murs de sa maison, ses tiroirs, et repeint son garage. Deux fois. Et voilà qu'elle s'est mise à classer ses réserves d'épicerie par ordre alphabétique dans ses placards de cuisine.

Paul réprima un rire.

— Quoi ?

— Tu m'as bien entendu, répondit Ted, mais il ne souriait pas. Et ce n'est pas drôle. Elle stresse un max, et elle est sur le point de craquer. J'ai une question à te poser, fit-il en se penchant vers Paul. C'est toi et moi qui l'avons plongée dans ce cauchemar. Nous l'avons harcelée, convaincue que Benedict était coupable jusqu'à ce qu'elle y croie. Tu l'as traînée à Mexico comme un agneau à l'abattoir, et je t'ai suivi. Je reconnais ma part de responsabilité. Contestes-tu la tienne ?

Paul repoussa son dessert et hocha la tête.

— Non.

— Alors trouvons une idée pour la sortir de ce gâchis ! fit Ted laconiquement.

Paul acquiesça.

— Nous en parlerons ce soir, quand je l'aurai raccompagnée chez elle.

71

Comme Paul ne pouvait pas passer la nuit chez Julie, même platoniquement, sans provoquer une tempête de ragots qui seraient venus s'ajouter aux commérages qu'avait déjà suscités son histoire avortée avec Benedict, Ted et Katherine avaient insisté pour qu'il s'installe dans leur nouvel appartement, quand il venait à Keaton.

La porte d'entrée n'était pas verrouillée quand il arriva après avoir raccompagné Julie chez elle. Ted, assis au salon, l'attendait de pied ferme.

— Il faut crever l'abcès entre Julie et Benedict, déclara Ted dès qu'il fut installé en face de lui. Personnellement, j'aurais préféré qu'il disparaisse de la surface de la terre, mais d'après Katherine, tant que Julie n'aura pas fait la paix avec lui, jamais elle ne la trouvera avec elle-même. Ni avec toi, si c'est ce que tu espères. C'est bien ça ?

Surpris et temporairement agacé par la curiosité de Ted, Paul hésita, puis acquiesça sèchement.

— Je suis amoureux d'elle.

— C'est ce que dit Katherine. Elle prétend aussi que Julie est taraudée par sa conscience. Pourtant, si quelqu'un devait se sentir coupable, c'est bien ce salaud de Benedict. Julie s'est contentée de le prendre en stop, persuadée qu'il lui avait réparé sa roue. Résultat : dans ce pays, deux millions de gens ont vu le film où il se faisait tabasser à Mexico et lui en veulent. Les mêmes qui l'on félicitée pour son courage la tiennent aujourd'hui pour une espèce d'intrigante qui s'en est pris à un innocent. Au moins, les gens d'ici ne sont pas comme ça, c'est déjà quelque chose. Pas grand-chose, mais quelque chose. La presse la harcèle encore pour essayer de la faire parler et on lui pose des questions dégueulasses.

Katherine apparut en robe de chambre et en pantoufles, bien décidée à se mêler à la conversation. Elle prit place sur le bras du fauteuil de Ted. Ecartant la question de l'opinion publique, qu'elle considérait comme mineure, elle aborda le problème le plus important.

— Julie lui a écrit quand il était en prison et il lui a renvoyé ses lettres sans les ouvrir. Depuis qu'il a été relâché, elle lui a écrit aux bons soins de ses avocats, des lettres simples, polies, pour lui demander comment lui rendre la voiture qu'il lui a donnée. Il n'a pas répondu non plus. Tant qu'il ne l'aura pas fait, tant que quelqu'un ne lui aura pas fait comprendre que Julie ne lui avait pas menti, qu'elle avait l'intention de le rejoindre au Mexique en déjouant votre surveillance, elle ne pourra jamais aimer ni toi ni aucun autre. Et elle ne laissera aucun homme l'aimer. Elle se punit, voilà !

Paul la fixa d'un air étonné.

— C'est ça qui l'empêche de venir avec moi... de vivre sa vie ? Elle a besoin de l'absolution de Benedict ?

— Pour autant que je sache, oui.

— Bien, fit-il d'un ton abrupt. Si nous devons en passer par là, je m'en occupe et elle n'attendra pas six semaines ni même six jours de plus.

Il se leva avec la mine d'un homme chargé d'une mission.

— Elle l'aura dans quarante-huit heures. Dites à Julie que j'ai dû écourter mon week-end.

Katherine fit volte-face et le regarda se diriger vers la chambre d'ami.

— Mais il refuse même de lui parler, Paul.

— A moi, il me parlera ! lança Paul par-dessus son épaule.

— Qu'est-ce qui te fait penser qu'il le fera ? demanda Ted quand Paul émergea de la chambre quelques minutes plus tard, son sac de voyage à la main.

— Ceci, déclara Paul en jetant son insigne sur les genoux de Ted, puis il prit son manteau dans le placard.

— Ça te permettra peut-être d'entrer chez lui, mais ça ne l'obligera pas à te croire.

— Ce salopard n'a pas à me croire. Qui a la lettre que Julie allait vous laisser avant de s'enfuir avec lui ?

— C'est moi, dit Katherine, qui alla la chercher, mais ça ne le convaincra pas davantage. Tu ne peux pas lui prouver qu'elle ne l'a pas écrite hier, ajouta-t-elle quand elle revint avec la lettre qu'elle lui remit. N'oublie pas qu'à présent il est riche et célèbre. Il sera deux fois plus méfiant à l'égard de toute tentative de réconciliation de la part de Julie.

— Peut-être bien. Mais dans mon bureau de Dallas, j'ai quelque chose qu'il sera *forcé* de croire.

— Quoi ?

— Des cassettes vidéo, dit-il laconiquement en tendant la main à Ted pour récupérer son insigne. Une bande de la conférence de presse où elle se mettait en quatre pour faire basculer l'opinion en sa faveur.

— Ça ne suffira pas non plus. Il se dira que cela faisait partie de son piège.

— Et, poursuivit Paul en glissant sa cravate dans la poche de son manteau et en prenant son sac, une bande confisquée à Mexico, où l'on voit la réaction de Julie quand on emmène Benedict en garde à vue. Quand on la voit dans cet état, il faut avoir le cœur plus solide que moi pour ne pas craquer. Au cas où tu ne l'aurais pas encore compris, ajouta-t-il avec une ironie désabusée en posant la main sur la poignée de la porte, je vais à Dallas chercher ce dont j'ai besoin et, demain matin, je prends l'avion pour L.A.

— Tu ne vas quand même pas venir lui gâcher sa fête ?

— Je me fous de sa fête. Il fiche ma vie et celle de Julie en l'air depuis des mois, et j'en ai marre. Si j'échoue, s'il refuse de m'écouter ou de regarder les preuves que je lui apporte, alors je te suggère de porter plainte contre lui pour avoir enlevé Julie et pour torture mentale. Si Benedict ne m'écoute pas, il t'écoutera devant un tribunal et te versera un bon gros chèque !

— Merci, Paul, fit Katherine, qui l'embrassa après qu'il eut serré la main de Ted. Au revoir, ajouta-t-elle d'une voix émue. Appelle-nous dès que tu l'auras vu.

Elle le regarda un instant descendre la rue, puis referma la porte et s'aperçut que Ted lui jetait un regard étrange, interrogateur.

— Tu avais l'air très triste quand tu lui as dit au revoir... Comme si tu lui disais adieu. Pourquoi ?

— Parce que, fit-elle avec un air coupable, je suis quelqu'un d'épouvantable qui ne mérite pas l'amour d'un homme aussi merveilleux que toi.

— Tu peux traduire ? demanda-t-il avec un sourire las.

— Il y a une chose que je ne vous ai dite ni à Paul ni à toi, reconnut-elle. Julie pense peut-être que ce qu'elle désire, c'est qu'il lui pardonne, mais ce qu'elle désire vraiment, c'est lui. Depuis toujours. Depuis le temps où il était en cavale, pourchassé. Si Paul atteint son but, Julie obtiendra plus que la paix. Elle aura Zack Benedict.

— Ce type est redevenu une pointure dans le milieu cinématographique. Tu l'as vu ce soir à la télévision avec toutes ces femmes qui papillonnent autour de lui. Tu as vu la demeure où il vit. Il ne va pas se contenter de la petite Julie Mathison.

— J'ai lu la lettre qu'il lui a écrite, répliqua Katherine avec une conviction absolue en contemplant ses ongles. C'était du vrai amour. Du moins l'ai-je pensé. Et s'il l'aimait, alors il peut bien espérer que la « petite Julie Mathison » se contentera de lui après ce qu'il lui a fait. Elle est en colère, Ted. Au fond d'elle-même, elle est furieuse, vraiment furieuse de l'injustice qui lui est faite. Elle se reproche d'avoir perdu foi en Zack, mais elle lui en veut. Il l'a enlevée, il lui a menti sur la mort de son frère, il a refusé de lire ses lettres ou de la recevoir quand elle est allée à la prison pour lui parler.

— Elle rit tout le temps, sincèrement en général, la contra Ted. Nous étions pliés en deux ce soir quand elle nous a raconté comment, par accident, elle avait fait tomber de la colle sur le costume du principal.

— Elle est en colère, insista Katherine, et elle en a le

droit. En fait, j'espère bien être là quand elle le traitera comme il le mérite. S'il le prend bien et qu'il ne lui en tient pas rigueur, il aura un certain mérite.

— Et s'il le prend mal ou qu'il s'en moque ?

— Elle ne pensera plus à lui, elle aura fait la paix avec lui et il lui restera Paul.

Ted se leva et éteignit la lampe.

— Tu es pour qui, Richardson ou Benedict ? demanda-t-il.

— Julie.

72

Dans le solarium baigné de soleil, Zack parcourait les liasses de documentation financière que lui avait apportées Matt. A l'extérieur, au-delà des parois de verre teintées qui le dissimulaient, une voix l'appela. Il leva le nez, non pour répondre, mais pour le simple plaisir d'être de nouveau chez lui et de profiter de son cadre familier. De l'autre côté de la vitre une grande et belle pelouse descendait en pente douce vers une gigantesque piscine incurvée avec des colonnes antiques et des statues de marbre. A l'extrémité du jardin s'élevaient les pavillons réservés aux hôtes. Ils étaient tous occupés pour le moment. Les locataires de Zack avaient conservé le jardinier durant son absence et le vieil homme s'était donné beaucoup de mal pour obtenir ces fleurs colorées et épanouies sous les arbres et les buissons soigneusement taillés.

La vitre épaisse qui entourait le solarium assourdissait le bruit de la fête qui battait son plein à quelques mètres de là. Une centaine de personnes batifolaient dans sa piscine, jouaient sur ses courts de tennis ou se doraient au soleil. Les trois cents autres invités reviendraient dans la soirée pour passer une deuxième nuit de festivités et les traiteurs s'installaient déjà sous une tente blanche au bord de la pelouse.

— Où est Zack Benedict ? demanda une femme en string vert à ses amis, sans se rendre compte que celui-ci la voyait et l'entendait. J'ai passé la journée ici et je ne l'ai pas encore aperçu. Je commence à penser que c'est une légende, qu'il n'existe pas.

Il n'était guère étonnant qu'elle ne l'eût pas vu, puisque nul, à l'exception de Matt et de Meredith, ne pouvait pénétrer dans l'aile où il se trouvait. Ils étaient les deux seuls hôtes véritables de Zack, les seuls à qui il avait permis d'entrer dans le saint des saints. C'est pourquoi Zack manifesta sa mauvaise humeur en entendant quelqu'un d'autre dans le hall.

— Hé, quelqu'un a-t-il vu Zack ?

Il allait devoir faire une apparition, sinon ce refrain, de plus en plus insistant depuis une heure, menaçait de tourner à la rengaine.

— Auriez-*vous* aperçu Zack Benedict ? demanda en riant la voix raffinée de Meredith Farrell, juste derrière lui.

— Je crains bien que non, plaisanta Zack en se levant poliment.

— Tout le monde vous cherche, le taquina-t-elle, puis elle mit sa main dans sa paume tendue.

Zack se pencha et l'embrassa sur la joue, légèrement étonné de l'affection immédiate qu'il avait éprouvée pour la femme de Matt. Avant de la rencontrer deux jours plus tôt, Zack avait tendance à mettre les louanges de son mari sur le compte d'une banale passion amoureuse mais, depuis qu'ils avaient fait connaissance, elle l'avait beaucoup impressionné. Meredith Bancroft Farrell avait l'allure et la beauté que vantaient les rubriques mondaines, mais pas le froid dédain auquel Zack s'attendait. Elle possédait au contraire une douceur, une gentillesse et une chaleur sans affectation aussi touchante que désarmante.

— D'après ce qu'on m'a dit, lui confia-t-il, ce Benedict est un être asocial qui n'apprécie pas particulièrement les grandes réceptions, du moins pas celle-là.

— Vraiment ? fit-elle plus sérieusement en cherchant son regard. Et pourquoi donc, à votre avis ?

Il lui sourit et haussa les épaules.

— Je suppose que je ne suis pas d'humeur à faire la fête en ce moment.

Meredith songea à lui parler de Julie Mathison, comme

elle en avait souvent eu envie depuis deux jours, mais Matt ne lui avait pas seulement demandé de ne pas évoquer son nom, il le lui avait ordonné.

— Suis-je en train d'interrompre votre travail ? dit-elle en jetant un coup d'œil aux épais dossiers qui se trouvaient sur la table à côté de son fauteuil.

— Pas du tout, je suis ravi de vous voir. Où est Marissa ?

— Elle prend le thé avec Joe avant de faire sa sieste.

— La petite volage, dit-il en se tournant vers le service à thé en porcelaine de Sèvres que sa gouvernante avait posé sur la table basse. Elle m'avait promis de prendre le thé avec moi.

— Laisser Marissa toucher à ces tasses ravissantes, vous n'y pensez pas ! Depuis quelque temps elle a tendance à croire qu'on jette la vaisselle par terre quand on a fini.

Matt entra à la fin de cette conversation, reposé, détendu et amusé.

— C'est sûrement parce que je lui ai dit qu'elle était une princesse. Ce qu'elle est. Où est Joe ? ajouta-t-il. Il faut que je l'envoie...

Comme si le simple fait de prononcer le nom de leur chauffeur l'avait fait apparaître, Joe O'Hara pénétra d'un pas décidé dans le solarium, mais il ne souriait pas.

— Zack, dit-il, je viens de croiser votre gouvernante dans le couloir. Il semble que vous ayez un visiteur qui lui a fait une peur bleue en sortant son insigne. Il est du FBI. Un certain Paul Richardson. Elle l'a fait entrer dans la bibliothèque.

En jurant dans sa barbe à l'idée de parler à un agent du FBI, Zack quitta la pièce.

— Zack ? fit Matt derrière lui. Seul ? Ou tu veux des témoins ?

Zack hésita.

— Des témoins, si ça ne vous ennuie pas.

— Tu te sens d'attaque ? demanda Matt à Meredith.

Elle acquiesça et ils emboîtèrent tous deux le pas à Zack, qui descendit le long couloir qui menait à la bibliothèque lambrissée d'acajou.

Zack ignora grossièrement la présence de l'homme

grand et brun qui contemplait les livres sur les rayonnages et attendit que Matt et Meredith se soient assis avant de prendre place derrière son bureau.

— Montrez-moi votre plaque, fit-il sèchement.

L'agent du FBI, en qui Zack avait déjà reconnu l'un de ceux qui se trouvaient à Mexico, sortit un étui de cuir de la poche de sa veste et le lui tendit. Zack regarda l'objet, puis l'homme.

— La photo est mauvaise, mais ça vous ressemble.

— Inutile de jouer au plus fin, le contra Paul d'un ton tout aussi discourtois, cherchant le meilleur moyen d'aborder son adversaire. Vous avez su qui j'étais dès que vous m'avez aperçu. Vous m'avez reconnu.

Benedict se contenta de hausser les épaules.

— De toute façon, je n'ai l'intention de vous parler, à vous ou à quiconque du FBI, qu'en présence de mes avocats.

— Ce n'est pas une visite officielle. De plus, vous n'aurez rien à dire. C'est moi qui parlerai.

Au lieu de l'inviter à s'asseoir, Benedict inclina la tête en direction de la chaise qui se trouvait devant son bureau. En réprimant son agacement devant la tournure qu'avait prise leur entrevue, Paul s'assit, posa sa mallette sur le sol et ouvrit la serrure.

— En fait, je préférerais en discuter en privé..., fit-il en jetant un coup d'œil par-dessus son épaule à l'homme et à la femme qui étaient assis sur le canapé, qui le regardaient et qu'il identifia sur-le-champ.

— Ce que vous « préféreriez » ne m'intéresse absolument pas, répliqua Benedict qui, adossé à son fauteuil de cuir, prit le stylo en or qui se trouvait à côté d'un bloc de papier et le fit rouler entre ses doigts. Ecoutons ce que vous avez à dire.

— Je commencerai par vous rappeler que vous êtes dans une situation extrêmement délicate en ce qui concerne l'enlèvement de Mlle Mathison, déclara-t-il en dissimulant la colère qui montait en lui. Si elle décidait de porter plainte contre vous, il y aurait de grandes chances pour que vous vous retrouviez derrière les barreaux. Pour des raisons purement personnelles, ajouta-t-il plaisamment, cela me ferait un immense plaisir de voir cette affaire portée devant les tribunaux.

Il observa le visage impassible de Benedict et, comme il n'y décela aucune réaction à la pique qu'il venait de lancer, Paul adopta un ton d'une grande courtoisie.

— Ecoutez, je me porte personnellement garant qu'elle ne déposera pas de plainte contre vous. En échange, tout ce que je vous demande, c'est de m'accorder cinq minutes et de m'écouter.

— Ai-je bien entendu ? C'est une requête en bonne et due forme ?

Paul refoula une envie de lui balancer son poing dans la figure.

— Oui.

— Dans ce cas, il vous reste quatre minutes et cinquante secondes.

— Vous me laisserez terminer ? J'ai votre parole ?

— Tant que vous ne dépasserez pas ces quatre minutes et cinquante secondes.

Le stylo en or se mit à tapoter impatiemment le bloc de papier.

— Pour que vous ne doutiez ni de ma crédibilité ni de la validité de mon information, fit Paul d'un ton abrupt, je veux que vous sachiez que c'était moi qui étais chargé de votre affaire. Je me trouvais à Keaton quand elle était avec vous dans le Colorado, j'y étais quand elle est revenue, et c'est moi qui l'ai fait surveiller en permanence quand nous avons quitté Keaton parce que j'avais le sentiment qu'elle essaierait de vous joindre. C'est aussi moi qui suis venue chez elle le soir précédant son départ pour Mexico. En depit de tout ce que vous pouvez penser et de ce que racontent les médias, poursuivit-il d'une voix de plus en plus assurée à mesure qu'il en arrivait au sujet qui le préoccupait, je sais aussi que Julie *n'a pas* accepté de vous rejoindre au Mexique pour vous piéger et vous livrer entre nos mains. La vérité, c'est que mes services ignoraient tout de son projet jusqu'à la veille du jour où elle était censée le mettre à exécution. Si elle a fini par paniquer et par m'appeler, c'est pour deux raisons : trois jours avant son départ, elle avait rendu visite à votre grand-mère, Margaret

Stanhope, avec en tête l'idée saugrenue de mettre fin aux hostilités entre vous. Au lieu d'y parvenir, elle a eu entre les mains la preuve que vous aviez tué accidentellement votre frère, et votre grand-mère lui a dit qu'elle était persuadée que vous l'aviez assassiné délibérément, comme plus tard votre femme.

Après avoir lancé ces bombes, Paul s'attendait à une réaction de la part de Zachary Benedict mais, à l'exception d'une légère crispation de la mâchoire à l'évocation de sa grand-mère, il n'y en eut aucune. Paul poursuivit donc avec obstination.

— Julie est revenue de Ridgemont et, ce soir-là, elle a appris que l'équipe de *Destinée* recevait des coups de téléphone de menace, de vous semblait-il, et elle ne vous a toujours pas livré à la police. Jusqu'à qu'à la veille de son départ, à la mort de Tony Austin, où elle nous a parlé de votre intention de la retrouver à l'aéroport de Mexico.

Il attendit de nouveau et, comme Benedict continuait à le fixer avec mépris, Paul perdit son calme.

— Vous m'entendez, nom de Dieu ? Elle ne vous a pas tendu un piège depuis le début ! C'est clair ?

Le visage de Benedict se crispa, mais sa voix était d'une douceur menaçante.

— Parlez-moi encore une fois sur ce ton et je vous renvoie à grands coups de pied dans le cul sans vous laisser le temps de finir !

— Cessons ce petit jeu d'adolescents, fit Paul laconiquement. Nous ne nous aimons pas, point final. Je ne suis pas venu ici pour vous contrarier, mais pour vous apporter la preuve que Julie n'avait pas l'intention de vous trahir. La vérité, c'est que votre refus de lui permettre de s'expliquer et de répondre à ses lettres ajouté à ce à quoi elle a assisté au Mexique, lui ont fait plus de mal que vous ne l'imaginez. Sa famille s'inquiète pour elle, et moi aussi.

— Vous aussi ? répéta-t-il avec une ironie insolente. Et pourquoi donc ?

— Parce que, contrairement à vous, je me sens responsable du rôle que j'ai joué au Mexique et des dégâts que cela a causés.

Paul sortit une grande enveloppe de sa mallette, referma celle-ci et se leva.

— Et parce que je suis amoureux d'elle, dit-il en jetant l'enveloppe avec dégoût sur le bureau de son adversaire.

Benedict n'y toucha pas, ne la regarda même pas.

— J'ignore pourquoi, mais cette nouvelle ne me surprend pas, railla-t-il.

— Vous êtes peut-être voyant, aboya Paul. De toute façon, voici la preuve... Deux bandes vidéo et une lettre. Ne me croyez pas sur parole, Benedict, voyez vous-même. Et s'il vous reste une once de décence, faites quelque chose pour alléger sa souffrance.

— Combien faudra-t-il, demanda-t-il d'un ton mordant, pour « alléger sa souffrance » ? Un million de dollars ? Deux, puisque vous avez l'intention de partager le butin avec elle ?

Plantant les mains sur le bureau de Benedict, Paul se pencha et rétorqua avec fureur :

— J'aurais dû laisser les *Federales* vous tabasser à mort jusqu'à la frontière du Texas !

— Ah oui ? Pourquoi ne l'avez-vous pas fait ?

En se redressant, Paul lui décocha un regard méprisant.

— Parce que Julie m'avait fait promettre, avant de vous livrer, que que l'on ne vous ferait pas de mal. Il n'y a qu'une chose pour laquelle elle vous ait menti. Elle n'était pas enceinte. Elle l'a fait pour que vous lui permettiez de vous rejoindre. Elle devait être folle de se croire amoureuse de vous, espèce de salaud, arrogant et sans cœur !

A ces mots Benedict se leva de son fauteuil et fit le tour de son bureau.

— Allez-y ! l'incita Paul en tendant les bras. Allez-y donc, monsieur la vedette de cinéma. Donnez le premier coup pour que je puisse vous achever !

— Ça suffit ! tonna Matt Farrell en saisissant le bras de Zack. Richardson, les cinq minutes sont écoulées. O'Hara ! cria-t-il. Raccompagnez M. Richardson.

Joe O'Hara apparut instantanément dans l'embrasure de la porte, derrière laquelle il écoutait.

— C'est bête, ça commençait à être intéressant.

En lorgnant Paul Richardson avec un minimum de respect, il fit un geste cérémonieux pour lui indiquer la porte.

— Je n'avais encore jamais rencontré de représentants de la loi en costume et prêts à faire le coup de poing. Permettez-moi de vous raccompagner à votre voiture.

Son humour n'atténua en rien la tension qui régnait dans la pièce au moment où il partit.

— Je pense que nous devrions nous en aller, dit Matt.

— Et moi je pense, le contredit Meredith sous le regard sidéré des deux hommes, que nous devrions attendre que Zack ait regardé les preuves que contient cette enveloppe. (Elle se tourna vers lui.) Je crois aussi qu'il est temps que je vous dise que Julie vous aimait beaucoup. Il n'y a aucun doute. Je crois enfin que tout ce qu'a dit Richardson est vrai.

— Si c'est ce que vous pensez, rétorqua Zack d'un ton cinglant, alors emportez donc ces « preuves » et regardez-les vous-même, Meredith. Ensuite vous pourrez les brûler.

Matt blêmit de rage.

— Je te donne cinq secondes pour présenter des excuses à ma femme.

— Je n'en ai besoin que de deux, fit Zack avec brusquerie, et Meredith sourit car elle écoutait ses paroles, non le ton de sa voix.

En lui tendant la main, Zack lui adressa un sourire triste.

— Je vous présente toutes mes excuses de vous avoir parlé sur ce ton d'une grossièreté impardonnable.

— Pas impardonnable, dit-elle en observant ses yeux, comme si elle y cherchait quelque chose. Cela dit, je vous prends au mot et j'emporte cette enveloppe, si cela ne vous ennuie pas.

— Puisque votre mari est encore en train de se demander s'il va ou non m'envoyer son poing dans la figure et puisque je l'ai mérité, fit Zack, mieux vaut ne pas tenter le diable en vous le refusant maintenant.

— C'est très avisé de votre part, répliqua-t-elle en jetant un coup d'œil amusé à son époux, puis elle prit l'enveloppe sur le bureau et glissa sa main sous le bras de Matt. Il y a eu un temps où il suffisait de prononcer mon nom pour te mettre dans une rage tout à fait semblable, lui rappela-t-elle doucement en s'efforçant de dissiper la tension qui planait encore entre les deux hommes.

Sa mauvaise humeur s'estompa pour faire place à un sourire réticent.

— J'étais vraiment aussi con que Zack ?

— Voilà une question qui ne peut que me mettre mal avec l'un de vous !

Matt lui ébouriffa affectueusement les cheveux et l'attira contre lui.

— Nous vous verrons à la réception, quand nous nous serons changés, jeta-t-elle par-dessus son épaule, tandis qu'ils quittaient la pièce.

— Bien, dit Zack qui les regarda partir en s'émerveillant de leur intimité et des changements qu'elle avait produits en son ami.

Il n'y a pas si longtemps, Zack s'était imaginé que Julie et lui... Furieux d'y avoir simplement songé, il s'avança vers la fenêtre et ouvrit les rideaux. Il ne savait pas ce qu'il méprisait le plus... sa duplicité à elle ou sa crédulité à lui. A trente-cinq ans, elle l'avait réduit à déverser son cœur dans des lettres d'amour nunuches, à contempler sa photo pendant des heures et à risquer sa peau pour lui acheter une alliance qui lui convienne dans l'une des bijouteries les plus sélects d'Amérique du Sud. La honte et le dégoût de lui-même qu'il en éprouvait étaient presque plus forts que l'humiliation d'avoir été battu au point d'en tomber à genoux devant la moitié du monde. Elle était responsable de cela aussi. Et tous ceux qui possédaient un poste de télévision le savaient... comme ils savaient qu'il s'était aveuglément, follement entiché d'une petite institutrice de province au point de mettre sa vie en péril pour la retrouver.

Il chassa tout cela de son esprit avec fermeté et contempla la foule de plus en plus nombreuse qui était réunie pour les festivités de l'après-midi. Glenn Close bavardait avec Julia Roberts. Quand celle-ci leva les yeux, elle l'aperçut à la fenêtre et lui fit un signe de la main.

Zack la salua à son tour. Sur sa pelouse, il y avait quelques-unes des plus belles femmes du monde, et il n'avait qu'à claquer dans ses doigts pour qu'elles se jettent dans ses bras. Il les observa, cherchant celle qui lui plaisait plus particulièrement... avec ses beaux yeux, sa bouche romantique et ses cascades de cheveux... une qui soit chaleureuse, spirituelle, ambitieuse, idéaliste... une qui ferait fondre la glace en lui. Il s'écarta de la fenêtre et se dirigea vers son immense suite pour s'habiller. Il n'y avait pas au monde de chalumeau assez brûlant pour le décongeler, pour qu'il ressente ce qu'il ressentait dans le Colorado et, même si c'était possible, jamais il ne permettrait que cela se reproduise. Se comporter comme un crétin enamouré, ce n'était pas son style. Dans le Colorado, il avait traversé une crise de folie. C'était sans doute l'influence combinée du moment et du lieu. Dans des circonstances normales il n'aurait jamais éprouvé de tels sentiments pour une femme en chair et en os.

Il serait plus attentif à ses invités qu'il ne l'avait été jusque-là, se jura-t-il. Il en ignorait la cause mais, au bout de six semaines, le plaisir qu'il avait pris au redémarrage de sa carrière commençait déjà à s'émousser. En six semaines à peine, il avait non seulement rencontré six producteurs, cinq directeurs de studio et d'innombrables partenaires éventuels, mais aussi lu des dizaines de scénarios, réussi à déloger les locataires de ses deux domiciles, engagé de nouvelles équipes, repris en partie l'ancienne, acheté deux voitures et commandé un avion. Il avait besoin de se détendre et de savourer le succès maintenant qu'il était de nouveau là, songea-t-il en jetant sa chemise sur le lit. Derrière lui la porte s'ouvrit et il se retourna, les mains sur sa ceinture.

— Je te cherche partout, Zack, fit une rousse au sourire engageant en avançant d'un pas décidé, la gorge pigeonnante sous son bustier à dos nu, balançant les hanches dans un long pantalon de soie, des bijoux scintillant aux poignets et aux doigts. Et je te trouve juste au moment où tu te déshabilles. Quelle coïncidence extraordinaire !

— Extraordinaire, mentit-il en cherchant qui elle pouvait bien être. Mais les chambres à coucher sont faites pour ça, n'est-ce pas ?

— Elles ne sont pas faites que pour ça, murmura-t-elle en glissant ses mains sur la poitrine de Zack.

Doucement il lui prit les mains entre les siennes.

— Plus tard, dit-il en la faisant fermement pivoter vers la porte. Il faut que je prenne une douche et que je tienne mon rôle d'hôte.

73

— Quelle réception magnifique, Zack ! lui murmura à l'oreille une voix taquine et bien reconnaissable. Mais où as-tu trouvé autant de singes si drôlement fagotés ?

En souriant, Zack se détourna du groupe qui bavardait au bord de la piscine et lui enlaça les épaules pour la serrer contre lui.

— J'espérais que tu viendrais.

— Pour briser la monotonie de ton existence ? fit-elle en observant la fête qui s'animait à une heure de l'après-midi.

Quand elle fit mine de s'écarter, il resserra son étreinte.

— Ne m'abandonne pas, plaisanta-t-il. Irwin Levine arrive droit sur nous et il va vouloir me parler du film qu'il veut que je fasse. Reste près de moi toute la journée.

— Lâche, je vais te montrer comment on fait.

Zack lui pressa l'épaule mais, sans prêter attention à cet avertissement, elle tendit ses longs doigts aux ongles vernis.

— Irwin, mon cher, ronronna-t-elle en l'embrassant sur la joue, Zack souhaite que tu lui fiches la paix et que tu le laisses profiter de sa fête.

— Toujours aussi vache, Barbra, fit-il sèchement.

— Beau travail, dit Zack d'un air pince-sans-rire, tout en observant l'homme offusqué qui s'éloignait. Mon agent produit le même effet sur beaucoup de gens, dès qu'il se met à parler argent.

— Ne t'occupe pas de ton agent. Pourquoi n'as-tu pas répondu à mes lettres, espèce de minus ? Je n'envoie pas des colis en prison à n'importe qui, tu sais.

— Parce que j'avais honte et que je ne voulais pas qu'on me fasse la charité. Maintenant, la ferme, et fredonne quelque chose de joli pendant que nous marchons.

Elle lui enlaça la taille en riant et se mit à chanter doucement :

« *People... People who need people are the luckiest people* [1]...

1. « Les gens... Les gens qui ont besoin des autres sont les plus heureux... » *(N.d.T.)*.

74

— Ça suffit comme ça !

Meredith se leva d'un bond du canapé après avoir visionné, en compagnie de Matt et de Joe O'Hara, les cassettes vidéo que l'agent du FBI avait remises à Zack. Essuyant une larme au coin de ses yeux, elle remit les « preuves » dans leur enveloppe.

— Je forcerai Zachary Benedict à regarder ça, même s'il faut que je le ligote !

— Meredith, dit doucement Matt en lui saisissant le poignet. Tu as raison en ce qui concerne Julie, je le vois bien, mais je connais Zack. Tu ne pourras pas le contraindre à regarder ça tant qu'il n'y sera pas prêt.

Elle hésita, pensive, puis esquissa un sourire résolu.

— Si je peux... et je sais comment !

Il se leva à son tour.

— Si tu y es décidée, je t'accompagne et je le tiendrai pendant que tu le ligoteras.

— Ça ne marchera pas, fit-elle. Tu te mettras en colère mais, si tu n'es pas là, je me servirai de toi pour lui faire honte.

— J'en doute.

— Laisse-moi essayer, répondit-elle en se penchant pour lui embrasser le front. Si j'ai besoin de ton aide, je t'appellerai à la rescousse.

Avant qu'il ait le temps de protester, Meredith ouvrit les portes du patio et se dirigea vers la pelouse qui se trouvait derrière la maison. Elle repéra Zack près de la piscine, entouré d'une bande de vedettes de cinéma et de directeurs de studio, redressa le menton et s'avança vers lui. Ses sandales italiennes claquaient contre ses talons nus, tandis qu'elle se frayait un chemin entre les serveurs en blanc qui passaient des plateaux et la foule des invités qui échangeaient des potins.

Zack riait d'une blague quand il aperçut Meredith qui traversait le jardin, une grande enveloppe marron à la main, et son sourire s'évanouit brusquement.

— Excuse-moi une minute, dit-il à Barbra, les yeux rivés sur l'enveloppe.

Il se dirigea aussitôt vers Meredith.

— Je me demandais où vous étiez, Matt et vous, lança-t-il avec le sourire le plus désarmant qui soit en ignorant délibérément ce qu'elle tenait à la main. Vous ne vous êtes pas encore changée ?

— Nous étions au salon et nous regardions quelque chose à la télévision, fit-elle et Zack remarqua qu'elle avait les yeux rouges. Puis-je vous parler en tête à tête ?

— Je donne une réception, lui fit-il remarquer d'un air évasif. Venez avec moi, je vais vous présenter Kevin Costner. Hier soir, il a demandé à vous rencontrer.

— Plus tard, s'entêta-t-elle. Ceci ne peut pas attendre.

N'ayant plus le choix, Zack la suivit à l'intérieur de la maison jusque dans la bibliothèque.

— Qu'avez-vous en tête ? demanda-t-il d'un ton brusque.

Il se pencha sur son bureau et alluma une lampe, tandis qu'elle tirait les rideaux.

Puis elle s'éloigna de la fenêtre et vint se planter devant lui.

— Ce que j'ai en tête, c'est le contenu de cette enveloppe.

— Je vous ai demandé de le détruire.

— Oui, rétorqua-t-elle, lui tenant tête telle une tornade blonde. Et maintenant j'ai quelque chose à *vous* demander.

— De quoi s'agit-il ?

— Vous sentez-vous obligé à l'égard de mon mari pour ce qu'il a fait pour vous pendant que vous étiez en prison ?

Zack acquiesça d'un air las.

— Bien. Matt ne profitera pas de votre amitié pour vous demander un service en retour.

— Mais vous si, conclut-il laconiquement.

— C'est exact. Pour toutes ces années de loyauté et d'assistance, je n'aurai qu'une requête à vous faire. Nous souhaitons que vous regardiez ces bandes vidéo et que vous lisiez la lettre qui est dans cette enveloppe.

Zack serra les mâchoires, mais il hocha la tête et se leva.

— Je le ferai plus tard.

— Non, tout de suite.

De toute sa hauteur, il la fusilla du regard, en vain.

— C'est peu vous demander, lui fit-elle remarquer. Une demi-heure de votre temps.

— Bien, dit-il d'un ton cinglant. Me permettrez-vous d'être seul ou voulez-vous y assister pour être sûre que je tiendrai parole ?

— Votre parole me suffit, lui concéda-t-elle avec une douceur d'autant plus désarmante qu'elle avait gagné. Merci.

Elle glissa la cassette dans le magnétoscope, alluma le poste et lui tendit la télécommande.

— La première cassette est celle d'une conférence de presse que Julie a donnée un ou deux jours après vous avoir laissé dans le Colorado. L'avez-vous déjà vue ?

— Non, répondit-il d'une voix coupante.

— Eh bien, vous allez avoir un triple choc. La deuxième a été prise par un amateur, quand on vous emmenait en garde à vue à Mexico. Observez bien Julie quand vous la regarderez.

Quand elle fut partie, Zack donna un coup sur la touche de la télécommande, mais il se leva et se dirigea vers le bar. Le simple fait d'évoquer Julie Mathison et le souvenir de sa naïveté lui donnaient envie de sombrer dans l'alcool. A l'idée d'être contraint de la voir dans cette pièce, dans sa maison, il lança une bordée de jurons, puis il jeta deux glaçons dans un verre qu'il remplit du breuvage qui se trouvait dans la carafe la plus proche. Derrière son dos, le maire du trou paumé où elle vivait annonçait sa conférence de presse et demandait à chacun de la traiter avec respect.

Avec un sourire dédaigneux, Zack revint vers son bureau, et croisa les bras. Il avait beau s'être blindé, il tressaillit quand il se trouva devant son visage inoubliable, ses cheveux bruns retenus sur la nuque par un nœud. Quand elle ouvrit la bouche, il s'étonna d'abord un peu de son aplomb devant les deux cents journalistes qui étaient réunis là.

Quelques minutes plus tard, Zack posa lentement son verre et fronça les sourcils devant ce qu'il entendait. Bien qu'il l'eût renvoyée du Colorado avec la ferme intention de briser les sentiments qu'elle éprouvait pour lui, elle regardait la caméra en essayant avec succès de donner à sa captivité des allures de plaisanterie et de le faire passer pour un héros à l'esprit vif qui avait brillamment contrecarré une première tentative d'évasion sur une aire de repos, puis risqué sa vie pour la repêcher dans une rivière lors de la seconde.

A la fin de sa déclaration, alors qu'on lui hurlait des questions des quatre coins de la salle, elle était restée calme et souriante, évitant scrupuleusement de compromettre Zack, donnant des explications qu'il savait exactes mais incomplètes. Quand un journaliste lui demanda s'il l'avait menacée de son arme, ce qu'il avait fait, elle avait esquivé la question par une plaisanterie : *« Je savais qu'il avait une arme parce que je l'avais vue, et cela a suffi à me convaincre, au début du moins, de ne pas lui chercher querelle ni de critiquer ses films. »*

En réprimant malgré lui un sourire, Zack songea sombrement qu'elle pensait sans doute qu'il la verrait et sortirait ainsi plus vite de sa cachette. Mais quand, un peu plus tard, on lui demanda si elle avait l'intention de porter plainte contre lui, il contempla son sourire radieux, tandis qu'elle noyait le poisson, écartant ce qui constituait pourtant un délit passible des tribunaux fédéraux. *« Je ne crois que je pourrais le faire condamner,* plaisanta-t-elle une fois encore. *S'il y avait des femmes dans le jury, elles l'acquitteraient dès qu'elles apprendraient qu'il partageait les tâches ménagères. »*

Zack reprit son verre et le reposa peu après, n'en croyant pas ses oreilles :

« Mademoiselle Mathison, souhaitez-vous que Zachary Benedict soit repris ?

— Comment pourrait-on souhaiter voir un homme injustement enfermé retourner en prison ? Je ne sais pas comment un jury a pu le condamner pour meurtre, mais je sais qu'il n'est pas plus capable d'en commettre un que moi.

Si tel était le cas, je ne serai pas là en ce moment. Comme je vous l'ai déjà expliqué, j'ai tenté plusieurs fois de faire échouer son évasion. J'aimerais aussi que vous vous souveniez que, lorsqu'il nous a crus repérés par un hélicoptère, il s'est d'abord soucié de ma sécurité, pas de la sienne. Ce que j'aimerais, c'est que l'on cesse cette chasse à l'homme et que l'on rouvre son dossier. »

Zack saisit la télécommande pour rembobiner et réécouter sa dernière réponse en cherchant sur son visage la moindre trace de ruse ou de duplicité, mais son doigt se figea sur le bouton quand il entendit la question suivante : *« Mademoiselle Mathison, êtes-vous amoureuse de Zachary Benedict ? »*

Il la vit hésiter, puis elle leva les yeux vers la caméra et dit avec un sourire empli de tendresse :

« A un moment ou à un autre, toutes les femmes de ce pays ou presque se sont imaginé qu'elles étaient amoureuses de Zachary Benedict. Maintenant que je le connais, je pense qu'elles faisaient preuve de bon sens. Il..., bredouilla-t-elle avant de poursuivre d'une voix émue. *C'est un homme que n'importe quelle femme aimerait aisément. »*

Zack appuya sur la touche de rembobinage, puis il observa l'écran, chercha cette duplicité dont il était certain. Il ne la trouva pas. Ce qu'il vit, ce qu'il entendit, c'était du courage, de la dignité et toutes ces choses qu'il avait aimées en elle dans le Colorado.

Il se dit que quelque chose lui avait échappé, un plan, une raison cachée de se comporter ainsi devant des millions de gens et sortit l'autre cassette de sa pochette, puis il la glissa dans le magnétoscope. Cette fois, il s'assit à son bureau et se blinda avant de contempler cette scène qu'il n'oublierait jamais, une scène qui l'avait mis à genoux, humilié devant la terre entière et tout cela parce qu'il avait perdu la tête pour une petite menteuse, une intrigante...

Qui avait reconnu devant tous qu'elle l'aimait.

Bien qu'il l'eût kidnappée.

Et renvoyée après lui avoir dit qu'elle ne savait pas distinguer entre le sexe et l'amour.

Zack était tellement perdu dans ses pensées qu'il lui fallut un instant avant de prendre conscience de ce qui se passait sur l'écran. Il serra les mâchoires en se voyant poussé contre le mur et menotté par les *Federales.* On hurlait dans tous les coins et celui qui avait pris le film promenait sans cesse sa caméra en essayant de suivre la voix d'une femme qui criait.

Puis il aperçut Julie, qui tentait de forcer le barrage policier en hurlant : *« Ne lui faites pas de mal ! »* Il vit Richardson lui saisir les bras, la tirer en arrière. Elle pleurait en contemplant ce qu'on était en train de lui faire.

La caméra passa de nouveau à Zack et à Hadley. Au bout de quelques secondes, Zack comprit que Hadley s'était emparé de l'alliance qu'il avait dans la poche. La caméra suivit Hadley jusqu'à Julie qui tendit la main en réponse à ce qu'il lui avait dit. Et quand elle baissa le regard vers sa paume, elle se mit à pleurer en serrant l'anneau contre sa poitrine.

Zack se leva à demi de son siège devant son visage tourmenté, mais il se força à se rasseoir pour voir ce qui allait suivre. Cela correspondait exactement au souvenir qu'il... Le cinéaste amateur s'était enhardi. Il s'était même rapproché si bien que l'on entendait le son. Non que Zack en eût besoin. Les paroles de Hadley étaient à jamais gravées au fer rouge dans sa mémoire :

« Mademoiselle Mathison, j'ai été très grossier. Je ne vous ai pas encore remerciée pour votre coopération. Si vous ne nous aviez pas aidés à monter ce guet-apens Benedict n'aurait peut-être jamais été repris. »

Zack se souvint de son choc et de la sensation de froid qui l'avait envahi ; il se vit sur le film, qui la regardait avec douleur, avec fureur, avant de tirer violemment sur ses menottes pour les contraindre à l'emmener...

Il y eut alors une pagaille monstre sur l'écran, tout comme dans l'aéroport. Il se retrouvait brusquement à genoux, on le frappait... mais il y avait un autre vacarme, Zack le remarqua dans le coin de l'écran. Il se leva et se rapprocha du poste de télévision pour mieux voir. Julie s'était déchaînée quand on l'avait battu et elle se jetait sur Hadley en sanglotant, lui griffait le visage, lui bourrait la cage thoracique de coups de poings et, quand Richardson la tira en arrière, elle lui lança deux coups de pied féroces dans l'entrejambe. Puis elle s'évanouit, et Richardson appela un médecin à grands cris, tandis que l'on traînait Zack hors de l'aéroport.

Son cœur commençait à battre douloureusement la chamade. Zack rembobina mais, cette fois, il ne détacha pas les yeux de son visage et ce qu'il vit lui noua l'estomac. Et ce fut d'une main tremblante qu'il prit la lettre dans l'enveloppe et l'ouvrit.

Zack se pencha en arrière et ferma les yeux, partagé entre le tourment et la tendresse. Il avait vu son visage torturé quand on l'avait enchaîné et il entendait sa douce voix lors de l'unique coup de téléphone qu'il lui avait donné : *« Je t'aime tant... Je ne peux pas m'en empêcher... Garde tes prières pour plus tard, mon amour. Quand je serai près de toi, tu vas te raboter les genoux à force de prier pour que je te laisse dormir un peu la nuit pour changer, que j'arrête de te faire des enfants... »* Il y avait plusieurs semaines qu'il avait compris qu'elle lui avait menti, qu'elle n'était pas enceinte, mais il était persuadé que c'était pour mieux le faire tomber dans son piège.

Tout le reste était vrai...

Julie le faisant trébucher dans la neige du Colorado... étendue dans ses bras la nuit, se donnant à lui avec une ardeur désintéressée qui l'avait rendu fou de désir et lui avait donné l'envie de la combler comme elle le comblait... Julie et ses yeux lumineux, son rire cristallin, son langage comme il faut et son sourire espiègle.

Il la sentait encore entre ses bras comme lors de leur dernière nuit, les doigts écartés sur son cœur tandis qu'elle lui disait qu'elle l'aimait... voyait encore son regard s'assombrir de compassion quand il lui avait raconté l'histoire idiote de cette institutrice qui avait refusé de danser avec lui... *« Jamais je ne t'aurais éconduit, Zack... »* Il se souvint de la manière dont tout son visage s'illuminait quand elle parlait de ces femmes à qui elle apprenait à lire... *« Oh, Zack... C'est comme si l'on tenait un miracle entre ses mains ! »*

Si elle n'avait pas eu l'idée folle d'aller rendre visite à sa perfide grand-mère, Zack comprit qu'elle n'aurait sans doute pas cédé à la pression de la mort de Tony Austin. Richardson n'avait-il pas dit qu'elle avait encaissé le premier coup sans fléchir ? Elle avait craqué au second.

Elle avait été bien réelle. Elle avait été sienne. Elle l'avait aimé quand il n'avait rien d'autre à lui offrir qu'une vie de fugitif. Elle avait serré cette alliance contre elle et pleuré, le cœur brisé...

Elle avait fait, été tout cela. Il se rendit brusquement compte que Richardson ne lui avait pas dit que Julie était toujours amoureuse de lui, mais qu'elle se sentait terriblement coupable de ce qui s'était passé à Mexico. D'autres détails lui vinrent alors à l'esprit : Richardson avait apparemment passé assez de temps avec elle depuis trois mois pour tomber amoureux d'elle. Elle n'avait connu Zack qu'une semaine et lui, en revanche, avait fait de sa vie un enfer. Zack se leva lentement.

75

Matt et Meredith échangèrent un sourire satisfait quand Zack entra dans le salon, une valise à la main. Bien calé dans le canapé, Matt étendit les jambes et examina le costume bleu de Zack avec un sourire entendu.

— En Californie, on ne se met pas en costume pour une réception. Ça ne se fait pas.

— J'ai complètement oublié cette fichue soirée, répondit-il en jetant un regard noir à ses propres invités. Tu veux bien me remplacer ? Dis-leur que j'ai eu une affaire urgente. Puis-je t'emprunter ton pilote ? ajouta-t-il en posant distraitement sa valise pour nouer sa cravate.

— Juste mon pilote ? fit Matt en levant les yeux vers Meredith qui était perchée sur un bras du canapé, la main sur son épaule. Pas mon avion ?

Zack se détourna quand sa gouvernante entra précipitamment pour lui apporter les deux mallettes qu'il lui avait demandé de préparer.

— Ton avion *et* ton pilote, confirma-t-il impatiemment.

— Cela dépend de l'endroit où tu as l'intention de te rendre.

Certain d'avoir tout ce dont il avait besoin pour les quelques jours à venir, Zack prêta enfin attention à son ami.

— Où diable crois-tu que j'aille ?

— Comment veux-tu que je le sache ? Si c'est à Keaton, ne penses-tu pas que tu devrais d'abord appeler Julie ?

— Non, j'ignore quelle sera sa réaction. Je ne veux pas qu'elle s'en aille pour m'éviter. Si je prends un vol régulier, il me faudra des heures pour y arriver.

— Pourquoi te presser ? Tu l'as déjà fait attendre six semaines pendant que Richardson lui tenait la main et lui prêtait son épaule pour y pleurer. De plus, les avions privés sont des jouets coûteux...

— Je n'ai pas de temps pour ces conn...

Zack se tut pour ne pas offusquer Meredith, s'avança vers elle pour l'embrasser, puis s'arrêta net quand Joe O'Hara apparut derrière lui dans l'embrasure de la porte et annonça :

— La voiture est avancée, prête à partir, Matt. J'ai appelé Steve. Il a fait le plein et l'avion est prêt à décoller. Zack, quand serez-vous prêt ?

— Je crois qu'il l'est, fit Matt d'un ton pince-sans-rire.

En jetant à Matt un regard dégoûté, Zack prit Meredith dans ses bras.

— Merci, dit-il avec sincérité.

— Je vous en prie, répondit-elle, rayonnante. Transmettez mon bon souvenir à Julie.

— Et présente-lui mes excuses les plus sincères, ajouta Matt, qui retrouva son sérieux et tendit la main à Zack. Bonne chance.

Ils le regardèrent franchir le seuil d'un pas rapide, puis Meredith leva les yeux vers son époux.

— Cet homme l'aime tant qu'il se fiche pas mal qu'on le prenne pour un imbécile parce qu'il la désire encore après ce qu'elle lui a fait à Mexico. La seule chose qui compte pour lui, c'est qu'elle l'aime.

— C'est un sentiment que je connais, répondit sombrement Matt en croisant son regard mouillé.

76

— Herman, tu peux passer prendre un type qui atterrit sur la piste dans vingt minutes ?

On entendait à peine les braillements du talkie-walkie dans le vacarme du gymnase où cent soixante-quinze citoyens de Keaton étaient réunis pour la répétition de la revue historique du bicentenaire qui devait avoir lieu le lendemain, après le défilé. Herman Henkleman posa le sabre qui pendait de son uniforme de général et prit l'appareil qui se trouvait dessous pour le porter à ses lèvres.

— Bien sûr, Billy. Julie Mathison vient de me dire que j'ai déjà bien assimilé mon rôle.

Herman, qui se trouvait splendide en uniforme, chercha Julie qui était chargée de la revue et l'aperçut un peu à l'écart, à côté de son frère et de sa belle-sœur. Ils regardaient la répétition qui se déroulait sur la scène.

— Salut, Ted... Katherine ! s'écria-t-il en fendant la foule. Pardon, Julie, ajouta-t-il et, quand elle lui sourit, il s'expliqua. Billy Bradson m'a permis de conduire le taxi le week-end pour gagner un peu plus d'argent. Il faut que j'aille chercher quelqu'un à l'aérodrome. Un type qui atterrit là-bas dans quelques minutes.

— Allez-y ! fit Julie sans prêter attention au coup d'œil furtif et interrogateur que Katherine lança à Ted. Nous avons presque terminé et vous n'avez plus besoin de répéter.

— Je sais, dit-il fièrement. Je connais ma réplique : « Chargez, voici venir l'ennemi tant redouté ! »

— Ça, c'est sûr, fit-elle en riant.

Il hésita, lorgna du côté de Flossie Eldridge à l'autre extrémité de la salle, puis se pencha.

— Si Flossie demande où je suis passé, vous pouvez certainement lui dire que j'avais quelque chose de très important à faire.

Julie lui avait délibérément attribué un rôle où il devait rester près de la vieille dame, qui rougissait encore comme une écolière chaque fois qu'il lui adressait la parole.

— Pourquoi ne le lui dites-vous pas vous-même ? murmura-t-elle. Elle vous regarde.

Herman rassembla son courage et s'approcha de Flossie et Ada Eldridge, toutes deux vêtues de robes de bal assorties, coiffées des mêmes anglaises.

— Je dois faire un saut à l'aérodrome pour Bill Bradson, dit-il à Flossie. Je lui donne un coup de main le week-end, en plus de mes activités d'électricien.

— Fais bien attention, Herman, répondit timidement celle-ci.

— Ne lui bousille pas sa voiture, ajouta Ada d'un air méprisant.

Herman sentit la moutarde lui monter au nez. Il s'éloigna, revint et lui décocha un regard mauvais.

— Ada, fit-il, tenant tête à la vieille femme pour la première fois depuis des décennies. Tu es méchante, hautaine, insensible, et tu l'as toujours été ! Je te l'ai dit il y a bien des années, et c'est toujours vrai.

— Et toi, rétorqua-t-elle en devenant toute rouge, tu es un bon à rien !

Il planta son chapeau de général sur son crâne et mit les mains sur ses hanches d'un air menaçant.

— Ce n'est pas ce que tu pensais quand tu étais jeune, que tu me courais après en essayant de me détourner de Flossie !

Puis il s'éloigna, laissant Flossie bouche bée devant sa sœur jumelle furibonde et blessée, car elle commençait à comprendre.

Katherine attendit que Julie monte sur la scène pour

rassembler les enfants qui devaient répéter à leur tour. Elle pressa la main de Ted et lui demanda :

— Ted, tu crois que c'est Benedict qui atterrit à l'aérodrome ?

Ted hocha négativement la tête.

— Il n'y a aucune chance. Hier soir, on a annoncé aux infos qu'il donnait une fête pendant tout le week-end, tu te souviens ?

Son visage se décomposa, et il lui tapota la main.

— Bouclez votre ceinture, accrochez-vous et faites vos prières ! plaisanta le pilote dans l'interphone, tandis que le Lear descendait à vive allure dans le crépuscule tombant et piquait vers le ruban de ciment. Si cette piste avait quinze centimètres de moins, nous n'aurions pas pu nous poser, et s'il faisait plus sombre, nous aurions dû atterrir à Dallas. Evidemment, ils n'éclairent pas ce bout de trottoir la nuit. A propos, votre taxi attend en bas.

Sans détacher les yeux des cassettes vidéo qu'il avait emportées pour les visionner dans l'avion, Zack boucla sa ceinture. Quelques minutes plus tard, il leva le nez en plissant le front car le pilote venait d'écraser le frein en touchant la piste. L'appareil à la ligne élancée roula sur le tarmac en cahotant avant de s'arrêter à quelques centimètres de l'extrémité de la piste, dans un crissement de freins.

— Après deux atterrissages ici, M. Farrell va devoir changer les freins, dit le pilote, un peu secoué et on ne peut plus soulagé. Quelles sont les consignes pour ce soir, monsieur Benedict ? Je prends une chambre pour la nuit dans un motel ou je rentre directement sur la côte Ouest ?

Zack appuya sur le bouton de l'interphone qui se trouvait sur la console entre les deux canapés, hésita et affronta une réalité qu'il avait voulu ignorer depuis qu'il était parti : il ne savait absolument pas si Julie le détestait plus à présent qu'elle ne l'avait aimé, ni quel accueil elle lui réserverait, ni combien de temps cela prendrait de la convaincre de revenir avec lui en Californie, ni même s'il y parviendrait.

— Prenez une chambre pour la nuit, Steve, dit-il enfin. Je vous renverrai le taxi.

Le pilote était encore en train de couper les moteurs quand Zack descendit la passerelle. Le chauffeur de taxi était au garde-à-vous devant la portière ouverte de son taxi, vêtu de l'uniforme de la guerre de Sécession le plus ridiculement inauthentique que Zack eût jamais vu. Il se dit que ce devait pourtant être cela.

— Savez-vous où habite Julie Mathison ? lui demanda-t-il en se glissant à l'arrière, puis il posa sa mallette. Sinon il me faut un annuaire. J'ai oublié d'apporter son adresse.

— Bien sûr que je sais où elle habite, répondit le chauffeur qui scruta le visage de Zack et prit un air féroce quand il le reconnut.

Puis il prit place sur le siège avant et claqua la porte avec une violence inutile.

— Vous êtes bien Benedict ? demanda-t-il quelques minutes plus tard, quand ils passèrent devant l'école primaire avant de pénétrer dans un quartier pittoresque du centre qui s'étendait autour du palais de justice, avec une place entourée de boutiques et de restaurants.

Zack contemplait la ville où Julie avait grandi.

— Oui.

A un kilomètre à peine du centre, le taxi s'arrêta devant une jolie maison de plain-pied, dont la pelouse rasée était plantée de grands arbres, et Zack sentit les battements de son cœur s'accélérer tandis qu'il cherchait de la monnaie dans sa poche.

— Combien vous dois-je ?

— Cinquante dollars.

— Vous plaisantez !

— Pour tout autre, la course en coûte cinq. Mais pour une canaille comme vous, c'est cinquante dollars. Maintenant, si vous voulez que je vous conduise où Julie se trouve au lieu de vous laisser ici, où elle n'est pas, ça vous en coûtera soixante-quinze.

Partagé entre l'étonnement, la colère et l'inquiétude, Zack résolut de ne pas prêter attention à ces injures et se rassit.

— Où est-elle ?

— Au lycée où elle s'occupe de la répétition de la revue historique.

Zack se rappela qu'il était passé devant le bâtiment et son parking bondé. Il hésita, impatient de la voir, de mettre les choses au point, de la prendre dans ses bras si elle le lui permettait.

— Est-ce que, par hasard, vous sauriez aussi combien de temps elle y sera ? demanda-t-il d'une voix teintée de sarcasme.

— Ça peut durer toute la nuit, mentit Herman par pur dépit.

— Dans ce cas, allons-y.

Le chauffeur acquiesça d'un brusque mouvement de tête et s'écarta du trottoir.

— Je ne comprends pas pourquoi vous êtes si pressé de la voir, dit-il en jetant un regard noir à Zack dans le rétroviseur. Vous l'avez laissée toute seule face aux journalistes et aux flics après l'avoir entraînée dans le Colorado. Quand vous êtes sorti de prison, vous n'êtes pas non plus venu la voir. Vous étiez trop occupé avec vos poules de luxe et vos fêtes pour vous soucier d'une gentille fille comme Julie qui n'a jamais fait de mal à personne ! Vous lui avez fait honte devant tout le monde, devant toute cette petite ville ! Ceux qui ne sont pas de Keaton la détestent parce qu'elle a fait son devoir au Mexique. Seulement ce n'était pas ce qu'il fallait faire. J'espère, conclut-il, qu'elle va vous crever les yeux ! Si j'étais son papa, je sortirais mon fusil et j'irais à votre rencontre, dès que j'apprendrais votre venue ! Et j'espère bien qu'il le fera.

— Vos deux vœux seront probablement exaucés, dit calmement Zack en sortant un billet de cent dollars qu'il lui tendit. Retournez à l'aérodrome chercher mon pilote. Ce n'est pas une canaille, vingt-cinq dollars devraient suffire.

Il y avait dans sa voix quelque chose qui fit hésiter Herman qui se retourna sur son siège.

— Vous avez l'intention de vous rabibocher avec elle ? C'est pour ça que vous êtes ici ?

— Je vais essayer.

Toute hostilité disparut de ses traits.

— Votre pilote attendra quelques minutes. Je veux voir ça. Et puis vous aurez peut-être besoin d'un ami dans cette cohue.

Zack ne l'entendit pas. Il avançait déjà à grands pas vers l'école.

77

Il repéra Julie dans la foule avant même que les portes se soient refermées derrière lui. Elle dirigeait un chœur d'enfants, vêtus de divers costumes, certains dans des chaises roulantes, tandis qu'une pianiste les accompagnait sur scène.

Il resta planté là, paralysé, à écouter le doux son de sa voix, à contempler ce sourire si beau, avec une tendresse qui le déchirait. Avec son jean et son sweat-shirt, ses cheveux attachés par un foulard, elle était adorable... et maigre. Elle avait les yeux et les pommettes plus saillantes. La gorge de Zack se noua quand il vit à quel point elle avait maigri. A cause de lui. Le chauffeur de taxi lui avait dit qu'il lui avait fait honte devant toute la ville. Il allait réparer cela si c'était possible. Sans prêter attention aux regards sidérés ni aux chuchotements que l'on entendait çà et là, à mesure que les spectateurs dans les gradins remarquaient sa présence et reconnaissaient son visage, il s'avança.

— Qu'est-ce qui se passe, les enfants ? demanda-t-elle en voyant que certains s'arrêtaient de chanter et se mettaient à murmurer.

Elle était vaguement consciente du silence qui avait envahi la grande salle et de l'écho d'un pas d'homme sur le parquet, mais elle était plus préoccupée par l'heure tardive et l'attention fléchissante de ses élèves.

— Willie, si tu veux vraiment qu'on te laisse chanter, fais attention, le prévint-elle, mais il pointait le doigt derrière elle en chuchotant furieusement à l'oreille de Johnny Everett et de Tim Wimple.

— Mademoiselle Timmons ! fit-elle en levant les yeux vers la pianiste qui était bouche bée. Mademoiselle Timmons, on reprend.

Mais quand Julie se retourna, le chœur des enfants se scinda et un petit groupe mené par Willie Jenkins s'avança.

— Où allez-vous comme ça ? explosa Julie quand ils passèrent devant elle.

Alors elle fit volte-face et se figea.

Zack se tenait à deux mètres d'elle, les bras ballants. Il avait enfin lu sa dernière lettre, songea-t-elle, furieuse, et il était venu rechercher sa voiture. Elle resta plantée là, craignant de parler, de bouger, fixant ce visage à la beauté sévère qui avait hanté ses rêves et tourmenté ses jours.

Willie Jenkins fit un pas en avant et lança d'une voix forte, rocailleuse et agressive :

— C'est vous, Zachary Benedict ?

Zack acquiesça en silence et d'autres garçons firent soudain un pas en avant, se dispersant devant Julie. Trois d'entre eux étaient en fauteuil roulant et tous prêts à la défendre contre le monstre qui se trouvait au milieu d'eux.

— Alors vous feriez mieux de sortir d'ici, lança celui qui avait une voix de crapaud en levant le menton. Vous avez fait pleurer Mlle Mathison.

Le regard solennel de Zack se posa sur le visage pâle de Julie.

— Elle m'a fait pleurer aussi.

— Les garçons ne pleurent pas, railla l'enfant.

— Parfois si... quand quelqu'un qu'ils aiment leur fait beaucoup de mal.

Willie leva les yeux vers son professeur bien-aimé et vit des larmes couler sur les joues.

— Regardez ! Vous recommencez ! lança-t-il avec un regard mauvais. C'est pour ça que vous êtes venu ici ?

— Je suis ici, répondit Zack, parce que je ne peux pas vivre sans elle.

Dans l'auditorium, tous restèrent bouche bée devant

ce héros qui jouait les durs au cinéma et qui reconnaissait humblement tout cela devant eux, mais Julie ne vit pas leurs regards. Elle fendit le chœur des enfants, avança à grands pas, courut... courut se jeter dans les bras qu'on lui tendait.

Ils se refermèrent sur elle avec une force étonnante, sa main caressa son visage baigné de pleurs, la protégeant de l'assistance. Puis il se pencha vers elle et lui murmura d'une voix rauque :

— Je t'aime.

Les épaules secouées de sanglots, elle glissa les mains autour de son cou et, le visage plaqué contre sa poitrine, elle s'accrocha férocement à lui.

A l'autre extrémité de l'auditorium, Ted enlaça Katherine et la serra contre lui.

— Comment peux-tu être aussi intelligente ? fit-il à voix basse.

Herman Henkleman, bien que romantique, était aussi d'un naturel plus pratique.

— La répétition est terminée, les amis ! cria-t-il en faisant un clin d'œil à Flossie, puis il éteignit la lumière, plongeant la salle dans une obscurité totale, et trotta en direction de son taxi.

Le temps que l'on trouve l'interrupteur, Zack et Julie avaient disparu.

— Grimpez à l'intérieur ! dit Herman en saluant d'un geste ample avec son chapeau de général, tandis qu'ils jaillissaient, main dans la main, par les portes du lycée. J'ai toujours rêvé de conduire une voiture en fuite, ajouta-t-il en écrasant l'accélérateur. Où va-t-on ?

Julie était incapable de raisonner calmement.

— Chez toi ? demanda Zack.

— Non, si vous voulez vous câliner, intervint Herman. Toute la ville va venir rappliquer à votre porte.

— Où se trouve l'hôtel le plus proche ?

Julie lui jeta un regard mal à l'aise, mais Herman fut plus expéditif :

— Vous voulez ruiner sa réputation ou arranger les choses ?

Zack baissa les yeux vers elle, muet, impuissant, impatient d'être seul avec elle. Et dans son regard il lut qu'il en était de même pour elle.

— Chez moi, dit-elle. Nous décrocherons le téléphone et nous débrancherons la sonnette s'il le faut.

Un instant plus tard, Herman gara le taxi devant la maison, et Zack chercha de la monnaie dans sa poche.

— Combien vous dois-je, cette fois ? demanda-t-il d'un ton pince-sans-rire.

L'homme se retourna et, affichant un masque de dignité blessée, il lui rendit son billet de cent dollars.

— Cinq dollars, aller et retour, y compris la course pour aller chercher votre pilote. Tarif spécial, ajouta-t-il avec un sourire enfantin, pour celui qui n'a pas eu peur de reconnaître qu'il aimait Julie devant la ville entière.

Etrangement touché, Zack lui tendit un billet de vingt dollars.

— J'ai laissé une valise et une autre mallette dans l'avion. Voulez-vous me les rapporter ici après avoir conduit mon pilote au motel ?

— Entendu ! Je les laisserai à la porte de derrière.

78

Julie entra dans le salon, alluma la lumière mais, quand Zack voulut lui prendre la main, elle tomba sans un mot dans ses bras, l'embrassa avec un désespoir égal au sien, le serra contre elle et plaqua ses lèvres sur les siennes, tandis que ses mains couraient sur son corps. Zack resserra son étreinte, la dévorant des lèvres, tandis que ses doigts retrouvaient avec avidité sa forme tant aimée.

La sonnerie suraiguë du téléphone à côté d'eux les fit sursauter et elle tendit une main tremblante.

Zack la regarda porter le combiné à son oreille et sourit intérieurement quand elle baissa le regard d'un air gêné alors qu'il retirait sa veste.

— Oui, c'est vrai, madame Addleson, dit-elle. Il est vraiment là. Je ne sais pas, je vais le lui demander, fit-elle au bout d'un instant.

Couvrant le téléphone de la main, elle lui jeta un regard d'impuissance.

— Le maire et Mme Addleson voudraient savoir si nous... si nous sommes libres pour dîner chez eux ce soir, demanda-t-elle.

Zack arracha sa cravate et se mit à déboutonner sa chemise. Lentement, il fit non de la tête et vit ses joues s'empourprer devant l'évidence de ses intentions.

— Je crains que non. Je ne connais pas ses projets immédiats ni à venir d'ailleurs. Oui, je le lui demanderai et je vous en informerai.

Julie raccrocha le téléphone, puis le décrocha à la hâte,

poussa le récepteur sous un coussin du sofa, se redressa et se frotta nerveusement ses mains sur ses cuisses. Des dizaines de questions lui traversaient l'esprit alors qu'elle restait là à le regarder, des doutes, des incertitudes, des espoirs, et surtout un sentiment de joie irréel. Il était bien là dans son salon avec ses yeux tendres, amusés, séduisants.

— Je n'arrive pas y croire, murmura-t-elle. Il y a quelques heures, tout semblait si...

— Vide ? fit-il de cette voix grave, irrésistible, qu'il lui avait tant tardé d'entendre. Et dénué de sens ? ajouta-t-il en avançant vers elle.

— Et désespéré, dit-elle en hochant la tête. Zack, j'ai... J'ai tant de choses à t'expliquer si tu veux bien. Mais je...

Sa voix se brisa quand il l'attira dans ses bras et elle lui caressa le visage de ses doigts tremblants.

— Mon Dieu, tu m'as tant manqué !

Zack lui répondit en posant sa bouche sur ses lèvres. Il tira le foulard qui lui retenait les cheveux, glissa les mains dans sa crinière et elle se plaqua contre lui avec cette passion sauvage, avec cette ardeur provocante qui avait hanté ses rêves en Amérique du Sud et l'avait réveillé en sursaut, trempé de sueur, en prison. Puis il mit fin à leur long baiser.

— Montre-moi ta maison, dit-il d'une voix si rauque qu'il eut peine à la reconnaître.

Ce qu'il lui demandait en réalité, c'était de lui montrer sa chambre. Ce qu'elle comprit. Elle le mena tout droit où il voulait aller mais, quand il franchit le seuil et aperçut les meubles de rotin blanc, les magnifiques plantes vertes et les volants du couvre-lit, le dais, la coiffeuse, la pièce était tellement semblable à ce qu'il avait imaginé qu'il s'arrêta net.

— C'était bien comme ça ? fit-elle, comme si elle avait lu dans ses pensées.

— C'est exactement comme je l'imaginais quand...

Julie vit ses traits contractés et termina sa phrase d'une voix morne.

— Quand tu étais allongé sur ton lit dans ce bateau, tu m'imaginais dans cette pièce parce que je te l'avais demandé. Quand, poursuivit-elle avec une honnêteté brutale, tu croyais encore que j'allais t'y rejoindre... quand tu étais loin de te douter que je te tendrais un piège, que je te livrerais au FBI, que je te ferais tabasser et renvoyer en prison.

Il la regarda avec un pauvre sourire.

— Quand tout cela était vrai.

Elle s'écroula sur le lit, tournée vers lui, le regard franc et interrogateur.

— Est-ce qu'on pourrait rester un peu ici et parler ?

Zack hésita. D'une part, il mourait d'envie. D'autre part, elle était visiblement bouleversée et ils ne pouvaient pas repartir du bon pied sans régler les différends passés.

— Un tout petit peu, acquiesça-t-il.

Elle dressa une pile de coussins contre la tête de lit. Il lui enveloppa les épaules de son bras. Elle se blottit contre lui, une main sur sa poitrine, et il se souvint des matinées passées au lit dans le Colorado, dans la même position, et sourit.

— J'avais oublié à quel point tu étais faite pour moi.

— Tu penses à nos petits matins dans le Colorado, fit-elle d'un ton qui n'avait rien d'interrogateur, et il baissa la tête.

— J'avais aussi oublié à quel point tu étais perspicace.

— Pas perspicace du tout. J'y songeais aussi.

Elle sourit et, hésitante, fit une tentative pour aborder une discussion plus périlleuse.

— Je ne sais pas par où commencer, dit-elle. Je ne sais même pas ce qui a fini par t'amener ici.

Sous l'effet de la surprise, Zack fronça les sourcils.

— C'est Richardson qui m'a amené ici. Tu ignorais qu'il avait l'intention de me rendre visite ? Il s'est pointé chez moi, en Californie, ce matin, poursuivit-il comme elle le regardait d'un air ébahi, dans son costume de chez Brooks, avec sa cravate Armani et un authentique insigne du FBI.

— Paul est venu te voir ? fit-elle, sidérée. Paul Richardson ? Pas mon Paul ?

Zack se raidit.

— Evidemment, « ton Paul » !

Il se rendit brusquement compte que, bien qu'il lui eût dit qu'il l'aimait, elle avait tout juste admis qu'il lui avait manqué.

— Je m'étais mis dans la tête, ajouta-t-il d'une voix tout à fait neutre, que tu avais envie que je ne vienne pas seulement pour faire la paix. Maintenant que j'y pense, c'est simplement la conclusion que j'ai tirée en voyant ces cassettes. Je crois, fit-il d'une voix crispée tout en retirant son bras, que mieux vaudrait que nous en discutions dans le salon. Ou peut-être demain, dans le hall de mon hôtel, où que ce soit.

— Zack, dit-elle en tremblant et en s'agrippant à son bras, n'essaie pas de quitter ce lit ! Si jamais tu me rejettes encore une fois sans me laisser m'expliquer, je ne te le pardonnerai pas. Paul est mon ami. Il était présent quand j'étais désespérée et seule.

Il laissa retomber sa tête sur l'oreiller et l'enveloppa dans ses bras.

— Mais qu'est-ce que tu as pour me ramollir le cerveau comme ça ? fit-il d'un ton ironique mais soulagé. Dans le Colorado, tu avais fait de moi une espèce de yo-yo, et voilà que ça recommence. Donc je suis venu parce que Richardson a fait irruption chez moi ce matin en brandissant son insigne pour balancer sur mon bureau une enveloppe contenant deux cassettes vidéo et une lettre.

La jalousie latente qu'il éprouvait encore à l'égard de son amitié pour Richardson et sa propre culpabilité donnaient à ses propos une note sarcastique.

— Entre le moment où il a exprimé des doutes sur la légitimité de ma libération et celui où il a voulu se battre avec moi, il a quand même réussi à me dire que, contrairement à ce que Hadley voulait me faire croire à Mexico, tu n'avais pas eu l'idée de me tendre un piège en faisant mine de me rejoindre. Il m'a aussi expliqué que c'étaient une visite à Margaret Stanhope et la mort d'Austin qui, combinées, avaient fini par te pousser à me livrer.

— Qu'y avait-il dans ces cassettes et dans la lettre ?

— Sur l'une des bandes, la conférence de presse que tu as donnée à ton au retour du Colorado. La lettre, c'était celle que tu avais écrite à ta famille quand tu étais sur le point de t'en aller. L'autre bande provient des archives du FBI. Elle nous montre tous les deux à Mexico.

A l'évocation des événements de l'aéroport Julie tressaillit dans ses bras.

— Je suis désolée, murmura-t-elle d'une voix brisée en se cachant le visage contre sa poitrine. Je suis tellement triste ! Je ne sais pas si nous pourrons l'un et l'autre oublier ça.

Devant sa réaction, Zack prit une décision, mais il ne lui en parla pas tout de suite.

— Mais enfin qu'est-ce qui t'a prise d'aller voir Margaret Stanhope ? demanda-t-il en lui prenant le menton.

La sonnette retentit, mais ils n'y prêtèrent pas attention.

— Dans ta lettre, lui répondit Julie en soupirant, tu disais que cela faisait longtemps que tu souhaitais te réconcilier avec elle. Tu m'as même suggéré de lui confier notre bébé. Et puis tu as dit aussi que tu avais l'impression que nous attirions la malédiction en semant autant de malheurs autour de nous. Alors j'ai décidé d'aller lui expliquer que tu l'aimais et que tu regrettais votre éloignement.

— Et elle t'a ri au nez.

— Pire. D'une façon ou d'une autre, nous nous sommes mises à parler de Justin. Immédiatement elle m'a dit que tu l'avais assassiné après que vous vous étiez disputés pour une fille et elle m'a tendu un dossier bourré de coupures de presse où tu reconnaissais lui avoir tiré dessus. Et je...

Elle inspira par à-coups, malheureuse de porter une accusation contre lui.

— Je me suis rendu compte que tu m'avais menti, Zack. J'ai tenté de me persuader que c'était à elle que tu avais menti, pas à moi, mais quand Tony Austin a été tué, cela faisait trois personnes avec lesquelles tu t'étais querellé, toutes mortes de ta main. C'était du moins ce que les apparences donnaient à penser. Je me suis dit... J'ai commencé à croire, comme ta grand-mère, que tu étais fou. Je t'ai trahi. Et j'étais convaincue que c'était pour ton bien.

— Je ne t'ai pas menti au sujet de Justin, fit Zack en soupirant. C'est à la police de Ridgemont que je n'ai pas dit la vérité.

— Mais pourquoi ?

— Parce que mon grand-père me l'a demandé, parce qu'en cas de suicide, on fait une enquête sur les causes éventuelles. Mon grand-père et moi, nous ne voulions pas que cette vieille carne soit contrainte d'affronter l'homosexualité de Justin, le jour où les flics l'apprendraient. Je n'aurais pas dû prendre cette peine, ajouta-t-il d'un ton crispé. J'aurais mieux fait de la laisser face à ce qu'elle aurait considéré comme une honte. Cela n'aurait pas pu faire de mal à Justin.

— Connaissant ses sentiments pour toi, dit Julie, comment as-tu pu penser un instant qu'elle s'occuperait de notre bébé ?

— Quel bébé, Julie ? demanda-t-il en plissant le front d'un air amusé.

Le sourire radieux qui avait illuminé son existence dans le Colorado apparut sur les lèvres de Julie avec toutefois une pointe de remords trompeur qui ajoutait encore à son charme.

— Celui que j'ai inventé pour que tu me permettes de te rejoindre.

— Oh, celui-là !

Elle déboutonna encore un bouton de sa chemise et posa un baiser sur sa gorge.

— Réponds-moi !

— Si tu continues comme ça, tu auras plus de chances d'avoir un vrai bébé qu'une réponse à ta question.

— Je suis très gourmande, Zack. Je veux les deux.

Zack lui prit tendrement le visage entre ses mains et lui caressa les joues de ses pouces.

— Vraiment ? Tu veux un enfant de moi ?

— Désespérément.

— Nous nous en occuperons ce soir, si tu es d'attaque.

Elle se mordit la lèvre, les épaules secouées de rire.

— Si je m'en tiens à un souvenir qui s'estompe, je crois que c'est plutôt toi qui devras l'être.

— D'attaque ? répéta-t-il, ravi de ce marivaudage et de cet amour joyeux qu'elle lui avait toujours donné.

Elle acquiesça.

— En fait, je le suis depuis que j'ai lu ta lettre. Tu en as la preuve à portée de main.

La sonnette retentit à nouveau, ils n'y prêtèrent pas davantage attention, mais Julie retira sa main d'un air coupable sans plus chercher de « preuve », comme il l'avait espéré.

— Est-ce que tu vas me répondre, oui ou non ?

— Oui, soupira-t-il. Dans la lettre que je t'avais envoyée, je t'avais bien dit que je lui aurais écrit avant de t'y envoyer avec ton enfant. En fait, j'aurais d'abord prévenu Foster, pas elle.

— Foster ? Le vieux domestique ?

Zack opina du chef.

— Mon grand-père et moi, nous lui avons fait jurer le secret, mais il sait ce qui s'est passé. Il était dans le couloir quand le coup est parti dans la chambre de Justin et il m'a vu sortir de la mienne en courant. Je l'aurais relevé de son serment et je lui aurais demandé de dire la vérité à sa maîtresse.

— C'est ta grand-mère, Zack. Ne l'appelle pas comme ça. Elle t'aime plus que tu ne l'imagines. Si tu la voyais maintenant, si tu lui parlais, tu comprendrais quel fardeau c'est pour elle...

— Pour moi elle est morte, Julie, l'interrompit-il d'un ton quelque peu mordant. Je ne veux plus entendre prononcer son nom ni que l'on y fasse allusion.

Julie ouvrit la bouche pour protester, mais se ravisa.

— Tu ne donnes jamais une seconde chance, n'est-ce pas ? fit-elle d'un ton rieur.

— Exact, répliqua-t-il implacablement.

— Sauf à moi.

Il frotta son poing fermé sur la joue lisse de Julie.

— Sauf à toi, admit-il.

— Combien de chances aurai-je ?

— Combien t'en faut-il ?

— Beaucoup, je le crains, dit-elle avec un soupir si gros que Zack éclata de rire et la prit dans ses bras.

Quand il la lâcha, il remarqua la petite chaîne d'argent qu'elle portait au cou et qui apparaissait sous son col.

— Qu'est-ce que c'est ? demanda-t-il.

Elle baissa le menton.

— Quoi ?

— Ça, dit-il en enroulant un doigt autour de la chaîne.

Craignant que la vue de l'anneau lui rappelle l'horreur de Mexico, Julie mit hâtivement la main sur sa gorge.

— Ne t'occupe pas de ça, s'il te plaît !

Zack plissa les yeux devant son anxiété et fut de nouveau envahi par des soupçons auxquels il n'était guère accoutumé.

— Qu'est-ce que c'est ? insista-t-il en s'efforçant de rester raisonnable. Un cadeau de ton ancien petit ami ?

— Quelque chose comme ça. Je ne le porterai plus.

— Voyons un peu, dit Zack.

— Non.

— Un homme a le droit de connaître le goût de ses prédécesseurs.

— Il avait un goût exquis ! Tu apprécierais. Lâche ça !

— Julie, la gronda-t-il, tu es une sale menteuse. Qu'est-ce qui est attaché à cette chaîne ?

Sans lui laisser la moindre chance de lui résister, il écarta sa main et tira sur la chaîne.

Une alliance de platine tomba dans sa paume, dont les diamants scintillaient à la lumière.

Submergé de tendresse, il la serra contre lui.

— Pourquoi craignais-tu de me la montrer ?

— J'ai peur de tout ce qui peut te rappeler Mexico. Je n'oublierai jamais le regard que tu m'as jeté avant de comprendre que je ne les avais pas menés à toi par hasard... fit-elle d'une voix mal assurée. Ni du changement qui s'est opéré sur ton visage quand tu t'en es rendu compte. Jamais. J'aurai toujours peur de revoir ce regard.

A regret, Zack retarda le moment de lui faire l'amour et l'éloigna de lui.

— Débarrassons-nous de ça.

— De quoi ? fit-elle, prise de panique. Où vas-tu ?

— Tu as un magnétoscope ?

Sa frayeur se mua en perplexité.

— Dans le salon.

79

— Qu'est-ce que tu fais ? demanda-t-elle à Zack, tandis que démarrait la cassette. J'espère que ce n'est pas *Dirty Dancing,* ou une scène érotique de l'un de tes films.

Il glissa un bras autour d'elle et lui dit calmement :

— C'est la cassette que j'ai visionnée plusieurs fois aujourd'hui, celle que le FBI a confisquée à Mex...

Elle secoua violemment la tête et tenta de lui arracher la télécommande.

— Je ne veux pas voir ça. Pas ce soir ! Plus jamais !

— Nous allons la regarder ensemble, Julie. Toi et moi. Ensuite, ce ne sera plus un obstacle entre nous, ça ne nous fera plus de mal et tu n'auras plus peur.

— Ne m'oblige pas à regarder ça ! dit-elle alors qu'on entendait déjà des cris dans l'aéroport.

— Regarde l'écran ! ordonna-t-il impitoyablement. Nous y étions ensemble, mais je n'ai su qu'aujourd'hui ce que tu faisais pendant qu'on m'emmenait et j'ai l'impression que tu ne t'en souviens plus très bien.

— Oh si ! Je me rappelle *exactement* ce qu'on t'a fait ! Et par ma faute !

Il lui tourna la tête vers le poste de télévision.

— Regarde-toi ! Et verras comme moi... une femme qui souffrait plus que moi.

Julie tourna péniblement les yeux vers l'écran et fixa d'un regard vide cette scène qu'elle désirait oublier. Elle s'entendit hurler qu'on ne fasse pas de mal à Zack, elle aperçut Paul qui la tirait en arrière, lui criait que tout était fini, Hadley qui venait vers elle avec un sourire mauvais avant de laisser tomber l'anneau dans sa main. Elle se vit le serrer contre elle en pleurant.

— Julie, murmura-t-il avec une tendresse douloureuse, tandis qu'il l'attirait contre lui, tu vois ce que je vois. Ce n'était qu'un anneau, un morceau de métal et des pierres. Mais regarde comme c'était important pour toi !

— C'était l'*alliance* que tu avais choisie ! répondit-elle d'un air farouche. C'était pour cela que je pleurais.

— Vraiment ? la taquina-t-il gentiment. J'ai cru que tu trouvais les diamants trop petits.

Elle resta d'abord bouche bée, puis laissa échapper un ricanement hystérique tout en refoulant ses larmes.

— Maintenant regarde ! fit-il avec un grand sourire. C'est ce qui me plaît le plus. Ne t'occupe pas de ce qu'ils me font, ajouta-t-il comme elle détournait les yeux tandis que les *Federales* levaient leurs matraques. A la droite de l'écran, vois comment tu traites Hadley ! Tu as un crochet du droit du tonnerre, ma chère !

Julie se força à regarder et fut un peu étonnée et honteusement ravie de se voir attaquer cet homme-là.

— Je ne me rappelais pas bien tout ça, murmura-t-elle.

— Non, mais je parie que Hadley se souvient encore de la suite des événements. Quand Richardson t'a entraînée, que tu ne pouvais plus l'atteindre ni avec tes mains ni avec tes ongles, tu...

— Je lui ai donné des coups de pied, poursuivit-elle, sous le choc.

— Bien placés, déclara fièrement Zack. Tu n'as pas idée du nombre d'hommes sur cette terre qui meurent d'envie d'en faire autant !

Julie hocha la tête en silence et regarda la fin de la cassette. Un médecin plongeait une seringue dans son bras, tandis que Paul la soutenait.

— Je vais démolir légalement Hadley avant d'en finir avec cette histoire. J'ai rendez-vous au Texas avec le comité directeur de la justice pénale dans deux semaines.

Quand j'aurai vidé mon sac, il se retrouvera dans l'une de ses propres cellules.

— C'est un démon !

— Et toi, dit Zack d'un air sombre en lui prenant le menton, tu es un ange. As-tu idée des sentiments que j'ai éprouvés chaque fois que j'ai vu ce film ?

Elle fit non de la tête.

— Je me suis senti aimé. Incroyablement, totalement, inconditionnellement aimé. Même quand tu me prenais pour un assassin dérangé, tu te battais et tu criais pour me défendre. Je n'ai jamais vu une femme ayant autant de courage...

Il lui embrassa le coin de l'œil, fit glisser sa bouche sur sa joue, jusqu'à la commissure de ses lèvres.

— Ou autant d'amour à donner.

Il mit les mains sous son sweat-shirt, descendit jusqu'à la ceinture de son jean.

— Donne-le moi, ma chérie... tout... tout de suite.

Il entrouvrit ses lèvres, caressa sa peau nue, et quand elle eut ouvert grand sa chemise et qu'elle se mit à le caresser, ce fut son propre gémissement qu'il entendit. Mais le tintement qui lui parvint aux oreilles était celui de la sonnette et ces coups répétés dans sa tête, il se rendit compte que c'était un poing qui frappait à la porte. En jurant, Zack se redressa avec l'intention de l'emmener dans la chambre. Il tendit la main.

— Julie !

La voix de Ted accompagna une nouvelle série de martèlements.

— C'est mon frère ! dit-elle.

— Pourrais-tu lui suggérer de s'en aller et de revenir demain ?

Elle allait acquiescer, mais Ted se mit à crier avec enjouement :

— Je te conseille vivement d'ouvrir cette porte. Je sais que tu es là.

Alors elle tira sur son pull et tenta de remettre de l'ordre dans ses cheveux.

— Je ferais mieux d'aller voir ce qu'il veut.

— J'attends dans la cuisine, dit Zack en se passant la main dans les cheveux.

— Puisqu'il est là, j'aimerais qu'il fasse ta connaissance.

— Maintenant ?

Il baissa les yeux avec une moue qui en disait long, puis la regarda avec amusement.

— Comme ça ?

— Tout compte fait, répondit-elle en rougissant jusqu'aux oreilles, tu ferais mieux d'attendre dans la cuisine.

Julie ouvrit au moment où Ted levait la main pour frapper à nouveau. Il la dévisagea d'un air entendu.

— Désolé de vous interrompre. Où est Benedict ?

— Dans la cuisine.

— Je l'aurais parié, fit-il en riant.

— Qu'est-ce que tu veux ? demanda-t-elle, exaspérée, gênée et rayonnante à la fois, car elle venait de comprendre un peu tard que ce devait être lui qui avait transmis sa lettre à Paul.

— Autant vous l'annoncer à tous les deux, déclara-t-il en s'engageant dans le couloir d'un pas nonchalant.

Il fit une halte devant la chambre. Il s'amusait visiblement beaucoup.

Zack buvait un verre d'eau devant l'évier quand Julie arriva dans son dos.

— Zack, voici mon frère Ted.

Zack sursauta, se retourna, les yeux rivés sur un visage qui ne lui sembla pas non plus inconnu.

— Vous avez raison, j'étais à Mexico avec Julie, fit-il en hochant la tête.

Alors Zack lui tendit la main et dit.

— Je suis heureux de vous rencontrer en des circonstances plus plaisantes.

— Mais pas à cet instant précis, plaisanta Ted en lui serrant la main, et Zack éprouva une sympathie immédiate pour cet homme plus jeune que lui. Si j'étais vous, poursuivit-il, je me servirais quelque chose de plus corsé que de l'eau. Papa veut vous voir tous les deux à la maison, expliqua-t-il devant la mine perplexe de Julie. *Immédiatement,* souligna-t-il d'un ton comique. Katherine et maman sont en train d'essayer de le convaincre que ce sera beaucoup plus agréable s'il attend chez lui au lieu de venir ici, ce qu'il était bien décidé à faire, comme il ne parvenait pas à vous joindre au téléphone.

— Pourquoi est-il si impatient de nous voir ? s'enquit Julie.

Ted s'adossa mollement au mur, les mains dans les poches, haussa les sourcils et regarda Zack.

— Avez-vous une idée de la raison pour laquelle le père de Julie est... disons déterminé à avoir une petite explication avec vous ?

Zack vida son verre d'eau et le remplit à nouveau.

— J'ai une petite idée.

— Julie, lui ordonna Ted en ricanant, va te brosser les cheveux et n'aie pas l'air si... ah !... délicieusement ébouriffée. J'appelle papa et je lui dis que nous arrivons illico.

Elle tourna les talons et courut dans sa chambre, en lui criant par-dessus son épaule que le téléphone du salon était décroché.

Quand elle réapparut dans la cuisine, Zack était en train de se raser dans la salle de bains. Il en émergea quelques instants plus tard avec une chemise propre, les cheveux peignés. Quand il entra à son tour dans la cuisine, Ted cessa de fouiller dans les placards et lança par-dessus son épaule :

— Je suppose que, cette fois, vous savez où Julie a mis la vodka ?

— Cette fois ? s'étonna Zack, qui ne pensait qu'à son entrevue avec son futur beau-père.

— Julie a une étrange manie, expliqua Ted, qui se pencha et jeta un coup d'œil sous l'évier. Quand il y a quelque chose qui la tracasse, elle range... disons qu'elle remet de l'ordre.

— Je sais, dit Zack.

— Alors vous ne serez pas surpris d'apprendre, enchaîna Ted qui, poursuivant ses vaines recherches, ouvrit le réfrigérateur, que depuis qu'on vous a libéré elle a rangé chaque armoire, chaque tiroir et chaque placard, et repeint le garage. Deux fois. Jetez un coup d'œil dans ce frigo, fit-il en désignant les compartiments de la porte. Vous remarquerez que les bouteilles et les pots sont classés par ordre décroissant, les plus grands à gauche. Sur l'étagère du dessus, elle a inversé le schéma à des fins artistiques, de sorte que ce sont les plus petits objets qui se trouvent à gauche. La semaine dernière, tout était classé par couleur. C'était quelque chose à voir !

— J'imagine ! dit Zack, partagé entre l'amusement et le regret de l'avoir tant fait souffrir.

— Ce n'est rien, poursuivit Ted, très pince-sans-rire. Regardez-moi ça !

Il ouvrit un placard et lui montra les diverses boîtes de conserve sur les étagères.

— Elle a classé ses produits d'épicerie par ordre alphabétique.

Zack faillit s'étouffer de rire.

— Elle a quoi ?

— Regardez vous-même.

Zack jeta un coup d'œil par-dessus l'épaule de son interlocuteur. Paquets, flacons et boîtes de conserve attendaient en rang et au garde-à-vous sur le devant.

— Abricots, asperges, betteraves, murmura-t-il avec incrédulité, clous de girofle, cornflakes, cumin, farine, gelée, jus de pomme, haricots secs.... (Il regarda Ted.) Elle a mal rangé les haricots.

— Non, dit Julie, qui pénétra dans la cuisine en se donnant un air nonchalant quand les deux hommes se tournèrent vers elle. Ils sont classés à L.

— L ? fit Zack en essayant vainement de garder son sérieux.

— L... comme légumineuses, leur expliqua-t-elle.

Mort de rire, Zack l'attira dans ses bras, enfouit son visage dans ses cheveux et savoura le bonheur de la retrouver.

— Où est la vodka ? lui murmura-t-il à l'oreille. Ted en veut.

Elle jeta la tête en arrière.

— Après les amandes.

— Qu'est-ce qu'elle fiche là ? fit Ted en écartant les boîtes de haricots pour la prendre.

— A... comme Alcool, naturellement, déclara Zack du ton le plus neutre possible, ses épaules tressaillant d'un éclat de rire retenu.

— Naturellement, confirma Julie en gloussant.

— Dommage que nous n'ayons pas le temps d'en boire, déclara Ted.

— Je n'en avais pas envie, dit Zack.

— Tant pis.

La voiture de patrouille de Ted attendait au bord du trottoir. Il leur ouvrit la porte. Zack se glissa avec réticence sur le siège arrière, et ses traits se crispèrent.

— Qu'est-ce qui ne va pas ? demanda Julie, tellement attentive qu'elle remarquait aussitôt le moindre changement de ton ou d'expression.

— Ce n'est pas le moyen de transport que je préfère, c'est tout.

Zack vit son regard s'assombrir, mais elle se ressaisit instantanément et lui répondit délibérément par une boutade :

— Ted, tu aurais dû prendre la Blazer de Carl. Zack lui trouve plus de... charme.

Les deux hommes éclatèrent de rire.

80

Un quart d'heure plus tard, Zack ne riait plus. Il était assis dans le petit bureau, en face du révérend Mathison, qui lui passait un savon carabiné en faisant les cent pas devant lui. Zack s'attendait à cette engueulade, considérait même qu'il ne l'avait pas volée, mais il pensait se retrouver face à un petit homme doux, qui lui ferait un sermon monocorde sur les divers commandements qu'il avait violés. Il ne s'attendait pas que Jim Mathison fût un homme grand et robuste, capable de déclamer une tirade d'une éloquence à faire pâlir le monologue de George C. Scott au début de *Patton*.

— Il n'y a rien d'excusable ni de pardonnable dans ce que vous avez fait ! Rien du tout ! conclut-il enfin en se jetant dans le fauteuil de cuir derrière son bureau. Si j'étais un homme violent, je vous cravacherais. Je suis même tenté de le faire ! A cause de vous, ma fille a connu la terreur et l'opprobre. En plus, vous lui avez brisé le cœur ! Vous l'avez séduite dans le Colorado, je le sais parfaitement ! Le niez-vous ?

C'était absurde, mais à ce moment-là, Zack admira tout en cet homme. C'était le genre de père qu'il aurait voulu avoir... et être un jour, un père profondément attentionné avec des principes solides quant à ce qui était acceptable et ce qui ne l'était pas, un homme intègre, honnête, qui attendait un comportement semblable de son entourage. Il voulait faire honte à Zack. Et il avait réussi.

— Niez-vous avoir séduit ma fille ? répéta-t-il avec colère.

— Non, reconnut Zack.

— Et vous l'avez renvoyée ici pour affronter les médias et vous défendre devant le monde entier ! De tous les lâches, les irresponsables... Comment pouvez-vous vous regarder en face, ou elle, ou moi, après cela ?

— En fait, la seule chose bien que j'ai faite, c'était de la renvoyer ici, répondit Zack qui se défendait pour la première fois depuis le début de cette engueulade.

— Allez-y, j'aimerais bien savoir comment vous avez pu vous figurer cela.

— Je savais que Julie était amoureuse de moi. J'ai refusé de l'emmener en Amérique du Sud et je l'ai renvoyée ici pour son bien, pas pour le mien.

— Votre désintéressement n'a pas duré longtemps, n'est-ce pas ? Quelques semaines plus tard, vous projetiez de la faire venir.

Il attendit de nouveau une réponse en silence, et Zack s'y plia avec réticence.

— Je croyais qu'elle était enceinte et je ne voulais ni qu'elle se fasse avorter ni qu'elle subisse l'humiliation d'une grossesse hors mariage dans une petite ville.

Zack sentit que l'hostilité de son interlocuteur s'atténuait légèrement, mais l'acidité de ses propos n'en témoignait guère.

— Si vous aviez eu la moindre décence, si vous aviez réfréné un tant soit peu votre luxure dans le Colorado, vous n'auriez pas eu ce souci.

Partagé entre la colère, la gêne et l'amusement devant le mépris tout biblique avec lequel le révérend Mathison avait employé le mot « luxure », Zack le regarda en plissant le front.

— J'aimerais que vous ayez la courtoisie de me répondre, jeune homme.

— La réponse est tout à fait évidente.

— Et maintenant, tonna-t-il en se calant dans son fauteuil, vous débarquez dans votre avion privé pour la donner en spectacle à nouveau, et pour quoi ? Pour lui briser le cœur ! J'en ai assez entendu, lu et vu sur vous avant que vous n'alliez en prison et après que vous en êtes sorti pour savoir la vie que vous menez en Californie, une vie amorale, superficielle, licencieuse... des fêtes délirantes, des femmes nues, des beuveries, des films pornographiques... Qu'allez-vous répondre à cela ?

— Je n'ai jamais fait un film pornographique, répliqua Zack, reconnaissant implicitement les autres chefs d'accusation.

Jim Mathison réprima un sourire.

— Du moins vous n'êtes pas menteur. Etes-vous conscient que Paul Richardson est amoureux d'elle ? Il veut l'épouser. Il m'a demandé ma bénédiction. C'est un homme bien, correct, avec des principes. Il veut une femme pour la vie, pas jusqu'à ce que la prochaine blonde pulpeuse se pointe et lui tourne la tête. Il souhaite avoir des enfants. Il est prêt à faire des sacrifices pour elle... au point d'aller vous trouver en Californie. Il est issu d'une famille unie, dont il est proche, tout comme Julie. Ils pourraient être très heureux ensemble. Eh bien, qu'en dites-vous ?

En dépit de la jalousie qui le consumait, Zack comprit soudain que Jim Mathison se servait de Richardson pour lui faire prendre conscience de ses défauts de mari éventuel et, délibérément, avec infiniment d'adresse, il mettait Zack dans une position où il pouvait soit se déclarer et jouer cartes sur table, soit se retirer. Malgré le malaise que Mathison avait volontairement instauré, l'admiration de Zack pour cet homme redoubla.

— Ce que j'ai à en dire, déclara-t-il en se calant dans son fauteuil pour répondre point par point à la liste des qualités de Richardson, telle que l'avait dressée le révérend, c'est que Richardson est peut-être un petit saint, qu'il est peut-être amoureux d'elle, mais moi aussi. Et puis Julie m'aime. Je ne m'intéresse ni aux blondes pulpeuses, ni aux rousses ni à aucune autre femme. Moi aussi, je veux avoir des enfants, tout comme Julie. Pour elle je ferai tous les sacrifices qu'il faudra. Je ne peux rien changer à la vie que j'ai eue jusque-là, je ne peux changer que celle qui est à venir. Si je ne suis pas proche de ma famille, je n'y peux rien, mais elle m'apprendra ce que doit être une famille. Si vous ne voulez pas me donner votre bénédiction, du moins aimerais-je avoir votre consentement, fût-il réticent.

Mathison croisa les bras et le regarda droit dans les yeux.

— Je ne vous ai pas entendu prononcer le mot « mariage ».

— Je pensais que ça allait de soi, fit Zack en souriant.

— Pour qui ? Julie a-t-elle accepté de vous épouser, depuis votre retour, j'entends ?

— Je n'ai pas eu le temps de le lui demander.

Jim Mathison fronça les sourcils.

— Pas même pendant l'heure où elle avait décroché le téléphone ? Vous étiez trop occupé à la convaincre de commencer à fonder cette famille dont vous avez envie ?

Zack eut l'impression consternante qu'il allait rougir comme un gamin.

— Il me semble, poursuivit Mathison d'un ton abrupt, que vous avez une vision déformée de la décence. Dans votre milieu, les gens font l'amour, des enfants, et ensuite ils se marient. Ce n'est le bon ordre des choses ni pour Julie, ni pour Dieu, ni pour moi !

— J'avais l'intention de lui demander de m'épouser ce soir, rétorqua Zack en réprimant une envie de se tortiller sur son siège. Je pensais même que nous pourrions nous arrêter au lac Tahoe sur la route de la Californie pour nous y marier.

Mathison fit un bond

— Comment ? Vous ne vous êtes connus qu'une semaine, vous avez déjà couché ensemble et vous voulez qu'elle laisse tout tomber pour partir avec vous et se contenter d'une sordide cérémonie civile. Elle a un travail, une famille et d'autres êtres à prendre en considération. Pour qui la prenez-vous, pour un animal écervelé que vous pouvez mettre en laisse et emmener à Disneyland ? Quel sens de la justice et des priorités avez-vous ? J'attendais mieux de vous après le discours que vous venez de me tenir.

Zack fonça tête baissée dans le piège.

— Je ne comprends pas. Qu'attendez-vous de moi ?

— Que vous vous comportiez en gentleman, répondit-il à brûle-pourpoint, que vous fassiez quelques sacrifices. Bref, je souhaiterais que le futur mari de Julie passe quelque temps ici pour apprendre à la connaître, qu'il la traite avec *respect,* comme Dieu veut que nous traitions nos femmes, et ensuite qu'il lui demande de l'épouser. En supposant qu'elle accepte, vous serez fiancés pendant un laps de temps convenable, puis vous vous marierez. La lune de miel, conclut-il implacablement, vient *après* le mariage. Si vous êtes prêts à faire tous ces sacrifices et seulement dans ce cas, je vous donnerai ma bénédiction et je célébrerai la cérémonie, ce qui est la conception qu'a Julie, j'en suis sûr, d'un mariage vrai et heureux. Suis-je clair ?

Zack fronça les sourcils.

— Très.

Jim Mathison le remarqua et enfonça le clou.

— Si le sacrifice de votre convenance personnelle et de votre satisfaction physique est déjà trop lourd pour vous, alors...

— Je n'ai pas dit que c'était trop lourd, l'interrompit Zack, qui n'avait pas songé jusque-là que Julie souhaiterait naturellement que son père célèbre leur mariage.

— Bien, Zack, dit le révérend en l'appelant pour la première fois par son prénom. Alors tout est réglé, conclut-il avec un sourire soudain chaleureux et même paternel.

Zack, qui émergeait de ses réflexions personnelles, comprit, au sourire satisfait de cet homme, qu'il l'avait contraint à accepter l'inacceptable.

— Pas tout, fit-il brièvement. Je veux bien rester ici tant que ce sera possible, mais il n'y a aucune raison pour que Julie et moi « apprenions à nous connaître » avant que je lui demande de m'épouser. Et je ne veux pas non plus attendre des mois. Je vais le lui demander tout de suite. Dès qu'elle aura accepté, je nous considérerai comme fiancés.

— Vous serez fiancés quand vous lui aurez mis une bague au doigt. La forme et la tradition ont une raison d'être, jeune homme. Tout comme l'abstinence avant le mariage, elles donnent un sens durable à l'événement en lui-même.

— Bien, fit Zack d'un ton quelque peu irrité.

— Quand voulez-vous vous marier ? demanda Mathison avec un sourire.

— Dès que possible. Dans quelques semaines tout au plus. Je vais en parler à Julie.

— Tu es sûre que tu ne veux pas un coup de main, maman ? cria Julie, tandis que sa mère déposait un plateau de gâteaux sur la table de la salle à manger.

— Non, ma chérie. Vous les enfants, restez donc à bavarder dans le salon. C'est tellement bon de vous voir si heureux tous les trois.

Julie était presque plus inquiète qu'heureuse. Après avoir jeté un coup d'œil à la porte close du bureau de son père, elle se tourna vers Ted et Katherine qui, assis sur le canapé, la taquinaient gentiment à propos du discours que Zack avait fait au gymnase.

— Mais qu'est-ce qui se passe là-dedans ? demanda-t-elle.

Ted sourit et consulta sa montre.

— Tu le sais parfaitement. Papa est en train de faire un de ses fameux sermons au futur mari.

— Zack ne m'a pas encore redemandé de l'épouser.

Katherine lui jeta un regard incrédule.

— Après toutes ces belles choses qu'il t'a dites ce soir devant la moitié de la ville, tu en doutes ?

— Non, pas vraiment. Mais c'est bien long pour un sermon ordinaire.

— Si ça prend plus de temps, déclara Ted avec une joie mal dissimulée, c'est que papa a éprouvé une envie toute paternelle de passer un savon à Zack pour t'avoir enlevée et pour le reste.

— Zack l'a déjà bien assez payé, répondit Julie avec émotion.

Katherine avala son Coca en réprimant un rire.

— Il va souffrir beaucoup plus s'il mord à l'hameçon et qu'il accepte le marché habituel.

— Quel marché ? demanda Julie.

— Tu sais bien, « la tradition compte plus que tout, pas de sexe avant le mariage, mieux vaut de longues fiançailles », et toutes les promesses que papa tente d'arracher à tout époux en puissance.

Julie éclata de rire.

— Oh ça ! Zack ne sera jamais d'accord. Il est plus âgé, plus sage et plus aguerri que la plupart des hommes qui ont affaire à papa.

— Il acceptera, fit Ted en riant. Tu crois qu'il a le choix ? Papa n'est pas seulement intelligent, ni même celui qui célébrera le mariage, il se trouve qu'il est aussi ton père. Zack sait qu'il n'est déjà pas dans ses petits papiers. Il acceptera pour toi et pour l'harmonie familiale.

— Tu veux dire que tu *espères* qu'il le fera, le taquina Katherine, parce que toi, tu l'as fait.

Ted se pencha et lui pinça l'oreille.

— Tais-toi, Julie est gênée.

— Julie rit. C'est toi qui rougis.

— Je rougis, espèce de pipelette, parce que je me souviens que ç'a été le mois le plus long et le plus pénible de mon existence et de ce qu'a été notre nuit de noces après un mois d'abstinence.

Katherine le regarda, oubliant momentanément la présence de Julie.

— C'était beau, le contredit-elle, comme si c'était la première fois pour nous deux. Je crois que tout le propos de ton père, c'est de demander aux gens d'attendre jusqu'au mariage pour faire l'amour, même s'ils l'ont déjà fait avant.

— Se préoccupe-t-on de ma présence ? plaisanta Julie.

La porte du bureau s'ouvrit et tous ils se retournèrent. Le révérend Mathison avait l'air satisfait, Zack ébahi et agacé, et Ted était plié en deux.

— Il l'a fait ! fit-il, suffocant. Il a cet air interdit et furieux qu'ils ont tous. Mon héros de cinéma..., fit-il en hochant la tête. Tous ces posters que j'avais dans ma chambre... Après tout, ce n'est qu'un mortel comme les autres, un morceau de pâte à modeler entre les mains de papa. La prison ne l'a pas brisé, papa si !

Zack jeta un regard interrogateur à la joyeuse bande qui se trouvait dans le salon et s'avança, mais Mme Mathison brisa son élan en l'invitant à prendre quelques gâteaux dans la salle à manger.

— Non merci, madame Mathison, dit-il en consultant sa montre. Il est tard. Il faut que je trouve un hôtel.

Elle jeta à son tour un regard interrogateur à son mari qui lui sourit et opina lentement du chef.

— Nous aimerions énormément que vous restiez chez nous.

Zack songea aux nombreux coups de téléphone qu'il recevrait et qu'il donnerait pendant son séjour à Keaton, à la perturbation qu'il allait semer dans la maison, et hocha négativement la tête.

— Merci, mais je crois qu'il vaut mieux que je sois à l'hôtel. J'ai apporté du travail et on m'en enverra ici. J'aurais également quelques rendez-vous d'affaires, dit-il comme elle semblait sincèrement déçue. Une suite dans un hôtel sera plus commode.

Il ne vit pas le regard gêné que lui jeta Julie en entendant le mot « suite ». Il avait hâte de s'en aller, de se faire apporter du champagne, de la prendre dans ses bras et de lui demander de l'épouser avec la solennité et dans l'ambiance qui convenaient à une telle déclaration.

— Cela t'ennuierait-il de me conduire à l'hôtel ? lui demanda-t-il.

81

— Nous y sommes ! dit Julie, une demi-heure plus tard, en se garant devant « le meilleur motel de Keaton ».

Ted et Katherine les avaient déposés chez Julie. Ils avaient pris la valise et les mallettes de Zack, puis la voiture de Julie.

Zack contempla, incrédule, le long bâtiment délabré avec ses portes noires espacées de quatre mètres, qui lui évoquaient des dents cariées, et la piscine vide qui se trouvait presque en bordure de la route nationale, puis il leva les yeux vers l'enseigne au néon et lut à haute voix.

— Le motel du Bon Repos, répéta-t-il sans y croire. Il doit quand même y avoir autre chose dans le coin.

— J'aimerais bien, dit Julie en réprimant un rire.

Un vieil homme qui portait un stetson et chiquait était installé sur une chaise métallique devant la réception et profitait de la douceur du soir. Il se leva au moment où Zack sortit de la voiture.

— Salut, Julie ! s'exclama-t-il, la reconnaissant d'un bref coup d'œil derrière le pare-brise.

Zack abandonna tout espoir de trouver un nid d'amour, charmant et anonyme, et, le moral en chute libre, entra à grands pas dans le vestibule.

— Ça vous ennuie que je la garde comme souvenir ? demanda le directeur quand Zack eut griffonné son nom sur la fiche, puis l'eut mise sur le bureau.

— Non.

— Zack Benedict ! s'écria avec révérence le directeur, qui prit la fiche et examina la signature. Zack Benedict dans mon motel ! Qui aurait pu imaginer une chose pareille !

— Pas moi, fit Zack laconiquement. Je suppose que vous n'avez pas de suite ?

— Nous avons la suite des jeunes mariés.

— Vous plaisantez ? dit Zack en jetant un coup d'œil par-dessus son épaule au bâtiment peu engageant, puis il aperçut Julie adossée à la porte de la réception, les chevilles croisées, qui riait d'un air espiègle, et il retrouva un moral d'acier.

— Il y a une kitchenette, ajouta le directeur.

— Comme c'est romantique ! Je la prends, dit Zack, qui entendit de nouveau le merveilleux rire de Julie. Allons-y ! fit-il en l'accompagnant jusqu'à la chambre, tandis que le directeur, qui les avait suivis, se tenait sous l'auvent. Je me fais des idées, demanda-t-il ironiquement en ouvrant la porte de la suite, avant de s'effacer devant elle, ou ce type regarde si tu y entres ?

— Il observe pour voir si je rentre, si nous fermons la porte et combien de temps je reste. Dès demain, toute la ville connaîtra la réponse à ces trois questions.

Zack tourna l'interrupteur, jeta un coup d'œil à la pièce et referma vite la lumière.

— Combien de temps pouvons-nous rester chez toi sans provoquer de ragots ?

Julie hésita. Elle aurait voulu qu'il lui dise qu'il l'aimait encore et ce qu'il désirait faire.

— Ça dépend de tes intentions.

— J'ai des intentions extrêmement honorables, mais elles devront attendre demain. Je refuse d'en parler dans une chambre avec un lit en velours rouge en forme de cœur et des fauteuils pourpres.

Julie laissa exploser sa joie et son soulagement, et Zack la prit dans ses bras. Cherchant son visage à tâtons dans le noir, il le berça entre ses mains et l'embrassa en riant puis, lentement, son rire s'évanouit, alors qu'elle le serrait contre elle pour mieux lui rendre son baiser.

— Je t'aime, murmura-t-il. Tu me rends tellement

heureux. Grâce à toi, mon séjour dans le Colorado s'est transformé en partie de plaisir. De cette suite tu fais un nid d'amour. Même en prison, alors que je te détestais, je rêvais que tu me ramenais à la maison, a demi gelé, que tu dansais avec moi et que tu me faisais l'amour, et je me réveillais fou de désir.

Elle lui caressa les lèvres du bout des doigts et frotta sa joue contre sa poitrine.

— Un jour, tu voudras bien m'emmener en Amérique du Sud sur ton bateau ? J'ai rêvé d'y rester avec toi.

— Ce n'était pas un bateau terrible. Autrefois j'avais un grand yacht. J'en achèterai un pour toi et nous ferons une croisière.

Elle hocha la tête.

— Je voudrais rester avec toi sur celui que tu avais en Amérique du Sud, comme nous l'avions projeté, même si ce n'est que pour une semaine.

— Nous ferons les deux.

Il la lâcha à contrecœur et la tourna vers le seuil.

— En Californie il y a deux heures de moins et j'ai quelques coups de fil à donner et quelques dispositions à prendre. Quand te reverrai-je ?

— Demain ?

— Naturellement, dit-il. Quand ?

— Aussi tôt que tu voudras. C'est fête dans le comté. Il y aura un grand défilé, un carnaval, un pique-nique et tout le tremblement pour le bicentenaire. Ça durera toute la semaine.

— Ce sera amusant, dit-il, étonné de le penser vraiment. Passe me prendre à neuf heures, et je t'invite pour le petit déjeuner.

— Je connais le meilleur endroit de la ville.

— Ah bon ?

— Le *McDonald's,* le taquina-t-elle en riant de sa mine consternée, puis elle lui donna un baiser sur la joue et s'en alla.

Zack souriait encore quand il ferma la porte, puis il alluma la lumière et posa avec réticence sa mallette sur le lit. Il prit son téléphone portable, appela d'abord les Farrell, qui devaient attendre avec impatience l'issue de son voyage.

— Alors ? fit la voix de Matt d'un ton interrogateur. Meredith est là et j'ai mis le haut-parleur. Comment va Julie ?

— Très bien.

— Vous êtes déjà mariés ?

— Non, répondit Zack en songeant avec irritation à ce que lui avait imposé le père de Julie, mais nous nous voyons régulièrement.

— Comment ? bredouilla Meredith. Mais nous vous croyions au lac Tahoe à l'heure qu'il est !

— Je suis toujours à Keaton.

— Oh !

— Au motel du Bon Repos.

Il entendit le rire étouffé de Meredith.

— Dans la suite pour jeunes mariés.

Son rire se fit de plus en plus sonore.

— Il y a même une kitchenette.

Meredith se mit à hurler de rire.

— Votre pilote doit être coincé là, lui aussi, le pauvre diable. Je devrais lui proposer une partie de poker.

— Fais gaffe, le prévint Matt non sans ironie. Il va te plumer.

— Il ne pourra même pas voir les cartes, aveuglé qu'il sera par le lit en velours rouge en forme de cœur et par les profonds fauteuils couleur pourpre. Comment se passe la fête ?

— J'ai annoncé poliment que tu avais été appelé pour une affaire urgente. Meredith s'occupe du personnel et joue les hôtesses. Tout va bien.

Zack hésita, songeant à la bague de fiançailles dont il avait besoin et aux magnifiques bijoux qui avaient valu leur renommée aux boutiques Bancroft & Company.

— Meredith, puis-je vous demander un service ?

— Ce que vous voudrez, dit-elle avec sincérité.

— J'ai besoin d'une bague de fiançailles... demain matin, si possible. Je sais ce que je veux, mais je ne le trouverai pas ici et, si je pointe le nez à Dallas, on va me reconnaître. Je veux éviter que la presse ne débarque ici.

— Dites-moi ce que vous avez en tête. Demain matin, quand notre magasin de Dallas ouvrira, je téléphonerai au directeur du rayon des bijoux et lui demanderai de choisir quelques bagues. Steve peut aller les chercher vers dix heures et quart et vous les rapporter.

— Vous êtes un ange. Voilà ce que je désire...

82

La célébration d'un bicentenaire dans une petite ville du Texas n'était pas une mince affaire, comme le comprit Zack le lendemain. Le discours du maire donna le coup d'envoi des festivités qui s'étalaient sur une semaine, défilés dans la rue principale, réunions sportives, concours agricoles et divertissements divers et variés.

— Voilà M. Addleson, notre maire, lui dit Julie quand ils arrivèrent dans le parc au centre de la ville.

Il restèrent à l'écart dans un endroit discret. Elle fit un signe de tête à un homme grand d'une quarantaine d'années qui se dirigeait à grands pas vers le bâtiment pavoisé de banderoles bleues, blanches et rouges.

— En robe de lin jaune, c'est son épouse, Marian, ajouta-t-elle en désignant une jolie femme, élégante et chapeautée, qui, depuis la tribune érigée pour l'occasion où elle siégeait parmi les hôtes de marque, observait son époux. Il y a longtemps, le maire était veuf, expliqua Julie. Marian était décoratrice d'intérieur à Dallas quand il l'a rencontrée, il y a deux ans. Il l'a amenée ici et papa les a mariés. Ils possèdent un ranch superbe en dehors de la ville et sont en train de se faire construire une maison neuve sur la colline. Ils sont tout à fait charmants.

Zack glissa son bras dans le dos de Julie, attira ses fesses fermes contre lui et sourit dans ses cheveux.

— *Tu* me parais tout à fait charmante.

Elle s'appuya légèrement contre lui et sentit tout son corps se durcir.

— Toi aussi.

Zack concentra son attention sur le maire pour ne pas penser à son désir. Addleson avait des cheveux épais de cet étrange jaune-gris qui semblait plus courant au Texas qu'ailleurs. Il avait aussi cet amour de la pompe et des harangues qui fait vibrer tant d'hommes politiques, car il parla pendant près d'une demi-heure de la grande bataille qui eut lieu sur le sol de Keaton et de l'histoire de la ville depuis sa fondation. Zack comparait mentalement les mérites individuels, ou l'absence de mérites, des scénarios qu'il avait lus la semaine passée, quand il se rendit compte que le discours était terminé et qu'il parlait de lui.

— Avant de tirer le canon et d'inaugurer cette célébration, j'aimerais vous parler un peu d'un visiteur de marque. Ce n'est un secret pour personne que Zack Benedict se trouve ici en ce moment pour rendre visite à Julie Mathison. Ce n'est pas non plus un secret que le grand Etat du Texas ne lui a pas porté chance et ne s'est pas montré très aimable envers lui ces derniers temps. Je sais que vous avez tous hâte de le rencontrer et de connaître ses impressions mais, mes amis, le meilleur moyen d'y parvenir, c'est de le laisser un peu tranquille pour qu'il apprenne à nous connaître à sa manière. Vous savez tous ce qu'il a vécu et vous avez tous vu comme les foules assaillent les vedettes de cinéma et les harcèlent pour obtenir des autographes. Il n'y a sans doute pas un endroit au monde où Zack puisse se détendre et se voir traiter comme quelqu'un d'ordinaire. Sauf ici. Montrons-lui ce que c'est d'avoir une ville natale comme celle de Julie, où l'on se soucie les uns des autres !

Cet appel au peuple fut salué par un tonnerre d'applaudissements, un roulement de tambour provenant de la tribune, de grands sourires et des signes de main de centaines de gens tournés vers Zack, qui leur répondit poliment.

Zack eut alors l'étonnement et la joie de constater que les habitants de Keaton semblaient souscrire à la suggestion de leur maire, et il passa, dans ce lieu public, la journée la plus calme qu'il ait connue depuis une quinzaine d'années. Il ne fut pas non plus insensible ni à l'ambiance de fête et au charme bien américain de ce qui l'entourait. A la tombée du soir, il s'amusa énormément à des choses toutes bêtes, à passer devant des stands où l'on vendait des produits maison, à dévorer des hot-dogs noyés de moutarde et à plaisanter avec Ted et Katherine. Mais surtout il était avec Julie, qui avait le don de transformer en aventure les activités les plus banales, comme il l'avait appris dans le Colorado.

Les gens l'adoraient et leur affection semblait à présent s'étendre timidement à lui, puisque les paroles qu'il avait prononcées la veille au gymnase leur donnaient tout lieu de croire qu'il était venu « lui rendre justice ». Zack mourait d'envie de le leur prouver, à eux et au monde entier, en lui glissant au doigt la bague qu'il avait choisie le matin même, mais il attendait le bon moment. Leur dernière tentative s'était soldée par un désastre. Pour effacer la tristesse de ce passé-là, il tenait à ce que ce soit un moment heureux et mémorable.

Tandis qu'il traversait le terrain bruyant et violemment éclairé où se trouvait la fête foraine, il songeait au diamant de dix carats qu'il avait dans la poche ainsi qu'aux regards curieux et souriants des centaines de citoyens de Keaton qui s'amusaient entre les stands et les manèges et qui se demandaient tous si et quand il allait se déclarer. De temps à autre, l'on prenait des photos d'eux, discrètement toutefois.

— Tu veux monter sur la grande roue ? demanda Zack à Julie qui s'était arrêtée pour la contempler.

— Seulement si tu me promets de ne pas faire basculer le siège, dit-elle en lui mettant un morceau de barbe à papa dans la bouche.

— Ça ne me serait pas venu à l'esprit, mentit Zack en mâchonnant. Julie, ce truc est dégueulasse. Comment peux-tu manger ça ? Donne-m'en encore un bout.

En riant elle en arracha un nuage rose et poisseux. Ils souriaient tous deux aux couples qui passaient devant eux en les saluant d'un signe de tête.

— Je ne plaisante pas pour le siège, le prévint-elle quand il plongea la main dans sa poche pour y trouver de la monnaie. Je suis... heu... un peu à cran sur la grande roue.

— Toi ? fit-il, incrédule. Toi qui as failli nous tuer dans cette capsule volante en la faisant tournoyer ?

— C'était différent. Nous étions enfermés dans une cage. La grande roue, dit-elle en rejetant la tête en arrière pour regarder tout en haut, c'est ouvert et ça fait peur.

Zack allait monter acheter les billets quand un bonimenteur cria derrière lui :

— Avancez et gagnez un ensemble de bagues plaquées d'or vé-ri-ta-ble avec des pierres de fantaisie ! Pour cinq canards abattus, gagnez une bague pour votre petite amie, pour dix, vous repartirez avec un nounours géant pour qu'elle s'y blottisse.

Zack se retourna, jeta un coup d'œil aux canards mécaniques qui défilaient sans interruption, aux modestes fusils alignés dans le stand et au plateau de bagues avec d'énormes fausses pierres de toutes les couleurs, du jaune d'œuf au rouge rubis. Et il eut une idée.

— Je croyais que tu voulais monter sur cette grande roue, fit Julie quand il lui prit le bras pour l'emmener dans la direction opposée.

— Je veux d'abord t'offrir une bague plaquée d'or vé-ri-ta-ble, annonça-t-il.

— Combien de coups vou....lez-vous ? demanda le type du stand d'une voix de plus en plus traînante tandis qu'il fixait Zack. Vous avez une tête qui me dit quelque chose, mon vieux.

Il prit l'argent et tendit un fusil à Zack sans le quitter des yeux, puis il se tourna vers Julie.

— Votre petit ami ressemble à... vous savez bien... comment s'appelle-t-il ?... L'acteur, vous voyez qui je veux dire, n'est-ce pas ?

Julie répondit au rictus de Zack par un sourire très provocant.

— Le beau type ? précisa-t-elle, s'adressant au bonimenteur. Les traits burinés ? Les cheveux bruns ?

— C'est ça !

— Steven Seagal ! plaisanta-t-elle et Zack manqua la cible.

En baissant son fusil, il lui jeta un regard indigné avant de le lever à nouveau.

— Non, pas lui, fit l'homme. Il est plus grand, un peu plus vieux, plus beau.

Zack lui lança un sourire méprisant.

— Warren Beatty ! cria-t-elle et il manqua son deuxième tir.

— Julie, fit-il d'un air menaçant, les lèvres pincées et les épaules secouées par l'hilarité, tu veux une bague oui ou non ?

— Non, répliqua-t-elle dédaigneusement. Je veux un ours en peluche.

— Alors arrête de t'extasier sur mes rivaux et laisse-moi descendre ces fichus canards avant que nous n'attirions encore plus de monde.

Elle jeta un regard autour d'elle et vit qu'en dépit de la volonté des gens du cru de suivre les conseils du maire, un attroupement s'était formé, attiré par l'étonnant spectacle de Zack Benedict en chair et en os, rejouant une scène de tir comme dans un de ses vieux films, si ce n'était que les cibles étaient des canards en métal, non des sbires de la Mafia, des espions ou des bandits.

Zack abattit huit canards sur huit. Quelqu'un se mit à applaudir et s'arrêta vite.

— Retourne-toi, dit Zack. Tu me rends nerveux.

Quand elle fit volte-face, Zack plongea la main dans sa poche, fit un clin d'œil au type du stand et glissa sa bague de fiançailles dans le plateau au milieu de la verroterie, puis tira deux coups qu'il manqua délibérément.

— Bon, dit-il à Julie en prenant le plateau, retourne-toi et choisis une bague.

— Comment ? Pas de nounours ? demanda-t-elle sans remarquer le forain qui restait bouche bée devant le plateau.

— Désolé, j'ai raté les deux derniers coups. Laquelle veux-tu ?

Julie baissa les yeux vers l'arc-en-ciel de gros cailloux jaunes, roses, rouges et bleu marine qui scintillaient sur leur monture bon marché. Puis elle aperçut le diamant. Beaucoup plus gros que les fausses pierres, il brillait de tous ses feux, reflétant les lumières tournantes de la grande roue. Elle reconnut la taille des pierres de son alliance et, quand elle leva les yeux vers Zack, elle reconnut aussi ce regard sombre et tendre.

— Elle te plaît ?

Les badauds qui l'avaient regardé tirer sentirent qu'il se passait quelque chose, à moins que ce ne fût la mine ahurie du type du stand qui les ait incités à se rapprocher.

— Elle me plaît, dit doucement Julie d'une voix tremblante.

— Si nous l'emportions et si nous trouvions un endroit pour l'essayer ?

Elle acquiesça en silence et, quand ils se retournèrent, le petit attroupement vit qu'il souriait et fit de même.

— Là-haut, décréta Zack en l'attirant vers la cabine où l'on vendait les billets pour la grande roue. Vite, ajouta-t-il en riant tandis que le forain lançait d'une voix forte et ahurie :

— Ce type... Celui qui ressemble à Warren Beatty... vient de sortir de sa poche le plus gros diamant qu'on ait jamais vu et il le lui a donné !

M. et Mme Mathison étaient en grande conversation avec le maire, sa femme et les parents de Katherine, qui étaient venus pour l'occasion. Ils se tenaient près d'une immense roulette, quand Katherine et Ted arrivèrent en courant, suivis d'un groupe d'amis.

— C'est officiel, dit Ted en riant. Julie et Zack viennent de se fiancer. Avec une bague que Zack a gagnée dans un stand, ajouta-t-il délibérément pour décontenancer son père.

— Ça ne me semble pas très officiel, fit le révérend Mathison en fronçant les sourcils.

Tous se retournèrent, ravis et surpris, et cherchèrent le jeune couple pour le féliciter.

— Où sont-ils ? demanda Mme Mathison, rayonnante.

Katherina pointa le doigt vers la grande roue, qui était arrêtée. Au pied, la foule les acclamait bruyamment.

— Ils sont là-haut, dit Katherine !

Quand ils parvinrent à la grande roue, la foule scandait :

— Embrassez-la, Zack ! Embrassez-la !

Et le photographe de la *Gazette de Keaton* braqua son appareil sur le couple et se joignit au concert de voix.

Un bras autour de ses épaules, Zack lui prit le menton.

— Ils ne nous laisseront pas descendre tant qu'ils n'auront pas eu leur baiser.

Elle se mordit la lèvre, ses joues se colorèrent, ses yeux brillaient et de la paume de la main elle protégeait la bague qu'il lui avait glissée au doigt.

— Je n'arrive pas à croire que tu aies fait ça ici... devant tout le monde, toi qui détestes la publicité.

Zack resserra son étreinte et la poussa en avant.

— Pas cette publicité-là. Le monde entier, lui murmura-t-il, a été témoin de nos malheurs. Qu'il voie donc ce qui se passe quand un fugitif endurci rencontre un ange qui croit en lui. Embrasse-moi, Julie.

Au milieu des acclamations qui montaient vers le couple enlacé, le maire sourit à sa femme et se tourna vers Ted.

— Ton père lui a fait jurer ?

— Oui, fit Ted en se tenant les côtes.

— Pauvre diable, dit Addleson qui contempla le long baiser que Zack donna à sa fiancée. Il ne tiendra jamais.

— Non.

— A quand le mariage ?

— Zack voudrait que ce soit dans deux semaines.

— Pas assez tôt, intervint John Grayson, l'un des amis de Ted, avec un sourire entendu. (Il regarda sa femme.) Ça nous a semblé deux ans, tu te souviens, Susan ?

Elle acquiesça en jetant un coup d'œil furtif à Katherine.

— Ton beau-père est vraiment traître.

— Et très sage, ajouta M. Addleson, plus sérieux.

— Ce n'était pas ce que tu disais avant notre mariage, mon cher, lui rappela Marian.

— Non, mais c'est ce que j'ai pensé pendant notre nuit de noces.

Grayson observa un instant le couple qui s'embrassait.

— Je suppose qu'il connaît le coup de la douche froide, fit-il.

83

— Julie, non, ma chérie, je ne supporte plus tout ça, marmonna-t-il quelques jours plus tard en détachant à contrecœur ses bras de son cou, avant de se redresser sur la canapé du salon.

Après avoir passé deux jours au motel du Bon Repos, Zack s'était rendu compte que les parents de Julie étaient vraiment vexés qu'il eût refusé leur hospitalité. Il avait donc quitté le motel avec joie et accepté leur invitation. C'était beaucoup plus confortable, on y faisait bonne chère, mais il dormait dans l'ancienne chambre de Julie, entouré de ses souvenirs d'enfance. Toute la journée, tandis qu'elle enseignait à l'école, il travaillait chez elle, revoyait des scénarios, s'entretenait avec son équipe californienne et discutait d'éventuels contrats par téléphone avec les producteurs. Là il parvenait à penser à autre chose qu'à sa frustration croissante. Mais quand Julie rentrait à la maison, il lui suffisait de la voir pour que le désir mène aux caresses, les caresses à la frustration, et tout recommençait.

Ce qui lui restait de maîtrise de soi était si fragile qu'au lieu de rester chez elle le soir il préférait sortir dîner avec des amis. Deux jours auparavant, il s'était retrouvé à flirter avec elle au dernier rang d'un cinéma, où il savait qu'il ne pourrait pas aller trop loin et, la veille, il leur avait proposé le bowling, où ils ne pouvaient aller nulle part.

En jurant dans sa barbe, Zack repoussa Julie loin de lui et se leva.

— Je n'aurais jamais dû accepter ce ridicule vœu d'abstinence avant le mariage. C'est archaïque, insensé et puéril ! Il a fait ça pour se venger de ton enlèvement. C'est un homme sadique ! La seule fois où je n'étais pas mécontent d'avoir fait ce serment, c'était dimanche, à l'église.

Julie réprima un sourire impuissant.

— A ton avis, pourquoi ? fit-elle avec un semblant de gravité.

— Je sais très bien pourquoi ! Parce que l'heure que j'ai passée dans cette église a été le seul moment de la semaine où je n'ai pas bandé.

Ce n'était pas la première fois que Zack lui parlait du marché qu'il avait conclu avec son père, mais c'était un sujet tellement sensible que Julie redoutait presque de lui dire qu'il n'en était pas la seule victime. Il était très orgueilleux et surtout très secret. Et elle ne savait pas très bien comment il réagirait en apprenant que tous les hommes de la ville qu'avait mariés son père étaient au courant. Quand il se mit à faire les cents pas, elle leva les yeux vers lui.

— J'ai trente-cinq ans, expliqua-t-il d'un ton amer. Je suis un homme avec un QI au-dessus de la moyenne et je dois me comporter comme un ado libidineux en manque ! J'ai pris tellement de douches froides que ta mère doit penser que je suis un maniaque de la propreté. Et je suis en train de devenir irritable.

Julie dégagea les mèches de son front, se leva et le regarda avec un amusement exaspéré.

— Je n'avais pas remarqué.

— Que pourrions-nous faire ce soir ? demanda-t-il en soupirant, tandis qu'il empilait les scénarios qu'il avait lus.

— As-tu songé aux propriétés sédatives du rangement de placards ? le taquina-t-elle. Ça a toujours marché pour moi. Nous pourrions le faire ensemble.

Zack allait répliquer vertement quand le téléphone sonna. Il bondit et passa sa mauvaise humeur sur son interlocutrice.

— Mais qu'est-ce que vous voulez, bon sang ?

— Bonsoir, Zack, dit ironiquement Sally Morrison, son attachée de presse californienne. Quelle joie de vous entendre ! C'est à Julie que je veux parler. Il faut qu'elle me dise si elle veut que j'envoie les invitations de mariage demain matin par limousine ou par coursier. J'ai déjà appelé les cinquante heureux élus qui recevront cette invitation très convoitée, pour qu'ils aient le temps de prendre leurs dispositions pour se trouver au Texas, samedi matin, dès potron-minet. Personne ne l'a déclinée. Betty et moi, ajouta-t-elle en faisant référence à sa secrétaire, nous avons prévu des limousines pour aller les chercher à l'aéroport de Dallas et les emmener à Keaton. Et j'ai réservé des suites pour samedi soir dans les hôtels de Dallas qui ont eu votre approbation.

L'agacement de Zack s'estompa quelque peu. Il attendit que Julie soit dans la salle à manger et demanda à voix basse :

— A-t-elle une idée de qui sera là ?

— Non. Suivant vos instructions, je lui ai dit qu'y assisterait une cinquantaine de vos associés les plus ennuyeux. Cinquante et un, si je me compte.

— Et la presse ? fit Zack. Comment allez-vous vous débrouiller pour qu'elle ne nous casse pas les pieds ? Ils savent que je suis ici et que je me marie samedi. On ne parle que de ça dans les bulletins d'information. Je n'ai vu que quelques journalistes traîner dans le coin. Ils gardent leur distance. Je m'étais imaginé qu'ils grouilleraient autour de nous comme des sauterelles.

Sally hésita, et son silence était lourd de sens.

— Julie ne vous a pas dit ce qu'elle avait décidé pour la presse ?

— Non.

— Vous feriez mieux de le lui demander. Si vous n'êtes pas d'accord, je vais avoir un mal de chien à revenir sur notre marché.

— Quel marché ?

— Demandez-le lui. Pouvez-vous me la passer ?

Zack tendit l'appareil et jeta un coup d'œil par-dessus son épaule.

— Julie, Sally veut te parler !

— J'arrive, dit-elle.

Elle apparut avec le bloc qui ne la quittait plus et sur lequel elle notait tous ces détails dont semblaient se préoccuper les femmes en cette occasion. Il la regarda ôter sa boucle d'oreille et coincer le téléphone entre l'épaule et le menton.

— Bonjour, Sally. Qu'est-ce qui se passe ?

Puis elle écouta Sally.

— Je vais demander à Zack, dit-elle. Sally veut savoir si on envoie les invitations pour la Californie par limousine ou par coursier. (Elle consulta son bloc-notes.) Ça coûte quatre fois plus cher de prendre des limousines.

— Des limousines, décréta Zack.

— Des limousines, répéta Julie dans le combiné.

Quand elle eut raccroché, Zack l'observa et son impatience se mua en admiration. Malgré la terrible pression que faisaient peser sur ses épaules les préparatifs de leur mariage, elle ne perdait jamais son calme. Rachel avait passé plusieurs mois et dépensé deux cent cinquante mille dollars pour monter un véritable cirque médiatique qui avait requis les efforts de deux attachés de presse et d'une armée de domestiques, de conseillers et d'assistants divers, et l'actrice était habituée aux pressions d'une vie publique. Or quand le jour du mariage était arrivé, Rachel se comportait comme une virago hystérique depuis des semaines et avalait des tranquillisants comme des bonbons.

Julie n'y avait passé qu'une semaine et s'était contentée de l'aide de Katherine et de l'équipe californienne de Zack, compétente mais lointaine. En même temps, elle avait poursuivi son travail et s'était arrangée pour sous-louer sa maison. Elle ne s'était jamais mise en colère et n'avait pas non plus offensé Zack. Comme toute la ville de Keaton s'était donné le plus grand mal pour qu'il soit à l'aise et que Julie était l'une des leurs, on avait décidé de s'en tenir à la famille et aux amis intimes pour la cérémonie de l'après-midi, mais d'inviter le vaste cercle des relations des Mathison à la réception du soir, qui devait se dérouler dans le parc. C'était Zack qui avait insisté pour inviter six cent cinquante personnes au lieu de se contenter d'une fête intime. Depuis qu'il était là, il avait apprécié la compagnie de gens simples et honnêtes, plus qu'au cours de toute son existence. En dépit de ses lamentations, il avait aimé partager avec elle les plaisirs les plus banals, danser dans des restaurants où des amis se joignaient à eux sans les importuner, aller au cinéma et manger du popcorn, flirter au dernier rang, puis rentrer à la maison en lui tenant la main dans la douceur du soir. La veille, il avait joué aux cartes chez les Cahill avec Ted et ses amis, tandis que Julie, Katherine et les autres femmes leur apportaient de quoi se sustenter en les encourageant de la voix puis, à son grand étonnement, il avait vu Julie affronter le vainqueur... et le battre.

Elle avait réussi à faire tout cela et veillé de surcroît à tous les détails de la réception avec une dizaine de femmes, engagé les musiciens, choisi les morceaux, commandé les bouquets chez un fleuriste du coin et fait venir de Dallas les tentes qui abriteraient les traiteurs. Zack, qu'elle tenait régulièrement informé des dispositions qu'elle prenait, nourrissait l'espoir que son second mariage gagnerait en chaleur et en ambiance ce qu'il perdrait en décorum et en beauté. Sinon, on risquait fort d'assister à un désastre ridicule. Dans ce cas, il espérait ardemment qu'il pleuvrait.

La seule chose qui avait momentanément brisé l'élan de Julie, c'était sa robe et celles de Katherine, de Sara et de Meredith, qui seraient ses trois témoins. Meredith s'était proposée de trouver une solution au problème quand Julie l'avait appelée pour l'inviter à participer à la cérémonie. Du jour au lendemain, elle lui avait fait envoyer des photos des divers modèles des boutiques spécialisées de Bancroft & Company, pour que Julie puisse les parcourir. Celle-ci avait arrêté son choix sur trois tenues, que le pilote des Farrell alla chercher à Chicago et rapporta à Keaton. Rachel avait tergiversé pendant trois semaines avant de choisir sa robe de mariée. Il avait fallu deux heures à Julie, à Katherine et à Sara, qui avaient ensuite rendu visite aux sœurs Eldridge pour les retouches. Quant à Meredith, qui était de retour à Chicago avec Matt, elle mettait la dernière main à la sienne.

Durant cette période, le seul désaccord entre Zack et Julie eut lieu le soir de leurs fiançailles, Zack ayant insisté pour payer le mariage. Il avait fini par s'entendre avec le père de Julie qui, grâce au ciel, n'avait pas la moindre idée du coût d'une robe de mariée chez Bancroft & Company, ni de l'essence de l'avion que Zack allait rembourser à Matt ni de quoi que ce fût. Zack avait donc renâclé avant d'accepter gracieusement que le révérend Mathison contribue pour deux mille dollars à la réception, puis il lui avait proposé avec la même amabilité de laisser à son comptable en Californie le soin de se charger de l'ennuyeuse tâche consistant à payer les factures et à rendre au révérend Mathison toute somme perçue en sus.

En regardant Julie prendre des notes, il pensa à tous les tracas auxquels elle faisait face avec tant d'élégance. En comparaison, il avait vécu ces moments dans la paix et la plénitude. N'étant plus dérangé en permanence comme c'était le cas en Californie, il avait pu lire des scénarios, et penser à son premier projet de film. Les directeurs des studios, les producteurs et les banquiers qu'il lui faudrait aller trouver attendraient son retour. Sa spectaculaire évasion, sa capture, sa libération et son mariage avec la jeune institutrice qu'il avait prise en otage avaient nourri sa « légende ». Il n'avait pas besoin de lire *Variety* pour savoir qu'il était la valeur la plus sûre de l'industrie cinématographique. Son travail mis à part, la seule question qu'il avait dû régler personnellement la dernière semaine était celle de l'image de Julie auprès du public. Quand on avait diffusé les bandes de son arrestation à Mexico, le monde entier l'avait tenue pour une héroïne qui avait piégé un tueur en série fou. Quelques semaines plus tard, quand l'innocence de Zack avait été prouvée et qu'il avait été relâché, ces mêmes films avaient fait de lui un martyr de la brutalité policière et de Julie une sale traîtresse. Plutôt que de voir sa réputation entachée par ces événements, Zack avait envoyé une copie de la cassette que lui avait remise Richardson à un ami de CNN sans en parler à Julie. Vingt-quatre heures après la première diffusion, l'opinion publique avait changé d'avis, tout comme Zack l'avait fait lui-même devant la souffrance de la jeune femme.

A présent, Zack se sentait coupable et honteux de son irascibilité pour ce qui n'était, après tout, que quelques jours de célibat forcé en présence d'une femme qu'il désirait plus qu'il ne l'aurait cru possible. Il lui prit le bloc des mains et lui embrassa le front.

— Tu es formidable, ma chérie, lui dit-il doucement. Malheureusement, tu épouses un pauvre type qui a mauvais caractère et un obsédé sexuel qui te désire désespérément.

Elle l'embrassa avec une ardeur telle qu'il gémit et la repoussa à nouveau.

— Il ne te reste plus, lui dit-elle, qu'à rompre ton serment ou à annoncer à mon père que le marché ne tient plus.

— Je ne romprai pas mon serment.

Elle hocha la tête en riant, reprit son bloc et tira le crayon de ses cheveux brillants, comme si elle avait déjà oublié le baiser brûlant que Zack venait de lui donner.

— Je sais. Ça me décevrait.

— Ce serait plus facile, fit-il, agacé par cette même patience qu'il admirait quelques instants auparavant, si je pouvais penser que cette abstinence te rendait aussi folle que moi.

— Nous sommes censés aller au match de base-ball ce soir, lui rappela-t-elle d'un ton irrité. C'est une rencontre très spéciale, puisqu'elle oppose l'équipe que j'ai entraînée toute l'année et ses rivaux de Perseville. Tu avais accepté de faire l'arbitre et tout le monde était enthousiaste. Ne discutons pas ! Et si tu n'es pas d'accord, fais un effort pour le match.

Ce que fit Zack.

Trois heures plus tard, sous les yeux de deux équipes éblouies et des parents installés dans les tribunes, Zack Benedict récolta la désagréable moisson de la semaine d'impatience et d'injustices qu'il avait infligée à sa fiancée.

Accroupi entre la ligne d'arrivée à la fin du septième tour de batte, les deux équipes étant prêtes à marquer et le score encore nul, Zack vit l'un des meilleurs coureurs de Julie s'élancer vers la ligne.

— Hors jeu ! cria-t-il en levant le bras comme l'exigeait le rituel.

Les Texans prenaient le base-ball très au sérieux, il l'avait constaté lors des six premiers tours de batte, et même une vedette de cinéma, célèbre et appréciée de tous, n'était pas à l'abri du tollé d'indignation que soulève toute décision impopulaire, si justifiée soit-elle. Le public de Keaton hua et hurla sa désapprobation.

Aux yeux de Julie, qui était assise sur le banc de touche, la décision de Zack n'était pas seulement impopulaire, mais aussi injuste et mauvaise que les deux précédentes. Cette fois, elle ne se contenta pas de grincer des dents. Elle bondit et alla le trouver au pas de charge.

— Tu es dingue ! explosa-t-elle devant un Zack abasourdi. Il n'était absolument pas hors jeu !

— Il l'était ! dit Zack.

Elle planta les mains sur ses hanches sans se préoccuper des cris ni des rires qui fusaient de la foule qui observait leur dispute.

— Tu reportes cette ridicule frustration que tu éprouves sur mon équipe, et ça, je ne le tolérerai pas !

Zack, toujours accroupi, leva les yeux, la colère lui montant au nez devant cette attaque publique, embarrassante... et injuste.

— Il était hors jeu ! Maintenant va t'asseoir à ta place sur ce banc !

Il comprit trop tard que les rires que suscita Julie en obtempérant d'un air furibond ne faisaient que mettre ses nerfs à vif.

Son troisième batteur fit deux *strikes,* pivota, lança et rata sa cible d'un cheveu avant de s'éloigner.

— Trois *strikes* ! annonça Zack et, comme le point était discutable, même depuis le poste privilégié qu'il occupait, il ne fut pas surpris d'entendre rugir la foule, mais il fut sidéré de voir Julie partir comme une flèche, hurler à son équipe abattue de rester sur le terrain et se ruer vers lui comme une virago, toutes griffes dehors.

— Il te faut des lunettes ! explosa-t-elle, tremblante de colère. C'était une balle, pas un *strike,* et tu le sais !

— Il est hors jeu !

— Non ! Tu tiens tellement à montrer à tout le monde que tu es impartial que tu pénalises mon équipe !

— Il est hors jeu et tu le seras bientôt aussi, si tu continues comme ça.

— Tu n'oserais quand même pas m'exclure du terrain !

Zack se releva lentement.

— Tu es en train de me faire une scène, fit-il, cinglant. Va t'asseoir !

— Je ne fais pas de scène ! rétorqua-t-elle et, à l'étonnement de Zack, elle lança de la poussière sur la plaque marquant la ligne d'arrivée et sur ses chaussures pour qu'il soit obligé de l'essuyer. *Ça,* c'est une scène ! fit-elle furieusement.

— Sors du terrain ! hurla Zack en levant le bras, geste ô combien reconnaissable de l'arbitre excluant l'entraîneur et, dans la douceur du soir, ce fut un tonnerre de sifflements, d'acclamations, de grognements et d'applaudissements, tandis que Julie quittait le terrain au pas de charge.

— Jouez la balle ! cria Zack en faisant signe à l'autre équipe avant de s'accroupir de nouveau derrière la marque de la ligne.

Du coin de l'œil il surveilla les épaules raidies de Julie, le doux balancement de ses hanches et ses cheveux ondoyants dans la brise, tandis qu'elle regagnait le banc et prenait son gilet. Il allait regretter sa décision, comprit-il alors. Elle se vengerait.

Le jeune Willie Jenkins était du même avis.

— Vous êtes dans la merde jusqu'au cou, Zack, lui dit-il de sa voix forte et rocailleuse en passant devant lui à la sortie du terrain.

L'équipe de Julie avait perdu quatre à trois. Quand les perdants et les parents des perdants se retrouvèrent dans un restaurant du coin pour le pot et le repas traditonnels, Julie les attendait. Elle trouva les mots pour consoler et féliciter chacun de ses joueurs, mais elle n'eut rien à dire à Zack quand celui-ci lui tendit quelque chose à boire. Les adultes semblaient prêts à oublier que c'était sa décision qui avait coûté le gain du match à leur équipe, et plusieurs lui proposèrent de lui offrir une bière, mais Julie lui tournait délibérément le dos tout en bavardant ostensiblement avec Katherine, Sara Mathison et d'autres amies.

Il ne restait plus à Zack qu'à essayer de l'amadouer en public, ce qu'il se refusait à faire, ou à battre en retraite vers le bar où il aperçut Ted, Carl, John Grayson et le maire qui partageaient une pizza. Zack opta pour la seconde solution. Ted vit qu'il se dirigeait vers eux, fit volte-face et posa ses coudes sur le comptoir.

— Tu n'aurais pas dû faire ça, déclara-t-il avec un grand sourire.

— Vraiment pas, confirma Carl.

— Mais pas du tout ! appuya M. Addleson, qui jeta une poignée de cacahuètes dans sa bouche en ricanant.

— C'était la bonne décision, dit Zack d'un ton catégorique.

— Bonne peut-être, fit Addleson, mais pas habile.

— La barbe ! s'exclama Zack. Si elle a peur de se brûler, elle n'a qu'à ne pas s'approcher du feu.

Pour une raison qu'il ignorait, cette banalité fit hurler de rire les quatre hommes.

Zack ne leur prêta guère attention, mais sa colère s'accrut quand il comprit dans quelle situation absurde, indigne, injuste, elle l'avait mis. Il avait trente-cinq ans, valait plus de cent millions de dollars et, à l'exception de cinq années de prison, il avait passé sa vie dans les meilleurs restaurants, les plus beaux hôtels, à fraterniser avec des gens aussi célèbres, brillants et talentueux que lui-même. Et voilà qu'il était relégué dans un coin de restaurant minable de la métropole de Snake Naval, Texas, à grignoter de la pizza, battu froid par une demoiselle qui aurait dû être honorée qu'il veuille bien l'épouser ! Il avait bien envie de la forcer à sortir de ce lieu, de lui imposer sa loi et de l'emmener dans un lit.

Zack s'éloigna du bar.

La main du maire se posa lourdement sur son épaule.

— Ecoutez le conseil d'un homme qui est déjà passé par là, lui dit-il d'un ton paternel. Ne le faites pas.

— Quoi ? aboya Zack.

Ted se pencha à côté du maire et lui sourit.

— Bois quelque chose de frais, mange un hamburger, rentre à la maison, prends une douche froide et attends patiemment que la semaine passe. Un jour, tu y penseras en riant.

— Je ne sais pas de quoi vous parlez, bon sang !

— Nous parlons de ce que l'on appelle dans cette ville le désolant syndrome Mathison, répondit doucement Ted. Avec ses bonnes intentions, mon père a entrepris de redonner du piquant à la nuit de noces à une époque où, selon lui, les couples n'en connaissent plus la magie parce qu'ils ont croqué la pomme prématurément.

Zack serra les mâchoires en croyant à tort que le père de Julie avait raconté dans toute la ville le marché ridicule qu'il avait imposé à Zack en représailles.

— Qu'est-ce que tu dis ?

John Grayson, qui avait entendu la question, se pencha vers Ted.

— Il est déjà sourd. Vous savez d'où ça vient ? ajouta-t-il lourdement avec un air lubrique.

Ted avala une gorgée.

— Non, on devient aveugle, pas sourd.

— Mais de quoi parlez-vous, nom de Dieu ?

— Nous parlons de toi, mon ami, répliqua Ted. Ce n'est pas Julie qui a peur de « se brûler », c'est toi. Nous sommes aussi passés par là. La moitié des hommes de cette ville ont dû signer le même pacte que toi, et la plupart d'entre nous, ceux qui s'y sont tenus, ont fini par s'engueuler comme du poisson pourri avec leur future épouse.

La fureur et la frustration que Zack éprouvait s'évanouirent en un éclair, le laissant ébahi, incrédule et hilare devant l'absurdité de ce qu'il venait d'entendre.

— Dites-le lui, monsieur le maire, insista Ted.

— C'est l'enfer. J'ai dix ans de plus que vous, mon vieux, et j'avais du mal à croire que j'en avais d'autant plus envie que j'y avais renoncé. Les femmes en souffrent aussi, mais je pense que leur malaise est amoindrie par la joie discrète de voir le mâle réduit à les désirer furieusement. Ce que je dis des femmes, ajouta-t-il avec un grand sourire, ce n'est pas ma propre théorie, mais l'analyse d'un professeur de sociologie que j'ai eu en deuxième année d'études d'ingénieur. A propos, où êtes-vous allé à l'université ? Vous avez l'air d'un Yankee, mais vous en avez un peu perdu l'accent.

Partagé entre l'agacement et le scepticisme quant à la méthode Mathison, Zack hésita, conscient qu'Addleson s'efforçait de désamorcer la situation, puis il regarda le joli profil de Julie et trouva amusant que sa frustration soit non seulement connue mais comprise de la plupart des hommes de ce restaurant. Alors il capitula.

— A l'université de Californie.

— Quelle était votre matière principale ?

— Finances et cinéma.

— Vous en aviez deux ?

Zack acquiesça sans quitter Julie des yeux.

A l'autre bout de la salle, Julie regarda Zack à la dérobée. Il vit son regard, le soutint avec un visage de marbre. Il attendit. Ce qu'il lui restait de colère s'évanouit. Elle l'aimait tant et ils avaient traversé tant d'épreuves. Elle avait eu tort ce soir et elle le savait. Elle regrettait de ne pas avoir accepté ses excuses plus tôt. Elle n'aurait pas eu à ravaler sa fierté sous le regard de tous. En revanche, se dit-elle en s'excusant auprès de ceux qui lui adressaient la parole, il était fou de rester une minute de plus dans cette ridicule impasse. Quand elle fut devant Zack, elle fit un signe de tête au maire, à ses frères et à John Grayson, puis elle planta les mains dans les poches de son short d'un air hésitant.

— Eh bien ? fit doucement Zack en s'efforçant de ne pas trop s'attarder sur ce T-shirt qui lui moulait délicieusement les seins.

— Je voudrais manger quelque chose, dit-elle.

Déçu qu'elle n'ait pas la courtoisie de lui présenter des excuses, Zack leva les yeux et fit un signe de tête à la serveuse, qui se précipita vers eux.

— Qu'est-ce que ce sera pour vous ? demanda Tracy, les yeux rivés sur son bloc et sur le crayon qu'elle avait en main pour dissimuler le malaise qu'avait fait naître leur querelle publique sur le terrain de base-ball.

— Je n'arrive pas à me décider, répondit Julie qui regarda la serveuse, puis son fiancé. Dois-je commander de la soupe à la grimace, Zack ? Ou me contenter de ravaler ma fierté ? demanda-t-elle solennellement.

— A ton avis ? fit Zack, les lèvres distordues par le rire qu'il réprimait.

Julie observa la serveuse qui essayait sans succès de garder un visage de marbre.

— Apportez-nous donc une pizza. Avec du fromage et des poivrons en supplément, lança Zack après avoir glissé son bras autour des épaules de Julie, qu'il serra contre lui.

— Oh, et des lunettes pour l'arbitre, Tracy, ajouta-t-elle quand la serveuse se fut éloignée.

Un soupir de soulagement muet parcourut la salle, puis les rires et le vacarme reprirent de plus belle.

Ils rentrèrent chez eux dans la douce nuit de printemps, main dans la main.

— J'aime bien cet endroit, dit Zack, tandis qu'ils s'engageaient dans sa rue. Je ne m'étais pas rendu compte à quel point j'avais besoin d'une vie normale. Je n'avais même pas pris le temps de me reposer depuis le jour où je suis sorti de prison.

Quand elle ouvrit la porte et entra, il resta sur le porche en hochant la tête.

— Ne me tente plus, la taquina-t-il en l'attirant contre lui pour un baiser furtif.

Ses lèvres effleurèrent les siennes, puis il la relâcha, mais elle se pendit à son cou et lui donna un baiser plein d'amour et de remords. Zack perdit la bataille. Sa bouche s'entrouvrit avec avidité, ses mains se promenèrent sur ses seins, se posèrent sur ses fesses, la pressant contre son corps et ils s'embrassèrent jusqu'à ce qu'ils soient tous deux en feu.

Quand ses lèvres se détachèrent de celles de Julie, elle laissa ses bras autour de son cou et frotta sa joue contre son torse. Son corps était plaqué contre celui de Zack, qui se demandait s'il était bien sage de se laisser tourmenter par un autre baiser. Mais elle rejeta la tête en arrière et lui lança un sourire tentateur. Tout son corps se tendit en réaction à ce regard provocant et il hocha la tête à contrecœur.

— Non, ma jolie sportive. Je suis déjà tellement excité

que j'ai du mal à tenir debout. De plus, ajouta-t-il d'un air qui se voulait sévère, je ne t'ai pas encore pardonné de ne m'avoir pas prévenu que ton père infligeait ce misérable marché à tous les hommes qui lui demandaient de célébrer leur mariage.

Au clair de lune il vit son sourire gêné.

— Je craignais que ça ne te mette encore plus mal à l'aise de savoir que tout le monde connaissait les affres par lesquelles tu passais.

— Julie, dit-il en plaquant ses hanches contre son sexe dur, je ne pourrais pas être plus mal à l'aise qu'en ce moment.

— Moi non plus ! dit-elle avec une telle conviction qu'il éclata de rire et l'embrassa encore avant de s'éloigner doucement.

— Tu me rends très heureux, ajouta-t-il avec tendresse. Je me suis plus amusé avec toi que dans ma vie entière.

84

Deux jours avant son mariage, Zack, qui était assis au bureau de M. Mathison, leva les yeux du scénario qu'il était en train de lire et sourit d'un air absent à Mary Mathison.

— Zack, mon cher, lui dit-elle, un peu chagrinée en posant une assiette de cookies frais à côté de lui, puis-je vous demander un service ?

— Tout à fait, répondit Zack en tendant la main vers l'assiette.

— N'allez pas perdre l'appétit à force de grignoter, lui conseilla-t-elle.

— Non, promit-il avec un sourire enfantin.

Depuis près de deux semaines qu'il habitait chez eux, Zack s'était pris d'une sincère affection pour ses futurs beaux-parents. Ils étaient les parents qu'il n'avait jamais eus et leur maison était pleine de ces rires et de cet amour qui lui avaient manqué. Jim Mathison était intelligent et bon. Il veillait tard le soir pour mieux connaître Zack, le battre aux échecs et lui raconter de merveilleuses histoires sur l'enfance de Julie et de Ted. Il traitait Zack comme un fils adoptif, lui donnait des conseils d'économie et l'exhortait d'un ton sévère de ne pas faire de films violents. Mary Mathison le maternait, le grondait quand il travaillait trop tard et l'envoyait faire des courses en ville, comme s'il était son propre fils. Pour Zack qui n'était jamais allé chez un boucher ni dans une blanchisserie depuis qu'il était adulte, c'était à la fois touchant et déconcertant de se voir tendre une liste. Il lui était aussi étrangement agréable de se retrouver face à des commerçants qui lui souriaient en lui demandant des nouvelles de sa belle-famille.

— Est-ce que Mary tient le coup avec tous ces préparatifs de mariage ? s'enquit le boucher en lui tendant un poulet enveloppé dans un papier blanc. J'espère qu'elle surveille sa tension.

Le propriétaire de la blanchisserie remit à Zack une brassée de linge de table qu'il venait de nettoyer.

— C'est gratuit, lui dit-il. Nous participons tous un peu à ce mariage et nous le faisons avec plaisir. Vous entrez dans une famille très bien, monsieur Benedict.

— La meilleure, répondit-il, et il le pensait.

A présent, Mary Mathison le regardait et tentait de dissimuler son inquiétude en lissant son tablier.

— De quel service s'agit-il ? S'il faut encore peler des oignons comme hier, la taquina-t-il, cela vous coûtera une fournée de cookies.

Elle s'assit sur le bord d'un fauteuil.

— Ce n'est pas du tout ça. J'ai besoin d'un conseil... ou plutôt d'être rassurée.

— A quel sujet ? lui demanda Zack, prêt à la rassurer dans tous les domaines.

— A propos d'une chose que Julie a faite et que je l'ai incitée à faire. Il faut que je vous pose une question... en tant qu'homme.

Zack se cala dans son fauteuil et l'écouta attentivement.

— Allez-y !

— Supposons qu'un homme, mon mari par exemple, fit-elle d'un air coupable, et Zack se dit aussitôt que l'homme en question était bien Jim Mathison, supposons qu'il ait un parent âgé avec lequel il soit brouillé depuis longtemps et que je sois absolument certaine que ce parent âgé souhaiterait vivement se réconcilier avec lui avant qu'il soit trop tard. Si le mariage de Julie était peut-être la dernière occasion pour ce faire, serait-il bien ou mal d'inviter ce parent sans le lui dire ?

Zack chassa de son esprit la pensée amusante mais peu charitable qu'il avait là l'occasion de rendre à son beau-père la monnaie de sa pièce. Cependant, il ne pensait pas que c'était une bonne idée et il allait le lui dire quand elle ajouta d'un air penaud :

— Le problème, c'est que nous l'avons déjà fait.

— Je vois, fit Zack avec un petit sourire. Dans ce cas, il ne nous reste plus qu'à espérer que tout se passera bien.

Elle hocha la tête, se leva et rajusta son tablier.

— C'est bien ce que je pensais. La rancune est une mauvaise chose, déclara-t-elle avec conviction, et c'est le plus important. La Bible nous demande de pardonner à ceux qui nous ont offensés. Le Seigneur a été très, *très* clair sur ce point.

— Oui, madame, c'est ce qu'on m'a dit, répondit-il avec une gravité de bon ton.

— Appelez-moi maman, le corrigea-t-elle, puis elle s'avança vers lui et lui mit un bras maternel autour de l'épaule, ce qui lui donna le sentiment d'être très jeune et très aimé. Vous êtes un homme bien, Zack. Un homme très bien. Jim et moi, nous sommes fiers de vous voir entrer dans la famille.

Il ne releva le nez qu'une heure plus tard, quand Julie rentra de l'école et jeta un coup d'œil par-dessus son épaule.

— Qu'est-ce que c'est ? demanda-t-elle en lui embrassant la joue, les deux mains posées sur les épaules de Zack.

— Le scénario d'un film que j'aimerais bien tourner. Ça s'appelle *Dernier interlude,* mais il pose de gros problèmes qui nécessiteront beaucoup de travail.

Elle l'écouta attentivement tandis qu'il lui racontait l'histoire sans en oublier les difficultés.

— J'ai un service très important à te demander, fit-elle d'une voix hésitante, quand le sujet fut épuisé. Demain, ce n'est pas seulement mon dernier jour de classe, c'est aussi ma dernière soirée avec les femmes auxquelles j'apprends à lire. Elles seraient très touchées si tu faisais l'effort de les rencontrer. J'aimerais surtout que tu fasses la connaissance de Debby Sue Cassidy. Elle est tellement intelligente et tellement abattue ! Comme au bout de quelques mois elle ne lit pas encore comme un professeur d'université, elle se croit bonne à rien. Elle est très cultivée... grâce à des livres-cassettes, précisa Julie devant son air ahuri, et elle dit merveilleusement les choses, très simplement, et pourtant elle nous les fait ressentir. Un jour, elle voudrait écrire.

— Comme tout le monde, non ? la taquina-t-il.

Elle lui jeta un regard étrange, coupable.

— Probablement, acquiesça-t-elle. Mais ne la sous-estime pas. Avec un petit encouragement de quelqu'un qu'elle admire tout particulièrement...

— Comme moi ?

— Comment as-tu deviné ? fit Julie en lui embrassant le front.

— A quelle heure veux-tu que je vienne ?

— Vers sept heures. Cela nous laissera bien assez de temps avant la répétition.

— Marché conclu ! A propos, j'ai croisé l'une des jumelles en ville et elle m'a fait entrer dans sa boutique pour voir leurs travaux de couture. Je ne suis pas un expert, mais ça a l'air très beau.

— Vous êtes tous pareils, vous les citadins, le taquina-t-elle. Vous êtes persuadés que le talent ne fleurit que dans les grandes villes. Notre fleuriste a été sélectionné par l'Association des fleuristes pour diriger l'équipe qui décore la Maison-Blanche pour le bal inaugural ! Attends un peu de voir ce que sera notre réception de mariage. Toutes les femmes qui y travaillent seront aussi nos invitées. Elles ont donc deux fois plus à cœur que ce soit absolument parfait.

— Tant que tu seras là et que nous nous marierons, ce sera parfait, déclara Zack, qui ne se risqua pas à hasarder une opinion sur la compétence de ces dames.

Tout à coup elle s'assombrit et parut anxieuse.

— Je serai là. Pour l'instant, le principal, c'est que tu m'aimes assez pour me pardonner si je devais faire quelque chose qui te semble stupide ou même mal.

— Il ne s'agit pas d'un autre homme, n'est-ce pas ?

— Bien sûr que non !

— Dans ce cas, fit Zack, magnanime, tu trouveras en moi le plus clément des hommes. Mais en ce qui concerne tes rapports avec les autres hommes, je crois que je suis d'une jalousie et d'une possessivité impressionnantes, ajouta-t-il en pensant à Richardson. Alors qu'as-tu fait de stupide ou de mal ?

— Oh, je n'ai pas dit que je l'avais fait, esquiva-t-elle. Simple façon de parler. Il faut que j'aide maman à préparer le dîner, fit-elle, battant soudain en retraite.

— Tu es certaine qu'il n'y a rien qui cloche ?

— Pas encore, répondit-elle pour clore le débat avant de disparaître.

En dépit de l'assurance dont elle avait fait preuve, Zack eut l'impression pendant tout le dîner qu'il y avait quelque chose qui tracassait Julie et ses parents. Dès que la table fut débarrassée, le révérend et Mme Mathison annoncèrent leur intention de rendre visite à des amis et s'éclipsèrent avec une hâte qui ne fit qu'ajouter à ce sentiment de malaise, puis Julie déclina son offre de lui donner un coup de main dans la cuisine, ce qui était tout aussi inhabituel. Il retourna donc dans le bureau pour méditer sur cet étrange comportement. Il étudiait des documents juridiques que son avocat lui avait envoyés quand elle réapparut, une demi-heure plus tard.

— Zack, dit-elle avec un sourire un peu trop radieux, il y a quelqu'un qui veut te voir.

Zack se leva, pénétra dans le salon et s'arrêta net, les yeux rivés sur la vieille dame qui se tenait au centre de la pièce, une canne à la main. Elle avait exactement la même voix que dans ses souvenirs, puissante, froide et arrogante.

— Cela fait bien longtemps, Zachary, dit-elle en inclinant majestueusement la tête.

— Pas assez longtemps, rétorqua-t-il d'un ton cinglant. Pourquoi diable as-tu fait ça ? demanda-t-il en tournant son regard glacial vers Julie.

— J'ai fait ça, fit-elle calmement, pour que tu écoutes ce que ta grand-mère a à te dire.

Zack tourna les talons et se dirigea vers la porte, mais Julie posa la main sur sa manche.

— Je t'en prie, mon chéri. Fais-le pour moi. Comme cadeau de mariage. Je vais préparer du thé.

Zack jeta alors un regard plein de dédain à la vieille dame.

— Dis-moi ce que tu as à dire et sors de ma vie ! Et que je ne te revoie plus !

Au lieu de lui répondre sur le même ton cinglant, elle hocha la tête et déclara d'une voix saccadée :

— Je suis venue te dire comme... je regrette amèrement tout ce que je t'ai fait.

— Très bien, fit Zack d'un air sarcastique. Maintenant sors !

— Je suis aussi venue te demander de me pardonner.

— Ne sois pas ridicule.

— Et que je... je..., bredouilla-t-elle d'une voix éteinte.

Elle chercha désespérément l'aide de Julie, mais celle-ci était déjà dans la cuisine.

— Zachary, je t'en prie, murmura-t-elle en lui tendant une main suppliante.

Zack baissa les yeux vers la main aristocratique qui se tendait vers lui.

Elle était vieillie, trop maigre, avec une alliance pour seul ornement. Comme il refusa de la prendre, elle la laissa tomber et dit en relevant fièrement le menton :

— Je ne t'implorerai pas.

Puis elle se tourna vers la fenêtre, redressa les épaules et contempla la rue tranquille.

— Cependant, il y a certaines choses que je veux t'expliquer et je le ferai.

Elle se tut un instant et, quand elle s'adressa de nouveau à lui, elle avait dans la voix une incertitude que Zack ne lui connaissait pas.

— Peu avant la mort de Justin, je suis montée mettre un vase de fleurs sur la table qui se trouvait près du palier. Je vous ai entendus vous quereller dans sa chambre. Vous vous disputiez pour savoir qui emmènerait Amy Price au bal du Country-club... Quelques minutes plus tard, il y a eu un coup de feu et Justin était mort, ajouta-t-elle après avoir inspiré par à-coups.

« Je savais que tu mentais quand tu as raconté à la police que le coup était parti par accident, fit-elle amèrement en jetant un coup d'œil par-dessus son épaule, je le voyais dans tes yeux. Seulement je... je croyais que tu l'avais tué. »

Zack décela sur ses traits une peine profonde et se durcit pour ne pas réagir, mais il était étonné qu'elle les ait entendus se quereller et comprit tardivement à quel point cela avait dû lui sembler accablant.

— S'il te plaît, fit-elle d'une voix rauque, dis quelque chose !

Comme Zack demeurait muet, Julie, qui était restée à l'écart, intercéda pour la vieille dame.

— Madame Stanhope, pourquoi n'avez-vous pas parlé à la police de cette querelle avec Justin ?

Margaret Stanhope baissa les yeux vers ses mains croisées sur sa canne, comme si elle avait honte de sa propre faiblesse.

— Je n'ai pas pu, dit-elle. Je ne pouvais pas plus supporter la vue de Zachary que l'idée qu'il aille en prison. Donc, conclut-elle en levant les yeux vers le visage impassible de Zack, je t'ai renvoyé pour ne plus te voir. Loin de ta maison, de ton frère et de ta sœur. Je savais que tu survivrais très bien, ajouta-t-elle d'une voix sourde d'émotion. Tu vois... je savais que tu étais le plus fort de mes petits-enfants, Zachary.

Elle inspira difficilement avant de poursuivre.

— Et le plus intelligent. Et le plus orgueilleux. Ton grand-père vous a fait jurer à toi et à Foster de ne jamais me révéler que Justin s'était suicidé ni pourquoi il l'avait fait, dit-elle comme Zack ne réagissait toujours pas. Foster a rompu sa promesse le jour où tu es sorti de prison. Il considérait que tu avais été victime de trop d'injustices et il ne pouvait plus supporter ce fardeau. Maintenant c'est moi qui porte le poids de tous les torts que je t'ai faits. C'était moi qui t'avais privé de ton frère et de ta sœur, moi qui t'avais jeté hors de ta maison, moi qui avais fait croire à Julie que tu étais capable de meurtre. Moi qui lui avais fait peur pour qu'elle te livre aux autorités.

Quand elle eut terminé, elle attendit qu'il dise quelque chose et, comme il restait silencieux, elle se tourna vers Julie en désespoir de cause.

— Je vous avais dit qu'il ne pardonnerait pas. Il me

ressemble trop pour se contenter d'une excuse face à l'impardonnable.

Elle fit volte-face et se dirigea vers la porte, puis s'arrêta et regarda Zack :

— Comme je dois te sembler pitoyable ! Et aveugle ! J'ai gâché ma vie à me durcir pour ne pas me laisser aller à aimer ton grand-père, puis toi. Et Julie me dit que vous m'avez tous deux aimée plus que je ne l'ai jamais imaginé. Je vais passer le reste de mes jours à regretter les années perdues, ma bêtise, ma cruauté et mon aveuglement. Un châtiment qui me convient à merveille, tu ne crois pas, Zachary ?

— Non ! explosa Julie qui, voyant sa mâchoire se contracter, puis se relâcher, sentit que Zack était en proie à un combat intérieur. Ce n'est pas du tout un châtiment qui convient, et il ne le pense pas non plus ! Zack, dit-elle doucement, ne fais pas ça. Tu peux mettre fin à ce malentendu. Tu aimais ta grand-mère, je le sais. Je l'ai bien vu à la manière dont tu en parlais dans le Colorado. Elle t'a entendu te disputer avec Justin juste avant sa mort, est-ce que tu le savais ?

— Non, fit-il d'un air pincé.

— Tu m'as pardonné bien pire, l'implora-t-elle en lui serrant le bras.

Mme Stanhope sortit de son sac une petite boîte en velours.

— J'ai apporté ça pour toi, dit-elle en la lui tendant.

Comme Zack refusait de la prendre, elle la tendit à Julie.

— C'était la montre de ton grand-père.

Elle fit un signe de la tête à Julie et lui lança un sourire mélancolique.

— Merci pour tout le mal que vous vous êtes donné aujourd'hui. Vous êtes une jeune femme remarquable, chaleureuse et courageuse, une épouse idéale pour mon petit-fils.

Sa voix se brisa sur ce dernier mot et elle saisit la poignée de la porte. Derrière elle, Zack dit d'un ton abrupt :

— Julie a préparé du thé. Elle aimerait sans doute que tu restes.

C'était tout ce dont il était capable pour exprimer qu'il acceptait la trêve, mais les deux femmes le comprirent aussitôt. Mme Stanhope regarda cet homme grand, beau, fier, qui avait survécu et triomphé en dépit des obstacles et la vaillante jeune femme qu'il aimait.

— Ton frère et ta sœur attendent dans la voiture, fit-elle d'une voix rauque. Ils aimeraient te voir, si tu le veux bien.

Julie retint son souffle. Zack hésita, puis il se dirigea vers le porche à pas lents. Il observa la limousine qui était garée là, les mains dans les poches. Il n'irait pas jusqu'à la voiture, comprit Julie, il ne ferait même pas la moitié du chemin, mais il leur faisait un signe.

La portière arrière de la limousine s'ouvrit brusquement et un jeune garçon en costume sombre et en cravate sortit en courant, suivi de sa mère et de son oncle qui remontèrent plus lentement le trottoir. Il grimpa l'escalier du porche quatre à quatre et s'arrêta devant Zack, la tête en arrière pour mieux examiner son visage.

— Est-ce que vous êtes vraiment mon oncle Zack ? demanda-t-il.

Zack baissa les yeux vers l'enfant aux cheveux bruns et sourit malgré lui en reconnaissant les traits de la lignée des Stanhope. Le petit garçon ressemblait tant à celui qu'il était à son âge que c'en était presque inquiétant.

— Oui, répondit-il. Et toi, qui es-tu ?

L'enfant lui fit un grand sourire.

— Je m'appelle Jamison Zachary Arthur Stanhope. Vous pouvez m'appeler Jamie comme tout le monde. Maman m'a nommé Zachary à cause de vous. Grand-mère était très en colère, lui confia-t-il.

Zack se pencha et le prit dans ses bras.

— J'imagine, dit-il d'un ton pince-sans-rire.

Julie observait la scène dans l'embrasure de la porte. Elle entendit Zack dire avec calme :

— Bonjour, Elizabeth, et elle aperçut le sourire las de sa sœur, qui monta les marches et le prit dans ses bras.

Son frère lui tendit la main d'un air hésitant.

— Je ne t'en voudrai pas si tu refuses de me serrer la

main, Zack, fit-il. Si les rôles étaient inversés, je ne le ferais pas.

Zack tendit la main à son frère. Alex la regarda, la prit dans la sienne, puis le serra dans ses bras en lui tapotant l'épaule.

Jamie leva les yeux vers sa mère, sa grand-mère, puis Julie.

— Pourquoi pleurent-ils tous ? demanda-t-il.

— C'est une question d'allergie, mentit Zack avec un sourire rassurant. Quel âge as-tu ?

Plus tard dans la soirée, ils restèrent assis sur le porche de Julie à contempler les étoiles scintiller dans le velours noir du ciel et à écouter le chœur des criquets.

— Cet endroit va me manquer, dit Julie en s'appuyant contre le torse de Zack.

— Je sais, répondit-il. A moi aussi.

En quinze jours il avait fait deux voyages d'affaires en Californie et, chaque fois, il attendait de revenir vers Julie et vers Keaton avec une impatience de gamin. Le lendemain, il prendrait l'avion pour Austin où il avait rendez-vous avec le comité directeur de la justice pénale du Texas, qui envisageait de prendre des mesures disciplinaires contre Wayne Hadley. Le surlendemain, il se mariait.

— J'aimerais que tu ne sois pas obligé d'aller à Austin demain.

— Moi aussi, dit-il en lui embrassant le sommet de la tête et en lui enlaçant la taille.

— Reviens le plus tôt possible.

— Pourquoi ? la taquina-t-il. Tu as l'intention de faire débarquer à l'improviste d'autres parents avec qui j'ai perdu tout contact ?

Elle leva la face vers lui.

— Il y en a d'autres ?

— Non ! s'exclama-t-il avec force, mais il vit qu'elle s'efforçait de sourire et il lui prit le menton. Qu'est-ce qui ne va pas ?

— Je n'aime pas te voir dans des endroits qui ont quelque rapport que ce soit avec la prison.

Son sourire se voulait rassurant, mais il déclara d'un ton implacable :

— Je dois le faire, mais tu n'as aucune raison de t'inquiéter. S'ils essaient de me boucler, ajouta-t-il en plaisantant, je sais que je peux compter sur toi pour me tirer de là à temps pour le mariage.

— Et comment ! dit-elle avec une telle ardeur que Zack éclata de rire.

— Je serai à l'école demain soir à sept heures, lui promit-il.

85

Quand Zack longea à pas lents le couloir désert qui menait à la seule salle de classe éclairée, l'odeur nostalgique de la craie et de la pâte à modeler lui monta aux narines. En se rapprochant, il entendit des rires et s'arrêta à l'entrée de la pièce sans se faire remarquer, puis il contempla les sept femmes qui occupaient les bureaux des premiers rangs.

Julie était adossée à sa table, entourée de tableaux noirs surmontés de dessins d'enfants et de lettres géantes disséminées dans toute la salle. Elle était déjà habillée pour le dîner qui devait suivre la répétition de la cérémonie, les cheveux relevés en un petit chignon qui lui donnait une allure étonnamment sophistiquée. Il était en train de l'admirer dans sa robe d'été moulante, couleur pêche, quand elle leva les yeux et l'aperçut.

— Tu es juste à l'heure, lui dit-elle en se redressant. Nous avons terminé notre cours et nous étions en train d'évoquer des souvenirs et de faire notre petite soirée d'adieu.

Elle tourna la tête vers le gâteau et les verres en carton qui se trouvaient sur le bureau et lui tendit la main.

— Zack est venu ce soir parce qu'il tenait absolument à faire votre connaissance avant que nous partions, expliqua-t-elle à ses élèves en l'entraînant, leurs doigts entremêlés.

Sept visages l'observèrent alors, exprimant des sentiments allant du franc malaise à l'ébahissement.

— Pauline, commença Julie, je vous présente mon fiancé. Zack, voici Pauline Perkins...

Dès la seconde présentation, Zack comprit que Julie voulait leur faire sentir que c'était lui qui était honoré. Tandis qu'elle faisait un petit laïus sur chacune d'entre elles, Zack vit leur tension se dissiper et des sourires illuminer leurs traits.

Impressionné par tant de tact, il se redressa après la dernière poignée de main et se tint auprès de Julie. Le silence gêné qui suivit fut soudain brisé par une jeune femme d'une vingtaine d'années, qui avait un bébé dans une poussette près de sa table et que Julie avait présentée comme Rosalie Silmet.

— Est-ce que vous... voulez un peu de gâteau ?

— Je ne refuse jamais un gâteau, mentit Zack en souriant pour la mettre à l'aise, puis il se tourna vers le bureau et se trancha une part.

— C'est moi qui l'ai fait, fit-elle d'une voix hésitante.

Un morceau de gâteau au chocolat à la main, il s'aperçut que les lèvres de Julie formaient le mot « comment ».

— J'ai...

Rosalie redressa alors ses frêles épaules.

— J'ai *lu* la recette ! annonça-t-elle avec une fierté telle que Zack ressentit un étrange pincement au cœur. Et c'est Peggy qui nous a conduites jusqu'ici, ajouta-t-elle en désignant celle qui se nommait Peggy Listrom. Elle a lu à voix haute tous les panneaux indicateurs qu'il y avait sur notre chemin.

— Il s'en fiche ! lança Peggy Listrom en rougissant comme une pivoine. Tout le monde sait lire les panneaux indicateurs.

— Pas tout le monde, s'entendit-il dire car devant l'expression pleine d'espoir de ces femmes, il aurait fait *n'importe quoi* pour qu'en quittant cette classe elles se sentent fières d'elles-mêmes. Julie m'a dit que longtemps elle n'avait pas su lire.

— Elle vous a dit *ça* ? fit l'une d'elles, ébahie que Julie eût fait un tel aveu.

— Je l'ai beaucoup admirée, répondit-il en hochant la tête, d'avoir eu le courage d'apprendre. Maintenant, ajouta-t-il en se tournant vers Peggy Listrom, quand vous saurez lire une carte, vous me direz comment on fait. Moi, il suffit que je la déplie pour être perdu.

On entendit rire, et Zack poursuivit :

— Qui a apporté le punch ?

Une main se leva.

— C'est moi.

— Vous avez lu la recette ?

Elle hocha la tête avec tant de fierté que Zack se laissa mystifier jusqu'au moment où elle précisa :

— C'était une boîte. J'ai lu l'étiquette. A l'épicerie. Ça coûte un dollar soixante-neuf cents, et ça aussi, je l'ai lu.

— Je peux en avoir un peu ?

Quand elle acquiesça, Zack éprouva le même pincement au cœur en versant le liquide rouge dans son verre en carton. Il était si absorbé qu'il en renversa sur son poignet de chemise, et Rosalie Silmet bondit.

— Je vais vous montrer où sont les toilettes pour que vous puissiez y mettre de l'eau froide.

— Merci, dit-il, craignant de la heurter s'il refusait. Je suis un peu nerveux de faire la connaissance des élèves de Julie, plaisanta-t-il. J'ai peur qu'elle n'annule notre mariage si je ne vous plais pas.

Il emboîta le pas à Rosalie Silmet, et il eut l'impression d'avoir fait quelque chose de merveilleux quand la classe éclata de rire.

Quand il revint, la petite fête touchait à sa fin et chacune redoutait que Julie ne soit en retard pour la répétition.

— Nous avons encore le temps, dit-elle alors que Zack restait à l'écart pour déguster son punch.

Il remarqua que Rosalie Silmet chuchotait quelques mots à l'oreille de Debby Sue Cassidy, qui hocha la tête. Jusque-là, la protégée de Julie, une jeune femme aux cheveux bruns et raides, tirés derrière les oreilles et attachés par une barrette, n'avait pas dit grand-chose. Zack se demanda ce que Julie pouvait bien lui trouver. Les autres étaient tellement attachantes.

— Julie, intervint Rosalie, Debby Sue vous a écrit un poème d'adieu, mais elle ne veut pas le lire.

Comprenant aussitôt qu'il était la cause de ce refus,

Zack allait l'en implorer, mais la voix de Julie s'éleva, apaisante et encourageante.

— S'il vous plaît, lisez-le-moi, Debby.

— Ce n'est pas très bon, fit-elle d'un ton désespéré.

— S'il vous plaît.

D'une main tremblante elle saisit la feuille de papier qui se trouvait sur son bureau.

— Ça ne rime pas.

— Un poème ne rime pas forcément. Quelques-uns des plus beaux poèmes de tous les temps ne riment pas, ajouta Julie. Je suis très honorée.

Debby parut s'enhardir et se redressa.

— Je l'ai appelé « Merci Julie », fit-elle en jetant un regard plein d'appréhension à Zack, mais à mesure qu'elle lut, sa voix gagna en force et en émotion.

J'avais honte
Et maintenant je suis fière.
Le monde était noir
Et maintenant il est beau.
Je marchais tête basse
Et maintenant je vais tête haute.
Je rêvais
Et maintenant j'espère.
Merci Julie.

Zack la fixa du regard. Ces mots simples et expressifs lui tournaient dans la tête si bien que le punch resta coincé dans sa gorge. Il vit Julie sourire et lui demander de garder son poème, qu'elle serra contre son cœur comme elle l'avait fait de l'alliance à Mexico. On se sépara et, après les politesses d'usage, Zack les regarda sortir en groupe de la salle de classe.

Quand Julie débarrassa son bureau, il s'avança d'un pas nonchalant vers le tableau noir du mur latéral, mais il ne se préoccupait nullement des dessins qu'il avait sous les yeux. Il était obsédé par le poème qu'il venait d'entendre et qui exprimait très exactement ce qu'il ressentait lui-même. Il songeait au Colorado, à la manière dont elle lui avait tendu la main, à cet émerveillement sur son visage, alors qu'elle essayait de lui faire comprendre ce que tout cela représentait pour elle : « *Oh Zack... Les voir découvrir qu'elles savent lire, c'est comme tenir un miracle dans sa main.* »

Un élastique faillit le toucher à l'oreille et vint rebondir sur un panneau d'affichage. Il releva la tête en se disant que quelque chose avait dû tomber. Quand un second lui siffla à la tempe, il se retourna en souriant et s'efforça de chasser l'émotion qui lui serrait le cœur. Adossée à son bureau, un élastique tendu entre les doigts, Julie lui souriait.

— Joli tir, fit-il pour plaisanter.

— J'ai été à bonne école, répliqua-t-elle en esquissant un sourire. Qu'est-ce qui vous tracasse, monsieur Benedict ? demanda-t-elle doucement en baissant le bras et en visant un livre posé sur le bureau.

Elle ne manqua pas sa cible.

Quand son cartable fut prêt, Zack s'avança vers elle sans trop savoir comment lui poser la question qui lui brûlait les lèvres.

Elle savait ce qui le rendait songeur, car elle inclina la tête, croisa les bras et lui demanda innocemment :

— Mes dames t'ont plu ?

— Je... Debby Sue Cassidy est différente. Elles sont toutes... différentes de ce que je pensais, c'est tout ce que je peux dire.

— Il y a quelques mois, aucune n'aurait dit un mot en ta présence.

— Elles ont pas mal d'assurance à présent.

— Tu crois ? fit-elle avec un petit air dubitatif. Si elles avaient su que tu viendrais ce soir, je n'aurais jamais pu les traîner jusqu'ici. La femme du boucher vient à notre réception de mariage, les parents de tous mes élèves viennent à notre réception de mariage, la femme du *gardien de l'église* vient elle aussi. Mais je n'ai réussi à convaincre aucune de ces femmes que cela me faisait plaisir de les inviter. Or j'ai passé plus de temps avec elles qu'avec quiconque. Voilà leur belle assurance ! Quand je suis revenue du Colorado avec l'argent que j'avais récolté à Amarillo, j'ai commandé des tests pour évaluer leurs capacités.

— Comment peut-on tester quelqu'un qui ne sait pas lire ?

— Une par une. Oralement. Avec un matériel adapté, c'est simple. Et on ne parle pas de « tests » parce qu'elles sont tellement insécurisées qu'il suffit de prononcer ce mot pour qu'elles s'effondrent. Et tu sais ce que j'ai découvert ?

Il hocha la tête, fasciné par tant de zèle et muet devant tant d'attention à autrui.

— J'ai appris que Debby avait déjà atteint le niveau de lecture du CE2 et que deux d'entre elles avaient de légers problèmes d'apprentissage. Voilà pourquoi elles ne savaient pas lire ! Sais-tu ce dont elles ont besoin autant que de cours ?

Comme il hochait de nouveau la tête, elle poursuivit, le cœur gros :

— Elles ont besoin de *moi*. De quelqu'un qui s'intéresse à elles. Mon Dieu, comme elles *s'épanouissent* quand il y a une autre femme pour croire en elles, pour leur consacrer un peu de temps. Il n'est pas nécessaire que ce soit un professeur, juste une autre femme. Katherine, qui me remplacera, réussira-t-elle à donner de l'assurance à Rosalie, à lui faire croire qu'elle est capable d'apprendre ? L'avenir de son bébé en dépend. Si elle n'y arrive pas, cet enfant grandira à la frange de la misère, tout comme sa mère. Il y a quelques groupes qui démarrent dans ce pays, certains sont fondés par des municipalités, et l'un deux se consacre exclusivement aux femmes, « Alphabétisation, passez le mot ». Je n'en ai appris l'existence qu'il y a quelques jours.

A la regarder, à l'écouter ainsi, Zack ne savait plus s'il devait lui signer un chèque ou se mettre à enseigner.

— Je sais que Rachel n'a pas pu renoncer à sa carrière quand vous vous êtes mariés et il... il faut que je te dise que je veux continuer à enseigner en Californie, Zack. A des femmes adultes, pas à des enfants. Je veux m'investir dans ce programme, dit-elle d'un air désespéré.

— Et c'est pour cela que tu voulais que je vienne ce soir, fit-il ironiquement en songeant à quel point la comparaison entre l'ambition égoïste et débridée de Rachel et le désir d'aider les autres de Julie était absurde.

— J'ai quelque chose à donner, Zack. Il faut que je fasse ce cadeau-là, l'implora Julie, qui s'était totalement mépris sur les causes de son ironie.

Zack la prit dans ses bras et la serra contre lui.

— C'est toi le cadeau du ciel, lui murmura-t-il avec ardeur. Il y a en toi plus de facettes que sur le diamant que tu portes et je les aime toutes à la folie...

Quand il releva la tête et desserra un peu son étreinte, elle frotta son doigt sur sa cravate en soie et lui lança un regard hésitant.

— Debby est au chômage parce que la famille pour laquelle elle travaille depuis son adolescence déménage. Elle ne sait pas faire grand-chose, le ménage mis à part...

Zack lui prit le menton et céda sans lutter.

— J'ai une très grande maison.

86

— Tu es sûre que tout est prêt à l'église ? demanda Zack à Matt Farrell en boutonnant les minuscules attaches de la chemise de son habit.

— Tout est prêt sauf toi, répondit Matt en riant.

Comme il avait dû assister au dîner après la répétition et qu'il ne pouvait pas téléphoner de chez les Mathison sans courir le risque d'être entendu, il avait donc dû compter sur Matt et sur Meredith qui étaient arrivés la veille et avaient passé la nuit chez Julie, pour relayer les informations de dernière minute et les diverses instructions entre Sally Morrison et lui.

— Tous les Californiens sont-ils là ?

— Ils sont à l'église.

— As-tu demandé à Meredith d'empêcher Julie de regarder dans l'église avant de descendre l'allée ? poursuivit Zack qui, le nez sur la glace, nouait sa cravate noire. Je ne veux pas qu'elle sache qui est là. Je tiens à ce que ce soit une surprise.

— Meredith et Katherine Cahill l'ont bien en main. En ce moment elle a sûrement l'impression qu'elles sont collées à elle et elle doit se demander pourquoi.

Zack haussa les épaules dans sa veste noire.

— Tu es certain que Barbra est là ?

— Elle est là avec son accompagnateur. Je lui ai dit deux mots hier soir à l'hôtel de Dallas. Pour l'instant, elle est dans le chœur et elle attend que ça commence.

Zack passa la main sur sa mâchoire pour vérifier qu'il était rasé de près.

— Quelle heure est-il ?

— Quatre heures moins dix. Tu as dix minutes pour te rendre à l'église. Ted Mathison y est déjà. En chemin, je reverrai le rôle que tu étais censé avoir appris pendant la répétition d'hier soir.

— J'ai déjà eu une répétition générale, fit Zack d'un ton pince-sans-rire. Je suis déjà passé par là, tu te souviens ?

— Il y a quelques différences de taille, lui fit remarquer Matt en souriant.

— Ah bon ? Lesquelles ?

— Tu n'étais pas aussi heureux la dernière fois, mais tu étais plus calme.

Il y avait une autre grande différence entre son précédent mariage et celui-ci et, en dépit de sa désinvolture, Zack le savait. Il le savait même avant d'apparaître devant une foule souriante et de se tenir devant son futur beau-père dans une église éclairée par des cierges et parfumées par de splendides bouquets de roses blanches attachés par des rubans de satin. Cette fois, il y avait en lui un recueillement, une joie sereine, tandis qu'il attendait Julie à l'autel. Il vit Meredith s'avancer vers lui enveloppée de soie vert pomme, suivie de Katherine et de Sara qui portaient des robes identiques, toutes trois belles, souriantes et paisibles.

La musique de l'orgue s'éleva en un crescendo, et Zack crut que son cœur allait éclater devant le spectacle qui s'offrait à ses yeux.

Il vit venir à lui, dans un tourbillon de soie ornée avec un nuage de traîne dans son sillage, la femme qu'il avait enlevée, aimée, avec laquelle il avait tant ri. Elle s'avança dans la lumière des candélabres, le visage rayonnant, et dans ses yeux il lut tout l'amour du monde, la promesse d'enfants à naître, toute une vie emplie de cette joie qu'elle avait à donner. Il vit tout cela, mais il la vit aussi écarquiller les yeux quand la voix de Barbra Streisand s'éleva dans le chœur :

Il y a longtemps et loin d'ici, j'ai fait un jour un rêve
Et maintenant ce rêve est devant moi.
Jadis les cieux étaient couverts,
Mais les nuages s'en sont allés
Et tu es enfin là.

Je suis parcouru de frissons.
La lampe d'Aladin m'appartient.
Mon rêve ne m'a pas trompé.
Il a suffi d'un regard et j'ai compris
Que ce dont je me languissais depuis si longtemps, c'était toi.

Zack prit la main de Julie et la tint fermement dans la sienne, puis ils se tournèrent vers l'autel.

Le révérend Mathison sourit et leva le livre qu'il tenait dans ses mains.

— Mes chers amis, nous sommes réunis ici, sous le regard de Dieu...

Sur le devant, Matthew Farrel plongea dans les yeux de sa femme. Ted et Katherine Mathison se sourirent.

Au fond de l'église, Herman Henkleman tendit la main et prit celle de Flossie.

Dans le rang qui se trouvait juste derrière eux, le jeune Willie Jenkins observait le vieux couple qui échangeait un regard. Il donna un coup de coude à la petite fille qui se trouvait à côté de lui.

— Je parie que Herman Henkleman n'acceptera jamais le marché du révérend Mathison. Il est trop vieux pour attendre...

A quoi la petite fille répondit :

— La ferme, Willie ! Je ne vois pas de quoi tu parles.

— Mon grand frère m'a dit, poursuivit Willie sans se démonter, qu'on n'avait pas le droit de s'embrasser avant la nuit de noces.

— Pouah ! fit la petite fille en frissonnant et en s'écartant le plus possible de son voisin. S'embrasser !

87

La réception qui eut lieu dans le parc fut tout à fait somptueuse avec ses guirlandes lumineuses et clignotantes dans les arbres et ses tables couvertes de belles nappes croulant sous un assortiment de plats merveilleusement décorés qui n'avaient rien à envier à ceux des traiteurs de Zack.

Tandis qu'il se tenait un peu à l'écart en compagnie de Matt Farrell, il regarda Patrick Swayze remplacer prestement Harrison Ford qui venait de danser avec Julie. Il sourit intérieurement de l'ébahissement de celle-ci quand, au moment d'accueillir leurs invités, Zack lui avait présenté presque tous les hommes qu'elle avait mentionnés parmi ses acteurs préférés. Le premier instant de perplexité passé, elle avait repris ses esprits et reçu ses hôtes de marque avec une grâce sans affectation qui emplit Zack de fierté.

— Magnifique mariage, Zack, lui dit Warren Beatty, qui donnait la main à sa femme et tenait de l'autre une assiette de nourriture. Le buffet est fantastique. A propos, qu'est-ce que c'est que ce truc ?

Zack regarda son assiette.

— Des travers de porc grillés au barbecue, fit-il d'un ton moqueur. A la texane.

Quand ils s'éloignèrent, Zack consulta sa montre, puis il chercha Julie et vit qu'elle dansait encore avec Patrick Swayze en riant de ce qu'il était en train de lui raconter.

— Elle les a tous pris dans ses rêts, fit Matt avec un sourire approbateur.

— Surtout Swayze, fit observer Zack qui remarqua qu'elle dansait bien avec lui et s'efforça de ne pas trop prêter attention à la manière dont il la serrait.

Quelques instants plus tard, Matt lui donna un coup de coude et désigna Meredith d'un signe de tête.

— Regarde ce qu'il faut que j'endure. C'est la troisième danse qu'elle accorde à Costner. Meredith est l'une de ses grandes admiratrices.

— Et réciproquement, semble-t-il. Heureusement Swayze et Costner sont tous deux mariés, répliqua Zack avec un sourire nonchalant, avant de poser sa flûte de champagne sur une table. Je pense qu'il est assez tard pour réclamer la dernière danse et nous en aller.

— Impatient de commencer ta lune de miel ?

— Tu n'imagines pas à quel point, plaisanta Zack.

Après avoir demandé à l'orchestre de jouer un air, Zack alla retrouver sa femme. Elle abandonna Patrick Swayze et se laissa aller dans ses bras.

— Il était temps que tu viennes me chercher, lui dit-elle doucement.

— Prête ? demanda-t-il alors que l'orchestre jouait les dernières notes.

Julie mourait d'envie de le suivre et d'être à nouveau seule avec lui. Elle acquiesça et s'écarta, mais il lui dit d'une voix rauque :

— Après cette chanson.

— Quelle chanson ? demanda-t-elle dans le silence, mais il se contenta de lui sourire.

— Celle-ci, répondit-il, tandis que les paroles envoûtantes de la chanson de Feliciano résonnaient dans le soir. Embrasse-moi, Julie, lui ordonna-t-il en se mouvant avec elle en cadence.

Julie tomba sous le charme de ses yeux aux paupières lourdes et de son sourire engageant. Oubliant la foule qui les observait, elle se rapprocha de lui, épousant les mouvements subtils de son corps. Il glissa les mains autour de sa taille pour la serrer contre lui.

— Encore.

88

Pelotonnée sur le canapé de la luxueuse cabine de l'avion, Julie scruta les ténèbres. En dessous elle apercevait une lumière de temps à autre, mais à part cela, ils semblaient s'enfoncer dans l'obscurité. Zack était assis en face d'elle, les pieds posés sur la table basse, la veste de smoking ouverte, l'image même de la patience satisfaite. Il s'était précipité à bord de l'avion de Matt Farrell dès qu'ils avaient quitté la réception, refusant de la laisser se changer, mais à présent qu'ils s'envolaient vers une destination dont il ne voulait rien lui dire, il semblait prêt à attendre d'y arriver pour consommer leur union.

— Je vais me sentir très bête dans un hall d'hôtel avec cette robe, dit-elle.

— Ah bon, ma chérie ? fit-il doucement.

Julie aurait préféré mettre l'un des nouveaux ensembles qui attendaient dans ses valises.

— J'aurais pu me changer en quelques minutes.

Mais il hocha la tête.

— J'aimerais que nous soyons tous les deux habillés comme ça quand nous arriverons.

— Mais pourquoi ?

— Tu verras, dit-il en tendant le bras vers elle.

Elle vint s'asseoir près de lui.

— Il y a des moments, fit-elle d'un air désabusé, où je ne te comprends pas du tout.

Mais elle comprit. Elle comprit parfaitement quand elle sortit de l'avion et posa le pied sur une piste où attendait une voiture et qu'elle vit autour d'elle l'ombre grandissante de la montagne.

— Le Colorado ! souffla-t-elle en se frottant les bras dans l'air frais de la nuit. Nous sommes dans le Colorado, mais oui !

Ce fut pour Julie une expérience poignante que de grimper la voie privée qui menait au refuge où ils avaient vécu ensemble une semaine tumultueuse. De pénétrer dans la maison avec Zack et de voir ces belles pièces familières où elle avait lutté contre lui, dansé avec lui, où elle était tombée amoureuse de lui.

Tandis qu'il portait les valises puis faisait du feu dans la cheminée, elle contempla de la fenêtre l'endroit où il avait fait son « monstre de neige ».

Zack la rejoignit, glissa un bras autour de sa taille, la serra contre lui, et dans la vitre apparut leur reflet... Zack vit briller des larmes dans ses yeux.

— Pourquoi pleures-tu ? demanda-t-il doucement en se penchant pour lui effleurer le cou.

Julie déglutit et rejeta la tête en arrière.

— Parce que, murmura-t-elle avec émotion en songeant à l'amour qui transparaissait dans tout ce qu'il faisait pour elle, tu es si parfait !

Zack resserra son étreinte protectrice.

— Nous sommes parfaits ensemble, murmura-t-il.

— Je te rendrai heureux, déclara-t-elle d'une voix tremblante, je te le jure.

Son mari la retourna dans ses bras et leva la main pour lui lisser les cheveux.

— Tu m'as rendu heureux dès la première nuit que nous avons passée ensemble, quand tu t'es assise sur ce canapé et que tu m'as fait observer toute l'absurdité des règles du football où l'on parle d'arrière, de quart-arrière, de demi, mais pas de trois-quart-arrière.

Elle esquissa un faible sourire, puis elle vit que le feu scintillait sur l'alliance qu'il portait à présent à la main gauche. Elle posa la paume de Zack contre sa joue et effleura l'anneau des lèvres.

— Je t'aime, Zack, fit-elle à voix basse. J'aime le son de ta voix, le contact de ta main, la façon dont tu souris.

Je veux te donner des enfants... une maison pleine de rires... et moi.

Nourri par des semaines d'abstinence, le désir commençait à palpiter dans ses veines et Zack la plaqua contre lui et l'embrassa avec une urgence soudaine.

— Viens avec ton mari, femme.

Mari. Femme. Ces mots tournoyaient lentement dans l'esprit de Julie, doux et profonds, tandis qu'ils pénétraient dans la chambre qu'ils avaient partagée. Ils lui emplissaient le cœur quand il la prit dans ses bras avant de la poser sur le lit. Elle l'accueillit avec une ardeur délicieuse qui fit trembler les mains de Zack qui la caressaient en attirant ses hanches contre son corps. Elle répondit à sa passion, le couvrit de baisers brûlants et quand il pénétra enfin au plus profond d'elle, elle lui enserra les épaules de ses bras et lui murmura :

— Bienvenue à la maison, Zack.

Ces mots tendres lui arrachèrent un gémissement et il bougea en elle. Elle l'accompagnait de ses mouvements, le noyant dans un plaisir indicible jusqu'à ce que la beauté sauvage de leur acte les amène tous deux à une jouissance qui les submergea.

Dans les bras l'un de l'autre, comblés et exténués, ils revinrent lentement à la réalité, dans ce lit où ils n'avaient pas osé penser à l'avenir. Tandis que sa main glissait lentement sur le dos de Julie, Zack songea aux années qu'il avait devant lui en compagnie de la femme qui l'avait aimé, qui lui avait fait confiance et qui lui avait appris à pardonner. *Bienvenue à la maison*, avait-elle dit.

Pour la première fois de sa vie, il savait enfin ce que c'était que d'avoir une maison et une famille. Julie était sa maison, sa famille.

EPILOGUE

Entourée de somptueux bouquets de roses à longues tiges de toutes les couleurs de l'arc-en-ciel, Julie câlinait son nouveau-né contre son sein dans sa chambre du Centre médical Cedars-Sinaï, mais, pour la première fois depuis la naissance de leur fils deux jours auparavant, son attention ne se portait pas sur le ravissant petit enfant qu'ils avaient fait.

Quelques minutes plus tôt, les infirmières envahissaient encore la pièce pour regarder la cérémonie des Oscars avec elle, mais elles étaient parties pour apporter les bébés à leur mère et Julie était soulagée de se retrouver seule. L'Oscar du meilleur premier rôle devait être attribué très bientôt et, bien qu'elle fût certaine que Zack l'obtiendrait, elle n'avait pas envie d'une autre présence quand on annoncerait le nom du vainqueur.

— Regarde, Nicky ! murmura-t-elle en le tournant légèrement vers le poste de télévision, voilà tes futurs parrain et marraine, M. et Mme Farrell. Et ton papa est à côté d'eux, même si la caméra ne nous l'a pas montré cette fois-ci.

Nicholas Alexander Benedict, qui avait cessé de téter quelques instants plus tôt, manifesta aussitôt son mécontentement d'être privé du sein de sa mère, si bien que Julie le remit en position et l'aida à trouver ce qu'il cherchait, puis elle reporta toute son attention sur la télévision.

Le premier film que Zack avait tourné après leur

mariage, *Dernier Interlude*, avait non seulement fait exploser le box-office, mais il avait aussi recueilli diverses nominations aux Oscars. Ce soir, on engrangeait la moisson. Zack avait remporté celui du meilleur réalisateur, Sam Hudgins celui de la meilleure photographie, et tous ceux qui avaient participé à l'aventure, du responsable des effets spéciaux au compositeur de la musique, avaient été récompensés.

Zack voulait rester et regarder la remise des prix avec elle et, comme Julie n'avait pas trouvé d'autre argument pour l'en dissuader, elle lui avait implacablement fait observer qu'il devait y assister pour ceux qui avaient travaillé avec lui, surtout pour ses partenaires qui étaient eux aussi en course.

En fait, Julie sentait que ce serait son jour de gloire et elle était bien décidée à ce que ni le bébé ni elle-même ni même la main de Dieu n'en entravent le déroulement. Ce matin, les premiers exemplaires du livre que Zack lui avait permis d'écrire pour recueillir des fonds pour les programmes d'alphabétisation des femmes était enfin arrivé à la maison. Bien qu'elle fût à la fois impatiente et inquiète de les lui montrer et d'avoir son avis, elle avait demandé à Sally de les lui envoyer et lui avait fait jurer le secret.

On annonçait les nominations pour le meilleur scénario, et Julie se mordit anxieusement la lèvre, puis elle se mit à rire quand on appela Peter Listerman et que celui-ci monta à grandes enjambées sur la scène pour recevoir la récompense de son travail pour *Interlude*.

— Nicky, regarde ! murmura-t-elle joyeusement. C'est Pete qui a gagné ! Tu devrais lui être extrêmement reconnaissant, le taquina-t-elle. Grâce à lui, tu as la seule chaise haute au monde qui ressemble à un fauteuil de réalisateur, avec ton nom au dos.

Pete était l'un de ceux que Julie préférait. D'une part parce que cet homme à l'allure studieuse avait tant travaillé chez eux avec Zack qu'elle avait appris à le connaître, d'autre part parce qu'il entretenait des rapports d'amour et de haine avec Debby Sue Cassidy, qui avait tranquillement déclaré à Zack et à Pete qui cherchaient une meilleure fin à leur scénario qu'elle en avait trouvé une. Le visage impassible de Pete masquait un tempérament de feu comme en ont souvent les artistes, et si la pauvre Debby Sue n'eut pas à subir les foudres de sa colère, ce fut uniquement parce que cela plut instantanément à Zack. Cela lui plut même tant qu'il fit travailler Pete sur l'idée de Debby Sue, et ce fut cette intensité nouvelle et touchante qu'avait atteinte *Interlude* qui contribua au succès du film.

Pete fit un discours respectant les usages, puis il leva les yeux vers les caméras et ajouta :

— J'aimerais aussi remercier Mlle Debby Cassidy, pour son inestimable contribution à mon travail.

— Pete, cher Pete ! s'écria Julie en serrant Nicky contre elle.

L'insatiable désir d'apprendre de Debby, combiné à ses efforts infatigables, à l'admiration rétive de Pete et à son exigeante tutelle, avait fait des miracles.

Quelques minutes plus tard, le cœur de Julie se mit à battre plus fort et son corps se tendit tout entier quand Robert Duval et Meryl Streep s'avancèrent sur la scène et lurent la liste des nominations pour le meilleur premier rôle masculin.

— Croise les doigts, mon amour, dit-elle, puis elle embrassa le petit poing qu'elle enroula autour de son index et qu'elle recouvrit de son majeur pour porter chance à Zack.

— Les nominés sont....

Meryl Streep leva les yeux vers la caméra.

— ... Kevin Costner pour *Au bout de l'arc-en-ciel.*

— Kurt Russell pour *La Mort dans la nuit,* enchaîna Duval.

— Zachary Benedict pour *Dernier Interlude,* fit Meryl Streep.

— Et Jack Nicholson pour *Le Pacifique,* termina Robert Duval.

Il tendit la main pour prendre l'enveloppe, et Julie ressentit un curieux picotement dans la nuque.

— L'Oscar est attribué à...

L'acteur regarda le papier glissé dans l'enveloppe et eut un grand sourire.

— Zachary Benedict pour *Dernier Interlude !*

Ce fut alors un tonnerre d'applaudissements et dans le public, certains se levèrent pour lui faire une ovation. La caméra se dirigea vers un homme grand et brun en smoking qui descendit à grands pas l'allée qui menait à la scène, et Duval salua.

— C'est Matthew Farrel qui recevra la récompense de Zack...

Et Julie comprit soudain la cause de cet étrange picotement dans la nuque...

— Tu es là, n'est-ce pas ? dit-elle sans regarder vers la porte.

— Comment as-tu deviné ? la taquina-t-il.

Quand elle tourna la tête, elle le vit s'avancer vers elle, la veste de smoking négligemment jetée sur l'épaule et retenue par le pouce, l'Oscar du meilleur réalisateur à la main gauche.

— Tu étais censé rester là-bas pour recevoir ton prix, lui rappela Julie, mais elle entoura ses larges épaules de son bras libre, quand il vint s'asseoir à ses côtés. Félicitations, mon chéri !

En prenant soin de ne pas réveiller son fils, Zack embrassa sa femme sur la bouche, puis sur la joue.

— En ce moment, je suis où j'ai envie d'être, lui murmura-t-il tendrement en lui caressant la nuque. Dans le seul endroit où j'aie envie d'être.

Elle lui frotta la joue du bout des doigts.

— Nicky et moi, nous sommes très fiers de toi, dit-elle doucement, et, tandis que Zack contemplait son visage rayonnant et son fils blotti contre son sein, son petit poing posé sur le pli de satin de sa chemise de nuit, ses yeux se mirent à le picoter.

— Il dort, fit-il d'une voix rauque d'émotion. Tu veux que je le remette dans son berceau ?

— Tu peux toujours essayer, répondit Julie en lui tendant avec précaution le bébé endormi.

Après avoir couché l'enfant, Zack se débarrassa de ses chaussures bien astiquées et s'étendit auprès d'elle sur le lit en la serrant contre lui.

— Merci de m'avoir donné un fils, lui murmura-t-il.

Son regard tomba alors sur le livre retourné qui se trouvait sur la table de chevet. Il le prit.

— Qu'est-ce que tu lis ?

Que ce soit au cours de la rédaction ou de la fabrication de l'ouvrage, Julie n'avait jamais accepté d'en discuter avec lui. Zack était un professionnel exigeant, et elle ne voulait pas se laisser démonter par ses critiques. Cependant, le moment de vérité était venu, et elle inspira nerveusement.

— C'est mon livre... les premiers exemplaires reliés qui viennent de sortir des presses. Sally me l'a envoyé ce matin.

— Pourquoi diable ne me l'as-tu pas dit ? s'enquit-il. C'est très excitant.

— Parce que c'était le jour de la remise des Oscars et que je ne voulais pas que ce livre t'en détourne, ne serait-ce qu'une minute.

Touché par cette inutile sollicitude, Zack prit le livre, le retourna, et Julie le regarda faire avec une anxiété mêlée d'impatience. Comment allait-il réagir à la vue de la couverture ?

— C'est beau, déclara-t-il avec conviction en le tendant à bout de bras pour mieux étudier les roses vives qui se détachaient en relief d'un fond marbré rose.

— Que penses-tu du titre ?

Il sourit et lut tout haut :

— Tu as appelé ça *L'Amour en fuite*. Ça me plaît, ajouta-t-il. Comment as-tu trouvé ce titre ?

— C'était ce qu'il y avait de plus facile, murmura-t-elle en levant les yeux vers lui. C'est notre histoire, mais ce livre parle surtout de toi.

Le sourire de Zack s'évanouit et son cœur fondit de tendresse. Il l'attira violemment dans ses bras, enfouit son visage dans ses cheveux et la tint serrée contre lui. Elle l'avait soutenu quand le monde entier le vouait au bûcher, elle l'avait désiré alors qu'il n'avait rien à lui offrir et elle lui avait appris le pardon. Elle acclamait ses triomphes, le soutenait quand il était dans son droit et s'opposait à lui avec entêtement quand il avait tort. Elle réinventait la vie pour lui, l'emplissait d'amour et de rires, et lui donnait un sens, un but. Et puis elle lui avait donné ce fils.

Il se souvint du poème que Debby Sue Cassidy avait écrit pour elle :

J'avais honte
et maintenant je suis fière.
Le monde était noir
et maintenant il est beau.
Je marchais la tête basse
Et maintenant je vais tête haute.
Je rêvais
Et maintenant j'espère.
Merci Julie.

— Ne pleure pas, mon chéri, murmura Julie, bouleversée. Tu n'as pas encore lu mon livre, le taquina-t-elle en glissant une main derrière sa nuque. Ce n'est peut-être pas si mauvais que ça.

Et, dans l'un des moments les plus poignants de son existence, Zack éclata de rire.

ROMAN

Ashley Shelley V.
L'enfant de l'autre rive
L'enfant en héritage

Beauman Sally
Destinée

Bennett Lydia
L'héritier des Farleton
L'homme aux yeux d'or

Benzoni Juliette
Les dames du Méditerranée-Express
1 — la Jeune mariée
2 — la Fière Américaine
3 — la Princesse mandchoue
Fiora
1 — Fiora et le magnifique
2 — Fiora et le téméraire
3 — Fiora et le pape
4 — Fiora et le roi France
Les loups de Lauzargues
1 — Jean de la nuit
2 — Hortense au point du Jour
3 — Félicia au soleil couchant
Les Treize vents
1 — le Voyageur
2 — le Réfugié
3 — l'Intrus
4 — l'Exilé

Binchy Maeve
Le cercle des amies
Noces irlandaises
Retour en Irlande
Les secrets de Shancarrig

Blair Leona
Les demoiselles de Brandon Hall

Bradshaw Gillian
Le phare d'Alexandrie
Pourpre impérial

Bright Freda
La bague au doigt

Cash Spellmann Cathy
La fille du vent
L'Irlandaise

Chamberlain Diane
Vies secrètes

Chase Lindsay
Un amour de soie

Collins Jackie
Les amants de Beverly Hills
Le grand boss
Lady boss
Lucky
Ne dis jamais jamais
Rock star

Collins Joan
Love
Saga

Courtille Anne
Les dames de Clermont (les)

Cousture Arlette
Emilie

Dailey Janet
L'éritière
Mascarade
L'or des Trembles
Rivaux
Les vendanges de l'amour

Denker Henry
Le choix du Docteur Duncan
La clinique de l'espoir
L'enfant qui voulait mourir
Hôpital de la montagne
Le procès du docteur Forrester

Deveraux Jude
La princesse de feu
La princesse de glace

Gage Elizabeth
Un parfum de scandale

Gallois Sophie
Diamants

Goudge Eileen
Le jardin des mensonges
Rivales

Greer Luanshya
Bonne Espérance
Retour à Bonne Espérance

Gregory Philippa
Sous le signe du feu

Haran Maeve
Le bonheur en partage

Jaham Marie-Reine de
La grande Béké
Le maître-savane

Jones Alexandra
La dame de Mandalay
La princesse de Siam
Samsara

Krantz Judith
Flash
Scrupules 1
Scrupules 2

Laker Rosalind
Aux marches du palais
Les tisseurs d'or
La tulipe d'or
Le masque de Venise

Lancar Charles
Adélaïde
Adrien

Lansbury Coral
La mariée de l'exil

Philipps Susan Elizabeth
La belle de Dallas

Purcell Deirdre
Passion irlandaise

Rainer Dart Iris
Le cœur sur la main

Rivers Siddons Anne
La Georgienne
La jeune fille du Sud
La maison d'à côté
La plantation
Pouvoir de femme
Vent du sud

Ryman Rebecca
Le trident de Shiva

Shelby Philip
L'indomptable

Spencer Joanna
Les feux de l'amour
1 — le Secret de Jill
2 — la Passion d'Ashley

Steel Danielle
Coups de cœur
Joyaux
Le cadeau
Naissances
Un si grand amour
Disparu

Taylor Bradford Barbara
Les femmes de sa vie

Torquet Alexandre
Ombre de soie

Trollope Johanna
L'amant espagnol

Varel Brigitte
L'enfant du Trieves

Victor Barbara
Coriandre

Westin Jane
Amour et gloire

Wilde Jennifer
Secrets de femme

Wood Barbara
African Lady
Australian Lady
Séléné
Les vierges du paradis

ÉGALEMENT CHEZ POCKET
LITTÉRATURE « GÉNÉRALE »

Aguéev M.
Roman avec cocaïne

Alberoni Francesco
Le choc amoureux
L'érotisme
L'amitié
Le vol nuptial

Al-Nafzawi Mouhammad
La prairie parfumée où s'ébattent les plaisirs

Al-Tifachi Ahmad
Le délice des cœurs

Arnaud Georges
Le salaire de la peur

Barjavel René
Les chemins de Katmandou
Les dames à la licorne
Le grand secret
La nuit des temps
Une rose au paradis

Bartol Vladimir
Alamut

Berberova Nina
Histoire de la baronne Boudberg
Tchaïkovski

Bernanos Georges
Journal d'un curé de campagne
Nouvelle histoire de Mouchette
Un crime

Besson Patrick
Je sais des histoires
Nostalgie de la princesse

Blanc Henri-Frédéric
Combats de fauves au crépuscule
Jeu de massacre

Bodrov Serguei
Liberté = Paradis

Boulgakov Michael
Le maître et Marguerite
La garde blanche

Boulle Pierre
La baleine des Malouines
Contes de l'absurde
L'épreuve des hommes blancs
La planète des singes
Le pont de la rivière Kwaï
Le sacrilège malais
William Conrad

Boyle T. C.
Water Music

Bragance Anne
Anibal
Le voyageur de noces

Brasillach Robert
Comme le temps passe

Brontë Charlotte
Jane Eyre

Brontë Emilie
Hurlevent

Burgess Anthony
L'orange mécanique

Buzzati Dino
Le désert des Tartares
Le K
Nouvelles (Bilingue)

Carré Patrick
Le palais des nuages

Carrière Jean
L'épervier de Maheux

Carrière Jean-Claude
La controverse de Valladolid
Le Mahabharata
La paix des braves
Simon le mage

Cesbron Gilbert
Il est minuit, Docteur Schweitzer

Chandernagor Françoise
L'allée du roi

Chang Jung
Les cygnes sauvages

Chateaureynaud G.-O.
Mathieu Chain
Le congrès de fantomologie

Cholodenko Marc
Les états du désert
Le roi des fées

Courrière Yves
Joseph Kessel

David-Néel Alexandra
Au pays des brigands gentilshommes
Le bouddhisme du Bouddha
Immortalité et réincarnation
L'Inde où j'ai vécu
Journal
tome 1
tome 2
Le Lama aux cinq sagesses
Magie d'amour et magie noire
Mystiques et magiciens du Tibet
La puissance du néant
Le sortilège du mystère
Sous une nuée d'orages
Voyage d'une Parisienne à Lhassa

Decoin Didier
Béatrice en enfer

Deniau Jean-François
La Désirade
L'empire nocturne
Le secret du roi des serpents
Un héros très discret

Desprat Jean-Paul
Le camp des enfants de Dieu
Le marquis des éperviers
Le secret des Bourbons

Fagundes Telles Lygia
La structure de la bulle de savon

Falkner J.M.
Moonfleet

Fernandez Dominique
Le promeneur amoureux

Filippini Serge
Comoedia
L'homme incendié

Fitzgerald Scott
Un diamant gros comme le Ritz

Forester Cecil Scott
Aspirant de marine
Lieutenant de marine
Seul maître à bord
Trésor de guerre
Retour à bon port
Le vaisseau de ligne
Pavillon haut
Le seigneur de la mer
Lord Hornblower
Mission aux Antilles

France Anatole
Crainquebille
Le crime de Sylvestre Bonnard
Les dieux ont soif
Histoire contemporaine
1. L'orme du Mail
2. Le mannequin d'osier
3. L'anneau d'améthyste
4. M. Bergeret à Paris

L'île des pingouins
Le livre de mon ami
Le lys rouge
La révolte des anges

Franck Dan/Vautrin Jean
La dame de Berlin
Le temps des cerises
Les noces de Guernica

Gazier Michelle
Histoires d'une femme sans histoire

Genevoix Maurice
Beau François
Bestiaire enchanté
Bestiaire sans oubli
La forêt perdue
Le jardin dans l'île
La Loire, Agnès et les garçons
Le roman de Renard
Tendre bestiaire

Giroud Françoise
Alma Mahler
Jenny Marx

Grèce Michel de
Le dernier sultan
L'envers du soleil – Louis XIV
La femme sacrée
Le palais des larmes
La Bouboulina

Hedayat Sadeq
Trois gouttes de sang

Hermary-Vieille Catherine
Un amour fou

Hugo Victor
Bug-Jargal

Inoué Yasushi
La geste des Sanada

Jacq Christian
L'affaire Toutankhamon
Champollion l'Egyptien
Maître Hiram et le roi Salomon
Pour l'amour de Philae
La pyramide assassinée
La reine soleil
Barrage sur le Nil

Jerome K. Jerome
Trois hommes dans un bateau

Joyce James
Les gens de Dublin

Kafka Franz
Le château
Le procès

Kazantzaki Nikos
Alexis Zorba
Le Christ recrucifié
La dernière tentation du Christ
Les frères ennemis
Lettre au Greco
La liberté ou la mort
Le pauvre d'Assise

Kessel Joseph
Les amants du Tage
L'armée des ombres
Le coup de grâce
Fortune carrée
Pour l'honneur

Konwicki Tadeusz
La petite apocalypse

Lainé Pascal
Dialogues du désir
Dîner d'adieu
Elena

Lapierre Dominique
La cité de la joie

Lawrence D.H.
L'amant de Lady Chatterley

Léautaud Paul
Le petit ouvrage inachevé

Levi Primo
Si c'est un homme

Lewis Roy
Le dernier roi socialiste
Pourquoi j'ai mangé mon père

Loti Pierre
Aziyadé
Pêcheur d'Islande
Ramuntcho
Le roman d'un spahi

Malaparte Curzio
Sodome et Gomorrhe
Une femme comme moi

Mauriac François
Le romancier et ses personnages
Le sagouin

Messina Anna
La maison dans l'impasse

Michener James A.
Alaska
1. La citadelle de glace
2. La ceinture de feu
Caraïbes
tome 1
tome 2
Hawaii
tome 1
tome 2
Mexique

Mimouni Rachid
De la barbarie en général et de l'intégrisme en particulier
Le fleuve détourné
Une peine à vivre
Tombéza

Monsarrat Nicholas
La mer cruelle

Monteilhet Hubert
Néropolis

Morgièvre Richard
Fausto

Nakagami Kenji
La mer aux arbres morts
Mille ans de plaisir

Nasr Eddin Hodja
Sublimes paroles et idioties

Nin Anaïs
Henry et June

Norris Franck
Les rapaces

Perec Georges
Les choses

Pouchkine Alexandre
La fille du capitaine

Queffelec Yann
La femme sous l'horizon
Le maître des chimères
Prends garde au loup

Radiguet Raymond
Le diable au corps

Ramuz C.F.
La pensée remonte les fleuves

Rey Françoise
La femme de papier
La rencontre
Nuits d'encre

Rouanet Marie
Nous les filles

Sagan Françoise
Aimez-vous Brahms..
...et toute ma sympathie
Bonjour tristesse
La chamade
Le chien couchant
Dans un mois, dans un an
Les faux-fuyants
Le garde du cœur
La laisse
Les merveilleux nuages
Musiques de scènes
Républiques
Sarah Bernhardt
Un certain sourire
Un orage immobile
Un piano dans l'herbe
Les violons parfois

Salinger Jerome-David
L'attrape-cœur

Schreiner Olive
La nuit africaine

Stocker Bram
Dracula

Strindberg August
Mariés !

Tartt Donna
Le maître des illusions

Troyat Henri
L'araigne
La clé de voûte
Faux jour
La fosse commune
Grandeur nature
Le jugement de Dieu
Le mort saisit le vif
Les semailles et les moissons
1. Les semailles et les moissons
2. Amélie
3. La Grive
4. Tendre et violente Elisabeth
5. La rencontre
Le signe du taureau
La tête sur les épaules

Vialatte Alexandre
Antiquité du grand chosier
Badonce et les créatures
Les bananes de Königsberg
Les champignons du détroit de Behring
Chronique des grands micmacs
Dernières nouvelles de l'homme
L'éléphant est irréfutable
L'éloge du homard et autres insectes utiles
Et c'est ainsi qu'Allah est grand
La porte de Bath Rahbim

Wallace Lewis
Ben-Hur

Waltari Mika
Les amants de Byzance
Jean le Pérégrin

Achevé d'imprimer en octobre 1996
sur les presses de l'Imprimerie Bussière
à Saint-Amand (Cher)

POCKET - 12, avenue d'Italie - 75627 Paris Cedex 13
Tél. : 44-16-05-00

— N° d'imp. 1240. —
Dépôt légal : novembre 1996.

Imprimé en France

Achevé d'imprimer en octobre 1996
sur les presses de l'Imprimerie Bussière
à Saint-Amand (Cher)

POCKET - 12, avenue d'Italie - 75627 Paris Cedex 13
Tél. : 44-16-05-00

— N° d'imp. 1240. —
Dépôt légal : novembre 1996.

Imprimé en France